사랑은 없다

사랑은 없다

초판 1쇄 인쇄일 2018년 12월 28일
초판 1쇄 발행일 2019년 1월 7일

지은이 이철훈
펴낸이 양옥매
교 정 허우주

펴낸곳 도서출판 책과나무
출판등록 제2012-000376
주소 서울특별시 마포구 방울내로 79 이노빌딩 302호
대표전화 02.372.1537 팩스 02.372.1538
이메일 booknamu2007@naver.com
홈페이지 www.booknamu.com
ISBN 979-11-5776-660-4(03810)

이 도서의 국립중앙도서관 출판시도서목록(CIP)은
서지정보유통지원 시스템 홈페이지(http://seoji.nl.go.kr)와
국가자료공동목록시스템(http://www.nl.go.kr/kolisnet)에서
이용하실 수 있습니다.(CIP제어번호 : CIP2018042466)

사랑은 없다

이철훈 • 장편소설

책과나무

작은 우주선이 푸른 별을 떠나 기나긴 항해를 시작했습니다. 수백 년을 날아 검은 어둠의 공간을 지나 어느 황량한 별에 도착한 우주선은 바다 문을 열고, 영하 200도의 메마른 벌판 위에 신비로운 녹색 돌들을 떨어뜨렸습니다. 극한의 추위가 녹색 돌들을 파괴시키려 했습니다. 녹색 돌에서 녹색 빛과 노란 빛이 뿜어져 나와 녹색의 돌들을 따뜻하게 감쌌습니다. 그로부터 얼마나 시간이 흘렀는지 모릅니다. 별은 녹색 식물로 뒤덮였습니다.

가냘픈 녹색 식물은 답답하기 그지없었습니다. 즐거움이라고는 유일한 친구인 태양의 따뜻한 빛을 받아 암흑에서 벗어날 때뿐. 태양이 주는 빛이 그의 즐거움의 전부였지만, 별의 밤은 너무 길었습니다.

그러나 태양의 빛은 항상 따뜻한 것만이 아니었습니다. 이글거리기도 하고, 은은하기도, 번쩍거리기도, 처량하기도 하고, 강력한 두려움도 주었습니다. 그러한 태양의 빛을 헤아리면서 녹색 식물의 마음에는 안정, 분노, 열정, 애환, 공포의 골짜기가 생겨났습니다. 다시 수천 년이 지나자 그 골짜기들은 뚜렷하게 자리를 잡았습니다. 낮에는 태양을 보면서 한없이 방긋 웃고 밤에는 내일의 태양을 생각하면서 희망을 품을 수 있게 되었습니다. 작은 평화가 찾아들고 또 수천 년이 하염없이 흘러갔습니다.

어느 날 갑자기, 태양의 검은 점들이 번쩍거렸습니다. 그 빛에 쏘인 녹색 식물의 반은 푸른색으로, 나머지 반은 검은색으로 변하였습니다. 누군가가 그들을 아메바라고 불렀습니다.

아메바는 태양을 쳐다보는 것이 여전히 즐거웠습니다. 구름에 태양이 가려워진 어느 날, 아메바는 배가 몹시 고파서 참을 수 없어졌습니다. 혹시라도, 하는 생각에 옆에 있던 녹색 식물을 허전한 입에 가져갔습니다. 친구였던 녹색 식물이 그의 뱃속으로 스르르 내려갔습니다. 충만해진 느낌은 흡사 태양이 이글거릴 때 느꼈던 기분과 비슷했습니다.

"나는 태양빛 때문에 생긴 다양한 느낌을 즐기며 사는구나."

그런 다양한 느낌, 그는 그것을 광이라고 생각했습니다.

"광을 마음껏 즐기며 사는 것이 나의 전부일 거야."

아메바는 녹색 식물이었을 때보다 더 즐거워졌습니다. 태양이 구름에 가려서 잘 보이지 않는 어느 날, 더 많은 녹색 식물을 차지하기 위한 싸움이 벌어졌습니다. 힘센 아메바가 녹색 식물을 독차지했습니다. 힘센 아메바는 태양이 많이 들어오는 자리까지도 점령했습니다. 힘이 약한 마이아메바는 은은한 태양이 들어오는 구석 자리에 만족해야 했습니다.

힘센 아메바는 많은 태양빛으로 자신을 가득 채우면서 즐거워했습니다. 마이아메바는 변두리에서 은은한 태양을 보고도 즐거웠습니다. 누군가가 말했습니다.

"마이아메바는 자기만의 빛을 즐기고 있어."

아메바들의 몸은 점점 커지기 시작하였습니다.

어느 날, 그들의 몸이 두 개로 쪼개지면서 수많은 분신 아메바들이 만들어졌습니다.

분신이 생길 때 마이아메바도 매우 아팠습니다. 찢어지는 아픔은 번쩍이면서 내려치는 빛과 흡사하였습니다. 태어난 분신을 보는 느낌은 태양이 자기를 따사롭고 포근하게 안아주었을 때의 안도감과 비슷하였습니다. 자라는 분신을 지켜보는 기쁨은 자기를 내려다보는 절대자의 느낌과 유사하였습니다. 분신들이 생기면서 마이아메바는 다양한 광들을 더 선명하게 알게 되었습니다.

날이 갈수록 욕심으로 가득 찬 힘센 아메바의 얼굴은 검붉어졌습니다. 그러나 마이아메바의 얼굴은 더욱더 환해졌습니다. 작열하는 태양빛도 그에게는 따사롭습니다. 누군가가 말했습니다.

"마이아메바가 나쁜 광을 걸러내고 있어."

어느 날부터 태양은 검붉은 빛을 번찍거리기 시작했습니다. 오랫동안의 번쩍거림이 끝나자, 탐욕스런 힘센 아메바들의 온몸은 검붉게 변했습니다. 그들은 힘이 약한 아메바를 잡아먹기 시작하였습다. 어느덧 마이아메바와 그의 분신만 남았습니다.

검붉은 아메바들은 마이아메바의 분신까지도 잡아먹으려 했다. 마이아메바는 온갖 힘을 다하여 싸웠습니다. 저 연약한 것에게 저런 힘이 있었다니, 검붉은 아메바들은 모두 놀랐습니다.

그들은 최후의 공격을 감행하였습니다. 마이아메바는 마지막 힘을 짜내어 그 공격을 막아냈습니다. 그러나 그의 몸은 서서히 부서지기 시작했습니다. 사라져 가는 자기를 보면서도 마이아메바는 분신들을 살려야 한다는 일념으로 가득 차 있었습니다. 그가 다 사라진 자리에, 작은 녹색 알갱이가 남았습니다.

그의 분신이 잡아먹히려는 찰나, 녹색 알갱이는 녹색 빛과 노란 빛을 뿜기 시작했습니다. 녹색 빛이 그의 분신들을 감싸자, 검붉은 아메바는 그의 분신을 잡아먹을 수가 없었습니다. 노란 빛이 검붉은 아메바를 세차게 비쳤습니다. 그들은 맥없이 쓰러졌습니다. 조금 후 깨어난 검붉은 아메바는 다시 예전의 상태로 돌아왔습니다.

"녹색 빛과 노란 빛을 미리 썼으면 아빠는 안 죽었을 텐데." 분신아메바는 통곡했습니다.

"자기를 버리고 맨 처음으로 돌아갈 때 나온다는 그 신비의 빛이 아닐까?" 누군가 말했습니다.

분신아메바는 자기 몸 속에서 녹색 빛과 노란 빛을 찾아보려고 했지만 아무것도 찾을 수 없었습니다. 그는 죽으면서 자기의 분신에게 유언했습니다.

"너희들은 반드시 녹색 빛과 노란 빛을 찾아 보거라."

그 이후로 이 별에서 가끔씩 녹색 빛과 노란 빛을 보았다는 이야기가 들렸습니다.

CONTENTS _____

There is
no love

1.

애
완
견

　　　신희는 대학교 최고의 퀸카이면서 거의 매 학기 자연
대 전체 수석을 놓치지 않는 재원이라는 소문이 자자했다. 그런 그녀를 실
제로 본 것은 내가 2학년 초 경영학과 대표로 장학금을 받으러 청운장학재
단에 갔을 때이다.

　말로만 들었던 그녀의 아름다움을 눈으로 확인하는 순간 머릿속이 하얘
졌다. 하얀 피부, 커다란 눈, 계란형 얼굴, 완벽한 콧대, 거기에 환한 미소
는 그녀의 미모와 완벽한 조화를 이루면서 나를 황홀경에 빠지게 했다.

　지금까지 가장 예쁘다고 생각한 여자는 후배 경옥이었다. 고운 동양형
미인인 경옥이었지만 신희와는 하늘과 땅의 차이라고 할 만했다.

　그녀와 직접 마주친 순간, 그 누구도 제정신을 차리지 못할 것 같은 범
접할 수 없는 아름다움 앞에서 나는 바보가 된 듯했다. 그냥 초라한 시종
으로서 그녀를 숭배하게 될 것 같은 예감에 온몸이 떨렸다. 마음속 가득히
자리 잡은 그녀의 모든 것은 급기야 서로 연결, 증폭되면서 나를 짜릿짜릿
하고 황홀하게 만들었다.

　몽롱한 상태였지만 할아버지께서 엄격하게 훈련시킨 가훈인 명중이 발

휘되었다. 정신을 차린 내가 그녀에게 남학생의 우상을 직접 만나서 영광이라고 하니까 그녀는 살짝 벌린 입술 사이로 새하얀 치아를 보이면서 생긋 웃었다. 환한 그 웃음은 나의 어설픈 명중을 여지없이 깨뜨렸다.

그날 이후, 그녀는 내 마음을 완전히 점령했다. 이성을 향한 경이로움은 이다지도 상상을 초월하는 것일까? 아름다운 여자라는 존재가 남자의 마음을 이토록 흔들며 혼란에 빠지게 만들 수 있단 말인가? 사춘기 성적 환상의 대상이었던 귀여운 경옥의 모습은 어느새 내게서 완전히 사라졌다.

어떻게 하든 신희를 한번만이라도 만져 보고 안아 볼 수 있기를 간절히 원했다. 그러나 여신은 조금이라도 그런 접근을 허용하지 않는다. 나는 광신 집단에 소속되어서라도 그 기회를 노리고 싶었다. 남학생들 일부는 그녀 주위를 끊임없이 맴돌며 그녀의 관심을 바라거나 사이비 종교의 광신도처럼 헌신적으로 그녀를 따라 다녔던 것이다. 그렇지만 그녀는 그들에게 눈길 한 번 주지 않았다.

현철과 밥을 먹다 신희 이야기가 나왔다. 현철과는 중학교 때부터 동네 친구로 자라 대학까지 같이 다니고 있는 절친이다.

"나는 왜 신희에게 빠져드는 걸까?"

"예쁘니까." 현철이 무심하게 내뱉었다.

"예쁘면 이렇게 빠지는 건가."

"그렇지, 내재된 이성에 대한 신비감과 섹스 본능이 너를 완전히 정복해 버리기 때문이지."

"넌 그 본능에 굴복 안 하는 비결이라도 있냐?"

"나도 마찬가지로 흔들려. 그 아름다움이 주는 이성적 신비감을 제어할 수 있는 능력은 내게도 전혀 없어. 그걸 통제할 수 있다면 정상적인 인간이 아니지. 다만 좀 냉정해질 수 있을 뿐이야." 자기 객관화를 잘 하고 소신이 뚜렷한 친구다.

"냉정이란 게 뭐야?"

"일단, 그녀를 가지고 싶어도 내 능력으로 안 되니까 포기한다는 거고, 다른 방법들로 그 아름다움을 극복하려고 노력하는 거지."

"다른 방법?"

"첫째는 바늘로 허벅지를 콕콕 찌르는 것이지." 점잖은 현철은 말을 더 안 하려고 한다.

"둘째는?" 나는 현철을 다그쳤다.

"손을 쓰는 거지." 바로 알아듣지 못했던 나는 조금 후 그 의미를 알아차렸다.

"마지막은 돈으로 신희만큼 예쁜 여자를 사는 거야. 강남의 술집에 가면 신희만큼 예쁜 여자는 많다고 해."

그날 밤 나는 가훈인 명중에 따라 신희에 대하여 정리해 보았다. 내 주제로는 우리 대학 최고의 여신인 그녀를 취한다는 것은 불가능에 가깝다. 강남에 갈 돈도 없다. 포기하는 방관자가 되자. 어릴 적에 화투의 신 앞에서는 조용히 죽어야 한다고 배우지 않았던가.

그 후부터 신희의 은총을 여전히 갈구하였지만 광신도에서는 벗어났다. 그러나 포기한다는 결심은 내 마음을 온통 지배하는 그녀를 겨우 조금 가라앉혀 둘 뿐이었다. 그녀 이야기가 나오거나 교정에서 잠시 마주쳐서 눈인사를 할 때, 다른 남학생들보다 좀 의연했을 뿐이었다.

몇 달 후 과 모임이 끝나고 동기 병수와 교문에서 기숙사로 같이 올라가고 있었다. 목소리가 망가진 음대 여학생이 목매어 자살했다는 곳을 지나던 순간이었다. 난데없이 병수가 누구 이름을 목이 터져라 외쳤다.

술에 취해 있었지만 나는 기겁을 하고 건물 뒤쪽으로 피했다. 기숙사 선배로부터 그 여자 귀신이 출몰한다는 소문을 종종 들었기 때문이다. 잠시 후 살며시 주위를 살펴보았지만 병수와 나를 제외하고는 아무도 없었다.

아직도 멍하니 서 있는 병수에게 무슨 고함을 그렇게 쳤느냐고 따졌다. 병수는 거의 혼이 나간 얼굴을 한 채, 며칠 전 먼발치에서 보았던 신희가 너무 좋은데, 지금 어쩔 수가 없어 저도 모르게 소리를 지른 것이라고 한다. 그는 신희에 대한 미친 듯한 욕망을 전혀 제어하지 못하고 있었다.

경영학과 사무실에 입시 원서를 내고 나오는데 과 사무실이 어디냐고 묻는 학생이 있었다. 사무실을 가르쳐 주었는데 그 후 면접 때 그와 다시 만났다. 그의 이름은 병수였고 이 작은 인연으로 우린 친해졌었다.

병수는 키가 크고 아주 잘생긴 귀공자 타입이었다. 그의 아버지는 병수가 어릴 때 집을 나가서 아직도 돌아오지 않았다고 했다. 그래서 그런지 잘생긴 얼굴 너머에는 알 수 없는 큰 불만이 숨어 있는 듯했고 신경질도 자주 부렸다. 그는 상황에 아주 기민하게 대처하였다. 너무 대응력이 빨라서 간혹 오싹한 느낌을 불러 일으켰다. 대개의 친구들은 그를 기피했지만 성품이 무던한 나는 원래 그런 성격인가 하면서 그냥 넘겼고 우리의 친분은 계속 유지되었던 것이다.

병수는 수영을 좋아해서 나와 같이 자주 수영장에 가곤 했다. 미남인 그는 벗은 체격 또한 남자인 내가 봐도 부러웠다. 그는 수영으로 그 멋진 몸매를 유지하는 것 같았다.

그는 수영 실력도 빼어났다. 특히 잠수한 채로 30미터 이상을 거뜬히 갈수 있었다. 숨을 참는 비결이 무엇이냐는 나의 말에 그는 말했다.

"성공하면 좋은 것을 보상받는다고 상상하면서 그냥 참아."

뭘 상상하느냐는 내게 그는 유쾌하게 웃으며 대답했다. "지상 최고로 아름다운 신희."

삼학년 여름방학 끝 무렵 신희를 다시 만났다. 아버지는 학년 초부터 고시공부를 하라고 부탁했고, 효자인 나는 열심히 공부하다 보니 과 수석을 차지하여 청운장학재단이 나를 다시 부른 것이다.

수여식 날, 재단 사무실 현관에 붙어 있는 이사한 주소를 보고서야 재단이 임대료를 아끼느라 우리 동네 근처로 이사했다는 사실을 알게 되었다. 30분이나 늦게 도착했다. 장학금 수여식은 거의 끝나 가고 있었다.

헐레벌떡 들어간 내게 행사장 안의 모든 시선이 집중되었다. 그 중에는 소리 없이 웃는 신희도 있었다. 장학금 수여식이 끝나자 그녀에게 물었다. "오랜만이네요. 아까 왜 웃었어요?"

그녀는 아무 말 없이 내 바지의 아래쪽을 본다. 아뿔싸, 어제 마신 막걸리가 바지에 큰 얼룩을 그리고 있다. 그 꼴로 헐레벌떡 뛰어 들어가지 않았던가? 신희와 얼마만의 만남인데 이런 꼴을 보여주다니. 얼굴이 벌겋게 달아올랐다.

수여식이 끝나자 이사장은 점심을 같이 하자고 한다. 20여 명의 장학생들이 함께 근처 경양식 집으로 갔다. 고풍스러운 분위기였다. 이사장이 중앙에 앉고 학생들은 마주 앉아서 식사를 했다.

내 맞은편에 앉은 사람은 부드럽고 스마트한 목소리로 법학을 전공하는 4학년 최동우라며 말을 걸어 왔다. "정영기입니다."라고 대답하면서 쳐다보니 목소리만큼 얼굴도 잘생긴 남자다. 그는 혹시 자기를 모르느냐고 물었다.

내가 멀뚱히 있자 자기 집이 만광리라면서 내 이름을 들은 적이 있다고 한다. 그제야 너보다 1살 많은 최 회장 아들도 그 학교에 다닌다던 어머니의 이야기가 생각났다.

"동우 선배는 출신이 좋아서 여학생들의 선망의 대상이지." 갑자기 신희가 말을 거든다.

"영기네 집안도 이 동네에서는 만만치 않아."라면서 동우 선배는 머쓱한 분위기를 반전하려 한다. 그 말에 신희는 잠시 나를 쳐다본다.

대화가 무르익어 가면서, 동우 선배의 옆에 앉은 신희의 얼굴이 선명하게 들어왔다. 신희의 오똑 선 코와 붉은 입술이 고풍스러운 실내 인테리어와 조화를 이루며 마치 클레오파트라같이 보였다. 아니, 옅은 화장으로 뽀얗고 앳된 피부가 여지없이 드러나는 그녀가 이 순간만큼은 클레오파트라보다도 더 신비하고 아름다워 보였다.

법학 전공인 동우 선배의 화법은 매우 세련되고 깔끔하다. 거의 같은 지역 출신인데 어쩜 나와 저렇게 다를까? 신희는 가끔씩 동우 선배를 힐끔힐끔 보고 있다. 동우 선배와 눈이 마주치기라도 하면 그녀의 얼굴이 상기된다. 남녀상열지사에 문외한인 나도 그녀가 동우 선배에게 관심이 있다는 것은 금방 눈치챌 정도이다.

다시 쳐다본 동우 선배는 탤런트처럼 우아하고 시원하게 생겼고 키도 크다. 내 주위 남자 중에 가장 잘생긴 병수보다도 한 수 위이다. 게다가 그는 아버지가 국내 굴지의 그룹 오너이고 법대에서 과 수석을 하는 우등생이다. 그에 비하면 나는 굳이 말하자면 호남형이라는 점을 제외하고는 중간 정도 키에 별다른 특징도 없다. 케케묵은 공무원 아버지의 아들로서 겨우 과 수석 두 번 한 것뿐이다.

공연히 부질없는 열등감이 생기고 자존심도 상한다. 나는 쳐다보지도 못하는 여신이 동우 선배에게 관심을 가지려 하다니. 그러면서도 신희를 바라보는 즐거움이 차오르자 상한 자존심은 온데간데없이 사라진다. 이야기를 나눈 지 꽤 오래되었는데 주문한 음식이 나오지 않는다. 배가 많이 고파서 음식은 언제 나오느냐고 묻자 점원은 오늘 주방장이 늦어서 요리가 지연되는 것이라고 심드렁하게 대답했다.

갑자기 신희가 종업원에게 미리 이야기해 주었어야 하는 거 아니냐며 표독하게 나무랐다. 이만한 일로 주위를 아랑곳하지 않고 화를 내다니 좀 의외라는 생각이 들었다. 종업원이 간 후에 동우 선배에게 시선이 가는 걸 보니 그에게 잘 보이고 싶었나 보다. 여신이 남자 때문에 저렇게 화를 내다니… 동우 선배에게 까닭모를 질투가 솟았다.

질투심 때문인지 격렬한 시장기를 느꼈다. 돈가스가 나오자마자 정신없이 먹어치웠다. 정신을 차리고 보니 돈가스 접시에는 밥만 고스란히 남아 있다. 남아 있던 수프에다 밥을 말아 먹었다. 신희가 그 작은 손으로 입을 가리면서 웃었다. 그녀의 웃음소리에 다른 일행들도 내가 수프에 밥을 말아 먹었다는 걸 알게 되었다.

일행의 시선에 내가 머쓱해 하자 신희도 미안해진 모양이다. 겸연쩍게 살짝 웃는 그녀의 입술은 아름답고 매력적이다. 그 일이 그녀에게는 아주 의미 있는 사건이었다는 것을 그때는 알지 못했다.

식사 후 재단 이사장은 계획에는 없었지만 시간이 되는 사람들만 근처 유명한 명중대에 올라가자고 했다. 날씨가 아주 덥지만 명중대에 깃들어 있는 정신은 한국의 대들보가 될 학생들이 반드시 가서 깨달아 보아야 할 장소라고 했다. 어릴 때 내가 자주 가던 그곳이 그렇게 칭찬할 정도로 유서 깊은 곳이었던가 새삼스러운 생각이 들었다.

동우 선배와 대부분 학생은 약속이 있다며 가고 다섯 명만 이사장과 함께 명중대에 올랐다. 올라가는 도중에 신희가 숨을 헐떡헐떡 몰아쉰다. 앞서 가던 나는 걸음을 멈췄다. 이사장이 내게 신희와 함께 천천히 오라고 했다.

그녀 집안 대대로 폐가 약하다고 한다. 헐떡거리면서 산을 오르는 신희의 옆모습은 여전히 아름답다. 가슴이 두근거리고 황홀하여 손을 잡고 싶은 충동이 들지만 주눅이 든 나는 손이 나가다 말았다.

남자란 이성의 아름다움에 대하여 무조건적으로 복종하도록 설계되어 있는 것일까? 창백하지만 흰 피부, 가지런하게 닫힌 붉은 입술, 헐떡거리지만 우아한 목소리, 여신은 언제 어디서나 이런 경외감을 불러일으키는 것일까?

이사장이 명중대는 만민 평등의 원리를 전파하다가 처형당한 유명한 명중 대사를 기리기 위하여 만든 전망대라고 설명했다. 수없이 들은 이야기에 나는 하품이 나왔다. 지루해 하는 낌새를 알아차린 이사장이 여기 온 적이 있는지 물었다.

"이 동네가 저의 고향입니다. 300년 동안 대대로 살았답니다. 어릴 때부터 지겹도록 올라 다녔죠."

"음, 자네는 뼈대 있는 집안 자손이군. 혹시 명중 대사와 관련이 있으신가?" 이사장의 목소리는 나직하고 공손했다. 명중 대사의 상당한 신봉자임이 틀림없다.

"그건 잘 모르겠고요. 저희 집안 가훈이 명중입니다."

이사장은 크게 웃었고 다른 학생들도 따라 웃었다. 가지런한 치아를 살짝 보이며 작은 입술을 동그랗게 오므리고 웃는 신희의 모습이 고혹적으로 느껴졌다.

그때 갑자기 뿌연 안개가 몰려와 한강은커녕 한 치 앞도 제대로 볼 수 없다. 수없이 올라 왔지만 이런 적은 없었다. 신기하다는 생각이 드는 순간 목탁 소리와 함께 희열에 찬 스님의 목소리가 들린다.

"명중대에 안개가 서리면 그분이 인간 세상에 다녀가신다는 전설이 있죠. 오늘처럼 안개가 자욱한 날은 한 번도 없었습니다. 지금 세상에 온 그분의 기를 받은 여러분은 분명 대오각성하실 것입니다. 나무아미타불, 아미타불."

이사장도 한마디 거든다.

"여기에 있는 한국을 대표하는 수재들은 조국의 미래를 위해서 오늘 반드시 각성할 것입니다."

대학원 3학기 때 우연히 학교에서 신희를 만났다. '여전히 예쁘군.' 하고 생각하는 내게 그녀는 뜬금없이 시간이 있느냐며 같이 명중대에 갈 수 있는지를 물었다. 아름다운 여신이 나에게 동행을 요청하다니 감지덕지했다.

버스 안에서도 명중대에 올라가는 동안에도 그녀는 흥분해서 떠드는 내 말을 아무 말 없이 듣기만 했다. 이상하게 생각한 나는 그녀에게 어디가 아픈지를 물었다. 그녀는 아무 일 아니라고 했다. 헐떡거리면서 명중대에 오르자 그날도 안개가 자욱했다. 참으로 이상한 일이었다.

그날로부터 3개월째 되는 날 그녀가 동우 선배와 결혼했다는 이야기가 들려왔다. 나는 공책에 적혀 있던 그녀의 이름을 지우개로 빡빡 문질러 지웠다.

대학원 졸업 후 군대 의무를 마친 나는 투자자문회사에 취직했다. 직장 2년차쯤 된 어느 날 여의도에서 우연히 그녀를 만났다. 그녀는 방송사에 무슨 일이 있어 왔다고 하면서 나를 무척 반긴다. 짙은 화장을 한 그녀의 분위기에는 무언지 모를 불안감이 서려 있으나 그것조차도 우수로 느껴질 만큼 여전히 아름답다. 연락처를 주고서 시간 나면 연락하라면서 급히 어디론가 사라졌다.

아직도 여신의 그늘에서 벗어나지 못한 나는 그녀에게 전화할 용기가 없었다. 다행히 그녀가 먼저 연락을 했다. 동우 선배와 헤어졌다는 소식은 이미 들어 알고 있었기에 그다지 부담이 없었다.

"예쁜 영계들 사귀느라 노계인 나는 잊어버린 거니?" 처음부터 세게 말문을 연다.

"요즘 사수가 많이 쪼아. 일 배우느라고 정신없어."

"돈가스 수프에 밥을 말아먹을 만큼 내게 무관심할 수 있는 네가 인상적이었지." 오래 전 나의 실수를 꺼내는 그녀의 말투는 싸늘했지만 눈빛은 그윽하다.

"따지 못할 감은 쳐다보지 말라는 명중이 우리 집 가훈이야." 농담으로 응수했다.

"수프에 밥 말아먹는 것도 가훈이야?"

"문제가 없다고 생각되면 주위를 의식하지 않고 실행에 옮기지."

식사가 끝난 후 술도 한잔 하자는 그녀를 따라 도착한 곳은 선술집이다. 시원스럽게 생긴 선술집 여사장이 과격하게 마시는 그녀를 조심스레 쳐다보았다. 그 체구에 그렇게 술이 들어가다니 놀랍다. 하지만 내가 먼저 취했다. 내가 2잔 마실 때 그녀는 1잔 정도 마셨으니까, 사실상 내가 마신 양이 많았기 때문이다.

신희도 술이 취하면서 나를 노골적으로 유혹하기 시작했다. 술집에서 총각 딱지를 뗀 것이 내 이성 경험의 전부다. 여신이 나를 유혹하자 황홀경에 휩싸인 나는 제발 꿈이 아니길 간절히 빌면서 호텔로 이끄는 그녀의 손을 강아지처럼 졸졸 따라갔다.

첫 번째 사랑은 본 게임은커녕 그녀의 입에서 싱겁게 끝났다.

여신이 이렇게 기꺼이 나를 넣어 주다니. 처음 혀가 휘감는 황홀한 촉감이 온몸에 전달되는 순간 허공에 둥둥 떠오르는 것 같았다. 그녀의 마술에 알 수 없는 전류가 온몸을 타고 휘저으면서 마치 감전이라도 된 듯이 찌릿찌릿했다. 지금 죽어도 더 이상 여한이 없다는 생각에 이르는 순간 하얀 희열이 순식간에 분출된 것이다.

두 번째도 마찬가지로 그녀의 입을 벗어나지 못했다. 세 번째부터는 본게임에 들어갔으나 그녀의 상위 체위에 압도당했다. 도대체 몇 번이었는지 기억이 없으나 족히 10번은 한 것 같았다. 가끔 그녀가 내는 희열의 소리가 나를 섬뜩하게 했지만 황홀경에 빠진 나에게는 그녀의 비음조차도 천상의 소리로만 들렸다.

눈을 뜨니 일주일 후 8월 15일 세종문화회관 커피숍에서 만나자는 메모를 남기고 그녀는 사라진 후였다. 꿈같은 경험은 아직도 나를 짜릿하게 흥분시킨다. 그녀는 어둠 속에서도 여전히 최고였다. 그러나 어제의 그녀는 빛나는 여신이 아니라 욕정에 굶주린, 나와 똑같은 초라한 인간이었다. 내 기억 속에서 지워졌던 여신은 그렇게 아름답고 탐욕스러운 인간으로 부활했다. 그녀의 인간적 마력에 빠진 나는 약속 시간보다 30분 일찍 커피숍에 도착했다. 어린 여자애들 수십 명이 커피숍 앞에서 누군가를 기다리고 있었다. 그들을 헤치고 들어가니 커피숍 안은 비교적 한산했다.

창 밖이 보이는 빈자리에서 앉아 기다리고 있는데 여자애들의 '와아―' 하는 함성 소리가 들린다. 핸섬한 30대 후반 남자가 들어오는데 어디서 본 듯한 사람이다. 김동석이라는 잘생긴 남자 탤런트였다. 최고의 인기를 구가했던 그는 한동안 슬럼프 후 최근 TV 주말 드라마에 출연하고 있다. 180센티미터 정도의 키, 후리후리한 눈매, 터프한 턱 그리고 꽉 다문 입술은 미남의 상징 그 자체였다. 그는 내 자리 바로 맞은편에 앉았고 상대방은 젊은 여자다.

마침 신희는 그 남자 탤런트와 여자를 뚫어져라 주시하며 내 쪽으로 걸어오고 있었다. 내가 보고 있다는 사실도 모르는 듯했다. 그녀의 하얀 얼굴에는 강력한 불만이 가득 차 있다.

그러다가 나와 마주치자 곧 정색을 하고 방긋 웃는다. 순식간에 저렇게 화사한 모습으로 변하다니, 나는 그저 신희의 모든 것이 경이롭기만 했다. 요즘 스트레스가 쌓여서 바깥 경치를 보고 싶다며 나와 자리를 바꾸자고 한다. 자리를 바꿔 주고서 이야기를 나누는데 그녀의 눈동자는 내내 김동석에게 집중되어 있었다. 내 이야기는 듣는 둥 마는 둥 한다. 천하의 그녀도 미남 탤런트를 비켜 갈 수 없구나. 나는 저절로 한숨이 나왔다.

우리의 대화 중 신희와 동석의 눈이 마주치자 김동석은 순간 움찔했다. 맞은편에 앉은 여자가 우리 쪽을 쳐다보았다. 대학생인 듯한 그녀의 미모는 신희에 버금갔다. 젊음 때문일까? 오히려 신희보다 싱그럽고 참신하게 보였다. 그녀와 눈이 마주친 신희의 두 눈에서 불꽃이 타오르는 것을 나는 보고 말았다.

아무리 유명한 탤런트이지만 앞에 있는 나를 무시하고 저렇게 노골적으로 쳐다볼까? 나는 조금 씁쓸한 기분이 되었다. 잠시 후 그들이 나가자 신희는 예기치 않은 바쁜 일이 생겨 먼저 가야 된다며 내 대답도 듣지 않고 총총히 나갔다. 좀 황당한 생각이 들었지만 사연이 있겠지 하고 참았다.

다시 신희로부터 연락이 온 것은 일주일 후였다. 그때 정말 미안했고 사과의 마음으로 타이탄의 콘서트 표를 구했으니 같이 보러 가자고 했다. 타이탄은 가장 인기 있는 힙합 그룹이다. 요즘 랩에 빠진 나는 그녀의 제의에 흥분했다. 콘서트 장소는 도시 외곽의 경기장으로 작은 산 중턱에 있었다.

타이탄을 따라 열창하고 춤까지 따라 추는 날 보고 신희는 의외라는 표정을 짓는다. 주식 투자라는 게임에 집중해야 하는 우리는 정신적 스트레스를 푸는 게 필수적이다. 최근에 경쾌한 랩이 지친 스트레스를 푸는 데 아주 도움이 된다는 걸 발견했고 들어볼수록 좋아서 지금은 열광의 초입에 발을 딛는 단계였다.

"새로운 모습 두 번째야." 그녀는 놀라워하면서 말했다. 그때 갑자기 타이탄의 리더가 자신의 친구라며 미남 탤런트 김동석을 소개한다. 모두가 그에게 열렬한 박수와 환호를 보내자 작은 산이 들썩거렸다. 김동석도 짧은 랩을 불렀고 너무나 멋있어 보였다. 그렇지 않느냐고 물어보려고 고개를 돌려 보니 신희는 혼이 빠진 것처럼 아예 넋을 잃고 있었다.

콘서트가 거의 끝날 무렵 신희가 나가자고 했다. 아직 시간이 남았다고 했지만 그녀는 정색을 하면서 재촉했다. 차의 시동을 걸기가 무섭게 그녀는 따라가자며 앞차를 가리켰다. 랩의 흥분으로 아직도 몽롱한 나는 시키는 대로 산 정상으로 올라가는 그 차를 따라갔다.

차는 산 정상의 어느 으슥한 곳에서 멈추고 한참 동안 움직이지 않았다. 신희가 저 차 가장 가까이 붙여 달라고 하여 그 차 뒤쪽 10미터 지점에 세웠다. 그 차 안을 뚫어지게 들여다보고 온 그녀는 야릇한 표정으로 나를 응시하면서 나의 벨트를 서서히 풀었다. 질펀한 구강기술로 나의 것을 흥분시킨 그녀는 나를 이끌고 밖으로 나갔다. 은은한 달빛을 등지고선 그녀가 천천히 바지와 팬티만을 벗더니 보닛 위에 누웠다.

달빛을 받아들인 검붉은 수풀은 더욱더 환상적이고 신비스럽다. 손가락을 까딱거리면서 들어오라는 신호에 강아지처럼 순순히 다가갔다. 순간 들개로 변한 나는 욕성에 찬 그녀를 거칠게, 여한 없이 밀어붙였다. 아웃도어의 바람은 달아오른 내연기관의 열기를 식혀 주어서 부작용 없이 3번째 연속적인 분출이 끝나 가려는 찰나에 그 차가 우리 곁을 스쳐 지나갔다. 갑자기 차 문이 열리면서 앙칼진 소리가 들려온다. "변태 같은 년."

차 안에 들어온 나는 영화에나 나올 법한 아웃도어 섹스를 그것도 신희와 나누고 난 흥분이 좀처럼 가라앉지 않는다. 여전히 몸은 천국으로 가는 차 위에 타고 있었다. 이런 일이, 내 생애에 이런 일이 일어날 줄이야. 폭풍이 지나간 신희의 얼굴은 새벽처럼 고요했다.

집에 들어오자마자 튼 TV에서는 김동석 주연의 주말 드라마 「사랑도 변동해야」가 방영되고 있다. 사랑하던 커플이 서로 헤어진 후 각각 다른 사랑을 찾는다는 내용으로서 상당히 튀는 장면이 많다. 각각 새로운 사랑을 찾은 커플이 마지막으로 만나는 걸 보니 머지않아 종방될 것 같다.

2주 후에 신희는 호텔 디너쇼에 같이 가자고 했다. 발라드 가수여서 별로 내키지 않았지만 그녀의 요청은 매우 강경했다. 더구나 야외 섹스의 환상이 로딩되자, 나는 황송스럽게 "예."라고 대답했다. 디너쇼가 중반부를 지나고 있는데 그녀가 또 먼저 나가자며 나의 손을 이끈다.

다른 홀에서 파티가 끝나고 사람들이 나오고 있다. 「사랑도 변동해야 종영 파티」라는 플래카드가 보인다. 김동석은 동료 배우, 스태프와 인사한 후 호텔 안으로 들어갔다. 나보고 뒤따라오라고 하면서 신희는 먼저 호텔 안으로 김동석을 따라 들어갔다.

김동석이 먼저 1303호 객실 안으로 들어가 버리자 안달 난 신희는 더 이상 못 참는지 문을 두드린다. 겨우 뒤따라와 황급히 말리는 나를 엄청난 힘으로 밀쳐 내고 다시 두드린다. 어디서 본 듯한 예쁜 여자가 나와서 앙칼지게 소리친다.

"이 언니 또 왔네. 동석 씨가 싫다는데 왜 따라다녀요? 전에는 우리 앞에서 섹스까지 하고 저번 주에는 몰래 비디오를 촬영하고. 변태인 줄만 알았는데 정신병자잖아, 계속 이러면 경찰에 고소할 거야!" 하고 소리치더니 문을 쾅 닫고 들어갔다.

그렇지만 신희는 또 문을 두드린다. 그녀가 다시 나오더니 마지막으로 경고한다.

"열 셀 때까지 내 앞에서 꺼지지 않으면 경찰을 부를 거야." 하고 핸드폰 버튼을 누를 준비를 한다.

완력으로 신희를 내 차로 데리고 갔다. 처음에는 저항하다가 순순히 따랐다. 차가 호텔을 벗어나자마자 작은 소나무 숲이 보였다. 그녀는 거기에 차를 세우라고 했고 내려서 분에 찬 듯이 호텔 쪽을 보고 고함을 쳤다.

"색골 같은 양아치 년!"

멋도 모르고 참견을 했다.

"싫다는 사람은 잊어버려. 더구나 사나운 임자도 있잖아."

그러나 상상치도 못한 신희의 반격이 태풍처럼 나를 몰아쳤다.

"넌 내가 데리고 다니는 애완견일 뿐이야. 애완견 주제에 나한테 충고를 해?"

그녀는 분을 못 참고 미친 듯 날뛰는 야생 암말이었다. 애완견이라는 말이 나를 충격에 빠뜨려서 잠시 동안 말을 잇지 못했다. 신희는 말을 이었다.

"마음에 즐거운 파동을 주는 거라면 뭐든지 해보자는 게 나의 신조야. 너도 아주 조그만 파동을 주니까 데리고 다니는 애완견일 뿐이란 말이야."

숨이 콱 막혀 왔다. 이제야 그녀의 모든 행동이 이해가 갔다. 나의 뭔가가 그녀의 색다른 관심을 이끌어내 주니까 애완견으로 선택당한 것에 불과했던 것이다.

한참 후 분이 풀리고 제정신이 돌아온 그녀는 미안해하는 것 같고 무언가 이야기하고 싶은 것 같았다. 전체적 흐름을 파악한 나는 더 이상 그녀와 만나는 것은 의미가 없다고 결론지었다. 그녀가 나를 애완견으로 여겼던 것처럼 이제 그녀는 나에게 인간이 아니라 욕정에 미친 암말일 뿐이었다.

우리 집안은 명중리에서 조상 대대로 내려오는 땅에 농사를 지으며 살았다. 어머니는 인근에 있는 만광리에서 태어났다. 외가댁은 만광리에 넓은 땅을 소유한 거부였다는 말을 아버지로부터 들었다. 현재 만광리는 식품 공장이 가득 들어섰다.

우리 집안 가훈은 명중이다. 할아버지는 어린 나에게 '세상과 자신을 명확히 보고 마음의 중심을 잡는 것'이 명중이라고 했다. 어린 나는 그 말뜻을 이해하기 어려웠지만 자주 듣다 보니 막연하지만 내 나름의 개념을 가지게 되었다.

언젠가 감기에 걸려서 열이 높았던 내게 할아버지는 열이 얼마나 나는지 물었다.

"할아버지, 열도 나고 스물도 나요." 그렇게 아픈 상황에서도 열이 나는 상태를 숫자 열이 나 스물이라고 구체적으로 표현하는 것이 명중이라고 생각했던 것 같다.

어느 해 명절이었다. 할아버지는 나보다 겨우 1살 많은 큰집 형에게는 오 원을, 내게는 고작 일원의 세뱃돈을 주었다. 그 다음 해에도 나는 여전히 1원을 받았지만, 사촌 형은 무려 십 원이나 받았다. 나는 "할아버지, 차별하지 마세요!"라며 1원을 내던지고 뛰쳐나왔다.

명중을 가르치면서 세뱃돈도 제대로 책정하지 못하는 할아버지를 향한 작은 분노였을까? 엄청나다면 엄청난 사건을 저지르고 나서 어린 나도 놀랐다. 내가 왜 그랬을까?

나의 강력한 항의에도 불구하고 할아버지가 내 세뱃돈의 규모를 다시 책정한 결과는 엄마가 할아버지로부터 추가로 받아온 1원뿐이었다. 이 돈을 할아버지에게 다시 던져 주고 올 거라고 씩씩거리는 나를 엄마는 한사코 말렸다.

'형과 내 나이 차이가 다섯 배가 되는 것도 아니잖아'라고 따졌지만 엄마는 아무 말 없이 그냥 받으라고만 한다. 엄마의 미적지근한 태도를 그날따라 받아들일 수가 없었다. 참으라니, 평상시에도 엄마는 도대체 생각이 있는 건지 이해가 안 될 때가 많았다.

내가 큰 소리로 대들자 아버지는 말없이 10원을 내주셨다. 나는 더 이상 따지지 않았다.

이상하게도 그 사고 건으로 할아버지는 나를 한 번도 나무라지 않았다. 다른 때 같았으면 크게 나무라셨을 행동이었다.

아버지와 동네 사람들은 우리집에서 가끔 화투를 쳤다. 어느 날 깡마르고 눈빛이 날카로운 사람이 이 화투판에 끼어 있었다. 수준 높은 화투를 배우기 위하여 고수인 그를 특별히 모셔 왔다고 동네 사람은 아버지에게 말했다.

나는 명중을 동원하여 그의 모든 동작을 주도면밀하게 지켜보았다. 그는 처음에는 별다른 두각을 보이지 못하다 언젠가부터 그는 서서히 높은 점수를 얻기 시작했다. 동네 사람들의 돈이 그의 앞에 수북이 쌓였다. 다음 판에서도 그는 높은 점수를 땄고, 그가 판에 깔린 저 광만 먹으면 오광까지 되어 판이 끝나는 상황이었다. 나는 몰래 그의 패를 보았다. 그가 가진 두 장에는 그 광을 먹을 수 있는 패는 없었다.

그의 차례 때 그는 자기 패로 그 광을 내리쳐서 먹었고 그걸로 화투는 종료되었다. 분명히 손에 없었던 저 패가 지금 나온 것이다. 나는 눈을 의심했다. 만약 숨겨둔 한 장으로 광을 쳤다면 손에 두 장이 남아 있어야 하나 지금은 정상대로 한 장밖에 없었다. 내가 확인한 두 장 중 한 장은 그에 손에 없었다. 내가 잘못 본 걸까? 눈을 비비고 다시 보았지만 내가 본 다른 한 장은 어디에도 없었다.

그는 잃은 사람들에게 개평을 주면서 유유히 사라졌다. 사람들은 '과연 화투의 고수'라고 찬사를 아끼지 않으면서 집으로 돌아갔다. 일주일 내내 명중을 동원해도 작은 눈으로는 그가 이긴 비결을 찾을 수 없었다. 한 달 후, 청소를 하는 어머니의 소리를 우연히 들었다.

"이 화투장이 왜 여기에 떨어져 있지?"

그 화투장은 내가 고수의 손에서 보았던 그 패였다. 나는 천정을 올려다보았다. 우리 집 천장은 아주 높고, 낮게 걸려 있는 형광등은 희미하여 밑에서는 천정이 잘 보이지 않는다. 사다리를 가지고서 천정 위를 살폈다. 천정의 두꺼운 벽지에 옆으로 갈라진 구멍이 보인다. 그 구멍에 화투를 꽂아보니 딱 들어맞는다.

그는 숨겨준 화투패로 그 광을 치고 자기가 가진 패는 천정으로 던져 꽂았으며 한 달이 지나자 화투장이 바닥에 떨어진 것이었다. 그때 순식간에 귀신같이 한 일이라서 아무도 알아차리지 못한 것이다. 그는 진정한 화투의 신이었다. 어린 나는 깨달았다. 신 앞에서는 명중도 소용이 없다는 것을. 그리고 그 앞에서는 패를 접고 조용히 죽어야 한다는 것을.

종종 동중사에도 놀러 갔다. 스님들이 명상하면서 장시간 앉아 있는 것이 작은 눈에는 아주 신기했다. 호기심이 많았던 나는 스님에게 물었다.

"그렇게 앉아서 재미없게 사는 것보다 세상에서 노는 게 더 재미있지 않나요?"

"한계를 인식한 새들은 처마 끝에서 더 이상 날지 못한단다. 우리도 그런 상태라서 인간 세상에서 살지 못하고 여기서 앉아 있단다."

"날개가 있는데 왜 날지 못하나요?"

"그런 때가 인간에게도 온단다. 그럴 때가 오면 너는 어떻게 하겠니?"

나는 아무 말도 못하였다. 날지 못하고 처마 끝에 그대로 주저앉는 새가 있다니. 말도 안 된다. 나에게는 절대로 없을 것이다.

"진짜 그런 일이 있어요?"

"사람에게는 그럴 때가 있어. 그러나 그것은 큰 기회야. 왜냐하면 그 큰 시련을 극복하면 더 큰 사람이 되기 때문이지." 할아버지 말씀에 나는 놀랐다. 새가 날지 못하는 상황이 오고 그 후에 큰 사람이 된다고 하니.

"영기야, 많이 참아야 한다." 그 상황에서 무얼 어떻게 왜 참으라는 것이었을까?

할아버지는 이후에도 가끔씩 그 말씀을 하셨다. 그리고 돌아가실 때도 내 손을 잡고 이 말씀을 남기셨지만 아직도 이해가 되지 않는다.

현철은 광동원에 사는 친구로 중학교 때 만나 고등학교와 대학교를 같이 다녔다. 얼굴이 검고 키는 작으나 몸이 다부진 친구였다.

유학자 아버지 탓인지 현철은 고리타분한 면이 많았지만 의리도 있었다. 중학교 어느 여름에 우리는 한강에 물놀이를 갔다. 수영을 못하는 내게 고무 튜브를 빌려주었다. 앞으로 엎드려서 고무 튜브를 타려는 내게 현철은 뒤로 타는 것이 편안하니 그렇게 하라고 한사코 권했다.

현철의 손을 잡고 일단 뒤로 타는 것까지는 성공했다. 조금씩 주위를 맴돌면서 놀던 중에 갑자기 센 물결에 휩쓸려 튜브가 중심을 잃고 뒤로 넘어가면서 물에 빠지고 말았다. 허우적거리는 나를 건지려고 현철이 뛰어들었지만 정신없는 내가 그를 붙잡아서 둘 다 빠질 뻔한 긴박한 상황이 되었다. 하늘이 노래지고 세상이 뒤흔들리면서 이제 죽는구나라는 생각이 들었다. 그때 저만치에 떠 있는 고무 튜브를 현철이가 잡는 바람에 둘 다 살아났다. 정신을 차리고 난 후 내가 물었다.

"물에 뛰어들 때 겁나지 않았어?"

"내가 강요해서 일어난 일이니까 무조건 책임지고 너를 구해야 한다는 생각뿐이었어."

그 사건을 계기로 물에 대한 두려움이 사라졌고 수영도 좋아하게 되었다. 죽음 근처에 갈 정도로 혼이 났는데 오히려 그걸 게기로 물이 좋아졌다는 게 신기했다.

현철이네 집에 놀러 가면, 우리는 늘 집 뒤에 있는 광동산의 광동대에 올라갔다. 중학교 3학년 광동대에서 놀던 어느 날, 갑자기 천둥번개와 함께 소나기가 쏟아졌다. 우리는 정신없이 뛰어서 큰 나무 아래로 비를 피했다. 천둥이 치면서 주위가 환해지자 광동대에 떨어져 있는 내 필통이 보였다. 필통을 주우려고 빗속으로 뛰어가던 도중에 꽝 하는 소리와 함께 정신을 잃었다.

정신을 차리니 현철이네 집이었다. 필통을 약간 비켜선 자리에 벼락이 내리쳤고 그 소리에 기절한 나를 현철이가 업고 내려왔다고 한다. 아무 일이 없어서 다행이라고 현철 아버지와 현철은 말했다. 그 일 이후로 신기하게도 그전까지 가끔씩 기절하던 병이 없어졌다. 갑자기 공부 실력도 크게 향상되었다. 그 해 가을 나는 학력평가를 위한 전국 모의고사에서 전 과목 만점으로 전국 1등을 했다. 아버지는 "할아버지가 보셨으면 좋아하실 텐데."라고 몇 번이나 말씀하셨다.

경옥은 우리 동네에서 같이 자란 4살 아래 여자아이였다. 그 애 아버지는 학교에서 허드렛일을 하는 소사여서 학교 내 관저에서 부인과 딸 그리고 어머니와 함께 살았다. 어린 경옥은 나를 오빠라고 부르며 잘 따랐다. 까무잡잡하고 복스럽게 생겨서 아주 곱고 귀여웠다.

중학교 때까지 경옥이가 그냥 예쁘장하다고만 생각했다. 고등학교에 들어가서 이성에 눈을 뜨기 시작하자 그제야 내 눈에 매력적인 이성으로 들어왔다. 초등학교 6학년인 경옥이와 길에서 마주칠 때면 그냥 생긋이 인사하는 경옥이가 너무 예뻤다. 그 후 시간이 나면 담 너머로 경옥이를 훔쳐보는 것이 큰 즐거움이 되었다. 그러나 경옥이를 노리는 시선은 나만이 아니었다.

경옥이는 공부도 곧잘 했다. 중학교에 진학하자 전교 1등을 놓치지 않았다. 주위에는 늘 많은 남학생들이 맴돌았다. 그때까지 나는 경옥에게 그냥 동네 오빠에 지나지 않았다. 내가 모의고사에서 전국 1등을 하자 그 애가 나를 보는 눈이 아주 달라졌다. 거리에서 마주치면 수줍어하면서 까무잡잡한 얼굴은 빨개졌다. 그 집에 심부름 가면 시키지도 않은 과일을 깎아 오곤 했다. 고등학교 2학년 때부터 여느 친구들처럼 몽정을 겪었다. 몽정 때 나타나는 천사는 항상 경옥이었다. 까만색 중학교 교복을 입은 그녀는 흑의천사처럼 내 마음에 깊숙이 자리 잡고 있었다. 그럼에도 경옥에게 좋아한다고 말해 본 적은 없었다.

현철 아버지는 항상 근엄하게 앉아서 책을 보던 기억이 난다. 가끔 고풍스러운 기와집에서 빽빽이 꽂힌 책을 볼 때마다 무언지 모를 깊은 정취가 느껴졌다. 현철이 집에 놀러 간 내가 현철에게 물었다.

"너희 아버지는 매일 오래된 책을 보시던데 뭘 연구하시는 거야?"

"주로 특정한 과거 사건에 대한 조사를 의뢰받으면 옛날 책을 찾아 고증

한 자료를 작성하여 의뢰인에게 넘기지."

"점도 치시는 것 같던데?"

"응, 주역에도 이해가 깊으셔."

"그럼 내가 앞으로 예쁜 여자를 만날 수 있을지도 알 수 있겠네."

"언젠가 너에 대하여 물었더니, 네 앞엔 역동적인 삶이 펼쳐질 거래."

역동적인 삶이란 어떤 삶일까? 경옥과 나는 이루어질까? 내가 이해하기에는 어려운 말이었다.

『신의 희열』. 요즘 읽고 있는 책의 제목이다. 자기가 하고픈 것을 거침없이 즐기는 삶이야말로 가장 값진 인생이며 신의 희열에 비견된다는 점이 주된 요지이다. 신의 희열이라는 단어로 인하여 기억에서 지웠던 신희가 다시 생각났던 것이다. 즐거운 마음의 떨림을 추구하며 산다는 신희의 앙칼진 말은 아직도 귀에 생생하다.

신희와 헤어진 것이 십여 년 전의 일이다. 그녀는 여러 남자를 옮겨 다니면서 아주 자유분방하게 인생을 살며 애도 있다는 소문도 들렸다. 이혼의 아픔을 극복하면서 자신 있게 인생을 사는 여인, 그런 면에서는 진정한 여신이라는 말도 있었다. 나는 왜 이렇게도 그녀의 기억을 버리지 못하는 것일까?

나는 중견 투자회사를 운영하고 있는 오너다. 우리 회사는 투자자로부터 자금을 위탁받아 운용해 주고 수수료를 챙기거나 직접 금융기관으로부터 돈을 빌려서 자본시장에 투자하여 돈을 벌고 있다.

끊임없이 변동하는 자본시장에서는 수시로 투자 기회가 발생되므로 그런 변동성을 주시하면서 인생을 사는 것은 큰 즐거움이며 돈도 많이 벌 수 있다는 것이 나의 철학이다.

변동성을 쫓아서 미친 듯이 돈을 버는 일에 파묻힌 지 10여 년이 지났다. 그런 노력의 결과로 30대 후반에 500억 원대의 부자가 되었지만 40대 초반인 요즘에는 매사에 의욕도 없고 점점 무기력해진다는 느낌이 든다.

주변 친구들은 회춘하겠다고 골프나 등산, 혹은 조깅에 열중하기도 하지만 나는 그런 것에도 흥미가 없다. 사람을 만나는 것보다 조용한 곳에서 멍 때리는 것이 더 좋다. 이제껏 주변을 돌아볼 여유 없이 그저 앞으로 달려오기만 해서일까? 40대는 불혹이라는데 마음에 끌려다니던 몸이 이제 정신을 압박하면서 자기 존재를 과시하려 하기 때문일까.

육체의 노예가 되지 않기 위하여 아침 일찍 일광도 수련장을 찾았다. 오늘도 정지민 씨는 수련에 열심이다. 이 관장에서 알게 된 그녀는 키가 작고 아담하지만 지극히 정열적으로 인생을 산다. 치타가 저보다 큰 임팔라의 목을 물면 절대로 놓아주지 않는 것처럼 한번 목표를 설정하면 온갖 힘을 다하여 집중한다. 나하고는 성향이 비슷하여 금방 친해진 것 같다. 국회의원 보좌관을 하고 있다는 그녀가 나를 보고 오늘도 생긋 웃는다.

며칠 동안 몸이 피곤하여 정신도 몽롱해진 상태에서 일광도에 몰입한다. 몸과 정신을 일체화시켜 하나의 빛을 만들고 전신을 관통시켜 흐르게 하자 무엇이라도 할 수 있을 것 같은 자신감이 넘친다.

일광도 도장의 앞에는 작은 소나무 숲이 있다. 아무 생각 없이 소나무 숲 속 오솔길을 걷는 것이 운동 후의 습관이 되었다. 오솔길에 접어들자 무채색의 송진 향이 온몸을 휘감는다. 일광의 충만한 에너지로 채워져 있는 나에게 어느 때보다 더 청량한 활력이 넘친다.

오솔길 중간 빛바랜 의자에 걸터앉아 본다. 숨 가쁘게 달려왔던 또 다른 기억들이 급행열차의 차창 밖으로 보이는 풍경처럼 쏜살같이 다가온다.

2.

변
동
성

한 발 떨어진 방관자의 위치를 취하더라도 신희는 나의 마음에 여전히 소설 속 금각사처럼 자리 잡고 있었다. 혹시라도 신희 앞에 서게 될 날을 대비하여 무언가를 이룩해 놓아야 한다는 압박감이 내 머릿속에서 죽순처럼 자라고 있었다.

대학원에 가서 공부를 더 한 것도 이와 무관치 않다. 그녀의 앞에 당당하게 서려면 그녀만큼 공부를 잘해야겠다는 생각이 무의식에 깔려 있었을 것이다.

군대에 갔다 온 후 고시를 포기하고, 다른 친구들처럼 대기업에 가지 않고 투자자문사로 직행한 것은 돈을 벌고 싶어서였다. 돈을 빨리 벌려면 당시로서는 가장 손쉬운 방법이 주식이었다. 신희가 부잣집 아들인 동우 선배에게 꼬리를 치며 스스로 몸을 던졌다는 반감 때문에 나도 부자가 되고 싶었던 것이다. 혹시 나중에 그녀와 만날 상황이 올 때 나도 부자이어야 한다는 무의식도 작용했을 것이다.

대학 때 포커 게임으로 상당한 돈과 기숙사 식권을 싹쓸이했던 걸 보면 주식 투자에 필요한 승부 근성은 타고나지 않았을까 하는 엉뚱한 생각도 들었다. 투자자문사에 입사한 나는 2년 동안은 투자를 하지 않고 신참으로서 주로 사수가 하는 이야기를 듣고 시장을 파악하는 데 주력했다.

민주주의에 바탕을 둔 자본주의 하에서 인간은 경제활동에 대한 무한의 자유권을 가진다. 그가 경제활동을 위한 자유권을 보장받기 위해서는 필요한 자본을 제때 조달할 수 있어야 한다. 그 자금을 제공한 투자자들도 그 시장에서 투자된 자본을 언제라도 매매를 통하여 회수할 수 있어야 할 것이다. 이 투자 자본을 조달하고 매매 하는 시장이 바로 주식시장이다. 정부는 주식시장을 활성화시키기 위하여 가능한 한 규제도 줄이고 일정 범위를 벗어나지 않으면 머니게임까지 용인하는 등 어느 정도 유연성을 주고 있었다.

투자된 자본인 주식의 가격은 기본적으로는 피투자회사의 수익성과 성장성에 달려 있었다. 또한 이런 주식들을 매매하는 주체가 어느 정도의 강도로 매집하느냐에 따라 주가는 달라질 수도 있다. 가령 회사의 수익성이나 성장성은 보잘것없지만 매매 주체가 매수 강도를 높이면 주가는 상승할 수도 있었다.

이같은 주식시장에서 돈 버는 길은 수없이 많았다. 대부분의 시장 참여자는 기술적인 분석인 차트 방법으로 접근하고 있었으나 명중에 길들여진 내게는 별로 와 닿지 않았다. 주식시장에서 규칙성이란 있을 수 없으므로 차트 분석은 단순 참조에 불과할 것이다. 무언가 색다른 접근이 필요하다고 생각했다.

마땅히 자문을 구할 곳도 없이 수박 겉핥기 식으로 주식시장에 대해 공부하고 있던 중에 신희와의 만남이 있었고 내 관심은 주식시장에서 신희로 옮겨 갔다. 꿈에나 그렸던 신희를 품었던 세 달 동안 나의 관심은 오직 신희뿐이었다. 그랬던 내게 애완견 이야기는 그야말로 쇠망치로 머리를 얻어맞은 듯 커다란 충격이었다. 며칠 동안 나약한 내 자신이 한심하고 서글 프고 또 한없이 밉기도 했다.

돈 버는 목표를 세웠으면 독해야지 그냥 물에 물 탄 듯 술에 술 탄 듯 처신하지 않았던가! 목표를 독하게 추구하지 못하고 겨우 시간 때우기 식으로 허우적거리지 않았던가! 나는 깊은 번민으로 몸부림쳤다.

무언가 낌새를 알아차린 사수는 술을 사 주면서 왜 그러느냐고 물었다. 나의 사정을 들은 사수는 말했다.

"자유분방한 맛을 안 여자에게 미련을 두지 마. 모든 것을 아는 여자는 절대 너한테 쉽게 안 와. 너한테 필요한 것이 있을 때만 오지."

기업에서 사수란 직장 지속 선배로서 후임에게 실무를 가르치는 사람이다. 우리 회사 차장인 그는 산전수전 공중전처럼 다양한 투자관련 일을 경험했으나 지금 혼자 살고 있었다. 부장으로 승진해야 하나 인간관계에서 무슨 문제가 있어서 승진을 못하고 있다는 소문도 떠돌았다. 그러나 주식 시장과 관련한 그의 안목은 상당하였다.

처량한 내가 안쓰러웠는지 술 취한 그는 주식시장에서 돈을 버는 방법에 대하여 이전과 다른 말을 했다. 나는 그의 말에 열심히 귀를 기울였다.

"종목 특성과 매매 주체의 수급 사정에 따라 주가가 생물처럼 변동하지. 그게 변동성이야. 매매 주체의 수급 사정은 시시각각 달라서 예측하기 어렵지만 종목 특성은 상대적으로 파악하기 용이해. 영기 너는 사물을 보는 집중력이 대단하기 때문에 나보다 종목의 특성을 잘 꿰뚫어서 그에 따른 변동성을 미리 읽을 수 있을 거야. 내 생각이 맞는다면 너는 큰돈을 벌 거야."

종목의 특성을 꿰뚫어 보라는 것은 명중과 유사한 것 같고, 변동성은 현철이 말하던 주역 이론과 비슷하지 않은가? 강렬한 촉이 머릿속에서 번득이며 뜨거운 자신감이 차올랐다. 그 자신감은 신희의 말에 상처 입은 자존심을 다시 세우면서 강력한 투지를 불러 일으켰다.

부동산 가격이 상승함에 따라 주식시장에서도 건설주도 조금씩 상승하고 있었다. 재무제표상으로는 이익도 나고 있고 부채비율도 낮은데, 주가가 유난히 낮은 회사가 눈에 띄었다. 사수에게 물어보니 그 건설사는 주가 탄력성이 아주 낮기로 소문이 나 있으니 아예 가까이 가지 말라고 한다.

그날 저녁 주인집 아저씨는 전세를 올려달라고 했다. 작년에 올리지 않았느냐는 퉁명스런 나의 항의에 요즘 전세값이 크게 올랐다며 나도 시세대로 받아야 하는 거 아니냐며 쏘아 붙인다. 다음날 중개사에게 연락해 보니 아저씨의 말은 사실이었다. 혹시나 하는 생각으로 나는 최근 신문기사들을 샅샅이 살폈다. 뭔가 생각이 머리를 친다. 나는 곧바로 은행에서 투자자금 1억 원을 빌렸다.

사수가 말리는데도 불구하고 나는 전부를 그 종목에 베팅했다. 사수의 말대로 그 종목의 주가 변동성은 전혀 없었다. 두 달 동안 이자만 내고 나니 가슴이 쓰렸다.

"처음에는 다 그렇게 수업료를 내는 거야."라면서 사수가 주는 술은 쓰디썼다. 내일 정리를 하자고 어려운 결정을 하고 나서 마시는 소주는 달콤하고 부드러웠다. 다음 날 술이 덜 깬 몸을 끌고 출근하여 눈도장만 찍고서 사우나로 향했다.

점심 식사 후 주식전광판을 보는데 건설 업종의 전 종목이 상한가였다. 어제 저녁 주택 100만 호를 건설한다는 정부 정책이 발표되었고 투자자들이 건설주를 무차별 매수하다 보니 내가 가진 건설사까지 매기가 왔던 것이다.

주가가 매수가의 50%까지 오르자 나는 흥분을 감출 수 없었다. 한편으로는 주가가 다시 떨어지지 않을까 불안 하고 초조하여 조바심도 났다. 사수는 말했다. 이 종목은 전 고점을 돌파했으니 적어도 200% 이상을 먹을 수 있을 거야. 그러나 나는 조정 후 100%까지 상승하자 사수 말을 무시하고 팔았다. 아무튼 의도하지 않았던 그 종목의 주가에 변동성이 생겼고 세 달 만에 2억 원이 되어 1억 원이나 벌었다.

1억이나 되는 돈은 생전 처음 벌어 보는 것이다. 신희가 내 마음을 찌릿찌릿 채웠듯이 그 돈은 주식전광판처럼 나의 마음을 찌릿찌릿하게 흥분시켰다. 그러나 사수 말대로 그 회사 주가는 200%까지 올랐다.

정부 정책의 변동성까지 예측했던 것은 아니다. 사실 전세값이 올라가서 여러 샐러리맨이 심한 좌절감을 느끼고 있다는 신문일면의 기사를 본 적이 있었다. 이런 좌절감들이 건설주에 무언가의 변동성을 일으킬 것이라는 막연한 기대 때문에 베팅했다고 말하자 사수의 눈빛은 달라졌다.

다음 투자처를 모색하던 중 별로 오르지 못했던 또 다른 건설 회사가 눈에 띄었다. 그전에도 눈에 들어왔으나 재무구조 때문에 제외했던 종목이다. 한번의 성공으로 자만심이 가득 찬 나는 충분히 투자해 볼 만하다고 확신했다. 사수의 만류에도 또 과감히 매수했다.

매수 후에 더디고 더딘 주가변동성에 곧 후회가 되었다. 이런 종목에 왜 투자했을까? 그러나 건설 업종에 대한 매기가 확산되면서 이 종목까지 매수세가 들어왔다. 그 결과 이 종목까지도 변동성은 찾아 왔고 그 회사 주가는 상방으로 움직였다. 변동성이 발생할지는 누구도 확신할 수 없는 것이다. 소심한 나는 이번에도 조금만 먹고 팔았다.

투자 잔고는 2.5억까지 늘어났다. 노력과 목표 달성, 그 산물인 돈이 연결되는 즐거움은 신희만큼, 아니 어쩌면 그보다 더 즐거웠다. 이러한 나의 성과를 사수도 놀라워하며 여간 부러워하는 눈치다.

다음 목표는 5억이다. 요즘 따끈한 거 들은 거 없는지 사수에게 물었다. 잠시 뜸을 들인 그는 따끈따끈한 정보가 있다면서 피혁 회사 하나를 추천했다.

집에 가서 분석해 보니 그 회사는 적자투성이로 이미 주가는 오를 대로 올라 있었다.

월요일 아침 장 전에 사수에게 이런 게 올라갈 수 있는지 물었다. 그는 큰손이 당기는 작전 종목이므로 주가 탄력성은 아주 크지만 반면에 위험성 또한 안고 있으니 알아서 하라고 했다. 아무리 생각해도 내 경험상 도저히 들어갈 수 없었다.

장 시작 때 주가는 상한가로 직행했다. 매수할 용기가 없었다. 주가는 보란 듯이 금요일 아침까지 연일 상한가 행진을 계속했다. 지금까지 이런 탄력성을 본 적이 없었다. 5일 만에 주가가 거의 2배로 올라간 것이다. 나의 마음은 심하게 흔들렸다.

금요일 오후 들어서자 주가는 갑자기 급락하여 하한가로 마감했다. 사수에게 다시 물었다. 사수는 어딘가에 전화를 한 후 나에게 말했다.

"일단 개미를 떨어뜨리고 다음 주 화요일부터 시작해서 3배까지는 무조건 당긴대."

"도대체 뭘로 거기까지 간다는 거죠?"

"매연저감장치 개발이 완료되어 저번에 주가가 오른 것이고, 이번에 대규모 판매 계약을 할 거래. 그게 나오면 현시세에서 최소 3배 이상은 무조건 간대."

다음 주 월요일 아침, 주가는 하한가로 시작하다가 점심때쯤 하한가가 풀리면서 올라가기 시작했다. 이때다! 바짝 달아 있던 나는 추격매수하여 물량을 모두 채웠다. 주가는 보합 수준까지 올라가면서 거기서 대량 거래량이 일어나기 시작했다. 5%까지 오르고 등락을 반복하다가 종가에 보합에서 끝났다. 사수는 대량 거래량은 매집을 완료하였다는 징조라고 했다.

다음날 출근하자마자 단말기를 보는데, 이 종목만 주가가 나오지 않는다. 마침 들어온 사수는 "그거 거래 정지되었어."라며 안쓰러워하는 표정을 지었다. 공시를 보니 부도라고 했다. 부도를 안 세력이 팔다 보니 금요일은 하한가, 어제는 장중 한때 하한가까지 간 것이다. 정리매매를 하고 나니 대금은 고작 오백만 원이었다. 이자를 내고 나니 통장에 잔고는 거의 없다.

가훈인 명중의 정신을 잃어버린 상태에서의 투자였고 세력이 만드는 변동성을 알지도 못하고 막연한 정보에 기대한 점이 패착이었다. 사수도 이런 변동성을 알고 있었을지 모른다. 오히려 그는 내가 처참해지는 변동성을 기다렸는지도 모른다는 생각도 불현듯 머리를 스쳤다.

내게 불안정하고 교만한 면이 있다는 걸 알면서 그걸 통제하지 못하고 한 순간의 감정에 빠질 줄이야. 신희에게서 더 멀어진 내가 보였다. 5병의 소주에 몸과 마음이 모두 취한 후, 내 속에 숨어 있는 교만하고 무분별한 나를 꺼내보려고 여러 번 시도했으나 그 놈의 나는 끝내 나오지 않았다.

학대와 고통으로 나를 다스리고 나자 마음이 홀가분해졌다. 빚 1억 원은 월급으로 조금씩 상환하고 주식은 하지 말자. 거북이 걸음처럼 더디게 3개월이 지나갔다. 참으려고 이를 악물었지만 억울하여 참을 수가 없었다. 주식에 빠진 나를 스스로도 통제할 수 없었다.

손을 벌릴 수 있는 데라고는 아버지밖에 없다. 아버지는 아무 말 없이 대대로 물려받은 전답을 처분해 1억 5천만 원을 만들어 주셨다. 당신이 해 줄 수 있는 전부라며 가훈 명중을 잊지 말라고 하셨다. 어머니가 안쓰러운 듯이 말씀하셨다. "그 놈의 돈." 그러나 내 마음은 별로 흔들리지 않고 덤덤했다. 그때의 나는 자신의 목적을 위하여 주변의 희생을 요구하는 비정한 놈이었다.

이번에는 투자에 앞서 재야 고수들의 이론을 들어 보아야겠다고 생각했다. 비싼 강의료를 내고 재야 주식 고수의 강의를 들었다. 그들은 이전에 배운 변동성 이론과 학교에서 배운 완전 자본시장 이론과는 다르게 좀 더 구체적이고 귀에 잘 들어오는 현장성을 이야기했다.

무한 경쟁 상태인 주식시장은 예측이 불가하지만, 어디까지나 인간들의 게임인 이상 단기간에 예측 가능한 게임으로 진행된다. 즉 오를 타당성이 가장 높은 종목들을 주도주라는 개념으로 설정해 놓고 게임을 벌이는 것이다. 주도주는 대부분의 경우 높은 수익성이 지속되는 회사나 업종이 되나 시장 수급 상황에 따라서 게임에 유리한 재료를 가진 회사가 되는 경우도 있다. 작은 수급주체들이 주도하는 종목과 대형 기관의 주도주가 있으며, 작은 수급 주체들이 주도하는 종목은 대형 기관의 그것에 비하여 주가 변동성이 아주 크다.

그들의 이야기를 종합해 보면 작은 수급 주체들이 머니게임을 하는, 변동성이 큰 주도주를 발굴하는 것이 적은 돈을 가진 내가 큰돈을 벌 수 있는 길이었다.

이런 관점에서 6개월 동안 시장을 지켜보았다. 작은 수급주체의 주도주는 자원개발주로서 어마어마한 게임이 벌어지고 있었다. 자원개발주는 너무 많이 올랐고 재무구조도 좋지 않아서, 피혁회사에 쓴 맛을 본 나는 들어갈 용기가 나지 않았다.

대학 졸업 후 중학교 윤리 선생이 된 현철에게서 만나자는 연락이 왔다. 졸업 후에 그의 결혼식에서 보고 처음이다. 현철은 교사 월급으로는 살아가는 것이 힘들다며 희망이 있겠느냐는 와이프의 바가지 때문에 주식시장에 뛰어들었다고 했다. 잠시 멈칫했지만 신뢰할 수 있는 동지를 얻어서 기뻤다. 현철은 만물은 끊임없이 변동한다는 주역 이론처럼 주식시장도 마찬가지로 끊임없이 변동하고 있는 바, 양음 양이라는 주역 이론으로 종목의 변동성을 충분히 예측할 수 있다고 자신 있게 주장했다. 신선한 이야기다. 주역이라는 동양 고전이 성공비법을 알려줄 수 있을 거야. 갑자기 가슴이 두근거렸다.

현철의 말대로 특정 종목에 대하여 양음 양의 반복 패턴을 적용해 보았다. 그 종목의 주가에 대하여 한 달 동안은 신기하게도 맞았다. 통화 긴축을 한다는 이야기가 나오면서 시장이 얼어붙자 양음 양 이론과 다르게 주가는 일방적으로 떨어지기만 했다. 다시 시장이 회복되어도 수급이 무너진 이 종목은 수급이 몰리는 종목들처럼 양음 양 패턴을 보이지도 못했다. 특정한 수급 상황이 안정화된 상황에서 예측하는 데 어느 정도 도움이 되는 정도구나. 주도주가 언제 어디서 나오는지를 찾아내는 데는 직접적인 수단도 못 되었다. 이런 생각을 현철에게 이야기했고 현철도 고개를 끄덕인다. 그는 주역 이론으로 실제 매매를 해서 손해를 본 아픔을 겪은 터였다.

다시 원점으로 돌아가서 시장의 흐름을 분석하여 후발주도주를 찾아 보기로 했다. 며칠 밤을 새워서 우리 둘은 석유 중심의 자원개발주 대신에 석탄 중심의 자원개발주로 이전될 것이라는 시장 흐름의 변화를 확신했다. 바로 이거다, 우리는 아메리카 대륙을 발견한 콜럼버스처럼 진한 흥분감을 감추지 못했다. 다음날 석탄관련주를 용감히 매수했다. 그러나 둔탁한 석탄은 주도주가 되지 못하고 조금 오르다가 뚝뚝 떨어지기만을 반복한다. 그후 6개월 동안 철광석부터 몰리브덴까지 어지간한 자원주는 손대 보았으나 성과라고는 풍부해진 지하자원의 상식뿐이었다. 집요했지만 허망하게 끝난 우리의 매매에 한계를 느낀 그는 마침내 손을 들었다.

"주역에서 운이라는 것은 어느 순간에 한꺼번에 바람처럼 휙 다가오는 거야, 그 순간을 기다리자."

"어떻게 그 순간을 알지?"

"휙 다가온다는 느낌이 그 사람에게 온대." 겸연쩍은 듯이 현철은 대답한다.

분석보다는 작은 수급주체인 세력에게 직접 접근해 보자. 세력이 들어올 만한 종목을 찾아 보자. 명동의 어느 카페에 세력이 자주 온다는 재야 고수의 말이 생각났다. 회사 일만 끝나면 그 카페에 가서 귀를 기울였으나 아무런 수확이 없었다. 남자는 물건을 꺼내는 순간 마음이 헤퍼진다는 말에 삼 일 동안 화장실에 숨어 기다려 보기도 했으나 별 소득은 없었다.

4일 째, 마지막으로 소변만 보고 이젠 그곳을 떠나려는 참이었다. 금방 들어온 세 사람이 이야기를 나누는데 고유명사 없이 주로 대명사로 대화를 하는 것이었다.

"걔가 곧 뭔가를 한다지? … 걔는 깨끗하잖아. … 거기가 걔한테 붙었대. … 걔는 안전 빵이라서 크게 올라갈 것 같아."라는 이야기가 들렸다.

단번에 알아채기가 어려웠다. 여러 번 생각해 보니 걔는 회사이며 거기는 세력인 듯하다. 무언지 깨끗하고 안전 빵인 회사에 재료가 생겼고 어떤 세력이 이 회사를 작전 타깃으로 잡은 것으로 해석이 되었다.

도움이 되는 정보라고는 깨끗하고 안전 빵이라는 단어이다. 대주주가 문제가 없는 사람으로서 재무구조가 좋으나 수익구조는 고만고만한 것이리라. 수익성까지 높은 회사라면 이미 주가가 올라 있어서 작업하기 힘들 테니까.

증권사가 발간하는 상장회사 분석 자료 상의 회사별 요약 정보만을 가지고 일차적으로 50개 소형주를 찾았다. 회사별 요약정보는 1장으로 서술되어 있어 특정회사의 신규 사업 등 세부 정보를 발견하기 어려웠다. 회사가 작성 비치하는 사업보고서를 보아야 한다.

연차를 이틀 사용하여 금융감독원 공시실에서 50개 회사의 사업보고서를 모두 뒤졌다. 사업보고서를 보려면 담당 여직원에게 신청해야 했다. 이틀에 걸쳐 50개 회사의 사업보고서 열람을 신청하니 여직원이 나를 이상하게 바라본다. 이익이 크거나 매출이 많이 나는 회사를 1차로 스크리닝한 결과 20개가 남았다. 그중에서 최근 매집 흔적이 있는 종목을 찾았다. 가장 흔한 매집 종목은 차트 상으로는 20일선 이동평균선이 상향 중이나 윗꼬리가 달리면서 오르지 못하고 거래량이 증가되는 종목이다. 최종 5개가 남았다.

그제서야 나의 투자자문사 인프라 망을 가동했다. 다섯 회사의 오너중, 세 회사 오너만 믿을 만한 사람이라고 조사되었다. 투명한 3사 중 두 회사는 사업보고서 상으로 향후 진출할 신규 사업에 대하여 기술하고 있었다. 한 종목은 도매업이었고, 다른 종목은 전자 업종에 속했다. 그러나 나머지 한 회사는 화학 업종으로서 기존 사업을 축소하고 신규 사업 분야에 진출하여 매출이 이미 발생하고 있으나 그 성과가 미미한 상태였다. 철수한 후 비어 있는 기존 공장을 다각도로 활용 중이라는 내용이 사업보고서에 기술되어 있었다.

지금까지의 조사 결과를 말해 주고 현철에게 주역 이론으로 볼 때 어느 것이 좋은지 물었다. 전자 업종에서 재료가 발생할 가능성이 크고 차트 상으로도 최근 거래량이 증가하고 있어 변동성이 클 것이므로 그는 전자 업종의 종목이 좋다고 했다. 며칠 후 현철은 그 회사를 매수했다. 전자 업종이라면 변동성이 클 것을 누구나 다 아는 것, 한번 실패를 경험한 나는 그런 기회가 나한테 쉽게 올까 하는 막연한 의심이 들었다.

은행에 다니고 있는 병수에게도 물어봤다. 병수는 대출 심사를 담당하고 있었다. 자기는 주식에 관심이 없지만 그 도매 회사라면 성장의 한계 때문에 신규 사업을 강력히 추진하지 않겠느냐고 한다.

병수로부터 다시 연락이 왔다. 그 도매 회사의 오너가 오늘 자기 은행과 대규모 자금을 상담했는데, 이런 상담은 신규 사업 진출로 해석된다는 것이다. 오히려 자금이 부족한 회사가 아닌가 하는 나의 당연한 질문에 병수는 그건 네가 판단하라며 짜증을 냈다.

현철의 종목은 거래량을 보아서는 시작하는 듯한데 별로 당기지 않는다. 도매 종목도 잠깐 오르다가 하락만을 지속한다. 이 와중에 주식시장 흐름에 작은 변화가 생겼다. 경기를 진정시키기 위하여 정부가 산업금융채를 발행하여 시중 자금을 회수하자 현금 흐름을 창출할 여지가 확실한 종목에 변동성이 보이기 시작한 것이다.

지금 이 공장은 가동을 하지 않으므로 출입을 엄금한다는 문구가 화학 회사 공장의 정문에 붙어 있었다. 이 공장은 거의 9,000평이나 되었으며 주택 지역과 인접해 있었다. 여기에 아파트를 지으면 큰 현금 흐름이 생기지 않을까? 인근 부동산 업자는 충분히 가능성 있는 이야기라고 한다. 공장 담벼락에 기대어 저편을 바라보는데 세차지만 따뜻한 바람이 불어왔다. 이게 현철이 말한, 운이 다가오는 느낌이 아닐까?

3일에 길쳐서 가진 돈 1억 5천을 모두 투입했다. 다음날부터 오르기는커녕 한 달이 지나도 오히려 30% 정도 하락이다. 예측이 틀렸구나. 저번처럼 또 과신하고 교만해지다니. 친구 둘이 권한 종목들은 보란 듯이 20%나 상승했다. 현철은 안쓰럽게 나를 보기만 하고 병수는 손절해야 한다고 아우성이다.

회사 일이고 뭐고 아무것도 손에 잡히지 않는다. 술을 마시고 저녁 늦게 집으로 가는 나를 갑자기 명중대가 끌어당겼다. 술 취한 몸을 이끌고 흐느적거리며 명중대에 올라갔다. 밤 10시경이어서 명중대에는 아무도 없다. 발 아래 검붉은 한강만 고요하게 흐르고 있었다.

주식에 실패한 누군가는 저 강물에 투신을 하기도 했겠지. 아버지의 글썽이던 눈도 그제야 생각이 났다. 하늘도 강물도 나를 비웃는 듯했다. 목이 콱 막혀서 컥컥 헛기침을 해 본다.

문득, 찬바람이 나를 때리자 "어려울 때일수록 정신을 집중해서 상황을 직시해라. 그리고 네가 가진 걸 가지고 판단하고 인내해라. 그게 우리 집안의 가훈 명중이다."라는 할아버지 목소리가 이명처럼 귀청을 때렸다. 부도난 것도 아니고 30% 하락을 가지고 이렇게 조바심을 가지며 위축되어야 하나?

'그래, 이 종목 선택한 것부터 다시 생각해 보자.' 되짚기 시작했다. 명중을 충분히 가지고 이 종목을 결정했다. 주가만 떨어진 것뿐 아직 예측이 틀렸다는 결정적 증거는 없다. 하락은 매집일 수도 있지 않을까? 생각이 여기에 다다르자, 마음은 후련해지며 무거웠던 머리가 얼마쯤 차분해진다. 검붉었던 한강은 밝고 반짝이는 모습으로 변하였다.

다음날은 아침부터 8% 하락하여 출발한다. 어젯밤 명중의 마음 때문인지 크게는 흔들리지 않으나 여전히 마음은 졸아든다. 8% 하락에서 횡보하다가 오후부터 조금씩 오르기 시작한다. 내려앉은 마음에 금방 화색이 돌았다. 종가 무렵에 주가는 전날 대비 오히려 소폭 올랐다. 그 다음날부터는 조금씩 오르면서 보름 사이 매수가의 20% 정도가 올랐다.

회사는 아파트 개발 계획을 공시했다. 주가는 가파르게 상승하였다. 계좌 잔고는 매일 불어났다. 세상이 모두 내 것으로 보이면서 마음이 하루 종일 공중에 떠 있었다. 밥을 먹지 않아도 어머니가 자주 해 주시던 부추전 여러 장을 먹은 것처럼 배가 든든했다. 2주일 만에 주가는 매수가의 150%나 올랐다. 병수는 팔라고 난리다. 현철도 안전하게 챙기라고 한다.

자원개발주가 끝물에 와 있는 현 장세에서 현금을 창출할 여지가 분명한 재료나 사업을 가진 회사가 새롭게 등장한 소형주도주가 확실하다. 통상 소형주도주의 속성상 300%는 상승할 것이라는 재야 고수의 강의 내용도 생각났다. 처음 매집한 사람들이 판 흔적도 그리 보이지 않았다. 일단 30%만 팔았다.

다음날 주가는 떨어지기 시작하였고 일주일 만에 15%나 하락했다. 병수는 그것 보라고 하면서 팔라고 다시 강권한다. 주가는 하락하여도, 사수가 입버릇처럼 말하던 5일 이동평균선을 깨지 않는다. 자신감이 생겼다. 그 다음주는 등락을 반복했으며 거래량이 줄었다. 현철은 거래량이 준 것은 큰 위험신호라고 했다. 현철의 말도 일리가 있었다. 그러나 아직도 새로운 주도주가 보이지 않는다. 그리고 대량 거래량이 없어 물량을 턴 흔적이 보이지 않고 매도의 기준선인 5일선도 깨지지 않는다. 이 정도로 대응한 것이라면 내가 명중을 다한 것이 아닐까?

다행스럽게도 다음 주 주가는 다시 상승하기 시작했다. 5일선 이동평균선이 깨지지 않을 때까지 뚝심으로 버티어 보자. 매일 바늘로 허벅지를 찔렀다. 선홍색의 피를 보자 독기가 생겼다. 그러나 매수가의 200% 상승했을 때는 꼭 팔고 싶은 유혹이 가득했다.

'이 정도를 견디지 못하면 신희에게 지는 것이다!' 아니, 이 정도라도 챙겨야 오히려 나중에 기회가 생길 때 신희에게 다가설 수 있는 것이 아닐까? 팔아야 한다는 생각과 버티자는 생각 어느 것도 우위를 점하지 못했다. 그때 애완견을 데리고 가는 예쁜 여자가 내 눈에 들어왔다. 그래, 고(go) 하자, 그래야 애완견 신세에서 면천하지 않겠는가?

아파트를 짓는 공장부지 인근 지역에 대규모 상가 단지가 들어선다는 뉴스가 발표되었다. 주가는 가파르게 질주하기 시작했다. 5일선이 무너질 때까지 버텼다. 5일 이동평균선이 무너지는 징후가 포착되는 시점에 전량을 매도했다. 나는 매수가의 350%가량 이익을 챙겼다.

현철과 병수에게 한턱 쏘는 자리에서 병수가 물었다.
"넌 어떻게 그걸 견뎠어? 나라면 불안해서 던졌을 거야."
"아직 변동성이 안 끝났다고 믿은 것뿐이야."
"변동성은 내 전공인데, 나를 제치고 돈을 벌다니. 그 변동성을 어떻게 확신한 거냐?" 현철이 끼어들었다. 사실 신희 때문에 버틴 것인데 차마 그 말은 할 수 없었다.
"그만큼 세력의 마음 변동성을 읽으려 했고 내 마음의 변동성을 다스리려고 했던 것이 아닐까?" 마음에도 없는 말들이 술술 나왔다. 멀뚱해 있던 현철이 어쩔 수 없이 고개를 끄덕인다.
"그런데 주식이라는 도박이 이렇게 황홀하고 찌릿찌릿하네. 톡 쏘는 신희처럼 말이야." 공연히 미안해서 숨겨둔 마음을 조금이나마 드러냈다. 그러나 그들은 이런 내 마음을 짐작조차 못했을 것이다.
대학 시절 신희를 좋아했던 병수는 즉각 반격했다.
"궁금한 게 있어. 넌 신희와 안면이 있는 사이였잖아. 왜 신희에게 한번도 대시하지 않았지?"

"주제를 알고 빨리 꼬리를 잘랐어. 주제를 잘 파악하는 게 내 특기잖아."

"너는 그게 되어서 좋겠다, 나는 완전히 빠져든 건 어떤 식으로든지 해결 안 하면 못사는 체질이야." 병수의 말에는 여전히 집요한 피해의식이 서려 있다. 신희를 포기할 수 있었던 것은 우리 집 가훈 명중 때문이라는 말이 나오려다 말았다.

"마음을 찌릿찌릿하게 만드는 것은 주식이나 신희나 마찬가지일 거야." 병수는 다시 시작했다.

"그래, 사랑이란 이성 관계에서 찌릿찌릿함을 찾는 거고, 주식은 맞힌다는 성취욕과 돈이라는 금전에서 찌릿찌릿함을 얻는 거니까 둘은 찌릿함의 추구란 관점에선 동일한 거네." 나는 그의 말을 슬쩍 거들었다.

"사랑에는 주식에서 나오는 기쁨을 초월한 또 다른 게 있네, 이 총각들아." 현철은 사랑을 가볍게 보는 우리를 나무란다.

"주식으로 돈 벌어서 즐겁고 그 돈으로 연애를 하면 너의 그 초월도 누릴 수 있지 않을까?" 역시 병수는 노골적인 면이 있다. 내가 하고 싶었지만 꾹 참았던 말이었다.

"그렇게 지금은 잠시 연애에만 빠지더라도 나중에는 궁극적인 사랑을 찾게 될 거야. 그게 주역의 역이야." 현철도 금방 반격했다.

"넌 제수씨한테서 지고지순한 사랑을 벌써 찾았어?" 나는 현철에게 물었다.

"지고지순한 것을 찾는 중이야, 그러나 와이프가 만만치 않아." 그 말에 셋은 모두 웃었다.

"결혼 제도에 무언가 문제가 있는 거네." 병수가 나직이 내뱉었다.

투자 원금 대비 3배 이상 난 수익으로 아버지의 돈을 먼저 갚았다. 아버지는 은행빚은 갚았느냐고 물으셨다. "그건 조금 후에 갚으려고 합니다. 이젠 자신이 좀 생겼어요."라고 말하자 아버지가 말했다. "공격적인 것은 할아버지를 닮았군." 갑자기 어머니가 입을 열었다.

"아무튼 회복했다니 다행이다. 네가 안정되려면 결혼을 해야 해. 중매 알아보마."

3.

자
유
의
여
신

　　　　　병수는 신희를 잊지 못했다. 어느 날 그는 결혼할 거라면서 현철과 우리에게 여자를 소개시켜 주었다. 우리는 그녀를 보자 금방 그가 결혼하는 이유를 알 수 있었다. 그녀는 신희를 쏙 빼닮은 미인이었다. 다른 은행에 근무하는 그녀는 병수와는 업무 상으로 여러 번 만난 적이 있었고 그 과정에서 사랑이 싹튼 것이다. 고졸인 그녀는 명문대 출신에 인물까지 뛰어난 병수를 자랑스럽게 생각하고 있었다. 빼어난 미모에도 불구하고 그녀는 신희처럼 도도하지 않고 상냥하며 성실했다. 현철은 "역시 병수야."라는 한마디만 했다. 다루기 쉬운 자기만의 신희를 선택한 병수의 의도가 내 눈에도 확연히 눈에 들어왔다.

　　결혼식장에 선 병수를 보자, 나만 외톨이라는 생각에 마음이 섭섭했다. 이런 내 마음을 읽기라도 한 듯 현철이 어깨를 툭 쳤다.

　　"병수처럼 마음에 드는 하나만 보고 가라."

　　어머니가 주선한 맞선을 앞두고 나는 스스로에게 4가지 조건을 걸었다. 키가 155센티가 넘고, 대학 졸업자로서 직장이 있으며, 첫인상이 아주 싫지 않고, 맞선 도중에 코를 풀거나 애국가를 부르지 않으면 된다. 직업을 가진 대학 졸업자라면 4가지 조건은 거의 충족할 것이므로 사실 엄청난 미모를 원한 병수보다도 간단했다. 인간이란 이렇게 쉽게 상황을 받아들일 줄이야. 맞선 장소에 나가서 네 가지 조건을 다짐하면서 기다리는데 경옥이가 들어오면서 인사를 한다.

"여기 웬일이야, 무슨 약속이 있어?"라고 하니

"오빠 몰랐어?"라고 큰 눈을 휘둥그레 뜨면서 반문한다. 그제서야 오늘 맞선의 상대가 경옥인 것을 알았다. 직장 생활을 해서인지 어른스러워지고 얼굴에도 각이 생긴 것 같다. 큰 눈은 여전하다. 좀 살이 찐 것 같아 보이나 세련된 옷 기술로 감추고 있었다.

경옥과의 과거 일이 떠올랐다. 당시 추석 명절에 동네 이웃집에 인사를 가면, 그 집들은 포도주를 내어서 대접해 주곤 했다. 대학 3학년 추석 때였다.

경옥이네 집은 맨 마지막 집이었다. 인사를 마치고 가겠다고 일어서는 순간 몸이 휘청거렸다. 포도주는 먹을 때는 느끼지 못하다가 일어서면 취기를 느낀다는데 바로 그 현상이었다. 그녀가 바래다주겠다며 종종 걸음으로 뛰쳐나왔다. 경옥이 할머니가 무슨 여자가 남자를 바래다주느냐고 호통을 쳤지만 경옥은 듣지 않았다.

"쯧쯧." 탄식하는 할머니 음성이 뒤에서 들렸다.

학교 운동장 뒤안길로 나가는데 해바라기꽃이 넘실대고 있었다. 마침 해질 무렵이어서 학교 뒤안길에는 인적도 드물었다. 갈수록 포도주의 술기가 올라왔다. 해바라기 꽃 밑에 털썩 주저앉았다. 경옥은 "오빠 괜찮아?"라고 자꾸 묻는다.

삼십 분쯤 지나니 술기운은 다소 가라앉았다. 해바라기꽃과 석양을 등지고 선 경옥이 나를 걱정스레 보고 있었다. 대학 가기 전까지 경옥은 나의 검은 천사였으나 신희 때문에 꼬맹이로 떨어졌었다. 오늘 꼬맹이가 여자로 보인다. 조금 전 내가 휘청할 때 부축하던 경옥에게서 훅 풍겨왔던 풋풋한 여자 냄새가 생각났다.

경옥은 큰 눈동자를 천천히 움직이면서 입술을 달싹거리며 뭔가를 갈구했다. 석양을 등진 그녀의 모습은 신비롭기까지 해서 야릇한 기분이 들었다. 어쩐지 저 애에게 무언가 해줘야 할 것 같은 의무감마저 든다. 그러나 아직도 내게 그녀는 꼬맹이였다. "경옥아. 나 갈게."라는 나의 무심함을 그녀는 어떻게 해석했을까?

석사과정 2학년이었던 어느 가을 그녀로부터 연락이 왔다. 그녀는 명문 여자대학 사회학과에 진학했고 화려한 대학 3학기를 보내고 비교적 시간이 여유로운 4학기에 연락한 것이다. 대학생이 된 그녀는 예전의 꼬맹이에서 사랑스러운 숙녀로 변신해 있었다. 귀여운 외모에 대학의 자유분방함이 보태지니 더욱 더 활기차고 발랄해 보인다. 까무잡잡한 얼굴과 깔끔한 입술, 웃을 때마다 움푹 패는 보조개, 큰 눈이 가세하여 귀여움과 순진함의 극치를 달리고 있었다. 중키에 약간 통통한 점을 제외한다면 그녀의 미모는 가히 에이스급이다. 왜 그녀를 꼬맹이로만 보고 있었을까 싶다.

저 외모에 수많은 남자가 녹았겠지. 그녀는 예전과 달리 당당하고 애교 있게 여러 가지를 조곤조곤 물었다. 대학은 그녀를 세련되고 멋진 여자로 만든 것이다.

경옥은 우리 대학교에 있는 민주항쟁의 탑을 보여 달라고 했다. 피의 항쟁을 기리는 탑 앞에 서서 엄숙하게 기도하는 그녀에게서 고전적인 여인의 내음이 물씬 풍겼다.

해바라기 광장 쪽으로 우리는 덤덤히 내려왔다. 석양 아래 경옥의 얼굴과 해바라기가 겹쳐 보이면서 해바라기를 닮은 여자라는 생각이 들었다.

얼굴이 동그랗고 웃음이 화사해서 그런가? 음대생이 목매어 죽은 곳을 스치는데 죽은 유령은 질투도 없는지 바람조차 불지 않는다. 그후 명절이나 휴가 때 본가에 가면 간혹 동네에서 그녀를 보았다. 언젠가부터 나를 보는 그녀의 눈빛은 친근할 뿐이고 덤덤했다.

"너였구나, 그래 이거 횡재했는걸!" 주마등처럼 스치는 회상을 끝내며 놀라는 척 맞받아쳤다. 까르르 웃는 그녀의 웃음에 옛날의 귀여움은 여전히 살아 있으나 나에 대한 경외감은 어쩐지 없어 보인다. 웃음과 귀여움은 다른 사람이 이미 차지한 느낌이다.

선생님이라는 직업을 가진 경옥은 애국가를 부르지 않았다. 내가 맞선에 내걸었던 4가지 조건이 모두 충족되었다. 어떠했느냐는 어머니께 날짜를 잡자고 했다. 어머니가 더 좋아하셨다. 경옥은 행실도 바르고 교사로 직장도 좋으니 규수로는 최고라고 한다. 경옥이 좋은 규수라는 것보다 나를 장가보낸다는 것 자체를 더 좋아하는 것 같았다.

경옥 할머니의 강력한 주장으로 궁합을 보기로 했고 결과가 나오면 경옥이 직접 연락할 것이라고 그녀의 어머니로부터 연락이 왔다. 2주 후에 궁합이 아주 좋으니 이번 주말에 집을 방문해 주었으면 한다고 경옥은 머뭇거리며 말했다. 무언가 미적대는 말투가 좀 서운했지만 어릴 때 첫사랑인 경옥이 내 부인이 된다고 생각하니 묘한 흥분감으로 온몸이 떨렸다.

며칠 후 경옥은 집 앞에서 나를 기다리고 있었다. 침통하게 나를 바라보던 그녀는 다른 곳에 가서 이야기했으면 좋겠다고 한다. 경옥은 앞장서서 아무 말 없이 걸었다. 뭔가 까닭이 있구나 싶었다. 커피숍에 들어간 그녀는 우리 사주가 안 좋다고 했다. 며칠 전 궁합은 아버지가 잘 아는 스님으로부터 들은 것이며, 할머니가 다른 사람에게 재차 확인해 보니 아주 나빴다고 했다. 아버지가 그 스님에게 가서 그 사실을 말했고, 다시 본 그는 우리 궁합이 진짜 안 좋다고 번복했다는 것이다.

경옥은 아무 말 없이 뛰쳐나갔다. 그렇지만 나는 그녀의 눈에서 눈물을 보지는 못했다. 뜻하지 않는 혼인의 결렬에 나는 황당했다. 인생의 가장 큰 중대사가 사주팔자로 결렬되다니. 결혼에 대한 생각을 다시 정리하기 시작했다.

맞선을 통하여 결혼한다면 사랑해서 결혼하는 것이라기보다는 그저 함께 사는 상대를 구하는 것뿐일 것이다. 육체의 쾌락을 얻고 싶으면 프로여자들을 통해 해결하면 되고, 주식 매매에서 오는 즐거움이 연애의 즐거움을 상쇄하고도 남음이 있는데 굳이 결혼을 꼭 해야 할까? 신희도 혼자서 자유분방하게 살고 있으며 이성이 필요하다면 그때그때 애완견을 조달하여 즐기지 않던가?

현철에게 왜 결혼했는지 물었더니 한참을 생각한 후 내게 다시 질문한다. "너의 유전자를 세상에 남길 생각이 있어?" 나는 아무런 답을 하지 못했다.

자신의 분신을 만드는 것은 어떤 의미일까? 이 세상을 떠나면서 후손을 남기지 못했다면 어떻게 될까? 그것을 하지 않는다면 다른 무엇을 하면서 살 것인가? 애 만드는 것 말고 더 의미 있는 일은 없을까? 심각한 고민은 일주일이나 계속되었다.

어느날 회사 회식자리에서 취한 사수에게 물었다.

"왜 혼자 사세요?"

"둘이 살아도, 별 재미있는 게 없어서 그래."

"쟤는 애 키우는 재미를 몰라. 쟤 말을 믿지 마." 갑자기 옆 부서의 이사가 끼어들었다.

"애 키우는 게 그렇게 재미있나요." 진중하게 살아가는 그에게 물었다.

"살다 보면 애 키우는 것만큼 재미있는 게 별로 없어. 사람마다 다를 수 있겠지만 애가 없으면 죽을 때 후회할 수도 있어."

결국 분신을 남기는 쪽으로 결론을 내렸다. 분신을 남기지 않고 죽을 때 후회하지 않기 위한 이유보다는 분신을 만드는 것 말고 더 재미있는 일이 당장 떠오르지 않는 이유가 더 컸다.

한 달 후 어느 날 어머니는 머뭇거리며 다시 선을 주선하였다고 했다. 나는 기꺼이 보자고 했다.

이번에는 우리 어머니, 상대방 어머니와 아버지 모두가 나왔다. 여자 측 어머니는 우리 어머니를 언니라고 친근히 부르나, 어머니는 약간 부담스러워 하는 듯하다. 선 상대인 황미란은 늘씬한 키, 계란형 얼굴, 흰 피부, 시원스러운 미모를 가진 여자로서 솔직한 말투와 자유분방한 성격의 소유자로 보인다. 그녀는 미대 출신으로 조각을 하는 예술가라고 했다.

미란의 자유분방함은 금방 신희를 떠올리게 했다. 저 자유분방함 뒤에는 뭐가 숨어 있을까? 그녀의 어머니는 서구적으로 생긴 얼굴에다 늘씬한 몸매를 가진 여자였다. 우리 어머니보다 10살 아래로서 보톡스 수술까지 해서인지 피부가 아직도 탱탱하다. 간혹 마주치는 그녀의 눈빛에서 강력한 열정과 끈적거리는 신비감이 느껴졌다.

나중에 알았지만, 도시화가 진척되자 부동산 가격이 올라 부자가 된 부모로부터 땅을 물려받은 그녀는 투자 분야에 능통한 사위를 원했고 그 재력에 미련이 있는 우리 어머니가 적극적으로 주선하여 성사된 자리였다.

부인의 재력을 기반으로 하여 사업을 한다는 남편은 부인에게 휘둘리는 줏대 없는 사람으로 보인다. 아버지다운 카리스마도 보이지 않으며 이 자리에도 억지로 끌려 나온 것 같았다. 통상 선 보는 데 아버지들은 나오지 않는 것이 관례이지 않은가?

미란을 만난 곳은 산중턱 카페로 한강이 내려다보인다. 시원스런 그녀의 얼굴과 한강이 절묘하게 조화를 이룬다. 싱싱하고 활달한 미란의 표정과 말투는 떠올랐던 신희도 잊게 했다. 시간이 갈수록 탁 트인 미란에게 은근히 끌린다. 한 달 전 경옥과의 희한한 실패에 대한 반감도 작용하였으리라. 여자들은 별 차이가 없다는 어머님의 지론도 보탬이 되지 않았을까. 저렇게 잘생기고 시원시원한 여자여야 신희를 잊을 수 있다는 나의 보상 심리도 있었다.

어머니는 미란의 첫인상이 어떤지 묻는다.

"시원해서 좋아요."

"미란이도 너를 아주 좋아한단다. 빨리 결정하자꾸나." 하시는 어머니의 얼굴이 편치 않아 보인다.

재력 있는 집안의 딸이면서도 미란은 교만하지 않고 서글서글하며 시원스럽지 않은가? 저런 성격이라면 부부 갈등은 없을 것이다. 그 정도라면 배우자로서의 기본적인 요건이 충분하지 않겠는가? 신희의 자유분방함이 가져왔던 문제점은 까마득히 잊어버렸다.

며칠 후 미란과 함께 조각공원에 놀러 갔다. 그 조각공원에는 크기가 작은 자유의 여신상이 전시되어 있었다. 나는 자유의 여신상 아래서 그녀에게 말했다.

"여신이여, 그대와 같은 방, 같은 이불 속에서 평생을 함께 하고 싶습니다." 프러포즈임을 알아차린 그녀는 나에게 상큼하고 우아한 여신의 미소를 짓고 내일 답하겠다고 했다.

다음날 그녀는 아주 초췌해진 모습으로 무언가를 들고서 나타났다. 어제 밤새도록 만들었다고 하면서 내 손바닥만 한 석고 여신상 조각을 건네 주었다. 그녀는 이 자유의 여신과 같이 예술 세계의 자유를 인정해 달라는 것을 결혼 조건으로 제시했다.

우아한 프러포즈 수락에 매료된 나는 그러하겠다고 기꺼이 맹세했다. 그녀가 말한 예술 세계의 자유가 무엇인지는 정확히 알지 못했다. 상큼하고 싱그런 미소의 정체도 마찬가지였다.

장모는 혼수로 여러 가지를 사주겠다고 하였으나 나는 냉정히 거절했다. 돈을 받으면 그만큼 대가가 따른다는 게임의 철칙을 잘 아는 나는 따님만 주시면 된다고 하였다. 미란의 명의로 전세를 얻어 줄 테니까 그것만은 거절하지 말라는 장모의 주장에 돈도 많지 않은 나는 거절할 명분이 없었다. 살림 일체는 내가 마련하기로 했다. 집을 살 때까지 당분간 조립식 옷장으로 지내기로 미란과 합의했다. 조각가 집에서는 반드시 필요하다며 장모는 옷장 하나를 사서 보내주었다. 매우 화려한 그 장롱은 내가 마련한 가구를 합한 것보다 비싸 보였다.

자유의 여신상이 멀리 바라보이는 뉴욕의 어느 호텔에서 첫날밤을 맞았다. 그녀의 피부는 백옥처럼 하얗다. 호리호리한 몸이지만 가슴은 적당히 봉긋 솟아올라 있었고 탄력적인 엉덩이도 매혹적으로 튀어나와 있었다. 뽀얀 피부색 때문인지 검은 수풀은 더 검게 보였다. 가슴과 엉덩이를 부드럽게 애무하는 나의 노력에도 그녀는 눈을 감고 은은히 떨었을 뿐, 강력한 떨림이나 설렘을 보이지 않았다.

그곳에 진입하자 후리후리한 그녀의 몸 전체가 파르르 떨렸다. 공격이 계속되자 야릇한 신음 소리를 크게 냈다. 처음에는 다소곳이 누워 있기만 하던 그녀였으나 시간이 지남에 따라 가느다란 몸을 내게 밀착시키면서 뜨겁게 호응했다. 이렇게 착 달라붙는 야릇함은 그 전에는 느껴 보지 못한 쾌감이었다. 곧 나는 자유의 여신이 선사한 쾌락의 정점에 도달했다.

신혼여행 후 그녀는 내가 퇴근하면 항상 먼저 기다리고 있었다. 처음에는 내가 해 주기를 기다렸다. 일주일이 지나지 않아서 그녀는 내 위에 있는 걸 즐겼다. 어느 날은 들어오는 나의 바지를 내리고 그대로 애무하기도 했다. 그녀는 자기의 욕구를 스스럼없이 드러내는 여자였다.

"오빠, 더 세게 해 줘,"

숨기지 않고 기분을 드러내는 야릇한 소리, 그것도 자주 바뀌기 때문에 내가 놀랄 때가 많았다. 절정으로 치닫는 황홀감에 대하여도 너무나 솔직하게 표현했다.

"오빠, 나 어떡해…"

적극적으로 남자를 압도하면서 섹스를 하는 모습은 신희를 빼다 닮았다. 신희는 마음껏 욕망을 충족하되 어느 범위를 넘지 않는 절제력과 우아한 격조가 배어 있었다. 미란은 욕망 자체를 게걸스럽게 쏟아내며 전혀 꾸밈새 없이 노골적으로 충족하는 스타일이다. 첫 인상 때 좋았던 시원스러운 느낌이 이거였구나!

이런 섹스광은 많은 남자 경험을 의미한다는 이야기가 생각났지만 나는 별로 개의치 않았다. 시원시원하고 숨김없다는 것은 아량과 관용이 있다는 것이므로 나중에 나를 마음고생 시키지는 않을 것이라고 위안했다.

미란은 야외 섹스도 원했다. 그녀의 요구에 따라 밤새 내내 이름모를 갈대밭으로 달려 갔다. 백만 평 갈대밭 정류장에는 새벽 6시에도 자동차 여러 대가 세워져 있었다. 사방에서 들리는 야릇한 신음 소리로 인하여 우리의 몸은 젖고 일어섰다.

바람에 스치는 무심한 갈대의 쓱싹거리는 새벽 소리에 몸이 오싹해졌다.

무엇이든 걸리면 잘라 버릴 기세였다. 나의 힘은 주눅이 들지 않는다. 이런 모든 것을 즐기려는 자유로운 그녀의 표정을 완전 정복하기 위하여 더욱더 나의 힘은 장대같이 치솟아 오른다.

뱀처럼 착 달라붙는 몸으로 여느 때보다 강력히 그것을 쥔다. 얼마 되지 않아서 우리는 이제 죽어도 여한이 없다는 절정의 꼭대기로 치달았다. 소리를 막기 위하여 미란 입에 가져다 댄 내 손도 스르르 풀렸다. 손등에 찍힌 이빨 자국에는 피가 묻어 있었다. 무심했던 갈대는 그 잎을 살랑거리면서 핏자국을 흡수한 듯 더 붉어졌다.

다양성을 추구하는 예술가와의 혼신을 다한 섹스이기 때문에 이런 쾌락이 생기는 걸까? 인간이란 색다른 것에서 더 큰 쾌락과 즐거움이 생기는 것일까? 나는 미란을 통하여 색다른 섹스의 맛을 알게 되었다.

결혼할 때 한 약속에 따라 그녀는 나의 눈치를 전혀 보지 않고 예술작업에 몰두했다. 그러나 신혼 초 3개월 동안은 하루도 늦은 적이 없으며 일주일에 5일 이상 미친 듯이 섹스를 요구했다. 그 후부터는 동료와 공동 작업을 한다며 새벽에 들어오기 일쑤다. 혹시라도 이유를 물으면 자기의 독자적 예술 세계에 대하여 간섭이나 방해를 하는 것으로 간주하고 민감하게 거부했다. 섹스 횟수도 자연히 일주일에 한두 번으로 줄어들었다.

어느 날 늦게까지 작업을 하고 아침에 들어오는 그녀는, 왜 늦는다고 연락하지 않았느냐며 걱정하는 나의 말에 오히려 짜증을 낸다. 다른 남자의 냄새가 그녀 몸에 배어 있는 것이 내 코끝으로 느껴지는데도 그녀는 당당하다.

6개월이 지나자 집안 일은 아예 관심조차 없고 나의 의식주도 챙기지 않았다. 그것까지는 참겠는데 애를 낳지 않겠다는 말에 나도 아버지도 어머니도 기겁을 했다. 갈수록 도를 넘어서는 자유분방성은 나를 지치게 했다.

장모가 미란을 종종 나무랐지만 별로 효과가 없었다. 장모가 나에게 왜 정도 이상의 호의를 베풀었는지 이해가 되었다. 장인은 주로 장모 눈치만 보며 미란에 대해 형식적으로 왜 그러느냐고 빈말이나 할 뿐이다.

자유분방성을 좋아했던 나도 점점 미란에게 싫증이 나기 시작했다. 그러나 미란은 갈대밭에 있는 나를 정열적으로 원했다. 갈대밭 아래 두툼한 파카 점퍼 위에 누워서 스릴과 욕정을 즐기는 그녀는 정열적이고 요염한 아프로디테였다. 아프로디테의 정복감은 나의 모든 불만을 잠시 잠재워 주었다. 육체란 얼마나 정직한 욕망덩어리인가?

언젠가부터 갈대는 손등의 핏자국을 닦아 없애 주지 않았다. 자유분방성이 거세어질수록 아프로디테도 점점 지루해지기 시작했다. 미란의 자유분방성은 여신에게서 나오는 것이 아니라 백치에게서 나오는 무지와 방종이 아닐까라는 생각이 들기 시작했다. 우아하고 고귀해 보이면서도 한없이 뜨거웠던 신희가 가끔씩 떠올랐다.

4

주
도
주

결혼 후 1년 동안은 주식을 매매하지 않았다. 미란을 품는 흥분이 가장 컸고 결혼 후 늘어난 가정일들로 인하여 주식 생각이 나지 않았다. 끓는 물처럼 뜨겁던 미란과의 사랑이 식어지면서 이제 다시 주식을 시작해야 한다는 생각이 꿈틀거렸다. 늘어난 생활비를 충당하자니 당연히 돈을 더 벌어야만 했다.

아버지의 빚을 갚고 난 남은 돈은 예금에 들어가 있었다. 과거 3배의 수익을 준 주도주를 다시 발굴해야 한다. 아프로디테와의 격렬한 경험으로 신기를 받은 듯, 상황을 직시하는 능력은 더 향상된 것 같다. 몸이 마음을 따라가는 놀라운 느낌을 살려야 한다는 생각이 들었다. 예전에 애매했던 소형주의 주도주 요건이 더 명쾌하게 정리되었다.

소형 주도주는 신기술이나 신사업이 존재하여야 하며, 그 신사업의 대상 시장 규모가 엄청나야 하고, 세력에 의하여 미리 매집이 선행되고 있어야 한다.

지치고 노쇠한 자원개발주도 다른 종목들과 주도주 자리를 두고서 엎치락뒤치락하고 있었다. 퍼덕거리는 자연산 도다리처럼 싱싱하고 새로운 것을 좋아하는 주식시장은 거의 끝물에 와 있는 자원개발주를 대신할 참신한 주도주를 갈망하고 있었다.

새로운 주도주 발굴에 미친 듯이 집중했다. 미란과 섹스할 때도 몸은 갈대밭에 있었지만 내 마음은 주도주라는 밭에 가 있었다. 주도주를 향한 열정과 섹스의 쾌감이 합해지면서 내 몸은 쾌락의 블랙홀을 유영하곤 했다.

어느 날 아침 티브이를 보는데 줄기세포 관련 방송이 나왔다. 식물 줄기를 연구하는 것이 무슨 뉴스가 되느냐고 속으로 생각했다. 저녁 뉴스에서는 교통사고로 일어설 수 없는 가수를 줄기세포로 일으킬 수 있다고 한다. 내 귀가 번쩍 뜨였다. 저런 기술이라면 인류의 미래를 바꿀 수 있다.

줄기세포란 여러 종류의 신체 조직으로 분화할 수 있는 능력을 가진 세포이다. 병든 신체 부위를 줄기세포로 만든 장기로 대체하여 병을 치료하는 줄기세포의 시장 규모도 천문학적이라고 했다. 두 가지 주도주 조건이 모두 충족된 것을 알게 된 나는 절정에 치다른 섹스의 환희처럼 몸을 부르르 떨었다. 현철과 병수의 의견은 나와 너무 달랐다.

"줄기세포가 초기 이론이어서 성과가 나오려면 오래 걸리니까 주가가 오르는 것은 한계가 있을 거야."라고 현철은 말했다.

"자원개발주를 봐. 성공 가능성이 별로 없지만 올랐잖아." 나는 반론을 폈다.

"자원개발주는 성공하면 거대한 원유 매장량이라는 객관적 사실이 존재하잖아. 줄기세포주는 성과가 언제 올지 모르는데 주도주가 될 수 있을까? 줄기세포는 커다란 역을 일으킬 속성이 없어." 현철이 열변을 토하였다.

"주식은 대형주로 해야지. 왜 그런 종목으로 하는 거야?" 병수는 은행가답게 안정적인 관점에서 말했다.

둘의 의견을 들으면서 나는 인간이란 자신이 처한 환경에 따라 사고의 방향이 달라지는 것이라는 생각을 했다.

'투기라는 인간의 속성을 모르는군. 투기는 때로 과감할 줄도 알아야 큰돈을 버는 거지.' 내심 그렇게 생각했지만 입 밖으로 꺼내지는 않고 자리를 끝냈다.

여러 생각이 뒤엉켜 뜬눈으로 밤을 새우고 새벽에 머리를 식힐 겸 명중대에 올라갔다. 자욱한 안개가 명중대를 감싸고 있다. 누군가 속삭인다. 최선을 다했다면 무엇이 문제인가. 나는 갑자기 머릿속이 환해지는 느낌을 받았다.

줄기관련 선도종목은 연일 상승하여 이미 높은 주가를 형성하고 있었다. 건설회사의 사례처럼 줄기테마는 주변주로 확산될 것이다. 그때 상승할 2차 선도종목을 찾아야 한다. 찾아본 여러 종목들의 주가는 이미 오른 상태여서 부담스러웠다.

주업은 줄기종목은 아니나 줄기분야를 포함한 여러 바이오회사에 투자한 종목이 유난히 눈에 들어온다. 재무구조는 아주 안정적이었고 가축관련 약품을 제조하고 있어 충분한 이익도 나고 있으나, 주가는 거의 오른 적이 없었다. 바이오와 관련하여 이것 저것 투자한 것을 가지고 있다는 사실이 줄기테마 확산시에 어느 정도 위력을 발휘할 수 있을까? 아무리 생각해도 이 종목에 대한 확신이 들지 않는다.

그날 밤 미란은 미친 듯이 게걸스러웠다.

"더 세게 해 줘. 날 찢어도 좋아." 그녀는 색다른 걸 요구한다.

"뒤, 뒤에서 팍팍 해 줘. 날 죽여." 전에 볼 수 없었던 노골적인 요구에 나는 곧 절정에 올랐다.

"빨리, 다시 해 줘." 한 번으로는 양이 차지 않는 모양이다.

"엉덩이, 철썩철썩 때려 줘. 피 터지게." 오늘은 변태 끼까지 보인다.

"흥분되는 말 아무거나 해 줘, 욕, 욕해 줘." 갈수록 미란은 끈적끈적하고 상스러운 주문들을 했지만 더 이상은 기억나지 않는다. 이런 요구들은 나의 본능을 세차게 일깨웠다. 나도 끈적하고 음탕한 행위에 적극적으로 동참했다. 몇 번의 광풍이 지나고서야 우리의 광기는 가라앉았다. 백옥이었던 미란의 엉덩이는 붉은 피멍들로 물들어 있었다.

"오늘 무슨 일이 있었어?"

"이런 느낌 저런 느낌 여러 느낌을 한꺼번에 가지는 게 이렇게 좋을 줄이야." 나의 물음에 독백처럼 중얼거린 그녀는 언제 그랬느냐는 듯이 천진한 천사가 되어 꿈나라에 빠졌다.

이런저런 여러 것을 한꺼번에 가지는 것이 이렇게 좋다. 여러 회사에 투자한 그 회사는 여러 바이오 분야를 할 수 있는 종합회사로 부각될 수도 있지 않을까? 이런 생각을 가진 세력이 있다면 매집을 하고 있을 것이다.

현철에게 차트에 대한 의견을 물었다. 상승 중인 60일 이동평균선 아래 상승 중인 20일 이동평균선이 놓여 있고 20일 이동평균선 위에서 위 꼬리가 긴 양봉들이 자주 보이므로 전형적 매집이라고 했다.

다음날 망설임 없이 선정된 종목에 가진 돈 전부를 태웠다. 처음 주가는 지지부진했다. 아직 매집이 완료되지 않아 그런 것이라고 자위했다. 예전의 경험 때문에 한 달 동안 느긋하게 기다렸다. 명중대도 나에게 속삭였다. 겁내지 마, 예전에도 그랬잖아. 그러나 주가는 25%나 하락했다.

어느 날 지지부진하던 종가는 겨우 100원 상승으로 끝났다. 그 다음날은 400원이나 올랐고 장이 끝난 시점에 유명한 과학자가 다시 체세포 복제에 성공하였다는 뉴스가 나왔다. 그 다음날부터 주가는 상한가 행진을 계속하였다.

이 회사가 바이오 지주회사가 될 수 있다는 찌라시 뉴스가 여러 신문을 치장했다. 일주일 만에 주가는 최초 매수가의 100%가 올랐다. 아아, 내가 맞았다. 쾌재를 불렀다. 현철은 넌 변동성을 포착하는 데 귀재라고 말하며 어떻게 감이 왔는지 묻는다.

"그냥 촉이 왔어." 적나라한 섹스 후 미란의 독백 때문이라고는 말하고 싶지 않았다.

"너한테 운이 한꺼번에 몰려오는 시기인 것 같다."

"넌 운으로 치장한 놈이야. 주식도 신희도…" 병수는 아직도 신희를 잊지 못하고 있는 듯 볼멘소리로 나를 인정했다.

"신희보다 더 예쁜 제수씨가 있잖아." 나는 병수에게 신희 타령 그만 하라는 투로 말했다.

"6개월 지나니까 와이프 얼굴에서 신희가 사라졌어. 통상 6개월 만에 주식의 작전이 끝나고 흘러내리기 시작하는 것처럼, 지금 우리 부부의 사랑 차트는 질질 흘러내리고 있어." 병수는 심각하게 말했다. 병수의 말은 섬뜩하게 들렸지만 그럴 수 있다는 생각이 들었다.

"네 결혼이 작전처럼 진행되어서 그런 것 아닌가?" 현철은 웃으며 말했다. 현철의 말도 분명 일리는 있으나 이 또한 섬뜩하다. 누구 말이 더 섬뜩한지를 판가름할 수 없었다.

일주일 동안 조정이 시작되었다. 5일선도 무너지지 않았다. 차트가 지지되는 걸 본 현철도 내가 가진 종목을 매수하고 내게 말했다.

"줄기세포의 변동성은 쉽게 끝날 것 같지 않아."

아파트 개발 건으로도 350% 오르지 않았던가? 줄기세포의 변동성은 최소 그 이상일 것이다. 나는 점점 배짱이 커졌다. '좋아, 고!' 다시 주가는 강력한 변동성을 내뿜기 시작했다. 그날 밤 나는 미란을 거칠게 몰아붙였다.

"좋아, 더 세게, 갈가리 찢어 줘. 아악!"

흥분의 열정은 지속되었다. 주가는 상승하였고, 매입 단가 대비 300% 가격으로 올라갔다. 심장이 터질 듯 기분이 좋았다. 오늘 밤에는 미란을 완전히 찢어 보자. 미란도 TV를 보고 있었다. 마침 광고에서 아이가 나왔고 미란은 귀엽다는 말을 연발했다. 그렇게 좋아하면서 왜 아이를 안 가지려 하는지를 묻자 "애가 귀여운 거하고 가지는 거는 별개 아닌가요?"라고 대수롭지 않게 대답했다.

"보통 귀여우면 가져 보려고 하는 게 남자 심리인데, 여자는 그게 아닌가 봐."라고 응수했다.

"결혼하기 전에 당신, 내 예술의 자유를 건드리지 않기로 약속했잖아요." 미란은 정색했다.

"애가 예술을 하는 데 그렇게 문제가 되는 거야?" 여전히 부드럽게 물었다.

"약속이나 지켜요." 자세한 대답은 하지 않고 짜증 섞인 소리로 약속 타령만 한다.

"그럼 당신은 애 생각이 없는 거야?" 내 목소리가 조금 커졌다.

그런 나를 차갑게 노려보던 미란은 짐을 싸서 나가 버렸다. 2시간 후 장모로부터 전화가 왔다.

"준비도 안 된 애한테 애 이야기를 꺼낼 것이면 부드럽게 해야지. 미란이는 애를 낳으면 몸이 찢어진다고 생각해서 출산을 끔찍이 무서워 해."

"TV에 나오는 애를 귀엽다고 하기에 그냥 물어본 건데요. 화낸 것도 아니고…" 나는 잔뜩 주눅 든 목소리로 최대한 공손히 대답했다.

"이 사람아, 결혼 전에 예술의 자유를 보장하기로 했다며." 모녀가 똑같은 이야기다. 어처구니없어서 아무 말을 하지 않았다.

"하여튼 그리 알게."라며 전화를 끊는다. 명령조로 들린다. 뭐지? 그날 밤 내내 뒤숭숭했다.

미란의 독백으로부터 출발되어 매수한 이 종목, 나의 한마디 말이 촉발되어 집을 나간 미란, 더 이상 이 종목을 보유할 미련이 없어졌다. 다음날 나는 여한 없이 전량 매도했다. 미루었던 각종 지출을 정리하고 나니, 생애 최초로 거의 12억 원을 잔고로 가지게 되었지만 별로 즐겁지 않았다. 현철도 나를 따라 전량 매도했다. 셋이서 축하주를 마셨다.

"줄기 종목이 왜 그리 주가 변동성이 컸을까?" 병수는 물었다.

"작전 때문이야." 현철이 말했다.

"그런 작전에 편승하여 큰돈을 번다는 게 이렇게 기쁠 줄이야." 나는 중얼거렸다.

"작전하는 사람 옆에 있는 사람이 돈 많이 번다는데 나는 니 옆에 있어도 벌지도 못하고." 병수는 또 한탄한다.

"그러지 말고 니가 직접 작전하면 되잖아. 넌 자질이 충분해." 현철이 한심스럽다는 듯이 농담을 한다. 그의 말에 병수는 골똘히 생각하는 듯했다.

장모로부터 전화가 왔다. 일부러 받지 않았다. 미란은 아예 집에 들어오지 않는다. 이불 속에서 살을 비볐던 감촉을 느낄 수 없으니까 마음이 휑하다. 그새 나는 미란에게 길들여져 있었다.

미란이 집 나간 지 한 달이 지났다. 현철이 술을 한잔 사겠다는 말에 다른 일정을 취소했다.

"병수는 요즘 사람들 만나느라고 정말 바빠서 못 온대."

술을 마셔도 취하지 않는다. 내가 시무룩해 있자 현철이 집요하게 이유를 물었고 나는 최근 상황을 자세히 설명해 주었다. 누군가의 위로가 필요했다. 인생에도 사수가 있다면 얼마나 좋을까?

"예술 하는 와이프들은 원래 예민하지. 너희 장모도 심하구나. 그래도 자식을 얻으려면 어쩌겠냐. 달래 가면서 살아야지." 현철이 말을 끝내고 나서 뭔가 생각난 듯 말을 돌린다.

"그런데 집 나간 여자가 한 달이나 돌아오지 않는다는 것은 갈라지자는 의미인데… 요즘 여자들은 모두 비슷해." 그는 끝말을 흐린다.

"너도 와이프하고 무슨 일 있어?"

"나도 애를 낳으려고 와이프한테 구걸했다. 은총을 베풀듯이 애를 낳아 주더라. 요즘 여자들의 심리야." 현철의 얼굴에 무언가에 긁힌 자국이 보였다.

"얼굴 상처는 뭐야?" 대답이 없다.

"부부싸움 한 것 아니야?" 넘겨짚은 말에 현철은 잠시 동안 시선을 떨구고 있었다.

"우리 와이프는 변덕이 심해. 술을 먹으면 감당이 안 돼. 어제 주식에서 딴 돈을 내놓으라고 주정하는 와이프와 실랑이를 벌이다가 손톱에 긁힌 거야." 처음 듣는 이야기이다.

"언제부터 그랬어?"

"결혼하고 나서 한 달만에 알았어."

"안 고쳐지는 거야?"

"아무리 말해도 소용이 없어. 자식을 낳고 키워 주니까 받아들이고 살 수밖에."

현철이 그렇게 살고 있다는 것은 충격이었다. 현철과 헤어지고 돌아오는 길은 우리 대학교를 지나게 되어 있다. 건너편에 즐겨 먹었던 감자탕 집이 보인다. 금슬이 좋다던 주인 내외가 여전히 장사를 하고 있었다. 흰머리가 희끗희끗하지만 예전 그대로 활기차다. 인사를 건넸지만 처음에는 못 알아본다. 왜 아니겠는가, 이 집 감자탕을 먹은 학생이 어마어마할 텐데.

"금슬이 좋으시네요."라는 말에 나를 알아본다.

"오기만 하면 우리 부부 금슬이 좋은 이유를 물었던 그 학생이네."라며 아줌마는 웃는다.

"지금도 여전히 좋으신데요." 유쾌한 내 대답에 아주머니가 웃으면서 대답한다.

"이제는 혼자가 좋아. 각방을 써. 인간은 결국 혼자야."

"가끔씩 깜짝 이벤트로 그 방에 몰래 쳐들어가잖아." 아저씨가 변명하듯 무안한 듯 한마디 던지고 돌아선다.

인간은 결국 혼자라는 말에 넘기는 술맛조차 떨떠름하다. 혹시나 하는 기대를 했지만 미란은 오늘도 집에 돌아오지 않았다. 감자탕 집 주인 아저씨의 깜짝 이벤트. 나도 한번 해 볼까?

미란의 작업실은 아직도 불이 켜져 있다. 살짝 열린 문 틈으로 여러 사람의 소리가 들린다. 그 틈새로 들여다보니 남녀 네 명이 큰 종이에 그림을 그리고 있다. "열광 = 자유"라고 쓰인 문장이 종이의 맨 위에 있다. 아마 제목인 듯싶다.

그림은 중앙에 하나, 각 모서리 4개, 총 5개의 구역으로 나눠 그려지고 있었다. 계속 살펴보니 오른쪽 위는 돈에 대한 열광, 그 밑에는 권력에 대한 열광, 왼쪽 위는 음악에 대한 열광, 그 밑에는 음식에 대한 열광을 그리는 것 같았다. 돈과 권력에 대한 열광은 남자들이, 음악과 음식에 대한 열광은 여자들이 맡고 있었다.

가운데 구역에는 섹스 그림 몇 개만 그려져 있는 걸 볼 때 주제는 섹스에 대한 열광으로 보인다. 각자 자기 구역의 그림을 그리다가 중단하고 모여서 맥주 컵에 양주를 가득 따르고 4명이 동시에 원샷을 한다. 미란과 여자도 잔을 끝까지 비운다. 두 여자의 얼굴이 금방 발그레해진다.

남자들이 먼저 옷을 홀랑 다 벗었다. 남자들의 체격은 보통이 아니다. 정신이 몽롱해진 듯한 미란과 다른 여자도 따라서 전부 벗었다. 눈부신 맨몸이 드러났다. 남녀들은 짝을 지었다. 한 남자가 무릎을 꿇고 서 있는 미란을 애무하기 시작했다. 은총을 내려 달라는 듯한 모습이 섹스라기보다는 성스러운 행위예술처럼 보인다. 나는 그들의 예술을 제지할 엄두를 못 냈다. 가출하여 돌아오지 않는 아내. 현철의 말대로 갈라선 거나 다름없지 않은가.

의식이 끝나자 남자는 미란을 마치 노예처럼 다루었다. 미란은 흐느끼듯이 신음을 내뱉는다. 다른 여자는 "너무 좋아 이 새끼야!"라며 고함을 친다. 미란의 파트너는 곧 다른 남자로 바뀌었다. 그의 물건은 거대하다. 미란은 자지러지듯이 흐느꼈다.

이제는 4명이 서로 섞여서 상대를 가리지 않고 난교를 한다. 정해진 파트너도 없다. 남자들끼리도 여자끼리도 서로를 탐닉한다. 남녀 번갈아 4명이 원을 만들고 앞사람을 애무한다. 섹스라기보다는 종교의식처럼 신비스럽게 느껴진다. 네 사람은 절정에 올랐다. 미란의 얼굴에서 열광이 느껴지며 무한한 자유가 보였다.

섹스가 끝나사 그들은 흰 체액을 뚝뚝 떨어뜨리면서 각자 중앙 구역에 섹스의 열광이라는 자유를 그리기 시작했다. 미란은 붉은 갈대밭 속에 있는 거대한 흰 계란을 그렸다. 흰 계란의 껍데기에는 작은 금이 가 있다. 워낙 몰두하고 있어 미란은 내가 지켜보는 것을 끝내 몰랐다.

예술의 자유를 달라던 말이 저것인가. 저 행위를 자유라고 말할 수 있단 말인가? 미란은, 그리고 저들은 모두 예술을 빙자한 방종에 빠져 있는 것이다. 애를 안 낳으려고 하는 것도 이해가 간다. 장모의 반응을 볼 때 그녀도 저런 미란의 생활을 아는 듯했다. 그렇지만 장모가 내게 별로 미안해하지 않는 것은 납득이 안 됐다.

저렇게 아무런 거리낌 없이 하고 싶은 것을 추구하면서 사는 것이 미란의 본질이다. 청혼 때 서글서글함을 보여줬던 그녀는 절제되고 우아한 아프로디테가 아니라 내키는 대로 무엇이든 죄의식 없이 추구하는 헤라였던 것이다. 싱그럽게 미소 지으면서 무엇이든 천진하게 추구하는 여신이야말로 완전 자유인일지 모른다. 자기가 하는 것에 대하여 어떠한 도덕과 가치를 개입시키지 않고 그 자체로 완전히 즐길 수 있다는 것은 신만이 가지는 자유일 것이다. 그러나 우리는 신이 아니다.

며칠 동안 생각해 보았지만 그대로 덮어두어야 할지 이혼을 생각해야 할지 쉽게 정리가 안 된다. 회식 자리에서 시무룩해 있는 내게 이미 취한 사수가 말을 붙인다.

"영기야. 요즘 또 대박 터뜨렸다며, 그런데 왜 이리 시무룩해. 일전에 내가 준 잘못된 정보 땜에 이렇게 매몰차게 보는 것은 아니지?"

"아니에요, 집안 문제 때문에요."

"와이프가 속 썩이는구나. 미술 하는 사람은 창조성 때문에 가정하곤 안 맞을 수도 있지."

'어떻게 내 사정을 저렇게 잘 알까.' 생각하면서 대답을 하지 못했다.

"미대 출신과 결혼한 내 친구는 한때 창작 히스테리 때문에 못 견디다가 지금은 서로를 인정하며 살아가고 있어. 재산을 따로 관리하면서 서로 엔조이하면서 사니까 오히려 더 재미있다더군, 그게 맞는 건지는 모르지만." 대표이사 박정철이 불쑥 끼어들었다.

"사랑 없이도 그렇게 살 수 있나요?"

"사랑이란 그냥 모호한 단어야. 사실 그게 무엇인지도 모르지. 우린 그냥 서로 부딪히면서 흘러가는 대로 살 뿐이지. 그걸 사랑이라고도 하는 거야." 박 사장이 말했다.

신희나 미란은 자기 욕망대로 자유분방하게 사는 점에서는 똑같다. 그러나 둘이 함께 사는 결혼생활의 경우에는 자유분방한 삶에 대하여 미리 합의가 되었어야 한다. 미란은 나한테 그런 점을 애매모호하게 이야기했지만 자기 식으로 양해받았다고 확신하고 있으므로 그녀는 꺼릴 게 없을 수도 있다. 그때 '예술의 자유'라는 게 무엇을 뜻하는지를 자세히 물어보지 못한 내 잘못이 더 클지도 모른다. 상황은 전보다 명확해졌다. 내가 이것을 받아들이고 앞으로 계속 미란과 살 필요가 있을까?

"자식을 가지려면 지금 미란과 담판을 지어서 살지 말지 여부를 결정해. 애를 낳지 않을 거라면 너에게 큰 피해가 없는 지금 삶도 네 인생에서 또다른 즐거움과 변동성을 줄 수 있을 것으로 본다." 현철은 말했다.

명중대에 올랐다. 오늘은 보름달로 환하다. 오랜만에 명중의 세계에 들어갔다. 보름달의 청량한 기운이 들어오면서 머리가 맑아진다. 세상을 넓게 보고 그가 주는 변동성을 즐기면 된다고 보름달은 은은하게 속삭인다. 어차피 한세상이지 않은가? 다양하게 살아 보자. 동시에 강력한 다른 욕구가 치솟는다. 돈을 번다는 성취의 환희를 맛보자. 그래야만 미란과 어떻게 치달을지도 모를 변화와 마지막에 대처할 수 있지 않겠는가? 보름달이 태양으로 바뀐 듯 사방이 밝아졌다.

 현철과 만나 미란과 계속 살기로 마음을 정리했고 돈을 버는 것을 인생 목표로 삼겠다고 말하면서 향후 투자 전략에 대하여 이야기해 보자고 했다. 오늘은 병수도 나왔다. 오늘따라 그는 유들유들하기 그지없다. 오늘은 병수가 먼저 말을 시작했다.
 "최근 줄기주들은 20% 이상 하락한 상태지만 내 생각에 다시 시작할 것 같아."
 "차트 상으로 줄기세포주가 다시 상승할 수 있을까?" 나는 병수를 힐긋 쳐다보며 현철에게 물었다.
 "차트 상으로도 상승 5파가 남아 있고, 줄기가 원천 기술이라는 속성에서 볼 때 다시 오를 가능성도 있지." 현철은 뒤끝을 흐렸다.
 "줄기세포가 성공하면 앞으로 의사들이 없어진대. 아픈 장기를 들어내고 줄기세포로 만든 새 장기로 끼우는 방식으로 치료하기 때문이래. 10년 이후 세계 줄기세포 시장 규모가 2천조 원으로 반도체 시장의 10배 이상이라고 하네. 영기는 다시 줄기주에 들어갈 생각이 있나 보네." 여느 때와는 달리 병수는 매우 적극적이다.
 "상승파가 남은 게 확실하다면, 이번에 신용과 스탁론을 사용해서 크게 베팅해 보고 싶은데." 내 심정을 토로했다.
 "영기야, 뭔가 켕기는 게 있구나." 병수는 아주 궁금한 듯 물었다.
 "이상한 루머가 떠돌고 있어, 줄기세포가 조작이라는 이야기 말이야."
 "요즘 네 주변도 안 좋으니 사태를 지켜보고 투자 여부를 결정하자." 현철은 나를 진정시키듯이 말했다. 집에 들어갔는데 미란은 여전히 없다. 그러나 허전하지 않다. 마음이 주식으로 가득 차 있으니까.

며칠 후 신문에 줄기세포가 조작이라는 기사가 나왔다. 그 과학자는 사실무근으로 대응했으나 내가 팔았던 줄기종목들도 매도가 대비 40% 하락했다.

"자기체세포로 환자맞춤형 줄기세포를 만든 방법이 조작이라는 것뿐이고. 줄기세포라는 이론은 엄연히 존재하잖아. 그러니 줄기테마는 여전히 유효한 것 아닌가?" 병수는 여전히 줄기 종목에 대하여 공격적이다.

"그래도 이번 파문이 진정되는 걸 보고 들어가는 게 좋지 않을까?" 현철은 여전히 신중하다.

"만약 저 과학자의 반론이 사실이라면 다시 오를 수도 있을 것 같아, 줄기는 인류의 열망인데 이렇게 쉽게 무너지겠어?" 병수는 다시 강력한 매수 의견을 견지했다.

집에 불이 켜져 있었다. 미란과 장모가 보인다. 나를 보자 미란은 방에 들어가고 장모가 나와 이야기하자고 한다.

"아내가 집을 나갔는데 왜 찾아오지도 않는 거야?" 퉁명스럽게 묻는다.

"처가에 잠깐 쉬러 간 것 아니었나요?" 그전에 이야기한 장모의 말투도 거슬려서 전투적으로 대꾸했다.

"그럼 어쩌자는 거야?" 장모는 잠깐 멈칫하더니 다시 강경하게 묻는다.

"자유롭게 살게 해 주면 되는 게 아닌가요? 애를 낳든 말든, 홀딱 벗고 뭘 하든." 고함을 질렀다. 큰 목소리에 놀란 장모는 말이 없다.

'홀딱 벗고 뭘 하든'이라는 내 말에 놀란 눈치다. 장모는 순간 당황하여 대꾸를 하지 못했다.

"그런 말씀 하실 거면 앞으로는 오지 마세요." 냉장고에서 소주를 꺼내 들고 방으로 들어가면서 문을 쾅 닫았다. 미란에 대하여는 더 이상 미련이 없었다. 밤중에 일어나 보니 장모와 미란은 없었다. 술기운이 사라져서인지, 오랜만에 집에 감돌던 사람의 체취가 곧 사라져서인지 허전함이 가슴에 파고들어와서 그나마 남아 있던 것들을 매몰차게 쫓아 버린다. 마음속이 겨울방학의 학교 운동장처럼 황량하기 그지없다.

　허전한 마음은 무언가를 채우도록 재촉한다. 당장이라도 무슨 일을 저질러야 한다. 다급한은 나의 모든 관심사가 집중된 주식 투자로 옮겨 갔다. 줄기 종목이 다시 급등할 것 같다. 돈을 투자하면 무조건 먹을 것 같은 느낌이 온다. 투자를 하지 않고 있는 나의 마음은 안절부절하다. 병수는 오늘도 바쁘다고 해서 현철과 저녁식사 중이다. 마음은 온통 줄기세포밭에 가 있다. 나의 심정을 아는 현철은 나를 계속 타이른다.

　"명중으로 생각해 봐. 너는 지금 조급과 교만에 빠져 있어."

　그 때 병수로부터 전화가 걸려 왔다. 술이 취하여서 그런지 그의 큰 목소리는 옆에 있는 현철에게도 들렸다. 그는 자기가 알아본 바로는 그 과학자가 거짓말하는 것은 아니라고 했다. 어떻게 그걸 아느냐는 나의 말에 그는 말했다.

　"그 과학자와 같이 일하는 강모 의사한테 물어 보니까 과학자 말이 사실이라고 하네. 강모 의사는 나와 개인적으로 친분이 있고 크리스찬이어서 충분히 신뢰할 수 있는 사람이야."

　강모 의사가 그 과학자와 같이 일하고 있다는 기사를 본 것이 기억이 났다. 나의 마음이 들뜨기 시작했다.

　"네 주위도 안 좋고 뉴스도 여전하니 좀 자제하자. 병수가 지금 말한 정보는 완전하지 않을 수도 있잖아?" 현철은 은근히 만류한다. 내가 기어코 강행하려 하자 현철은 한마디 던진다.

"점을 쳐 보았는데 난 아직 운이 안 온대. 보통 운은 한꺼번에 휙 오지."

'한꺼번에'라는 현철의 말이 걸린다. 미란을 볼 때 지금 나에게는 악운이 오고 있다. 현철이 말대로라면 나에게도 악운이 계속 올 가능성이 크다는 것인데.

"재무구조가 부실한 줄기세포 주도주 대신에 줄기세포와 어느 정도 연관이 있는 가축사육주로 가자. 이 종목들의 장부 가치와 주가간의 차이는 거의 없어. 이익도 나니까 혹시 줄기가 조정받더라도 떨어지는 정도는 크지 않을 거야." 며칠 후 만난 병수는 주장의 방향을 바꾼다.

"그것도 줄기테마로 이미 50%나 오른 상태잖아. 굳이 왜 지금 들어가려고 해." 현철은 말한다.

"이 종목으로 크게 하려고 들어온 큰 세력이 있대. 얘들이 어떻게든 빠져나가지 않겠어?" 병수가 다시 종용한다.

"거기 큰 세력이 들어왔다는 소문을 나도 들었어. 그리고 재무구조도 안정적이어서 위험이 상대적으로 적지." 전화를 받은 사수는 말했다. 병수와 비슷하다. 두 정보가 일치하므로 어느 정도 신빙성이 있다. 게다가 돼지를 키우는 이 회사는 가축 관련 약품 제조회사에서 재미를 본 나에게 아주 친근하며 재무구조도 안정적이지 않은가.

"어차피 복불복, 아닌가? 니가 그릇이 되면 먹는 거고." 병수는 망설이는 나에게 빈정거렸다. 그의 말은 나의 자존심을 살살 긁었다.

두 정보가 일치한다는 말에 현철은 더 이상 말이 없다.

다음날 스탁론 10억 원을 신청하였으나 내일 아침에 입금된다고 했다. 우선 보유한 12억 원어치를 당장 매수하고 10억 원은 내일 하자.

오전에 4억 원의 대량 매수를 넣자 오래지 않아 물량이 잡힌다. 두 번째 4억 원, 세 번째 4억 원도 마찬가지로 그냥 잡힌다. 너무 쉽게 잡혀서 기분이 찝찝하다. 마치 내가 사는 걸 알고서 누군가 던지는 듯했다.

매수 물량이 너무 쉽게 잡힌다는 나의 말에도 사수는 오히려 나를 부추긴다.

"재료 있고 재무구조도 안정된 종목이잖아. 던져 줄 때 고맙다고 받아. 그러면 나중에 효자가 될지도 몰라."

"더 이상 돈이 없어요. 스탁론 10억 원 내일 입금된다는데요."

"미수로 사면 되잖아." 사수는 한심하다는 듯이 큰 소리로 말했다.

아, 그게 되었지. 규정상 오늘 미수로 사고 그 대금은 모레까지 결제하면 된다. 오늘 미수로 가축 관련 종목을 사더라도 내일 입금되는 스탁론 자금으로 상환하면 아무 문제가 없다. 사실 나는 이제까지 미수로 주식을 사 본 적이 없었다. 주저주저하는 나의 심정을 알기라도 한 듯이 사수는 따갑게 나를 지적했다.

"그 종목을 사겠다고 스탁론까지 신청하였다면 확실하다고 본 거 아닌가? 그게 아니라면 지금이라도 위험한 스탁론은 그만둬."

허겁지겁 미수로 4억 원어치 매수주문을 넣었다. 그러나 오래지 않아 물량이 모두 잡힌다. 그 다음 4억 원도 마찬가지였다. 불현듯 그저께 만난 마도로스 친구의 말이 떠오른다. 2억 원은 해운주에 투자했다.

나의 예수금 잔액은 (-)10억 원으로 표시되었다. 내일 입금되는 돈으로 (-)10억 원을 상환하거나 오를 경우 이 종목을 팔아도 된다. 돈이 없이도 이렇게 주식을 살 수 있다니 기분이 묘했다.

계속 과학자와 고발자 간에 진실 게임이 지루하게 진행되었다. 주가는 등락을 반복하면서 하향 추세로 갔다. 현철은 하향추세이므로 일단 손절하자고 한다. 나는 아직도 라며 버티자고 했고 현철은 가진 절반을 손절매

했다.

사건에 대한 사회의 관심도가 증대하자, 과학자의 조작 사건에 검찰이 개입했다. 줄기세포 개발 단계에 참여한 연구원이 조작이 맞다고 폭로하였다. 그날 줄기 관련 주가는 급락하면서 거의 대부분 하한가로 갔다. 그 다음날도 연속 하한가로 갔다.

연속 이틀 하한가를 가자 매수 세력도 없었다. 이렇게 급락하는 걸 경험한 적도 없었다. 병수에게 세력에 대한 정보가 있는지를 묻자 "내가 그런 걸 어떻게 알아." 하고 통명스럽게 말한다.

빠져도 단단히 빠졌어, 줄기세포 조작 루머를 미리 인지하고도 스탁론까지 사용하다니. 집안의 가훈인 명중 정신을 잃고서. 이래서 악운도 한꺼번에 덮치는구나. 진짜 참담한 느낌이었다.

내일 9% 이상 하락하면, 모레 반대매매가 나올 수도 있다. 마음이 안절부절못하고 힘이 하나도 없다. 현철은 기다리면 또 다른 변동성이 있을 거라고 위로한다. 어떻게 되겠지. 자포자기의 심정으로 텅 빈 집에 들어갔다. 투자결과의 참담함이 온 몸을 엄습했다. 미란도 다시 생각난다. 소주는 참담함과 미란을 동시에 지워준다. 어차피 사는 것은 혼자다. 거지가 되면 서울역으로 가면 될 것이다. 최악의 상태를 가정하니 마음은 다시 진정된다.

아침. 그 회사 주가는 하한가로 출발했다. 장 끝에 조금 올라왔지만 종가에는 10% 하락으로 끝났다. 현철은 자기 돈 5천만 원이 있으니 내일 반대매매를 막으라고 했다. 너 때문에 번 돈이니까 안 갚아도 된다는 말을 덧붙인다. 의협심 있고 정이 많은 놈이지만 어려운 결정이었을 것이다.

나도 적금 5천만 원을 해약했다.

내일 얼마를 상환해야 할지 확인하기 위하여 HTS에 들어왔으나 반대매매 시그널이 없다. 그날 해운주가 10% 올라서 기준 담보 비율을 소폭 상회하여 내일 반대매매 대상에서 제외된 것이다. 어차피 예비 자금이 있어야 하므로 1억 원을 계좌에 넣었다.

현재 주식 시가 12억 원에서 스탁론 10억을 빼면 2억 원밖에 남아 있지 않다. 그렇게 힘들게 번 돈 10억 원을 짧은 시간에 잃은 것이다. 그럼에도 반대매매를 막아 최악을 피했다는 안도감이 돌아오는 발걸음을 한결 가볍게 한다.

혼자라는 사실이 오히려 즐겁다. 이런 고통을 가족에게 전가시키지 않아도 되지 않는가? 미란은 본질적으로 자기의 욕망 추구에만 관심이 있다. 찢어지는 것을 싫어하는 그녀가 애를 낳는다면, 그것은 자기가 애를 만들어 본다는 신기한 욕망의 충족에 불과할 가능성이 크고, 그 후 양육은 나 몰라라 할 여지가 클 것이다. 저런 미란이 가족구성원이 될 수 있을까?

모든 사람이 자기 즐거움을 무제한으로 추구하는 현재 세상에서 희생과 진정한 사랑이 정말 생길 수 있을까? 사랑이란 자기를 추구하는 과정에서 이성적인 욕망 충족에 불과한 것이 아닐까?

과학자와 검사 간의 진실 공방은 계속되었고 줄기관련 종목의 주가는 지지부진하였다. 다만 해운 종목은 주가가 크게 상승하였다. 주식으로 돈을 번 것이 소문이 나서 초등학교 친구들에게 술을 산 적이 있었는데 그때 귀국한 마도로스 초등 친구가 한 이야기를 듣고 매수한 종목이 이렇게 효자가 되다니. 그때 그는 이렇게 말했었다.

"작년까지 배의 운송료가 하락해서 급료가 너무 떨어지니까 재미가 없었어. 요즘 중국의 물동량이 조금씩 늘어 앞으로는 급료가 올라갈 것 같아. 그때는 내가 한잔 살게."

그나마 번 이익을 실현해 놓기 위하여 일단 해운 종목을 정리했다. 현철과 함께 마도로스 친구를 만났다. 술이 들어가자 총각인 그는 세계 각지의 여자들을 사랑할 수 있어서 마도로스로 사는 것이 아주 즐겁다고 한다. 그의 자유로움이 한편 부럽기도 하다. 그는 오늘도 해운 업종에 대하여 이야기한다.

"현재 중국이 세계의 공장이 되어 원 재료에 대한 수입을 크게 늘리는 상황이다. 만약 배의 공급량이 10%만 부족해도 운송료는 2배 이상 오를 것이다."라는 그의 이야기를 주의 깊게 들었다.

손절매하고 해운 업종으로 갈아탈까? 현철은 찬성이라고 한다. 그게 맞는다고 생각되나 팔고 나면 9억 원이 손실이고 남은 금액은 4억에 불과하다. 4억 원으로 차입할 수 있는 금액은 4억 원으로서, 합계인 8억 원으로 새로운 종목을 사서 9억 손실을 회복해야 한다. 새로운 종목보다는 가축 분야에서도 이익이 나는 현재의 줄기관련 종목으로 본전이 될 때까지 버티는 것이 좋지 않을까? 정신이 혼란해지고 판단이 흐려진다.

오늘도 결론은 내려지지 않는다. 버스를 타고 오래된 거리를 지나치는데 낡아빠진 옛날식 다방이 눈에 들어왔다. 간판에 본전다방이라고 쓰여 있다. 그 순간 오래된 줄기 종목으로 본전에 가자는 쪽으로 생각이 기운다.

자기 합리화를 유도하는 감성은 우선적으로 작동하고, 실체에 대하여 적나라하고 공정한 성찰을 유도하는 감성은 아주 후 순위로 작동하도록 되어 있는 인간의 감성 구조가 내게도 예외는 아닌 것이다.

사건이 터진 후 6개월이 지나자 과학자는 구속되고 재판에 올려졌다. 나의 줄기 종목의 주가는 바닥을 찍은 듯 더 이상 떨어지지는 않으나 지루하게 횡보 중이다. 그에 비하여 내가 판 해운 종목은 50%나 떠올랐다. 복불복이라며 쓰린 가슴을 위안했다.

문제는 다가오는 스탁론 만기다. 스탁론 사장은 일주일 후 도래하는 만기까지 주식을 팔라고 한다. 그렇지 않으면 계약대로 반대매매할 것이라고 으름장을 놓는다. 그날 집에 들어와서 누웠지만 머리가 천근만근이다. 겨우 두 시간쯤 잠을 잤다. 회식 자리에서도 정신은 만기 연장에 가 있다.

"와이프 집에 들어왔나?" 박 사장이 나에게 물었다.

"아직 독수공방입니다."

"너무 걱정하지 마, 살다 보면 좋은 날이 올 거야. 얼굴 펴고 살아."

"와이프 문제보다 스탁론 만기 연장이 안 돼서 저러는 거예요." 사수는 사장에게 자세히 설명해 준다. 박 사장은 어딘가 전화를 하더니 내일 스탁론 사장을 만나라고 한다.

"박 사장님 얼굴을 봐서 3개월 연장해 줄 테니 그 안에 움직여 보세요. 그 다음은 나도 봐 드릴 수 없습니다." 죽으라는 법은 없다더니 뜻밖의 구세주를 만났다. 시간을 벌게 되니 마음이 한결 편안하다. 생각하면 겨우 3개월뿐인데 사방이 훤해진 듯하다. 하루가 지나자 다시 어두워진다. 현철은 아직도 늦지 않았으니 손절매하라고 한다. 이자율이 12%여서 벌써 이자만 육천만 원이 들어갔지 않느냐며.

그 과학자가 징역 3년 집행유예 3년을 선고받아 법정문제는 일단락되었다. 최악의 상황이 지났으므로 이제 변동성이 생길 것이라는 막연한 기대가 생긴다. 며칠이 지나도 주가에는 변동성이 전혀 없다. 침이 바짝바짝 마르는 시간이 초조하고 지루하게 지나갔다. 집에는 빈 소주병이 차곡차곡 쌓여 갔다. 선고 후 2개월쯤 지나 병수와 현철, 나 셋이 만났다.

"네가 아는 강모 의사는 그 과학자가 무죄라는 걸 확신한다고 영기한테 말하지 않았어?" 현철은 생각난다는 듯이 병수에게 물었다.

"글쎄, 그렇게 말한 적 없는데."

이게 무슨 소리인가? 현철도 전화기에서 나오는 말소리를 들었었다. 문득, 병수가 고의적으로 매수를 유도했다는 의심이 들었다. 그러나 이제 와서 따져 본들 무슨 소용이 있나.

"내가 그렇게 이야기했다면 정말 미안해. 그렇게 말했다면 한때 그가 나에게 공동사업을 요청한 적이 있었는데 그때 진실한 사람이라고 느껴져서 그랬을 거야. 진달래 동산이라는 커피숍에서 자주 그와 사업 이야기를 했는데 독실한 천주교 신자인 강 의사가 너무 진솔해서 그런 말을 했나 봐." 병수는 다시 얼버무리다가 약속이 있다며 황급히 떠난다.

"옛날부터 자질이 이상하다 생각됐지만, 쟤는 앞으로 믿어서는 안 되겠어." 현철도 입맛이 쓴지 한숨을 쉰다.

요즘은 아무 전철역에나 내려서 아무 생각 없이 걷는 게 습관이 되었다. 손절여부를 최종적으로 결정해야 한다. 스탁론 만기가 일주일 남았다. 내일부터 손절매를 시작해야겠지. 반복되는 되새김으로 내가 나를 다스려본다.

어디선가 들려오는 찬송가 소리에 정신을 차려본다. 성당 앞을 지나고 있었다. 건너편에 진달래 동산이라는 커피숍 간판이 보인다. 며칠 전 병수가 한 말이 생각나서 그리로 들어갔다. 창가 자리는 모두 차 있고 가장 안쪽의 벽 쪽에만 자리가 비어 있었다. 우두커니 앉아 커피를 마시는데 벽 안쪽에서 말소리가 들린다. 안에 있는 스터디 룸에서 대화하는 소리였다. 일어나 나오려는 순간 그들의 입에서 나온 단어가 나를 멈칫하게 했다.

"…돼지 줄기세포…" 그때부터 신경을 집중하여 들으니 명예회복, 기자회견이라는 말도 들린다. 조금 후 5명이 커피숍을 나간다. 그중 나이가 가장 많은 사람이 말했다.

"은행 다니는 신입 친구는 왜 오늘 안 나왔지?"

"그 친구는 2차 작전을 위한 자금을 모으려 다른 사람을 만나고 있어요."

추론해 보니 명예회복을 위하여 돼지 줄기세포 연구 결과를 기자회견을 통해 발표한다는 것 같다. 돼지 줄기세포는 난자를 쉽게 구할 수 있으므로 돼지 줄기세포를 수립하는 것이 상대적으로 용이하나 아직도 수립한 사례가 없다는 내용이 여러 블로그에 나와 있었다.

그날 밤도 쉽게 잠들지 못했다. 다음날 주가는 아무런 변동이 없었다. 안달이라는 변동성이 내 마음을 휘젓고 있었다. 그 다음날도 오전까지 변동이 없다. 오후 장은 고작 30분 남았다. 이제는 미련 없이 손절매 주문을 넣으려는데, 소변이 마렵다. 하루 종일 주가를 지켜보느라고 화장실도 가지 않고 끼니도 거른 채였다.

모니터 앞으로 돌아오니 주가는 (−) 상태에서 5% 상승으로 반전되었다. 나는 눈이 휘둥그레지고 가슴이 쿵쿵 뛰었다. 곧 상한가로 마감했고 상한가 잔량은 천만 주이다. 그 과학자의 기자회견 기사는 없고 과학자의 돼지 줄기 수립이라는 작은 기사만 났다. 그럼에도 상한가는 금요일까지 계속되었다. 금요일 전량을 매도하여 소폭 이익이 났으나 이제까지 이자를 상계하면 거의 본전이다.

가볍게 한잔 하자고 현철을 불러냈다.

"물린 세력이 한풀이하듯이 손해를 만회하고자 하는 과정에서 강력한 변동성이 발생했어."

"여러 주체가 각자 자기 이익을 추구하면, 만인에 대한 만인의 투쟁이 나타나고 그로 인하여 변동성이 생기지. 이런 변동성이 또다시 우리에게 큰 기회를 제공하는구나." 현철도 동조하는 독백성 멘트를 중얼거렸다.

"네가 그날 병수를 추궁해서 얻은 힌트 때문에 살아났어. 고마워."

"병수와 진실 논쟁 과정에서 나온 변동성 때문에 영기 네가 산 거군." 현철은 웃으며 말했다. 그때 병수의 진실은 뭐였을까?

취하니 발길이 퍽이나 가볍다. 왜 아니겠는가? 나는 지금 지옥에서 살아 나온 것이다. 겨우 본전을 찾았지만 이렇게 기쁠 줄이야. 집에는 불이 켜져 있고. 장모와 미란이 거실에 앉아 있다. 집 나간 지가 12개월 되었는데 미란은 어떻게 저리도 당당한 것일까? 장모는 나의 눈치를 본다. "오셨어요."라고 장모에게 인사하고 샤워실로 갔다. 씻고 나오자 장모가 어머니 전화라며 바꾸어 준다.

"어지간하면 그냥 살아라. 이 엄마 부탁이다." 이해할 수 없는 어머니의 의식구조다. 집 나갔다가 뻔뻔히 들어온 여자, 여전히 애도 낳으려 하지 않을 텐데 이렇게 나에게 다시 같이 살라고 간곡하게 이야기할 수 있는가? 어머니가 먼저 펄펄 뛰셔야 하는 거 아닌가? 머릿속이 혼란스러웠다. 전화가 끝나자 뒤에서 미란이 하는 소리가 들렸다.

"우리 돈으로 전세 낸 집이니까 들어오는 것뿐이야." 뻔뻔해도 정도가 있다. 이건 예술의 자유가 아니다.

"그 따위로 너를 합리화하지 마. 예술? 그게 예술이냐? 네가 사는 방식은 예술을 빙자한 방종이야. 이년아. 여기 자유롭게 살려고 온 거면 당장 나가, 더럽고 치사한 전세 보증금 내일 부쳐 주마."

나는 아직 손에 들고 있던 수화기를 미란에게 던졌다. 전화기는 줄 때문에 미란에게 닿기 전에 중간에 떨어졌다.

"당장 안 꺼지면 다리몽둥이를 분질러 버릴 거야!" 미적거리는 미란을 보고 고함을 다시 질렀다.

장모와 미란은 시퍼렇게 질려서 나갔다. 사 들고 온 탁자의 음식을 나가는 미란 등 뒤에 던졌다.

'우리 돈으로 전세 낸 집이니까 들어오는 것뿐'이라는 말이 이렇게 나의 마음에 큰 변동성을 불러일으킬 줄이야. 변동하는 세상에 맡기면 되지, 자유라는 규칙을 지키지 않은 여자와 단절하고 싶다는 생각을 과감히 표현하는 나에게 나 자신도 적잖이 놀랐다. 1년 동안의 주식의 변동성은 인생을 보는 나의 시각을 바꾸어 놓았다.

다음날 집에 오니 어머니와 아버지, 미란 어머니, 미란 아버지가 모두 와 있었다.

"어제 네가 너무 심했다. 사돈이 다 용서한다고 하니까 사과한다고 하고 미란을 받아들여라." 아버지는 완곡히 말했다. 아버지 얼굴을 봐서 더 이상 말하지 않았다.

"아직 철이 없어 하는 행동이니 문제 삼지 않겠네." 미란 아버지가 말한다.

이 말은 사과하려고 했던 나의 마음에 부정적인 변동성을 일으켰다. 누가 누구에게 할 사과이고 용서인데 저렇게 말하는 것인가?

"미란과 저는 자유인으로 살기로 했죠. 어디 가서 홀딱 벗고 놀든지 터치 안 하기로 하면서 말이지요. 그런데 그것마저도 싫다고 나간 사람입니다. 다시 살려면 자유인의 원칙을 지켜야죠. 자유롭게 다시 살려고 들어온 게 아니면 따님을 데리고 가세요."라며 미란에게 수표를 집어던졌다.

"우린 자유 관계에서 사는 것뿐이니까 황 회장님이나 송 여사님은 저한테 그냥 동거인의 부모일 뿐입니다. 앞으로 함부로 말씀하시는 거 삼가해 주세요." 더 한 발짝 나가서 분명하게 관계를 잘랐다.

잠시 동안 침묵이 흘렀다. 황 회장의 얼굴이 울그락불그락해졌고 끝내 분을 이기지 못한 채 자리를 박차고 나갔다. 미란 어머니도, 미란도 따라 나갔다. 적반하장이란 말이 생각났다.

"이렇게까지 해야겠어?" 어머니는 아직도 미란에게 미련이 있는 눈치다.

아버지 얼굴에는 당황한 표정이 서려 있지만, 별로 불만은 없는 표정이었다.

며칠 후 미란은 혼자서 당당히 들어왔다.

"자유롭게 살려고 들어왔어요. 보증금은 이왕 주신 거 제가 가질게요."

"그렇게 살려면 살고. 근데 호적은 정리할 필요가 있지 않을까?"

"좋아요. 부모님은 모르게 하죠." 미란은 당연하다는 듯이 이내 답했다.

5.

위대한 개척자

내가 생활비를 대고 가사는 미란이 담당한다, 미란이 원할 때만 애를 갖기로 한다, 재산도 각자 관리하고 상대방에 보고할 필요가 없다, 명절 때는 각자의 집으로 간다, 밖에서 다른 애인은 항시 사귈 수 있으며 헤어지자고 하면 즉시 헤어지기로 한다 등 세세한 규칙을 정했다. 세상의 상식으로는 납득하기 어려운 이 규칙들이 껍질뿐인 이 가정을 꾸려가기 위한 방편인 것이다.

물론 조금의 불협화음은 있었지만 한 달이 지나면서 이 규칙에 익숙해졌다. 딸이 혼자 사는 것보다 나 같은 놈과 같이 동거하는 것이 그나마 낫고 더 이상 나에게 섣불리 관여하다가는 그것마저도 깨질지 모른다고 생각했는지, 장인과 장모도 우리가 사는 데에 일절 관여하지 않았다.

한바탕 폭풍이 지난 후 창연히 맑아진 바다처럼, 관계가 깔끔히 정리되자 서로 같이 지내기에 편하다. 이전에는 미란이 까닭 모를 짜증을 가끔씩 터뜨려서 그때마다 내 가슴이 조마조마했으나 그런 횟수가 현저히 줄었다. 밤늦게 들어오더라도 아침 식사 때 몸단장을 가지런히 하여 지저분한 냄새나 어젯밤의 티를 내가 눈치채지 못하도록 애쓰는 듯 보였다.

일찍 들어오기로 한 날에 내가 회를 떠서 가면 그녀는 저녁 식사를 준비해 놓고 기다렸다. 같이 술을 마시면서 자기 일에 대하여 이야기를 나누는 것이 나름 솔솔 재미도 있었다. 이야기가 깊어질수록, 술에 취할수록 천진난만하고 자유분방한 여왕의 모습이 그대로 보였다.

한 달에 한 번씩 하기로 한 섹스도 약속 시간을 칼같이 지킨다. 자유분방하게 지르던 소리도 좀 사그라졌고 상위 체위도 고집하지 않았다. 그냥 누워 있는 모습이 관세음보살처럼 다소곳하다. 그런 미란과의 섹스에서 나는 이전에 보지 못했던, 순종적이고 수줍어하는 여인의 은은하며 그윽한 색정을 만끽할 수 있었다. 그러나 적나라하고 끈적끈적하며 야한 맛에 이미 길들여진 나에게 그런 고상한 성관계는 예전보다 덜 자극적이고 재미도 덜했다.

어느 날 밤 성인영화를 보고서 집으로 가는 중에 우리 대학이 보였다. 캠퍼스 스탠드 커피 어때, 라는 나의 말에 미란은 미대 조각공원 커피 자판기로 가자고 맞장구쳤다. 자정이 넘은 시각, 공원에는 아무도 없었다. 달빛 아래에서 미녀 조각의 나신이 탱탱하게 빛나고 있었다. 커피 대신에, 조각 나신을 물끄러미 보고 있는 미란의 뒤로 가서 치마를 위로 들추고 천천히 팬티를 내렸다. 작고 앙증맞은 엉덩이가 달빛을 받아 눈부시게 빛난다. 내가 아는 모든 엉덩이를 합해도 지금 미란의 엉덩이만큼 고혹적이지 못하리라. 미란은 조각의 엉덩이를 짚으며 서서히 상체를 구부렸다.

그녀의 동그란 두 언덕 사이에 내 몸을 세차게 집어넣었다. 달빛을 받은 엉덩이는 파도치듯 실룩거렸고 나는 점점 강도를 높였다. 조금 지나자 그녀에게서 들어본 적 없는 커다란 교성이 터져 나왔다. 깜짝 놀란 나는 행위를 멈추고 주위를 보았으나 아무도 오지 않았다.

음대생이 목 매어 죽었다는 장소가 얼마 떨어지지 않은 곳에 있었다. 떨어져 있는 팬티가 눈에 들어왔다. 그녀의 입을 틀어막고 미친 듯이 그녀를 공략했다. 뽀얀 엉덩이는 굴곡을 꿈틀거리며 용틀임했고 달빛에 반사되어 흰 박처럼 번쩍거렸다. 미란은 누군가를 부르는 듯 했으나 입 안의 팬티 때문에 잘 알아들을 수 없었다. 남자의 이름 같기도 했다.

나도 신희라는 이름을 외쳐 보고 싶었다. 그러나 말이 안 나왔다. 동상이몽의 둘은 동시에 월광소나타를 완성했다. 팬티는 그녀의 입에서 나온 거품으로 축축했다. 제정신으로 돌아온 나는 그제야 우리 앞에 서 있는 자유의 여신상을 바라보았다. 달빛 가득한 밤이었다.

섹스 후에 미란은 언제 그랬느냐는 듯이 다소곳한 모습으로 돌아왔다. 이 다소곳한 모습은 여왕의 기세가 한풀 꺾인 것에 불과할 뿐, 그녀의 원초적 본능은 깊숙이 숨어 있다. 아마 장모가 강력한 교육을 주입한 것이 틀림없어 보였다. 그녀도 이런 변신을 즐길지도 모른다.

지금의 자유 동거와 그전의 결혼 생활은 본질적으로 차이가 없었다. 생계 문제와 생리적인 기초 욕구를 해결하고, 옆에 누군가를 두고서 같이 지낸다는 것으로 마음에 안정감을 얻는 것이 동거의 주된 목적이었다. 함께 있다는 것, 단단한 뿌리가 박혀 있을 때 마음은 안정을 확보하게 되고 그 바탕으로 더 큰 자유를 누릴 수 있다니, 불안이라는 물침대 위에 있는 인간은 항상 흔들리니까, 박힌 말뚝이 반드시 필요한 걸까.

그럭저럭한 미란과의 생활은 얼마 되지 않아서 지루함을 주면서 이제는 주도주를 찾아 돈을 강력히 추구해야 한다는 변동성을 불러 일으켰다. 싫증은 변동성을 불러일으키는 걸까? 사랑이 없는 미란과의 관계가 가지는 한계인가!

며칠 동안 최근의 급등 종목들의 흐름을 면밀히 살폈다. 내가 본전을 찾고 나온 가축 관련 줄기 종목은 놀랍게도 그 후에도 100%나 올랐다. 그 종목이 그렇게 올랐다니. 현철의 말대로 전형적인 작전 종목일 것이다. 진달래 동산에서 돼지줄기세포 이야기를 들은 후 며칠 만에 급등하여 원금을 회복하지 않았던가? 지옥의 구렁텅이에서 겨우 빠져나왔지만 급등했던 순간순간들을 다시 생각하니 온몸이 찌릿하다.

작전도 섹스만큼 짜릿한 거군. 이제는 작전주를 중심으로 투자해 볼까! 그렇다고 지금 오른 것은 들어갈 수 없고 덜 오른 것이 없을까? 현철은 오늘도 병수는 바쁘다며 못 온다고 한다.

"앞으로는 작전주를 본격적으로 찾아보고 싶어."

"회복했으면 다행이지 않나. 앞으로는 안전하게 투자하자." 현철의 말이 맞다.

"그런데 내가 매도 후에도 100%나 더 오른 종목을 병수는 어떻게 추천할 수 있었을까?" 갑자기 그 이유가 새삼 궁금해졌다.

"병수가 작전꾼들과 어울린다는 소문이 있어." 어리둥절한 나에게 그는 다시 말했다. "최근에 외제차를 뽑았다던데." 여전히 믿지 않는 나를 보고 그는 간접적인 증거를 제시했다. 갑자기 진달래 동산에서 들은 이야기가 떠오른다. 현철에게 그 사실을 말했다.

"병수가 자기 팀의 손절매 물량을 니가 받도록 꼬신 것 같은데."

설마 병수가 폭탄받이 용으로 나를 끌어들였다는 것인가?

며칠 동안 시간이 나면 진달래 동산 입구의 건너편 성당에서 들어가는 사람들을 지켜보았다. 어느 날 밤 10시쯤 병수가 진달래 동산에 들어가는 게 보였다. 깊숙이 모자를 눌러 선 나는 어렵지 않게 돼지줄기세포를 말했던 그들과 이야기하고 있는 병수를 발견할 수 있었다. 치밀어 오르는 분노감을 누르며 나왔다.

"진짜로 자기 팀의 손절매물량을 너에게 떠안긴 거네. 그렇지만 무사히 빠져나왔으니 잊고서 앞으로 병수는 멀리하자." 현철은 나를 달랜다. 세뱃 돈을 불공평하게 준 할아버지에게 돈을 던졌던 일이 생각나며 오기가 치솟 는다. 입에서 예기치 않은 욕이 튀어 나왔다.

"병수 이 새끼, 두고 보자."

"그만해, 너도 작전꾼처럼 험악해지는 것 같아." 현철은 걱정을 한다.

원금을 회복했다는 말에 사수는 좋은 종목이 들어왔는데 생각이 있느냐 고 한다.

"피혁 회사인데 작전 재료를 준비중이라고 하네."

일전에 피혁 회사에 당한 나는 고개를 절레절레 흔들었다.

"믿기 어렵겠지만 이 회사가 에이즈치료제 회사 인수를 추진중이라는 루 머가 있어."

에이즈란 말에 귀가 솔깃해진다. 사수의 말을 들으면 들을수록 구미가 당긴다. 재무구조도 부실하나 당장 부도날 정도는 아니었다. 이 정도면 나 름 변동성이 생길 수도 있겠는데.

"너도 병수처럼 작전에 점점 빠져 들어가고 있어." 에이즈치료제회사의 이야기를 들은 현철은 계속 나를 만류한다. 작전이라는 말에 갑자기 좋은 생각이 머리를 스친다. 한 달에 걸쳐서 여러 증권사 창구를 통하여 그 종목 을 매집했다. 한 창구를 통하여 매수하면 단일인의 매집이라는 것이 곧 드 러나서 통상 작전 대상에서 제외되기 때문이다.

사수에게 진달래 팀이 누군지 알아봐달라고 사정했다. 며칠 후 사수는 말했다.

"진달래 팀은 팀장, 자금알선책, 언론기관 담당, 주식매매 담당, 증권회사 담당, 종목발굴 담당 6인으로 구성되어 있어. 종목 선정은 팀 구성원의 만장일치로 결정하지만 이 팀의 경우 팀장의 입김이 많이 들어간대. 팀장이 이 바닥의 보통 사람과는 달리 아주 공정한 편이어서 사람들이 그를 신뢰하기 때문이래. 그들의 아지트는 자주 바꾸지만 진달래 동산에서 자주 만난다고 하네."

"왜 진달래 동산에서 만나죠?"

"바로 앞에 성당이 있어서 팀장이 작전 성공 기도를 하기가 편해서 그렇대. 그런데, 왜 이런 걸 알려고 하지?"

"그냥 나도 작전 한번 해 보려고요."

"임마, 넌 분석 스타일이야. 송충이는 솔잎을 먹고 살아야 해."

"선배, 농담입니다."

"아참, 일전에 말한 피혁 회사요. 에이즈치료제 회사 인수 건은 어떻게 돼 가요?"

"지지부진한 것 같아. 한 달 내에는 결정된다는 루머도 있어. 그러나 루머일 뿐이야."

그 과학자에 의하여 돼지줄기세포가 수립이 되고 난 후, 주식시장에서는 줄기세포에 대한 투자자의 부정적인 이미지는 많이 불식되었다. 바이오주에 대한 개별 종목장세는 서서히 달아올라 오고 있었다. 나는 현철에게 말했다.

"이미 떠돌았던 루머를 다시 흘려서 그들을 부추겨 보아야겠어."

"꼭 이렇게까지 해야 되겠어?"

"그들이 먼저 나를 야비하게 물먹였잖아. 나는 걔들처럼 작전에 꼬시는 게 아니야. 그냥 나왔던 루머를 그들이 스스로 환기하도록 하는 것밖에 없어. 루머를 인지한 그 후에는 걔들 스스로 판단하여 결정할 문제야. 지금 주식시장에 참여하는 투자자라면 그 정도 위험에 노출되는 것은 흔히 있는 일이 아닌가?" 나는 서슬이 퍼렇게 말했다.

"한 번만 도와줘, 현철아." 의리 있는 현철은 나의 간곡한 청을 외면하지 못했다.

'별첨 에이즈치료제 회사를 인수하려 하오니 인가 바랍니다.'라는 가짜 기안서 복사본도 만들었다. 회사이름, 담당자도 지워졌고, 인수대상인 별첨도 없다.

"아무 내용도 없는 이런 기안서를 왜 그들에게 보여 주려고 그래?" 문서를 본 현철은 황당해한다.

"이미 시중에 나온 루머를 환기해 보라는 것 말고 다른 의미는 없어. 통하든 말든 그들에게 뭔가를 하지 않으면 내가 미칠 것 같아서 그래."

"선수인 걔들에게 그걸로 통할까?"

"시장에서 작전할 종목이 그리 많지 않아. 기다릴 수 있는 우리와 달리 작전을 해야 하는 그들로서는 특정 시점에 선택할 수 있는 종목은 제한될 수밖에 없어. 지금은 바이오종목장세이고 에이즈치료제는 신선한 재료여서 그들이 이쪽으로 관심을 돌릴 수도 있을 걸."

"많이도 연구했군. 하지만 너도 타락하고 있어." 현철은 놀라면서도 점잖게 타이른다.

병수가 없는 시간대에, 나와 현철은 진달래 동산, 그들의 스터디룸 옆방에서 큰 소리로 대화를 시작했다.

"걔들이 에이즈 그거 살 리가 없어." 내가 말했다.

"이거 극비로 입수한 건데, 에이즈회사를 인수하겠다는 그 회사 기획실

기안서인데 한번 봐 줘."

"이 기안서가 사실이라면 인수 가능성이 있을 수도 있는데, 그런데 이런 문서가 돌아다닌다는 게 별로 믿음이 가지 않아. 회사 이름과 담당자를 지운 거 봐서는 진짜인 거 같기도 하네. 도대체 어디서 나온 거야." 나는 별 가치가 없다는 듯이 말했다.

"한 달 회비 백만 원 주고 받아보는 정보야. 나도 믿어야 하나 싶어서 너한테 보여주는 거야."

"이런 정보 믿지 마."

"그래도 월 백만 원짜리 정보인데…" 현철은 하소연투로 말하더니 "나 화장실 갔다 올게, 큰 거야." 하며 나간다.

"에이, 담배가 떨어졌잖아." 나도 자리를 떴다가 잠시 후 담배를 사서 돌아왔다.

누군가 테이블 위의 기안서를 본 것 같았다. 그 문서는 그날 바로 불태워 버렸다.

며칠 동안 우리는 번갈아 가며 그 회사에 에이즈 분야 진출설이 사실인지, 언제 결정되는지 전화를 했다. 주식담당 직원은 짜증을 내며 전화를 하는 모든 투자자들에게 이런 말을 한다고 사수는 전했다. "에이즈 회사 인수 문의가 계속 오는데, 내부정보이므로 대답할 수 있는 사안이 아닙니다."

병수로부터 기다리던 연락이 왔다.

"저번 줄기세포 건은 본의 아니게 미안하게 되었다. 고의는 전혀 없었다는 것만 알아 줘."

"그럴 수도 있는 거지." 나도 대범하게 답했다. 그러나 속은 부글부글 끓었다.

"좋은 정보 없어?"

"없어. 그건 니가 더 잘 알잖아."

"현철이 말로는 너 요즘 종목 발굴에 혈안이 되어 있다고 하던데." 현철이 바람을 잘 잡은 듯했다.

슬쩍 넘어가는 소리로 마지못한 듯이 던졌다. "사수가 에이즈치료제 회사를 인수한다는 루머를 들었다고 하는데 어느 회사인지 몰라 계속 찾고 있어."

며칠 후부터 주가는 조금씩 오른다. 누군가 매집 진행중인 것 같다. 나는 속으로 회심의 미소를 지었다. 3주 동안 매집은 야금야금 진행되었다. 4주째 화요일에 갑자기 주가가 푹 떨어진다. 매집이 완료되면 한 번은 뺀 후, 급등시키는 경향이 있었다. 그래야 개미들이 상승시에 매물을 쉽게 내놓기 때문이다. 이번 급락은 상승을 위하여 판 도랑이라는 촉이 강력하게 다가왔다.

4주 금요일 오전부터 물량을 서서히 거두는 것이 보인다. 종가에 주가는 상한가를 갔다. 다음 주부터 주가는 가파르게 올라갔다. 이 회사가 에이즈 치료제 회사를 인수하려 한다는 찌라시도 돌았다. 2주 후에 주가는 100% 상승하였고 지금은 횡보중이다. 현철은 이제는 팔라고 재촉한다. 나는 말했다.

"아직 아니야."

며칠 후 국제 에이즈학회가 한국에서 개최된다는 뉴스가 나오면서 10조원대의 에이즈 시장에 대한 기사가 나왔다. 에이즈회사 인수 루머도 재탕되었다. 주가는 급등하기 시작했다.

"에이즈학회, 이거 미리 알았어?"

"에이즈학회가 개최되므로 에이즈치료제에 대한 기사가 쓰일 거라는 것은 짐작했지만 에이즈 치료제 시장 규모가 이렇게 클 줄 몰랐어."

주가는 줄기세포의 경우와 비슷하게 신들린 것처럼 급등했다. 나는 250% 상승 지점에서 모두 팔았다. 매도를 하기 위한 마우스클릭의 손맛은 정말 감칠맛이 났다.

내가 판 후 주가는 300%대까지 올랐으나 그 후 가파르게 하락하기 시작했다. 사수의 예상대로 에이즈치료제 회사를 인수하지 못했기 때문이다. 에이즈치료제 개발 회사가 재무구조가 부실한 회사에 편입되는 걸 거부했기 때문이라는 이야기도 있었다.

"그런 부실한 재무구조로는 최첨단 기술력을 보유한 회사를 인수하는 것은 불가능하지. 세상은 정석대로 가는 거야." 현철은 이것으로 복수극을 끝내라는 경고를 보냈다. 1인에 의한 복수극을 나름 성공한 나는 속으로 뜨끔했다. 현철 말대로 이런 일은 이것으로 끝내야겠다는 생각이 들었다. 그러나 짜릿했던 손맛은 좀처럼 잊혀지지 않았다.

미란과 약속한 날이 아니면 나 혼자인 저녁이 많았다. 작은 티비로 주로 드라마를 보았다. 그때마다 작은 티비를 바꾸어야 한다고 생각했지만 차일피일 미루었다.

시간이 난 어느 날 미란과 함께 가까운 전자제품 매장에 대형 티비를 사러 갔다. 매장 운영 회사는 별로 이름을 들어본 적이 없으나, 위치가 좋아서 사람들이 북적북적했다. 최신형 모델이라서 대형 티비 한 대 값이 천만원이 넘었다. 천만 원이 넘는다는 말에 미란은 기가 죽었다.

주문을 끝낸 우리는 회사가 운영하는 지하 식당으로 내려갔다. 지하 식당은 휘황찬란했고 손님으로 넘쳐났다. 우리는 비싼 스테이크를 시켰다.

오늘따라 미란은 조용히 먹기만 한다. 피처럼 붉은 육즙이 철철 흐르는 스테이크는 꿀같이 술술 넘어갔다.

한 달 후 만난 병수는 얼굴이 초췌하다. 그는 며칠 전에 외제차도 팔았다고 했다. 그는 나에게 아무 말도 하지 못했다. 내가 그에게 종목을 권한 적이 없기 때문이다.

나도 미안하지 않았다. 내가 정보를 준 적도 없으며, 내가 환기시킨 루머에 대하여 그들이 스스로 판단하여 작업한 것이기 때문이다. 외제차까지 팔고 버스를 타고 다니는 병수에게 미안한 마음이 조금은 생겼다. 그렇지만 승리의 쾌감은 그 후 일주일 내내 나를 흐뭇하게 했다. 남의 돈을 딴 것으로 즐거워하다니. 인간이 이렇게 잔인하기도 한 존재인가.

틈만 나면 병수는 내가 30억 원을 어떻게 벌었는지 묻는다.

"다른 곳에서 그냥 먹었어."

한 달 후 병수가 나를 찾아왔다.

"이제 큰손이 되었으니 우리 팀에 오는 게 어때."

"들어가면 어떤 혜택이 있나?"

"우리는 저평가된 종목을 장기투자해서 제값이 되면 파는 팀이야. 너처럼 큰 돈을 가진 사람은 안전하게 큰 수익을 얻을 수 있어."

"너희 팀에서 나에게 종목 정보를 주고, 내가 수수료를 지급하나?"

"아니야. 일단 자금은 통합되어 관리돼. 그리고 우리 팀이 정하는 대로 따라야 해. 다르게 말하면 우리를 믿고 모두 맡겨야 해."

"그런 거라면 완전 작전이잖아. 나는 그런 짓은 안 해."

"돈을 벌게 해 준다는데."

"나는 합법적인 것이 아니면 안 해."

"그냥 공짜로 종목을 말해 줄게."

"그것도 하지 마. 부담스러워."

"친구 사이니까 요즘 우리가 장기투자하는 저평가 종목을 말해 줄게."

가만히 있는 나에게 계속 얘기한다. 마치 전달해야 할 의무가 있는 것처럼.

"경기상사라는 덴데 최근 인수합병이슈로 올랐으나 지금은 조정 중이야. PBR(주당장부가치)도 0.6밖에 안 돼."

그가 가져온 재무제표를 보니까 경기상사의 주가는 장부가치에 비하여 저평가되어 있었다.

"우리 팀에 들어오는 거 잘 생각해 봐. 경기상사도 유심히 지켜보고."

병수가 말하는 것은 무조건 싫다. 엮이면 또 사고가 나니까. 그냥 머릿속에 처박아 두었다.

사수에게서 연락이 왔다. 경기상사를 체계적으로 분석해 달라고. 우리 회사도 투자할 생각이 있는 종목이라고 한다. 병수가 교묘하게 충동질한 것이 아닐까 하는 생각까지 들었다. 내가 에이즈회사를 이야기한 것처럼.

경기상사는 전국 요지에 전자 통신 판매점을 가진 회사로서 전자제품의 전국적 유통망을 단시일 내에 구축하려는 대기업들에게 안성맞춤인 회사였다. 매장 지하에 음식료 사업도 하고 있었다. 내가 대형티비를 산 바로 그 매장을 운영하는 회사였다.

경영을 담당하던 최대 주주와 재무투자자인 2대주주는 오랫동안 원만한 관계를 유지해 왔으나, 최대 주주의 배임횡령 건으로 둘 간에 감정이 틀어져서 지분 싸움이 벌어졌고 급기야는 이 경영권 전쟁을 판가름 낼 임시주총이 일주일 후에 예정되어 있었다.

주총이 얼마 남지 않았으나 주가는 오히려 떨어지는 추세였다. 임시주총 이틀 전인 오늘 현재 주가는 경영권 분쟁으로 상승 전 주가 대비 15% 상승

수준으로 7,200원이었다.

병수 말대로 장부가치 대비 주가 수준은 0.6이다. 허접스런 줄기 종목이나 에이즈 종목과는 차원이 다른 우량회사이므로 현 주가수준은 위험성도 없다. 더구나 임시주총에서 의외의 변동성도 생길지 모른다.

병수가 무슨 수를 쓰고자 나에게 말했을까? 인수합병 재료와 0.6의 PBR에 꽂힌 나는 아무리 생각해도 그 이유가 떠오르지 않는다. 생각하면 할수록 경기상사는 구미가 당겼다. 교만에 가득찬 나의 간은 이미 커질 대로 커져 있어서 병수가 별로 두렵지 않았다. 내 판단대로 하자.

우선 간을 보자는 생각에서 10억 원어치 주식 매수 주문을 내었으나 의외로 쉽게 들어왔다. 10억 원어치 사자 주문을 내었다. 금방 들어온다. 병수가 추천한 줄기 종목 때와 유사하다.

그때 병수의 전화가 온다.

"조금 전 K증권창구 경기상사 매수는 네 건가?"

"그래."

병수의 전화를 받으니 찜찜했다. 추가 매수는 다음날 하기로 했다. 임시주총 하루 전인 다음날 주가는 6,900원으로 떨어져 있다. 다시 병수에게서 전화가 온다.

"오늘은 경기상사를 매수 안 하는 모양이네. 아주 저평가된 종목은 니가 좋아하잖아. 천하의 정영기도 쫄 때가 있는 모양이네." 병수는 자존심을 톡톡 건드린다. 그는 나를 자극하는 방법을 잘 알고 있다. 그들에게 저런 방법도 배운 것 같군. 그러나 내 머리와 가슴은 따로 논다. 얄팍한 나의 가슴은 병수에게 금세 유혹당한다.

10억 원 정도 사자 주문을 넣었는데 금방 체결된다. 이제 오기가 생긴다. 남은 12억 원을 모두를 매수에 넣었다.

"조금 전 체결된 K증권창구 물량도 니 거야?"

"그래."

"방금 들어온 주문도 니 거지? 이렇게 한 종목에 올인하다니 겁도 없네."

"그래, 임마. 네가 말했잖아. 저평가 종목이라며." 약 올리는 병수 말에 강하게 대꾸했다.

"간 큰 우리 영기. 만약 주가가 더 떨어지면 더 사야겠네." 그는 다시 나를 부추긴다.

"이젠 돈 없어." 나는 소리쳤다.

"그럼 미수로라도 질러야지. 혹시 내일부터 M&A가 재점화되어서 급등할 수도 있고." 병수는 다시 나를 충동질한다.

"미수는 위험하잖아."

"명중으로 무장된 정영기가 이런 우량 종목을 앞에 두고 쫄다니. 그릇이 그 정도밖에 안 되나?" 병수는 외운 듯이 술술 말을 한다. 그의 말에 나의 오기는 살살 발동되었다.

매도세는 주춤댄다. 12억 매수 중 2억만 매수되고 10억 원은 계속 남아 있다. 이제 바닥이겠지. 더 이상 떨어지면 차트도 망가지고 나도 손실을 보니까 미수로 밑에서 받쳐 놓아 볼까? 이런 재료보유 우량주가 더 떨어지려고. 귀신에 홀린 것처럼 6,600원 근처 가격대에 100억 원을 미수로 매수주문을 넣었다. 규칙상 2.5배의 미수가 허용되므로, 42억의 잔고는 100억 원까지 미수가 가능했다.

"저 밑에 거대한 뭉텅이도 니 거야?"

"아닌데." 하는데 나의 목소리가 조금 떨렸다. 급한 일이 있다며 나는 전화를 황급히 끊었다. 미수주문을 뺄까 생각하는 순간 박 사장이 나를 부른다. 박 사장은 내가 조사한 경기상사에 대하여 꼬치꼬치 물어 보았다.

잠시 나가서 미수를 끄려는데 박 사장은 나를 놓아 주지 않는다. 설마 무슨 일이 있을까 하며 미수주문을 빼는 것을 포기했다. 그와 이야기가 끝난 오후 2시가 되어서야 주가를 볼 수 있었다.

놀랍게도 주가는 6,070원으로 하한가이며 매도물량은 8백만 주나 쌓여 있었다. 당연히 내가 매수한 주문수량은 모두 들어와 있다. 나의 잔고의 주식수는 2백 십여만 주로 지분 2%에 약간 못 미친다.

떨리는 마음으로 주총 기사를 보니 두 주주가 화해를 했고 실망 매물들이 손절매하면서 주가는 하한가로 간 것이라는 기사가 여러 군데 나와 있었다.

그제서야 병수의 의도를 알아차렸다. 주주간의 화해정보를 미리 안 그들은 그들의 손절매 물량을 받아줄 사람이 필요했던 것이다. 전처럼 또 병수의 덫에 걸린 것이다.

PBR이 0.6인 경기상사의 주가는 시간만 기다리면 언제나 회복이 가능하다. 문제는 미수이다. 모레까지 결제하지 않으면 그 다음날 반대매매에 나간다.

그때 병수가 전화했다. "너 혹시 미수로 넣은 것 아니지."

"아닌데." 떨리는 음성을 애써 감추었다.

"40억 원의 2.5배인 100억 원이 K창구에서 체결되던데."

아무래도 내가 넣은 걸 알고 병수와 그 팀이 때린 것 같다.

아무리 실망매물이라도 우량중형주인 이 회사의 주가가 상승 전 주가보다 낮은 가격대의 하한가까지 가는 것은 말이 안 된다. 그렇다면 이 모든 게 작전일 것이다. 앞이 캄캄했다. 내일도 하한가로 밀지 모른다. 기세가 밀리면 모레도 하한가까지 갈 수 있다. 모레 하한가로 팔리면 전 재산 42억 원이 모두 날아간다.

저녁에 박 사장을 허겁지겁 찾아 갔다. 박 사장은 대학 선배로서 합리적이고 냉철하며 사교성도 좋아서, 내가 항상 닮고 싶어 했던 멘토였다. 그러나 그의 나이 때문에 내년에 우리 회사를 떠나야 한다는 이야기도 들렸다.

"와이프는 돌아왔다고 들었어. 결혼 생활은 어떤 형태로든 유지하는 게 좋아."

"그냥 둘이 서로 터치 안 하고 자유인으로 같이 살기로 했어요. 저흰 자유로운 동행 관계입니다."

"자유로운 동행이라! 이 친구의 변신의 모습은 끝이 없네. 그 동행 진짜 부러운데."

"그런데 안색이 안 좋은 것 같아" 나는 대답을 못하고 머뭇거리다가 사실을 이야기했다.

"딱하게 되었군. 미수를 뺄 타이밍에 내가 계속 붙잡은 잘못도 있지. 한번 알아볼게." 박 사장은 흔쾌히 알아봐 주겠다고 했다. 나는 너무 일이 쉽게 돌아가는 것 같아서 어안이 벙벙했다.

다음날 시초가는 예상대로 하한가인 5,340원이다. 하한가 잔량은 오백만 주다. 작전이 확실하다. 그러나 이 난국을 벗어나야 한다. 조만간 주가는 다시 회복되겠지만 그전에 나는 패가망신할 것이니까.

그날 저녁 박 사장이 예약한 한식집에서 먼저 기다리는데 훤칠한 노신사가 박 사장과 함께 들어온다. 눈이 부리부리하고 입술은 두툼하고 얼굴은 붉으며 그 나이치고는 키도 크다. 박 사장은 자기가 존경하는 남 회장님이라고 나에게 소개했다.

"이야기는 박 사장으로부터 들었어요. 내가 어떻게 해 주면 되는가?"

"100억 원을 빌려주십시오. 미수를 막고 나서, 주가가 오르면 팔아서 빌린 돈은 돌려 드리겠습니다. 그리고 이 거래에서 번 이익도 모두 회장님에게 드리겠습니다. 저는 원금만 보장받도록 해 주십시오." 나는 꿇어앉아서 정중히 간청했다. 이익을 모두 돌려준다는 말에 회장의 입 꼬리가 올라갔다.

"경기상가 주가가 올라간다고 보는 이유가 뭔가요."

"적대적 인수합병은 1대주주와 2대주주가 있는 지배구조 하에서 주로 발생합니다. 이들 간에 한번 불화가 발생하면 쉽게 해소되지 않고 결국 파국까지 갑니다. 왜냐하면 그렇게 봉합될 것이라면 애초부터 발생하지 않았을 것입니다. 반드시 어떤 형태로든 갈등은 일어납니다."

여러 인수합병 사례와 인수합병 전문서적, 그리고 블로그를 정리한 분석서를 공손하게 바쳤다.

"1대주주가 함부로 말하는 성향이 있어서, 2대주주의 마음을 상하게 한 적이 아주 많다고 들었습니다. 그런 앙금은 쉽게 없어지지 않습니다." 나는 열변을 계속 토해 냈다.

"그런 거 말고 다른 거는 없나요."

이 질문은 나의 약점을 사정없이 건드린다. 그의 눈빛은 너무 날카롭다. 이런 백전노장에게 그도 알고 있는 이야기를 해 보았자 소용이 없을 것이다. 그는 다른 근거를 원한다. 그런 걸로 뭐가 있을까? 나의 직감 같은 것 아닐까? 집값이 시발이 되어서 비탄력적이었던 건설주를 매수했다고 하자 사수가 동요했던 표정이 생각났다.

"저의 집 근처 요지에 이 회사의 매장이 있습니다. 한국 최고의 유통그룹인 L상사도 가까이 있지만 접근성이 너무 낮아서 이 회사로 대부분 손님들이 찾아옵니다. 전국 각지에 이 회사의 대부분 매장이 이런 상황이어서 L상사가 업계 2위로 밀려난 것입니다. L상사가 이번 기회를 그냥 넘어갈 리 없다고 생각합니다." 딱딱했던 남 회장의 얼굴이 펴지기 시작했다.

"내가 L상사에 아는 사람이 있는데 이번에 이야기해 볼까? 자네 지분이 2% 정도니까 이야기가 될 수도 있겠는데." 기다렸다는 듯이 박 사장은 지원 사격을 했다. 그러나 남 회장은 말이 없다.

"선배님, 이 친구, 날려고 퍼드덕거리다가 이런 꼴을 당했지만 이번만 넘기면 그동안 다져진 날개로 창공을 크게 날 것입니다. 꼭 도와주세요." 박 사장은 이상한 어조로 다시 말했다.

"추락하는 곳에 날개가 있다는데, 그 날개로 날려는 건가요?" 남 회장도 뜬금없이 돌직구로 들어오는데 그 의중을 알 수 없다. 추락했는지 묻는 것 같다. 최근 이야기를 솔직히 말해야 하나 생각하는데 박 사장이 대신 답했다.

"가출했다가 돌아온 미대 출신 부인과 자유 관계로 다시 살기로 했죠. 거기서 생긴 날개입니다." 남 회장을 잘 아는 박 사장은 동문서답에 남문북답을 한다.

"자유 관계가 뭔가요?" 그는 흥미롭다는 듯이 묻는다. 박 사장은 나를 보며 직접 답하라는 눈치를 준다.

"서로에게 약속한 범위만 지키고 그밖에 대하여는 상대의 행동에 일절 관여하지 않고 살기로 했습니다."

"외도는 약속한 범위 안에서 가능한가요?"

나는 작은 소리로 "예." 했다.

"브라보. 대단한 날개를 얻었네요. 부럽습니다. 우리 한잔, 짠 합시다."

남에게 밝히기 창피한 이야기를 남 회장은 이렇게 좋게 받아 주다니. 이런 변동성도 있는가? 나는 조금 얼떨떨했다.

얼굴이 펴졌던 남 회장은 다시 정색하고 나와 박 사장에게 말했다.

"좋아요. 100억 원을 빌려 드리죠. 매도 시기는 나와 반드시 상의를 해야

합니다. 돈을 상환받기 전에 통장과 도장은 제가 가집니다. 이번 이익에서 10%는 이 거래를 만든 박 사장이 가지고 나머지 90%는 반반으로 하는 것이 어때요? 물론 손해가 나면 우리 개척자께서 먼저 부담해야 합니다." 이익의 45%라니 황송했다. 박 사장도 이익의 10%는 생각지 못한 듯, 입을 다물지 못했다.

"나중에 내가 부탁하면 한번은 나를 도와주어야 해요. 단 이번에 원금이 회복된다면." 남 회장은 의외의 조건을 추가했다. 나한테 뭐 기대할 게 있다고.

"예!" 힘주어 답했다.

2차로 노래방에 데리고 간 남 회장은 「빈 잔」을 선창했다.

"인생은 빈 술잔을 들고 취하는 것. 그대여 나머지 설움을 나의 빈 잔에 채워 줘."

미란이 집에서 나간 사이 최신곡에 익숙해졌다. 「잘못된 만남」을 불렀다.

"잘못된 만남도 아닌데 그렇게 처량할 필요가 없어." 박 사장은 말했다.

"위대한 개척자인 걸. 나도 그걸 못해서 이러고 있지만." 남 회장도 곁들인다.

조건 대 조건의 만남으로 전환된 미란과의 만남은 이제 더 이상 잘못된 만남이지 않다. "잘못된"이란 단어에 나름 감정이 북받치고 즐기는 나를 발견한다. 나도 여느 사람처럼 당했다는 그 자체를 즐기는 걸까? 그래서 병수에게도 매번 당하는 걸까?

다음날 주가는 하한가인 4,690원으로 시작했다. 하한가에서 대량거래량이 터지고 있었다. 남 회장이 빌려준 돈으로 오전장 시작 전에 미수를 이미 끈 상황이었다. 병수에게서 연락이 왔다.

"미수로 산 거는 다 털린 거야?"

"산 적 없다고 했잖아."

"오늘 대량 거래량은 K창구인데, 너 아니면 누가…" 그는 의아한 투로 전화를 끊었다.

그날 종가는 360원 오른 5,700원이다. 인수합병 재료의 소멸이라는 뉴스만 계속 나올 뿐이다. 그 후 거래량은 줄고 주가는 5,700원대에서 횡보 중이었다.

L상사 임원을 만났다. 소개시켜 주는 대학 친구는 나에게 말했다.

"니가 이런 일을 할 줄 몰랐다. 세상은 알 수 없구만."

"우리가 장내에서 4%를 매집하고 이 과장님으로부터 2%를 추가 양수하여 6%인 3대주주가 된다, 지금 대주주 간의 차이가 5%이므로 3대주주인 우리가 경영권 분쟁에서 헤게모니를 쥘 수 있고 잘하면 인수까지 연결될 수도 있다는 거죠."

"예, 그렇습니다."

"보유한 주식은 얼마로 넘겨 줄 수 있나요?"

"제가 매수한 가격에서 10% 이익만 붙여 주십시오."

"왜 10%인가요?"

"그냥, 도매에서 통상 10% 이익을 가산하여 넘긴다고 합니다. 저도 도매 장사일 뿐이죠."

임원과 친구는 크게 웃었다. 나는 웃지 않았다.

"이 일에 지대한 관심이 있는 그분을 이 친구와 만나게 하는 게 좋지 않겠습니까?" 친구는 지원 사격을 했다.

"검토한 후 연락 드리겠습니다." 임원은 친구의 말을 잘랐다.

"잘 좀 이야기해 줘." 나는 친구에게 부탁했다.

오랜만에 하늘이 보인다.

친구에게서 연락이 왔다. "니가 장내 매집하여 6%를 모은 후 그것을 우리에게 넘겨줄 수 있는지를 물어. 우리가 장내 매집할 경우 대외적으로 모양새도 안 좋고 불공정거래로 고발당할 우려도 있어서 그래."

알아보고 연락을 주겠다고 했지만 자신이 없다. 추가로 매집하려면 지금 주가로 280억 원이 들어간다. 더욱이 매집한다는 소문이 나면 주가가 급등하여 그 돈으로 어림없다. 지금 그런 돈도 없을 뿐만 아니라 그렇게 되면 사건이 커진다. 어떻게 해야 할까?

명중대에 오른 나는 오랜만에 명중 상태에 몰입했으나 사건이 정리가 안 된다. 이러다가 인수합병이 일어나지 않으면 내 재산은 모두 날라 가는 거 아닌가? 불현듯 마음은 다급해진다. 오히려 신희와 짜릿했던 순간이 떠올라 흥분되면서 몸은 이상한 방향으로 다급한 나의 마음을 다독거린다. 힘든 상황을 여자와의 사랑을 떠올려서 위안받으려 하다니, 불뚝 서 있는 내 자신이 너무 한심스러웠다.

멀리서 강력한 자동차 헤드라이트 불빛이 명중대와 나를 사정없이 비친다. 최근에 초입 경지에 도달했던 일광도가 머리를 스친다.

여러 세력종목의 투자에서 더욱더 탐욕스럽고 충동적이며 통제되지 못하는 나를 발견했다. 이런 나약한 정신을 좀 더 체계적으로 수련해야겠다는 생각이 언젠가부터 생겼었다. 일광도 도장을 찾았다. 출근길 도중에 있는 일광도라는 간판은 예전부터 눈에 유난히 들어왔었다.

퀴퀴한 냄새와 함께 몇몇 사람이 수련에 열중하고 있는 장면이 눈에 들어왔다. 무척 빛바랜 도복을 입은 관장은 나에게 왜 일광도를 배우려 하는

지 물었다. 나약한 정신을 단련하고 싶다는 나의 말에 내일부터 도장에 나오라고 했다.

인간 정신은 여러 요소들로 구성되어 있으나 수련에 의하여 이들을 결합시키면 한 줄기 빛으로 가득 차는 상태가 되는데 이를 일광이다. 일광 상태가 되면 나약한 정신을 통제할 수 있어 쉽게 유혹당하지 않으며 마음의 평온까지 얻을 수 있다고 했다.

일광에 도달하려면 먼저 일공에 도달해야 한다. 일공이란 마음을 완전히 비우는 것이다. 처음 2개월 동안 달리기와 수영 등의 혹독한 육체 수련과, 그 후 2개월 동안 고된 정신 수양 후에야 일공에 도달했다.

비운 마음을 다시 응집시켜서 하나의 빛으로 바꾸었을 때가 일광인 상태이다. 공의 상태에서 마음의 안식은 있지만 강력한 예측력이나 물리적 파워 등이 나오지 않는다. 타오르는 불 속 거대한 기둥을 들어 깔린 아들을 구한 아버지는 일광의 상태에 도달해서 가능한 것이다.

다시 2개월이 지난 어느 날 마음은 하나의 빛으로 화하더니 정신이 고요해지면서 에너지가 넘치고 사방이 훤히 보였다. 지켜보던 관장은 일광의 초입에 들어온 것을 축하한다고 말했다. 이때가 경기상사를 미수로 매수하기 일주일 전이었다.

일공에 들어가기 위하여 복잡한 정신을 비우려고 시도했다. 그러나 보닛 위 신희의 원시림과, 갈대밭에서 착 달라붙은 미란의 나신이 교대로 정신을 지배한다. 갈수록 이들은 나를 뜨겁게 데우며 벌떡 세운다. 갑자기 멀리서 개 짖는 소리가 들렸다. 정신이 번쩍 들었다. 이걸 이기지 못하면 나는 다시 애완견이 될 거야.

비장한 각오는 일공을 불러 일으켰다. 신희와 미란은 나의 정신에서 순식간에 지워진다. 다시 마음을 하나로 응집시키자 머리는 고요해지며 경기상사 사건의 과거와 미래가 순식간에 정리가 되었다.

내가 6%를 매집하여 넘기는 것은 자금상이나 능력상으로도 불가능하다. L상사가 관심이 있다는 것은 다른 그룹도 관심이 있을 수 있다. 작전꾼들도 이 기회를 놓치지 않으려고 눈에 불을 켜고 주시중일 것이다. 내가 할 수 있는 거라고는 다른 후보자들이 인수에 뛰어들도록 관심을 불러일으키는 것밖에 없다. 가능한 한 많은 후보 그룹을 방문해야겠다.

이들 말고도 변동성을 발생시킬 것이라면 무엇이든 해야 한다. 그때처럼 다시 일인 작전을 해야 한다. 병수 팀이 무엇을 했더라. 사수 말로 그 팀에 언론 담당이 있었지. 나도 언론플레이를 해야겠구나.

"6%는 지금으로선 불가능해. 그러나 노력해 볼게." 나는 L상사 친구에게 전화를 했다. 다른 대학 친구를 통하여 Y상사 임원을 만났다. 대학 친구도 L상사 친구와 똑같이 말했다.

담당 임원의 답도 L상사와 거의 흡사했다. 다만 L상사에서 말한 '그분' 같은 사람 이야기는 없었다. 다시 전화가 와서 내거는 조건도 똑같다. T상사에게도 동일한 조건으로 말했고 그들이 내건 조건도 똑같았다. '그분' 같은 사람 이야기는 없었다.

3개의 그룹 모두 경기상사의 인수에 대하여 관심이 있었다. 그들은 M&A 여지가 아직 남아 있다고 보고 있는 것이다. 그렇다면 이런 가능성을 언론을 통하여 시장에 알려야 한다.

지방 신문사에 근무하는 친구에게 대주주간 불화는 쉽사리 봉합이 안 된다는 측면에서 경기상사의 인수합병 가능성은 여전히 상존한다는 나의 주장이 기사가 될 수 있는지 물었다. 한 시간 후 다시 연락한 그는 분석용 기사거리로서 충분하다고 말했다.

다음날 그 지방신문에서 경기상사의 인수합병 가능성은 아직 상존한다는 분석기사가 나왔다. 중앙 경제지에서도 유사한 분석 기사가 연이어 나왔다. 주가는 일주일 동안 200원 올랐다. 5,900원은 원가에 못 미치지만 나의 가슴에 큰 희망을 안겨 주었다.

기자 친구는 말했다. "그 기사 건으로 여러 사람에게서 전화가 왔어. 대주주간 불화는 돈이 아니면 쉽사리 봉합 안 된다는 인수합병의 기초이론에 입각한 전문가의 분석기사라고 답했지만, 무슨 정보를 알고 쓴 거냐고 꼬치꼬치 물어서 혼났어."

이제 서서히 변동성이 발생하고 있다는 예감이 들었다. 어쩐지 광동대에 오르고 싶다. 현철과 함께 광동대에 올랐다. 무심히 서 있는 조망대, 조용한 실내, 유유히 흘러가는 한강, 흔들리는 갈대, 모두 예전과 다르지 않다. 광동대는 조금도 변하지 않고 나만 돈에 빠져 타락한 인간으로 변해 있었다.

"경기상사 주식, 잘 돼 가?"

"동남풍이 불기만 기다리고 있어."

"적벽대전 때 제갈량이 일으킨 그 동남풍?"

"응, 서로 지분을 확보하려는 광풍이지."

"만약 동남풍이 불면 어떻게 할 거야?"

"그냥 시장에서 처분하고 빠질 거야. 더 이상 연루되고 싶지 않아. 그러면 사건이 커지고 법적으로도 문제가 생기니까."

"네가 여러 유통재벌그룹을 접촉한 행동은 법적으로 문제가 없나?"

"나는 그냥 그들에게 주식을 블록딜로 넘기려고 한 것뿐이야. 그들과 주가조작을 위하여 공모한 적이 없다면 변호사는 문제가 안 된대."

"너무 많이 바뀌었어. 순진하던 네가 말이다."

광동대의 비석이 눈에 들어온다. 필통을 주우려 몸을 날리던 어릴 때가 생생하게 떠올랐다. 그때 벼락을 맞아서 내가 이렇게 타락한 것일까?

갑자기 센 바람이 불었다. 현철이 웃으며 말했다.

"동남풍인 것 같은데." 그러기에는 바람이 약했다.

다음날부터 주가의 거래량은 크게 늘기 시작했다. 점심에 병수가 찾아왔다.

"니가 가진 것 2%를 10% 이익을 붙여서 사 줄게."

"내가 매수한 건 42억 원어치에 불과해. 그마저도 대부분 처분했어."

병수의 말에 나는 희망이 뭉클 솟아올랐다. 기대했던 변동성이 처음으로 병수 팀에서 나타난 것이다. 경기상사만큼 대박이 될 만한 작전 종목을 찾긴 어렵지. 그런데 애들이 경기상사를 인수할 수 있는 굴지의 유통그룹을 끼고서 작전할 정도로 스케일이 클까?

박 사장이 나를 불렀다. 자기가 아는 사람들에게 10% 가산한 가액으로 넘기자고 한다. 어디냐고 물었으나 그것은 알 필요가 없지 않느냐고 정색했다. 이것은 정말 의외의 변동성이다. 2차 변동성이 박 사장에게서 나오다니.

믿었던 사수에게 피혁 회사로 당했던 아픈 과거와 , 병수가 나를 물량받이로 내몰았던 사실이 순식간에 스쳐 지나간다. 주식시장에서 친구와 상사란 없어. 아무리 나를 도와준 박 사장이지만 비즈니스다. 나는 신중하게 말했다.

"시장에서 팔겠습니다."

그는 여러 번 요청하였으나 나는 뜻을 굽히지 않았다.

남 회장은 왜 박 사장 하자는 대로 팔지 않느냐고 물었다.

"시장에서 팔지 않으면 나중에 통정거래 같은 문제가 생길 수도 있습니다."

"그럼, 자네 계획은 뭔가?"

"동남풍을 기다리고 있습니다."

"제갈량의 그 동남풍인가."

"예."

"지금 상황으로 볼 때 그 동남풍은 계절풍은 아닐 거고 스톰이라는 건데. 스톰이 되려면 여러 조건 중 결정적인 조건들이 반드시 만들어져야 할텐데. 특히 퍼펙트 스톰은 여러 조건이 모두 충족되어야 하고."

"여러 군데에 열기를 불어넣고 있습니다." 여러 회사와 접촉한 사실을 들은 그는 말했다.

"역시 위대한 개척자군."

거래량은 증가하고 주가는 6,300원까지 상승하여 그 자리에서 계속 횡보중이다. 나의 속은 야금야금 타들어 간다. 넘기라는 박 사장의 재촉도 이상하리만치 심하다. 그가 수수료를 챙기려고 그럴 수도 있지만 그 정도가 지나치다.

다시 일주일이 흘렀다. 퇴근하려는 나를 광동대가 끌어당겼다. 신들린 것처럼 소주 4병과 안주를 사서 광동대에 터벅터벅 올라갔다.

병수의 충동질에 또 홀딱 넘어가고 100억 원이나 되는 미수까지 치다니. 나는 지지리도 멍청하고 스스로 통제가 안 되는 감정적인 놈이야. 아무튼 경기상사는 우량회사이잖아, 미수도 해결되었으니 기다리면 되잖아. 박 사장에게 넘길까? 능구렁이 박 사장이 저렇게 다급하다는 것은 뭔가 일을 벌이고 있다는 건데. 그의 페이스에 말려들어가면 반드시 문제가 발생할지도 몰라. 박 사장이 저렇게 팔라고 하지만 남 회장은 가만히 있잖아. 남 회장도 뭔가를 믿고 있는 거야. 지금 내가 기대한 변동성이 발생하려고 하잖아. 동남풍을 기다리자.

이런 저런 생각에서 빠져있다 보니 어느덧 11시가 넘었다. 광동대에는 인적이 전혀 없다. 갑자기 세력팀장이 진달래 동산 앞 성당에서 기도한다던 말이 생각났다. 두 손을 모으고 꿇어앉아서 온 정성을 다하여 동남풍이 불기만을 싹싹 빌었다. 미풍의 기미도 없다. 이제 손바닥에 불이 난 듯 아프다. 굳은살이 박여 있었다면 이렇게 아프지는 않을 텐데. 내일 아침에 손바닥에 물집이 생길 것 같다. 털썩 주저앉아서 시계를 보니 족히 2시간 동안 빌었다.

소주를 홀짝 홀짝 마시기 시작했다. 이런 저런 생각이 다시 나를 휘젓기 시작했다. 어둠이 나를 포함한 온 세상을 지배하려 했지만 활활 타고 있는 내 머릿속의 치열한 싸움 때문에 조금도 나를 굴복시키지 못했다.

소주 4병이 동이 나서야 여러 생각이 멈추었다. 새벽 5시다. 먼동이 조금씩 보인다. 일어서려는데 희한하게도 내가 앉아 있는 자리에서 동서남북 4방향으로 4개의 빈병이 뒹굴고 있었다. 갑자기 여느 때보다 세찬 바람이 불었다. 이것이 동남풍인가? 세찬 바람은 나의 취기를 식혔다. 휘청거리며 광동대를 겨우 내려왔다. 내가 내려온 다음 그 바람은 그쳐 버렸다.

"드디어 동남풍이 불었어." 현철의 흥분한 목소리에 눈을 떴다.

시계를 보니 오전 10시다. 취하여 늦잠을 잔 것이다. 부랴부랴 옷을 입고 출근을 했다. 아직도 술기운이 가득하다. 손바닥에는 물집이 생겨 있었다. 상한가를 축하한다며 악수를 청하는 사수는 아직도 취한 얼굴과 손바닥 물집을 번갈아 보며 영문을 모르겠다는 듯이 어리둥절해했다.

어제 종가는 6,300원이었다. 오늘은 12%나 오른 7,050원으로 대량거래량이 터진 상태였다. 내가 거래하는 K증권창구에서 대량거래량이 발생하고 있었다. 인수합병 기대감 때문에 주가가 올랐다는 기사만 있고 다른 재료는 없다. L상사, Y상사, T상사가 후보이지 않겠느냐는 조심스런 분석도 있었다.

병수가 전화로 다시 팔았는지를 물었다.

"K증권창구 매도물량이 많은데 니가 매도한 거야?"

"가진 거 없다니까. 속고만 살았어?" 나도 뻔뻔하게 답했다. 전쟁에서는 경쟁자를 조금이라도 혼란스럽게 하는 것이 무엇보다도 중요하다.

기사에서 언급된 3그룹 중 하나가 경기상사를 인수하려 한다면 경기상사는 시너지효과로 이익과 매출은 계속 성장할 것이다. 지금의 매수 주체는 그들일까? 그들 중 어느 한곳이라면 100% 주가상승은 충분하다. 내가 바라던 동남풍이 진짜 분 것일까?

본전을 회복하고 소폭 이익이 났는데 팔아야 할까. 아직도 주가는 장부가치 밑이지 않은가? 일단은 기다려 보자. 교만은 이렇게 쉽게 인간에게 찾아온다.

다음날도 시초가부터 여지없이 상한가인 7,890원이다. 니 말대로 시장에서 팔아야 하지 않겠느냐고 박 사장은 은연중에 매도를 부추긴다. 나는 묵묵히 앉아 있었다. "그 뚝심 때문에 나중에 큰 경을 칠지 몰라." 그는 은근히 겁까지 준다.

진짜 인수합병 때문인지가 중요하다. 인수합병이 뒤따르지 않으면 주가는 조만간 무너질 것이기 때문이다. 누가 매수주체일까? 3곳의 친구에게 전화를 해봐도 자기는 전혀 모른다고 한다. 내가 만나 본 느낌으로도 3곳의 그룹은 아닌 것은 분명하다. 물론 병수 팀도 아니다. 이렇게 불투명한 상황이라면 지금이라도 이익을 실현해야 하지 않을까? 아직도 주가는 장부가치보다 아래이지 않는가? 뚝심과 교만은 불안을 잠재운다.

그 다음날도 상한가인 8,830원으로 출발한다. 내 생각이 맞았어. 속으로 쾌재를 불렀다. 그러나 10여분이 지났을까, 상한가는 순식간에 주르르 무너지면서 주가는 급락한다. 박 사장의 말이 생각났다. 어제 팔 것을. 가슴이 조마조마하다. 그러나 급등주는 반드시 팔 기회를 준다는 말이 떠오른다. 세력도 자기 물량을 털 기회가 필요하기 때문이다. 인간이란 무엇이든 동원해서 자기를 합리화시키고 안정시키는 동물이다.

잠시 마음이 안정된다. 거의 10% 급락한 저점에서 대량 거래량이 터진다. 누군가에 의한 무차별 매집 흔적이 눈에 들어온다. 간이 작은 사람들이 던지는 것을 누군가 받고 있었다.

박 사장은 "이젠 팔지 그래?" 하며 또 나의 마음을 살살 충동질한다. 이제서야 박 사장이 너무 이상하다는 생각이 든다. 10% 이익 때문이라면, 저렇게 할 필요는 없다.

현철에게 전화를 했다.

"병수와 비슷하군. 그리고 내년도에 박 사장이 퇴임해야 한다면 이번에 은퇴자금을 충분히 벌기 위하여 그가 깊게 관여했을 수 있어." 설마라는 생각을 하는 나에게 현철은 말을 계속했다.

"그만큼 모든 정보를 아는 사람이 있나? 네가 3그룹 회사를 만난 사실 그리고, 지분 2%를 가진 거. 그리고 그는 발이 넓잖아. 얼마든지 주위 사람을 엮어서 그림을 충분히 그릴 수 있어." 스타론 사장과 남 회장을 금방 소개시켜 준 인적 인프라를 볼 때 그런 작업은 충분히 가능할 것이다. 계속 무차별 매집하는 게 눈에 들어온다. 저렇게 매집한다는 것은 지분을 장내에서 확보하기로 작정했다는 것인데. 내 촉을 믿고 또 기다리자. 얼마 되지 않아서 주가는 상한가로 말았다.

장이 끝나자 박 사장은 나를 불러 팔았는지 묻는다. 오늘도 여전히 K증권창구가 많았다.

"반 이상은 정리했어요." 거짓말을 스스럼없이 하는 나 자신에 놀랐다.

"잘 한 거야." 말하는 박 사장은 뭔가 계산하고 있는 듯했다.

다음날 다시 시초가부터 상한가인 9,880원이다. 곧바로 무너진다. 30분 내에 전일 종가보다 하락한다. 대량 거래량이 다시 터진다.

박 사장은 "남은 거 다 팔았어?"라고 다시 전화를 한다. 오늘도 K증권 창구가 주창구이다.

"대부분 팔았어요." 이제는 놀랄 것도 없다.

오후부터 결사적인 매집이 계속되는 것이 눈에 선히 보인다. 이를 악물고 매도 유혹을 버티었다. 박 사장으로부터 전화가 왔다. "진짜 판 거 맞아?"

"예." 기계적으로 답이 나왔다.

주가는 다시 상한가를 갔다. 장 종료 후 K상사 후계자가 5% 지분을 장내취득했다는 공시가 나왔다. 병수로부터 전화가 왔다. 그의 목소리는 흥분되어 있다.

"오늘 공시 난 K상사 지분 취득, 혹시 아는 거 없어? 적대적 M&A가 가시화되면 주가는 천정부지로 가는 거 아니야?"

"공시 이상으로는 전혀 몰라." 아무렇지 않다는 듯이 말했다.

다음날 주가는 상한가인 11,050원으로 출발한다. 매수 잔량은 오백만 주나 수북이 쌓여 있다. 다시 박 사장으로부터 전화가 왔다. 수량을 계산

해 보았는데 나의 매도물량은 없다는 것이다. 그는 평소답지 않게 짜증을 내면서 허둥지둥거린다. 나는 아무 말도 하지 않았다. 조금 후 그도 말없이 전화를 끊었다. 황급히 현철에게 보자고 했다. 점심이지만 식사할 생각이 들지 않는다. 쥐포 안주에 맥주를 시켰다.

"아무래도 박 사장이 이번 작전에 깊이 관여된 것은 분명해. 그리고 오늘 와서는 그 작전에 문제가 생긴 듯해."

"왜?" 오후 수업시간을 자습시간으로 돌리고서 간신히 나온 현철이 말했다.

"내가 가진 수량을 오늘도 체크하는 정도가 너무 다급하고 그 정도가 심해. 내가 가지고 있는 물량을 파는 걸 두려워하는 것 같아. 그건 인수합병의 자신이 없다는 걸 의미해."

"니 물량이 혹시 반대쪽으로 갈까 봐서 그럴 수도 있잖아."

적대적 M&A를 박 사장이 주도했다면 내가 파는 물량을 장에서 사면 된다. K그룹이라면 그 정도는 무조건 가능하다. 혹시 내 물량이 남에게 넘어가는 것이 두려운 상황이라면 박 사장이 남 회장에게 모든 사정을 이야기하여 내가 파는 것을 막을 수 있다. 그런데도 내 물량을 두려워하는 것은 적대적 M&A에 자신이 없다는 이유밖에 없다. 아무래도 이상하다. 내가 모르는 뭔가가 있다. 내가 모르면 남한테 당한다. 팔아야 한다. 나의 촉은 번뜩였다.

전화소리가 들린다. 남 회장이다. 실제 팔지 않았지만, 박 사장에게는 팔았다고 거짓말을 했다는 나의 보고에 대하여도, 남 회장은 개척자가 알아서 처리해, 라며 나에게 모든 걸 맡겼었다.

"퍼펙트 스톰이 진짜 일어난 거 아닌가?"

"파는 게 좋을 것 같기도 합니다."

"기다리던 동남풍이 크게 부는데 왜 정리하려고 하는가?"

박 사장이 매도 못하게 남 회장에게 선수를 친 것이다. 쥐포의 상표인 삼천포가 눈에 쏙 들어온다.

"무언가 삼천포로 빠지는 듯한 느낌입니다."

"동남풍에 삼천포라, 알아서 하게." 남 회장은 전화를 끊었다.

"네 촉 때문에 여기까지 왔으니 끝내는 것도 그 촉대로 해." 현철도 같은 생각이다.

전량 매도했으나 상한가는 흔들림이 없다. 이익의 배분액은 남 회장과 내가 각각 40억씩, 박 사장은 9억을 넘었다. 다음날 시초가도 상한가이다. 전혀 후회되지 않았다.

갑자기 오후에 주가는 하한가로 직행했다. 경기상사는 전자유통사업부를 물적분할하여 L상사에 매각하기로 하였으며 음식료사업부에 역량을 집중하기로 했다는 뉴스가 속보로 떴다. 이번 매각에서 조달된 자금으로 단계적으로 자사주를 취득하여 주주에게 이익을 환원한다고 했다. 아마 자사주 매입을 통하여 재무적 투자자인 2대주주에게 유통사업 부문의 매각대금을 돌려주기로, 돈으로 합의를 보았을 것이다. 그러나 이는 적대적 인수합병 재료는 사라진 것을 의미한다. 그래서 주가는 급락한 것이었다.

삼천포 쥐포 상표가 눈에 들어오지 않았다면 과연 그때 내가 확신을 가지고 남 회장을 설득하여 팔 수 있었을까? 병수의 유혹과 나의 교만 때문에 알거지로 전락하려는 찰나에 박 사장이 불러일으킨 동남풍 때문에 내가 살아나면서 큰돈을 번 것이다. 적대적 인수합병이 친밀했던 대주주 사이에서 잉태한 후 그들에 의하여 다시 종료되었듯이, 나의 변동성도 친밀한 병수에게서 발생하고 가까운 박 사상으로 인하여 마무리 되었다.

변동성이란 누구도 예측하기 어려운 것이나 그곳에서 나오는 수익은 아주 매력적인 것이다. 나의 변동성은 해피엔딩으로 끝났지만 병수와 박 사장의 변동성의 결과는 치명적이었다. 한 사람이 벌면 다른 한 사람은 잃는 비정한 세상이 주식시장이자 세상의 현실이기도 하다.

박 사장은 우리 회사를 사직했다. 그는 평소 가까이 지내던 K그룹 후계자를 유혹하여 K그룹 회장의 내락은 받은 상태에서 장내매집을 통하여 3대주주가 된 후 곧 경기상사의 2대주주와 인수협상을 벌일 생각이었다. 그러나 L상사가 적극 개입하는 바람에 예기치 못한 방향으로 흘러간 것이다. 이번 인수합병이 성사되면 그는 K그룹의 기획조정실장으로 가려고 했다는 이야기도 들린다.

생각해 보니 K증권은 우리 회사의 거래증권사였다. 내가 K증권사를 택한 것도 우리 회사 단골이기 때문이다. 박 사장은 대량매집을 위하여, 그리고 나의 매도를 감시하기 위하여 자기가 잘 아는 K증권사를 택했던 것이다.

박 사장은 경기상사가 L상사에게 유통사업부를 양도하는 것을 알았고 호랑이 등에 탄 그들이 당장 손해를 안보기 위하여 일단 나의 매도를 멈추려고 했다. 그러나 나는 이것을 직감적으로 포착하고 그날 바로 매도한 것이다.

늦게 합류한 병수 팀은 큰 손해를 보았다. 팀이 와해되느냐 마느냐 이야기도 있다고 한다. 경기상사의 추격매수에 결정적인 역할을 병수가 제공해서 팀에서 그를 벼르고 있다는 소문도 들린다고 사수는 말했다.

이번 경기상사 사건을 계기로 일광도에 대한 나의 신뢰는 높아졌다. 그 후 시간이 나면 나는 일광도 수련에 더욱 더 매진했다. 몇 달이 지나자 잠시만 집중하면 마음을 일광 상태로 만드는 것은 가능해졌다.

일광도를 터득한 후부터 마음을 다스리는 것이 그전보다 빨라졌으며 수많은 경제 변수와 복잡한 사건을 분석한 결과도 더욱 더 정교해졌다. 마음은 고요하기만 했다. 초대박 작전정보가 입수되었다는 사수의 말에도 더이상 가슴은 뛰지 않았다.

나의 이러한 평안과는 정반대로 미란은 요즘 갈팡질팡하고 있다. 부자가 된 나와 법률상으로 이미 이혼한 상태라는 것을 안 장모가 미란에게 "그러면 정 서방에게 재산을 하나도 받지 못하잖아, 이 병신아!"라고 고함쳤다.

돈 개념이 희박한 미란은 처음에는 별로 반응하지 않았다. 장모가 자꾸 말하고, 아버지까지 가세하는데다가 본인도 생각해 보니 당했다는 생각이 드는 모양이다. 미란도 그때 속았다고 분통을 터뜨리며 강력히 항의한다. 서로 합의한 사항이 아니던가. 상황이 변했다고 해서 강짜를 부리다니. 그것은 인간에 대한 분노가 아닌 돈에 대한 욕심인 것을 뻔히 아는 나는 그럴수록 미란이 싫어졌다.

주식에서 번 돈으로 10억짜리 집을 장만하자, 미란의 강짜는 점점 수위를 높여 간다. 나는 일절 대응하지 않았다. 갈수록 광기로 치달아 가던 어느 날 그녀는 자유의 석고 여신상을 내게 던졌고, 비스듬히 머리에 맞은 나는 쓰러졌다. 머리에서 피가 철철 흘러 방바닥을 적셨다.

그녀는 미안하다며 안절부절못한다. 기다렸다는 듯이 나는 고함을 치며 장모가 사준 값비싼 장롱을 걷어찼다. 장롱은 여지없이 부서지며 큰 구멍이 생겼다. 비싼 장롱도 부서질 때는 마찬가지다.

자유 관계라는 우리의 약속이 이 장롱처럼 깨진 것이라면 이 장롱을 가지고 내 집에서 나가라고 소리를 질렀다. 장롱을 부수는 내 서슬에 놀랐는지 집을 나가라는 말에 겁을 먹은 것인지 그녀는 사색이 되며 아무 말을 못하고 방으로 들어갔다. 이번에는 예전처럼 장모 집으로는 가지 않았다.

다시는 호적 문제를 꺼내지 않는다. 다만 장모에게서 전화가 오면 개념 없는 그녀는 어쩔 줄 모르고 허둥지둥대면서 뭔지 모를 불만을 터뜨리는데 그 증세는 며칠 계속 간다.

왜 나는 미란과 헤어지지 못하는 것일까? 종족 번식과 남녀 관계의 안정을 위해서 이렇게 통제력이 약하고 이기적인 여자를 계속 끌어안고 가야 하는가?

여왕이고자 하는 여자는 여왕으로 대접해 주는 남자를 찾으면 될 것이고, 남자가 더 이상 여왕으로 대접해 주지 않으면 미련 없이 떠나면 되지 않는가? 지금 애가 없어서 미란의 단점을 감싸주지 못하고 이렇게 냉정하게 보기만 하는 걸까?

머리를 꿰매고 거기에 붕대를 감고 있는 나를 보며 현철은 말했다.

"미란도 나처럼 결국 너에게 물리적인 변동성을 일으켰군!"

"미란과는 헤어지는 게 맞을까?"

"이 정도로 헤어질 변동성은 아닌 것 같아."

나의 생각도 마찬가지다. 겨우 석고를 던져 나를 부상시켰다고 해서, 자유 관계를 깬 것으로 볼 수는 없다. 미란은 짜증을 부리지만 아직도 섹스 관계에서는 헌신적이고 아주 즐거워하지 않던가?

"석고의 명중과 너네 가훈의 명중이 결합되어 곧 새로운 대박을 발견할 거야." 현철은 워낙 진지하게 이야기해서 농담인지 진담인지 헷갈린다.

석고에 맞은 후 한쪽 눈이 완전히 붕대에 감기는 바람에 회사에 출근할 수도 없었다. 매일 집에서 일광도에 몰입했다. 머릿속이 맑아지면서 모든 사건의 본질이 환하게 보였다.

3개월이 되던 어느 날 오후 늦게 붕대를 풀었다. 시야가 정말 시원스럽다. 집으로 오는 길에 광동대에 올랐다. 경기상사를 위하여 동남풍을 빌었던 그 때가 새삼스레 떠올랐다. 지푸라기 하나라도 잡으려고 갈팡질팡하고 처절했었던 나. 그러나 오늘은 유유하게 흐르는 한강처럼 나의 마음은 초연하다. 어느덧 명중대는 어둑어둑해지려고 하고 있었다. 어둠에 서서히 굴복하는 계단을 무심하게 밟으며 명중대를 내려오기 시작했다.

거의 다 내려온 후미진 곳에서 누군가 수건으로 나의 입을 막고 시퍼런 칼끝을 목에 대었다.

"가만히 있어. 그렇지 않으면 오늘 세상을 하직할 거야." 그는 나를 숲속으로 끌고 들어간다.

"형씨에게 물어 볼 말이 있어. 조용하고 솔직하게 대답해 주는 게 신상에 좋을 걸." 내가 고개를 끄덕이자 그는 입에 넣은 수건을 빼냈다.

숲속 으슥한 곳, 나의 앞에 한 사람이 더 보였다. 나를 끌고 온 덩치는 얼굴이나 말투를 볼 때 분명 조폭이다. 다른 사람은 보통 체구로서 얼굴선이 날카로우면서도 어딘가 품격이 있다. 언젠가 한번 본 듯했다. 그는 나직하고 조용하게 말했다.

"우리가 줄기 종목의 손절매 물량을 넘기기 위하여 형씨를 유혹했어. 그렇지만 형씨는 기다려서 손해 없이 벗어났잖아." 그는 병수가 속한 작전팀장이었다.

"그런데 형씨는 에이즈치료제 인수회사를 사라고 병수를 유혹했고, 그것도 모자라서 경기상사도 대박이라고 병수를 유혹하여 우리가 그 물량들을 떠안아서 큰 손실을 보았어. 그것은 너무 악랄한 처사 아닌가?" 그는 스산하게 내뱉었다.

병수가 자기 살자고 거짓말을 한 것이 분명하다. 경기상사부터 분명하게 말해야 한다.

"병수의 교묘한 유도 때문에 경기상사를 매수했고 그 후 모든 일은 그로부터 발생된 것인데 제가 그렇게 비난을 받아야 하나요?" 머리가 맑아져서 그런지 막히지 않고 거리낌이 없었다.

"우리 정도의 매수 권유는 이 업계에서 통상 있는 일이 아닌가?" 그는 당황한 듯 대답했다.

"병수가 경기상사를 매수하도록 제가 어떤 악랄한 방식으로 유혹했다고 하던가요?" 일단 병수의 주장을 알아야 한다.

"두 번째 상한가인 7,890원 날 병수가 처음으로 정보를 가르쳐 달라고 애원했는데 형씨는 아무것도 모른다고 했고, 그 다음날인 8,830원 날에도 아무것도 모른다고 발뺌했잖아."

"그런데요." 물론 사실과 다르다. 그렇다고 하더라도 그게 왜 문제가 될까?

"그런 형씨가 물량이 터지던 9,880원에는 박 사장과 힘을 합하여 K그룹을 통하여 적대적 M&A를 하기로 했으니 오늘 사지 못하면 크게 후회할 것이라고 약삭빠르게 유혹했고. 11,050원 날 오전에도 앞으로 더 날아갈 것이니 돈이 있으면 더 질러야 한다고 입에 거품을 물었고. 우리가 자네의 물량을 고스란히 받았던 오후 장에는 2대주주와 이야기가 되어서 곧 주총이 열릴 거니까 전혀 걱정할 필요가 없다고 했잖아." 그는 나에게 호통을 쳤다. 적반하장도 유분수다.

"기가 차서 할 말이 없네요. 병수가 처음 전화를 한 것은 7,050원 날입니다. 그것도 내가 물량을 팔았는지 확인하기 위해서 전화한 것뿐이고요. 7,890원과 8,830원인 날은 병수가 전화한 적이 아예 없습니다. 9,880원인 날은 K상사 후계자의 취득공시가 나자 앞으로 어떻게 될지 궁금하여 나에게 전화한 것입니다. 11,050원 날은 아예 전화한 적이 없습니다. 내가 먼저 전화를 해서 병수를 유혹한 적은 정말 없습니다." 나는 핸드폰을 건넸다.

핸드폰을 한참 동안 확인한 그는 말했다. 그의 목소리는 떨렸고 전보다 부드럽다.

"자네가 박 사장과 야합한 것은 분명 사실이 아닌가? 박 사장이 일부 배당금을 받았다며."

"박 사장님은 자기만의 이익을 위하여, 저 몰래 K상사를 끌어들인 겁니다. 저는 그것을 알지 못했습니다. 11,050원 날 제가 주식을 매도하면 자기 팀이 불리해지니까 내가 주식 매도하는 것도 말렸고요. 그것 때문에 박 사장과는 소원해졌습니다."

그는 앞뒤가 맞지 않는다는 듯이 내 말을 자르고 격앙된 목소리로 나에게 외쳤다.

"그런 박 사장에게 돈을 왜 준 거야!"

"그 분에게 배당한 것은 미수를 해결하기 위하여 남 회장님을 소개시켜 주었고 남 회장님이 미수가 해결되는 과정에서 이익이 나면 박 사장님에게 10%를 주라고 해서 준 것뿐입니다."

"남 회장이라면 혹시 남명철 회장님을 말하는 건가요?" 갑자기 그의 말투는 바뀌었다.

"예. 남 회장님을 아십니까?"

"그 분한테 사실을 확인해 보면 되겠군." 그는 중얼거린다.

"에이즈회사의 경우도 마찬가지인가?" 남 회장 이야기가 나온 후 그의 태도는 180도로 달려졌다.

"제가 병수에게 먼저 전화한 적은 없습니다. 제 전화와 병수전화를 조회해서 확인해 보시죠." 나는 당당하게 말했다.

"그럼 자네가 한 일은 뭔가?"

"저의 미수물량을 팔기 위하여 인수 후보그룹 3곳을 만났던 경기상사의 경우처럼, 에이즈 치료회사 건도 에이즈 학회를 앞두고 있을 수 있는 가능성을 적극적으로 상상해 본 것뿐입니다. 물론 변동성이 발생할 것으로 기대하고 한 것이죠. 그렇다고 해서 선생님 팀의 누구에게 직접 말하거나 유혹한 적은 없습니다. 주식시장에서 투자자는 각자 알아서 투자하고 그에 책임을 지는 것이죠." 나는 침착하게 말했다.

"그런 플레이 정도는 이 업계 선수가 감내해야 하는 것이라고 말하는 건가?" 그는 물었다. 나는 아무 말을 하지 않았다. 돌아가는 그는 맥없이 두 손바닥을 축 펼치고 있었다. 그의 두 손바닥에는 곳곳에 두꺼운 굳은살이 보인다. 본능적으로 나의 손바닥을 보았으나 굳은살은 아예 없었다. 목 부위만 뜨끔할 뿐이다. 목 부위를 훔친 나의 손에는 핏방울이 묻어 있었다.

며칠 후 현철로부터 병수가 입원 중이라는 전화가 왔다. 멍 자국이나 구타 흔적은 없으나 신체 내부에 엄청난 손상이 있으므로 전문가 소행이 확실하다고 의사는 나에게 말했다. 신고하자는 나의 말에 병수는 길에서 미끄러진 것이므로 경찰에 알릴 필요가 없다는 말만 되풀이했다.

주섬주섬 둘러대는 병수의 말을 볼 때, 병수는 작전배당금을 더 받기 위하여, 있지도 않는 거짓말을 하여 팀을 오도시킨 것이 분명했다. 그 팀장이 전문가를 시켜 병수를 손 본 것이다. 그는 병수가 가진 돈을 다 몰수하고 나머지는 몸으로 때우는 것으로 끝냈다. 추가로 돈을 요구하지 않은 점이 그나마 위안이 되었다. 남 회장 때문에 이 정도로 끝냈을 것이다.

누워 있는 병수를 보면서 나는 다짐했다. 제로섬 게임이 분명한 개별 종목, 작전이 난무하는 개별 종목, 다시는 개별 작전 종목에는 손을 대지 않기로. 일괄으로 정리된 머리로 대형주 시장에 뛰어들기로 결심했다.

6。

황소 오빠

이제는 주도 업종을 분석했다. 조선 업종의 차트에서 강력한 선도 매집이 느껴졌다. 일전에 만났던 마도로스 친구는 마침 국내에 귀국해 있었다.

자기 생각으로는 중국이 세계의 공장이 됨에 따라 국제물동량이 크게 늘어날 것이다. 지금보다 선박이 30% 이상 추가 제조되어야 한다는 점을 그는 저녁 식사 중에 다시 강조했다.

며칠 후 마도로스 친구가 소개시켜 준, 그와는 먼 친척간이 되는 조선회사 사장과 저녁을 같이 했다. 물동량이 늘어 만약 30대의 배가 필요하다면, 통상적으로 50대 이상 발주되는 것이 해운업계의 관례이다. 세계 물동량이 급증하는 앞날에는 도크가 부족하여, 선가도 폭등할 거라고 예상했다. 유가상승으로 석유 시추용 해양 플랜트 수주도 늘어날 것이라고 주장하는데 무슨 말인지는 잘 이해가 안 됐다.

배를 타러 해외에 나가는 마도로스 친구에게 다양한 지구촌의 사랑에 보태 쓰라고, 작은 봉투를 건넸다. 너의 말 때문에 도움이 많이 되었다는 말에 그는 덥석 받았다.

마도로스의 가설이 성립되기 위해서는 물동량이 늘어나는 것을 확인해야 한다. 대그룹 해운 회사의 기획실에 근무하는 대학 동기 친구를 만났다. 대학 때 보통 친했던 그는 매우 성실하고 원칙론자였던 걸로 기억난다. 본사가 지방에 소재하고 있었다. 반갑게 맞아 주는 그는 뭘 알고 싶어서 이 벽지까지 왔느냐고 묻는다.

주식 투자 때문이라고 하자 그는 크게 웃으며 어제도 두 사람의 펀드매니저들이 다녀갔다고 했다. 중국이 세계각지로부터 원자재를 사는 것 때문에 세계물동량이 급증할 것이라는 게 사실인지 물었다. 특별한 일이 발생하지 않으면 앞으로 그럴 거 같다는 대답이 즉시 돌아왔다.

해운의 경우 물량 증가에 따른 운송료의 가격탄력성은 아주 높아서, 배가 모자라면 운송료는 생필품처럼 급등한다. 운송료가 오르면 선주들은 공격적으로 선박 발주를 하는 게 이 업계의 관행이므로, 조선 업계의 수주도 급증할 것이다. 수주량이 증가하면 제작소인 도크가 한정되어 있어 수주 단가도 급등한다는 그의 추가 설명은 나에게 아주 고무적이었다.

와이프 친구들의 부부 동반 모임 때문에 식사도 같이 못해 미안하다며 급하게 나가는 그가 일견 부럽기도 하다. 일상적 생활을 성실하게 영위해 가면서 고요한 행복을 추구하는 그에 비하면 나는 파란만장한 변동성 속에서 짜릿함을 찾기 위하여 처절하게 몸부림치고 있지 않는가? 행복의 참 모습은 무엇일까라는 물음이 머릿속을 맴돈다.

정황으로 보아 조선 업종은 장기간 호황을 누릴 것이다. 조선 슈퍼 사이클은 중국의 세계공장화라는 공업화 전략이 초래하는 결과 중의 하나이다. 조선 업종은 주도주가 될 수 있다는 확신이 자리를 잡기 시작했다.

"니 말대로 물동량 증가가 확실하면 투자의 대상이 될 만해." 이미 해운주 투자로 이익을 본 적 있는 현철이 긍정적으로 평가한다.

"이미 세력이 다 해먹고 떠난 거야. 지금 들어가면 피박을 쓰지." 퇴원한 병수는 세력과 손을 끊었다. 나에게서 떠날 거라고 생각했는데 이상하게도 내 옆으로 돌아왔다. 내 옆에서 새로운 기회를 찾는 것도 좋다고 생각한 듯했다. 그러나 그는 여전히 항상 피해의식에 젖어 있었다.

현철은 병수와 절교하라고 말했다. 그러나 나는 돌아온 병수를 내치지 않고 그냥 받아들였다. 최악의 상황에 대하여 잘 견디는 명중 때문에 어려웠던 지난 상황은 금방 잊어버리고 앞으로 조심하면 된다는 태도가 무의식적으로 자리를 잡고 있기 때문이다. 미란을 내치지 못하고 그냥 지내는 경우와 유사한 것이다.

"세력은 항상 이기는 것도 아니고 모든 매매차익을 먹는 것도 아니야. 슈퍼 사이클이라면 여러 명이 나누어 먹을 수도 있지."라는 말을 하고 싶으나 입 밖으로 나가지 않았다.

여러 정황을 종합해 볼 때 세계 물동량의 증가 가능성이 아주 높다. 그러나 투자규모를 크게 늘리고 싶은 나에게는 중국 현지의 확인이 필요했다. 병수의 말만 전적으로 믿었다가 줄기세포에서 큰 코를 다친 경험도 있지 않았던가?

휴가를 내서 북경에 있는 대학 동기를 만나러 갔다. 중국에서 10여 년 살아서 그룹에서 중국 통으로 봐 준다는 그는 대학 때 꽤 친했던 편이다. 주식 때문에라도 이렇게 너를 여기서 만나 반갑다며 잘 왔다고 했다.

'지금 시작되고 있지만 중국의 발전 속도는 중국 정부도 예상하기 어려울 정도로 빨라서 세계 공장은 더 빨리 실현될 것이다.' 중국 현지에서 10년 근무한 그가 자신 있게 하는 얘기였다.

저녁 식사를 하러 도심지에 갔다. 화려한 꽃무늬 원피스를 입은 아줌마는 지인들 앞에서 한바퀴 빙 돌면서 자기 옷을 뽐내고 있었다. 삐드렁니를 드러내며 웃는 아줌마의 표정에는 물질적 풍요로 인한 행복감이 가득했다. 저들을 더 잘 살게 해 주기 위하여 중국 정부가 대대적인 경제개발을 해야겠지. 친구는 고개를 끄덕이며 덧붙인다.

"지금 중국은 경제개발 5개년계획 중의 우리나라로 보면 돼."

식사 후 노래방에 갔다. 친구가 「가로수 그늘 아래 서면」을 시작으로 「옛사랑」, 「광화문 연가」를 이어서 불렀다. 왜 이문세 노래를 좋아하느냐 했더니 여자친구가 이문세 광이어서 배웠다고 했다. 나는 그 여자친구를 대학 때 본 적이 있었다. 그만그만한 관계로 기억했는데 그는 이문세 노래 전부를 배울 만큼 그녀를 끔찍이 좋아했다고 토로했다.

그때 그렇게 노력했지만 현재 부인은 그 여자가 아니다. 부인은 한국에 가족과 있고 그는 지금 중국에 혼자 산다. 곁에 사람이 없어서 심심하다고 했다. 곧 그의 부인이 중국에 들어올 거라고 하면서 좋아한다. 그때까지는 이문세 노래를 동반자로 삼아 버틸 거라고 했다. 동반이 가져오는 마음의 파동은 이 친구한테 아주 절실한 듯했다. 같이 있다는 것이 그렇게 커다란 마음의 파장이 될까? 내 삶을 생각하면서 어쩐지 조금 쓸쓸해졌다.

중국 인민의 잘살기는 세계물동량을 증가시켜서 운송료가 오른다. 그러면 선주들은 배에 대한 발주량을 늘리면서 수주단가는 상승한다. 이 과정에서 운임의 탄력성과 발주의 탄력성은 상호작용을 하면서 두 업종에 거대한 변동성을 불러일으킬 것이다. 귀국하는 비행기 안에서 나의 온몸은 흥분으로 부르르 떨렸다.

입국한 그날 저녁 마도로스 친구에게서 전화가 왔다. 네가 준 돈을 잘 썼고 운임이 급등하여 다음 달부터 급여가 올라 이제는 더 여유가 있다며 귀국하면 이제는 자기가 한턱 쏘겠다고 했다.

남 회장을 만나서 다음과 같이 제안을 했다.

1:4 비율로 출자한 300억 원으로 내가 주식을 운영하여 얻는 공동이익에 대하여 정기예금 수익률에 상당하는 이익은 남 회장이 먼저 가지고 이를 차감 후 남는 이익이 있으면 내가 80%, 남 회장이 20%를 가지며, 만약 손실이 발생하면 내 원금에서 충당하고 그걸로 충당이 안 되는 경우만 남 회장이 손해 본다.

이런 배분 조건은 투자자문업을 해본 나에게는 어렵지 않게 도출해 낼 수 있는 아이디어였다. 사실 60억 이상 손실을 보지 않으면 남 회장은 정기예금 금리는 무조건 먹는 구조이므로 좋아했으나 뭔가를 주저하는 눈치였다. 나는 관리신탁을 도입하자고 했다. 관리신탁이란 합의된 대로 자금관리를 공정한 제삼자가 해 주는 방식으로 투자에 높은 신뢰성과 투명성이 생긴다.

그 말을 듣자마자 남 회장은 기꺼이 투자하겠다고 했다. 며칠 후 나는 70억짜리 투자회사를 설립하였다. 약속대로 남 회장은 240억 원을 투자했고 나는 우리 회사 돈 60억을 합한 300억 원을 관리신탁에 가입하고 우선수익증권을 남 회장에게 발행했다. 10억 원은 운영자금으로 남겨두었다.

나는 조선 업종에 80%, 해운 업종에 20%를 투자하겠다고 했다. 남 회장은 그 투자 전에 나를 만나자고 했다. 그는 한 사람을 데리고 나와서 소개시켰다. 명함에 금융공학 박사 이영록이라고 적혀 있었다.

그는 한국 주식 시장에서 돈을 버는 나의 투자 철학을 물었다.

"한국 대부분 종목 주가는 박스권 안에서 사이클을 그리면서 변동하고 있습니다. 저평가된 종목을 매수하여 기다리면 큰 이익을 볼 수 있다는 것이 저의 투자 철학입니다."

그는 10개 정도의 국내 주요 종목의 월봉 차트를 보여 달라고 했다. 내가 그에게 보여준 10 종목의 월봉 차트는 전부 박스권 사이클을 그리고 있었다.

"저평가된 종목을 무조건 사서 기다리면 이익이 나는가요?"

"예, 그 종목이 부도만 나지 않으면 다시 상승사이클로 진입할 것이며 그때 팔면 무조건 이익이 납니다. 그러나 변동성이 발생하지 않는 종목은 상승사이클로 언제 갈지 모르므로 기약 없이 기다려야 한다는 문제점이 있습니다. 또 상승사이클로 가더라도 변동성이 적다면 정기예금이자율보다 적은 수익이 날 수도 있습니다."

"아, 곧 상승사이클로 전환될 여지가 있으며 그 변동성이 큰 종목을 매수하여 기다리는군요. 그러면 변동성이 큰 종목을 어떻게 찾나요."

"기술추세, 산업의 변화 및 시장 흐름분석을 통하여 변동성이 큰 종목을 발굴합니다."

"그렇게 돈을 버는 것이 확실함에도, 대부분 사람은 주식투자에서 손해를 보는 게 현실이지 않나요?" 남 회장이 끼어들었다.

"일반 사람은 주로 수급이론에 근거한 차트분석에 따라 매수합니다. 차트기법은 주로 오르는 종목들을 추천합니다. 오르고 있는 종목을 매수한 사람이 그 매도 시기를 놓치면 당장 손해를 보는 경우가 허다하기 때문입니다. 한편 다른 방식으로 저평가 종목을 매수한 사람도 그 종목의 변동성이 즉각 발생하지 않으면, 기다리지 못하고 손해를 보면서 파는 경우가 많기 때문입니다."

"투자 후에 사람들이 기다리지 못하는 주된 이유는 무엇일까요?" 남 회장은 다시 물었다.

"인간에 내재된 불안 심리 때문이라고 생각합니다." 나는 말했다. 인간의 불안을 이용한 주식게임은 단기적인 경우에는 아주 심하게 나타난다.

"해운 업종과 조선 업종은 당장 변동성이 예상되어서 투자를 한다는 거네요. 해운 조선 업종의 변동성을 어떻게 확신하시나요." 이 박사가 다시 물었다.

나는 이미 조사한 내용을 이 박사에게 설명했다. 이 박사는 변동성을 파악하기 위하여 중국에까지 출장 갔다 온 사실을 듣고서 놀라는 눈치이다.

이 박사는 변동성의 규모를 파악할 때 어떤 통계치를 사용하는지 묻는다. 나는 재료의 특성, 유사한 상황에서의 과거 다른 사례, 시황을 종합하여 직관적으로 판단한다고 했다. 그는 그 방식으로 돈을 번 사례가 몇 번인지 물었다. 나는 여러 번 성공했고 80여 억도 이 방식에 따라 번 돈이었다고 답했다.

"매도 타이밍을 어떻게 정합니까?"

"높은 변동성이 기대되는 중형주의 목표매도가격은 매입가의 200% 정도, 원천기술이나 혁신적 원인에 따른 변동성이면 200%에서 400%를 상승한 시점을 기준으로 삼고, 그때 시황을 보아서 최종 매도가격을 결정합니다. 소형주의 경우 목표매도가격은 더 높으며, 상황에 따라서 5일 이동평균선이라는 기준선이 깨질 때까지 들고 가기도 합니다. 물론 대형주는 목표가격은 더 낮습니다."

"일반 대중들이 즐겨 쓰는 차트 방식과는 전혀 다른 투자방식이네요. 워렌 버핏의 방식과도 유사한 측면이 있습니다. 아무튼 특정 종목의 변동성을 잘 포착하는 혜안이 정 사장님의 성공 비결이네요. 변동성에 대하여 남다른 혜안을 가지게 된 비법이라도 있으신지요?"

"저의 집안의 가훈이 명중입니다. 어려서부터 명중을 교육받아 왔습니다. 명중이 변동성을 포착하는 데 많은 도움이 되었다고 생각합니다."

"명중이 뭔가요?" 남 회장은 다시 끼어들었다.

"세상과 자신을 명확히 보고 마음의 중심을 잡는 것입니다."

"그래서 동남풍을 불게 하고 삼천포에서 빠져나왔군." 남 회장은 고개를 끄덕였다.

"그런데 변동성이 오기 전의 지루함이나, 변동성이 발생한 후 목표가격이 올 때까지 수많은 조바심을 어떻게 극복하죠." 이제야 생각났다는 듯이 이 박사는 조심스레 물었다.

"명중만으로는 부족한 것 같아요. 그 지루함을 잊게 해 줄 수 있는 신선한 보조적인 뭔가가 필요하다고 생각돼요."

"보조적인 것에는 어떤 것이 있을까요?" 이 박사는 눈을 크게 뜨고 물었다.

"술이나 노래, 운동이 있지 않을까요?"

"그것보다는 짜릿하고 야릇한 사랑이 최고야." 조심스럽게 말하는 나를 보며 남 회장은 호탕하게 말했다.

이 박사는 조선 및 해운 업종의 변동성에 대한 사례가 없는 지금과 같은 경우에는 공학적인 기법보다는 차라리 경험과 직관에 의존하는 정 사장의 방법이 타당할 수 있다고 말했다.

특정 시점에 잘 맞추는 사람은 그 시점이 포함된 일정 기간 동안은 잘 맞추는 경향의 통계 법칙이 있으며 정 사장이 바로 그런 시점의 사람인 것 같다고 덧붙였다. 운도 한꺼번에 찾아온다는 현철의 말과 비슷하다.

남 회장은 나에게 투자의 모든 것을 일임하겠다고 했다. 나는 이 박사를 통한 남 회장의 검증을 통과한 것이다.

이 박사는 외국 생활을 오래 한 사람이어서 형식에 치우치지 않아서 나와 말이 잘 통했다. 한국 시장의 변동성에 대하여 그는 지대한 관심이 있었으며 나를 통하여 실제 사례를 접할 수 있었다며 기뻐했다.

　나는 조선 및 해운 업종 종목에 7:3의 비중으로 조정했다. 선행하는 해운 업종의 비중을 높이라는 이 박사 조언이 합리적이라고 생각되어 받아들인 것이다. 이 박사의 검증을 받아서일까? 매수해 놓고서도 그렇게 불안하지 않다.

　우리의 투자 후 신기하게도 주식시장은 조선 및 해운 업종은 반도체 업종과 함께 주도주로 등극하면서 양대 천황은 종합 지수를 견인하며 점진적으로 상승해 갔다. 귀신처럼 딱 맞아 떨어진 나의 예측, 그에 따라 늘어나는 어마어마한 세세차익. 나의 즐거움은 주체할 수 없을 정도로 컸다.

　하루하루가 황홀한 상태로 지나갔다. 나는 거리에서도 이유 없이 실실 웃었고 밤에는 이불 속에서 환희의 괴성을 질렀다. 실성한 사람을 바라보듯이 미란은 나를 경계했다. 작전 종목은 짜릿하고 톡 쏘는 즐거움을 강력하게 단기간에 주었지만 해운 및 조선 종목은 묵직하고 굵은 떨림을 진하게 오랫동안 선사했다.

　반도체 업종의 상승도 중국이 IT제품의 세계 조립공장이 되면서 그에 따른 반도체 특수가 발생한 것이 가장 큰 원인이었다. 중국에 출장까지 가 보았으나 반도체 업종도 주도주가 될 것이라고는 생각하지 못했다. 반도체 업종까지 동시에 볼 수 없는 것이 나의 한계일 것이다.

　언젠가부터 길거리를 스쳐 지나가는 여자들이 이제는 이성으로 보인다. 예전에 눈이 가지 않았던 그녀들의 가슴 볼륨이 선명하게 들어온다. 식당에서 음식을 놓아 주기 위하여 몸을 구부리는 식당 아줌마의 처진 젖가슴에도 눈이 돌아간다. 이렇게 갑자기 다른 여자의 육체에 지대한 관심이 생기다니, 나는 이런 자신이 당혹스러웠다.

　"자유 관계에 권태가 왔군." 자주 짜증을 내는 나를 보고 현철이 말한다.

"바람피우는 건 별로지만, 때가 타서 매력이 없어진 미란은 싫고. 종종 신희도 생각 나." 나도 오랜만에 내심을 털어 놓았다.

"어차피 서로 바람피우는 것은 노터치 하기로 한 것이니까 신희하고 한 번 바람을 피워." 현철은 당연하다는 듯이 말한다.

"지금 연락도 안 되고, 연락되더라도 사귀어 줄지도 모르고, 사귀다가 무슨 일이 일어날지도 모르고." 소심한 나의 대답이다.

"미란의 외도에도 넌 아직도 한 번도 외도를 안 했잖아. 외도하려는 마음이 생긴 지금, 멋있는 말에 올라타야 해." 옆에 있던 병수가 끼어들었다. 병수는 계속해서 그의 지론을 폈다.

"이건 다른 이야기지만 유명한 유학자와 그를 사모한 기생이 살았어. 어느 날 기생은 전라인 상태로 유학자를 유혹하려고 갖은 방법을 써도 그는 아무런 반응이 없었어. 하도 어이가 없던 기생이 유학자 물건을 만져 보니까 그것은 딱딱하게 서 있었어. 자기에게 환장하던 남자들과는 달리 신선한 느낌을 주어선지 그 기생은 죽을 때까지 그를 사모했다는 것이야." 병수는 한숨을 내쉬고 침을 꿀꺽 삼켰다.

"유혹을 참은 유학자가 과연 행복하였는지 묻고 싶어. 꼴통 유학자로서 고지식하게 참은 것뿐이고 죽을 때 엄청나게 후회하였을 거야." 이상한 궤변을 동원했지만 병수의 말은 호소력이 아주 강했다. 병수는 피해의식증에 대하여는 최고의 전문가라는 생각이 들었다.

"기회가 왔을 때를 놓치면 그렇게 후회한다는 점을 말하고 싶었어. 너도 지금 그 유학자와 비슷해. 필요하면 정신과 의사의 상담을 받아 봐." 병수의 말에 현철도 고개를 끄덕였다.

그 후 이 박사와 둘이 만나서 많은 이야기를 나누었다. 알고 보니 그는 싱글이었다. 자기의 깔끔한 성격상으로 여자들의 변덕을 감당할 자신이 없다는 것이 주된 이유였다. 이 박사는 별로 살이 찌지 않은 편으로 얼굴은 약간 길쭉하고 가느다란 최신형 검은 금속 안경테를 끼고 있어 전반적으로 샤프한 분위기를 풍긴다. 저녁 식사를 한 그는 분위기 좋은 곳으로 가자면서 나를 이끌었다.

그가 간 곳은 H대 앞의 바였다. 양복을 입은 나를 웨이터가 제지하였으나 그가 지배인을 불러 말하자 겨우 통과되었다. 바 안은 선남선녀들로 가득 차 있었다. 여기 오는 사람들은 대부분 엔조이가 목적인 젊은 남녀로서 자기도 여기서 헌팅을 한 적이 있다고 한다. 저기 저 여자는 자주 오는 여자라며 손을 가리켰다. 그 후에도 몇 여자를 가리켰다. 혹시 마음에 들면 연결해 주겠다고까지 한다. 나는 고개를 흔들었다.

그는 다른 테이블로 가서 후리후리한 여자를 데리고 와서 애인이라며 나를 인사시켰다. 그 여자의 얼굴 윤곽은 선명하여 이국적인 여인으로 보였고, 유연하고 서글서글한 눈동자는 호기심으로 가득 차 있었다. 그녀는 내게 무엇을 하느냐고 물었다. "그냥 황소처럼 돈만 벌고 있어요."라고 내가 대답하자 동그란 눈에 애교를 보이며,

"저는 그런 사람을 좋아하는데요."라고 한다. 옆에 파트너가 있는 것은 개의치 않는다. 마음만 내키면 금방 바꿀 태세이다.

"저는 매인 몸인데요."

"요즘엔 고삐 풀린 망아지에게 질렸어요. 돈은 잘 벌고, 말뚝에 매인 큰 황소를 찾아요." 워낙 공격적이어서 고개를 돌리는데 창가에서 젊은 남자와 이야기하는 여자의 모습이 나에게 익숙하다. 나의 시선이 집중되는 그 여자를 본 그녀는 말했다.

"어머나, 저런 노계를 좋아하시나 봐. 저 언니는 예전에 뻔질나게 나와

서 남자 영계를 헌팅하던 선수이죠. 거의 6개월 동안 안 나오길래 정신 차
렸다고 생각했는데. 한 달 전부터 다시 나오기 시작했어요. 여전히 영계만
밝히네."

갑자기 일이 생겨서 가야겠다고 일어서는 나에게 그녀는 말했다.

"돈만 버는 황소 오빠, 다음에 오면 날 찾아 줘."

나가면서 창가의 여자를 살며시 보았다. 미란이 확실했다. 대학생인 듯
한 잘생긴 남자애와 이야기를 하는 그녀의 얼굴은 환희로 가득 차 있었다.
결국 자기의 본능으로 돌아온 것이다. 예상되었지만 좀 허망했다. 성격은
바뀌지 않고 관점만 겨우 바뀔 뿐이다, 라는 금언이 떠올랐다.

다음날 나는 흥신소 직원을 불러서 1년 이내 미란의 남자관계에 대한 조
사를 의뢰했다. 질투나 억울함 때문이 아니다. 마도로스 친구 때문에 조선
업종의 변동성을 미리 읽은 것이 아니던가? 아주 작은 실마리에서 발생하
는 변동성을 포착하기 위하여 미란을 정확이 아는 것이 필요할 뿐이다.

투자 후 두 종목의 주가는 6개월 만에 주가는 100%나 상승을 한 상태
이다. 마도로스 친구에게 안부 차 전화를 했다. 스페셜 보너스가 500% 더
나올 것이라며 즐거운 듯 자랑 삼아 이야기한다. 중국에 있던 친구도 세계
공장으로서 중국의 생산량은 어마어마하며 여전히 정부는 생산통계를 완
전히 파악하지 못한다고 한다. 조선사 기획실 친구도 요즘 수주 건 때문
에 정신이 없었다. 자주 통화하는 사수 의견도 조선 업종에 대한 기관의 선
호도는 여전하고 시중에 풀어진 돈들도 당분간 주식시장으로 올 것이므로
이들 주가는 더 가지 않겠느냐고 했다.

현철은 슈퍼 사이클이라는 역이 발생하면 상상을 달리한다고 주장한다.
동토의 계절에 태어난 우리 사주 상으로 금년에 대운이 생긴다. 100%에 안
주하지 말자고 입에 거품을 문다.

며칠 후 유명한 정신과 의사를 찾아갔다. 우리 대학교 출신으로서 박영신이라고 했다. 고주파선을 이용한 두뇌 감성 측정 장비에서 나온 출력물을 보여 주면서 그는 기계적으로 말했다.

나의 신경이 다른 사람보다 예민해서 그렇다. 계속 참고만 있어, 감성이 이를 못 받아들여서 심리적 부작용이 생긴 것이다. 만약 이 상태가 오래 지속되면 자아분열까지 생길 수도 있다.

나의 부부 생활을 대략적으로 들은 그는 부인의 자유분방한 생활에 대한 감성적인 피해 증상이 확실하다며, 지금이라도 마음에 드는 다른 여자와 사귀어 보면 보상 심리 차원에서 쉽게 풀릴 수 있다고 했다.

당장 마음에 떠오르는 여자가 있는지 물었다. 미적거리는 나에게 그는 웃으며 말했다.

"부인과는 서로 노터치하고 살기로 한 상황이라고 하시니, 그녀를 만나 보시지요."

"안 됩니다."라는 나의 답변에 그는 의아한 듯이 이유를 물었다.

"여신과 신도 관계였으므로 다시 만나면 사고가 날 것 같아서, 좀 망설여집니다."

"아하, 부인과의 현재 관계를 깨고 싶지 않군요. 그 여자와 비슷한 사람과 사귀어 보시는 것은 어떨지요?"

흥신소 직원이 찾아왔다.

2년 내 미란은 세 남자와 사귀었다. 18개월 전에 헤어진 남자는 미술가였으며, 그 후 생긴 남자는 홍대 바에서 사귄 중년남자로 2달 사귀다가 헤어졌고, 세 번째 남자는 홍대 앞 바에서 사귄 대학생으로 아주 순진무구하여 미란이 매우 좋아하여 6개월 동안 사귀었다. 이 대학생이 동거하자고 졸랐으나 약 1년 전 관계가 끊어져서 6개월 동안 전혀 만나지 않다가 무슨 이유인지 최근 다시 뜨겁게 사귀기 시작했다.

미리 전화 없이 새벽 늦게 들어오는 것에 대하여 따지자, 오히려 그녀는 새삼스레 왜 그러냐는 투로 빈정거렸다. 약속 운운하며 내가 세게 맞대응하니까 요즘 예술이 잘 안 되어서 그런 거라며 그만 꼬리를 내렸던 것이 생각난다. 그 때와 둘이 새로 만난 시기가 비슷하다.

둘이 사귀는 것을 1년 전에 장모가 떼 내고서 미란을 나에게 돌려보낸 것이다. 장모는 모처럼 어머니의 역할을 했다. 미란은 장모의 지시대로 고분고분하게 지내 왔으나 최근 한계에 다다른 것이 분명했다.

크게 내 생각을 벗어난 것은 아니지만, 다른 남자들에게 때가 탈 대로 탄 미란이 점점 보기 싫어진다. 그럴 때마다 신희를 떠올렸으나 그녀는 아니라고 생각을 꾹꾹 눌렀다.

이유 없이 짜증이 난다. 속은 것도 아닌데 왜 이렇지. 그냥 같이 사는 애완견이라고 생각하고 산 것뿐 아니더냐. 이제 와서 왜 이걸 받아 주지 못하는지. 아무리 나 자신을 채찍질해도 알 수 없는 분노가 일어난다.

이 박사와 그 파트너와 함께 만났다. 그들의 말을 듣기만 하고 나는 술만 마셨다.

"황소 아저씨는 요즘 세상이 재미없나 봐." 그녀는 빼곡히 나를 쳐다보며 말한다.

"자유로운 관계인 와이프가 보기 싫어진 거지." 이 박사가 말하자 여자 파트너는 자유로운 관계가 뭔지 묻고 이 박사가 그녀에게 사실을 설명했다.

"이 아저씨, 그런 관계에서도 외도 한 번 안 했다고. 저지르려고 하니까 무언가 거북해서 이러는구나. 약속한 범위 내인데 저지르면 되지 뭐가 문제야? 아! 마음에 드는 여자가 없구나." 그녀는 단번에 전체의 맥을 짚었다. 기대했던 대로 그녀는 예리하고 공정한 신세대이다.

"딱 맞는 사람이 떠오르는데."

강남 레스토랑의 깊숙한 룸에서 이 박사의 파트너와 인경을 만났다. 블라우스에 치마를 입은 인경은 차분하고 단아한 분위기를 풍겼다. 자그마한 얼굴, 가지런히 자리 잡은 눈과 코, 희고 볼그스레한 피부가 잘 어우러진 귀엽고 깜찍한 미인이다. 개성이 강할 거라는 느낌이 들었다.

거리낌 없이 톡톡 쏘는 말투와 억양으로 그녀는 자기의 목적인 돈을 벌기 위해서는 무엇이든 하는데 그걸 인정하는 남자만 만난다며 분명히 선을 긋는다.

남자에게 구속되지 않고 자유롭게 살면서 여왕으로 대우받고 싶은 것은 신희나 미란, 인경도 똑같아 보인다. 다만 인경은 대가를 주는 남자에게 보상을 해 주는 현실적 여신이다. 여신들에게도 세대 차이는 존재하는 것일까!

"목표가 뚜렷해서 좋습니다."

"저 그렇다고 아무나 안 사귀어요. 사장님같이 역동적인 분이 아니면 어림없어요."

작은 눈은 나를 흘겨보고 생긋 웃는 작은 입술은 나의 마음을 산산이 헤집어 놓는다.

"역동적인 사람을 왜 좋아하시나요?"

"그는 끊임없이 변화하니까요."

"변화는 인경 씨에게 어떤 의미가 있나요?"

"새로운 게 재미가 있잖아요, 전 곧 지루해지는 성향이거든요."

"그럼, 돈은 지루하지 않은가요?"

"돈으로 언제든지 변화를 살 수 있죠."

내게 변화라는 기쁨을 준 인경과의 첫 만남이었다.

행운은 한꺼번에 온다는 현철 말은 사실이었다. 추세를 형성한 조선과 해운 종목의 주가는 계속적으로 오르기만 했다. 노란 티에 착 달라붙는 청바지를 입고 나온 인경의 두 번째 스마트한 모습에 나의 마음은 상한가로 직행했다. 호텔 커피숍에서 다른 사람이 어떻게 우릴 볼까 조마조마해하는 나의 모습에 비하여 그녀의 작은 입은 거침이 없었다. 그녀는 피가 뚝뚝 흐르는 스테이크를 작은 입에 넣고 오물거리며 씹었다. 립스틱 자국 위에 퍼진 붉은 피는 톡톡 튀는 그녀의 모습을 더 자극적으로 만든다. 확연하게 드러난 깔끔하고 톡 쏘는 그 느낌이 너무 좋다.

호텔 나이트에서 인경의 작고 아담한 체구에서 내뿜는 춤의 율동에는 원시적인 생명력이 느껴졌다. 그 누구에게도 느껴 본 적이 없는 활활 타오르는 신비의 힘이었다. 오색 빛 네온 불이 속삭이듯이 블루스 타임 때도 그녀는 나에게 착 달라붙었다. 나의 그것을 살짝살짝 건드리는 것도 잊지 않는다. 우리에게 아무도 신경 쓰지 않았다.

호텔방에 들어간 우리는 서로의 입술을 강렬하게 탐닉하며 서로를 교환하였다. 젖비린내 나는 피 냄새가 내 속으로 들어오자, 나의 피는 부글부글 끓어오르기 시작했다. 나를 침대에 밀쳐 눕히고서 그녀는 창가에 서서 옷을 벗기 시작했다. 창밖에는 뿌연 연기 때문에 한강과 아파트들이 제 모습을 숨기기에 여념이 없었지만, 인경은 그들 앞에서 거침없이 알몸을 드러냈다.

선홍색의 작은 천사가 내 앞에 서 있었다. 천사는 나의 바지를 사정없이 내리고 애무하기 시작했다. 천사의 애무로 나는 검푸른 악마가 되었다.

악마는 미친 듯이 끝없이 길고 긴 검은 터널 속을 기어들어 가기 시작했다. 악마의 등을 통통 두드리면서 작은 입에서 나오는 인경의 희열이 너무나 신선하고 새롭다. 그 몸부림에 악마는 달아올라서 더욱더 거칠게 그녀를 몰아간다. 콩콩거리듯이 반응하는 그녀는 신선한 고무공같이 쫄깃쫄깃하고 맛깔스럽다. 악마는 그녀의 몸과 마음을 거침없이 그의 몸 속에 듬뿍 채워 넣었다.

그 채움은 욕망이 아니고 거룩한 사명이다. 그 순간이 영원하기를 기원하면서 굶주린 하이에나처럼 미친 듯이, 닥치는 대로, 아무런 두서도 없이 그녀의 모든 것을 삼켰다. 미란의 대명사가 자유분방이고, 신희가 우아한 여유라면, 인경은 냉정한 절제미 그 자체이다. 그녀의 교성은 방만스럽지 않고 갈무리되어 있으며 절제되어 있다. 새하얀 절제미는 더욱더 악마의 투지를 건드렸다. 그 채움을 더 이상 감당하지 못하는 순간 악마는 한 줄기 숭고한 하얀 빛으로 화했다. 악마는 후일을 기약하며 심연 아래로 몸을 감추었다. 나는 다시 인간이 되었다.

샤워하러 나가는 인경의 나긋나긋한 뒷모습은 나를 현실로 돌려놓는다. 꿈같은 감미로움과 톡 쏘는 자극은 결혼 후 처음 접하는 생명의 환희, 그 자체였다.

섹스가 주는 즐거움은 다른 어느 즐거움보다 왜 이리 짜릿한 걸까. 군 시절 경험한 생애 최초의 환희가 선명하게 떠오른다. 군대 고참은 매달 천 원인 월급을 모아서 사천 원이 되면 항상 어디를 갔다 오곤 했었다. 1년이 지나자 친해진 그는 나에게도 돈을 모으라고 했다. 사천 원을 들고 고참을 따라간 곳은 이발소였다. 여러 명의 군인이 줄을 서 기다리고 있었다. 내 차례가 와서 이발소 의자에 앉으려고 군화를 벗었다. 곧 따라 들어온 늙은 누나가 피식 웃으며, "금방 신을 텐데 뭘 벗어."라고 한심스러운 듯이 말했다.

누나의 현란한 손놀림이 만든 전율은 온몸을 뒤흔들었다. 신비로운 짜릿함이 영원히 지속되도록 마음속으로 간절히 기도했다. 그러나 그 누나 말대로 1분도 안 되어 끝났다. 군화를 다시 신는 데는 1분보다 더 걸렸다. 1분의 파동이 주는 짜릿함은 4천 원을 모으는 4달의 노력보다 훨씬 더 컸고, 그 후 힘든 군대생활의 버팀목이 되었다.

짜릿한 섹스의 파동은, 사랑의 부수효과인 새로운 생명 탄생이 종족의 유지에 결정적인 조건이므로 생명 잉태를 위한 행위를 할 때, 동시에 최고의 즐거움을 누리도록 신이 인간 구조를 설계해 놓은 걸까? 이성교합은 인간들이 짜릿함을 얻기 가장 용이한 방법일 뿐만 아니라 사회구성원의 지속적인 확보라는 사회 유지의 기초조건을 충족시켜 주므로, 사회가 그것을 사랑으로 미화한 걸까?

집으로 가는 나의 발걸음은 가볍지만, 어쩐지 마음은 천근만근 무겁기만 하다. 다행히 미란은 아직 오지 않았다. 한 시간 후에야 들어온 그녀는 내게 "피곤해서 먼저 잘게요."라는 말을 휙 던지고 방으로 들어갔다.

인경의 또 다른 모습은 숨은 애교였다. 톡톡 쏘는 태도는 보통 애교와는 차원이 다르다. 그녀는 나에게 깜찍하게 얼굴을 흔들어 보기도, 콧소리를 내기도, 눈을 흘기기도 한다. 인경의 애교는 나를 다시 악마로 만들었다.

민주주의에서 각자는 자기 목표를 위하여 자신이 가진 재능과 장점을 마음껏 발휘하여 상대의 자산과 권력을 교묘히 이용할 수밖에 없을 것이다. 목표를 향한 그녀의 질주는 경박하거나 천하지 않고 목적을 위한 강렬하고 아름다운 삶의 의지가 엿보였다.

인경은 돈만큼 섹스를 좋아하는 뜨거운 여자였다. 야릇한 신음 소리, 뱀처럼 휘감는 작고 탄력적인 몸, 지칠 줄 모르는 정력, 깃털같이 부드럽고 찌릿하게 온몸을 흥분시키는 혀, 들어오는 생명체를 바스라지게 하는 마법의 구멍을 가진 요부였다. 작지만 단단한 차돌처럼 매끄럽고 야무진 여자였다.

갈수록 인경은 양파처럼 한 껍질, 한 껍질 자기를 드러냈다. 그럴수록 나는 미친 듯이 그녀를 탐하고 나를 퍼부었다. 한 껍질 벗길 때마다의 그녀의 신비에 취해 정신을 잃을 지경이다. 새로운 것을 정복하면 이렇게 좋은데 사회는 한 사람에게 집착하도록 절대적인 사랑이라는 슬로건과 그에 부합하는 도덕과 제도 속에 돌아가고 있다. 과연 어떤 잣대가 옳은 것인가?

그러나 양파의 껍질이 다 벗겨지자 인경에 대한 마음도 시들어 갔다. 상큼함과 똑 부러짐, 애교, 섹시미도 전처럼 눈부시지 않다. 눈치 빠른 인경도 직장에 취직했다며, 나와 만나는 걸 그만두자고 한다. 버스를 기다리는 그녀의 모습에는 실망감이나 허탈감은 전혀 없다. 오로지 새로 타게 될 버스만을 준비하는 것 같다.

인간에게 내재된 권태가 작용한 걸까? 결국 특정인에 대한 사랑이 오래 지속되지 못하는 인간의 성향은 어쩔 수 없이 타고난 것일지 모른다. 혹시 신희와 같이 산다고 하더라도 예측하기 힘든 그녀의 성질에 대한 싫증으로 결국은 지루해지지 않을까? 사랑 없이 대가 관계로 만나 이미 예정되어 있는 당연한 인경과의 이별을 내가 확대 해석하는 것이 아닐까?

인경과의 관계가 정리될 즈음에 반기 결산이 공표되면서 조선사의 평균 이익은 전기 대비하여 400% 이상 신장했다. 주가는 얼마 지나지 않아서 매수가의 180%나 상승했다.

이제 과열의 조짐이 감지된다. 섹스도 자기를 잃어버린 무아지경 상태에서 가장 흥분되듯이, 주식도 어느 순간이 되면 맹목적이고 비이성적으로 급등한다. 시장에 참여하는 라이벌들이 냉정을 잃는 시점에 변동성이 가장 크므로 이 시점을 잘 잡아 매도하는 것이 수익성이 가장 좋다.

매도 타임을 잡기 위하여 계속 시장을 모니터링하는 중이다. 정부는 경기 부양 목적으로 고용 효과가 크면서 대외 경쟁력이 있는 조선 업종에 대한 대규모 지원책을 발표했다. 조선소 설립에 필요한 부지와 자금을 대 준다는 것이다. 으레 그러하듯이 정부의 부양책이 발표되면서 주가는 한 단계 상승했다.

대규모 선박 수주의 공시도 잇달았다. 대규모 수주량을 납기 안에 건조하기 위한 한국 기업의 해외 조선소 인수가 기사화되었다. 선박 수주 외에도 해양 플랜트 수주 기사도 속속들이 나왔다. 기다렸다는 듯이 조선주들은 다시 급등을 시작했다.

매수가의 230%나 상승했다. 주가의 피로가 누적되고 있는 것이 눈에 들어온다. 일광으로 주가의 상승 가능성에 대하여 정리해 보려 했으나 앞이 캄캄하고 아무것도 보이지 않는다. 자신 없으면 팔아야 한다.

남 회장에게 언제 시간이 가능한지 물었다. 무슨 일이냐는 그의 말에 나는 주식을 팔아야겠다고 말했다. "모레 보세" 하고 남 회장은 전화를 끊었다.

거의 십 분 후에 박 사장으로부터 전화가 왔다. 박 사장은 300%는 당연하므로 기다려야 한다며 큰 소리를 친다. 너무나 당연하다는 그의 말투가 너무나 뻔뻔하게 느껴진다. 회사를 나간 박 사장은 프리랜서로 활동하고 있었다. 경기상사 건으로 배신감을 느낀 나는 박 사장을 멀리하고 싶었다. 그러나 그는 남 회장을 거론하며 집요하게 나에게 다가왔다.

다음날 나는 박 사장과 나눈 이야기를 말해 주고 그가 뻔뻔하고 이상하지 않느냐고 현철에게 물었다. 옆에서 계속 듣고 있던 병수가 말했다.

"박 사장은 심리적으로 너한테 콤플렉스가 있어."

"우리 대학교 선배고 아주 사리가 분명한 업계의 고참인데 무슨 콤플렉스가 있을까?"

"네가 그 선배보다 먼저 자리 잡은 거잖아. 경기상사에서도 결국 네가 박 사장을 이긴 거고. 그런 상황을 못 받아들이고 어떤 식으로든지 자기를 합리화하려는 사람도 있어." 병수는 신중하게 말했고 현철은 묵묵히 듣기만 했다.

병수와 헤어지고 둘이 되자 현철은 나에게 말했다.

"박 사장과 말할 때는 녹음을 해 두는 게 좋겠어. 저런 사람은 무슨 사고를 칠지 몰라."

"그 선배가 그럴 리가?"

"병수가 박 사장을 제대로 보았을 수도 있어. 병수는 박 사장과 비슷한 부류의 사람이야. 그리고 경기상사 때 박 사장은 너의 뒤통수를 쳤잖아. 대비하는 건 나쁠 게 없지." 옛날 사수가 종목을 추천해서 피해 본 순간이 다시 스치고 지나갔다.

다음날 박 사장과 함께 만난 자리에서 남 회장은 지금 매도하지 말고 일단 기다려 보자고 했다. 박 사장도 "대내외적인 여건이 아주 좋은데, 지금 왜 팔아!"라며 버럭 소리를 질렀다. 나는 현철이 말한 대로 몰래 보이스레코더를 켜 둔 상태였다.

"근거가 무엇입니까?"라는 나의 말에 그는 이건 투자의 상식이라고 한다.

그러나 단기간 크게 오른 주가는 지친 듯 하락을 거듭한다. 매수가의 230% 올랐던 가격에서 매수가의 180% 오른 가격으로 떨어졌다. 다음날 아침 일찍 남 회장은 떨리는 목소리로 "지금 내가 돈이 급하게 필요하니 매도하는 것이 좋지 않겠는가?"라며 전화를 했다. 나는 기다렸다는 듯이 모두 팔았다.

오후에 박 사장은 주식은 어떻게 되었느냐고 전화로 물었다. 다 팔았다는 나의 답변에, 일시조정이므로 더 기다렸어야 했다며 나를 심하게 나무랐다. 아침 일찍 남 회장님이 돈이 급하다고 전화하셔서 팔았다고 하자, "회장님이 그렇게 일찍 전화했어?"라며, 박 사장은 더 이상 떼를 쓰지 않았다.

혹시 무슨 재료가 있어서 그렇게 생각하시느냐는 나의 질문에 그런 정보는 없고 단지 시황분석에 따른 것이라고 강변했다.

실현된 540억 이익 중에서 나에게 배당된 몫은 430억 원, 남 회장이 108억이었다. 통장에 입금된 돈을 보았을 때의 환희는 인경과 한 몸이 될 때 느껴지는 흥분과 유사했다.

"이자보장은 포기하고 배당률을 높일 걸, 정 사장에게 완전히 속았어!" 배당액을 받은 남 회장은 껄껄 웃는다.

싫증과 권태란 속성이 존재하는 한, 생명체가 상호작용하는 사회에서 변동성은 언제나 발생하며 그 변동성 과정에서 거대한 기회가 생긴다. 나는 이 기회를 잘 포착하고 베팅하여 부자에 등극한 것이다. 우리 집안의 명중이라는 정식과 일광도라는 선식으로 변동성 있는 종목을 찾을 수 있었고, 인경이라는 맛깔나는 외식으로 지리함을 견디어 내서 500억대 부자가 된 것이다.

박 사장은 자문수수료를 달라고 한다. 내가 "자문을 요청한 적이 없지 않으십니까." 하자 그는 화를 내면서 오늘까지 네가 올라온 것은 나 때문이지 않느냐고 우긴다. 나는 그때의 은혜는 잊지 않는다고 했다.

"이 사회에 부자로 등극한 걸 축하해." 한턱을 내는 자리에서 현철이 말했다.

"이 모든 게 네가 가르쳐 준 변동성 때문이야. 정말 고맙다." 나는 현철의 손을 꼭 잡았다.

"내가 각인시켜 준 것은 맞지만, 돈을 벌게 된 결정적 이유는 변동성을 제때 포착하고 끝까지 견딘 너의 노력 때문이야. 물론 너희 집안 가훈인 명중이 지대한 공헌을 했지만." 현철이 느릿느릿 말했다.

"물론 네 노력도 대단하지만 운도 아주 좋은 것 같아. 마치 신희 곁에 쉽게 다가갈 수 있었던 것처럼." 병수는 부러운 듯이 말했다.

섹스가 짧은 시간 동안 엄청난 짜릿함을 주었다면 부자가 된 사실은 거대한 성취의 짜릿함은 물론 오랜 기간 동안 나를 은은하고 뿌듯하게 해 주었다.

환희가 가라앉는 어느 날 버스정류장이 눈에 들어오면서 인경의 얼굴이 떠오른다. 대박을 끝까지 견딘 것은 인경의 공로가 컸지. 인경에게 돈을 송금하고 문자를 보냈다.

"이 돈으로 소나타를 타고 그대의 변화를 역동적으로 누리시길."

며칠 후 소나타 사진과 함께 다음과 같은 문자가 왔다.

"소나타보다는 역동적인 님을 타고 싶으니 언제라도 연락 주세요."

퇴근하려는데 장모가 사무실 근처 일식집에서 기다리고 있다고 했다. 짙은 화장을 한 장모는 내가 묻지도 않은 과거사를 늘어놓기 시작했다.

"미란의 생부는 현재 아버지가 아니야. 너무 자유분방한 나와 맞지 않는다며 그녀의 생부는 헤어지자고 했고 당시 도도했던 나는 곧바로 그와 헤어졌지. 그는 헤어질 때 자유의 여신상을 주었어, 지금 우리 집의 지하에 있지." 장모는 고조된 분위기 하에 또렷하게 이야기를 이어 갔다.

"고등학교 2학년, 미술에 관심을 보이던 미란은 유명한 조각가의 꼬임에 빠져 몸을 주었어. 그의 정력은 상상을 초월할 정도로 세서 미란의 그 부위가 약간 찢어졌어. 그런 사건이 있었지만 미란은 조각가의 길을 계속 갔어." 이런 처참한 이야기를 대수롭지 않게 말하는 장모의 멘탈이 도무지 이해가 안 되었다.

"그렇게 어른에게 당한 경험 때문인지 정조에 대한 개념이 희박해져서 섹스도 자유분방해졌을 뿐만 아니라, 어린 애들과 즐기는 걸 좋아하게 되었어. 자네와 다투고 우리 집에 들어온 후부터 어린 대학생과 살다시피 하는 걸 내가 겨우 떼 놓았네." 여전히 장모는 거리낌이 없었다.

"그러나 지금은 그 대학생과도 헤어지고 반성하며 성실하고 건전하게 잘 지내고 있네. 제발 이제는 자네의 호적에 다시 편입시켜 주어서 저 아이의 마음을 편하게 해 줘." 장모는 구슬프게 간청했다.

나는 흥신소 직원이 가져다 준 여러 장의 사진을 장모에게 건넸다. 잠시 후 장모는 벌떡 일어나서 사진을 나에게 내팽개치면서 이렇게 말했다.

"나쁜 자식!"

왜? 왜 내가 나쁜 자식 소리를 들어야 하나?

7

왈가닥 삐삐

　　　길고 긴 회상이 끝나자 아직 쌀쌀한 초삼월 겨울 날씨에도 진득한 송진 냄새가 코끝에 스며 와 있음을 느낀다. 실성한 듯이 나는 독백처럼 중얼거렸다.

　"기나긴 시간 앞만 보고서 달린 전력 질주였지. 한동안의 좌절과 한동안의 짜릿함이 반복되는 변동성 그 자체였어. 괴로울 당시에는 마음은 암흑으로 가득 찼지만 지나고 나니 그것도 나에게 주는 색다른 즐거움이었던 것 같아."

　이런 생각이 들다니, 겨우 마흔 둘인데. 나도 늙은 건가?

　소나무 숲을 벗어나기가 무섭게 갑자기 전화가 울린다. 상대방은 처음에는 말이 없다. 잠시 후 "영기, 나야." 하는 중년 여자 목소리가 들렸다. 오랫동안 기억 속에 던져두었던 신희다. 아버지가 돌아가셨다고 했다. 그녀와 헤어진 지 거의 12년이 지났다. 반갑지만 만나고 싶지 않다. 목소리가 뭔가 애처롭다. 결국 나는 그녀를 만날 것이다.

　그녀는 청순하고 우아했던 여신 대신에 원숙하고 노련한 여왕으로 변신해 있었다. 백옥 같았던 피부에는 회색 빛이 스며 있고 작고 검은 점도 군데군데 보인다. 이목구비는 예전처럼 뚜렷하고 세월이 만든 원숙미로 전보다 더 부드럽다. 살이 좀 붙은 몸매는 풍만하고 여유로움이 물씬 풍긴다. 싱긋이 웃으며 말을 꺼내는 입가에 미세한 아픔이 서려 있고 허스키에 가까워진 목소리에 중후한 인생의 경륜이 배어 있다.

"요즘도 양송이 수프에 밥 말아먹나?" 치고 나오는 말투도 너무 걸쭉하다.

"아니, 아침에 맹물에 밥을 말아먹어." 체중 관리 중인 나는 즉각 반격했다.

그녀는 소주를 연거푸 3잔을 마신다. 나는 물끄러미 보기만 했다. 한참을 소주잔을 응시하다가 그녀는 말을 꺼낸다.

"아버지는 캔에 음료를 주입하여 전남편인 동우 씨의 회사에 납품했는데 재미가 쏠쏠했지. 몇 년 전 그 회사는 갑자기 아버지에게 발주를 중단했어. 동우 씨가 유명 탤런트와 재혼했고 그 여자가 납품처를 우리 아버지 대신 자기 친척에게 돌렸기 때문이야. 사실 우리 아버지의 제품은 자본만 조금 받쳐 주는 제삼자가 진입하기 좋은 아이템이었거든. 큰 발주가 끊기자 아버지 회사는 사업이 어려워졌어. 그것 때문에 병을 얻었고 지병인 당뇨 합병증이 생겨서 돌아가셨어. 이혼할 당시에는 그룹이 망하지 않는 한 하청을 그대로 우리 아버지에게 주기로 했었어. 물론 구두이지만."이라고 하면서 원망하듯이 나를 본다.

"이것들을 그대로 둘 수가 없어. 어떻게라도 복수를 해야겠어!" 시퍼런 목소리로 차디차게 내뱉는 그녀의 말에 등골이 서늘해졌다.

"복수라는 감정이 사람을 가장 인간적으로 만든다는 것, 너 혹시 들어본 적이 있어?"

갑자기 그녀는 화제를 돌린다.

"너 돈을 많이 벌었다는 소문이 자자하더라. 도대체 얼마나 번 거야? 한 200억, 아니 500억? 그럼 1,000억?" 거침없이 공격하는 모습도 놀랍다.

"요즘 뭐하고 살아?" 나도 황급히 말을 돌렸다.

"조그마한 회사를 하고 있어, 그게 힘들어 중개업도 해." 중개업 때문에 대화에 막힘이 없고 예전처럼 독선도 없어진 거구나 하는 생각이 스친 순간에 그녀는 그윽하고 간절한 듯한 목소리가 들린다.

"나 좀 도와줘. 대정에너지에 혹시 아는 사람이 있어?"

"아는 사람은 없는데, 오히려 네가 더 잘 알잖아." 대정에너지는 동우 선배 아버지의 계열사이기 때문이다.

"내가 잘 아는 태양광 회사의 매도 컨설팅을 해 주고 있는데, 유력한 후보 회사가 대정에너지인데." 나를 힐끗 본 후 다시 말을 계속했다.

"그 회사의 심사 담당자가 매우 깐깐해, 그래서 니가 혹시 힘을 써 줄 수 있을까 해서."

"글쎄, 직접적으로 아는 사람은 없는데, 필요하다면 알아볼게."

"만약 인수 자금 중 일부를 네가 투자한다고 하면, 그쪽에서 적극 인수에 나서지 않을까?"

인수 자금의 출자를 나에게 요구하는 것이 요점이구나.

"우리가 투자할 수 있는 규모는 아주 작아서. 너한테 도움이 될까?"

"그냥 바람만 잡아 달라는 거야." 아예 나에게 큰 기대를 하지 않는 듯이 담담한 어조로 말한다. 한편으로는 잠시 자존심이 상한다. 여전히 애완견으로 보는군.

"재무적 투자자들은 이미 물색해 놓았어. 너의 바람만 필요할 뿐. 네가 투자하겠다는 의사만 약간 보여주면 돼. 이 정도라면 OK이지. 너하고 나

사이라면."

"너하고 나 사이가 이런 사이였던가?" 생각을 더듬어 보려는데 그녀는 다시 말을 날린다.

"혹시 태양광 소재인 폴리실리콘 좀 알아?"

"난 문과잖아, 빛을 전기로 바꾸는 원소재라는 정도만 알 뿐이지."

"헐, 그 정도까지 아는 거야?" 그녀는 빈정거린다.

"대정에너지라면 너하고 관계가 안 좋은데 네가 소개하는 물건을 인수해 줄까?"

"아니, 다른 쪽으로도 손을 써 놓았어."

"한입에 들어갈 정도였던 그 예쁜 발이 언제 그렇게 마당발이 된 거지?"

"애, 많이 컸다. 그런 말도 할 줄 알고." 나를 보며 눈을 흘긴다.

"다음 주 신정폴리실리콘에 갈 때 함께 가 주었으면 좋겠어요. 정 사장님." 그녀는 콧소리를 내며 상냥하게 농담조로 부탁한다.

"그들 앞에서 투자한다는 모양새만 잘 내시면 돼요." 아들을 달래는 듯한 어조이다.

"그러다 진짜 투자해야 하는 상황이 발생하면 나는 어떻게 되나?" 은근히 걱정이 된다.

"이미 다른 곳에서 투자하기로 되어 있어, 너무 쫄 필요는 없어." 나를 아래로 보는 예전의 말투로 바뀐다.

"그런데 왜 하필 나지?" 내심 하고 싶은 말을 그대로 쏟아 냈다.

"성공한 투자자인 네가 나서면 대정에너지가 인수 결정을 단축시킬 수 있기 때문이야."

일주일 후 만나기로 하고 그녀는 총총히 자리를 떴다. 날씬하고 깨끗한 것은 여전하나 철철 넘치는 요염함은 예전에 볼 수 없었던 모습이다. 중개업을 하니까 저렇게 바뀌었나. 그런데 저애가 나와 이렇게 친했던가?

    평소 알고 지내던 K투자자문사 김 부사장에게 전화를 하여 폴리실리콘 회사의 인수 건이라며 그 업종에 대하여 물었다. 태양광 분야에도 정통한 그는 지금은 폴리실리콘 가격이 좋아서 현재로서는 진출하려는 회사가 많다며, 매각 대상 회사가 어딘지 묻는다.

"신정폴리실리콘이야."

"음, 거긴 기술력이 2등 수준인데, 그래도 지금은 충분히 수익성이 날 거야."라고 한다. '그래도 지금은'이라는 말이 걸린다. 김 부사장은 다시 말을 계속했다.

"지금은 폴리실리콘 가격이 높아서 그 회사의 제품이 팔리는 것은 전혀 문제가 없어, 만약 나중에 공급 시장이 포화상태가 되면 에너지 전환 효율성이 낮은 이 회사는 어떻게 될지 모르겠어."

    며칠 후, 나는 연인처럼 구는 신희와 함께 신정폴리실리콘 사무실로 올라갔다.

    대회의실에는 대정에너지와 그의 재무적 투자자로 보이는 창조투자증권사도 와 있었다. 창조투자증권의 김 상무는 안면이 있어 날 알아보고 인사를 나누었다. 그는 IT업종에 탁월한 전문가여서 내가 투자에 여러 도움을 받곤 했다. 재무적 투자자로 여기에 온 것인지 넌지시 묻는다. 뒤통수에서 신희의 따가운 시선이 느껴지자 나는 곧바로 그렇다고 했다.

    신희는 대정에너지 측과 신정폴리실리콘에 나를 자수성가한 500억대 투자 귀재라고 소개했다. 대정에너지 전무와 신정폴리실리콘의 부사장도 이미 소문을 들었다면서 나에게 정중히 인사를 했다.

신정폴리실리콘에서 사업 계획에 대하여 브리핑을 한다.

현재 충분한 이익을 내고 있으나 장기적으로 이 시장에서 살아남기 위해서는 5,000억을 투자하여 규모를 키워야 한다. 5,000억 원 투자로 시설을 업그레이드하고 생산량을 늘리면 현 시장에서 충분히 판매할 수 있다. 그에 따라 유입되는 영업 활동의 현금으로 5년 이내에 투자금을 전액 회수한다. 건설업인 모회사 신정물산이 자금이 필요해서 이 알짜배기를 팔 수밖에 없는 처지이다.

회사 지분 100%의 양도가격은 자기자본 2,000억에, 50%의 경영권 프리미엄을 가산하여 3,000억 원이다. 5,000억의 시설투자액 중 인수자가 2,000억, 재무 투자자가 1,000억을, 그리고 은행이 2,000억 원을 부담한다. 따라서 인수자의 최종 인수가액은 주식매수가격인 3,000억 원에 신규투자를 위한 증자액 2,000억 원을 합산한 5,000억 원이다.

5,000억이라는 말에 좌중은 잠시 조용해졌다. 어색한 분위기를 반전시키기 위하여 신희는 공장을 보자고 했다. 공장은 바쁘게 가동되고 있는 게 한눈에 보였다. 폴리실리콘이 품귀이므로 잔업을 해도 모자랄 지경이라고 한다.

신희와 신정 측은 대정과 창조에게 회사 현황을 설명하느라고 정신이 없다. 마침 공장장이 나의 옆에 오길래 작은 소리로 국내 업계 1위와 비교할 때 우리 기술의 효율성은 어느 정도 차이가 나는지 물었다. 머뭇거리던 그는 신희를 통하여 정식으로 물어보려는 나의 낌새를 눈치채고서야 나의 귀 근처로 머리를 숙여서 2% 정도 차이가 나며 이는 극히 사견이라고 했다.

대정에너지 측이 먼저 인사를 하고 나갔다. 그들의 얼굴에는 상당한 의지와 열정이 보였다. 아마 오너인 동우 선배가 의욕적으로 추진하는 상황에서 그 핵심 측근을 인수자로 보낸 모양이다.

창조투자증권 사람들도 자리에서 일어섰다. 김 상무는 나에게 인사하면서 같이 투자해 보자고 한다. 나도 긍정적인 관점에서 검토해 보겠다고 했다.

　저녁에 신정 측과 신희 그리고 나는 같이 식사를 했다. 신정 측 전무는 신희에게 물었다.

　"대정의 인수 가능성은 어느 정도 보나요?"

　"2부 능선은 넘었다고 생각합니다. 관건은 창조투자증권의 투자입니다."라고 신희는 끝말을 흐렸다.

　"창조투자증권에서 투자 안 할 수도 있나요?"

　"단독으로는 투자를 꺼릴 수도 있습니다."라고 하며 나를 슬쩍 쳐다보았다.

　모두 날 쳐다보았다. 내가 무슨 말이든 해야 할 상황이었다.

　"저희야 작은 투자회사이지만 폴리실리콘은 요즘 뜨는 신성장사업군이므로 긍정적으로 검토하겠습니다."

　"그러면 3부 능선은 확실히 넘은 겁니다." 기회를 놓치지 않고 쐐기를 박는 신희에게서 능수능란한 중개인의 이미지가 보였다.

　신정폴리콘 전무와 직원들은 안도하는 표정이다. 신정그룹에서 벗어나더라도 오히려 더 좋은 그룹에 인수되어 더 나은 고용 기회를 보장받을 것이라는 생각에 내심 좋아하는 분위기였다.

　그들과 헤어지고 나니 신희가 한 잔 더하자고 한다.

　아무 말 없이 그녀는 술만 마시고 나도 분위기에 이끌려 그냥 대작할 뿐이다. 어느덧 각 소주 2병이 넘어섰다. 신희의 주량은 놀랍다. 가냘픈 저 몸에 소주 2병이 아무 충격 없이 들어가다니.

　어쩔 수 없이 내가 먼저 말을 꺼낸다.

"이혼한 이유를 물어봐도 돼?"

"그 놈 집안에서 날 갈구는 누나가 있었어. 우리가 헤어진 가장 큰 이유는 그년 때문이었어. 아주 영리하고 추진력이 센 여자야. 대정그룹을 완전히 조종해. 최 회장도 그년을 아주 신뢰하지." 취한 그녀는 분하다는 듯이 말을 시작했다.

"처음에 나도 그년처럼 대정그룹의 실세가 되고 싶었어." 취했는지 눈동자가 벌겋다. 술이 부대껴서 그런지 잠시 쉰 후 말을 계속했다.

"이름이 혜진인데. 그년은 내가 자기 동생을 유혹해 들어온 야심가라고 생각했어. 재벌들은 선택받은 종족으로서 자기들만의 차별적이고 독특한 세상에 살지. 그녀도 선택받은 선민 내지 왕족이라고 생각해. 그런데 내가 그걸 건드린 거지."

"어떻게 건드렸길래?" 나는 눈을 동그랗게 뜨고 물었다.

"내가 잘 아는 회사 임원이 단순 실수한 걸 핑계로 그녀가 사직서를 쓰라고 했지. 그는 내게 도움을 청했어, '사람은 완전하지 않죠. 한번은 실수할 수 있지 않습니까?' 하고 정중하게 부탁했지. 안색이 바뀐 그녀는 아무 말이 없었어. 나의 부탁에도 임원은 그대로 해고가 되었지."

동우 누나는 신희의 부탁을 다른 뜻으로 해석한 것이 분명했다.

"그 후 그녀는 그 후 틈만 나면 나를 씹었어. 선민사상을 가진 그녀의 자존심을 내가 건드린 것 같았어. 동우 씨도 밋밋하게 대응하는 것이 너무 짜증났고. 자기 아내가 당하면 나서 주어야 하는데 말이야. 그도 내가 주제넘게 끼어들었다고 생각하는 것 같았어. 어정쩡한 남편, 갈구는 남편의 누나 때문에 결국은 모두 던지고 나왔지." 후련한 듯이 그녀는 말했다.

"그 집에서 나오니까 행복해?" 후련해하는 그녀를 보며 물었으나 자기 말만 계속한다.

"그렇지만 아직도 이해가 안 돼, 그렇게 냉철하고 자존심 센 여자가 그 정도 건으로 날 내칠 정도가 아닌데 말이다. 직감상 다른 뭔가 있는 것 같은데 모르겠어." 발그스름하게 물든 그녀의 볼에도 궁금증이 서려 있었다. 그녀는 방금 기억났다는 듯이 크게 소리쳤다.

"참, 그 여자는 동우 씨보다 1살 많지만 삼수를 하여서 대학은 우리하고 같이 다녔다고 해." 나보고 혹시 아느냐는 말투이다.

"그 집에서 나온 것은 잘 한 것 같아. 내 길을 갈 수 있거든." 조금 전에 물은 질문에 대하여 그녀는 이제야 답변을 한다.

"네 길이란 어떤 길이야?" 술이 올라오지만 대화는 더욱더 선명해진다.

"양자역학에서는 모든 것이 예측 불가야. 그런 구조를 바탕으로 생성된 인간이나 세상은 모두 불확실 자체이지. 이런 불확실한 세상에서 어떤 관념에 구속되지 않고 자기 마음껏 사는 것이 최고야. 그렇게 자유롭게 사는 것이 나의 길이지."

"자유롭게 산다는 게 어떤 거야?"

"마음이 하고 싶은 것을 남의 눈치 안 보고 해 보는 거야."

최고 미남 탤런트 김동석을 따라 다닌 것도 이 철학 때문이었구나.

"그럼 너의 길은 뭐야?" 신희는 대화를 자기에서 나로 바꾼다.

"끊임없이 변동하는 흐름에 나를 태우며 사는 것이라고 생각해."

"너도 쉽게 사는 게 아니군. 인생사 이야기는 이쯤에서 끝내자. 대정에서 이번 인수 건을 최종 결정하는 사람도 사실상 그녀야. 다음 주에는 같이 그녀를 만나야 돼."

"왜 내가 그녀를 만나야 하지?" 나는 물었다.

"동우 선배 라인에서는 이미 결정을 했어. 아직도 최 회장은 동우 선배를 믿지 않아. 최 회장은 딸을 통해 다시 한 번 확인하고 싶어 해. 그녀는 유능한 재무적 투자자가 이번 인수에 많이 관여할수록 이번 인수는 성공 가능성이 높고 안전하다고 보고 있어. 재무적 투자자라면 모두 만나서 그 의견을 듣고 싶어 해."

"국내 굴지의 창조투자증권이 이미 투자하기로 하였으면 내가 굳이 필요할까? 그럼에도 나를 데리고 가려는 걸 보면 결국에는 내가 투자해야 하는 거 아닌가?"

"그럴지도 몰라. 혹시 네가 투자하더라도 절대 피해 없도록 해 줄게. 나의 수수료라도 달라고 하면 너에게 떼어 줄게." 갈수록 말하는 것이 다르다.

"중개 수수료는 얼마야."

"총 투자액인 5천억 원의 1%야. 그러나 리베이트를 제하면 나한테 오는 것은 절반쯤에 불과해."

"창조는 어떻게 구워삶았어?"

"창조그룹 오너 아들이 대학교 때 날 따라다닌 신도였어. 너도 보면 알 걸."

"너한테 차인 애여서 원한이 사무쳤을 텐데 일거리를 쉽게 주다니."

"나도 한 번 줬어." 신희는 거침없이 말했다. "불확실한 세상에서 자유롭게 사는 게 중요하지 굳이 정조를 지켜야 한다는 허상을 고집할 필요가 있나? 목표를 달성해서 성취감도 얻고, 색다른 걸 즐겨도 보고, 일거양득 아닌가?"

열흘 후 대정그룹 본사 앞에서 신희를 만났다. 오늘은 연한 파란색 옷을 입고 있었다. 원숙한 얼굴과 어울리면서 그녀는 청초하고 차분해 보인다. 며칠 전 철철 넘치던 요염기는 온데간데 없다. 전 남편과 전 시누이를 의식한 모양이다.

전에 만났던 대정에너지 인수 담당자들이 나에게 인사하면서 동우 선배

방으로 안내했다. 그는 컴퓨터 모니터로 작업에 열중하고 있어 내가 들어와도 알아채지 못하였다. 직원의 기침 소리에 그는 나를 보았다.

"정 사장 오랜만이야, 이렇게 만나다니, 사회 성공은 학교 성적순이 아니라고 하는데 정 사장한테는 예외인가 봐." 나에게 아주 반갑게 말하고 신희는 힐끗 한번 쳐다만 본다.

"선배님도 여전히 핸섬하시고 건강하시네요."

"재무적 투자자로 들어올 생각이 있다면서?"

예전에 보았던 귀티는 없어지고 세파에 찌들어서인지 핼쑥하기 짝이 없다. 이런 창백함에도 여전히 잘생긴 얼굴이다.

"검토 단계입니다."

"우리 누나는 투자 시기를 좀 지켜보자고 해. 투자 귀재도 여기에 참여한다고 설득하니까 한번 보자고 해서 내가 신희에게 부탁해서 정 사장을 특별히 초청한 거야. 부사장인 우리 누님에게 잘 말해 줘."

동우 선배는 나와 신희를 부사장실로 데리고 갔으나 부사장이 자리에 없다. 자기는 하던 일을 끝내고 곧 올 것이니 이 방에서 잠시 기다리라고 한다. 책상 위 문패에는 최혜진 부사장이라고 쓰여 있다. 최혜진, 약간 친숙한 느낌이 든다.

거의 십분 후, 체격도 크고 얼굴선이 뚜렷하고 억세게 보이는 여자가 들어왔다. 기다리게 해서 죄송하다면서 인사를 한다.

"최혜진입니다. 투자의 귀재를 만나서 반갑습니다." 그녀의 음색은 카랑카랑하면서도 무게가 느껴진다.

"정영기입니다. 저한테 좋은 투자안에 접근할 수 있는 기회를 주셔서 감사합니다."

정면으로 응시한 최 부사장은 어디서 본 듯한 얼굴이다. 기억의 편린들을 검색하느라 정신없는 나에게 그녀가 찡긋 윙크를 보냈다. 그제서야 대학교 기숙사 룸메이트와 같은 학과에 다녔던 최혜진이 떠올랐다.

그녀는 그 학과의 과대표였던 룸메이트와 학과 일을 상의하기 위하여 자주 우리 기숙사 방에 오곤 했다. 그 기숙사는 장학금을 받은 우등생이면 이 도시에 살아도 들어갈 수 있었다. 왈가닥하며 터프했던 가시나로 기억되는데 이젠 젠틀한 경영자가 되어 있다니. 그녀는 삼수를 하여 나보다 두 살이 많았으나 당시로서는 삼수까지는 말을 트는 게 관례였다.

혜진은 오늘 자기 회사로 찾아오는 사람이 나였던 걸 알고 있었던 눈치이다. 신희는 내가 혜진과 안면 있는 사이라고는 전혀 생각하지 못했던 것 같았다. 곧 동우 선배가 들어와 회의가 시작되었으나 이미 말한 내용을 다시 확인하는 수준이다. 면담은 금세 끝났고 신희와 동우 선배는 약속이 있다며 먼저 자리를 떠났다.

"왈가닥 삐삐께서 이젠 중후하신 부사장님이 되셨네!" 기숙사에 놀러 온 터프한 그녀를 삐삐라고 한 적이 있었고 그녀도 그걸 좋아했다.

"요즘도 화장지를 아껴서 1년 동안이나 쓰나?" 내가 기숙사 시절 화장지를 아껴 쓴 적이 있었는데, 그걸 본 그녀가 얼마나 안쓰러웠는지 1개를 사다 주고 간 것이 떠올랐다.

"동우 선배가 네 동생인지는 진짜 몰랐어. 동생한테는 말을 높이고 너한테는 말을 트고."

"그리고 보니 우린 참 악연이네." 그녀는 무언가 말끝을 흐린다.

"오늘부터 내가 말을 높여 줄까요, 누님?"

"같이 늙어 가는 주제에 무슨. 나도 학교 다닐 땐 네가 명중리에 사는 줄 전혀 몰랐어."

"만광리에 살았다면 내가 왜 몰랐을까?" 나는 그 이유가 궁금했다.

"아버지가 어릴 때 나를 외국에 보냈어. 내가 기가 세지면 동우가 약해진 다고 스님이 그랬대. 내가 보아도 동우는 성격이 너무 여려. 중학교와 고등학교 6년을 타국에서 고생했지. 그러다가 한국에 들어와서 적응하느라고 고등학교 2학년으로 다시 시작했지. 그러다 보니 너와 같이 대학교에 다닌 거지."

그녀에게도 그런 아픔이 있었을 줄이야. 그런데도 왈가닥 행세를 하며 그런 티를 낸 적이 없었는데.

"그런데 스님의 그런 말을 아버지가 믿어?"

"우리 아버지는 믿어. 그러면서도 나를 통해 동우도 견제하고 신희도 견제했지." 더 물어 보려는 나에게 그녀는 다음에 식사를 하자고 일어서면서 더 진하게 윙크를 한다. 기숙사 때 나의 마음을 흔들었던 왈가닥 아가씨의 바로 그 윙크였다.

8.

해
바
라
기
묘
소

"돈도 벌고, 그 인간들이 실패하면 고소해서 좋고 일
거양득이라는 생각도 없는 것은 아니야." 며칠 후 만난 신희는 단도직입적
으로 말한다.

"내가 보기에는 너는 돈보다 복수에 더 초점을 두고 있어."

"사실 대정에너지는 내가 만들자고 해서 만든 회사야. 현재 태양광 모듈
사업도 내가 진출하자고 해서 한 것이지. 나는 빛의 에너지 전환 분야를 전
공했거든. 폴리실리콘도 이미 그전에 투자하자고 몇 번 건의했지만 묵살되
었어. 연약한 동우 씨가 그룹에서 인정을 받은 것도 태양광 때문이야. 아니
면 저 정도까지 올라가진 못했어."

그녀는 분한 듯 소주 2잔을 연거푸 들이킨다.

"그런 나를 자기 마음에 안 든다고 내친 거야. 그런데 내가 복수심을 가
지면 안 되니? 복수가 모두 나쁜 건가? 불확실한 환경 하의 생존 과정에
당한 억압에 대한 분노와 피해의식이 수억 겁의 진화를 통해 우리 감성에
잠재되어 있어. 피해에 대한 복수나 반전이 성취될 경우 느끼는 감정의 희
열은 엄청나지. 복수만큼 통쾌하고 아름다운 것은 없어."

취한 그녀는 자기 속을 100% 드러낸다.

"복수란 정당할 경우만 아름다운 것이 아닌가? 네가 처신을 잘못해서 걔네들에게 따돌림을 받고 너 스스로 나온 것인데 복수할 명분이 되니? 그들이 쌓아 놓은 것을 공유하려면 그만큼 합당한 너의 노력도 보여야 했는데 태양광 사업 진출이라는 실적만으로는 부족하지 않나?" 병수와의 복수극에서 파생된 비참한 결말이 생각났다. 그녀의 복수를 중단시켜 보려고 냉랭하게 말했지만 말을 하고 나서 너무 심했다는 생각이 들었다. 애완견 사건에 대한 복수심 때문일까? 내 말에 충격을 받은 것인지 그녀는 아무 말이 없다. 입술을 질근질근 깨물고 있는 그녀의 모습이 안쓰럽게 느껴졌다. 나는 황급히 분위기를 바꿔 보려 했다.

"나와 혜진이 사이를 알고서 나를 데리고 간 것에 대해 복수할까말까 고민인데." 하며 농담을 던졌다.

"네가 혜진이를 잘 알 것이라고는 꿈에도 생각하지 못했어." 나의 눈동자를 정면으로 응시하며 힘차게 말했다. 파란색의 옷을 후광으로 둔 그녀의 눈동자에서 진실성이 넘쳐흘렀다.

다시 그녀는 침묵에 빠진다. 할 듯 말 듯하다가 결심을 한 듯 그녀는 나직이 말했다.

"너는 아직 모르나 본데, 나보다 네가 대정그룹에 복수의 정당성을 가진 사람이야."

난데없이 무슨 말인가.

"나한테 대정그룹에 복수할 무슨 명분이 있지?"

"너의 어머니와 대정 최 회장 간에 얽힌 원한 관계를 알면 달라질 걸."

"그게 무슨 소리야?"

"너도 아는 게 좋겠지." 하고 뜸을 들이다가 말한다.

"현재 대정산업의 공장 부지 육만 평은 너희 외할아버지 땅이었어. 그 땅을 최 회장한테 빼앗겨서 너희 외할아버지는 화병으로 돌아가시고 그 후 너희 어머니는 너희 아버지와 결혼한 걸로 알고 있어."

"어디서 들은 이야기야?"

"술이 취한 최 씨 집안 사람들끼리 하는 이야기를 우연히 들었어. 자세한 것은 너희 어머니한테 물어봐."라면서 그녀는 자리를 일어나서 휙 나갔다.

"어릴 때 업어 키운 게 언젠데 저게 저렇게 커서 성공했나?" 오랜만에 만난 고모는 또 같은 멘트를 날리다가, 굳어 있는 나의 얼굴을 보더니 무슨 일이 있느냐고 조심스럽게 묻는다.

신희에게 들은 이야기들을 그대로 말하고 나는 물었다.

"고모, 대정그룹 최 회장이 외가 땅을 빼앗아 간 거 정말 맞아?"

고모의 얼굴은 일시 멈칫하다가 이내 정상으로 바뀐다. 한참을 생각하다가 말한다.

"그래. 이젠 너도 알아야 해."

만광리에 사는 손정희의 아버지 손우석은 이 지역에서 가장 넓은 땅을 가진 지주였다. 보수적인 아버지 슬하에서 외동딸 정희는 비교적 엄한 교육을 받고 자랐다.

정희의 친구인 최영렬은 어릴 때부터 만광리에서 같이 자랐다. 영렬의 아버지는 소작농으로 돈이 된다면 집수리는 물론 가축을 잡는 일까지 가리지 않고 했다. 영렬은 잘생겼고 공부도 잘했으며, 아버지가 가져다 준 고기를 먹어서 그런지 키도 아주 컸다.

그는 어려운 가정형편에도 불구하고 주위 사람과는 친화력이 좋았다.

그렇지만 목표가 정해지면 비정하게 그걸 달성하는 승부욕도 강했다. 체육 시간에 상대방이 골을 넣었지만 오프사이드라고 2시간이나 우겨서 끝내 관철시켰고 그로 인해 그때까지 지던 게임의 흐름을 바꾸어 이긴 적도 있었다. 그 경기의 오프사이드 여부는 누가 보아도 애매했다.

영렬은 정희를 열렬히 좋아했고 정희도 싫지는 않았다. 만광리, 명중리에 각각 작은 국민학교가 있었다. 거길 졸업한 아이들은 광동원 소재 중학교로 진학했다. 중학교에서 남명철과 정기호를 만나면서, 영렬과 정희의 관계는 조금씩 달라졌다.

광동원 동쪽 지역에 사는 남명철은 무과 집안 출신이라는 소문이 자자했다. 명철 아버지는 광동원에 제법 큰 가게를 열고 대기업의 전자제품을 광동원과 인근 동네에 팔았다. 명철은 키도 훤칠하고 얼굴도 잘생겼다. 공부도 아주 잘했으며 성격도 시원시원해서 특히 여학생들에게 아주 인기가 좋았다.

명중리에 사는 정기호는 가냘픈 몸에 조용하고 내성적이며 다정다감한 편이었다. 정희 집안과 기호 집안이 오랫동안 지역 유지여서, 기호 아버지와 정희 아버지는 막역한 사이었다.

광동중학교는 가을마다 학예회를 개최했고, 1학년의 춘향전 연극은 대대로 내려오는 최고 행사였다. 춘향은 정희가, 이 도령은 명철이 맡았다. 정희에게는 춘향을 옥에서 구해 주는 명철이 백마를 타고 온 기사처럼 보였다. 전통적인 미인형이었던 정희에게 한복은 아주 어울렸고 정희는 진짜 춘향으로 보였다. 이 연극을 계기로 명철과 정희는 급속도로 가까워졌다.

이제까지 그냥 예쁘기만 했던 정희가 한복을 입고 나오자, 영렬은 정희가 꿈에서 그리던 이상형임을 새삼스럽게 깨달았다. 어떤 일이 있더라도 정희를 자기의 여자로 만들기로 다짐을 했다. 예쁜 춘향을 본 기호 또한 마음은 동했지만 소심한 그는 좋아한다는 말을 못 꺼내고 멀리서 바라볼 뿐이었다.

중학교 내내 명철은 여전히 1등을 놓치지 않았다. 정희는 명철에게 완전히 빠졌고 영렬은 계속적으로 정희에게 접근했지만 떠나간 정희의 마음을 돌리지 못했다.

중학교 3학년 추석 때 광동원 친척집에 다녀오라는 심부름을 마친 정희는 오후에 만광리 집으로 걸어가고 있었다. 2시간 후에나 오는 만광리행 버스를 기다리는 것보다 걸어가는 게 빠르다고 생각했기 때문이다. 광동원에서 만광리 쪽으로 1킬로미터쯤 떨어진 곳에 사는 명철을 만날 수 있다는 기대감이 더 컸다.

광동원에서 만광리로 가는 길 주위는 해바라기로 덮여 있다. 넘실대는 해바라기의 노란 빛은 정희의 포도주 취기를 더욱더 부채질했다. 친척이 달콤하여 음료수에 불과하다며 강권하는 포도주를 정희는 겨우 반잔만 먹었을 뿐이었다. 취기가 오른 입술은 무언가를 바짝바짝 갈구했다. 가을의 햇살을 받아 파도처럼 일렁이는 해바라기의 물결을 따라 정희의 마음속에서 알 수 없는, 뜨거운 감정의 파동이 솟구쳤다.

누군가 앞에 서 있다. 명철이다. 오늘 걸어올지 모른다는 정희의 말을 들은 명철은 점심도 먹지 않고 계속 기다리고 있었다.

정희의 두 뺨은 해바라기의 붉은 꽃처럼 불그스레해지고 심장이 쿵쾅거렸다. 명철은 정희의 손을 잡고 해바라기 밭 속으로 이끌었다. 무엇에 홀린 듯 정희도 순순히 따라간다.

작은 밭둑을 따라 안으로 들어가니 잔디가 무성한 동그란 공터가 보인다. 자세히 보니 무덤이다. 둘은 무덤 앞 잘 다듬어진 잔디 위에 나란히 앉았다.

아주 옛날 비명에 간 딸의 유언에 따라 그 아버지가 여기에 딸을 묻었다는 전설이 있다며 명철은 들뜬 목소리로 이야기했다. 정희도 갑자기 몸이 붕 뜨는 것을 느꼈다. 명철은 기다렸다는 듯이 가까이 다가와 몸을 밀착했다.

포도주의 취기가 더해지면서, 정희는 금방이라도 가슴이 터질 듯 숨을 몰아쉬었다. 갑자기 뜨거운 열기가 옆에서도 불어왔다. 이게 무엇일까, 얼굴을 돌리는 순간 명철의 입김이 정희의 입술을 살그머니 덮어 왔다. 잠시 움찔하였지만, 생전 처음인 정희는 순순히 받아들였다. 마치 여러 번 경험한 듯 자연스럽다.

머릿속이 하얘지면서 온몸이 수천 볼트의 전기에 감전된 듯 부르르 떨린다. 두렵고 뜨겁고 황홀하다. 한 줄기 강력한 빛이 온몸을 감싼다. 여러 번 경험한 적이 있던 것 같은 짜릿한 쾌감이다. 흥분에 싸인 정희는 내심 생각했다, 이건 꿈이야, 부디 이 꿈이 영원했으면.

집으로 걸어가는 내내, 그녀는 아무런 저항 없이 명철의 입술을 받아들인 자신을 이해할 수 없었다. 그 묘지의 영혼이 자기의 몸에 들어온 것일까? 내가 오래도록 명철과의 그 순간을 기다리고 있었을까? 그러나 조금 전 명철과의 황홀한 순간이 다시 떠오르면서 그런 혼란스러움은 금방 사라졌다.

한 달 후, 아버지가 가게를 지방으로 옮기면서 명철은 남쪽 멀리 이사를 갔다. 명철은 '편지할게,'라면서 그 무덤 앞에서 다시 키스를 해 주었으나 그전처럼 달콤하지 않았다. 명철이 나가 버린 정희의 공간은 고등학교의 진학으로 채워졌다.

영렬과 정희는 각각 광동원의 공업계와 상업계 고등학교에, 기호는 도심에 있는 인문계 명문 고등학교에 진학했다. 어느 날 정희는 시외버스 정류장에서 큰 보따리를 메고 있는 기호를 만났다. 입시에 전념하기 위하여 학교 앞으로 하숙하러 간다고 했다.

"대학 들어가서 다시 보자." 그의 표정은 의젓해 보였고 변성기에서 벗어난 그의 목소리는 굵어져 듬직하게 느껴졌다. 기호를 잠시 볼 수 없다는 말에 정희의 가슴은 허전했다. 그가 차지한 공간이 이렇게 커다랐던가?

명철 소식은 받은 편지 몇 통이 전부다. 그나마 요즘은 아예 오지도 않는다. 명철이 아버지가 돌아가셔서 그 집안이 풍비박산이 났다는 소문이 들렸다.

2학년 말부터 부기자격증을 따라는 학교 측의 압박 수위가 높아졌다. 부기 2급을 따기 위하여 밤늦게까지 공부하는 것은 다반사. 부기 2급 시험을 위한 준비로 바빠지자 명철이를 생각할 여유도 없어졌다. 정희는 문득 이런 생각이 들었다.

"사랑보다는 무엇이든 자기의 욕망을 채우며 사는 게 중요한 거 아닐까?"

어느 가을날 부기 2급 시험 합격통지서를 받았다. 일찍 집으로 향하는 정희에게 교문의 해바라기도 축하한다며 살랑거린다. 신들린 것처럼 해바라기 무덤 근처 정류장에서 내렸다. 어느덧 그 무덤이 보였다. 묘지 앞 그 자리에 멍하니 걸터앉았다. 곧 그때의 짜릿했던 순간이 꿈결처럼 떠오르고 몸이 나른해진다.

갑자기 누군가 뒤에서 눈을 가린다. 깜짝 놀라 돌아보니 영렬이다. 부기 합격을 축하해 주려고 교문에서 기다린 자기를 멍하게 지나치기에 여기까지 따라왔다고 했다. 영렬은 쑥스러운 듯이 조그만 봉지를 건넸다.

하얀 색깔의 주판이었다. 옥을 갈아서 만든 것처럼 순백색으로 반짝인다.

"돈 많이 벌라고, 주머니 털어서 큰마음으로 샀어."라는 자신에 찬 영렬의 목소리이다. 갑자기 부스럭거리는 소리가 나서 놀라서 피한다는 것이 영렬이 품에 안겼다. 고라니 한 마리가 이쪽으로 오다가 제가 더 놀라서 도망치는 소리였다.

영렬 품에서 빠져나오려는 순간 찬스에 강한 영렬이 정희의 입술을 사정없이 덮쳤다. 강렬하고 우악스러운 영렬의 욕망이 정희에게 전달되었다. 백옥같이 하얀 주판 때문인지 그를 밀쳐 내지 못했다. 그 거친 입맞춤이 던지는 파동을 정희는 오히려 즐기기 시작했다.

영렬의 손이 가슴을 움켜잡았고 조금 후 거친 입이 덜 자란 봉우리를 헤집어도 정희는 그 상태에서 벗어나고 싶지 않았다. 흥분한 듯한 정희의 태도에 용기를 얻은 영렬은 아랫도리 속으로 손을 집어넣었다. 더욱더 짜릿한 황홀감에 정희는 아득히 정신을 놓았다.

그 욕정이 정희의 깊은 속의 대문에 한발을 디딘 그 순간, 정희는 영렬을 거세게 밀치고 그의 뺨을 맵차게 때렸다. 그리고 뒤도 돌아보지 않고 집까지 달렸다. 정신을 차린 정희는 무언가에 흘린 것 같다는 생각이 들었다. 미쳤어, 거기까지 손가락이 오는 걸 그대로 두다니.

"오늘도 그 비운의 주인공이 내 몸에 들어온 것일까?"

그 후 정희는 영렬을 만나도 등을 돌리고 지나쳤다. 무언가에 내키지 않는 것처럼. 일단 목적을 달성했다고 생각했는지 영렬도 더 이상 치근거리지 않는다. 고등학교 졸업 후 정희는 작은 도매회사에, 영렬은 고추장 제조 회사에 취직했다. 기호도 시내에 있는 대학교에 들어갔다는 소문이 들린다.

직장 일들로 정희의 몸과 마음이 바쁘다 보니 2년이라는 시간은 순식간에 지나갔다. 직장 3년차 어느 여름의 토요일, 집으로 가는 버스를 기다리는데 뒤에서 누군가 정희의 이름을 부른다.

목소리는 분명 기호인 것 같은데 부르는 사람의 모습은 예전의 기호가 아니다. 대학은 청순했던 어린애를 건장한 청년으로 탈바꿈시켜 놓았다.

전보다 훨씬 더 커진 키, 늠름해진 얼굴, 더 중후해진 목소리. 멋지게 변한 기호가 우뚝 서 있었다.

군대 가기 전에 아버지가 고조할아버지 산소에 가 보라고 해서 온 것이라고 했다. 기호와 이야기도 나눌 겸 묘소에 같이 갔다. 절을 하고 있는 기호의 등은 영락없는 정희 집의 큰 밭 같았다.

"요즘 직장 생활은 재미있니?" 기호는 아주 시원시원하게 물었다.

"남의 살림살이 장부를 만드는 거는 따분하기만 하지." 정희도 다정하게 답했다.

"이 할아버지는 승부 기질이 아주 강해서 나보고 그 정신을 이어 받으라고 했어. 내가 승부욕이 없어서 그런가 봐. 우리 집은 대를 건너뛰면서 강한 승부사가 나온다고 하네." 기호는 아버지로부터 들은 이상한 집안 내력을 들려준다.

기호와 이런 저런 이야기를 나누자, 따분하기만 했던 정희의 마음은 후련해지기 시작했다. "언제 다시 볼 수 있을까?" 하며 자기 집으로 향하는 기호의 듬직한 등을 보면서 정희는 왠지 가슴이 쿵 내려앉는 걸 느꼈다.

어제까지 중간 결산에 찌들었지만 오늘은 일찍 퇴근하는 정희의 마음은 시원스럽기 그지없다. 버스 창 밖에는 해바라기가 어느 때보다 황홀한 자태를 보이며 살랑살랑 정희를 유혹했다.

술 냄새를 물씬 풍기는 누군가가 정희의 어깨를 두드린다. 영렬이다.

"여기서 내려. 할 말이 있어."

신들린 듯이 정희는 그를 따라 내렸다. 오후의 가을 햇살이 정희의 피부를 때렸지만 곧 뜨거운 에너지로 바뀌어서 정희의 마음을 뜨겁게 데워 주기 시작했다.

그 무덤에서 앞에 다소곳이 앉아 있는 정희를 바라보면서 영렬은 말한다.

"그 주판은 잘 쓰고 있어?"

"잘 사용하고 있어. 그걸 물으려고 날 여기 데리고 왔어?" 비꼬듯이 답한다.

"그 주판처럼 내 마음은 언제나 네 곁에 있었어." 애가 이런 말을 할 줄도 아네 라고 생각하는데 뜻밖의 말을 한다.

"나 너 사랑해. 내일 군대 입대해."

짐작했지만 막상 들으니 가슴이 약간 덜컹해진다. 갑자기 의도하지 않는 말이 정희의 입에서 튀어 나왔다.

"한 달 전 기호도 군대 간다며 자기 할아버지의 산소에 왔다 갔어."

영렬은 정희가 기호와 할아버지 산소에서 이야기하던 것을 먼발치에서 지켜보았다. 그때 주체할 수 없는 질투를 느꼈었다. 영렬의 눌러져 있던 질투가 다시 활활 불붙기 시작했다.

정희를 무덤 위 잔디 위로 밀치고, '사랑해'를 연발하며, 맹렬히 정희의 입술을 덮쳤다. 정희는 정신이 아득해지면서 전신이 짜릿짜릿해졌다. 사랑한다는 말에 넘어간 것일까? 영렬의 입술과 손길에 몸을 모두 맡겼다. 영렬의 그것이 몸에 들어오는 순간 아픔은 이루 말할 수 없었다. 바닥이 너무 딱딱해서 등이 너무 아팠다.

이내 촉촉한 무언가가 몸 안에서 흘러나와 그것을 감싸면서 아픔은 사라지고 곧 야릇함으로 변했다.

돌아가는 버스 안에서 정희는 영렬과의 육체관계에 적극적으로 동참했던 자신에 너무 놀랐다. 해바라기 묘소에서는 명철과 기호보다 자기의 육체 공간을 채워 주는 영렬을 더 원했던 것이 아닐까? 영렬을 사랑하지도 않으면서 그의 몸을 받을 때 황홀했던 감정은 도대체 무엇일까?

영렬에게 몸을 준 것은 자신의 의지대로 한 것이므로 후회가 없었다. 영렬이 계속 마음에 안 든다면 헤어지면 그만이라는 생각까지 들었다. 이렇게 과감하게 변한 자신이 놀랍다. 이런 자신은 자신이 아니라는 생각마저 들었다.

그 후 어느 날 회사 문을 나서는데 정희를 부르는 그리운 소리가 들렸다. 명철이가 서 있었다. 아버지가 돌아가셔서 가장 노릇하면서 공부하느라고 편지 할 겨를도 없었다고 했다. 하늘에 계신 아버지가 도와주어서 수재들만 가는 우수 대학에 들어갔으며 외동아들 가장이어서 군대도 면제되어 내년에 졸업하고 취직하면 자주 보게 될 수 있을 것이라며 빙그레 웃었다.

할아버지 산소에 절하는 그의 뒷모습에는 강인함과 처절함이 배어 있었다. 그가 겪은 고생이 눈에 선히 보였다. 버스정류장에서 명철은 정희를 꼭 껴안아 주었다. 사랑한다는 말 대신에 '연락할게.'라고 했다.

집으로 가는 버스 안에서 갑자기 메스꺼움이 정희를 덮치면서 구토 증세가 왔다. 병가를 낸 정희는 자기가 잘 아는 병원을 찾았다. 혹시나 생각했던 대로 임신이다.

'사랑해'라고 외치던 영렬의 모습이 떠오른다. 그러나 이내 명철의 모습이 자리를 차지하고서 떠날 줄 모른다. 정희는 영렬의 그림자를 지워 버리기로 결정한다. 아무도 모를 것이라고 생각하면서. 수술 보조 담당 간호사는 조금 의아한 표정이나 정희는 눈치채지 못했다.

증권회사에 취직한 명철은 여전히 키스만 할 뿐이다. 2년이 그냥 흘러갔다. 어느 날 퇴근하는 버스는 해바라기 정류장에 가까워지고 있었다. 누군가 어깨를 두드린다. 스포츠 머리인 영렬이다.

그는 뿌리치는 정희를 해바라기 숲으로 데리고 갔다. 정희는 왜 그러냐며 소리를 쳤으나 소리는 입 속에서만 맴돌았다. 특전대의 우람한 몸이 정희를 감싸며 이렇게 말했다.

"군대 내내 너만 생각했어. 제대하면 널 여기서 보고 싶었어."

'명철이가 있잖아'라고 생각하면서 영렬을 밀쳐 냈지만 특전대의 거친 손이 자신을 헤치고 들어오자 방어벽은 점차 허물어지고 오히려 몸이 달아오르기 시작했다. 정희의 몸은 그가 벌이는 육체의 향연을 기다렸다는 듯이 살랑거리는 해바라기처럼 받아들였다.

명철과의 정신적 관계도 지속되었다. 명철과 영렬에 걸친 양다리관계는 2년간 지속되었다.

어느 날 영렬은 정희에게 작은 상자를 내밀었다. 해바라기꽃 모양의 금 장신구였다.

"이 해바라기처럼 번쩍이게 살도록 해줄게. 우리 결혼해."

금 해바라기를 본 정희는 가슴이 두근두근 거렸다. 그러나 곧 명철의 얼굴이 떠오르면서 이내 가라앉았다. 시간을 달라고 하면서 그 자리를 황급히 떴다. 집에 도착하니 아버지가 불러서 호통을 친다. 결혼도 안 하고 그 지경까지 갔느냐고 하면서. 아마 영렬과 육체관계 중이라는 이야기를 어디서 들은 것이 분명하다.

증권회사 근처의 다방에서 명철을 만났다. 자기를 어떻게 할 것이냐고 단도직입적으로 물었다. 명철은 주저주저한다. 정희는 명철의 뺨을 때렸다. 맞은 명철은 그제야 내심을 털어 냈다.

"너와 갈 데까지 간 영렬을 지워 내고 살 자신이 없어."

정희는 영렬을 떠올렸지만 그녀 마음에 들어오지 않는다. 차일피일 승낙 여부를 미루는 사이에 만광리에 큰 도로가 생긴다는 발표가 나면서 땅값이 급등했다.

술이 취한 영렬은 정희 아버지를 찾아가서 정희와의 결혼을 승낙해 달라고 했다. 아버지는 정희가 스스로 결정할 문제라고 했지만 영렬은 허락 없이 자기 애를 중절한 여자가 무슨 그런 권리가 있느냐고 부르짖었다. 애를 지웠다는 말에 아버지는 더 이상 할 말을 잃었다. 집요한 영렬의 주장에 아버지는 그 말이 사실이면 결혼시켜 주겠다고 약속했다.

"너 혹시 영렬이 애를 지웠니?" 집에 들어오는 정희에게 아버지는 침통하게 물었다.

정희는 당황했다. 그러나 그건 아무도 모르는 일이라고 생각하며 이내 답했다.

"그런 일은 없어요, 누가 그래요."

"영렬이 육촌 동생이 너의 수술을 도운 간호사래."

의아한 표정을 지었던 그 간호사 얼굴이 생각났다. 그러나 이미 지워 버린 이상 무슨 일이 있을까 싶었다.

"네. 지웠어요. 그렇지만 영렬이하고는 결혼 안 할 거예요." 단호하게 말했다.

"애를 지운 게 사실이라면 결혼을 승낙한다고 영렬이와 약속했어."

아버지는 문을 쾅 닫고 나갔다. 조만간 무엇이 터질 거라는 막연한 생각은 들었으나 아버지로부터 시작할 줄은 몰랐다. 그 후 눈이 마주치면 아버지는 아직도 결정 안 했느냐고 성화다. 정희는 아버지가 깨기 전에 먼저 집을 나왔다.

첫 버스가 도착하기 전, 성황당까지 아무 생각 없이 왕복했다. 문제가 안 풀릴 때는 머리를 비우고 그냥 이리저리 걷는 것이 정희의 습관이다. 텅 빈 상태로 오랫동안 걸으면 복잡한 문제가 착착 정리되기 때문이다. 아무리 생각해도 영렬은 아니다 라는 결론이 나왔다. 성황당도 네 뜻대로 하라고 계시를 주었다.

어느 날 버스를 타려는데 집배원이 등기라며 정희에게 편지를 건넨다. 봉투에는 그리운 명철의 글씨체가 보였다.

> 이제까지 미적거려서 미안해. 다음 주 토요일 네 아버지를 만나 결혼 허락을 받아 낼게.
> 추신. 영렬 건은 다 잊기로 했고 영렬과도 다 이야기가 되었으니 그 문제는 걱정하지 마.

갑자기 눈물이 뚝뚝 떨어진다. 이제까지 내내 덮쳤던 검은 안개가 걷히고 머리가 환해지면서 온몸이 발광되었다. 희열이 가라앉으려는 순간 버스는 해바라기 밭을 지나고 있었다. 해바라기들이 매우 심하게 흔들린다. 저 해바라기도 우릴 축복하는 걸까?

기다리던 토요일 버스 정류장에서 내내 명철을 기다렸다. 몇 번이나 버스가 도착하였으나 명철은 보이지 않았다. 잠시 화장실을 갔다 오는데, 주위를 두리번거리고 있는 명철의 옆얼굴이 보였다. 이제까지 보지 못했던 이질감이 느껴졌다. 정희를 알아보고 빙그레 웃어 주는 명철을 보는 순간 정희는 조금 전 그 이상한 느낌을 까맣게 잊었다.

결혼할 사람이라고 인사를 시켰으나 아버지는 뭔가 못 믿는 눈치다. 광동원에 사는 남 씨 집안 아들이라고 하자 '그 무과 급제 집안 사람'이라며 그제야 알아본다. '네가 좋다면.' 하면서 결국 승낙하였지만 아버지는 여전히 착잡한 표정이다.

둘은 자연스럽게 해바라기 무덤으로 향했다. 둘은 약속이나 한 듯이 하나가 되었다. 이번에는 조금도 아프지 않았고 주체할 수 없는 환희와 달콤한 해바라기꽃 냄새가 정희를 푹 덮었다.

아버지가 술에 취해 들어온 어느 날 이후부터 아버지는 무엇엔가 쫓기는 표정이다. 한밤중에 아버지의 고함에 놀란 정희가 벌떡 일어나 안방으로 달려간 적도 있었다.

"담보는 안 돼!"라고 한 것 같았지만 평생 빚이라고는 근처에도 가지 않는 아버지와는 상관없는 말이라고 생각되어 더 이상 물어보지 않았다.

내일이 상견례 날이다. 이런 사실을 알고 있을 영렬 측에서도 일절 반응이 없었다. 그러나 정희의 마음은 왠지 불안했다. 버스정류장에서 만난 명철 어머니의 얼굴에 찬바람이 돌고 명철의 얼굴도 굳어 있었다.

아버지와 어색한 인사가 오고 간 뒤 명철 어머니는 결혼은 없던 것으로 하자고 정중하게 말했다. 놀란 아버지가 이유를 물었다. 그러자 뜻밖의 대답이 돌아왔다. 다른 남자의 애를 가졌던 여자를 자기 며느리로 둘 수 없으며 과거 친분을 생각해서 이렇게 찾아 와서 직접 말하는 거라고 단호하게 말한 후 자리를 떴다. 혼자 남은 명철은 말했다.

"네가 자기 애를 유산시키고 자기도 차 버렸지만 자기는 아직도 너를 사랑하니까 괜찮다. 그러나 그런 애를 며느리로 들이면 명철도 결국 당하니까 알아서 하시라고 영렬이가 어머니께 고자질 했어."

"둘이 만나서 정리되었다고 했잖아." 정희는 명철에게 원망을 퍼부었다.

"서로 이야기가 되었는데 약속을 저버린 거지." 명철은 뭔가 흘리는 듯이 말한다.

"무슨 약속을 했다는 거야?"

"남자끼리 서로 정리하자는 그런 거지." 이번에도 명철은 말을 또 흘린다.

정희는 만광리로 터벅터벅 걸으면서 하염없이 울었다. 명철도 말없이 따라갔다. 해바라기도 침통한 표정으로 멍하니 서 있었다. 어느 순간부터 더이상 눈물도 나오지도 않았다. 멍하게 걷는 정희의 발걸음은 천근만근 무거웠다.

어느새 마을 어귀의 성황당이 보인다. 둘은 성황당 아래에 우두커니 앉았다. 스치는 바람에 정희는 한 가닥의 정신 줄을 잡았다.

"우리 어쩌지." 명철에게 물었다.

"여기서 끝내자. 미안해 그리고." 말끝을 흐리고 명철은 자리를 일어섰다.

돌아서는 명철의 뒷모습을 바라보며 정희는 아무 말도 생각나지 않았다. 땅거미가 내려앉을 무렵에 정신을 차린 정희의 눈에는 너른 아버지 고추밭이 보였다. 갑자기 등이 넓었던 기호도 떠오른다. 늘 자기를 좋아했지만 별로 눈길도 주지 않았던 기호를 이 시점에 떠올리다니. 이런 자신이 너무나 이기적이라고 생각되었다.

정희의 혼담이 좌절된 후 아버지는 말이 없고 식사를 거의 하지 못했다. 식사를 거들어 주는 친척 아주머니가 식사를 권해 보지만 아무 말 없이 돌아누우실 뿐이다. 안쓰러운 아버지를 볼 때마다 정희의 억장은 무너졌다.

그로부터 6개월이 말없이 지나갔다. 어느 날 아침 정희는 등기우편을 하나 받았다. 법원에서 아버지에게 송달되는 전부명령서였다. 회사가 담보로 받은 것을 전부명령으로 취득한 적이 있어서 정희는 전부명령이란 게 무엇인지 알았다.

'아버지 재산이 담보로 들어갔다는 것인데.' 불길한 생각이 들면서, 갑자기 몇 달 전 아버지의 잠꼬대가 떠올랐다. 편지를 개봉하니 예상대로 채무자의 변제 불이행으로 담보로 들어간 아버지 땅이 채권자에게 전부된다는 통보서였다.

회사에 출근 후, 병가를 내고 다시 집에 갔다. 전부명령으로 담보를 선 재산이 다 날아간다는 말을 들은 아버지 얼굴은 백지장처럼 얼굴이 하얘졌다. 아버지는 그 자리에서 쓰러지고 말았다.

영렬은 아버지에게 정희와의 결혼을 양보하는 대신 자기 사업에 담보를 제공해 달라고 했지만 아버지는 단호하게 거절했다. 그러자 영렬은 결혼시켜주겠다는 약속을 어겼고, 자기 애를 유산시킨 피해도 보상받아야겠다고 떼를 썼다. 고추 농사를 지어 봐서 알겠지만 자기가 인수한 고추장 사업은 전혀 위험하지 않으니 잠시만 보증을 서는 것에 불과하며 아무 피해도 없을 거라고 무릎을 꿇고 간청했다. 어쩔 수 없이 아버지는 담보를 서 주기로 했다. 혹시라도 싶어서 조상 묘가 있는 산과 직접 고추농사를 지을 작은 밭 하나만 담보에서 뺐다.

정신을 차린 아버지로부터 전말을 들은 정희는 허탈한 한숨만 나왔다. 그때 영렬은 헐레벌떡 뛰어 들어와서 아버지 앞에 무릎을 꿇고서 대성통곡을 했다.

"제가 인수한 고추장 회사는 처음에 잘 나갔습니다. 전 사장이 몰래 숨겨둔 빚이 청구가 들어왔습니다. 백방으로 뛰었지만 역부족이었습니다. 담보선 아버님의 땅은 다른 사람 손에 넘어갔습니다."

눈앞에 벌어진 기가 막힌 현실에 아버지는 모든 것을 포기한 채 망연자실이다.

"너를 명철에게 양보하고, 나는 너의 아버지로부터 담보를 받기로 명철과 합의했지. 그러나 시간이 지날수록 너를 명철에게 보내는 것을 참을 수가 없었어. 참다못해 명철 어머니에게 가서 고자질했어. 네가 명철과 헤어지면 너와 다시 결혼할 수 있을 것 같아서 그랬어. 결국에는 네게서 명철과 네 아버지의 재산을 모두 빼앗은 게 되어 버렸어, 나를 죽여 줘."

정희는 명철과의 결혼이 깨진 이유와 마지막에 무슨 말을 하려는 듯 머뭇거리던 명철의 의도를 그제서야 알게 되었다. 지나간 것은 다 부질없다. 앞으로는 자기 의지대로 살면 될 뿐. 정희는 실성해 있는 아버지에게 부르짖었다.

"아버지, 제가 직장 다니잖아요. 작은 고추밭도 아직 남아 있잖아요."

생존이라는 지상 명제로 마음이 가득 채워진 이후부터 오히려 걱정은 사라지고 시간은 속절없이 흘러갔다. 빼앗긴 밭에 큰 고추장 공장이 세워지고 있었다.

퇴근 버스를 기다리는 어느 날, 클랙슨 소리가 나면서 승용차 안에서 누군가 정희를 부르며 나온다. 목소리나 모습도 눈에 익은 듯한데 누구인지 쉽게 떠오르지 않는다. 가까이 온 그는 기호였다.

"대학 졸업하고 지방에서 공무원을 하고 있어. 아버지가 오라고 해서 어젯밤 늦게 올라왔어. 소식 들었다. 영렬이 그놈 예전부터 나쁜 놈이었지만, 명철이도 그럴 줄 몰랐다."

"다 저 살자고 한 짓이지." 생각지도 않은 말이 정희의 입에서 튀어 나왔다. 다른 쪽으로 말을 돌렸다. "아버지는 왜 오라고 하신 거니?"

"내가 장가를 못 가니까 이제는 이상한 소리까지 해. 글쎄 광동원 동쪽에 있는 카라 묘소에 가서 술 한 잔 드리고 오래. 거기가 어딘가 알 수가 있어야지."

"이름도 이상하네. 그것 가지고는 찾을 수 없겠는데."

"아 참. 그 묘소는 해바라기로 둘러싸여 있대."

정희는 그 해바라기 무덤이 떠올랐다. 혹시 거길까? 기호를 데리고 해바라기 밭을 헤치고 그 무덤 쪽으로 들어갔다. 해바라기의 키가 압도적으로 커서 그들은 그 속에서 허우적거리는 두 마리 고라니 같았다. 예전과 달리 풀이 무덤 전체를 완전히 덮고 있었다. 이런 상태에서는 카라인지 여부는 고사하고 술잔을 놓는 것도 어려웠다.

정희는 유난히 풀이 적게 난 곳에 걸터앉았다. "차에 갔다가 금방 올게." 한 후 돌아온 기호의 손에는 삽과 낫 그리고 작은 배낭이 들려 있었다.

기호는 낫으로 무덤의 풀을 베었다. 기호의 등은 남아 있는 고추밭보다 더 넓어 보인다. 해바라기가 스산하게 흔들리면서 명철과 영렬과의 정사가 떠오르고 정희의 몸은 나른해졌다.

작업을 끝낸 기호는 배낭에서 음식을 꺼내어 제사 준비를 했다. "카라인 지도 모르고 제사를 지낼 거야?"라는 정희의 말에 "해바라기 숲 카라에게 지냈다고 하는데 우리 집 노인이 여기까지 확인하러 오지는 않을 거야."라며 기호는 웃는다.

제사를 지내기 위하여 정희가 일어선 바로 그때, 기호는 "왜 그쪽은 풀이 적게 날까?" 하고 무심히 물었다.

"응 여긴 딱딱해." 정희도 그냥 생각 없이 대답했다. 무언가 생각난 듯 기호는 정희가 앉은 그 자리를 크게 파기 시작했다. 거의 1시간이 지나자 묻혀있던 큰 비석이 드러났다.

해바라기 꽃을 뜯어서 비석의 흙을 떨어내자 佳裸라는 한자가 희미하게 보인다. 카라를 한자로 표기하면 가라였구나. 카라에게 잔을 따르고 둘은 절을 했다.

해바라기 밭을 나가는데 심하게 바람이 불어서 정희가 넘어졌다. 옆에서 부축하려던 기호도 정희 위에 넘어지면서 기호가 정희 위에 타는 형국이 되었다. 기분이 야릇해진 정희가 기호에게 입을 맞추자 기호의 얼굴이 붉어졌다. 둘의 입술이 서로 휘감기는 순간 이제까지 경험하지 못한 강력한 전류가 둘의 전신을 강타했다. 해바라기 덩굴이 쿠션 역할을 하면서 정희는 전처럼 아프지 않았다.

"정희와 기호는 결혼했다. 결혼 후 한 달도 채 안 돼서 할아버지는 돌아가셨지. 그리고 열 달 후 남자 아이를 낳았고 그게 너야."

　"그때 고추장 사업은 실제 망한 것이 아니라, 최 회장은 다른 채무도 정리하고 너희 외할아버지 땅도 빼앗을 겸해서 위장 부도를 낸 후 빼돌린 너희 땅을 기반으로 오늘의 대정그룹을 일궈 낸 거야." 고모는 한숨을 끝으로 긴 이야기의 막을 내렸다.

9.

녹
색
팬
티

　　　　　　고모 말이 사실이라면 어머니는 억울한 일을 당한 것
은 틀림없다. 허락 없이 최 회장의 애를 지운 것에 대하여 최 회장이 복수
했다고 하더라도 토지까지 모두 빼앗은 것은 복수라기보다는 강탈이기 때
문이다. 이런 입장에서 정의에 불타는 자식이 어머니의 한을 풀어 주기 위
한 응분의 복수는 정당하며 필요하다고도 볼 수 있다.

　민주자본주의 하에서는 각자는 자신의 이익을 무제한 추구하려 한다.
가령 가난하지만 의욕이 강한 인간은 가진 자의 것을 교묘히 빼앗아서 자
기 욕망을 채울 수도 있을 것이며, 가진 자도 약한 자를 합법적으로 이용
하면서 자기의 목표를 추구할 여지도 크다. 이러한 자기추구의 과정에서
서로간의 갈등과 그에 따른 피해는 필연적으로 발생한다.

　이런 세상 메커니즘의 본질과 한계를 인식한 피해 당사자가 큰 틀에서
자기의 피해를 수인한다면 복수는 필요하지 않을 것이다. 만약 그들은 수
인하더라도 가족들이 참지 못하고 그의 분노를 해소하는 일환으로 복수를
선택한다면 복수는 정당화될지 모른다. 그러나 그것은 복수라기보다는 자
기 욕구의 추구 과정일 것이다. 직접 당사자인 어머니도, 간접 당사자인 아

버지도 같은 목소리를 내신다.

"우리와 최 회장 간의 갈등은 흔히 있을 수 있는 일이라고 생각된다. 우리는 지난 악연을 이미 잊었다. 네가 의무적으로 복수할 필요는 절대 없다."라고 선을 긋는다.

당사자가 포기하는 상황에서는, 최 회장에게 복수해야 할지 여부는 내가 복수의 분노를 느끼느냐에 전적으로 달려 있다. 비열하고 작전이 난무하는 주식시장의 경험과 명중으로 다져진 인내력 때문인지 나는 최 회장에게 복수해야 한다는 분노감이 생기지 않는다.

미란과의 계속적인 동거나 병수와의 계속적인 만남도 이러한 태도와 유사한 선상에 있다. 그러나 어떻게 보면 이렇게 쉽게 복수를 포기하는 것은 너무나 자기 편의주의적인 처신이 아닐까? 이런 생각에 이르자 나의 마음은 다시 혼란스러워졌다.

광동대에 오른 나는 현철에게 물었다.

"미란이나 병수에게 그랬듯이 최 회장에게도 복수하지 않고 예전처럼 그대로 지내려고 하는데 네 생각은 어때?"

"세상은 끊임없이 갈등하면서 변동하고 희로애락은 변동의 필연적인 산물이지. 그 희로애락을 네가 너그럽게 받아들일 수 있다면 너의 그 태도는 전혀 문제가 아니라고 생각돼." 나의 고민을 들은 현철은 즉답은 피하고 세상을 보는 관점을 제시했다.

누가 뭐라 하든, 다른 무엇이 자기를 막더라도 한강은 말없이 유유히 흐르고 있다. 누가 가로막아도, 아무리 붙잡으려 하여도, 광동대 바람도 슬그머니 스쳐 지나가고 있었다.

그래 내 생각대로 자연스럽게 살자. 생각이 바뀌면 그때 복수를 하면 되지 않겠는가?

복수는 신희에게서 나온 것이다. 내가 그녀의 복수에 동참할 필요가 있을까. 신희를 안 만나도 견딜 수 있을까. 40대를 넘은 신희는 이제 여신이 전혀 아니다. 그 정도의 여자는 이젠 널려 있잖아. 그러나 아무리 생각해도 내 마음에 깊숙이 자리 잡은 그녀를 끄집어내 버릴 자신이 없었다.

신희에게서 "이제 우리 볼 때가 아닌가?"라고 전화가 왔다.
"그래 어머님의 과거에 대해 알아봤니?" 내가 고개만 끄덕이자 말을 이었다.
"그 정도면 복수해야 할 마음을 다진 거니?"
"어머니도 아버지도 복수를 바라지 않고 나도 당장은 복수할 필요가 없다고 생각해."
"분하지도 않아?"
"마음에 채워야 할 다른 것들도 많은데, 굳이 복수로 채워야 할 필요가 있을까?"
"성인군자 났군." 신희가 비아냥거리듯 중얼거리다가 나를 한참 동안 빤히 쳐다본다.
"아직도 나 좋아하지? 나 조금만 도와줘."
간절한 말투와 요염스러운 입술에 나의 마음은 여지없이 흔들린다. 확실히 신희는 나의 마음을 완전히 파악하고 있다.
"대정에너지에 100억 원을 투자할 의향이 있다는 점을 최혜진 부사장에게 흘려 줘. 가급적 너는 투자가 안 되도록 막아 볼게. 만약 혹시 네가 투자하게 되었을 때 손해가 나면 내가 책임질게. 돈이 없으면 몸으로라도 때울게."
그녀의 눈은 이글거린다. 마음이 복수로 가득 차 있는 것이다. 어떤 말도 소용이 없다. 그러나 100억 원은 그녀가 책임질 돈의 규모가 아니다. 내가 손해 보는 걸 전제로 결정해야 한다. 그러나 손해치고는 100억 원은 너무 크다. 나중에 더 커질지도 모른다.

거절하는 말을 꺼내려는 순간 그녀의 눈과 마주쳤다. 서글프고 간절한 눈빛은 당연히 해야 할 의무감을 내 마음에 심는다. 나의 입은 너무 당연하게 그녀의 제안을 받아들인다.

"좋아, 생각은 해 볼게."

"알겠습니다. 정 사장님." 신희는 또 콧소리를 내었다.

최혜진 부사장, 최동우 선배, 그리고 나는 만났다.

"우리 부사장이 자네 투자의 진실성에 의문을 제기하고 있어. 이걸 해소하지 않고는 신정폴리실리콘 인수는 어려워." 최동우 전무는 말을 시작했다.

"정 사장님 말씀 먼저 들어 봅시다." 혜진은 바통을 받아 질문을 하기 시작했다.

"정 사장님, 대정에너지에 투자하실 의향이 있다고 하셨는데 그 이유는 뭔가요?"

"저는 주식꾼일 뿐입니다. 대정에너지의 현재 모듈사업만으로는 성장상 한계가 있어 저희의 투자 대상이 되지 않습니다. 그러나 신정폴리실리콘을 인수할 경우 변동성이 기대되어 대정에너지의 주가 상승이 있을 거라고 생각하여 투자하는 것뿐입니다."

"향후 폴리실리콘 시장이 포화상태가 될 경우 효율성이 낮은 신정폴리실리콘 기술은 도태될 가능성이 높은데도 주가 변동성이 발생될 수 있다고 보는 이유는 뭔가요?"

"망할 가능성도 존재하고, 인수 후에 기술이 개량되어 효율성이 높아지거나 시장이 포화상태가 안 될 가능성도 있겠지요. 미래는 알 수 없고 예측 가능하지가 않습니다. 주식시장은 이런 불확실성과 희망들을 반영하여 특정 회사의 주가가 형성되지요. 인수합병을 시도한 대정에너지의 주가는 당분간 강세가 될 것이라고 생각하기 때문에 저는 투자하려는 것뿐입니다."

"주가가 높게 형성된다고 보시면, 가진 자금을 무한정 투자하실 수도 있겠네요."

"투자 철학에서는 분산 포트폴리오가 원칙입니다. 저희 자본은 500억 정도 됩니다. 가장 좋은 투자 대상일지라도 10%인 50억 원을 투자하기는 어렵습니다." 100억 원의 절반인 50억을 제시했다.

"전문 투자법인 관점에서 명쾌한 답변이네요." 동우 선배는 이야기를 마무리하려 한다.

"그 규모로는 정 사장을 믿을 수 없어. 그 정도 투자라면 난 인수에 대해 반대야." 부사장이 크게 소리를 쳤다.

"의견 잘 들었습니다."라고 동우 선배는 말한다. 나가라는 눈치이다.

밖에서 기다리던 신희는 저녁 식사를 같이 하자고 한다. 식사 중에 동우 선배로부터 걸려 온 전화를 받고 난 신희가 말한다.

"네가 자본의 40%인 200억 원을 투자하지 않으면 최 부사장은 안 된다고 하네."

난색을 짓는 나를 보고 신희는 힘없이 포기하겠다며 동우 선배에게 전화를 걸었다. 조금 후 동우 선배로부터 온 전화를 받은 신희는 나에게 말했다.

"네가 최소 100억 원은 투자하지 않으면 안 된대."

다시 포기하자는 말을 하려는 순간 신희의 구슬픈 눈과 마주쳤다. 나의 입은 머리를 재빨리 장악하고 자기 멋대로 내뱉었다.

"6개월 후 전환이 가능한 전환사채가 아니면 안 된다고 해 줘."

다시 전화를 받은 동우 선배는 그 조건은 받아들이겠다고 했다. 그 말을 들은 신희의 얼굴은 십여 년 전 애완견 위에서보다 더 희열에 가득 차서 어쩔 줄 몰라 했다. 나의 시선을 의식한 그녀는 순식간에 정색을 하면서 우아하고 득의만만하게 웃었다. 먼저 집으로 향하는 그녀의 궁둥이는 기쁨으로 실룩실룩거렸다.

집으로 가는 도중에 남 회장에게 전화를 했다.

"랩 사장 웬일이야, 요즘 재미는 좋나?" 그와 같이 노래방을 갈 때마다 내가 랩을 부르자 나를 랩 사장이라고 부르곤 했다.

"회장님이 저의 랩을 안 들어주셔서 요즘 재미가 별로 없습니다."

"조만간 보세, 그래 무슨 일인가."

"대정에너지 주식과 관련된 수급구조에 대해 알고 싶어서요."

"권성우 전무에게 전화해 보게. 그 분야 최고의 전문가 아닌가?"

권성우 전무는 병수가 속했던 작전팀장이었다. 남 회장이 정식으로 소개시켜 주어서 술자리까지 하게 되었다. 그는 증권사의 선물 전문가였으나 선물투자 실패로 권고사직당하였다. 처음에 착하고 적극적으로 보인 병수에게도 외환선물 비법을 가르쳐 주었다고 했다. 의리가 있으며 소탈하여 후배들이 작전팀의 팀장으로 여러 번 초빙하였고 마지못해 작전팀의 팀장을 맡았던 것이다. 그는 나보다 열 살이 많아서 나는 형님으로 불렀다. 시간이 나면 자주 그와 술자리를 했다. 그 후 그는 작전을 그만 두고 수출이 있는 제조회사에 관리부문 본부장으로 들어갔다. 리더십과 외환 분야 경력 때문이라고 했다.

다시 남 회장은 대정에너지와는 무슨 관계인지 물었다. 나의 간략한 대답에 왜 전환사채 100억 원을 인수하려는지 다시 물었다. 내가 사랑 때문이라고 하자. 껄껄껄 웃었다. 혹시 전환사채에 대하여 투자 생각이 있으신지 묻자 그 회사라면 진절머리가 난다고 한다. 대정그룹과 악연이 있는 듯하나 더 이상 자세히 물어볼 수 없었다.

며칠 후 대정산업은 대정에너지의 5,000억 원 3자배정유상증자에 참여했다. 나는 100억 원, 창조투자증권은 900억 원, 대정에너지의 전환사채를 인수했다. 금융기관은 대정에너지에게 2,000억 원을 대출했다. 대정에너지는 신정폴리실리콘의 지분 100%를 3,000억 원에 인수하며 나머지 5,000억 원으로 대대적인 시설투자를 할 것이라고 공시했다.

우리가 인수한 전환사채는 6개월 후 주식으로 전환이 가능하나 창조증권은 전환 후에도 2년 동안 보호 예수 약정이 있었다. 나보다는 조건이 불리하였다.

며칠 후 혜진과 따로 만났다. 사적으로는 처음 만난 자리이다.

"투자를 안 할 줄 알았어. 신희가 100억 원 값어치가 있나?" 혜진은 아주 터프하게 공격했다.

"신희가 아니야, 너보고 투자한 거야." 나도 반격을 했다.

"내가 겨우 100억밖에 안 돼?"라고 눈을 흘긴다.

"화장지 값이 100억 원이라는 뜻이야. 너의 값은 매길 수가 없지." 내가 늠름하게 대답했다.

"화장지 하나 가지고 1년이나 쓰던 명중리 촌놈이 많이 컸어." 금방 응수한다.

혜진은 키도 크고 뼈대도 굵은 서양형 글래머이다. 물론 해외에서 중학교 고등학교를 다닌 것도 영향을 주었을 것이다. 눈도 코도 입도 가슴도 크다. 주량도 보통이 아니다. 술이 상당히 들어가자 그녀는 다시 묻는다.

"돈 벌기 위해서라면 누구에게나 몸을 던지는 그런 신희를 못 잊은 거니?"

"그녀의 뭔가가 나를 끌어당겨. 그게 뭔지 모르겠어."

"나이가 들어서 신희가 전처럼 예쁘지도 않잖아."

"예쁜 거야 혜진이 네가 한 수 위지."

싱긋이 웃는 그녀는 기숙사에서 화장지를 주던 자상했던 누나 그대로 다. 겨우 2번 본 남자에게 화장지를 사 준다는 것은 그 당시에 상당히 힘든 결정이었는데.

"내가 먼저 불을 지폈지만 100억 원의 전환사채를 인수하도록 한 것은 순전히 아버지의 요구 때문이야. 마지막에는 나는 네가 투자하는 걸 반대 했어. 돈도 100억밖에 안 되는데 악연이 있는 너를 끌어들일 이유가 없잖 아. 아버지 생각을 잘 모르겠어, 이 말을 해 주어야 할 것 같아서, 오늘 만 나자고 한 거야." 그녀는 큰 비밀을 털어낸 듯 홀가분해 보였다.

며칠 동안 생각을 해봐도 외가 땅을 빼앗은 최 회장이 나의 100억 원을 고집한 것이 도대체 이해가 되지 않았다. 혜진의 말대로 나중에 칼을 꽂을 무서운 적이 될 수도 있는데 지분 전환이 가능한 투자에 동참시키다니. 단 수가 높은 사람이 틀림없다. 이런 사람과는 거리를 유지하는 것이 좋겠다. 계속 있다가는 무언가에 엮일 수가 있어. 나는 오랜만에 명중을 생각했다.

대정에너지 주가는 신정폴리콘의 인수 후 급등하였다가 3개월이 지난 현 재는 원위치가 되어 있었다. 전환사채를 손해를 보지 않고 누구에게 넘겨 야 한다. 대정에너지의 주식에 대하여 알아보니 상당한 전주인 세력이 기회 를 호시탐탐 노리고 있다고 권성우 전무가 말했다.

중개 수수료를 받은 신희가 한턱을 내겠다고 해서 우리는 만났다.

최 회장이 다시 협상이 들어와 중개보수는 50%로 삭감되었고 그마저 리 베이트를 빼면, 자기 손에 떨어진 것은 10억이다. 이는 중개수수료가 아니라 실질적으로는 이혼 위자료야. 그것도 거의 12년이 지나서 받는 것이지만, 지금 기분이 아주 좋다며 신희의 얼굴은 활짝 피어 있다.

인경의 말대로 변동성을 가져다 줄 수 있는 도구인 돈이라면 누구든지 무조건 좋아할 수밖에 없을 것이다. 신희가 돈 때문에 즐거워한다는 것만으로도 나의 마음은 왠지 뿌듯하다.

식사 후 커피를 마시는 신희는 TV에서 뭔가를 보고 있다. 쇼프로에 나오는 남자 아이돌이다. 이 와중에 하도 자세히 보기에 나는 신희에게 한마디를 던졌다.

"나이 드니까 너도 영계를 좋아하게 되는군."

"쟤들은 우리 애들이 아주 좋아하는 아이돌이야. 애들하고 이야기하려면 쟤들에 대하여 잘 알아야 하거든." 신희는 엄마의 자격으로 답을 했다.

연예인이 투자하였다고 하여 그 회사의 주가가 급등한 사례가 방송되고 있었다. 누군가 티비 채널을 돌린 모양이다. 찰나 좋은 생각이 떠오른다. 신희에게 손짓과 입모양으로 귀를 빌려달라고 했다. 신희가 가까이 다가오자 중년의 원숙한 향기가 나의 코를 찔렀다.

"탤런트 김동욱과는 연락이 돼?"

"가능하지, 그런데 걘 돈을 너무 밝혀."

나는 신희의 귀에 대고 계속 속삭였다. 다 듣자마자 신희도 귓속말을 건넨다.

"무슨 말인지는 알겠어, 그냥 말하지 왜 귀에 속삭이는데?"

"음, 이건 은밀하게 진행해야 할 사안이잖아." 나는 다시 속삭였다.

돌아가는 길에 K투자자문사 김 부사장과 이영록 박사의 전화를 받았다. 그들은 약속이나 한 듯이 3개월 내로 나의 예측이 실현될 가능성이 아주 높다고 했다. 박 사장이 모처럼 전화를 했다. 자기에게 전환사채를 팔 수 있느냐는 것이었다. 현철의 말이 생각났다. 나는 중기 보유 목적이라고 하자 그는 전화를 끊었다.

며칠 후 신희로부터 전화가 왔다. 어저께 모든 이야기를 들은 김동욱은 승낙했고 자기와 함께 전환사채를 매수할 사람을 찾기로 했으니 그때 제시한 수수료 약속을 잘 지켜 달라고 했다.

한 달 후 신희는 100억 원을 인수할 4명의 연예인이 모두 확정되었고 삼일 후 양수도 계약을 체결하자며 양수도 명단을 보내왔다. 그 안에는 누구나 알만한 최고 인기를 누리는 젊은 여자 가수가 있었다. 어떻게 이런 거물급 여자가수를 확보했느냐는 나의 말에 정세아가 데리고 왔다고 한다. "아마 이들의 지분 중 반은 정세아 것일 걸."이라고 덧붙인다.

"너, 정세아와는 철천지원수가 아니었어?" 정세아를 문제 삼지 않는 신희의 태도가 궁금했다.

"그녀는 깃털이고 몸통은 따로 있잖아. 그리고 목표를 위해서라면 어느 누구와도 협상해야지. 더구나 정세아는 나처럼 자유분방해." 그 짧은 시간에 자기의 입장을 정리하는 신희가 놀라웠다.

삼일 후 이익 5%를 가산한 가액으로 그들에게 전환사채를 넘겼다. 나의 매매 이익은 전액 신희와 김동욱에게 수수료로 주었다. 이번 대정에너지 전환사채 건으로 내가 얻은 이익은 전혀 없었다.

반드시 전환 가능일의 최초 일자에 주식으로 전환을 하되 그로부터 3개월까지는 매매로 인한 손해를 전부 배상한다는 조건을 달았다. 이 정도 조건이라면 인수인들의 원금은 무조건 보장된다.

연예인이 투자했다는 기사가 나오면서 주가는 꾸준히 오르기 시작했다. 한 달 뒤 연예인들의 전환 청구가 이루어졌다는 기사와 함께 주가는 횡보하면서 대량 거래량이 터지기 시작했다.

어느 날 밤중에 이상한 전화번호가 뜨면서 예쁜 여자 목소리가 들렸다. 배우 정세아인데요. 라면서 김동욱을 통하여 전화번호를 알게 되었다고 한다. 그녀는 지금 염치없지만 주식을 팔아야 할지를 물었다.

돈이 많으신 투자자시니까 지금 30%의 수익을 안전하게 챙기는 게 좋지 않느냐고 했다.

그녀는 가진 거라고는 몸 하나밖에 없고 투자 자금도 은행에서 빌린 거라고 애처롭게 이야기한다. 한때 나의 우상이었던 이 여자 연예인의 목소리에 나는 이성을 잃었다. 100%의 상승력은 충분하니 그때까지 기다리시는 것이 좋지 않겠느냐고 내심을 그냥 토로해 주었다. 그나마 나의 무의식은 이 말은 참고만 하시고 투자의 책임은 직접 지셔야 한다는 말을 겨우 챙겼다.

2주일 이상 조정 중이던 주가는 가파르게 급등하기 시작했다. 재료는 미국의 대통령 후보가 태양광발전 공약을 대대적으로 걸었기 때문이다. 재료보유 종목이 으레 그렇듯이 그후 주가는 150% 상승 후에 하락하기 시작했다.

신희는 한턱을 내겠다며 김동욱과 같이 나왔다. 연예인은 대단한 존재들이다. 남자인 내가 봐도 김동욱은 잘생겼으며 화술도 대단하고 감성을 잘 만져 준다. 그들은 인생을 기분 나는 대로 산다. 그의 곁에서 스테이크를 오물오물 먹으면서 기뻐하는 신희의 모습이 왜 이리 귀엽고 앙증스러운 걸까? 그녀와 같이 밥을 먹는다는 것이 그녀와의 섹스만큼 즐겁다니.

식사가 끝난 신희와 김동욱은 모두 약속이나 한 듯이 먼저 가겠다며 황급히 자리를 떴다. 혹시 둘이 오늘밤을 같이할지 모른다는 생각이 들지만 오늘따라 질투가 나지 않는다. 그들을 보내고 주차장에 들어서는 순간 새

카만 승용차가 내 옆에 선다. 문이 열리면서 누군가 타라고 손짓을 한다. 탤런트 정세아였다. 이번에도 나는 그녀 말을 순순히 따랐다.

인적이 드문 외딴 8층 빌딩의 지하 레스토랑에서 정면으로 본 그녀는 여전히 최고 여자 탤런트였다. 그녀는 블랙 조니워커 한잔을 따라 건네주고서 말없이 술잔을 쳐들었다.

쨍하는 소리와 함께 달콤하고 부드러운 조니워커는 내 속을 뜨겁게 적셨다. 스트레이트로 3잔을 연속 마셨음에도 가냘픈 그녀의 몸은 전혀 변화가 없다. 그녀는 부드럽게 말을 던졌다.

"인생에서 가장 즐거운 게 무엇인지 아세요?"

"사랑에 깊숙이 빠지는 게 아닐까요?" 마음에도 없는 말이 나왔다.

"틀렸어요. 자기 감성대로 마음껏 사는 거예요." 그녀는 노노라고 검지 손가락을 흔들면서 귀엽게 말했다. 티비에서 자주 본 탤런트여서 그런지 이상하게도 바로 앞의 정세아는 아주 친근한 사람으로 느껴졌다.

"최동우 전무님하고 결혼하신 건 그 감성을 위한 건가요?" 궁금했던 것을 조심스럽게 물었다.

"감성대로 살려면 돈이 필수적이지요. 그래서 최 전무님과 결혼했지요." 그녀의 답은 예상과는 다르다. 정세아는 전통적인 한국 미인형으로 드라마에서는 주로 사극에서 왕비나 안방마님의 대명사로 대중에게 인식되어 있었다. 그녀가 돈을 그렇게 원한다는 것은 예상 밖이었다.

"그런데 돈이 들어오지 않네요. 최동우 전무는 감성과는 아예 거리가 멀고요. 매일 회사 일을 하느라고 늦어요. 최근에는 밤늦게까지 경영 전략인지 뭔지를 엑셀로 직접 짜고 체크하느라 저한테도 너무 무심하죠." 그녀도 무심하게 말한다.

"최 회장님이나 부사장이 전무님을 너무 견제해서 그런가요?" 최 회장

일가의 사생활도 매우 궁금했다.

"회장님이 모든 걸 꽉 잡고 놓아주지 않네요. 최 전무는 회장이 시키는 대로 일해요. 그이는 회장이 잘못해도 대들 용기도 없어요. 요즘 보기 드물게 착한 사람이죠. 나도 그 점에 끌려서 시집오기는 했지만." 예쁜 그녀의 입에서 한탄이 처음 나왔다.

"내 정신 봐, 제가 하고픈 말은 이런 게 아닌데. 어떻게 주가가 100% 갈 거라고 예상하셨는지 그게 궁금했어요. 탤런트 생활 20년에 생긴 건 눈치와 독심술밖에 없어요. 그때 사장님 목소리에서 진심을 느꼈거든요."

"그냥 직감적으로 다가왔어요." 자세한 것을 알릴 필요가 없다.

그녀는 일어나서 내 자리 옆으로 왔다. 나는 가슴이 쿵쿵 뛰었다. 그녀는 갑자기 나의 볼에 가볍게 뽀뽀를 했다. 향긋한 그녀의 체취가 나의 코끝을 스며들어 오자 정신이 몽롱해졌다.

"알고 계시겠지만, 제가 키운 여자 가수의 투자 분도 제 것이었어요. 그래서 이번에 번 돈 50억은 제 인생에서 가장 큰 돈이어서 의미가 남달라요." 드라마에서 나오는 대사 같다.

"자세한 상승 이유를 듣고 싶어요. 아무에게도 말 안 할게요." 드디어 나는 최면에 걸렸다.

"대정에너지에 거대한 짱돌 세력이 있고 이들이 작전하길 원한다는 정보를 입수했죠. 최근 증시에서 유명 연예인이 매수하면 주가가 오르는 경향이 생겼습니다. 미국 대선에서 특정 후보가 태양광을 공약으로 내걸 것이라는 정보를 알게 되었어요. 이 세 가지가 결합되면 대정에너지의 주가는 오를 거라고 확신했습니다. 저는 이 판을 예상한 것뿐이지요." 정세아의 눈은 반짝거렸다.

"전환사채를 판 것에서 생긴 이익도 신희에게 다 주어서 정 사장님은 이번 거래에서 이익이 하나도 없는 걸로 아는데 왜 이런 거래를 기획하셨나요?" 예쁜 여자가 거래의 본질을 모두 꿰뚫어 보고 있었다.

"요청을 받아 대정에너지에 투자한 것 자체가 납득이 안 되는 일이었습니다. 이런 꺼림칙한 거래에서 이익을 챙기면 나중에 무슨 일이 생길지 모르죠. 한편으로는 신희한테 뭔가를 해 주고 싶은 생각도 있었습니다."

"고마워요, 솔직하게 대답해 주어서." 정세아는 상냥하고 나직하게 말했다.

"상승 이유에 대하여 왜 이렇게 관심이 지대하신지요?"

"저도 돈을 벌게 된 진실을 알고 싶었어요." 다시 그 예쁜 웃음으로 마무리한다.

다시 스트레이트가 시작되었다. 바로 옆에서 풍기는 정세아의 체취라는 안주는 거침없이 술을 들이키게 한다. 똑같이 먹은 정세아의 볼도 이제는 발그스름해진다. 대화는 그녀의 탤런트 시절로 향했다.

"이렇게 자유분방하신 분이 어떻게 절제하고 인내하는 춘향을 잘 소화하실 수 있나요?"

춘향전에서 나온 그녀는 너무나 한국적 미인이어서 잠시 동안이나마 또 다른 나의 여신이었던 적이 있었다.

"저는 새로운 것을 하면 재미가 있어 몰입이 되죠. 그러면 기대 이상의 성과가 납니다." 이 말이 끝나자마자 그녀는 조니워커를 한잔을 입에 머금은 채 나에게 천천히 다가와 키스로 내 입에 전달했다. 넘어오는 조니워커는 달콤하고 신비스럽다. 이어서 들어오는 그녀의 혀는 촉촉하기 그지없다. 잔을 서서히 내려놓은 그녀는 솟아나 있는 나의 그곳을 쓰다듬기 시작했다.

짧지만 꿈같은 황홀감에 나는 정신 줄을 놓았다. 그녀는 나를 일으켜 등 뒤에 있는 문으로 이끌었다. 문을 열자 통로 바로 앞에 엘리베이터가 보인다. 8층으로 올라간 우리는 옷 입은 채로 침대에 누운 채 입술을 교환하면서 서로의 몸을 뜨겁게 확인하였다. 내 위로 올라가 포개져 있는 그녀의 몸은 가냘프지만 탄력적이기 그지없다.

키스는 충분했던 걸까? 그녀는 일어나서 창가로 갔다. 자유부인처럼 부끄럽게 상의를 하나씩 벗기 시작한다. 작고 단아하게 숨겨진 두 개의 복숭아가 어둠 속에서도 살포시 보였다. 그녀의 수줍어하는 미소가 더해지자 작은 복숭아는 금단의 열매가 된다. 그 순간 그녀는 뒤쪽의 커튼을 천천히 올렸다.

창 뒤에 공원이 한눈에 보인다. 드디어 그녀는 치마를 벗었고 녹색 팬티가 모습을 드러냈다. 녹색의 공원을 배경으로 서 있는 녹색의 그녀는 생명의 신비를 관장하는 여신처럼 보였다.

그 순간 공원 중앙의 순백색 자유의 여신상이 내 눈에 들어왔다. 나갔던 정신이 다시 번쩍 들어왔다. 나는 벌떡 일어나서 말했다.

"저는 이만 가겠습니다." 나는 옷을 입기 시작했다.

등 뒤에 서 있던 그녀는 한참 동안 말이 없었다.

"내 생애 처음 가져 본 건물, 이 은혜는 잊지 않을게요." 그녀는 영화 대사처럼 말했다.

다음날 신희는 어제 너무 취했으며 일 때문에 김동욱과 먼저 갈 수밖에 없었고 그것 때문에 섭섭하지 않았는지, 뭔가 캐내려는 듯이 묻는다. 나중에 정세아가 올 것을 이미 알고 있었던 그녀는 결말이 어떻게 되었는지가 궁금한 것이다.

"녹색의 여신은 나하고는 맞지 않아." 왜 그때 멈추었는지, 자신이 한심스럽고 원망스러운 나는 몹시 지친 듯 말했다. 기회를 놓친 안타까운 마음에 더 이상 말을 잇지 못했다. 그러나 신희는 무얼 생각하는지 한참이 지나고 나서야 전화를 끊었다.

10.

백
만
장 송
미 이

　　자체 자금과 차입에 의존하는 현재의 투자 형태를
확장하여 우리 회사도 일반인의 자금도 끌어들이는 수익증권 분야에 진출
하여야 치열한 경쟁에서 살아남을 수 있다. 이를 위해서는 여러 사람이 공
감하는 투자 모델이 선결적으로 필요하다고 생각했다.

　요즘 AI 열풍 때문에 투자 분야에서도 인공지능을 도입하느라고 난리
다. 투자자들이 인공지능이라면 상당한 수익을 줄 것이라는 막연한 환상
때문이다. 우리도 인공지능을 이용한 투자 모델을 개발하기로 결정했다.

　주위를 물색해 보니 대학 시절 같은 기숙사 동에 있었던 친구가 공교롭
게도 투자 관련 인공지능을 연구하고 있었다. 그를 만나 부탁한 결과 그
는 흔쾌히 모델 개발을 승낙하였고 유능한 동료 여자 교수와 같이 공동으
로 하겠다고 했다. 며칠 후 친구인 김 교수와 인공지능 관련 용역 계약을
체결하였다. 첫 용역 미팅 때 김 교수가 데리고 나온 동료 교수는 놀랍게
도 옛날 대학원 시절 잠깐 스쳐 지나갔던 현인애다. 최근 들어서 나 자신으
로부터 불신을 받는 내 기억력이었지만 이 순간만큼은 잊은 줄로만 알았던
과거 이야기들을 생생하게 떠올려 준다.

대학원에 진학하고서야 내가 배운 경영학은 자본주의 경영을 위한 원칙만을 다룰 뿐 그에 따른 변화의 정도를 구체적으로 제시하지 못하는 걸 알았다. 구체적인 변동성 크기를 알려 줄 수 있는 모델링 기법을 배우기 위하여 공과대학에서 청강을 할 때였다.

강의실에 들어서자마자, 회색빛의 옷을 입은 아담한 체구의 여자가 한눈에 들어왔다. 그녀는 도톰하면서 굵고 붉은 입술, 날카로운 코, 약간 까무잡잡하나 매끈한 얼굴, 반짝거리는 눈을 가지고 있었다. 그녀의 입술은 항상 굳게 닫혀져 있었으며 그에서 나오는 말투도 또렷하고, 가끔은 아주 앙칼지기도 했다. 하체가 상대적으로 길고 엉덩이가 아담하게 튀어나온 그녀는 작은 글래머였다.

누가 보아도 예쁜 그녀는 애틋하고 가끔 보이시해 보이기도 했다. 강인한 분위기가 얼굴 전반에 흐르고 있지만 매서운 쌀쌀함도 살짝 살짝 드러났다. 시간이 지날수록 희미하게 밴 애처로움이 나의 눈에 보였다.

이 모든 것으로 인하여 그녀는 그 학년의 공대 에이스로 불리고 있었다. 누군가 그녀를 스페이드 에이스라고 했다. 그녀가 풍기는 굵고 강인한 이미지 때문일 것이다. 하지만 나의 눈에 보인 가느다란 애처로운 그 무엇. 그것 때문에 나는 초록색 클로버 에이스가 더 어울린다고 생각했다.

신희가 우아하고 화려한 백합이라면 그녀는 애틋하면서 매서운 장미였다. 신희는 부드러운 곡선을 가진 환상적이고 완벽한 여신이라면 그녀는 굵은 선을 가진 다듬어진 현실의 여왕이었다. 신희가 자연대학 전체에서 1등을 했었던 반면에, 그녀는 노력을 통해 과에서 현재 상위권에 머무르고 있었다.

노력하는 매서운 여왕은 노련한 대학원생의 마음을 들뜨게 했다. 그날 후로 그녀는 나의 관심 1순위에 올랐다.

시간만 나면 먼발치에서라도 그녀를 지켜보았다. 한번은 방과후 그녀를 몰래 뒤따라갔으나 내리는 전철역이 혼잡하여 놓친 적이 있다. 그 다음부터 시간만 나면 그 전철역에서 숨어서 그녀를 기다리곤 했다.

석사 논문을 마치고서야 소심한 나는 주선자를 물색했다. 그녀 옆을 슬쩍 지나칠 때 빛바랜 노트 위에 알뜰히 써져 있었던 현인애라는 이름을 주선자에게 건네면서, 청강 때 너무 인상적이어서 꼭 한번 만나보고 싶다고 간곡히 부탁했다. 주선자는 걱정하지 말라면서 웃기만 했다.

내가 대학원생이기 때문인지 주선자의 언변이 좋기 때문인지 그녀는 순순히 도서관 옆의 야외 커피숍으로 나왔다.

수많은 예상 질문과 답을 준비했지만 강인한 입술과 반짝거리는 눈동자, 뭉클한 표정을 보자 머릿속이 재부팅되면서 모든 생각이 거짓말처럼 사라졌다.

"수업 시간에 너무 열심인 것 같아요."가 당장 떠오른 말이었다.

"저도 대학원에 가서 인공지능을 전공하고 싶어요, 열심히 준비하지만 우리 과 경쟁률이 너무 높아서 걱정이에요."라는 그녀의 용기 없는 목소리가 나의 용기를 자극했다.

"뭐 하는 거 가장 좋아하세요?"

"학교 오고 아르바이트를 열심히 하는 거 말고는 특별히 하는 것은 없어요."

"혹시 학생운동엔 관심이 있나요?"

"그거 하면 굶어 죽어요."

"이렇게 예쁘시면 학교 생활하는 데 힘들지 않나요?"

"별로 남자에게 관심이 없어요." 온갖 말을 다 해 보았지만 그 당시 경쟁률이 아주 높았던 전산학과 대학원 진학 이야기 말고는 그녀의 아성을 조금도 흔들지 못했다. 그녀는 무심하게 먼저 자리를 일어섰다. 옆에 있던 소나무를 발로 차 보았으나 소나무도 꿈쩍하지 않았다.

졸업 후 입대하면서 나는 인애를 자연스레 잊었다. 어쩌면 그녀도 범접할 수 없는 여왕이라서 미리 포기한 것이 가장 큰 이유일지 모른다. 들리는 소문으로는 의사와 사귀다가 결별했고 나중에는 검사와 결혼했다고 한다. 또박 또박 말하는 말투가 검사와 잘 어울리겠지 하는 생각이 마지막 기억이었다.

거의 18년이 지났지만 반짝거리는 두 눈은 예전보다 더 밝고 날카롭다. 살이 약간 붙었지만 몸매는 여전히 볼륨을 자랑한다. 살이 올라 얼굴은 더 밝아지고 매서움이 많이 희석된 것 같다. 굳게 닫혀진 도톰한 입술에 띄우는 은은한 미소, 톡 쏘는 말투, 팔짱을 끼는 습관도 여전하다. 내가 한참 동안 말없이 보고 있으니까 그제야 그녀도 나를 알아본다.

상황이 이상하다고 생각한 김 교수 왈, "현 교수한테 맛이 갔구먼. 대부분 남자가 다 그래. 한데 현 교수 남편이 검사라고 말을 해 줬던가? 너를 위해서, 회사를 위해서 투자 모델을 개발하는 거 지금 당장 중단하는 게 좋지 않을까?"

"당장 투자 모델은 중단하고 대신 현 교수님 마음을 잡는 모델이나 개발합시다. 검사님에게 잡혀가도 좋으니." 나는 농담으로 상황을 모면하려 했다.

"그건 개발하기가 더 난해한 모델입니다. 쉬운 투자 모델부터 먼저 하시지요." 유연성과 재치까지 겸비된 그녀의 첫 마디가 나를 놀라게 한다.

석 달 뒤 용역 중간발표 때 김 교수는 급한 일이 생겼다며 현 교수만 보냈다. 실제적인 용역의 수행자는 현 교수였다. 그녀가 만들어 온 모델을 돌려보니 원하는 결과가 나오지 않는다. 현 교수에게 물으니 상황에 맞는 사례 데이터가 충분하지 않아서 그렇다고 한다.

"그렇지요. 빅데이터의 분석도 사례가 없으면 안 되는 것이지요. 저야 답답하게 살아서 사례가 적지만, 우리 현 교수님은 검사님과 재미있게 세상을 사시는 사례가 많으시겠죠." 내심 궁금했던 마음이 이상한 방향으로 불쑥 튀어 나온다.

"저희 집이야 정의라는 단일 사례밖에 없죠."라고 응수한 후 오히려 공격한다. "자본주의의 총아인 자본시장을 좌지우지하시는 분이 겪는 역동적 사례가 더 궁금할 따름이죠."

"자본주의 총아요! 전 지옥의 전투장인 줄 알았는데요. 교수님이 하신 말이니까 정확하겠죠. 이제부터 축복받은 세계로 알고 살겠습니다." 워낙 강력한 공격이라 소심한 방어에 그친다.

"혹시 기회가 된다면 저도 그 축복에 끼워 주세요. 법 수호는 실속은 전혀 없어요." 둘만 있어서 그런지, 물꼬가 터져서 그런지, 이제 세상을 알아서 그런지, 갈수록 더 노골적이다. 세월은 그녀를 쌀쌀 맞고 굳세게 보였던 소녀에서 유연한 똑순이로 변모시켰다.

'내가 돈을 목표로 삼기를 잘했군.'이란 생각이 잠시 스친다. 뭔가를 묵직히 품고 있는 육감적인 저 입술을 단숨에 빨아들이고 싶다는 욕망도 불현듯 고개를 든다. 하지만 그녀는 남편이 검사인 유부녀가 아니던가? 마음을 가다듬어야겠다.

"어떻게 끼워 주면 되나요?" 나는 짓궂게 응수했다.

"잘 아시면서요… 정보죠."라면서 그녀 얼굴은 약간 붉게 상기된다. 나긋나긋해진 그녀의 검붉은 입술은 나의 마음을 콩콩 두드렸다.

세월은 그렇게 콧대 높던 그녀를 이렇게 바꾸는가, 놀라움 때문에 나의 침묵이 상당히 길어지자 나름 재치 있게 상황을 수습하려는 그녀의 노골적인 말이 더 경악스럽게 한다.

"맨입으론 안 되나요?"

"예? 예! 예… 그…렇지요."

'입술을 원하는 심정을 알아차렸을까?' 하는 생각이 들며 당혹스럽다. 투자 모델의 시현 결과가 좋지 않아서 농담했다며 현 교수는 배시시 웃는다. 매서운 인애에게 이런 달달한 모습이 있다니.

"덕분에 즐거웠습니다."라는 나의 말에 현 교수는 기회를 잡은 듯이, 투자 모델 개발을 다시 만들어 오겠다고 하며 자리를 총총 떠난다.

"검사 생활이 생각보다 어렵겠지. 통상 여자 집에서 돈을 대 준다고 하던데."라는 말이 떠오른다. "그런데 내가 왜 현 교수 집안일에 신경을 쓰지."라고 혼잣말을 해 본다. 거래처 사장이 노래방에서 도우미를 보면 종종 했던 말도 떠오른다. "첫사랑이 잘 살면 배 아프고 첫사랑이 못 살면 가슴 아프고, 첫사랑이 같이 살자고 하면 머리가 아프다." 그녀는 교수, 남편은 검사, 한국 최적의 조합으로서 못 사는 것은 절대 아니잖아, 돈 이야기하는 걸 보니 나보다 잘 사는 것 같지는 않고, 그녀가 나보고 살자고 하는 것도 아니잖아? 거래처 사장의 말은 번지수가 다른 거군. 왜 이렇게 그녀에 대한 생각이 갈팡질팡할까?

다음날 아침 내 물건은 근래 보기 힘든 위용을 자랑하고 있다. 언제 들어왔는지 모르는 미란이 섹스 약정일도 아닌데 야릇하게 웃는다. 미란은 톡톡 쏘는 인애로 보였고 인애를 정복하기 위한 나의 전투력은 최고조에 달하였다. 몰래 정력제를 먹나 봐, 놀란 미란은 평소에 하지도 않는 말을 했다.

현 교수와의 중간용역 미팅이 있은 지 3주 후 어느 날, 잊고 지낸 경옥이로부터 연락이 왔다.

오늘 사무실로 찾아온 경옥은 귀엽고 예쁘장한 얼굴은 온데간데없이 얼굴을 비롯한 몸 전체가 살이 쪄서 영락없는 동네 아줌마였다. 얼굴의 색깔도 약간 거무튀튀하고 입고 있는 옷의 행색도 초라하다. 만약 문을 열고 들어온 그녀가 나를 아는 체하지 않았으면 나는 그녀를 알아보지 못했을 것이다. 반가운 투로 나를 쳐다보는 그녀의 얼굴은 너무 애처로웠다.

나는 경옥에게 할머니와 부모님의 근황을 물었다. 나와 선을 본 2년 후 할머니가 돌아가셨고 병으로 고생하신 어머니는 작년에 돌아가셨으며, 아버지는 치매가 와서 지금은 요양원에 계신다고 했다. 한숨을 내쉬고서야 그녀는 자신 이야기를 본격적으로 시작했다.

"선배와 선을 보기 전에 이미 깊게 사귀던 남자가 있었어요. 김경수라고, 대학교 2학년 미팅에서 만났죠. 군대를 갔다 온 복학생이었어요. 순박하고 다정다감했습니다. 행정고시를 준비하고 있었죠. 아르바이트를 하여 그의 고시공부를 도왔어요. 그의 자취방에서 라면에 넣은 오뎅을 서로 먹겠다고 실랑이하다 그에게 몸을 주었고 그때부터 그에 대한 나의 지고지순한 사랑은 시작되었죠. 졸업 후 교편을 잡으면서 그를 도왔지만 경수는 번번이 낙방했어요." 그녀는 말을 끊고 숨을 크게 쉬었다. 그때 왜 그랬을까, 생각하는 순간 그녀는 선 이야기를 시작했다.

"이런 사실을 모르는 부모님은 오빠와 선을 보게 했죠. 궁합 때문에 혼담이 결렬되자 다행이다 싶었어요. 결국 그와 결혼하였고 결혼 후에도 계속 낙방하자 그는 고시를 포기하고 시청 공무원이 되었지요. 평탄하게 시청 공무원을 하는 2년 동안은 정말 행복했어요." 감미로웠던 그때를 회상하자 경옥의 얼굴은 모처럼 환해졌다.

"행정고시를 통과한 동기를 만나고 온 후부터 다시 고시를 시작하겠다고 했지만 나 혼자서는 애 둘을 먹여 살릴 수 없다며 만류했지요. 그의 아버님께서 돌아가실 때 그가 고시에 합격하지 못한 것을 한탄하자 다시 자신의 신세를 비관했어요. 새로 부임해온 상사는 그보다 어린 행정고시출신이었죠. 성격이 괴팍했던 상사는 그에게 일을 제대로 못한다고 여러 번 심하게 야단을 쳤어요. 그는 분을 이기지 못하고서 상사와 대판 싸웠습니다. 그로 인하여 여러 번 승진에서 제외되자 다니던 시청도 그만 두고 나왔어요. 지금은 술에 빠져 허송세월을 보내요." 그녀는 다시 한번 한숨을 크게 내쉬었다. 그녀는 너무 애처로워 보였다.

"그때 할머니가 왜 궁합을 보자고 했나?" 애처로운 상황을 끝내기 위하여 화제를 돌렸다.

"할머니는 오빠를 어려서부터 봐 왔잖아. 할머니 말로는 오빠 집안의 기가 세서 나와 안 맞을 수도 있으니 꼭 확인해 봐야 한다고 했어. 난 그때 왜 그러는지 이해를 못했는데, 성공한 오빨 지금 보니 할머니 말을 맞는 것 같기도 해." 경옥은 어느새 옛날 말투로 돌아가 있었다.

"오빠한테 부탁이 있어서 염치 불구하고 찾아왔어." 정색하면서 말을 돌렸다.

"작은 방이 2개인 가정집에 전세를 사는데 두 남매가 커서 방이 3개는 필요해. 그런 집을 구하자니 전세 보증금이 1억이 더 필요한데. 내 월급으로는 생활비도 빠듯해. 남편은 다시 일할 생각은 전혀 없고. 아버지가 요양원 가서 빈 고향집을 처분한 5천만 원이 있는데, 이걸로 투자해서 전세 보증금을 좀 벌어 주면 안 돼요? 오빠가 주식 투자해서 부자가 되었다는 소문을 들었어."

도와주어야 하나 모른 체 해야 하나, 내가 인애를 위해 투자 후보종목의 선별을 어제 완료했는데 얘가 오늘 찾아와서 저런 요구를 하다니, 신기하다고 생각 중인 나에게, 그녀는 준비해 온 비장의 무기를 꺼냈다.

"오빠가 한때 살아난 것은 우리 아버지 때문이잖아. 이 말은 말하고 싶지 않았지만 내 형편이 워낙 급해서 그래."

신경이 예민한 나는 어릴 때 종종 졸도했다. 졸도 후 빨리 병원에 가서 치료를 받지 않으면 뇌에 문제가 생긴다. 아버지와 어머니가 여행을 가서 집에 어른이 없던 초등학교 6학년 어느 날 밤, 나는 경옥이와 놀다가 졸도했다. 동네 병원이 문을 닫은 야밤에 경옥 아버지는 나를 업고 한 시간이나 뛰어서 광동원에 데리고 갔다. 광동원 어느 병원에서 나는 곧 깨어났다. 의사는 30분만 늦었다면 피가 막혀서 바보 천치가 되었을 가능성이 아주 컸다고 했다.

"그래, 내가 최선을 다해 볼게."

"이 돈 날리면 그건 다 내가 책임질게. 오빠, 너무 걱정 마."

"우리 회사가 최근에 분석한 종목을 줄게. 이 셋 중에서 하나를 고르고 통화하자." USB를 받은 경옥은 다시 고맙다고 하며 자리를 떴다.

중간 미팅 후 4주가 지난 어느 날 투자 모델 용역이 종료되었다. 사례 데이터가 적은 상황에서 더 이상 모델을 정교화하는 것은 불가능하였으며 어차피 이런 상황을 전제하여 용역비도 낮게 책정했었다. 다만 용역을 종료하면 현 교수를 공식적으로 볼 수 없다는 점 때문에 내내 망설였을 뿐이다. 중간미팅 2주 후 어느 날 한줄기 좋은 아이디어가 쏜살같이 스쳐갔다. 아이디어의 실행을 완료한 후 나는 용역을 끝내자고 제의했던 것이다.

우리는 저녁 식사를 하면서 약간의 술을 마셨다. 용역도 끝났으므로 현 교수님 노래를 들어야 한다고 내가 우기니까 용역 책임자인 김 교수도 현 교수를 잡았고 모두 노래방에 갔다.

용역 책임자인 김 교수는 먼저 「내 나이가 어때서」로 스타트한다. 우리 나이에도 일을 벌일 수 있단 걸 보여준단 말이지, 그래도 의외로 센스 있는 놈이네 라는 생각이 든다. 구수한 목소리에 매료되어 박수를 치면서도 '역시 변화가 없이 꼬장꼬장하게 사는 교수군.'이란 생각이 스친다.

한참 빼다가 마이크를 잡은 현 교수는 「백만 송이 장미」를 부른다. 청아하고 또렷한 목소리가 백만 송이 장미에 딱 어울리면서 애절한 사랑의 향기까지 느껴진다. 큰 박수를 보낸 나는 한번 빈정거려 본다.

"역시 미인은 백만 송이를 좋아하나 봅니다."

"그럼요. 백만 송이나 되는데요." 그녀는 한 수 높게 대꾸하는데 대책이 없다.

처음부터 튀면서도 약간 절제를 보이는 노래가 좋다고 생각되어서 나는 빅뱅의 「우리 사랑하지 말아요」를 택했다. 좌중에서 일시 소요가 일어난다. 나름의 중후한 중년의 색깔로 열창하니 둘의 입은 벌어진다. 거의 마지막에 "이기적인 새끼" 구절을 나직하고 과감하게 지르자 둘은 웃는다. 그 다음 구절인 "우리 사랑하지 말아요"를 아주 높게 불렀다.

열렬히 박수를 보낸 현 교수가 말했다. "대표님 영(young)하시네요. 그런데 마지막에 '우리 사랑하지 말아요'가 원래 그렇게 고음인가요?"

"그냥 악에 받쳐서 원곡보다 2옥타브 올렸습니다." 자랑스럽게 응수했다.

답가를 한다고 김 교수가 일어섰다. 자리에 둘만 있게 되자 현 교수는 "자본주의의 총아이시고 아이돌 음악을 섭렵하고 있는 대표님이 무슨 악에 받치실 일이 있을까요?"라고 다시 빈정댄다.

"없을 거라고 생각하세요?"라고 톤을 높이니까 현 교수의 얼굴이 약간 움찔한다.

김 교수의 답가는 「남자는 배 여자는 항구」이다. 트로트 박자는 내가 진지하게 만든 랩형 발라드 분위기를 뽕짝 분위기로 바꾼다. "남자는 다 그래"를 "남자는 안 그래"로 바꾸면서 아예 코믹조 분위기까지 갔다.

자기 차례가 온 현 교수는 자기 노래 대신에 나의 아이돌 노래를 계속 들어 보겠다고 한다. 원래는 「사랑합니다」라는 발라드를 생각하고 있었으나 현 교수의 요청 때문에 지드래곤의 「삐딱하게」를 택했다. 그녀가 삐딱하게 변신하기를 바라는 바람 때문이다.

3번째 반복되는 "영원한 건 절대 없어, 결국엔 넌 변했지." 소절에서 그녀의 눈동자가 심하게 떨리는 것이 내 눈에 들어왔다. 그녀의 콧잔등도 살짝 일그러진다. 그리고 곧 가늘게 떨었다.

"오늘 밤은, 삐딱하게!"

마지막에는 큰 소리로 고함을 질렀다. 김 교수는 놀라는 기색이나 인애는 차분하게 그 구절을 받아들이고 있었다.

"이렇게 퇴폐적인 노래를 왜 해. 안 그래요, 현 교수님?"

"방송에서 듣기만 하는 새로운 노래를 누군가 이렇게 앞에서 불러 주니까 너무 신선한데요." 이번에는 의외로 엄호를 해 준다. 비슷한 말을 남 회장에게 들은 적이 있다. 새로운 것은 언제나 재미있는 것이다. 인애의 말도 단순히 그런 취지인 걸까? 아니면 현재 사랑에 대한 싫증을 드러낸 걸까? 혹시 새로운 사랑을 찾으려는 것은 아닐까? 분위기에 취한 현 교수는 검사 남편에게 배운 거라며 회오리 양주 폭탄을 말아 한 잔씩 건넨다.

굶주린 남자는 황송스럽게 건배했다. 김 교수는 현 교수 같은 미인이 주시는 양폭을 받아 영광이라면서 나보고 멋진 건배사를 하라고 한다.

내가 "남존여비!"라고 하니까 갑자기 좌중에 싸늘한 침묵이 흐른다. "남자의 존재는 여자의 비위를 맞추는 것"이라고 보조 설명을 하자 모두 웃는다. 거침없이 다함께 원샷으로 끝냈다.

두 번이나 자기에게 신선한 충격을 주었다면서 김 교수는 나보고 마지막 노래를 장식하라고 한다. 이제는 분위기 있는 노래다. 「내가 너의 곁에 잠시 살았다는 걸」을 열창했다. "기억해, 다른 사람 만나도, 내가 너의 곁에 잠시 살았다는 걸."이라는 마지막 구절을 열창했다. 그녀는 희미하게 웃기만 했다. 노래가 끝났지만 양폭 때문인지 술이 약했던 김 교수는 졸고 있다.

"신곡과 구곡을 모두 아우르시네요. 계속 새로운 것을 찾아 가는 걸 좋아하시나 봐요." 저게 칭찬일까 독약일까? 생각하는데 그 다음 말은 그 고민을 여지없이 해결해 준다.

"그래서 잠시 곁에 있었던 사람들이 너무 많았던 것 아닌가요?"

예리한 반격에 가슴이 움찔했다. 그 무엇이든지 반격해야 한다. 흥분한 나는 신속하게 소설을 쓰기 시작했다.

"처음 좋아하는 여자 앞에서 노랠 불렀는데 그 여자는 그게 노래냐는 듯이 담담히 보고 있었죠."

좀 쉰 후에 다음 말을 이었다. "노랠 못 불러서 그러는구나. 그 후 그녀 앞에 갈 자신이 없었죠. 더욱이 다른 사람들은 너무 잘 부르니까 그녀 앞에서는 자괴감이 심했었죠."

"그래서요?" 그녀는 진지하게 물었다.

"불철주야 노래를 배워서 자신감이 생긴 후, 그녀를 찾아 봤는데 시집갔다고 하더군요."

그녀는 아무 말이 없었다.

"닥치는 대로 부르다 보면 누군가 걸리겠지 하는 마음에서 트로트나 랩이나 모조리 불렀죠."

"그래서 누군가를 건지셨나요?"

"아직도 미친 듯이 부르고만 있지요."

굵고 도톰한 입술로 그녀가 생긋 웃는다. 순간 강인하고 애틋한 그녀의 특유의 향기가 나에게 듬뿍 밀려왔다. 세월이 남긴 잔주름만 있을 뿐 그 웃음은 예전 그대로다. 나의 소설이 성공했군. 나는 속으로 쾌재를 불렀다. 그녀도 내가 아무것도 건지지 못하고 기다리는 결말의 소설을 원했던 것이 아닐까?

현 교수의 집이 나와 같은 방향이어서 내가 태워 주기로 했다. 대리 기사가 운전하는 도중에도 여전히 침묵만 흘렀다. 어느 큰 소나무 아래 가로등 앞에 차를 세우라고 했다.

"여기서 내릴게요."

나도 따라 내려서 USB를 꺼내 그녀에게 건넸다.

"이게 뭔가요?"

"일전에 이야기한 자본주의의 총아죠. 세 종목과 추천 사유가 적혀 있어요. 이 중 하나를 골라서 매수하시게 되면 연락 주세요. 혹시 그 종목이 손실이 나더라도 제가 전부 책임져 줄게요." 정성스럽고 단호하게 말했다.

그녀는 일시 황망하다는 듯이 표정을 짓다가 "농담이었는데요. 신경 써 주어서 너무 고마워요."라 하면서 USB를 천천히 주머니에 넣었다.

"정 사장님 곧 연락할게요."라고 하면서 어둠이 덮인 골목으로 미련 없이 총총 사라졌다. 그녀는 나의 시야에서 완전 벗어났지만 나는 왠지 마음이 뿌듯했다.

11

세
여
인
의
변
동
성

며칠 후 아침에 신희가 급히 찾아왔다. 어제 밤새 회사에서 일하고 지금 바로 여기 오는 것이라고 한다. 화장도 안 하고 수수한 차림이다. 친근했던 과거 모습이기도 하다.

"너한테 중개업이라고 했지만, 사실 바이오 벤처를 하고 있어. 그때 받은 자문 수수료로 급한 빚은 정리했지만, 주요 투자자에게 투자자금을 돌려주어야 하는데 현재 가진 돈으로는 부족해." 나를 만난 신희는 머쓱한 듯이 말을 했다.

"주식투자로 돈을 불려서 그것을 돌려주고 싶은데, 좋은 거 추천해 줘. 네가 투자 귀재라는 것은 알았지만, 부탁할 용기가 안 났어. 그러나 지금은 그들의 성화를 더 이상 견딜 수 없는 상황이야." 내게 그럴 의무라도 있는 듯이 여신은 너무나 당당하다.

경옥과 인애에게 주었던 USB를 신희에게도 건네면서 그 중에 하나를 고르라고 하였다. 그녀는 당연하다는 듯이 받아 나갔다.

USB에 포함된 종목은 다음 3가지였다.

· 테마 재료와 실적호전이 기대되는 비탄력적인 저평가 대형주

·곧 변동성이 발생할지 모를 저평가 중형주

·위험성은 아주 크나 작전 가능성이 높은 소형주

시간이 걸리더라도 인애에게는 안전한 종목이 가장 좋을 수도 있을 것이다. 일광도로 그동안 해이해진 정신을 가다듬은 나는 대형주들을 하나씩 살펴보기 시작했다. 3일이 지나자 최근 시장에서 부각되고 있는 주된 테마를 보유하고 있고 실적호전까지 겸비된 대형주가 눈에 띠었다. 이 종목은 좋은 재료를 가지고 있으나, 주가 탄력성은 적어 오랫동안 시장의 주목을 받지 못하였다. 그러나 최근 시장에서는 좋은 실적과 재료를 가진 대형주들을 선호하는 흐름이 저변에 형성되고 있었다. 나는 시가총액이 2조 원 정도인 이 종목을 첫 번째로 선택했다.

증시는 수급은 가장 중요한 요소이다. 주가가 저평가 상태일지라도 수급이 뒤따르지 아니하면 주가 변동성은 발생하지 아니하고 상당한 기간 동안 저평가 상태가 지속된다. 그러나 변동성이 발생하면 저평가 상태를 벗어나서 고평가 상태까지 통상적으로 급등한다. 그 변동성을 촉발하는 뭔가가 있는지를 찾아내는 것이 성공적인 주식투자의 열쇠였다.

중형주 중에서 이런 요건을 갖는 종목은 덜 위험하면서도 큰 대박을 잉태하는 경우가 종종 있다. 대형주보다 빨리, 인애에게 큰돈을 벌어줄 수 있을 거야. 오랫동안 횡보한 저평가 중형주를 샅샅이 뒤져 보았다. 그러나 마음에 드는 종목은 쉽게 나타나지 않는다.

머리를 식힐 겸 인터넷으로 기사를 검색하는데, 사회봉사활동에 적극 참여하고 있는 정세아의 모습이 이리저리 보인다. 전환사채를 통하여 돈을 번 그녀는 새로운 활력소를 찾고 있었다. 기업의 차입이 어려워져 전환사채를 많이 발행한다는 기사도 보였다.

갑자기 좋은 생각이 머리를 스치면서 전환사채를 발행한 중형주들의 흐름을 분석했다. 조만간 변동성을 불러일으킬 만한 회사가 포착되었다. 이 종목을 2번째 종목으로 올렸다.

재료가 있는 소형 종목은 작은 돈으로 주가를 좌지우지할 수 있어 인위적인 주가 변동성을 통하여 돈을 벌려는 수많은 세력이 존재한다. 이런 종목들은 통상 재무구조가 부실하여 투자의 위험은 높으나 주가탄력성은 어느 종목보다 높다. 세상물정을 알게 된 인애가 혹시 이런 하이리스크 하이리턴 종목을 원할지 모른다. 이런 유형의 종목들은 나에게 아주 친숙했다. 얼마 시간이 걸리지 않아서 내 눈에 한 종목이 들어왔다. 인애가 매수하는 것이므로 작전 종목은 하지 않기로 한 나의 맹세를 저버린 것은 아니다. 나는 이를 세 번째로 제시한 것이다.

종목을 발굴하는 일주일 동안 나는 하루 4시간밖에 자지 못했다. 그러나 굳게 닫혀진 도톰한 인애의 입술이 떠오르면 나의 가슴은 쿵쿵 뛰었고 아래 물건이 우뚝 섰다. 인애를 위하여 전력투구를 하는 것이 이렇게 즐겁다니. 500억의 돈을 벌고 난 후, 나태해진 나에게 신선한 충격을 주었다.

USB를 받아간 세 여인들은 나에게 선택한 종목을 알려주었다. 경옥이 대형주를, 인애는 중형주를, 신희는 소형주를 선택한다고 연락이 왔다. 공교롭게도 내가 생각했던 각자 성향과 일치하였다.

나의 열정적이고 헌신적인 분석 탓인지 인애의 종목에서 먼저 변동성이 발생했다.

최근 전환사채를 발행한 기업들은 전환사채의 행사를 통하여 자본을 확충하는 시도가 많았었다. 전환사채 행사를 유도하기 위하여 회사는 의도적으로 재료를 만들어 주었고 그걸 재료로 주가를 급등시킨 사례들이 나의 눈에 들어왔던 것이다.

이 회사도 2년 전에 500억 원 이상 전환사채를 발행하였으나 그동안 주가가 지지부진하여 행사된 전환사채는 없었다. 그러나 최근 거래량이 야금야금 늘고 있어 조만간 변동성이 나올 것으로 나는 판단했다. 인애가 매수한 지 한 달 후 회사는 바이오 사업에 진출을 선언하였고, 발표 후 일주일 만에 주가는 50%가 상승하였다.

그날 저녁에 들뜬 인애의 목소리가 전화기에서 들렸다. 어떻게 해야 하느냐는 것이다. 50%가 오른 후 횡보 중이나 아직도 대량 거래량이 터진 흔적도 없었다. 조정 기간 중에도, 오전장에는 하락하지만 오후장에는 오히려 상승하는 걸 볼 때 강력한 힘이 느껴졌다.

전환 물량을 팔기 위하여 통상 실현하고자 하는 목표 가격의 2배 정도 오르는 경우가 많다. 2배가 되는 시점부터 은밀히 이익을 실현하면 평균적으로 목표수익이 확보되기 때문이다. 저평가 중형주인 경우 세력은 매집가격의 100%를 목표로 하는 경우가 많다. 만약 그렇다면 200%까지 상승이 가능하다. 그러나 안전하게 매도하는 게 좋다.

매입가 대비 100% 상승하면 그 전후에서 매도하라고 인애에게 말했다. '그럴게요.'라는 야릇한 소리가 전화기에서 흘러나왔다. 조정을 거친 주가는 일주일 후 매입가 대비 100%까지 상승했다. 그러나 인애로부터 연락은 없었다. 120%까지 상승한 다음날 대량 거래량이 터지면서 주가는 하한가로 갔다.

점심 때 인애는 허겁지겁 사무실을 직접 찾아왔다. 오후 수업까지도 오전으로 당겨서 오늘 학교 수업을 빨리 끝냈다고 한다. 굳게 닫힌 입술에도 불안과 긴장이 가득 차 있었다.

현 시장에서는 이런 유형의 종목이 여전히 활개를 치고 있었다. 창구 분석을 통해서 볼 때도 주포 창구의 매도 징후는 없었다. 장중 내내 매매 공방이 벌어지는 탄력성이 보통이 아니다. 물량을 **뺏기** 위해 그러는 경우가 많으니 급하게 매도하지 말고 일단 기다려 보자며 인애를 달랬다. 이 말을 듣자 인애의 얼굴 주름은 확 펴지고 눈은 다시 반짝이기 시작했다.

다음날 주가는 하락을 멈추고 소폭 상승했다. 그 다음날 주가는 소폭 내렸다. 인애는 다시 사무실에 찾아왔다. 지금이라도 현재의 이익을 챙겨야 하지 않겠느냐며 안달해 한다. 소주를 한잔하면서 토론해 보자는 말을 그냥 던져 보았는데 그녀는 순순히 응했다.

그 작은 입으로 소주를 홀짝홀짝 넘기는 모습이 귀엽다. 오늘은 샛노란 귀여움이 짙푸른 우수를 밀어내고 그 자리를 차지하고 있었다.

"제가 너무 돈을 밝히죠."라고 말하는데 얼굴은 발그스름하다. 술 때문인지 부끄러워서 그런 것인지 도무지 알 수 없다.

"세상의 재미를 살 수 있는 기초 수단인 돈을 마다하는 사람은 없죠." 나는 누군가에게 들은 적이 있었던 말을 그대로 읊조렸다.

"이런 걸 하면서 사시면 나날이 흥분되어서 좋겠어요."

"벌면 흥분되지만, 실패하면 후유증이 여간 심한 게 아니지요."

"투자의 귀재이신 정 사장님도 후유증이 있나요?"

"그 후유증 때문에 지금 저는 손도 이렇게 떨리고 가슴도 떨리는걸요." 이 농담에 그녀는 살짝 웃었다. 그 웃음에 진짜로 나의 가슴이 떨렸다.

"지켜보자고 하는 데는 확실히 믿는 근거가 있나요?"

"최근 촉이 좋은 거 같아요. 운은 한꺼번에 오지요. 가장 믿는 근거입니다."

"현재 이익만으로도 작은 아파트 한 채인데 이 상태에서 챙겨야 할지, 더 가야 할지를 생각하면 이 가슴이 조마조마하고 잠도 오지 않아요." 가리킨 가슴은 오늘따라 봉긋 솟아 있었다.

"그럼, 이 상태에서 추가로 손해 보면 그것은 제가 책임질게요." 뭔가 모를 자신감에 과감히 내질렀다.

"고마워요." 샛별 같은 두 눈에 눈물이 글썽거렸다. 일어나려는 그녀는 휘청거렸다. 취기가 이제 몸에 스며든 것이다. 나는 재빨리 일어나 그녀를 부축했다. 순간 그녀의 가슴이 나의 몸에 살짝 닿았다. 도도록하게 솟아 있는 가슴의 탄력이 나에게 전해졌다. 술의 힘 때문인지 돈을 벌고자 하는 그녀의 독기 때문인지 탱탱하고 탄성이 넘친다. 그 순간 취기가 몽땅 사라지고 정신이 번쩍 들었다.

다음날 주가는 다행히 소폭 올랐다. 그 다음날 시초가는 6% 상승으로 출발하였다. 장중에 진출한 바이오 사업의 성장성이 높다는 분석 기사가 나오면서 후장 중반쯤 상한가로 갔다. 며칠간 주가는 계속 상승했고, 그녀는 분할 매도하였다고 연락이 왔다. 얼마를 번 것인지 내게 말하지 않았지만 짐작컨대 그녀의 아파트 문제는 충분히 해결될 것이다.

저녁을 사겠다며 찾아온 그녀는 흥분이 가라앉은 상태였다. 어떻게 주가 상승을 꼭 맞힐 수 있는지 놀랍다며 나를 치켜세웠다. 인사치레이지만 그녀의 칭찬에 나는 너무 기분이 좋았다.

"곧 인공지능 주가 분석 모델로 큰돈을 버실 분이 이렇게 소소한 걸 칭찬하시다니." 나도 응수했다.

"인공지능 모델로 투자하면 제가 정 사장님처럼 될 수 있을까요?"

"저보다 더 뛰어난 실력자들의 사례를 종합하여 인공지능 모델을 완성하면 돈은 펑펑 끌게 될 것입니다."

더 큰돈을 번다는 소리에 그녀는 아주 좋아하는 눈치이다. 그녀는 맥주를 시켰다. 발그레해진 그녀는 더 매혹적이다. 돈 번 이야기를 늘어놓는 그녀의 말은 늘어 간다. 맥주는 더욱더 그녀의 본심을 배출시킨다. 이렇게 수

다쟁이였던가. 샛별 같은 눈은 이글거리는 태양으로 바뀌면서 그녀의 흥분
이 고조되어 가고 있었다. 날카롭고 매서운 얼굴은 활기차고 격정적인 얼
굴로 변해 있었다. 나도 은근히 기대가 되었다. 흥분은 변동성의 원초적 실
마리이기 때문이다.

소나무 숲 앞에서 내렸다. 이만 집으로 들어가겠다고 인사하는 순간 서
로의 두 눈이 우연히 마주쳤다. 갑자기 고요한 적막이 흐른다. 무채색의
송진 냄새가 코를 자극하자 저 아래 검푸른 생명력이 꿈틀거리며 튀어 오
른다.

기회 포착에 강한 나의 본능은 내 입술을 서서히 그녀에게 가져간다. 그
녀는 당황하는 듯하다. 내 입술이 그녀와 포개진 순간 그녀는 입술을 살짝
뒤로 뺀다. 내 본능은 숨 쉴 틈을 주지 않고 다시 달라붙는다. 이제는 더
이상 저항 없이 가만히 있다가 파르르 떤다. 그렇게 그려 왔었던 도톰한 입
술의 실체를 느낀 순간 설렘은 감미로운 진동으로 바뀐다.

덤덤한 미란과의 키스가 가정을 유지하기 위한 의무 이행이라면, 인애와
의 입맞춤은 신비에 대한 경이로움이며, 타오르는 갈증을 해소해 주는 사
이다와 같다. 가슴의 진동은 짜릿한 온몸의 전율로 바뀐다.

내 입술은 항구 안으로 계속 진군하기 위하여 도크를 두드린다. 향기에
도취된 그녀도 작은 문을 살짝 연다. 나의 강렬한 혀는 감미로운 그녀를
붙잡으려 시도한다. 원초적인 그녀의 본능은 기꺼이 가벼운 접촉을 허락했
다. 이 가벼운 마주침은 나를 달콤하고 짜릿한 나락으로 인도한다. 저 아
래 욕망의 파동이 용트림을 치려고 한다.

갑자기 그 꿈틀거림은 엄청난 충격을 받고 가라앉았다. 그녀가 내 몸을
밀쳐 내고 뒤로 물러났기 때문이다. 촉촉해진 입술을 작은 손으로 훔치고
서 그녀는 '이만 갈게요.'라고 말하고 총총히 어둠 속으로 사라졌다. 그제

서야 손잔등이 따끔하다는 걸 느꼈다. 다른 손바닥으로 치니 피가 흥건하다. 모기는 몽롱한 이 순간을 놓치지 않고 나의 피를 탐욕스럽게 빨고 있었던 것이다.

다음날 오전 9시가 넘어서야 일어났다. 달콤했던 입맞춤의 여운 때문일까?

사무실에서는 경옥이 나를 기다리고 있었다. 그 동안 치열한 다이어트를 했는지 퉁퉁한 아줌마라는 인상은 거의 없어졌다. 경옥에게 소개시킨 종목은 원래 주가탄력성이 적었지만, 이런 유형의 종목들이 최근 시장의 주목을 받기 시작한 터라 매수가의 10% 정도 오른 상태였다.

그녀는 처음에는 일 년 정도 느긋이 투자를 생각한다고 했으나 재료 보유중형주가 두 달 만에 100% 이상 오르자 안타깝고 안달 나는 모양이었다.

"처음 생각대로 가는 게 좋아. 객관식에서도 처음 찍는 게 답이잖아."라고 했더니 살며시 웃는 폼이 어릴 때 귀여웠던 그 소녀, 그대로이다.

점심 식사 후 경옥은 주위 공원을 산책하자고 했다. 해바라기는 긴 목을 드러내면서 우릴 은근히 쳐다보고 있었다. 옛날 해바라기 밭 앞에 서 있던 청순한 소녀가 다시 떠올랐다. 그 때 내가 그 꼬맹이에게 살짝 뽀뽀를 했다면 우리는 지금 어떻게 되었을까?

경옥의 전화벨 소리에 나의 환상은 산산조각이 났다. 그녀 남편은 밥이 안 차려져 있다며 투덜대고 있었다. 바빠서 못 차렸으니 라면이라도 삶아 먹으라면서 경옥은 서둘러 전화를 끊었다. 급하게 나를 만나느라고 여느 때처럼 점심을 준비해 놓고 오지 못한 모양이다. 나도 저녁은 손수 차려 먹는데 하는 말이 차마 나오지 않았다.

"갈수록 술만 먹고 아무것도 안 하려고 해서 큰일이야."

"힘들면 다른 남자 친구로 갈아치우면 되잖아."

"내 주제에 누가 생기겠어요."

"내가 책임지고 구해 줄까? 못 구해 주면 내가 대타로 뛸게."

살짝 눈을 흘기는 그녀는 예전의 검은 천사이다. 책상에 앉아서 악착같이 공부하던 모습이 생생하다. 다시 전화벨이 울린다. 남편은 이제 고함을 친다. 뒤돌아 집으로 가는 그녀는 새장에 갇혀서 펄떡대는 비둘기처럼 애처롭다. 새장에서 도저히 벗어나지 못하는 걸까. 날지 않으려 하는 걸까.

다음날은 신희가 아침부터 와서 기다리고 있었다. 투자한 회사 주가가 오히려 50% 하락한 것이다. 나두 사실 걱정이 이만저만이 아니었다. 시중에 들리는 루머로는 진행 중인 배아 줄기 사업과 관련된 자금을 조달하기 위하여 유상증자를 한다고 했다. 그 루머 때문인지 주가가 질질 흘러내리고 있었다.

무슨 이런 종목을 주었느냐고 따지는 신희의 기색에는 초조함이 역력하다.

"회사 여윳돈 3억을 투자했고 6개월 내에는 회수해야 해."

"유상증자가 있을 것 같아. 최소 1.5억 원이 추가로 더 들어가야 해."

"그 후에는 상승 확신해?"

"증자가 끝나면 주가는 상승할 것 같아. 그러나 장담 못 해. 그게 주식 시장이잖아." 냉정하게 말하자 그녀는 당황한다.

신희의 휴대폰이 울렸다. 여자아이 목소리가 전화기에서 들린다. 미국에 어학연수를 보내 달라고 한다. 신희를 닮아선지 카랑카랑하다. "알았어."라는 엄마 말에 아이는 "무조건 가야 해!"라고 절규하면서 전화를 끊는다.

"초등학교 6학년 딸인데, 다른 애들이 어학연수 간다니까 이번 방학 때 자기도 보내 달라고 하네." 멋쩍은 듯이 그녀는 상황을 설명했다.

1.5억 원을 추가적으로 투자해야 한다는 현실로 되돌아가면서 그녀는 다시 심각해졌다. 왜 올라갈 수 있는지, 지금 손절매라도 해야 하는 건지를 묻는다.

"배아 줄기 추진 자금 확보를 위한 유상증자를 아는 세력은 자기가 부담할 자금을 낮추려고 주가를 일단 빼는 것 같아. 다음 작전을 위해서라도 저가에 대규모 매집도 필요할 것이고." 나는 신희의 표정을 슬쩍 쳐다보았다. 그녀는 진지하고 애처롭게 나를 바라보고 있었다.

"배아 줄기라는 확실한 재료가 살아 있는 상황에서, 증자를 통하여 취득 단가도 낮아지고 대규모 물량도 확보된다면, 그들은 반드시 작업을 할 거야." 나는 그녀에게 강력한 희망을 주고 싶었다.

"그래도 확실한 것은 아니잖아." 그녀는 다시 애처롭게 탄식한다.

"증자에 참여해, 손실 나면 내가 원금은 보장할게." 작심하고 있던 말을 뱉었다.

곧바로 얼굴이 펴지면서 '고마워'라고 하지만 여전히 당당하다. 돌아서 가는 그녀의 희망찬 모습에 나의 마음이 푸근해진다. 첫사랑의 마음을 아프지 않게 하기 위해서일까? 나는 또 멍청한 일을 저지른 것 같다.

며칠 후 루머대로 회사는 증자를 발표했다. 시초가는 급락했고 대량 거래량이 터졌으나 종가는 소폭 하락으로 끝났다. 직감상 세력의 대량매집으로 느껴진다. 그 후 주가는 지루하게 하락하였고, 증자단가는 낮게 결정되었다. 두 달 후 증자 대금을 납입했다고 신희의 문자가 왔다.

증자대금의 납입 후에도 주가가 지지부진하다. 나의 마음은 아주 무겁다. 원금 보장에 따른 나의 손실 때문이 아니라 그녀가 돈을 벌지 못할지 모른다는 우려 때문이다.

변동성은 분명히 발생한다. 증자로 회사 재무구조도 안정화되었고 대량 물량을 확보한 세력이 그냥 있을 리는 만무하다. 매매 내역을 주시해 보니 시초가에는 오르다가 후장으로 갈수록 떨어지는 모습이 계속 보인다. 무언가 기다리면서 매집이 진행되고 있는 것이다. 세력은 무엇을 기다릴까?

초조해 하는 신희와 저녁 식사 후 그녀의 단골 술집으로 갔다. 고향 5년 선배로 수진이라는 여자 마담은 우리를 반갑게 맞아 주었다. 짙게 화장한 그녀의 얼굴에는 화류업계의 온갖 풍상이 그대로 배어 있었다. 그러나 그녀는 어디선가 본 듯했다. 나의 마음을 알아차린 그녀는 10여 년 전에 사장님이 신희와 술을 먹을 때 옆에 있었다고, 짙은 입술에 굵은 미소를 지으며 말했다.

수진은 투자의 대가를 만나서 영광이라며, 나에게 종목을 추천해 달라고 했다. 신희에게 추천한 종목이 거의 50% 손실인데 이런 돌팔이 자문 사장을 믿을 수 있을는지 물었다.

"원숭이도 피곤하면 나무에서 떨어질 수 있는 거죠."

그녀는 즉각 응수한다. 노련한 인생 내공이 축적된 여자이다.

"어떻게 하면 그 피곤함에서 회복될 수 있을까요?" 나도 즉각 대꾸했다.

"몸에 좋은 음식을 무조건 많이 드셔야 해요. 영계이든 노계이든." 노계라는 부분에서 그녀는 멋쩍게 웃는다. 이제야 생각난 듯이 신희가 대화에 끼어 들었다.

"참, 그 회사가 곧 세계특허를 취득할 거라는 소문이 있어."

이제까지의 궁금증이 일시에 해소된다. 이걸 기다리고 있는 게 분명하다. 세계특허가 배아 줄기세포와 관련된 것이라면 주가 상승은 엄청날 것이다. 모처럼 신희를 향한 나의 얼굴이 펴진다.

눈치 구단인 신희는 나의 얼굴에서 무언가 읽은 듯했다. 수진 언니가 추가로 돈을 빌려준다고 하면서 더 추가해도 되느냐고 묻는다. 고개를 끄덕였다. 신주가 상장되는 날 거래량은 급증하고 2% 상승으로 끝났다. 여전히 매집이 진행되고 있었다.

그 후 열흘 동안 주가는 여전히 횡보를 하였다. 열흘째 되는 날 저녁에 배아 줄기 관련 세계 최초의 특허 취득이 공시되었다. 다음날 아침 기다렸다는 듯이 주가는 상한가로 시작했고 그 후 연일 상한가를 쳤다. 6거래일만에 주가는 거의 100%나 상승했다.

상한가를 시작하던 날 신희는 어떻게 해야 할지를 물었다. 이런 소형주의 작전은 대장 마음인데, 배아줄기라는 재료와 세력의 장기 매집을 참작할 때 너의 매수가의 최소 100%에서 최대 500%까지 상승할 것 같다. 그러나 내 말을 너무 믿지 말고 안전하게 팔라고 말했다.

그러나 500%만 그녀의 귀에 들어갔는지, 매수가의 200%가 오른 지금에도 전혀 연락이 없었다. 간 큰 여자일까? 개념이 좀 모자랄까?

몇 번의 조정을 거쳐 주가는 매수가의 300%나 상승하였다. 사실 300%라면 보기 드문 초대박이다. 신의 희열이라는 이름답게 그녀는 행운을 몰고 오는 것 같았다.

그제서야 신희로부터 연락이 왔다. 여러 번 족집게라고 공치사하면서 "언제 팔까?" 묻는데 콧소리가 들어가 있다. 여자들은 좋을 때 다 이런 소릴 낼까? 참, 섹스할 때도 그랬지. 콧대가 콧소리와 상관이 있나 싶다.

"오늘 50%, 내일 20%, 모레 20%를 팔고 나머지 10%는 끝까지 가 보면 좋지 않을까?"라고 건성으로 말했다. 그 후 주가는 여러 번 요동을 쳤다. 신희는 시키는 대로 90%를 팔았고 남은 10%를 가지고 있다고 연락해 왔다. 그 후 500%까지 올랐다. 그날 그녀는 10%를 다 정리했다고 의기양양하게 말했다.

주식에서 목표가를 믿고서 끝까지 기다리기가 쉽지 않다. 신희처럼 환상적으로 판 것은 투자의 귀재라는 나도 흉내를 못 내는 것이다. 그러나 너무 간이 크다. 예쁘면서 이렇게 간이 커도 될까? 그녀의 나르시시즘의 극치에서 오는 공주병의 일종일까? 아무튼 그녀는 남들이 못 가지는 아가페적인 강력한 믿음 내지 자기도취가 엄청나게 심한 것이다. 그렇지만 그녀는 이렇게 대박을 터뜨렸다.

투자자금도 돌려주었고 2년간 직원 급여의 걱정도 사라졌다며 웃는 그녀는 대표이사가 아니라 걸쭉한 시장골목 아줌마 같다. 연거푸 소주 3잔을 마신 그녀는 말을 꺼냈다.

"머리가 좋은 네가 포커 잘 쳤다 할 때 알아봤어야 하는데, 고맙다."

"니가 들은 결정적 정보 때문이지."

"주식은 섹스처럼 이리 저리 마음을 찔러. 흥분의 도가니로 만드는가 하면, 하염없는 눈물도 주고 말이야." 슬며시 그녀는 말의 방향을 바꾼다.

"시장과 종목, 인간심리의 변동성을 즐기는 게 주식이지."

"넌 사랑에 대해 어떻게 생각하니."

"주식처럼 뭐든지 제때 변해야 한다고 생각해."

"그 변동의 원천은 뭐라고 생각해?" 그녀는 눈을 반짝이며 묻는다.

"권태와 싫증이라는 감성 때문이 아닐까. 주역에서는 그걸 역이라고 하던데."

"나는 인간 하부구조가 가지는 불확실성 때문이라고 생각돼." 그녀가 오랫동안 생각해 온 논리인 것 같다.

"양자역학에서도 가장 중요한 에너지 전달 주체인 전자의 위치는 누구도 확정할 수 없도록 항상 변동하지. 인간의 최하위 구조가 불확실하므로, 인간 자체도 항상 변동할 수밖에 없어."

"전자 위치의 불확정성이 내가 말한 싫증과 권태의 원천이라는 것으로 들리는데. 너의 주장은 물리학적으로 근거가 있는 거야?"

"양자역학이 싫증과 권태의 원인도 설명한다는 가설, 나만의 직관이야. 훗날 누군가 밝혀내겠지."

"그런 직관에 따라 여러 남자를 섭렵해 보니 어땠어?" 답은 짐작이 가지만 언젠가 확인하고 싶었던 질문이다.

"한 사람에서 오는 즐거움이 지루해질 때 다른 사람과의 사랑은 또 몸 전체를 짜릿하게 했어, 여러 체위와 여러 분위기에서 사랑하는 것도 나의 마음을 뒤흔들었지."

달빛 아래 보닛 위 아웃 도어의 색욕을 기다리던 관조적 그녀, 이 시대 최고 남자 탤런트의 체향을 맛보려고 좌충우돌했던 그녀, 만만한 애완견도 즐겨 본 그녀, 그때의 그녀가 생생하게 떠오른다. 저 말을 들으니 그때의 그녀는 경박스럽지 않고 오히려 숭고했다는 생각이 들었다.

다시 그녀를 안고 싶은 욕망이 일어났다. 술이 취한 그녀도 뭐라도 들어주겠다며 가까이 다가왔다. 말과 몸은 따로이다. 네가 웃는 것을 보았으니 그걸로 되었다고 했다. 아뿔싸, 말이 잘못 나갔다. 다시 주워 담을까?

당황하는 내 모습을 보며 신희는 희미하게 웃었다. 내가 실수로 거절한 것을 아는 건지, 애완견의 한이 남은 졸장부로 생각해서 그런지 그 이유는 알 수 없었다. 머쓱한 나도 따라 웃었다. 말 실수가 정말 아쉬웠지만, 큰 숙제를 끝내서 너무 후련했다.

다음날 점심 때 경옥이 찾아왔다. 그전보다 살이 더 빠져서 보기가 아주 좋았다. 그러나 얼굴은 너무 수척하고 목소리에 힘이 하나도 없다. 그녀의 대형주 종목도 30% 정도 상승했으나 500%나 급등한 작전 종목에 비하여 상대적 박탈감은 심해서 그러는구나 하는 생각이 들었다.

그녀의 입에서 나온 말은 주식 이야기가 아니었다. 그녀의 아버지가 돌아가셨다고 했다. 슬픔으로 가득 차 있어 한동안 말을 하지 않다가 급기야는 나에게 기대어 울었다. 마지막 의지할 곳이 없어지면서 텅 빈 마음을 추스르지 못한 것이다.

아저씨의 죽음은 예견된 것이었지만 나도 아저씨의 죽음을 받아들이기 어려웠다. 어릴 때 나를 귀여워해 주셨고, 졸도한 나를 업어서 광동원까지 데려 가지 않았던가? 인간이란 죽기 마련이다. 아버지와 어머니도 돌아가신다면 나는 어떻게 대처해야 할까?

경옥의 얼굴에 멍든 시퍼런 자국이 선명히 보인다. 주방에서 일하다가 찬장 모서리에 부딪혀서 그런 거라고 하지만 술 취한 남편의 짓이 분명하다. 저렇듯 어려운 상황에서도 애들 둘을 공부시키면서 현실을 헤쳐 나가는 것을 보면 그녀는 자신의 선택을 책임질 줄 아는 바른 심성을 가진 사람임이 분명하다.

오늘은 경옥이 꼭 친구처럼 느껴진다. 어려운 상황을 인내하면서 억척같이 살아가는 그녀가 대견스럽고 늠름해 보여서일까? 그녀는 남자도 오빠도 아닌 삶의 동행자로 나로부터 인간적인 고뇌를 위안 받고 싶은 것 같다. 내게 안기는 경옥의 풍만한 가슴에서 진한 뭉클함이 느껴졌지만 오늘따라 성적인 감흥은 전혀 없다. 경옥이 내 곁에서 부대끼며 살아가고 있다는 동반감은 남자들에게서 느끼는 동반감과는 달리 아주 포근하고 부드럽다.

인애가 사무실로 오겠다고 한다. 자기 걸 이미 챙긴 이 똑순이가 왜, 하고 생각하는데 어떤 남자와 같이 들어왔다. 자기 외사촌인데 요즘 투자할 곳을 찾는다고 해서 함께 왔다고 했다.

"이 오빠는 정 사장님과 같은 학번이고 의대를 수석 졸업했어요." 인애는 간단한 소개를 한다. 인사하는 남자는 어디서 한번 본 적이 있는 듯했다.

그 남자가 고개를 갸웃거리더니 혹시 심리 상담 받으러 병원에 오신 적이 없느냐고 했다. 자세히 쳐다보니 그는 예전에 내가 심리 상담을 받았던 의사 박영신이었다. 인애도 의외라는 듯한 표정을 지었다. 내가 자신의 환자였던 것을 확인한 그는 주저하면서 말했다.

"지금 아파트 평수가 28평으로서 와이프가 시집올 때 장만해 온 것이지요. 애 둘이 커서 방이 세 개인 33평으로 옮겨야 하는데 어떻게든 가진 돈을 불려서 제가 해결해야 와이프 바가지를 피할 수 있습니다."

경옥과 상황은 약간 다르지만 애들 방 때문인 점은 똑같다. 나중에 좋은 종목이 나오면 연락하겠다고 하자 영신의 얼굴에 화색이 돌았다. 돌아가는 두 사람은 너무 다정하다. 정말 외사촌이기는 한 걸까?

한 달 만에 신희가 수진 사장과 함께 사무실로 직접 찾아왔다. 그녀의 얼굴 표정은 또 다급했다. 그녀는 거리낌없이 나에게 말했다.

"사실 20억 번 돈으로 투자 자금 원금 15억 원을 돌려주고 5억 원은 운영 자금으로 쓰려고 했어. 그런데 투자자 두 사람이 투자의 기회손실분 10억 원을 추가적으로 내놓으라고 해. 이 투자자들 문제가 정리되어야만, 우리 회사 파이프라인의 임상1상 자금을 외부에서 끌어들일 수 있어."

백 번을 양보해도 신희의 개인 일이지 내가 개입할 사안이 아니다.

"이번에는 아들이 어학연수를 보내 달라고 성화야."

너무 사적인 차원에서의 부탁이다. 수진 사장이 뭔가를 이야기하려는데 신희가 저지했다.

"나도 해 주고 싶지만 내 직감이 더 이상 안 통할 시점이 다가왔어. 이제는 내가 돈을 벌 확률보다 잃을 확률이 높아. 지금 오를 만한 종목이 눈에 안 들어오는 것이 그 징조야." 내가 침착하게 말문을 열었다.

"그럼 그냥 종목만 추천해 줘. 나머지는 내가 알아서 할게."

"투자란 끝까지 봐주지 않으면 추천해도 무의미하다는 걸 알잖아."

"종목 추천 대신에 우리 투자자들을 만나서 투자 자금의 회수 건에 대해 중재라도 해 줘."

내게는 승낙 여부도 묻지 않고 그녀는 나가서 전화를 한다. 다시 들어와 이틀 후 저녁이 가능한지 묻는다. 막무가내 부탁에 나는 고개를 끄떡이고 말았다. 이렇게 신희에게 끌려가는 나를 스스로도 이해할 수 없었다. 신희는 어쩌면 저리도 당당하게 요구할 수 있을까? 내가 그녀의 부탁을 들어주어야 할 의무라도 있다는 것일까? 굳이 이유를 찾자면 내가 여전히 그녀를 좋아한다는 것뿐이다.

투자자인 김덕만 사장은 주로 사채를 가지고 투자하는 사람이었고, 다른 투자자인 장종우 사장은 제도권의 창업 투자 전문 회사의 오너였다. 김덕만 사장은 성격이 우직하고 다혈질이어서 논리가 통하지 않았다. 사채업을 하는 그로서는 당연한 성격일 것이리라. 장종우 사장은 알고보니 병수와 먼 친척 관계였다. 그는 유연성이 있었고 스마트했다. 김덕만 사장도 장 사장을 아주 신뢰하고 있었다.

그들은 신희의 우수한 대학교 성적을 믿고 그녀의 바이오 회사에 각각 7.5억씩 투자하였으나 성과가 없자 이면 약정에 따라서 원금과 기회 이자를 가산한 가액으로 자기 주식을 사 달라는 콜옵션을 행사하여 원금 15억 원은 이미 받은 상태였다.

기회 이자는 투자 원금이 100%인 7.5억이나 신희와의 관계를 고려하여 1/3인 2.5억을 깎아서 5억 원까지는 줄여 주되 더 이상 감액시켜 줄 수 없다는 제안이었다. 기회 이자의 1/3이나 깎아 준다고 하니 의아하다.

"하필 1/3이죠?"라는 나의 말에 신희나 그들의 얼굴은 붉어진다.

신희는 당장 이자 줄 돈이 없으니 조금만 기다려 달라고 했지만 그들은 막무가내였다. 장종우 사장은 내가 유명한 주식쟁이니까 그 분야에서 다른 해법을 모색할 수 있는지를 조심스럽게 묻는다. 다른 방법이 없으면 나보고 주식을 인수하여 해결하라는 눈치였다.

친한 사람과 자금 거래를 안 하는 것이 내 신조이다. 만약 신희와 자금 거래를 하면, 더 복잡하게 얽히고 결국에는 예측하지 못할 방향으로 나갈지 모른다. 부정적인 나의 얼굴 표정을 본 그녀는 허탈한 듯이 창가를 본다. 우아하게 빛났던 그녀 얼굴에 작은 주름들도 확연히 보인다. 신희도 늙는구나 하는 연민으로 마음이 쓸쓸해졌다.

나의 측은지심은 일광을 불러일으킨다. 곧 간접적인 보상 방안이 떠올랐다.

두 분이 1년 동안 각각 나에게 20억 원을 투자 위임하면 12.5%의 수익률과 원금을 보장해 주겠다고 했다. 그 투자에서 남는 이익의 규모가 어떠하든지 간에 이 거래로서 기회 이자에 대하여는 포기해야 한다고 말했다.

장 사장은 수익률과 원금이 보장된 상황에서 나의 주식 매매에서 나올 예상 이익을 취하는 대신에 기회 이자에 대한 권리를 포기하라는 것인지 묻는다. 확실히 그의 이해력은 탁월했다.

그렇다는 대답에 그는 즉각적으로 보장 수익률이 왜 12.5%인지 물었다. 투자액인 20억의 12.5%는 2.5억 원으로서 달라고 하는 기회 이자의 5억 원의 절반이라고 말했다.

기회 이자의 절반은 보장해 준다는 말인지를 김덕만 사장은 묻는다. 예라는 말에 둘은 서로의 얼굴을 쳐다보면서 보장률을 25%로 올려야 한다고 동시에 주장했다. 나는 이미 생각해 놓은 15% 말고는 더 이상 타협은 어렵다고 했다.

옆에 앉아 듣기만 하던 신희가 두 사람을 밖으로 불러서 이야기하기 시작했다. 조금 후 들어온 그들은 그렇게 하겠다고 하고 자리를 떴다.

"어떻게 협상한 거야?" 그녀는 아무 말도 하지 않았다.

사실 며칠 전에 경옥이 다녀간 후 그녀의 대형주를 다시 심층적으로 분석했다. 그 결과 세계적인 화학 경기의 호조와 바이오시밀러 사업 개시라는 재료 외에 새로운 흐름을 발견했었다.

최근에 새로 생긴 랩 어카운트 계정에서 이 종목을 집중 사들이고 있었다. 랩 어카운트 계정은 일반 펀드와 달리 포트폴리오이 편입비율을 펀드 운용사가 마음대로 결정할 수 있는 반면에 그 운용 수수료는 투자 자금의 규모에 비례하여 받는 기존의 펀드와는 다르게 실현한 이익의 일정률을 받게 되어 있었다.

랩 어카운트 운용사들은 많은 매매이익을 실현해야, 높은 수수료를 받을 수 있을 뿐만 아니라 지속적으로 랩 자금을 유치할 수 있었다. 그들은 성장성이 큰 우량 종목을 편입한 후 그 종목을 공격적으로 계속 매수하는 전략을 택하고 있었다.

즉 랩 어카운트는 투자자에게 매수 이유를 설명할 명분이 있는 특정 종목을 갈 데까지 올릴 수밖에 없는 구조였다. 그러한 그들의 전략이 적중하여 초기 수익률은 일반 펀드에 비하여 월등히 높았고, 이에 따라 큰손의 대규모 자금도 지속적으로 랩에 들어오고 있었다.

따라서 랩에 편입된 많은 종목들은 지속적으로 오르는 경향이 컸다. 종목의 속성만이 중요한 것이 아니고 수급이 더 중요할 때가 있다. 랩 어카운트라는 제도는 수급에서 혁신을 불러일으킬 것이라는 촉이 왔다.

그때, '대박 대박'이라는 이름이 전화기 창에 떴다. 단숨에 400여억 원을 벌게 해 준 남 회장을 지칭하는 닉네임이다. B투자자문의 랩 어카운트에 100억 정도를 투자하려는데 의향이 어떤지 물었다. B투자자문은 랩 어카운트 1위의 회사이다. 어떤 점 때문에 들어가시는지를 남 회장에게 물었다.

"주위 사람들이 대부분 랩 어카운트에 투자하고 있어. 이런 흐름이 상당히 오래갈 것 같아서 나도 투자하려고 해."

"제가 생각하기에도 랩 어카운트에 의한 변동성은 끝나지 않는 것 같습니다." 나도 동조했다.

경옥이 매수한 대형주도 랩 어카운트가 편입하였기 때문에 50%까지 오른 것이다. 과거 그대로였다면 10% 오르지도 못했을 것이다. 남 회장의 전화로 랩 어카운트라는 제도가 주도주를 만들 것이라는 강력한 확신이 들었다.

이렇게 랩 어카운트 계정이 일으킬 변동성을 확신하였기에 장 사장과 김 사장에게 그런 제의를 할 수 있었던 것이다. 이제는 신희의 돈까지도 걸렸으므로 좀더 자세히 알아 보아야 한다.

오랜만에 조선회사에 근무하는 친구에게 전화를 했다. "요즘 주위 담듯이 버는 돈을 너희는 어떻게 운용하나?"

"자금 운용은 자금부가 담당해서 나는 잘 몰라. 아, 요즘 수익률이 좋은 랩 어카운트에 투자한다던데. 며칠전에도 거기에 1,000억원 넣었다고 들었어. 그건 왜 묻지?"

"강남 사채 자금도 랩 어카운트로 간다고 하네. 세력도 돈을 빌릴 자금줄이 없어져 지금은 파리를 날리고 있다고 하네." 권성우 전무는 말했다.

"요즘 주식시장의 주도권은 우리 증권사가 아니라 랩 어카운트에게 넘어갔어요. 제가 이 업계에 들어온 후 이렇게 짧은 시간안에 주도권이 바뀌는 것은 처음 봅니다." IT업종에 대하여 남다른 식견을 가진 창조투자증권 김 상무도 탄식을 금치 못했다.

"우리도 랩 어카운트를 만들었지만 대형투자자문사의 랩에게 돈은 쏠리고 있어. 앞으로 한동안 그들이 주식시장을 좌지우지할 거야." 김 부사장도 대형투자자문사의 독식에 불만이 있는 눈치이다. 우리는 일천하여 일반 고객에게 영업할 업력이 못 되었지만, 김 부사장이 속한 K투자자문사는 일반 고객에게 수익증권을 파는, 나름 규모가 있는 자문사였다.

신희가 한잔 하자며 나오라고 했다. 미적거리는 나에게 나의 정보로 돈을 번 수진 사장이 사는 거라며 걱정말라고 빈정거린다.

"사장님, 저에게 대박을 주셔서 감사합니다." 수진 사장은 정중히 인사를 했다.

"저야 한마디 던진 것뿐이고 큰돈을 번 것은 다 고지식한 저 사람의 깡다구 덕택이죠."

"하긴 신희가 한 깡다구 하죠."

"그렇게 안달나고 조바심나는 상황을 어떻게 견딜 수 있있어?"

"갈 데까지 버티는 나의 아가페 때문이 아닐까 생각해."

"아가페는 어머니의 숭고한 희생 아냐?"

"아가페는 어딘가에 몰입하여 헌신하는 것이라고 생각해. 나는 그 주식에 그냥 아가페를 쏘았을 뿐이지. 여자의 헌신적인 몰입은 너희 남자들이 물총을 쏘기 전까지, 완전히 집중하는 현상과 비슷해."

"남자는 갈 데까지 가서 쏘고, 여자는 갈 데까지 버티는 게 다른 거죠." 수진 사장은 재치있게 요약했다.

"갈 데까지 버티면 여자에게 도대체 무엇이 생기나?"

"뿌듯한 희열이 물밀 듯이 밀려오지." 신희는 대답했다.

"남자는 물총을 쓰고 나면 피곤이 몰려오죠." 나는 허탈한 듯이 말했다.

"그래서 남자들은 몸보신을 좋아하는 거 아닌가요. 영계든 노계든 많이 드셔야 해요." 수진 사장의 재치는 다시 번뜩였다.

여자는 갈 데까지 버틴다. 남자도 갈 데까지는 간다. 결국 사람이라면 갈 데까지 무조건 간다.

그러면 랩 어카운트도 갈 데까지 갈 것이다. 지금 랩 어카운트는 갈 데까지 간 것은 분명 아니다. 아직도 거대한 변동성이 남아 있다. 명중을 동원하여 분석하면 할수록 랩 계정의 변동성에 대한 확신이 더 높아진다. 두 사장과 신희의 자금, 그리고 영신의 자금을 경옥과 같은 종목에 투자하게 했다.

이 정도라면 우리 회사도 투자해 볼 만하지 않은가? 그러나 아직도 해이해진 매너리즘에 빠진 나의 정신은 '노'라고 한다.

코드가 맞는 이영록 박사와는 종종 술을 했다. 이 박사는 이번에는 여자 파트너를 동반하여 만나자고 했다. 내가 인경을 계속 사귀고 있는 걸로 알고 있었던 모양이다. 내가 어렵다고 했지만, 그의 입담에 어쩔 수 없이 알았다고 했다. 약간 걱정이 된다. 싱글인 신희가 떠오른다.

"정 사장님, 그런 것은 걱정 마시고 주식만 불려 주세요." 하고 콧소리를 낸다.

신희가 바이오 회사 사장이라는 게 알려지면서 이 박사의 관심이 집중된다.

"어떤 이유로 그렇게 힘든 바이오산업에 뛰어 들었나요?" 이 박사가 물었다.

"돈 좀 벌어 보려고요." 신희는 웃으며 대답했다.

"미국에서도 여자 바이오 사장은 많죠. 그들 중에서 엄청나게 번 사람도 많죠." 이 박사가 신희의 취지에 공감을 표시한다.

"미국에서 부자 기준은 얼마가 되나요?" 신희가 뜬금없이 이 박사에게 물었다.

"1,000억이죠. 규모가 그 정도가 되어야 투자관리인을 둘 수 있습니다. 저도 미국 부자의 투자관리인을 해 본 적도 있습니다." 이 박사는 말했다.

"정 사장님도 1,000억이 넘지 않았나요?" 이 박사는 나에게 물었다.

일순 나는 창피한 기분이 들면서 미적미적거리며 말했다.

"500억부터는 정체 상태입니다…"

"황소 오빠 그렇게 부자라니. 너무 존경스러워요." 이 박사 파트너는 예전 H대 앞 바에서 본 그 여자였다.

"1,000억대에 올라온 줄 알았는데. 요즘 군기가 빠진 거 아니야?" 신희가 농담조로 말했다.

"어머 500억만 해도 대단하지 않나요." 이 박사 파트너가 내 편이 되었다.

"그래도 남들이 인정하는 부자까지는 올라가 봐야지." 신희는 엄한 누나처럼 진중하게 말했다.

그녀가 연락하기 전 3년여를 매너리즘에 빠져 목표도 없이 살아왔다. 남들이 좋게 말해서 충전의 시간이지만 나는 그냥 무기력하게 보냈다. 그런 나에게 그녀를 위시한 세 여인이 신선한 충격을 준 것은 분명했다.

그래 내가 너무 안이했어. 이번 기회에 적극적으로 투자해 보자. 그러나 진중한 그녀의 말투는 신경 쓰였다. 그녀가 나를 좋아해서 저렇게 진중한가?

다음날 나는 랩 어카운트의 편입 종목을 샅샅이 찾아보았다. 신 성장산업인 전기배터리 세계 1위의 종목이 눈에 들어왔다. 여러 랩 어카운트 계정이 편입한 가장 인기 있는 종목으로서 세 달 전 가격 대비 70%까지 올랐지만 조정 중이어서 지금은 50%가 올라 있는 상태였다. 이 종목에 대하여 랩 어카운트의 2차 매집이 임박했다는 루머도 파다했다.

랩 어카운트는 초기단계이므로 재유입되는 자금은 성장성이 있는 저 종목을 다시 집중 공략할 수밖에 없을 것이다. 만약 랩 어카운트의 매수가 따라 준다면 주도주의 속성상으로 볼 때 투자 시점 대비 200% 오를 가능성도 충분하다.

금년에는 너한테 또 대운이 온다고 현철은 말했다. 그의 얼굴에는 또 긁힌 자국이 보였다. 우직한 그는 여자한테 당하며 살고 있지만 나는 요즘 꽃들에 둘러싸여 여느 때보다 행복하지 않은가? 대운이 한꺼번에 오듯이 여자들뿐만 아니라 주식에서도 대운이 오지 않을까?

생각할수록 전기배터리 회사에 대한 강력한 필이 느껴졌다. 신희의 진중한 얼굴도 다시 떠올랐다. 우리 회사가 보유한 자금의 80%를 이 종목에 베팅을 하였다. 계란은 한 바구니에 담지 않는다고 하지만 변동성에 대한 확신이 가득 찰 경우 올인은 나의 투자 철학이다.

세 여인의 향취로 인하여 촉발된 나의 촉과 신희가 던진 진중한 발언이 불러일으킨 충격에 따른 베팅이었다.

주식의 매수가 완료되었다는 말에 신희는 고사를 지내자고 연락이 왔다. 고사가 뭘까? 신희와 수진 사장과 아주 잘생긴 30대 초반쯤의 남자가 나를 기다리고 있었다.

"새로 사귄 남자 친구야."라고 신희는 남자를 소개했다.

"도전적이고 변화를 모색하는 신희 씨를 좋아하는 남정기입니다." 남자는 씩씩하게 대답했다. 황당했다. 저런 연하와 만나다니. 그렇다고 해도 내 앞에 데려올 필요가 있나, 내가 저번에 거절한 것에 앙심을 품은 걸까? 그녀의 표정에는 앙심이라든지 미안함은 전혀 없다. 나르시시즘의 극치이다.

'새로운 걸 잡아먹으면서 끊임없이 자신을 변신시키는 카멜레온.' 나는 속으로 생각했다.

"미국에서 대학 졸업 후 유엔에 근무했습니다. 유엔은 평화를 상징하는 자유 조직인 줄 알았으나 미국이 좌지우지하는 사조직인 걸 보고 실망했지요. 미국 출신인 여자 상사도 절 유혹하여 장난감처럼 가지고 놀았죠. 그런 여자 상사에 물들어 저보다 압도적으로 우위에 있는 여자를 좋아하게 되었습니다."

이놈이 더 황당하다. 어떻게 자랑스럽지도 않은 정체를 저렇게 떠벌리는 거야. 신희의 나르시시즘과 저놈의 황당시즘, 누가 이길까? 어색한 분위기가 흐르고 아무도 말이 없다.

난국을 타개하기 위하여 신희는 양폭을 말아서 '완샷'이라는 첫 건배사를 제의하였다. 알코올은 경직된 내장을 타고 흘러 들어가면서 쓰린 속을 씻어 내린다.

뒤를 이은 수진 사장의 건배사는 '닥치는 대로'이다. 그녀가 살아온 방식이다. 수진의 술은 희한하게도 뜨거운 질투를 희석시켜 주었다.

이번에는 내 차례이다. 무슨 말을 해야 할까. 일단 잔을 들어 좌중을 살폈다. 눈이 마주친 신희의 얼굴은 카멜레온처럼 빨갛게 변신한다. 나는 크게 외쳤다. "갈 데까지!" 신희와 수진은 크게 웃었으나 정기는 영문을 몰라 한다.

정기의 건배사는 '자유!'였다. 그의 외침과 함께 들어간 알코올은 우상에 사로잡히지 말고, 일어나는 마음을 그대로 따라야 한다며 고루한 나를 질

타한다.

　어색한 분위기는 점점 사라지고 화기애애한 분위기로 바뀐다. 인간이 스스로 가면을 벗고 원초적인 가슴으로 모든 것을 받아들일 수 있도록 위대한 바쿠스 신은 이 마법의 약을 만든 것이리라.

　"정기 씨의 어떤 점이 우리 사장님의 마음을 흔들었는지 궁금하네." 신희와 정기를 번갈아 보며 물었다. 듣는 수진의 표정도 아주 진지하다.

　"사회에 물들지 않는 순수함, 뽀얀 피부, 그리고 넘치는 정력이 저에게 신선하고 짜릿한 즐거움을 가득 선사했죠. 이런 즐거움을 느끼며 사는 것이 저에게는 최고의 가치거든요." 즉답하는 신희의 얼굴에는 확신이 가득 차 있다.

　"그 즐거움이란 게 너에게 그렇게 중요한 거니?" 수진 사장도 신희의 철학에 대하여 평소 궁금했던 모양이다.

　"전자의 불확실성을 극복하는 것이 저의 목표입니다. 전자들이 유기적으로 연결될 때, 그 불확실에서 벗어나면서 그때 즐거움이 발생되죠. 따라서 즐거움이 저의 목표가 됩니다."

　바쿠스 신도 그녀를 혼란스럽게 하지 못했다. 너무 난해한 용어에 바탕을 둔 가설로 주장하니까 우리는 뭔가 반박할 여지를 잃었다. 나도 그녀에게 지고 싶지 않다는 오기가 치민다. 경옥의 해바라기와 혜진의 폴리실리콘이 내 머리에 떠오르면서 나의 반박 이론은 순식간에 정리가 되었다.

　"암흑 속에서 태양을 보며 진화해 온 생물체의 마음은 태양의 빛과 유사한 즐거움을 느끼도록 만들어졌습니다. 그러한 태양의 빛에 의하여 만들어진 마음의 파동을 느끼는 것이 인간에게는 최고의 가치가 아닌가 생각돼요."

　나오는 대로 말을 뱉어 냈지만 신비롭고 거창하다. 그러나 나의 주장은 그녀의 가설을 반박하는 것이 아니라 오히려 지지하는 듯하다. 이런 실수를 하다니, 그러나 나의 말은 근사하다.

"명중의 집안이라더니, 순식간에 이상한 궤변을 만들어 내는구만. 그런데 태양에 의하여 만들어진 마음의 파동이 도대체 뭐죠?" 놀란 신희는 재차 반격한다.

"생명체는 처음 백지 상태였습니다. 수억 겁에 걸쳐서 태양의 빛을 보면서 그는 그의 마음을 느끼는 법을 배웠죠. 즉 태양은 생명체에게 마음의 파동을 느끼는 법을 가르친 것입니다."

"음, 조금은 이해가 되지만 너무 심오한 이야기인데." 신희는 계속 말했다.

"일단 마음의 파동이란 단어는 너무 길어. 무언가 짧은 이름이 없을까?"

"광(光)이 좋겠네요, 태양에 의하여 만들어진 인간 마음의 파동이니까." 나의 명중은 다시 발휘되었다.

"모든 생명체는 특정 광에 대하여 같은 수준의 광을 느끼게 되나요?" 수진 사장도 흥미롭다는 듯이 대화에 들어왔다.

"광을 처리하는 폴리실리콘도 성능 차이가 있듯이, 같은 광에 대하여도 생명체의 기질에 따라 처리결과는 달라지지 않을까요?" 나는 즉각 대답했다. 폴리실리콘이라는 단어가 수진을 일순 당황하게 만들었지만, 그녀는 전반적인 맥을 알아차리고 나에게 엄지손가락을 쳐든다.

이 정도에서 굳이 손가락을 쳐들 필요가 있는가? 반면 신희는 내 말을 골똘히 생각하고 있다. 내 말에 심각한 것이 뭐가 있었나? 그녀의 심각한 표정으로 좌중이 잠시 조용해진다.

"광이라는 것은 뜨거운 열정을 뜻하잖아요, 그러나 곁에 있다는 사실만으로 느끼는 위안이라든지, 위트나 재치 같은 데서 나오는 은은한 느낌처럼 열정적이지 않은 즐거움도 있을 것 같은데요. 이런 것은 광과 어떻게 연관되나요?" 정기가 고요함을 깼다.

　여자 상사한테 당해서 저렇게 예리해졌는지, 아니면 원래부터 샤프했는지 놀라울 뿐이다. 정곡을 찌르는 지적에 모두 나의 대답을 기다린다. 그의 말은 분명히 맞다. 나의 이론에 대한 변호를 해야 한다. 일단 말을 꺼내보고 그 다음은 나의 머리에 맡기자.

　"신희 사장 옆에 있으면 다 머리가 좋아지는 모양이네요." 재치 있는 답변이라고 생각했는지 모두 싱긋 웃는다. 전기에서 이상이 생겨 조명이 희미해졌다, 다시 켜진다.

　"뜨거운 여름 햇빛도, 봄날의 화창한 햇빛도, 추위 속의 은은한 햇빛도, 가을의 서늘한 햇빛도, 아침의 상서로운 서광도, 태양의 번쩍임마저도 모두 생명체에게 마음의 파동, 즉 광을 주었습니다. 열정적인 광만 있는 게 아니며 은은한 광도, 신비스러운 광도, 심지어 질투와 분노의 광도 있습니다." 나의 즉답에 대하여 이번에는 신희가 엄지손가락을 치켜든다.

　정기는 수긍이 가는 듯하나 신희 앞이라서 인정하려 하지 않는 눈치이다. 그는 경쟁이라는 광에 휩싸인 것이 분명하다. 좋아하는 여자를 앞에 둔 남자에게서 가장 쉽게 발생되는 마음의 파동이다. 이런 애들은 확실히 눌러 두어야 한다. 나도 경쟁이라는 광에 휩싸였다.

　"장난감이어서 자네는 아직까지 온전한 거야. 애완견이라면 달랐을 거야." 내가 농담을 하자 정기는 다시 어리둥절해한다. 신희가 얼른 내 허벅지를 꼬집었다. 신희에게 한방 먹인 것 같아서 나는 일종의 쾌감을 느꼈다.

　무언가 지고 있다는 느낌을 받는 정기는 이제는 막무가내 광에 빠져 있다. 자기는 호빠에서도 일한 적이 있어서 아는데 겪어본 모든 여자들은 열정적인 광만 추구한다, 은은한 광이라는 것은 말이 안 된다 등등…

　어쩌다 보니 정기의 말이 천하게 들리지 않는다. 한 꺼풀을 벗기면 누구나 자기의 막무가내 광을 위하여 모든 짓을 자행하는 욕망 덩어리뿐일진대 누가 누구를 천하고 지저분하다고 할 수 있을 것인가?

수진 사장의 갑작스럽고 들뜬 질문이 고요한 취중을 흔들었다.

"가장 독립적이고 창조적인 광은 무슨 광일까요?"

아무도 즉답을 못했다. 조금 후 정기가 소리쳤다.

"자유광." 독립광일 수는 있으나 창조적이지는 못하다. 아직도 그는 막무가내 광에 빠져 있다.

"복수광." 신희는 섬뜩하게 말했다. 그녀의 말을 아예 무시하고 수진 사장은 나를 바라보았다.

"오광." 내가 답하자 둘은 웃었다.

노련하고 재치가 넘치는 수진 사장의 매혹적인 입술이 움직였다.

"발광(發光)이죠. 태양에 종속됨이 없이 스스로 빛을 창조하니까요." 정기는 엄지손가락 한 개를 수진 사장을 향해 쳐들었다. 광이란 단어의 저자인 나는 엄지손가락 두 개와 입술로 엄지손가락 하나를 더 만들면서 그녀의 재치를 칭송했다.

"정 사장님의 저런 모습이 진짜 발광인 것 같아요." 허스키한 저음으로 힘이 실려 있는 그녀의 목소리가 나에게 관능적으로 다가왔다.

"효율성이 낮은 폴리실리콘을 가진 기업의 미래는 어떻게 될까?" 복수광이라고 말해 놓고 신희는 혼자만의 상념에 잠겼다가 나에게 중얼거린다. 그녀의 눈에는 표독스러운 분노가 서려 있었다.

신희는 여느 때와 달리 오늘은 술을 많이 마신다. 그녀는 오늘 취하기로 작정한 듯하다. 그렇다면 나와 정리하고 싶은 것이 아닐까. 그런데 우리가 정리할 게 남았던가?

술자리가 끝나자 만취한 신희는 우리에게 인사도 없이 정기의 손을 잡고 호텔로 향한다. 다른 남자와 거침없이 호텔로 들어가는 신희의 뒷모습에 나의 마음은 허망해진다. 그녀의 모습이 시야에서 사라지자 가슴은 쿵 내려앉는다.

수진은 두 손을 으쓱 하면서 난감한 표정을 짓는다. 설마, 허탈, 분노, 알콜, 그리고 발광이란 단어들이 내 속에서 서로 어우러지면서 나는 거친 독백을 쏟아냈다.

"왜 저렇게 지랄발광하는 거야?"

"각자의 광을 마음껏 번쩍이면서 제 멋에 사는 생물체가 사람 아닐까요?"

너그럽고 관조적인 그녀의 재치에 신희를 향했던 발광은 희미해지고 대신 수진으로 향했다. 갑자기 네온사인이 켜지면서 수진의 얼굴이 번쩍인다. 발광한 얼굴은 보름달같이 숭엄하다. 불빛을 머금은 그녀의 입술은 요염하고 신비롭다. 그녀를 향한 나의 이성광은 발광하기 시작했다.

나는 수진의 손을 거칠게 잡아 끌었다. "이러면 안 돼요." 몇 번이나 내 손을 세차게 뿌리치고는 너무나 진솔한 나를 넌지시 지켜보다, 그녀는 어쩔 수 없다는 듯이 내 손을 꼭 잡았다.

들어간 방에서 신희와 정기의 교성 소리가 선명히 들렸다. 질투의 광이 솟구친다. 나는 수진을 번쩍 들어서 침대에 살짝 던졌다. 알코올은 몸을 들기에 충분한 에너지를 공급했다. 벌렁 넘어진 그녀의 빨간 팬티가 슬쩍 보였다. 나는 치마를 들추고 빨간 팬티를 거칠게 벗겼다. 검은 원시림과 거친 육체가 적나라한 모습을 드러내었다.

"씻을게. 처음은 제일 예쁘게 보이고 싶어요."

정중한 그녀의 애원에도 아랑곳없이 울창한 원시림을 우악스럽게 헤치고 탐색했다. 바르르 떠는 배꼽과 허스키한 콧소리는 더욱더 나를 흥분시킨다. 새로운 신비에 도취된 나는 그 어느 때보다 강렬하게 발광했다. 그러나 곧 반격해 온 노류장화의 발광이 나를 완전히 압도했다. 거칠게 숨을 내쉬는 나를 보며 그녀는 부끄럽다는 듯이 자신을 방어했다.

"좋은 사람을 만나 보려고 거칠게 살아왔죠. 그래서 좋은 사람을 만나면 발광을 하죠."

수줍어하는 붉은 표정은 온갖 풍상을 겪은 중년의 심연에 대한 나의 탐구의지에 다시 불을 질렀다. 남아 있는 모든 힘을 짜내어 깊숙이 파고들어가 그녀의 모든 것을 나누었다.

"20대보다 더 강력하시네."

이 중후한 톤의 찬사로, 갈 데까지 가야만 하는, 아가페적인 나의 탐구 활동은 또 시작되었다.

아침에 깨니 수진은 없고 원숙한 노류장화의 그윽한 향기와 뜨거웠던 탐구 열기가 아직도 방 안에 가득했다. 그렇게 좋아하고 도와주었던 신희로부터 받은 질투심이 시발이 되어 5살 연상이면서 거칠고 노련한 수진에게 발광되어 미친 듯이 그녀를 탐구했던 것이다. 중후했던 수진 사장과의 진하고 신비로웠던 흥분이 다시 떠오르면서 그녀의 숙성한 향취가 다시 온몸을 가득 채웠다. 가장 독립적이고 창조적인 발광은 이렇게 신비롭고 짜릿한 것인가?

내 촉은 정확했다.

줄기세포라는 신천지 기술이 엄청난 변동성을 주었듯이, 랩 어카운트라는 수급구조의 변화 자체가 거대한 변동성을 야기했다. 10개월 후 두 종목은 약속이나 한 듯이 150%까지 상승했다. 우리는 120% 상승시에 이익을 실현했다.

김 사장과 장 사장도 기회이자 이상으로 벌었고 신희도 추가적인 운영자금을 만들었다. 경옥은 3개 방이 있는 집으로 이사하였다. 영신도 33평으로 이사하여 와이프한테 바가지를 안 들어서 좋다고 했다. 현철도 아파트를 넓혔고, 이사 후 와이프의 주정이 줄어들었다.

우리 회사도 120% 수익으로 인하여 자기자본이 1,000억대 고지로 올라섰다.

파란만장한 미모의 세 여인이 불러온 변동성이 나에게 가져다준 행운일까? 정기라는 영계와 수진이라는 노류장화가 합해진 환상의 5인조가 가져온 변동성의 결과일까? 즐겨 부르던 랩 때문에 랩 어카운트의 변동성이 나를 찾아온 것일까?

신희를 다시 만난 지 거의 3년만인, 내 나이 44살 크리스마스 즈음에 1,000억대의 부자로 올라선 나는 온갖 생각을 해 본다.

이번에 내가 큰돈을 번 것은 명중이나 일광이라는 처절한 수양보다는, 내가 좋아했던 여성을 돕겠다는 진심과 그녀의 독특한 향기에 휩싸이면서 내 마음이 스스로 발광하였고 그 과정에서 부수적으로 얻은 수확물이 확실하다.

남을 돕는 과정에서 찾아온 행운이라면 내 것이라기보다는 그들의 것이 아닐까? 이미 소진된 나의 행운을 그녀들의 것으로 겨우 막은 상황이었을까?

여러 가지 변동성에 관한 생각으로 머리가 어지러웠다. 행운을 소진하면 내리막이라는 변동성이 오기 때문이다.

12.

주님
분석학

      어느 날 동우 선배에게서 식사를 하자는 연락이 왔다. 대정에너지가 신정폴리실리콘을 인수한 지 3년이 되어 간다.

국내 기업은 물론 중국의 유수 기업들이 앞 다투어 폴리실리콘 제조 사업에 진출하였다. 이는 폴리실리콘 가격의 하락을 촉진시켰다. 대정에너지의 실적이 악화될 것이다. 폴리실리콘 가격 차트 상에서 주봉 상으로 20일 이동평균선이 60일 이동평균선 아래로 내려가는 데드크로스가 나오고 있었다.

내가 우려했던 치킨 게임 하의 치열한 생존 게임이 펼쳐지는 초입 단계로 보인다. 앞으로 회사가 생존하기 위해서는 상당 기간 자금 수혈이 필요하다. 과연 대정그룹의 힘만으로 투자를 감당할 수 있을까? 그 자금이 없다면 지금이라도 빠져나와야 한다. K투자자문사 김 부사장의 의견도 내 생각과 일치한다.

식사 자리에 혜진도 같이 나왔다. 둘의 안색이 안 좋다.

"폴리실리콘 가격이 떨어지자 우리가 예상한 대로 대정에너지는 생존의 기로에 처했어." 동우 선배는 직설적으로 나에게 말했다. 한참 동안 생각하다가 말을 잇는다.

"너에게 책임을 묻고자 하기 위한 게 아니야. 책임은 우리가 질 것이야. 지금 내가 어떡해야 할지 공정한 관점에서 조언을 듣고 싶어."

"아버지는 아전인수 격으로 노발대발이야. 네가 우리 집안을 말아 먹으려는 술수에 걸린 거라고 흥분해." 옆에 있던 혜진도 거든다.

"회장님이 들어오라고 해서 내가 들어간 것이잖아요?"

"너만 쏙 빠져나가고 우리는 어려워지니까 당했다고 생각하는 거야. 그리고 망할 스님이…" 혜진이가 곁에서 끼어든다.

"부사장님, 그만하세요." 동우 선배는 혜진의 말을 점잖게 제지한다.

"너라면 어떻게 하겠니? 솔직하게 대답해 줘. 난 너의 말이라면 믿을 수 있을 것 같아."

"초과 공급 상태에 있는 폴리실리콘의 세계 공급 시장이 정리되는 기간이 최소 3년 이상 걸릴 것 같아요. 이 기간 동안 버티고 살아남으면 그 후에는 승자의 독식을 누리겠죠. 그러자면 최소 5천억 원 이상이 추가로 들어갈 것으로 생각돼요. 전적으로 저의 주관적 생각입니다." 잠깐 말을 끊었다.

"만약 그 돈이 없다면 내 생각에는 지금이라도 손해를 보고 정리하는 것이 좋습니다." 그대로 돌직구를 날렸다.

"이 이야기를 회장님에게 하지 마시죠. 또 나를 원망하고 음모론자로 생각할 테니까요." 최 회장의 공격에 휩싸이는 것은 번거롭기 때문이다.

"만약 우리가 판다면 그럼 받아 줄 곳은 있겠니? 그리고 네가 생각하기엔 가격 조건은 어떻게 될 것 같아? 단지 참고할 뿐이니까 솔직하게 이야기해 줘." 동우 선배는 나직이 말했다.

"후발주자에게 무상으로 넘겨주는 정도가 한 가지 방법 아닐까요? 물론

3,000억 정도 손실을 보겠죠." 조심스럽게 말을 꺼냈다.

"거기에다가 천 억을 더해야 해." 혜진이 말하자 동우 선배는 다시 말을 못하게 막는다.

"인수처를 알아봐 줄 수 있겠어? 너 혼자 중개한다는 조건으로." 신희를 의식하는 듯하다.

회장님 때문에 나에게 직접 중개를 맡기지는 못하고 간접적으로 할 거라고 말하며 동우 선배가 먼저 나갔다. 혜진은 이렇게 와 주어서 고맙다고 한다.

"그룹의 부총수로서 마음고생이 많겠습니다." 측은한 듯 농담 섞인 말로 위로했다.

"그때 잠도 못 자고, 나름 최선을 다해 추진했는데 시장이 이렇게 변할 줄이야. 결벽성이 있는 동우는 투자 모델 엑셀파일 하나씩 하나씩 손수 검증했어. 조건이 바뀌어서 모델이 바뀔 때마다 그는 수없이 그 작업을 반복했지."

"큰 그림을 그리고 온몸으로 사력을 다해 그것을 추진하는 때가 인생에서 가장 즐거운 시기가 아닐까?" 나는 그때 고생했던 혜진을 나름 위로해 주고 싶었다.

"그러나 이 사업이 실패하면 외부인들은 우리가 모두 말아 먹은 걸로 생각할 거야. 신규 분야에 진출하여 고용을 유지하면서 생존한다는 것이 얼마나 어려운지 몰라."

"요즘과 같은 민주 미디어 사회에서는 한번 잘못된 찍히면, 정교하고 야비한 모든 수단이 동원되어 당하는 쪽은 너무나 잘못을 한 것으로 치부되어 버리지."

"그런 걸 어떻게 그리 잘 아니?"

"너희 아버지가 나를 그렇게 공격하는 게 대표적인 사례가 아닐까?" 이 말은 듣자마자 혜진은 차갑게 눈을 흘긴다. 학창시절 한때 이 도도한 부잣집 딸을 앞두고 얼마나 농담 따먹기를 하고 싶었던가?

"됐네! 이 사람아."라고 말하며 혜진은 일어선다.

주식투자를 도와주어서 고맙다며 박영신 씨가 저녁식사를 대접하겠다는 자리에 인애도 나와 있었다.

"정 사장님의 도움을 받아 33평으로 이사하여 와이프와 계속 살 수 있어서 그 고마움으로 이렇게 자리를 마련했습니다." 박영신도 수수하게 말한다.

"저희 투자하는 데, 밥숟가락 하나만 더 놓은 건대요."

"진짜 궁금해서 그렇습니다. 정 사장님은 어떤 관점으로 종목을 발굴하시는지요?" 역시 술이 들어가면서 진솔한 대화가 시작된다. 인애도 두 눈을 반짝이며 나를 본다. 정말로 검붉고 도톰하게 꽉 다문 저 강인한 신비의 입술, 살짝 깨물고 싶다. 아니 기어이 깨물어 볼 것이다. 그녀를 향한 검푸른 욕망은 다시 꿈틀거리기 시작했다.

"저는 주식을 변동성 관점에서 바라보지요. 변동성이 크게 기대될 종목을 사서 중기에 보유하는 편이지요. 이번에도 그 전략이 적중한 것뿐입니다."

"혹시 그 변동성이란 헤겔의 변증법인 정반합에서 나오는 변동성인가요?"

"제가 말하는 변동성은 주식의 변동성입니다. 정반합에 의하여 이성이 발전하는 방식으로 역사가 발전한다고 보는 헤겔의 철학에도 변동성은 존재하겠지요. 제가 생각하기엔 헤겔의 것은 이성의 범주 하의 변동성입니다. 그러나 주식의 변동성은 이성의 범주 하의 변동성과는 달리 지향하는 방향을 알 수 없습니다." 의대 수재와 신비의 도톰한 입술을 의식하면서 나는 거창하게 답했다.

"주식에서의 변동성은 그럴 수도 있겠네요. 혹시 정 사장님은 역사에서도 변동성의 방향이 궁극적으로 이성의 범위를 벗어날 수 있다는 식으로 생각하시는 것 아닙니까?" 취한 그는 돌직구를 날렸다.

나는 "예."라고 나직이 말했다.

"이성의 범주하의 변동성을 믿지 않는 특별한 이유라도 있는 것인가요?"

"과거에는 보편적인 진리를 막연히 믿는 환상이 존재하여 변동성의 결과가 특정 방향으로 수렴되었죠. 환상을 배제하고 자기의 이익을 무한정 추구하는 요즘 시대에서 어떤 예측 가능한 수렴 과정을 기대하기 어렵다고 생각하기 때문입니다. 헌법에서 양심의 자유를 보장함에 따라 각 개인은 자기의 내심을 보호받으므로, 법의 테두리 내에서는 자기 마음대로 할 수 있게 한 시대적 환경도 이런 흐름에 한몫을 한 것 같아요."

그의 돌직구에 나도 평상시의 생각을 여과 없이 드러냈다.

"저도 한때 신과 유사한 이성이 역사를 리드한다고 생각했지만 지금은 인간의 감성이 그 방향을 결정한다고 확신하게 되었어요." 인애가 단호한 어조로 끼어들었다.

"변동성을 일으키는 가장 큰 이유는 무엇이라고 생각하세요?" 그녀는 나에게 묻는다.

"무언가를 마음에 채우면서 그것을 통하여 마음의 희열, 파동을 느끼려는 욕망 추구가 시발점입니다. 시간이 지날수록 지루해지니까 다시 새로운 파동을 찾는 후속행동이 따르죠. 그래서 변동성이 생기는 것이라고 생각합니다." 그녀는 사실 주식의 변동성의 이유를 물었다. 취한 나는 일반적인 변동성으로 착각하고서 거창한 답변을 자랑스럽게 말했다. 그러나 인애는 다시 질문을 하지 않았다.

"저는 며칠 전에 지인과의 대화를 통하여, 그런 마음의 희열을 '광'으로 정의했습니다." 취한 나는 인애에게 더 잘 보이고 싶어서 계속 오버하기 시작했다. 광이라는 단어에 대하여 정신분석의사에게서도 검증을 받고 싶었는지도 모른다.

"마음의 희열을 광이란 단어로 정의한 이유가 있나요? 어떤 책이나 이론에서도 본적이 없는 새로운 단어로 생각됩니다." 영신은 즉각 물었다.

"녹색 식물, 아메바, 영장류라는 생명체들은 태양으로부터 에너지를 비롯한 모든 것을 받아서 진화하여 왔습니다. 태양을 보면서 진화한 그의 즐거움 구조는 태양이 그의 마음에 던져 준 파동에서 유래되었다고 생각합니다. 그래서 그가 느낀 파동을 광이라고 정의했습니다." 나의 말에 영신은 고개를 끄덕인다.

"마음의 파동, 즉 광이라는 것에는 어떤 것이 있나요?" 조금만 이해된 듯한 인애가 묻는다.

"이성과의 관계에서 오는 광, 성취에서 오는 광, 소유에서 오는 광, 예술에서 오는 광, 먹는 것에서 오는 광 등이 있지요. 중요한 것이 빠졌네요. 종족 번식에서 오는 광, 고독을 벗어나게 해 주고 안정감을 주는 동반에 따른 광도 있습니다." 인애는 완전히 이해되었다는 듯이 "아, 그렇군요."라고 한다. 그녀의 반응에 나는 매우 뿌듯했다.

"안정감이라는 것은 광이라기보다는 그냥 잔잔한 느낌이 아닌가요?" 영신도 날카롭다.

"뜨거운 태양빛도 있지만, 은은한 태양빛도 있지요." 나의 답에 인애는 은은하게 웃는다.

"현 교수는 지금 어떤 광을 중점적으로 추구하고 사는가?" 영신은 농담조로 인애에게 묻는다.

"저야 당연히 소유 광이죠. 오빠는 무슨 광이죠?" 콧잔등에 애교를 주면서 그녀는 강인한 입술을 다정하게 움직였다.

"나야 와이프와 지내는 동반광이지. 그럼 우리 정 사장님은?" 영신의 말에 인애의 눈에도 궁금함이 넘친다.

"저는 종족 번식에 따른 광이죠." 허무한 듯이 가슴을 토로했다.

두 사람이 동시에, "아," 하고 말한다. 이들과의 대화는 정말 재미있다.

"그런데 가장 중요한 사랑광은 없네요." 짙푸른 우수를 드러내며 인애는 나에게 묻는다. 영신도 나를 쳐다본다.

미란과의 관계, 신희와의 경험, 인경과의 만남 등이 떠오른다. 인애에게 과시하고 싶은 마음 때문일까? 사랑에 대한 나의 정의도 순식간에 완성된다.

"사랑이란 이성광, 종족번식광, 동반광을 하나로 합한 것에 사회적 의미를 부여한 것으로 생각됩니다."

"너무 드라이한 말이지만 그럴 듯합니다." 영신은 일단 수긍하는 눈치다.

"사랑이라는 환상이 깨지는 것 같아서 저는 받아들이기 어렵네요." 뾰로통하게 입술을 내밀면서 말하는 현 교수는 무엇인가 계속 생각한다. 드디어 그녀는 다시 말을 던진다.

"세 가지 광의 합인 사랑도 마음의 희열들에 불과한데, 어떻게 이것이 절대적인 최고 가치가 될 수 있을까요?"

"사회를 안정시키기 위한 구심적인 개념으로 사랑이란 단어를 만든 것이 아닐까요?" 영신은 사회적 필요성을 인식한 듯하다.

"첫째 가장 얻기 쉽고 강도가 짜릿한 이성과의 관계에 대한 질서를 안정시키기 위하여, 이성으로부터 느끼는 광을 신성시할 필요가 있었습니다. 둘째 노동수단인 인간의 계속적 공급을 위해서, 종족번식의 광을 미화할 필요가 있었으며 셋째 인간 심리의 안전성을 위하여, 같이 살아가면서 얻는 동반광을 높게 평가할 필요성이 절실하였습니다." 나는 신들린 것처럼 말했다.

"이런 3개의 광을 묶어서 사랑으로 정의하면서 거기에 절대적인 가치를 부여함으로써 숭고한 희열이라는 도취감을 유도하였고, 정조 개념과, 신뢰 의무, 부양의무 등의 사회적 안정을 위한 의무도 동시에 부여하였습니다. 재미있는 다른 소재를 발견하지 못했던 예술가들도 이런 사랑을 더 증폭시키는 데 적극 가담했을 것 같고요."

이 어려운 것들이 이렇게 순식간에 도출되다니. 신희 때도 그렇지 않았던가? 그때는 신희 때문이었던 것 같고, 이번에는 인애 때문이다. 이성의 광이란 이렇게 창조의 힘까지 불러내다니.

"사랑을 미화시킨 예술 작품에 심취한 일반인들도 더 사랑에 매료되었고, 다시 예술가들은 앞 다투어서 더 사랑을 미화하는 순환 구조가 반복되어서 사랑의 가치가 급증했을 수도 있겠네요." 인애도 동조한다.

"만약 사회에서 부여한 절대성이라는 것이 무의미해지는 상황이 온다면, 사랑이란 결합 단어는 각각 별도의 단위로 분해되어야겠네요." 순식간에 핵심을 찾아낸다. 의대 수재의 분석은 뭐가 달라도 다르다.

"저도 그렇게 생각하고 있습니다." 뜨끔했지만 나는 당연하다는 듯이 답했다.

"대단한 궤변이지만 논리는 정연하네요. 투자를 하는데 이런 생각도 필요한가요?" 현 교수의 눈은 반짝이고 그 붉고 도톰한 입술은 싱긋 웃는다.

"주식 투자에서 돈을 벌 수 있다면 어떠한 궤변과 자기 합리화를 마다하지 않죠."

"변동성의 관점에서 광을 추구하면서 사는 것이 정신분석학이나 주님분석학 관점에서 바람직한 인생 행로일 수 있겠어요." 교수인 인애는 자기 관점에서 이제까지의 이야기를 종합하여 나름의 결론을 내린다.

주님분석학이라는 말에 잠시 어리둥절해하는 나를 보며 박영신은 답했다.

"주님을 마시면서 분석을 하니까 이렇게 결론이 명쾌해지네요. 진화의 산물로서 생성된 광을 추구하면서 사는 길이 어떤 의미에서는 인생에서 최고의 가치가 될 수 있겠네요."

오랜만에 마음이 한없이 흐뭇하다. 인애에게 내 논리가 먹혀서일까? 최고의 정신분석학 전문가로부터 검증 받고 칭찬도 받아서일까?

폴리실리콘 업계에 알아보니까 추가 신규 진입하려는 후발주자는 없었다. 혹시나 하는 마음에 마도로스 친구를 통하여 알게 된 조선회사 사장에게 문의한 결과 그는 조민상 전무를 소개했다. 조민상 전무는 조선 사업에서 엄청난 부를 축적한 그룹의 2세로서 인수에 관심이 있다면서 만나자고 했다.

"대정폴리실리콘에서 파격적인 매도 조건을 제시한다면 생각이 있습니다." 해외에서 경영학 공부를 한 그는 시원하게 답했다.

"파격적이면 어떤 조건인가요?"

"지분 인수 대금은 거의 제로라야겠죠. 그러면 인력과 차입금까지도 승계하지요."

역시 화끈하게 답변한다. 그의 입에서는 어제 먹은 술 냄새가 아직도 난다.

동우 선배에게 그 말을 그대로 전했다. 며칠 후 그는 최 회장이 직접 조선그룹 회장과 담판을 하려고 한다며 그때 내가 개입한 것이 드러나면 안 된다고 다시 신신당부를 한다.

만나기로 한날, 동우 선배의 다급한 큰 소리가 들렸다. 두 회장이 서로 애기 하는 사이에 조선그룹의 조 회장 입에서 내 이야기가 나왔고, 최 회장은 회사를 말아먹은 원수 같은 놈이라며 노발대발하면서 자리를 박차고 나갔다고 했다.

내가 조민상 전무에게 그의 아버지가 최 회장 앞에서 나를 언급해서는 안 된다고 신신당부를 했으나 바쁜 조 전무는 당일 아침에 아버지를 만나 이야기하려고 했다. 그러나 전날 과음하는 바람에 아버지에게 못 전하다 보니 일이 그렇게 꼬여버린 것이었다.

결국 나 때문에 M&A는 결렬되었다. 대정그룹은 사운을 걸고서 5천억 원을 투입하기로 했다. 내가 멀쩡한 회사를 제3자에게 넘겨서 자기를 거덜 내려고 하는데 어림도 없지 하며, 최회장은 태양광 사업을 계속하기로 한 것이다.

아무리 그렇지만 최 회장이 내게 가지는 분노는 이해가 되지 않았다. 난 최 회장과 일면식도 없지 않은가? 우리 외가 땅을 빼앗아 가서 나에게 피해를 끼친 작자인데 간접적인 피해 당사자인 나를 이리 경계할 필요가 있는가? 분노를 느낀다면 내가 느껴야 맞는다. 나의 재산은 천 억 정도나 몇 조를 가진 그가 나를 이리 경계하고 이렇게 비난하는 것은 당최 이해할 수 없었다. 내가 그에게 직접적인 해를 준 것도 전혀 없는데 말이다. 생각할수록 분노가 치밀어 오른다.

조금 후 조 전무가 정말 미안하다고 전화를 했다. 자기가 잘못했으니 저녁을 사겠다고 한다. 화려한 그의 입담에 저녁 식사에 반주로 둘은 거나하게 취했다. 마이크를 잡고 둘은 고함을 치면서 오늘의 스트레스를 풀었다. 한 번의 저녁으로 그는 아주 친한 후배가 되었다. 정말 재주꾼이다.

"형님, 죄송해요, 도움이 필요하면 언제든 연락 주세요."

인수합병이 결렬되자 동우 선배와 혜진의 입지는 아주 약해졌고 대신 최 회장이 직접 경영을 챙긴다는 이야기가 들렸다.

그러나 폴리실리콘 가격은 가파르게 하락하여 3개월 만에 다시 30%나 하락했다. 셰일 가스 때문에 유가가 지속적으로 하락하면서 폴리실리콘의 가격은 더 가파르게 떨어졌기 때문이다.

잠깐 보고 싶다는 혜진의 갑작스런 전화에 만나기로 한 커피숍으로 향했다. 나를 반갑게 맞아주는 혜진의 얼굴은 창백하다. 그러나 글래머인 그 녀는 약간 초췌할 때가 한결 섹시해 보인다.

"아버지가 직접 일을 챙겨서 예전처럼 주도적으로 못하니까 갑갑해." 그 녀에게는 남자 같은 강한 사업가적 기질이 분명히 있다. 이래서 최 회장이 동우 선배보다 혜진을 높게 평가하는구나.

"잠시 쉬면서 새로운 기회를 냉철히 기다리는 것도 필요하지 않을까?"

"독신인 나는 열정적으로 일해야 해. 그런 즐거움을 어디서 찾아야 할까?"

"남자에서 오는 즐거움으로 돌려보지, 가장 용이한 즐거움의 원천이 아 니던가."

"물론 남녀관계가 가장 쉽게 즐거움을 주니까 인간에게 사랑이 최고의 가치이지만 나는 당기지 않아." 한참을 생각한 그녀는 심각한 말을 한다.

"정세아가 아버지에게 꼬리치는 것처럼 보여. 아버지도 그걸 즐겨. 이럴 수도 있어?"

"정세아는 돈을 보고 너희 집안에 들어온 여자잖아. 너의 아버지는 욕정에 미친, 돈이 많은 사람이고. 두 사람은 목적만 맞으면 어떤 것이든 하겠지. 마음이 약하고 돈이 없는 동우 선배가 문제지."

"니 말이 맞아. 결벽성이 있는 동우가 걱정돼." 혜진은 정세아가 뭔가 큰 일을 저지를 수 있다고 생각하고 있는 듯하다.

"너희 동네의 이름인 만광처럼 너희 집안은 마음에 광을 가득 채우는 걸 좋아하지. 만광은 행복의 필요조건은 분명한데, 충분조건은 아니야. 특히 너의 아버지는 자기의 광을 끝없이 채우고 있어. 그의 만광은 풍선처럼 팽창하고 있어. 종말에는 예기치 못하는 엄청난 비극이 탄생할지 몰라." 처음 듣는 광이라는 단어이지만 그녀는 고개를 끄덕인다. 그리고 무언가를 계속 생각중이다. 동우 선배를 걱정하는 게 분명하다.

"이혼한 이유 물어봐도 돼?" 이제는 대화 주제를 바꾸는 게 좋다.

"그이는 선을 봐서 만난 사람이지. 미국에서 유학한 박사였어. 나한테만 너무 의존하려 하고, 자신 스스로 개척하는 성향이 없었어. 결국 계속 갈등이 생겼고 그게 갈라서게 만든 가장 큰 원인이었어. 민주주의 하에서 사람들은 스스로 노력하려는 의지가 너무 약해. 자기는 억울하며 보상받아야 한다는 생각으로 가득차 있지. 그래서 어떻게든 쉽게 받아먹으려고만 해. 그것이 안 되면 측은지심을 유발시키거나 주위를 흔들어서 어떻게든 그의 목적을 달성하려 하고." 그녀는 의외로 순순히 답을 해준다. 그녀의 얼굴에는 회한과 분노가 가득하다.

"그래 맞아, 요즘 인간들의 행동을 볼 때 자기 성찰에 대한 인문학적인 새로운 틀이 만들어질 필요가 있어." 나도 맞장구를 쳤다.

"결혼하기 전에 네 생각이 났는데 왜 한번 만나자고 너한테 말하지 못했을까?" 그녀는 뜬금없는 말을 던지며 그윽하게 나를 바라본다. 전 남편에 대한 회한이 그녀에게 색다른 감정을 불러일으킨 것일까?

"부자라는 너한테 주눅이 들어서 나는 연락할 엄두를 못 냈지만. 니 연락이 왔다면 나는 부자인 너를 꼭 안아 주었을 텐데." 나는 그녀의 우람한 육체를 보며 입맛을 다시는 표정을 지었다. 혜진은 피식 웃는다.

언젠가부터 나의 몸은 내심으로는 혜진을 원하고 있었다. 그러나 명중에 빠져 미지근하기만 한 나는 왈가닥 여전사를 과감히 정복할 용기가 없었다. 수진과의 충동적이고 우연한 섹스처럼 극적인 실마리도 우리에게 없었다. 원칙이 분명한 여전사도 신희처럼 적극적으로 나를 공략해 주지 않는다. 서로 미지근한 우리에게 이성적인 변동성은 당연히 생기지 않았다.

택시에서 내려 집으로 들어가려는 순간 누군가 사장님 하며 나를 부른다. 돌아보니 젊은 사람인데 어디선가 본 듯하다. 그는 할 말이 있는데 시간을 내줄 수 있는지 물었다, 무엇 때문이냐고 하는 나의 말에 그는 머뭇거린다. 내가 등을 돌려서 들어가려고 하자 그는 뒤에서 말했다.

"부인 건으로 말씀드릴 게 있습니다."

다시 그를 살펴보니 예전에 미란과 같이 있던 청년이었다. 키가 크며 후리후리하고 입술이 붉고 피부도 희고 말투도 순하다. 한마디로 여성처럼 여리여리했다.

주위 커피숍은 이미 문을 닫은 상태여서 작은 소나무 숲으로 가자고 했다. 내내 그는 아무 말이 없었다. 청량한 소나무 향기가 머리를 맑게 하자 그는 비로소 아주 조심스럽게 입을 열었다.

"저는 미란 씨와 사귀는 사람입니다." 그는 나의 표정을 살폈다. 전혀 놀라지 않는 나의 표정을 본 그는 안심된다는 듯이 본론을 말한다.

"선생님은 미란 씨가 밖에서는 자유롭게 사는 것에 대하여 개의치 않는다고 들었습니다."

그는 나의 눈치를 조심스럽게 살핀 후 말을 계속했다.

"저는 미란 씨를 사랑합니다. 따로 떨어져서 가끔 만나는 것보다 미란과 같이 살고 싶습니다."

그는 미안한 듯이 나의 답변을 기다렸다. 내가 말이 없자 그는 다시 말을 꺼냈다.

"미란 씨는 그렇게 하고 싶지만 선생님께서 반대하셔서 저와 같이 살 수 없다고 합니다."

그는 진지하면서도 힘들게 더듬거렸다. 진심을 토로하느라고 목 아래 핏줄이 솟아올랐다. 그런데 이 핏줄 옆에 이빨에 물린 자국이 보였다. 손등에도 물린 이빨 자국이 있었다.

미란은 순수한 이 청년을 마음대로 가지고 노는 이성의 광을 즐기기 위하여 거짓말까지 한 것이 분명하다. 만약 같이 살 수는 없고 잠깐 잠깐의 엔조이만이 본심이라고 토로하면 이 청년은 도망갈지도 모르기 때문이다.

정기처럼 이 청년도 미란이라는 중년미 물씬한 이성이 주는 광에 몰입되어 있었다. 그러나 그는 엔조이가 아닌 절대적인 사랑을 믿고 있다. 미란의 실체를 알고 스스로 자기의 길을 결정하게 하는 것이 좋을 것이다.

"미란 씨에게 그런 말을 한 적은 전혀 없네. 자유를 찾고 싶으면 언제라도 나가라고 했어."

돌아가는 청년의 어깨는 무겁다. 그의 헌신적인 사랑도 미란의 엔조이라는 모래 위에 위태롭게 서 있다는 것을 어떻게 받아들이고, 어떻게 대처할까?

다음날 아침 식사 당번인 미란은 식빵에 계란 프라이를 넣은 프렌치토스트를 주면서 질투하듯이 말했다.

"요즘 당신 얼굴이 너무 좋아 보여, 혹시 어린 애인 생긴 거 아녜요?"

"그게 왜 궁금해? 상관없지 않아?"

자기 광의 추구에만 집착하고 주위는 전혀 돌아보지 않는 미란에게도 질투라는 광이 있다니, 여자는 어쩔 수 없는 걸까?

퇴근 시간 무렵에 밖에서 비서가 누군가를 저지하는 소리가 들린다. 그러나 그는 비서를 뿌리치고 문을 콱 열고 들어왔다. 순간 내 사무실 안에 술 냄새가 진동했다. 동우 선배였다.

"정 사장, 한잔 하지." 그의 말은 지푸라기처럼 힘이 없다.

가까운 소줏집에 들어가자마자 대학교 때 뭇 여성들의 흠모의 대상이었던 그가 내 앞에서 무너질 대로 무너진 채 소주를 연거푸 마셨다.

"오늘 만나자고 한 것은 일 때문이 아니고 사적인 거다. 너의 스타일이라면 솔직히 얘기해 줄 거라고 믿는다." 그가 하는 말을 묵묵히 듣기만 했다.

"네가 우리 회사에 처음 온 것은 복수심 때문인가? 아니면 신희의 권유 때문인가? 이것은 말해 줄 수 있겠지." 처음부터 돌직구를 날리는 것을 보니 진지한 이야기하고 싶은 것 같다. 정확한 이야기를 해 주자.

"대부분의 이유는 후자입니다."

"복수심도 조금은 있었다는 거네?"

"고의적인 복수는 전혀 없었습니다. 만약 있었다면 무의식적인 미필적 고의 수준 정도이죠."

"미필적 고의도 범죄행위야." 농담이지만 진담도 느껴진다.

"투자할 거라고는 생각지 못했습니다. 워낙 똑똑한 분들이라서요." 이번에는 나도 지지 않았다.

"며칠 밤 내내 엑셀로 투자분석모델을 검증했지만, 대정에너지의 성공가능성이 낮았어. 아버지에게 아무리 말해도 아버지는 듣지 않고 오히려 나에게 고함을 질렀지. 미래의 전략적 투자는 너처럼 수리모델로 결정하는 게 아니야. S전자의 반도체를 봐. 숫자상으로 보아, 투자하면 망한다고 만류했지만 그때 총수가 밀어붙였고 그것 때문에 지금의 S전자가 존재하고 지금 한국도 이 회사 때문에 먹고사는 거잖아. 미래의 에너지인 태양광도 반도체처럼 과감히 투자해. 이런 아버지를 내가 막을 수 있나!" 투자 당시의 상황을 회상하며 동우 선배는 허탈한 듯이 중얼거렸다.

"신희, 정말 화끈하고 자유분방한 점이 짜릿짜릿하지. 우리끼리니까 솔직히 말해 보자는 거야." 그는 화끈하게 대화의 초점을 돌렸다.

"완벽한 자기 추구자인 앙칼진 말투와 탄력적인 몸매가 묘한 앙상블을 일으켜 우리를 항상 찌릿찌릿하고 황홀하게 해 주죠." 나도 감정이 이끄는 대로 내뱉었다.

"그런 여자와 헤어진 이유가 뭔지 아나? 물론 시발점은 누나지. 신희와 혜진 누나는 거의 성격이 유사하잖아. 둘이 부딪히면 가관이지." 한 잔을 비우고 그는 다시 말하기 시작했다.

"신희는 지나치게 완벽을 추구하면서도 열정적으로 자기 맘대로 살지. 그 여자는 섹스할 때도 미친 듯이 즐기잖아. 한번 움켜쥔 것은 안 놓으려는 기질도 있지. 나중에는 나를 장악하려 들었어. 그래서 난 주눅이 들었어. 넌 요즘 신희하고는 잘 돼 가니?"

"아니오. 그냥 업무 관계일 뿐이지요."

"그녀는 자기와 걸리는 게 없으면 널 쳐다보지도 않을 거야."

이번에는 둘 다 거푸 세 잔을 마셨다. 그가 쓰디쓴 목소리로 말했다.

"아버지는 만광리에 있는 작은 암자인 만광암에 기거하는 스님한테 점을 자주 치지. 그 스님이 아버지의 운명은 너희 외갓집 땅에서 흥하고 나중에는 그 땅의 외손 때문에 끝난다고 했대. 처음에는 별로 대수롭게 생각지 않다가 네가 돈을 벌었다는 걸 알고 관심을 가지기 시작했어. 네가 신희와 사귄 적이 있다는 것도 알게 되면서 나와 신희와의 이혼도 너 때문이라고 생각해."

"신희와 이혼이 왜 저 때문인가요?"

"혜진누나가 신희와 부딪힌 이유는 너와 관련된 질투도 있는 듯해."

"설마 그럴 리가요?"

"아무튼 대정에너지의 건으로 나는 핵심자리에서 물러났어. 아버지는 그 자리를 대신할 누군가를 만나고 있다는 이상한 소문도 들리고." 그는 말 끝을 흐린다.

"믿건 말건 네 자유지만, 이제 아버지가 너를 직접 공격할 수도 있어."

또다시 둘 다 연속으로 잔을 비웠다. 그는 심각하게 본론을 꺼냈다.

"우리 세아와 호텔까지 들어갔다가 그냥 나갔다며?"

그걸 어떻게 알았을까? 정세아가 그런 말을 할 리가 없다. 일단 지켜보자. 가만히 있는 나에게 그는 계속 말을 퍼부었다.

"술에 취한 내가 그녀를 안으려 하자, 오늘은 안 된다고 거부했지. 내가 한사코 덤비자 약간 취해 들어온 그녀는 생활비도 적게 주면서 왜 이리 치근대느냐고 완강히 거부하더군." 그는 나의 눈을 잠시 응시하다가 말을 계속했다.

"아버지가 돈줄을 죄니, 지금 내가 주는 생활비는 한때 최고였던 여배우의 품위유지비로는 적을 수도 있겠지. 나도 화가 났어, '그 정도가 적은 돈이야?'라면서 그녀를 침대로 밀어서 강제로 하려 했지. 화가 난 그녀는 '50억 준 사람도 이렇게 하지 않았어!'라고 엉겁결에 말했어."

정세아가 실언을 해서 동우 선배가 그 사실을 알게 된 것이다. 연기의 달인인 정세아도 그런 실수를 하다니.

"그 후 아무리 다그쳐도 그 사람에게 사례로 몸을 주려고 했지만 받아들이지 않았다는 이야기만 되풀이하고 더 이상 자세한 이야기는 안 해."

그는 말을 멈추고 나를 노려보기만 한다. 일 분이 지났을까, 그는 나의 눈동자를 정면으로 응시하면서 말했다.

"그 사람이 너야?"

너무나 간절한 눈빛이다. 진실을 알지 않으면 미칠 것 같은 광기이다. 피하지 말고 진실을 말해 주어야 한다.

"그래요. 그 사람은 제가 맞아요. 억지로 끌려 들어간 대정에너지 전환사채, 거기서 무조건 빠져나오고 싶었어요. 그 전환사채를 형수님 등 여러 연예인에게 원가로 팔았습니다. 거기서 형수님은 운 좋게 돈을 벌었어요, 형수님은 내가 만들어 준 이익이라고 생각해서 나에게 인사하려 온 거죠. 술 때문에 부적절한 관계로 가려는 순간 내가 정신 차리고 빠져나왔어요. 그때 왜 나왔는지 모르겠어요, 지금도 엄청나게 후회해요."

나도 동우 선배의 눈을 뚫어지게 쳐다보고 말했다. 1분 동안 나의 눈동자를 노려보던 동우 선배는 말했다.

"하긴 너도 나처럼 무르기 짝이 없는 놈이지. 그래도 넌 지금 잘 나가지만 난 쪼그라들고 있어. 내 존재의 이유가 점점 사라지고 있어."

"곧 좋은 날이 올 겁니다, 선배는 우리 대학교 최고였잖아요."

"옛날 최고가 지금 무슨 소용이야."

"형수님하고는 어떻게 결혼하게 된 거예요?"

"갑자기 정세아의 중매가 들어왔어. 내가 명문대를 나왔고 돈도 많고 착해 보이니까 정세아는 중매에 찬성한 것 같아. 처음 본 정세아는 환상 그 자체여서 내심 너무 좋았어. 그러나 신희와 이혼이 생각나더군. 정세아와도 결국 헤어질지 모른다. 할까 말까 망설이고 있었는데 아버지가 하라고 강하게 권했어. 아버지를 거역할 용기가 없었어. 그래서 재혼을 한거지. 내 인생이란 이렇게 끌려 다니는 수레바퀴 같아."

"멋진 배우 정세아를 태우고 가는, 남들이 부러워하는 수레바퀴죠."

동우 선배는 정세아 사건은 안심한 듯이 미안하다며 나에게 짠 하자고 했다. 오해는 풀어졌다. 아무 일이 없었다는 것은 확신하는 그이지만, 헤어질 때까지 그 사건을 마음에 담고 있는 듯했다.

걸어가고 있는 그의 등은 일체의 의욕이 사라진 것처럼 축 쳐져 있다. 저 여린 사람이 어떻게 뻔뻔한 최 회장 아들로 태어났을까? 운명이란 얼마나 얄궂은지 생각해 본다.

13.

부작용

1,000억대 부자가 된 지 5개월 만에 현철, 병수, 나 세 친구가 부부 동반으로 만났다. 돈을 벌었다는 소식을 들은 병수는 나보고 부부동반으로 한턱 쏘라고 말했다. 그러나 현철이 병수와의 부부 동반은 안 된다고 거부하여 차일피일 미루어졌다. 그러나 병수가 완강히 고집을 계속 부려서, 어쩔 수 없이 현철이 동의함에 따라 성사된 모임이었다.

오랜만에 보는 병수 와이프는 우아한 모습은 간데없고 너무 초췌하다. 미란의 얼굴은 뽀얗고 윤기가 흐르는데. 그녀는 나에게 얼마나 잘해 주어서 부인이 저렇게 예쁘냐고 물었다. 내가 해준 것은 별로 없고 스스로 자유분방하게 살아서 그렇다고 말했다. 그녀는 다시 내 얼굴이 좋아진 이유도 묻는다. 자유분방한 와이프 옆에 있어서 그렇다고 속에도 없는 이야기를 했다.

병수는 혈색도 돌고 얼굴에 자신감이 가득 차 있다. "중후해졌어요."라는 미란의 말에 "요즘 은행 실적이 좋아져서 그런가 봐요."라며 병수는 기다렸다는 듯이 미란의 말을 받는다.

현철의 변함없는 배려 때문인지 현철의 와이프는 다소 여유로워 보인다. 병수 와이프는 현철에게도 '부인에게 잘해 주시니까 부인이 편안해 보이네요.'라고 부러운 듯이 말한다.

"저야 와이프 앞에서 그냥 죽은 듯이 살죠."라고 현철은 소탈하게 답한다. 현철 와이프가 다시 내게 "유연하게 사시는 게 부러워요."라고 한다.

"그냥 그러려니 사는 게 가장 마음 편하죠."라는 내 대답에 보일 듯 말 듯 웃는다.

"은행 지점에 고객을 위하여 어떤 조각물을 비치하면 좋을까요?" 병수가 미란에게 느닷없는 자문을 구했다.

"자유의 여신상이 어떨까요?" 누가 들어도 성의 없는 미란의 대답이다.

"그렇군요. 아주 좋을 것 같은데요." 개념이 없기는 미란과 병수가 똑같다.

오늘따라 병수는 미란에게 말을 많이 건다. 시간이 지날수록 병수와 미란, 둘의 대화가 모임을 독차지한다. 미란의 자유분방함을 아는 나는 그러려니 했지만 다른 사람들은 못마땅하다는 눈치이다. 특히 병수 와이프의 안색이 좋지 않다.

며칠 후 영신이 혼자서 나를 찾아 왔다. 같은 광에 대하여 사람들이 느끼는 강도가 다를 뿐 아니라, 느끼는 방향도 다르다는 사실에 대하여 영신과 토론해 보고 싶어 내가 부른 것이다.

"인간의 마음이 느끼는 파동, 즉 광은 같은 광일지라도 사람의 느낌은 천차만별인 것 같아. 아마 그 사람의 기질에 의하여 달라지는 듯해. 이 점에 대한 너의 의견을 듣고 싶었어." 나는 말을 꺼냈다. 대학 동기인 우리는 말을 트기로 했다.

"광의 강도는 사람의 감성에 따라 달라진다고 생각돼. 감성이란 인간이 외부 자극을 느끼는 성질이야. 일전에 니가 말한 사례에서 보면 감성은 폴리실리콘, 광은 폴리실리콘에 의하여 산출되는 전기 같은 것이지."

"그러면 성질이라는 감성에는 어떤 것들이 있나?" 나는 집요하게 파고 들어간다.

"감성은 범용적 감성과 특성적 감성으로 나누어지지. 특성적 감성은 구체적인 특성에 반응하는 성질이지. 가령 예술에 대한 감성, 동반에 대한 감성, 성취에 대한 감성 등이 있지. 범용적 감성은 특성적 감성 모두에게 영향을 미치는 일반적인 기질이지. 가장 중요한 범용적 감성은 자아에 대한 감성이야." 너무 어려워서 정리할 시간을 달라고 하자 그는 잠간 쉬었다. 내가 이해가 되었다고 하자 그는 말을 계속했다.

"자아에 대한 감성은 공존적 감성, 부존적 감성, 과존적 감성으로 구분돼. 과존적 감성은 자기의 가치가 높다고 생각하는 감성으로서, 나르시시즘에 빠지고, 교만해지거나 자기를 위한 것은 모두 정당화하려고 하지. 부존적 감성은 자기는 항상 피해를 보는 존재라고 생각하는 감성으로서 그 피해의식을 즐거움으로 삼지." 나는 다시 영신의 말을 제지했고 그는 잠시 멈추었다. 정리가 된 나는 계속하라는 사인을 주었다.

"공존적 감성은 자기 실체에 대하여 항상 공정하고 객관적으로 보고 받아들이는 성향을 말해. 과존적 감성과 부존적 감성은 진화의 과정에서 인간에게 많이 축적된 것들이지. 그러나 공존적 감성은 이런 축적물들을 재가공하여 만들어 낸 정제물로서 수련과 경험의 통하여 생기지."

"사랑에 대한 달콤함 보다 이별에 대한 회상이나 아쉬움을 표현하는 대중음악은 부존적감성에 젖어있는 인간을 위한 표현이라고 생각하면 되나?" 이해한 것이 맞는지 나는 질문을 했다.

"정확하게 보았어." 영신은 놀란다. 그는 부연 설명을 했다.

"약육강식 논리 하에서 불안 속에서 생존해 온 대부분의 유기체는 억압 당하면서 살아왔고 그 과정에서 겪는 고통과 억압감이 진화 과정에서 부존적 감성으로 형성되어 왔지. 개인적 생각으로는 반도에 위치하여 항상 당해 온 우리 민족에게 부존적 감성이 뿌리 박혀 있다고 생각돼. 51%의 감성과 49%의 이성으로 구성된 인간의 의사 결정에 이런 부존적 감성이 아주 큰 영향을 미친다는 점이 인간 역사에서도 면면히 나타나지."

"광이 일어난 상태란 떨림과 열기가 존재하는 흥분된 상황이므로, 주도적인 범용적 감성이 광에 아주 큰 영향을 미치겠군. 부존적 감성이 광을 지배하면, 부존적 광이 나타날 가능성이 많겠네." 나는 다시 가설을 세워 보았다.

"순발력의 천재시구먼. 이래서 주식에 강한 거군." 그는 다시 놀란다. 부연설명을 계속했다.

"범용적 감성이 주도권을 잡아 인간의 광을 오도시킬 가능성이 크다는 점을 그렇게 쉽게 지적하다니. 너는 정신분석의사인 나보다도 더 인간을 깊이 보네."

영신은 부러운 눈빛으로 나를 보았다. 내가 즉흥적으로 도출한 이론이 크게 틀리지 않았다는 확인을 받으니 어깨가 으쓱해졌다.

"잘못된 광으로 투자에 필패한 경험이 많아서 그렇지."

"광에 심취한 인간은 감성에 좌지우지되는 경향이 크지. 어떤 상황에서는 범용적 감성이 49%를 차지하는 이성을 교묘히 동원하여 자기를 정당화시키려고 해." 이번 이야기는 아주 흥미롭다. 그렇지만 그 경우 광의 결과가 끔직하다는 생각이 든다.

"그런 감성으로 인하여 문제가 생겼을 때, 거기서 벗어나는 좋은 방법이 없나?"

"첫째, 이성을 가져오는 것이지. 둘째는 부존적 내지 과존적 감성에 쉽게 지배되지 않도록 공존적인 감성을 키워야 한다고 생각해."

"명상이나 수련을 하면 공존적 감성이 높아지는 건가?"

"그게 일반적인 방법이지. 성취 경험도 공존적 감성을 키우는데 도움이 된다는 연구 결과도 있어." 믿었던 광에게 그런 한계가 사실로 드러나다니. 소주가 부드럽게 목을 넘어갔다.

화장실에 가려고 한 발짝 내딛는 순간 나는 누군가의 발에 걸려 넘어지면서 그쪽 테이블 위로 넘어졌다. 테이블 주인이 나를 일으켜 세우더니, "이 자식, 술 처먹고 행패야."라는 말과 동시에 주먹이 날아왔다. 엄청난 펀치여서 정신을 잃었는데 그 와중에도 사이렌 소리가 들린다. 정신을 차리니 경찰서다. 뼈가 얼얼하다. 영신은 턱에 충격이 갔지만 뼈에는 문제가 없다고 했다.

경찰은 폭행 치상으로 처리하겠다고 한다. 내가 술에 취해 그들의 테이블에 넘어졌다고 해서 나를 주먹으로 치는 것은 분명 위법이다. 의사 출신인 영신은 경찰서에도 손을 써 놓았고 다친 사람은 나뿐이므로 내가 절대적으로 유리한 상황이었다.

수갑을 차고 있는 주먹의 주인은 덩치가 산더미만 하나. 그의 말투와 얼굴에 다혈질이라는 냄새가 물씬 풍긴다. 내가 그들의 테이블에 넘어져서 그들이 피해를 보았을 때, 저 덩치에게 과존적 감성이 발생했을 것이다. 주먹을 휘두른 건 그들 세계에서는 내재화된 프로그램대로의 반응일 것이다.

나는 처벌도 보상도 필요 없다고 했다. 피차 술을 마시다 일어난 일이며 그가 나에게 배상할 돈도 없어 보였다. 곰 같은 그 남자는 "잘못했습니다. 저 불곰, 오늘의 용서를 잊지 않겠습니다."라고 굽신굽신 인사를 하며 나갔다. 저 엄청난 다리가 테이블 안으로 들어갈 리가 있나, 나는 속으로 실소가 터졌다.

두 달 동안은 퇴근하자마자 칼같이 집으로 갔다. 부상에서 회복되려면 아주 잘 먹으라는 의사 말에 영양식을 챙겨먹었다. 몸은 금방 회복되었고 덩달아 성욕이 샘솟는다. 오늘은 섹스하기로 한 날이지만 미란은 아직 돌아오지 않는다.

TV를 틀어 채널을 돌리는 순간 비키니 차림의 걸그룹 멤버가 청순하고 요염하게 웃는다. 나를 처음 받아들이던 인경의 표정과 흡사하다. 욕망이 불끈 솟아오르면서 흥분을 주체할 수 없다. 나는 뜨겁게 인경을 상상했다. 금방 황홀하게 분출된다.

다른 채널로 돌리자 유부녀가 옛날 남자 애인과 바람을 피우는 장면이다. 하지 마, 남편이 곧 들어온다고 사정하지만 남자는 막무가내로 여자 위에 올라탄다. 소나무 밑 촉촉했던 인애의 입술이 떠올랐다. 상큼했던 키스의 감촉을 상상하니 온몸이 나른해진다. 다시 뜨겁게 인애를 외쳤다.

잠깐 눈을 붙인 모양이다. 1시가 되어도 미란은 들어오지 않았다. 성인 채널에서는 보닛에 앳된 애인을 구부리게 한 채로 뒤에서 거칠게 공략하는 섹스 신이 나오고 있었다. 보닛 위의 거룩했던 신희 모습이 생각나며, 손이 아래로 갔다. 오래지 않아서 신희야, 조용히 부르짖었다.

연거푸 3번이나 혼자 한 것이다. 둘일 때보다 더 짜릿하다. 걸핏하면 변덕을 부리는 미란보다 부드러운 연애 로봇이 곁에 있다면 좋겠다는 생각이 들 때도 있었다.

물 소리에 잠을 깼다. 미란이 샤워를 끝내고 방으로 들어오는 중이었다. 새벽 3시다. 미란의 얼굴에는 매우 피곤한 기색이 역력하다. 술을 먹은 것 같지 않으나 진이 빠져나간 것처럼 멍하다.

좀처럼 분출이 되지 않는다. 답답하다고 느꼈는지 미란이 위에서 하겠다고 한다. 기필코 하려는 그녀가 왠지 가엾어 보인다. 한 번도 없었던 미란의 희생적인 태도, 갑자기 범하고 싶다는 욕망이 솟구쳤다.

미란을 거꾸로 눕히고 뒤쪽에서 겁간하듯이 거칠게 몰아붙였다. 일전에 찾아왔던 보이프렌드 얼굴이 어른거렸다. 갑자기 격렬해지는 내게 미란은 아프다고 사정했지만 그 소리는 나를 더욱 자극할 뿐이었다. 분출한 양은 적었지만 모처럼 황홀하였다.

샤워를 하고 나오는데 미란이 자기 방으로 들어가는 게 보인다. 미란 방 안에 서 있는 조각은 이전에 보았던 자유로이 서 있는 대학생 조각이 아니다. 사색하는 중년 남성 같아 보인다. 맞는지 확인하려는데 곧 방문이 닫힌다. 몸도 피곤하여 그대로 곯아떨어졌다.

박 사장은 오늘도 회사를 찾아 왔다. 조선 및 해운주 매도 시에 억지를 부린 것을 이미 사과했고 그 후 서로 도움이 되는 방향으로 건설적으로 일해보기로 했었다. 그러나 가져오는 투자 정보의 내용이 신통찮다. 이걸 채택하기 어렵다는 나의 말을 자기를 갈구기 위한 것으로 받아들이는 것 같았다.

박 사장이 돌아간 후 동서가 나를 만나러 왔다. 동서는 판사다. 생활비도 절약하여 저축도 하고 가족과 어울려 살고 싶어서 장모와 같이 살았는데, 요즘 장모의 성화가 감당할 수 없는 수준이라면서 분가를 꼭 해야 하겠으니 전세 자금을 조금만 빌려 달라고 한다.

장모의 투정에는 나도 한몫을 했을 것이다. 나중에 알았지만 호적에서 미란을 뺀 것을 무효하기 위한 소송을 만류했던 사람은 동서였다. 만약 그런 소송이 들어오더라도 승소는 자신이 있었지만 이상한 방향으로 공론화되면 투자 업계에서 나의 위상은 상당한 손상을 입었을 것이다.

소송이 좌절되자 장인이 폭력배를 통해 나를 협박하여 미란의 호적을 회복하려고 하는 것까지도 동서가 막았다는 사실도 알게 되었다. 나보다 2살

위인 그는 성격이 온순하고 배려심이 많았다. 나는 기꺼이 전세 자금을 빌려 주었다.

돈을 잘 받았다며, 인사하러 온 그는 이상한 말을 하고 갔다.

"자네가 아는 이상으로 장모도 미란처럼 도덕에 매이지 않고 자유분방하네. 혹시 처가와 관련된 궁금한 것이 있으면 내게 물어보게."라는 동서의 말이 자꾸 신경 쓰였다.

영신과 같이 현철을 만났다. 그들도 동기이므로 말을 트라고 했다.

"싫증이라는 요소 때문에 사랑은 제때 변동해야 한다는 것이 내가 이해한 영기의 핵심 주장이야. 현철이 너는 어떻게 생각해?" 첫 대화인데 말을 놓으려니 어색한 듯이 영신은 더듬거린다.

"이기적인 인간들의 이해관계를 조정해 주는 자기 희생이야말로 인류를 이제까지 살아 남게 한 원동력이야. 자기를 희생할 수 있는 힘은 유일하게 사랑에서만 나오지. 그래서 사랑은 인류에게 영원하고 절대적인 가치야." 아내한테 그렇게 당하면서도 현철은 사랑의 절대적이고 영원한 가치를 받아들이고 있다. 나는 아직도 모호한 그의 사랑 개념을 이해하지 못한다.

"너도 그때 나처럼 신희를 사랑한 거 아니었어?" 현철이 나에게 역으로 묻는다.

"그 때에는 모든 것을 주고 싶고 나까지도 던지고 싶었지. 그녀와 관계를 가져 본 후 그녀의 많은 걸 알게 되니까 시들해졌어. 그녀를 가지고 싶은 욕망과 짜릿함이 너무 강해서 절대적인 희생까지 감수하려 한 것뿐. 그 때의 희생이란 희생 자체보다는 순간의 절실한 기분이 아니었을까?"

"그러면 관계를 가져보기 전에는 왜 그렇게 희생하려고 했어?" 현철은 다시 묻는다.

"그만큼 그녀를 안고 싶어서지. 그리고 뭘 몰랐다는 것도 한몫을 했어. 사회가 주장하는 사랑의 절대성에 세뇌되었거나 그런 사회적 분위기 때문에 그러려고 한 것뿐이지. 지금과 같이 어느 정도 사랑의 개념도 알고 또 신희라는 여자의 본성을 아는 상태였다면 그렇게 희생하려고 하지 않았을 거야." 현재의 솔직한 모습을 그대로 노출했다.

"혹시 신희란 자연대 그 신희인가?" 영신이 끼어들며 묻는다. 고개를 끄덕이자 그는 자기도 신희와 이성으로 만난 적이 있다고 한다. 소문에 떠돌았던 신희의 의대생 애인이 영신이었다니… 세상은 의외로 좁고, 인연은 참으로 묘하다.

"신희와 어떻게 만나고 어떻게 헤어진 거야?" 그 과정이 자못 궁금했다.

"신희는 나에게 바람처럼 접근했어. 의대 1등이라는 타이틀 때문이 아닌가 생각돼. 당연히 나는 그녀에게 홀딱 빠졌지. 여신처럼 숭배하면서 신희가 달라면 뭐든 다 줄 태세였지. 다른 경험도 헌신짝처럼 잊고서 말야."

"다른 경험이란 다른 여자와 섹스까지 간 경험을 말하는 거지?" 나는 더 궁금한 것을 물어 보기 위하여 영신의 말을 끊었다. 영신은 대답 없이 고개를 끄덕였다.

"나를 모두 알게 된 신희는 미련 없이 떠났어. 그녀는 바람처럼 왔다가 바람과 함께 사라진 거지. 나도 본과 공부에 정신도 없었고. 의대 1등이라는 프라이드 때문에 그녀의 다리를 붙잡고 애원하지도 못했어. 용기는 없고 프라이드로 똘똘 뭉친 나의 당연한 처신이었을지도 몰라."

"그렇게 쉽게 사랑을 가라앉혔다면, 희생의 감정이란 자기의 절실한 기분 정도로 해석되어야 하는 거 아닐까?" 나는 다시 따져 본다.

"듣고 보니 네 말이 맞는 듯해. 사랑은 변동되어야 한다는 너의 가설을 지지할 수도 있겠어." 영신은 일단 수긍을 한다.

"그러나 너의 가설은 혼란스러워. 이성의 광을 얻기 위하여 둘이 약속했으면 상대방을 배신해서는 안 되는 거 아닌가? 한편으로는 싫증이 나는데 이걸 누르고 살아야 되는지 아닌지 어느 것이 맞는지 모르겠어." 총명한 영신도 의외로 도덕 앞에서는 혼란에 빠진다. 정신분석의사가 왜 저럴까?

"자기를 희생하면서 남에게 정성을 다하는 것은 인간의 본성에 내재된 최고의 프로그램이며 그런 프로그램 때문에 인류가 다른 종을 제치고 지구의 주인이 되었다고 생각해." 현철이 자기 목소리를 낸다.

"제때 변동된다면 이성적 쾌감이 더 많아지고, 인류의 정신생활도 더 풍성해져 역사는 지금보다 더 발전하지 않을까?" 나도 내 목소리를 내었다.

"한쪽이 안 헤어지려는 상황에서도 다른 쪽으로 가는 쉽게 것을 용인해 주면, 사회적으로 큰 문제가 생기지 않을까?" 다시 도덕에 휩싸인 영신은 나의 주장에 의문을 제기한다.

"절대적인 사랑이라는 기준을 받아들이는 지금 상황에서는 충분히 그렇지. 그러나 모든 사람이 서로 맞지 않으면 헤어지는 게 당연하다는 변동성을 받아들인다면 그런 갈등은 지금보다는 크지 않을 것 같아." 나는 다시 내 목소리를 정당화한다.

"평소 보기 싫던 영감이 죽고 난 후 자기 말을 들어줄 사람이 곁에 없는 걸 알고서 영감의 사랑을 느꼈다는 진실된 사랑 이야기가 많잖아. 사랑이 변동되면 그게 가능하겠어?" 현철은 다시 그의 주장을 옹호한다.

"곧 나이 들면 우리가 직면할 문제지만 그때는 사랑이 필요하다고 봐." 영신도 현철을 두둔하나 왠지 우유부단해 보인다.

"그건 동반광일 뿐이지. 동반광이 필요하면 사회복지사를 고용하면 되는 것 아닌가?" 나의 주장에 그들은 반론을 못 폈다.

"요즘은 여성 사회복지사가 찾아와서 동반광을 주면 영감들도 부인보다 여성 복지사를 더 좋아한다던데." 나는 더 강도를 높였다.

"남자 복지사가 쭈그렁 할매에게 안 가면, 할매는 어떻게 동반광을 해결하지?" 현철의 희한한 반론에 우리 모두 웃었다.

현재는 성취 목표로 마음이 가득 차 있지만, 나이가 들면 인생에서의 동반이 매우 중요하겠지. 미란이 그때까지 같이 있어 줄까. 우리 사이에 애가 생긴다면 걔가 나의 동반광을 채워 주지 않을까?

일광도 도장을 찾았다. 몇 년 동안 보지 못했던 정지민 씨가 와 있었다. 여전히 해맑게 웃는 그녀는 자신감에 충만해 보였고 표정과 몸짓에서 강력한 카리스마가 뿜어져 나오고 있었다. 지방에서 국회의원 선거에 출마해 당선되었다고 했다.

축하한다는 나의 말에 그녀는 귀엽게 생긋 웃으며 "고마워요."라고 한다. 그녀는 인간의 이해를 조정하는 정치 속에서 광을 얻는 사람이다.

그녀는 아직도 독신이었다.

"계속 혼자 사실 건가요?"

"목표에 빠지면 남자 생각이 없어요. 어떤 때는 남자와 잠깐 동안은 밥도 먹고 이야기도 하고 즐겼으면 좋겠다는 생각이 절실해요. 그러나 그때만 그런 남자를 구하는 것은 사회 여건이나 도덕 상으로 아주 힘들죠."

혹시 도움이 필요하면 연락하라면서 알 듯 말 듯한 묘한 미소를 짓는다. 집으로 돌아가는 조그마한 그녀의 체구와 등은 남산처럼 다부지고 당차 보인다.

도시의 불빛을 삼킨 한강은 살아 있는 듯 꿈틀거린다. 늦은 시간에도 미란은 자지 않고 기다리고 있었다. 결혼 초기를 제외하면 처음이다. 보통 때와는 달리 수줍어하면서 말문을 연다.

"나, 오늘 좋은 소식이 있어. 맞혀 봐."

"출품된 작품이 대상에 당선되었구나." 나의 말에 손가락을 흔든다. 이 또한 못 보던 행동이다.

"장모님한테 큰 선물을 받았나?" 반응이 없다. 예술도 장모도 아니다. 그녀는 아랫배를 가만히 쓰다듬는다.

"임신!" 나는 다섯 달 전의 특이했던 섹스가 떠올랐다. 미란은 얼굴이 빨개지며 아무런 말이 없다.

아이가 생기다니. 가슴이 뭉클해진다. 나는 떨리는 손으로 미란의 배를 가만히 만졌다. 무언가 콩콩거리는 소리가 들리는 듯했다. 갑자기 세상이 환해지며 내 가슴도 쿵쿵 뛰기 시작했다. 그렇게 속 썩이던 미란이 너무 예쁘게 보였다.

며칠 동안 온 세상은 내 것 같고 하루 종일 하늘에 붕 떠 있는 듯했다. 자기복제광이 이렇게 흥분을 가져오다니.

그렇게 소식 없던 아이가 세 번이나 자위한 그 저녁에 생기다니. 이날 이후부터 신희의 웃음에서 신비감이 사라졌다. 매끈한 인애의 얼굴에도 여러 반점이 보였다. 참으로 자기 복제광이 가져오는 변동성이란 알 수 없는 일이다.

내가 소개해 준 외환 선물 분야의 이영록 박사로부터 도움을 받아 상당한 성과를 냈다며, 병수는 나와 현철에게 한턱내겠다고 했다. 현철은 영신도 부르자고 했다. 영신은 평소에 나와 주식 관계로 얽인 사람들을 보고 싶어 했다. 그럼, 아예 같이 만나면 어떠냐는 이야기가 누군가 입에서 나왔다. 그래서 나, 경옥, 신희, 인애, 병수, 현철, 영신이 한자리에 모이게 되었다.

주식이라는 공통분모가 있었기에 첫 만남에도 어색하지 않았다. 내가 먼저 말을 꺼냈다.

"세상과 사람은 계속 변화하는 것 같아요. 재미있게 사는 방법은 이러한 변동성이라는 돛단배를 잘 타는 것이라고 생각했습니다. 그래서 그 변동성이 가장 역동적으로 넘치는 주식에 발을 담가 왔죠. 그 담근 발 때문에 이렇게 훌륭한 여러분 각자를 만나는 기회를 가졌습니다. 여러분 모두를 한자리에서 만나게 되면 또 다른 변동성을 초래해 줄 것 같아서 이렇게 모임을 주선했습니다."

"박수!" 병수의 말에 일동의 박수가 나왔다. 병수는 그 다음 말을 이었다.

"저는 정 사장과는 대학교 때부터 절친한 친구고 은행에서 근무하고 있습니다. 우리는 서로 못 잡아먹어서 안달 난 사이죠." 좌중은 웃는다. 자기소개를 끝낸 병수가 재치 있게 현철을 소개한다.

"정 사장은 변동성보다는 안정성으로 똘똘 뭉친 친구였죠. 그런데 주역의 대가인 이 친구를 잘못 만나서 변덕스러운 성격으로 바뀐 거지요. 숨은 주인공 현철 선생을 소개합니다."

"아버지 때문에 주역 이론을 좀 배운 정도뿐입니다. 저는 중학교부터 정 사장과 같이 지내온 죽마고우입니다. 고지식한 정 사장을 유연한 사람으로 만들려고 주역 이론을 많이 이야기했는데 제가 부족해서 부작용이 생기면서 이렇게 돈을 밝히는 인간이 되었습니다. 저의 불찰입니다." 현철의 말에 다시 웃음이 터졌다.

"저도 부작용이 생기게 해 주세요." 경옥이 용감하게 끼어들었다.

"저도 유연하게 바꾸어 주세요. 필요하다면 인공지능 기술을 보탤게요." 돈맛을 본 인애도 뒤질세라 뛰어든다.

"그런 바이러스를 저에게 주입시켜 주세요. 유전자 변화가 돼도 좋아요." 바이오 사장인 신희는 한술 더 뜬다.

소개가 끝나자 오래된 사이들처럼 자리가 어울린다.

식사가 시작되면서 자연스럽게 여자와 남자로 나뉘어 이야기가 오간다. 영신은 신희에게 멋쩍게 인사를 했고 신희는 우아하게 웃어 넘겼다. 그래도 영신은 조금 어색해하나 신희는 전혀 개의치 않는다. 시간이 흐르자 영신도 대범한 신희의 스타일에 적응한다. 저런 담대하고 자연스러운 신희의 태도, 저런 자신감은 도대체 어디서 나오는 걸까? 정말 부럽다.

저번 부부 미팅 때 미란에게 접근한 것처럼 병수는 인애에게 바짝 다가선다. 인애도 싫어하지 않는 눈치다. 경옥, 현철과 영신은 도덕 분야에 있어서는 비슷한 관점을 가지고 있다. 그래서 경옥은 그들과 금방 친해졌다. 술이 시작되고 병수와 인애, 경옥과 현철 영신, 신희와 나, 3팀으로 각각의 대화가 진행되었다.

거의 1년만에 만난 신희의 얼굴에는 피로감이 역력하나 뿌듯한 희열이 느껴진다. 정기라는 영계 때문인가? 아니, 저 표정은 성취감인데.

"참, 임상 1상, 시작했나?"

"시작한 지 1년 반이 지났어."

"그렇게 됐어? 잘 돼 가나 봐?"

"응, 그럭저럭 돼."

초췌하나 밝은 얼굴. 저런 말투로 미루어 볼 때 분명 임상 1상의 진척 상황은 좋은 것이 틀림없다. 너무 과로한 것인지 신희의 눈가에 가느다란 주름살이 유난히 눈에 들어온다. 여신도 저렇게 노화되어 가는구나.

나의 시선이 이상하다고 생각되었는지 나를 보며 신희가 무슨 일이 있느냐고 조심스레 물었다. 미란의 임신 사실을 알리며 "다른 사람에겐 쉿." 이라고 했다. 우아한 신희의 얼굴에 잠깐 서운한 기운이 지나갔다.

14.

토끼풀꽃
시계

　　며칠 전부터 일반수익증권을 발행할 수 있는 투자자
문 자격을 취득하기 위하여 주무관청의 서류 심사를 받느라고 바빴다. 어
느 날 뜬금없이 금융감독원 자본시장조사국이라며 전화가 왔다. 조선주와
해운주의 매수와 매도가 이상하여 상세하게 조사하기로 하였다고 했다.
혹시 다른 불공정 거래에 연루된 파생 건이 아니냐고 묻자 담당자는 그런
것은 아니며 불공정 가능성만 보이면 언제라도 이런 조사를 할 수 있다고
반박했다. 이 종목들의 불공정 가능성을 어떻게 포착하였느냐는 질문에
증권 거래 내역을 검색하여 추출했다며 거리낌이 전혀 없다. 금융실명제 하
에서 그렇게 맘대로 하는 것이 가능한지가 의문이었지만 내부정보를 이용
한 적이 없는 나는 다음날 금융감독원을 방문하여 조사를 받았다.

　한번이면 끝날 줄 알았던 조사는 계속되었다. 당연히 그들은 아무것도
발견하지 못하였다. 두 달이 지났지만 끝날 기미가 안 보인다. 혐의가 없으
면 금방 끝날 거라는 조사국 직원은 처음 말과는 달리 무리한 자료를 계속
요구한다. 내부정보를 이용한 일이 없는데 왜 이리 질질 끄느냐고 항의하
자 그러지 마시고 진실을 이야기하여 빨리 끝내자고 닦달한다.

그제서야 단순한 조사가 아니라는 느낌이 들었다. 원론적인 접근이 아니라 정치적인 접근이 필요하다. 나는 정지민 국회의원을 찾아갔다. 내부정보라고는 눈곱만치도 이용한 적이 없다는 나의 말을 조용히 듣고 있던 그녀는 자신이 국회 재경위위원이어서 정말 억울한 일이라면 쉽게 해결해 줄 수 있으니 걱정 말라고 한다.

며칠 후 정 의원은 누군가가 투서를 해서 조사가 시작되었으나 물증을 찾지 못해 실무 담당자는 종결하고 싶은데, 투서자가 나와 상당히 밀접한 사람으로서 실무자의 고위층에 지속적으로 압력을 넣어서 쉽게 종료하지 못하는 상황이라고 말했다.

그녀는 투서자로 생각할 만한 사람이 있느냐고 묻는다. 조선주와 해운주의 매수와 관련되는 사람은 박 사장, 현철, 병수이다. 그들이 나를 찌를 이유가 없지 않은가? 그럴 사람이 없다는 나의 말에 내부정보를 이용한 적이 없다면 시간이 걸리긴 하지만 별 문제없이 끝날 것이라고 정 의원은 말했다.

새로운 투자자문 자격을 신청 중에 있으며 이 조사가 종료되지 않으면 금년도 자격 취득이 물 건너가고 그러면 영업 전략에 막대한 영향을 준다며 고충을 토로했다.

잠시 후 연락하겠다고 전화를 끊었던 그녀는 박정철이란 사람을 아느냐고 다시 연락해 왔다. 잘 안다는 나의 대답에 그가 투서자라고 하면서 비밀 엄수를 당부한다. 박정철이 내부정보를 나에게 전달했고 내가 그것으로 거액을 벌었다는 투서였다.

"그 사람한테서 내부정보를 받았어요?" 그녀가 묻는다.

"전혀요. 그런 정보를 받은 적은 없습니다."

단호한 나의 대답에 그녀는 "아니라는 물증이 있나요?"라고 물었다.

현철의 권유로 박 사장과의 대화들을 녹음해 둔 것이 떠오른다. 녹음 파일들을 정 의원에게 보냈다. 조금 후 정 의원이 다시 전화했다.

"이제는 정 사장의 결백을 확실히 믿어요. 이것을 가지고 당장 실무자를 만나세요."

녹음 파일을 들은 국장과 실무자들은 나의 결백을 받아들이는 것 같은 표정이다. 실무자가 어떻게 이걸 녹음할 생각을 했는지 묻는다.

"사실 그때 박 사장이 이상하게 말도 안 되는 억지를 부렸어요. 대학 선배이자 직장 사장이고 이 업계 유명 인사의 상식 밖의 행동이 걱정되어 친구에게 자문한 결과 녹음을 하라고 권유해서 한 것입니다."

어이가 없었던 그 상황이 다시 떠올랐다. 말을 하다 보니 분통이 터지면서 목소리가 높아졌다.

"그 후 박 사장님이 미안하다며 사과를 해서 서로 화해했습니다. 지금까지 몇 건의 일도 같이 했습니다. 아직도 그걸 가슴에 품고서 이런 투서를 하다니."

실무자와 국장은 이것으로 조사는 종결할 것이며 투서자를 알려주었다는 이야기를 해서는 안 된다는 것을 신신당부했다.

"과존적 감성이 이성을 지배한다는 말은 익히 알고 있었지만 박 사장 같은 엘리트가 그렇게 처신하다니." 나는 혼자서 중얼거렸다.

"사회의 최고 지도층도 혼돈과 감정의 상태에서 헤어 나오지 못하다니. 통제되지 못하는 감정의 시대, 한심스러워." 이 사실을 들은 현철은 잠시 놀라워했다.

현철은 한참 동안 생각에 잠겼다가 이윽고 말했다.

"자기 이익에 약삭빠른 박 사장이 이런 짓을 했다면 박 사장 뒤에는 누군가 있는 듯해."

그날 침대에 눕자 현철의 말이 자꾸 걸린다. 그러다가 잠이 들었는데 전화 진동소리가 들린다. 혜진이 잔뜩 취해서 울먹이며 잠깐 보자고 한다.

레스토랑의 창가에 앉은 혜진은 넋이 나간 채 창밖을 보고 있었다. 그녀의 얼굴에는 눈물이 가득하였다.

"동우가 자살했어." 혜진의 말에 나의 가슴은 철렁 내려앉았다. 왜냐고 물으려는 순간 혜진은 울먹거리며 말을 계속했다.

"아버지가 동우에게 왜 그렇게 나약하고 무능하냐고 소리를 쳤어. 그러다가 그룹을 말아먹을 것 같다며 한직으로 발령을 냈어."

아무리 마음이 여린 동우 선배이지만 경영권에서 소외된 것 때문에 자살을 할까? 이런 생각을 눈치채기라도 한 듯이 혜진은 말을 이어갔다.

"결혼 후에도 정세아는 김동석과 계속 내연의 관계를 유지해 왔어. 나이브한 동생의 말과 행동으로는 유명 탤런트의 마음을 흡족하게 해 주지 못하니까 그럴 법도 해. 그들 족속은 허황한 인기에 휩싸여 있고 자기 본능을 절제하지 못하는 인간들이잖아. 하지만 돈을 보고 들어왔으면 똑바로 처신했어야지."

박 사장처럼 정세아도 자기를 절제하지 못했구나. 이게 인간의 본능일까. 계속되는 혜진의 말은 더욱 충격적이다.

"대정에너지의 투자실패 후에 동우의 위상이 떨어져 재산을 한몫 챙기는게 물 건너갔다고 보고 정세아는 아버지를 유혹했어. 둘이 붙어 있는 그 불륜 현장을 동우한테 들킨 거야."

여러 가지 정황상 둘 사이에 불륜이 생길 수도 있다는 생각이 그전에도 들었기에 별로 놀라지 않았다. 누가 먼저 시작했는지 알고 싶어 나는 조심스레 물었다.

"정세아가 먼저 회장을 유혹한 것이 확실한가?"

"아버지 말로는 정세아가 먼저 유혹했다고 그래. 그리고 아버지도 별다른 거부 없이 받아들인 것은 분명해. 그러나 아버지가 적극적으로 유혹했을지는 알 수 없어. 정세아는 아무 말도 안 해."

최 회장은 말했고, 아직도 최 회장에게 기대야 하는 정세아가 아무 말을 안 했다. 그러면 정세아만의 잘못이 아닐 수도 있다. 울먹이는 혜진은 나의 이런 심정을 알아채지 못했다.

"정세아는 뻔뻔히 서 있다가 아무 말 없이 그냥 나갔대. 문제는 아버지야. 동우에게 미안하다는 말도 없이 방으로 들어가는 아버지에게 격분한 동우가 이런 인면수심의 짓을 할 수 있느냐고 소리를 쳤대. '이제까지 너는 나 때문에 이 자리에 올 수 있었고, 지금 네가 가진 것은 모두 나로 인해 얻은 거야. 그 물건을 내가 한번 사용했다고 해서 그렇게 아비에게 막말을 해?'라고 아버지는 맞받아쳤어."

이렇게 말하는 혜진은 흥분이 최고조에 달하여 있었다. 마침내 자기의 분을 이기지 못하고서 크게 울기 시작했다. 십여 분이 지났을까. 울음을 멈춘 혜진은 떨리는 목소리이지만 조리 있게 이야기를 계속했다.

"제 집사람이 물건이라뇨? 그럼 저도 물건이에요?'라고 동우는 더 과격하게 따졌어. '그럼, 너도 내가 만든 물건이지. 따로 만들어 논 다른 아들은 너처럼 이렇게 막말은 안 해.' 아버지의 기막힌 억지를 참지 못한 동우가 '이 물건이 어떻게 되는지 잘 봐요.'라며 박차고 나갔어. 그대로 약을 먹고 죽었어."

말을 마친 혜진은 허탈한 듯 망연자실하게 서 있었다. 그녀를 위로해 주고 싶었지만 아무런 말이 생각나지 않았다. 침묵은 오래 지속되었다.

"동우가 자살한 진정한 이유는 자기만 아는 독선적이고 안하무인인 아버지의 욕심 때문이야. 아버지 욕심은 제어가 안 돼. 가족장으로 치르고 언론에는 일절 공개 안 하는 걸 볼 때 그래도 일말의 양심은 남아 있나 봐."

그녀의 목소리는 울먹임에서 벗어나 있었다. 그녀도 무언가 골똘히 생각하고 있었다. 이윽고 그녀는 차분하게 이상한 말을 말했다.

"정세아의 중매가 들어왔을 때 반대할 줄 알았던 아버지가 적극적으로 나서서, 난 그때 이상하다고 생각했지. 언뜻 생각이 들었어, 아버지는 정세아의 유혹도 내심 원하고 있었고 정세아에게 적극적으로도 작업했을 수도 있다고. 그래서 여기 오기 전에 아버지를 계속 추궁하니까 정세아가 그녀를 닮았다는 말만 계속해. 그녀가 누군지는 이야기를 안 해."

예전에 정세아와 술자리를 같이 할 때 그녀가 누군가를 닮았다고 생각했고 그래서 친근하게 느껴졌었다. 지금 생각해 보니 사극에서 춘향의 분장을 한 정세아는 어머니를 조금 닮은 듯하다. 최 회장이 말한 그녀는 어머니를 가리키는 것은 아닐까?

혜진과 동우 선배를 생각하면 조문을 가야겠지만 최 회장을 만날 수 있다고 생각하니 가고 싶은 마음이 내키지 않았다. '내일이 발인인데.'라면서 신희가 같이 조문 가자고 한다. 검은 정장을 입은 신희의 모습은 엄숙하게 보이나 슬픔의 기색은 얼굴 어디에도 없다. 장례식장에 도착 전까지 그녀는 아무 말이 없었다.

자정쯤 도착한 장례식장에는 거의 사람이 없다. 최 회장을 만나는 것을 피하기 위하여 늦은 시간으로 잡은 것이다. 장례식장을 나오는 누군가가 나의 눈에 들어왔다. 박정철 사장이다. 그는 다른 사람과 이야기하느라고 나를 알아보지 못했다. 나도 며칠 전 사건 때문에 머리를 숙이고 박 사장을 그냥 스쳤다.

그가 지나가고 내가 고개를 살며시 드는 순간 누군가 당황스럽게 아는

체를 한다. 병수였다. 어떻게 알고 왔느냐는 나의 말에 그는 거래처 때문이라며 허둥지둥 말을 하다가 신희를 한번 힐끗 쳐다보고 급한 일이 있다며 황급히 나간다.

회사 사무실에서 차분히 업무를 보는 동우 선배가 영정 사진 속에 있다. 선배 앞에는 전무 직함패가 놓여 있었고 핼쑥한 그는 작은 미소를 짓고 있었다.

문상이 끝나자 혜진은 내 손을 꼭 잡는다. 분향실에서 나오는 순간 들어오던 최 회장과 정면으로 마주쳤다. 내일이 발인이어서 최 회장은 마지막으로 아들을 보려고 왔던 것이다.

신희도 한때 시아버지였던 그에게 목례를 한다. 최 회장은 움찔하다가 옆에 있는 나를 쳐다본다. 그제야 나를 알아보는 눈치다. 말없이 나가는데 뒤에서 최 회장의 고함 소리가 들린다.

"대정에너지를 망하게 만들고, 동우를 죽게 한 연놈들을 누가 들여보냈어?"

돌아서려는 나를 신희가 잡아끌며 그냥 나가자고 한다. 그녀 입에 득의만만한 미소가 서려 있다. 혜진은 그녀에게 뭐라고 이야기하였지만, 신희는 아무 말 없이 혼자 택시를 타고 떠났다.

건너편 커피숍으로 간 혜진은 은밀하고 심각하게 말을 꺼낸다.

"숨겨둔 아들이 외환거래에서 돈을 벌어 주어서 그 아들에 대한 신뢰가 이만 저만이 아니야. 그 아들과 신규 사업을 계획 중이라는 은밀한 소문도 있어. 아버지가 너한테 복수하려고 하니까 진짜 조심해." 그녀는 진심으로 걱정하는 누나처럼 말하고 총총히 들어간다.

최 회장의 광은 극단의 상황에 와 있다. 그러나 죽은 사람은 여린 동우 선배이다. 대학 시절 만인의 우상이었던 동우 선배. 자기 아버지 때문에 우상이 되었고 또 그 때문에 이런 최후를 맞이해야 하다니. 최 회장과 동우 선배간의 변동성 관계는 참으로 아이러니하다.

아무리 멘토 스님이 그렇게 이야기한다지만 나에게 복수를 운운하다니. 아들을 죽이고서도 저렇게 뻔뻔할 수 있다니. 내가 이렇게 계속 방어만 해야 하나? 최 회장과의 싸움은 피할 수 없는 것인가? 미란도 검진을 위해 입원하여 집에는 나 혼자라서 그런지 더욱더 뒤숭숭하다. 온갖 상상이 밤새도록 나를 흔들어서 겨우 몇 시간 선잠만 잤다.

다음날 아침 일찍 일광도 도장으로 갔다. 일광도로 여느 때처럼 생각의 찌꺼기를 태울 수가 없다. 왜 이렇지, 나는 몹시 혼란스럽다.

혼란 상태를 본 관장은 이유를 묻는다. 대강의 상황을 들은 그는 잠시 생각에 잠긴다. 조심스레 그는 말했다. 일광도는 엄청난 번뇌의 찌꺼기를 태울 수는 없다. 자기들 문파의 명광법이 지금 있었으면 좋을 텐데, 한다. 명광법이 뭐냐는 나의 질문에, 최악의 번뇌를 다스리는 비법이나 지금은 실전되었다고 한다.

한참 생각에 잠겼던 그는 혹시 도움이 될지 모른다며, 명광법의 입문에만 그친 자기의 스승이 입버릇처럼 중얼거렸던 이야기를 전했다.

"명광법은 전반부와 후반부로 구성되지. 난해한 후반부에서는 일광보다 더 강력한 힘을 이끌어 낼 수 있으나 수련 도중에 어려움에 봉착할 수 있어. 전반부와 후반부 모두 명광에 다다르는 방법은 완전한 자기 부정과 강력한 자기 긍정이라는 깨달음이란다."

자기를 부정하고 다시 긍정한다는 것은 모순적인 일련의 문장이다. 그래 이런 것은 현철이 익숙하지! 며칠 후 만난 현철은 한참 생각한 후에 말했다.

"자기의 부정을 통하여 자기를 재정립 후 그 힘으로 번뇌 상태를 다스린다는 것 같은데." 다시 그는 말을 잇는다.

"자기부정이란 존재에 대한 한계 인식이 아닐까." 현철의 말이 상당히 공감된다. 그러나 어떤 형태로 나를 완전히 부정하고 강력히 긍정할 수 있을까?

세 달이 지난 어느 날 아침 일찍 병원으로 향했다. 10시경에 미란의 출산이 예정되어 있다. 9시에 병원에 도착하니 장모가 벌써 애를 출산했다며 딸이라고 했다. 세 시간이 지나자 보육기 안에서 곤히 자는 아이를 보게 해준다. 하품을 연발하는 손바닥만 한 아이, 나의 유전자를 계속 이어주는 자식이라니. 가슴이 뭉클했다.

통통 부은 미란이 대견해 보인다. 딸을 꼭 안고 젖을 주며 어머니로서 푸근한 모습을 보이는 미란, 자유분방한 미란이 어머니로서 희생하는 모습을 보이다니. 모성애란 숭고하며 경이롭다. 나는 무거운 책임감이 느껴졌다. 그래 애를 낳은 이상 미란과의 과거는 잊자.

미란이 애를 가진 후부터 장모의 화장은 수준 이상이고 기분은 몹시 들떠 있다. 마치 결혼 직후의 미란을 보는 듯하다. 60대 초반인 장모는 피부 관리를 잘한 덕택에 50대 초반으로 보인다. 화장은 그녀를 40대 후반 중년으로 탈바꿈시켰다. 60대 노인이 누구를 위하여 그렇게 화장을 하는지 궁금하기도 하다.

출산 후 2개월이 지나자 미란은 애에게 짜증을 내기 시작한다. 내가 애를 보는 시간이 많아졌다. 애가 웃는 모습을 보면 모든 시름과 걱정이 잊혀진다. 일광도처럼 나의 작은 시름을 없애 주다니. 자기의 분신이란 경이로운 존재이다.

아버지와 어머니가 손주를 보러 왔다. 아버지는 이제 애가 생겼으니 미란과 끝까지 잘 살라고 한다. 어머니는 아이에게만 정신을 쏟고 있다. 그러다가 한마디를 던졌는데 영 신경이 거슬린다.

"애 엄마를 꼭 닮았어. 원래 큰 딸은 아빠를 많이 닮는다는데."

"너도 커서 할머니처럼 돈 많이 벌어야 해."라고 애를 안고 어른다. 처가에 대한 기대가 여전하다. 요즘 와서 엄마가 재산 때문에 미란을 중매시켜 준 것이라는 확신이 든다. 외가 재산을 잃은 것을 처가를 통해서라도 보상받으려는 막연하고 애처로운 기대가 아닐까?

잃어버린 땅을 보상받아야 한다는 광이 엄마를 지배하고 있다. 그것 때문에 상황을 제대로 못 보고 있다. 지금 엄마는 내가 처가보다 더 부자라는 걸 모른다. 그걸 알면 처가에 대한 저 생각이 바뀔까?

그날 저녁 딸의 출산 기념으로 저녁 식사를 사겠다고 광동팀에 연락을 했다. 광동팀이란 광을 추구하되 끊임없이 변동하자는 취지로 영신이 제안하여 붙여진 명칭이다. 병수와 인애는 일 때문에 빠지고, 신희와 영신이 먼저 와서 다소 어색하게 앉아 있었다. 경옥이 오자 영신의 표정은 밝아진다. 경옥은 나에게 뼈있는 축하인사를 했다.

"오빠 축하해. 이제는 어른으로 보여."

나중에 도착한 현철도 대화에 끼어들면서 대화는 활기를 띤다.

"자식광까지도 채웠으니 더 바랄 게 없겠어."

신희는 여전히 침울하다. 나는 그녀의 심기를 건드리지 않으려고 술만 마시는데 그녀는 어색한 상황을 수습하기 위하여 말을 꺼냈다.

"재물광, 자식광, 다음에는 뭘까? 명예광, 혹시 다시 이성광인가?" 약간 빈정거리는 말투이나 뭔지 모를 아쉬움이 담겨져 있다.

왜 바이오 회사를 하는지 이유를 물어봐야 한다는 생각이 났다. 몇 번 생각했었는데 만날 때마다 잊어버린 것이다.

"인간이 무엇인지 좀 더 알고 싶었어. 양자역학은 단순한 물질 구조에 대한 해석일 뿐 그것으로 생명의 신비를 말할 수 없었어. 너와 헤어지고 나서 미생물학과 석사과정에 들어가서 유전공학을 전공했어. 유명 바이오 회사에 2년 정도 있다가 나와서 지금 그 회사를 차린 거야."

"생명의 신비를 본 거야?"

"생존을 위하여 끊임없이 변화하도록 설계된 유전자 구조를 보았어. 가령 이성에 대한 짜릿한 감정인 사랑이나 아름다운 여자도 시간이 지나면 약점이 보이고 지루해지도록 설계된 구조를."

"여유가 있는 거 보니까 임상 1상은 착착 진행되나 봐?"

"그렁저렁."

"그런데 임상 자금은 엄청날 텐데, 어떻게 유치했어?" 그녀는 대답이 없다.

병수와 인애가 없어서 그런지 모임은 빨리 끝났다. 다들 먼저 가고 신희와 나 둘만 남았다. 그녀는 명중대에 올라가자고 했다. 따라오는 그녀는 오늘도 숨을 헐떡거렸다. 오늘도 안개는 여지없이 피어오른다.

밤 12시의 명중대에는 아무도 없다. 그녀가 나를 그윽하게 쳐다보자 나는 금방 몽롱해졌다. 눈을 마주친 채 한동안 말이 없었고 안개는 더욱더 짙어져 갔다. 안개 속의 그녀는 바이오의 여신처럼 거룩하다.

그녀가 기습적으로 키스를 하면서 작은 손으로 나의 벨트를 풀었다. 뱀같이 교활하고 현란한 구강기술에 여신의 은총을 감사하며 무한정 감동하려는 찰나, 딸을 안은 미란의 모습이 떠올라 그녀를 밀쳤다.

"미안해 신희야."

"역시 넌 자식광 선호도가 남달라."

미란과 영기에서 한 자씩 따서 미영이라고 이름을 지었다. 미영은 자주 울었다. 미란은 짜증을 내었고 급기야는 미영이 울든 말든 내팽개쳤다. 내가 딸을 돌보는 경우가 많았다. 전날도 미영 때문에 늦게서야 잠이 들었다. 곯아떨어졌던 나는 10시경에 전화를 받고서야 깼다. 병수였다.

금융 공학 기법으로 일반 채권 상품에 옵션을 결합하면 위험성이 없어지며 고수익까지 보장되는 복합 펀드를 개발했고 이 펀드의 판매 실적을 부장 승진 시에 중요한 평가 지표로 사용할 것이라고 행장의 지시가 내려졌다고 했다.

장종우 사장과 김덕만 사장이 각각 100억씩 펀드에 가입해 줘서 200억 원의 판매 실적을 올렸으나 추가로 1,000억 이상 유치해야 부장 승진의 안정권에 들 수 있다고 한다.

300억 원을 자기 은행에서 빌려주면 자기 돈 700억 원을 합하여 1,000억 원을 이 펀드에 투자할 고객이 있으나 그는 1,000억 원 모두에 대하여 원금 보장을 요구한다. 이 손님을 모시고 갈 테니 나보고 원금 보장을 하여 제발 자기를 살려 달라고 애원했다.

김정진 과장이라는 고객은 철강 회사의 사주 자금을 안정적으로 관리하는 회사 직원이었다. 낮은 투자수익 때문에 회장으로부터 불신을 받아 승진 대상에서 누락되었으며 이번에는 공격적으로 투자해 보려고 하는데 거래처인 병수가 이 복합 상품을 권했다는 것이다.

예정대로 그는 1,000억 원의 원금 보장을 나에게 요구했다. 펀드에 대한 원금 보장은 어떤 형태로도 할 수 없도록 하고 있다. 그런 규정이 있어 원금 보장은 안 된다고 했고 그는 실망한 기색으로 돌아갔다.

장모로부터 연락이 왔다. 자기 거래처 은행 담당자인 병수의 부탁을 그냥 들어주면 안 되느냐고 부드럽게 부탁한다.

"법으로 못 하게 되어 있고 만약 문제가 되면 제가 큰 손해를 봅니다."

"감독기관이 이면약정을 알 게 뭔가? 그리고 은행이 하는 상품에서 손실이 발생할 리가 있겠나? 눈 딱 감고 장모 체면 한번 살려 주게."

완곡한 장모의 모습을 여러 번 봤지만 그것은 전적으로 자기 이익을 위할 때뿐이었다. 장모가 병수와 친했던가? 그렇다고 해도 장모가 이렇게 거래처 사람인 병수를 챙겨 줄 필요가 있나?

이런 생각 중에 전화기에 감독기관의 번호가 찍힌다. 가슴이 화들짝 한다. 그 주식 조사에서 또 뭔가 생겼나? 투자자문회사를 관리하는 주무 관청의 과장이다. 직접적으로 말하지 않지만 병수 청을 들어주라는 이야기다.

어머니도 장모의 청을 들어주면 안 되느냐고 전화를 한다. 장모가 엄마에게 부탁한 모양인데 결국은 이것도 병수 작품이다.

병수 이놈, 이렇게 주위 사람에게 압력을 넣다니. 펀드 판매 실적이 그렇게 부장 승진에 결정적인 것인가? 그렇지만 잘못되면 친구를 위태하게 할 수도 있는 일인데. 금융공학을 전공한 이 박사가 떠오른다.

그는 요즘 금융공학적인 관점에서 옵션 등의 파생 상품과 일반 채권을 결합한 복합금융상품을 설계하여 파는 것이 대세라고 하며 그 상품도 아마 그런 것일 거라고 했다. 복합금융상품에 어떤 옵션이 포함되어 있는지를 알고서 투자해야 하고, 최근 신설된 투자자문사가 그런 복합 상품을 개발하여 은행을 통하여 파니까 특히 조심해야 한다. 그리고 무슨 말을 하려다가 얼버무리며 전화를 끊었다.

수익증권의 운용 회사를 알아보니까 디제이투자자문으로 최근 신설된 회사이다. 사방에서 계속 보증 청탁이 들어오지만 아예 무시했다. 1,000억이라면 내 자본과 유사한 수준으로서 한 번에 내 재산이 날아갈 것이기 때문이다.

동서도 나를 찾아왔다. 이유는 뻔하다. 장모가 시킨 것이다.

"형님, 제가 다시 생각해 볼게요. 중간에서 힘드시죠? 처형도 힘들게 하지요?"라는 나의 말에 동서는 "집사람이 힘들게 해도 그냥 그러려니 하고살아. 난 옆에 사람이 없으면 너무 외로워."라고 한다.

"형제분이 없으셨던가요?"란 나의 말에

"여동생이 한 명 있었는데 결혼 건으로 사이가 틀어졌어. 우유부단한 내가 결혼한 후 혼자 사시던 아버지에게 소홀했지. 아버지가 돌아가시자 여동생은 내가 혼자 잘 살자고 아버지도 돌보지 않았다며 의절한 것처럼 아예 만나지 않고 살아." 하고 씁쓸하게 대답했다.

회의 때문에 저녁 10시에 집에 들어갔지만, 미란은 손수 저녁을 차려서기다리고 있었다. 오랜만에 그녀가 직접 차려준 음식을 먹으니 신혼 분위기가 난다. 식후에 커피를 마시는데 미란이 애를 봐서라도 장모의 청을 들어 주면 어떠냐고 간절하게 애원한다. 애 얼굴을 보자 마음이 흔들리기 시작했다.

마음이 갈팡질팡하는데 남 회장이 회사로 찾아 왔다. 그가 우리 회사로찾아온 것은 처음이다. 반갑게 그를 맞이했지만 악수하는 남 회장의 표정은 어딘가 모르게 안절부절못했다. 나를 처음 보는 것처럼 그는 나의 얼굴을 찬찬히 살피기도 했다. 곧 정색을 한 남 회장은 단도직입적으로 자기부탁이 하나 있는데 들어줄 수 있느냐며 말을 더듬거렸다.

그의 청은 생각지도 못하게 병수의 보증 문제였다. 이렇게 집요하게 남회장에게까지 힘을 쓰다니. 남 회장은 과거 미수거래를 막아주면서 나중에한번 자기가 부탁하면 내가 들어주기로 되어 있지 않느냐며 조심스레 사정하면서 다시 나의 얼굴을 빼꼼히 쳐다보았다.

바로 그때 장모에게서도 전화가 왔다. 문제가 생기면 자기가 책임진다고 하면서 자기가 가진 부동산을 담보로 제공해 주겠다고 한다. 어렵게 부탁하는 남 회장 앞이기도 하고 미란을 생각하니 차마 담보약속을 문서로 요구할 수 없었다.

남 회장은 일이 있다며 먼저 일어섰다. 마지막에도 다시 한번 부탁한다는 말을 아끼지 않는다. 백발의 머리를 날리면서 미안한 얼굴로 조용히 떠나는 남 회장의 뒷모습은 공허해 보였다.

미란과 장모까지는 어떻게 해 보겠지만 남 회장의 경우는 다르다. 그는 위험에 빠진 나를 도왔지 않은가? 나도 그때 나중에 도와주겠다고 약속했다. 이것은 인간의 신뢰의 문제이다.

그래도, 그래도… 하는 생각이 머리를 떠나지 않는다. 최악의 상황이 오면 내 재산이 전부 날아가지 않는가?

"명중을 수행하는 네가 약속을 어길 셈이냐!" 할아버지가 수표 다발을 던지며 책상을 쾅 쳤다. 그 소리에 벌떡 일어났다. 고민하다가 책상에서 그대로 잠들었던 모양이다.

현철은 어쩔 수 없지만 병수를 조심해야 한다고 했다. 가능하면 안전장치를 강구하라고 덧붙인다.

우리 회사 김 이사는 나에게 보증해 줄지를 결정하셨는지 묻는다. 김 이사가 나라면 어떻게 할지 거꾸로 물었다.

"보증 건이 실제 청구될 상황이 발생할까요? 부탁하는 사람도 많고요. 그러나 사장님 스스로 판단해야 합니다."

오늘 중으로 결정을 해 달라고 재촉한다. 영신도 급히 만나자고 연락이 왔다. 회사 앞 커피숍에서 영신은 다른 사람과 함께 나를 기다리고 있다. 체구는 중간 정도이고 인상은 샤프하며 특히 눈매가 여간 날카롭지 않다. 영신의 소개 없이 그는 스스로 인사를 했다.

"저는 중앙지청에 근무하는 장의한 검사라고 합니다." 검사라는 말에 나의 정신은 위축되었다. 그러나 그의 말투는 아주 공손했다.

"집사람과의 이혼 때문에 직접 물어볼 말이 있어서 이렇게 찾아왔습니다. 현인애가 제 집사람입니다. 인애가 새 애인이 생겨서 별거 중이었는데 이제는 이혼을 하자고 합니다." 아, 그 검사구나? 인애가 이혼을 하다니. 그런데 왜 날 찾아왔을까?

"작년에 인애가 5억이 생겼다며 좋은 아파트로 이사를 했습니다. 저는 애인이 그것을 주었다고 생각하고 있습니다. 그러면 별거 전부터 이미 불륜이지요. 그것은 제가 용서할 수 없습니다. 그런데 그 돈은 선생이 벌게 해 주셨다고 인애가 그러더군요. 그걸 확인하고 싶었습니다."

"아 네, 제가 추천한 종목으로 스스로 번 돈이 맞습니다." 그는 나의 눈동자를 뚫어져라 쳐다보았다. 나는 잠깐 동안 현기증을 느꼈다.

"죄송하게 됐습니다. 제가 공연한 의심을 했군요. 나중에 혹시 도움이 필요하시면 연락 주세요." 나가는 그의 어깨가 축 쳐져 있었다. 이혼이라, 인애가 법적으로 자유로운 사람이 된다고. 미영이 태어나고서 가라앉았던 도톰하고 매서운 신비의 입술이 다시 떠오른다.

"그가 꼭 만나야겠다고 우겨서 어쩔 수 없이 데리고 왔어. 그는 불륜으로 협박해서라도 인애와 헤어지고 싶지 않은 거야." 그가 나간 후 영신은 나에게 말한다.

자리를 옮긴 후 영신은 소주를 줄기차게 마신다.

"왜, 무슨 일 있어?"

"인애, 정말로 매력적이고 상큼한 여자지?" 뜬금없이 묻는다.

"그러니까 저 검사도 안 놓으려는 거겠지."

"인애의 새로운 애인이 누군지 알아?" 고개를 가로젓는 내게 그는 소리 쳤다.

"병수야, 새 애인."

잠시 엄청난 충격이 나를 덮쳤다. 공대 에이스 인애의 두 번째 상대가 병 수라니. 그런데 똑순이 인애가 왜 병수를 택한 거지. 병수는 가진 것도 없 는데. 아, 미남이고 몸이 끝내주지.

내가 신희하고 먼저 사귀었다고 병수가 나를 그렇게 부러워하고 시기하 더니. 이제는 내가 병수를 질투하는군. 이성의 변동성이란 이래서 재미있는 거라고 하나.

나의 두 번째 사랑을 병수가 낚아채 가다니. 아니지, 골키퍼가 있다고 해서 골이 안 들어가는 것은 아니잖아. 그래도 그렇지. 검사라는 프로 골 키퍼에 비하면 병수는 아마추어 후보 선수잖아.

내가 혼자서 상상계를 헤매는 동안 영신은 소주 5잔을 연거푸 마시고 있 었다.

"인애와 병수가 사귄다는데 니가 왜 이러는 거야?" 현실로 돌아온 나는 영신을 제지했다.

"인애의 순결을 누가 차지했는지 아니?" 뜬금없는 소리다. 많이 취했구 나. 집에 가자고 일어서려는데 그가 뜻밖의 말을 한다.

"나야." 나는 경악을 감추지 못했다. 둘은 외사촌 사이인데. 매서운 인애 의 눈에서 느껴졌던 이름 모를 정한이 잠시 떠올랐다. 영신은 술냄새를 풍 기며 숨겨 두었던 추억에 빠져 들었다.

대학교 1학년 추석, 영신은 어머니와 함께 인애의 아버지인 작은 외삼촌 집에 갔다. 작은 외삼촌의 부탁으로 큰 외삼촌의 병을 상담해 주기 위하여 그의 집으로 향했다. 인애에 이끌려 걸어가는 방둑길은 한적했다. 사방에는 토끼풀 꽃이 가득 피어 있었다. 인애는 기뻐서 통통거리며 걸었다. 영신의 눈에는 마치 귀여운 토끼가 곁에서 뛰노는 것처럼 보였다.

상담을 끝내고 돌아오는 강가의 방둑길은 둥그런 달이 사방을 환히 비추었고 토끼풀 꽃 향기가 진동하고 있었다.

"오빠는 어떻게 그렇게 공부를 잘해?"

"우리 인애도 전교에서 수위를 다툰다면서."

"피, 전국 일등을 다투는 오빠에 비하면 새 발의 피지."

강둑의 길이 좁아지자, 인애는 영신 가까이로 찰싹 붙었다. 인애의 흰 옷깃 속 작은 어깨가 팔에 살짝 스칠 때마다 영신은 황홀해 어쩔 줄 몰랐다. 인애도 숨을 쌕쌕 내쉬었다. 그녀는 마치 순백색의 토끼처럼 풋풋하며 앙증맞고 귀여웠다.

"오빠 주위에는 예쁜 애인도 많겠어."

"인애만큼 예쁜 여자는 전혀 없는걸."

"말로만 그러는 거지. 정말 그렇게 생각해?"

영신은 어릴 때부터 인애를 지켜보았다. 갈수록 예뻐지고 활짝 피어 가는 그녀를 볼 때마다 저렇게 예쁜 여자가 있나 싶었다. 그에게 항상 귀엽고 수줍은 미소를 짓는 인애는 한 떨기 흑장미 같았다.

인애가 뾰로통하게 말하는 그 순간 토끼풀 꽃들이 눈에 들어왔다. 영신은 토끼풀 꽃으로 시계를 만들어 그녀의 손목에 채우기 시작했다. 인애는 영신이 하는 대로 가만히 있었다.

"이 시계는 세상에서 가장 예쁜 사람만 찰 수 있는 거야."

그녀의 두 볼은 순식간에 발그레 물들었다. 양손에 토끼풀꽃 시계를 차고 살포시 걸어가는 그녀는 작은 하얀 천사였다.

본과 1학년 때 영신의 이모인 인애 어머니와 인애 아버지가 교통사고로 갑작스럽게 돌아가셨다. 그때 인애가 고등학교 2학년이었다. 어머니는 인애와 여동생을 집에 데려왔다. 영신은 인애와 같이 있게 되어서 내심 기뻤다. 슬픔을 가라앉히고 동생을 위로하며 묵묵히 살아가는 인애가 성모마리아처럼 숭고하고 백합같이 고결해 보였다. 어떻게든 그녀를 도와주고 싶었고, 그녀를 꼭 껴안고 위로해 주고 싶었다.

"이 또한 지나가리라, 라는 말만 생각해, 그러면 곧 좋은 때가 올 거야."

"고마워 오빠." 인애는 눈물을 글썽이면서 영신의 손을 꼭 잡았다.

인애는 악바리처럼 악착같이 공부했다. 마침내 영신과 같은 대학교에 합격했다. 취직이 잘 되는 전산과였다. 영신은 환희에 차서 우는 인애보다 더 기뻤다.

구정 때 인애는 영신 어머니와 큰외삼촌 댁에 갔다가 입학 서류 제출 때문에 먼저 집에 왔다. 합격을 축하한다고 외삼촌이 권한 술에 취한 그녀는 곧 깊은 잠에 빠졌다.

영신도 아버지와 함께 삼촌 댁에 갔다가 다음날 실험 준비 때문에 먼저 돌아왔다. 의사도 술을 배워야 한다며 삼촌이 주는 술을 그냥 받아 마셔 상당히 취한 상태였다. 인애의 신발을 본 영신은 인애를 불렀으나 그녀는 대답이 없었다.

열린 방문 틈새로 술에 취해 곤히 자는 인애가 보였다. 쌕쌕거리며 자는 그녀는 정말 예쁘고 귀여워 보였다. 영신은 술기운에 용기를 내서 인애 볼에 살짝 뽀뽀를 했다. 방을 나오려는 찰나 인애가 살짝 몸을 틀면서 이불이 미끄러지고 하얀 엉덩이에 걸친 검은 팬티가 보였다.

팬티에서 볼록 삐져 나온 뽀얀 엉덩이는 신비의 알처럼 보였다. 원초적인 생명력이 꿈틀거리면서 심연에서 솟아오르기 시작했다. 넋이 나간 사람처럼 영신은 인애의 팬티를 천천히 내렸다. 작은 두 엉덩이가 볼록 드러났다. 영신은 보물단지를 만지듯이 조심스럽게 쓰다듬었다. 술에 취한 인애는 여전히 영신의 어루만짐을 알아채지 못했다.

시간이 지나자 원초적인 생명력은 영신을 완전히 지배했다. 영신이 엉성하고 우악스럽게 그녀를 덮치자 인애는 깊은 잠에서 깨어났다. 놀란 그녀는 영신을 강력히 밀어내었다. 그러나 원초적 인간으로 전락한 영신은 다시 그녀를 거칠게 공략하려 했다. 그녀는 세상을 흔들 듯이 큰소리로 말했다.

"오빠, 우리는 외사촌 사이잖아. 정말 나를 책임질 자신 있어?"

악마가 영신의 귀에 은밀히 속삭였다. 영신은 온 정성을 다하여 그녀에게 부르짖었다.

"토끼풀꽃 시계처럼 언제나 너를 하얗게 지켜 줄게."

인애는 그처럼 진지한 영신을 본 적이 없었다. 잠시 후 그녀는 몸을 가렸던 이불을 내리고 침대에 조용히 누웠다. 영신은 하얀 토끼풀꽃 시계 속으로 그의 몸과 마음을 정성스럽게 넣었다.

그날 이후 영신과 인애는 언제나 함께했다. 학생식당 귀퉁이에서 영신은 그녀가 반찬을 올려주는 점심을 맛있게 먹었다. 대학교 1학년 1학기 말, 인애는 여동생과 함께 영신의 집에서 독립했다. 자유로워진 둘은 더욱더 달콤한 시간을 보냈다.

어느 날 말로만 듣던 대학 최고의 퀸카, 신희가 영신을 찾아왔다. 영신은 한순간 숨이 멎었다. 천상에서 내려온 진짜 천사였다. 여자가 저렇게 우아하고 고귀할 수 있을까? 여신은 영신에게 스스럼없이 먼저 다가와서 말을 걸었고 환상적인 웃음을 선사했다.

그 날부터 인애 대신에 신희가 영신의 마음을 완전히 점령했다. 그녀의 싱그럽고 우아한 웃음을 보기 위하여 영신은 시간만 나면 그녀에게 달려갔다. 심지어 인애가 반찬을 놓아주는 밥도 신희를 생각하면서 먹었다.

어느 날 인애는 영신이 신희에게 빠진 것을 알아차렸다. 분노에 찬 인애는 영신의 머리에 작은 책을 던졌다. 펼쳐진 책갈피 사이에 말라빠진 토끼풀꽃 시계가 보였다. 그러나 영신의 눈에는 토끼풀꽃 시계도, 그녀의 엄청난 분노조차도 들어오지 않았다. 영신도 신희광에 완전히 빠져 있는 집토끼와 같았다. 어느 날, 바람처럼 찾아왔던 신희는 다시 바람처럼 영신에게서 사라졌다. 인애도 냉랭히 영신을 떠났다.

잠깐 동안의 회상에서 돌아온 영신은 소주를 거침없이 들이켰다. 그는 다시 울부짖었다.

"신희가 떠나고서야 엄청난 잘못을 저지른 나를 깨달았어. 나는 얼마나 간사하고 이기적인 사람이었던가. 외사촌을 사랑한 비도덕적인 나와, 토끼풀꽃 시계의 언약을 헌신짝처럼 차버리고 신희에 빠졌던 배신자인 나 말이야."

영신의 첫 느낌도 어떻게 저렇게 내가 신희에게서 받은 첫인상과 비슷할까? 내가 신희를 본 직후부터 경옥을 잊었던 것처럼. 신희는 누구든지 벗어날 수 없는 여신임이 분명하다. 신희가 여신임은 분명하지만, 공대 에이스인 인애를 어떻게 차버릴 수 있단 말인가?

"그런 비양심적인 나 자신이 너무 미웠어. 그런 나 자신을 잘 알고 싶었어. 인기 전공 대신에 비인기인 정신분석학을 택했어. 물론 부모님의 반대도 심했지. 모순적이고 이기적인 사람들이 겪는 정신병을 자문하면서도 나 자신을 깊숙이 들여다보려고 했어. 내 속에 들어가면 들어갈수록 이기적이고 모순투성이인 괴물만 있었어."

샤프한 그가 도덕 앞에서 보였던 우유부단함이 이제야 조금 이해가 되었다.

"그런 모순투성이, 나를 개조하기 위해 한때 혹독한 정신수련법에도 입문했어. 그러나 너무 나약한 나는 그 수련에서 생기는 육체적 고통을 감당하지 못하고 중단했어. 우유부단하고 나약한 나를 추가로 발견했어."

자신을 개조하기 위하여 그렇게 고통을 주는 정신수련법까지 시도했다니. 이 친구, 보기와 다르게 직면한 문제를 해결하려는 의지는 강하구나.

"그 욕망의 덩어리이자 나약한 유전자구조는 도저히 못 벗어난다는 걸 알았어. 한때는 사회봉사활동을 많이 하려고 했지. 내가 범한 죄를 조금이라도 갚으면 혹시 내가 바뀔 것 같아서. 그러나 나의 방황은 계속되었지. 나약한 나, 이기적인 나, 비도덕적인 나를 자책하면서. 그 방황의 끝에 자기합리화가 된 현재의 내가 탄생한 것이지."

인간의 본능에 충실했던 영신의 행동이 원천적인 죄가 될 수 있을까? 사회질서를 위하여는 분명 응징해야 하는 죄임은 분명하지만. 파란만장했던 자신의 재탄생 과정을 털어놓은 영신은 연거푸 소주 두 잔을 마셨다. 이윽고 그는 다시 인애에 대하여 말하기 시작했다.

"토끼풀꽃 시계를 차고 있었던, 그때의 인애는 순수한 천사였어. 내가 신희를 만난 걸 안 뒤로는 차디찬 마녀가 되었어. 결혼 후 언젠가부터 그녀는 현실적인 인간으로 돌아왔어. 어느 날부터 뛰어난 어장 관리자로 변신했어. 너무 완벽하고 성공적인 그녀의 변신에 놀랐어. 내가 인애에게 어장 관리자로서의 본능을 일깨워 준 게 아닐까라는 생각까지 종종 들었어. 나는 거기 갇힌 물고기지."

여자의 변신은 무죄라는 말이 왜 떠오를까? 언젠가 술자리에서 들은 이야기가 생각났다.

"미인은 자기 사랑을 위하여 어장 관리를 합니다. 자기의 마음에 드는 여러 취향의 남자들을 가까이 두면서 필요할 때마다 자기의 다양한 사랑 욕구에 적절한 남자를 불러내지요. 이것은 마치 고기를 어장에 가둬 두고 필요할 때 구미에 당기는 고기를 잡아먹는 것과 같은 이치입니다. 어장 관리력이 탁월할수록 갇힌 고기는 나갈 수 있는 길이 있음에도 스스로 어장에 머물지요."

신희는 향기를 흘려서 남자가 스스로 다가오게 하는 반면에 인애는 계산적으로 남자를 가두어 두고서 자신에게 필요할 때 불러내는 것 같다. 지금 병수도 인애의 어장에 걸린 고기일지 모른다.

"그렇게 학대하고 후회하면서 인애에 대한 나의 마음을 정리했지만 병수한테 갔다고 하니까, 또다시 속이 쓰리고 허전하고 아쉽고 혼란스러워."

"인애가 권력보다는 다른 목표 때문에 새로운 고기를 잡으려는 것 같은데. 그런데 왜 병수를 택한 거지. 병수는 돈이 없잖아?"라고 물었지만 영신은 그런 이유에 대하여는 관심이 없다.

"넌 부인이 있잖아. 인애가 같이 살자고 하면 이혼하고 같이 살 생각이 진짜 있어?"

"집사람하고는 며칠 전 이혼 합의를 보았어. 애는 내가 키우기로 하고. 그렇다고 인애하고 살 생각은 없어. 물론 인애가 나를 받아 줄 가능성도 없어. 그렇지만 지금은 그녀가 보고 싶어서 미치겠어." 영신은 여전히 횡설수설한다.

애기 울음소리가 우리의 정적을 깼다. 드라마 속에서 옛 남자 애인에게 돌아오라고 애원하는데 업고 있던 애가 운 것이다. 정신이 번쩍 들면서 공황상태에 빠진 영신의 얼굴이 보였다.

목표 지향적으로 애인을 바꾸는 인애는 그래도 정상적이다. 외사촌을 진정 사랑하는 것도 아니면서 단순히 기회를 잃은 것을 못 참고 아직도 우왕좌왕하는 영신이야말로 똑바로 정신 차리게 해야 한다.

내가 손님을 접대하는 룸으로 그를 데리고 갔다. 나의 폰에 저장된 인애의 사진을 보여주고 이 여자와 닮은 여자를 저 손님의 파트너로 해 달라고 하면서 수표 3장을 가슴에 찔러 주었다.

한 시간 후 들어오는 파트너는 얼추 인애와 비슷하다. 오히려 미모는 인애를 능가한다. 30만 원 팁은 기대 이상의 변동성을 일으킨 것이다.

취한 영신은 처음에는 그 여자에게 황송해한다.

"또 다른 인애가 있을 줄이야." 그는 희열에 가득 찬 목소리로 외쳤다. 마담도 들어와서 유세를 떤다.

"단골이니까 딱 맞는 사람을 구해 주지, 다른 데 가면 어림도 없어요."

바로 그때 김 이사로부터 전화가 왔다.

"장 사장과 김 사장도 해외 옵션을 포함한 고수익 펀드에 가입했답니다. 우리보고 보증하라고 계속 요청하는데 어떻게 할까요?" 안전장치가 필요하다는 현철의 말이 떠오른다.

그래, 내가 모르는 것은 배제하자. 아는 단골 종목만 거래하자.

"해외 옵션이 들어간 상품은 안 된다고 해. 한국의 업종 지수 중에서 자신 있는 업종에 대한 옵션만 된다고 해."

"한국의 어느 업종이 좋으신지 묻습니다." 김 이사는 두 대의 전화로 동시에 이야기하고 있었다.

"조선과 반도체 업종만."

병수가 직접 나에게 전화를 해서 원래 조건대로 그냥 보증해 주면 안 되느냐고 한다. 갈팡질팡하는 영신의 얼굴이 보이면서 인애가 떠오른다.

이 새끼! 양보해선 안 돼.

"내 조건대로가 아니면 보증하지 않겠어."

"그냥 보증해 주기로 했잖아."

"지금 결정을 안 해 주면 보증은 없는 것으로 하자." 큰 목소리에 병수도 움찔한다.

전화기 너머의 병수는 장시간 침묵했고 적막이 흘렀다. 영신은 새로운 인애 앞에서 용기가 생긴 듯했다. 마담의 제지에 침묵하던 영신이 "너 임마 누구야!"라고 소릴 지른다. 그 소리는 병수의 귀에도 들릴 정도로 아주 컸다.

"좋아, 그건 그렇게 하자, 그리고 철강 그룹 회장은 1,000억에 대한 보증을 확보받기 위하여 수익증권의 가격이 50% 이상 하락하면 너희 회사의 재산 관리권은 자기가 지정한 제삼자가 관리하도록 하겠대." 병수도 나에게 말을 꺼내기 어려운 조건을 슬쩍 올렸다.

"굳이 그렇게 해야 하나?"

"철강 그룹 회장이 강력히 요청한 것인데, 김 과장은 니한테 차마 이야기를 못 꺼낸 것이야. 그리고 주가가 설마 매수가의 50%나 떨어지겠어?"

둘 중 하나를 선택해야 한다. 지금 새로 판을 짜서 다시 시작하기도 어렵다. 주가가 50% 이하까지 떨어지기 어렵다는 말은 신빙성 있게 들렸다.

"네 말대로 할게." 병수와 최종 결정을 내리자 속이 후련하다.

"눈 앞의 인애를 먼저 사랑해. 진짜 인애는 내일 이야기하자." 나는 영신에게 간곡하게 말했고, 영신도 몽롱한 표정으로 고개를 끄덕였다.

"오늘은 제가 진짜가 돼 줄게요." 눈 앞의 인애도 진짜 인애보다 적극적이다. 나는 보증으로 인한 찝찝한 마음을 잊기 위하여, 영신은 새로운 인애를 탐닉하기 위하여, 알코올을 몸속에 사정없이 부어 넣었다.

그렇게 많은 술이 들어갔으나 나의 정신은 말짱하기만 하다. 휘청거리면서 파트너와 호텔로 들어가는 영신이 내일부터 진짜 인애의 어장에서 벗어나 자유를 찾기를 빌었다. 그의 정신분석학보다는 나의 인생경험학이 더 좋은 처방이 되기를 바라면서.

호텔 정원 모퉁이에 소복이 모여 있는 토끼풀 꽃들도 시들어 가고 있었다.

다음날 김 이사가 현황을 브리핑했다. 조선 지수와 반도체 지수만을 대상으로 하는 옵션을 넣은 복합 펀드가 만들어졌고 철강회사가 이 펀드에 1,000억을 투자하였다. 우리 회사는 1,000억 투자에 대하여 원금 보증을 제공하였다.

어제 과음 때문에 일찍 퇴근했다. 조건부 보증을 한 것에 대하여 미란은 꼭 그렇게 해야 하느냐고 따진다. 짜증이 났다. 병수도 동의한 것이니 더 이상 관여하지 말라고 잘라 말했다. 미란이 여전히 투덜댄다. "제발 그만 둬!" 큰소리를 질렀다. 미영은 깨서 울었다.

며칠 후 펀드를 팔아 주어서 고맙다며 병수는 광동팀을 전부 불렀다. 이번 모임에는 팀원 모두가 참석했다.

부장으로 승진한 병수는 자신감이 가득 찼고 그전과 다르게 좀 거만해 보였다. 인애는 병수 옆에 착 달라붙어 있다. 집안일이 안 풀려서인지 경옥은 여전히 초췌하다. 영신은 이런 경옥 옆에서 무어라고 계속 이야기하고 있는 걸 보니 인애의 어장에서 확실히 벗어난 듯하다.

신희는 요즘 바이오 연구에 몰두해 있는지라 인애와 병수의 밀착된 모습도 흘려보고 있다. 현철은 오늘도 병수의 행실에 대하여 못마땅하게 생각하고 있었다.

"너는 이제 칼자루를 잡은 폼이야. 그 칼로 무엇을 하려고 하나?" 현철은 직구를 날렸다.

"나도 꼭 하고 싶은 걸 이제는 해야겠지." 그냥 순순히 인정하는 기세다.

"조선시대 그 유학자와는 달리 반드시 기회를 포착한다는 말이지." 현철이 빈정댄다.

"변동성을 추구하면서 사는 게 우리 팀의 슬로건 아닌가요? 병수 씨에게 기회라는 변동성이 왔으면 찾아 먹어야죠." 인애가 재빨리 병수 편을 든다.

"어떤 기회인데요?" 영신은 응수했다.

"세계의 금융을 잡아 볼 수 있는 기회…" 영신의 공격에 일순 당황한 인애는 말을 하려다 중단한다. 그렇다면 병수에게 간 이유가 돈이라는 거잖아.

"부장 승진이 그렇게 큰 기회를 주나요?" 아무것도 모르는 신희가 끼어든다.

"우리 은행이 세계적인 은행이라서 그런 기회가 생길 수 있다는 거죠." 병수가 얼버무린다.

"두 분 사이에 새로운 변동성이 생긴 것처럼 보이는데 광동팀에 솔직히 고하시죠." 나는 병수와 인애를 번갈아 보며 의중을 찔러 보았다.

"병수 씨가 강력한 광을 추구하고 있어 저도 거기에 적극적으로 동참하였습니다." 인애는 강인한 입술로 정면으로 당당하게 답변했다. 서로 간에 대화가 많다 보니, 광으로 만들어진 약자들에 대해서 광동팀원은 이미 익숙해진 상태이다.

이 사실을 몰랐던 신희와 경옥은 놀라움을 금치 못한다.

"어떤 종류의 광인가요? 돈의 광인가요?" 경옥도 궁금한 모양이다.

"동반의 광입니다." 병수가 대답을 가로챘다.

"그것은 너무 싱거운 광이잖아." 현철은 병수 답변의 문제점을 날카롭게 지적했다.

"동반은 육체관계를 포함한 뜨거운 광입니까?"

나는 노골적으로 물었다.

"마음도 몸도 다 던져야 새롭지만 작은 광이라도 그나마 얻는 것 아니겠습니까? 불광불급하지 못하면 원하는 광을 얻지 못하니까요." 인애는 얼굴에 핏대를 세우며 사실을 인정하고 그녀 나름의 생각까지 강변했다.

그녀의 목표지향적 생활 방식은 충분히 수긍이 간다. 어쩌면 우리 모두가 배워야 하는 태도일지도 모른다. 그러나 목표가 돈이라니, 인애의 굳센 입술은 더 이상 강인해 보이지 않는다. 이제는 돈을 빨아들이려는, 툭 튀어나온 탐욕스러운 흡입구로 보였다.

"새로운 광을 추구하는 결단력, 정말 존경합니다." 나는 박수를 쳤다. 그러나 나 혼자뿐이다. 조금 후 다른 박수와 함께 신희의 목소리가 들린다.

"현 교수의 과감성을 나도 존경합니다." 신희는 잠시 쉬었다가 다시 말했다.

"확신했던 그 광이 혹시라도 빨리 꺼지면 그때도 불광불급하여 새로운 광을 찾아 나오는 거겠죠?"

"언니는 남을 걱정해 줄 정도로 요즘 한가한가 봐요." 인애는 매몰차게 신희의 말을 잘랐다. 모진 응수에도 신희는 그냥 담담할 뿐이다.

이제 보니 인애는 어장 관리자가 아니다. 어망을 만들고 던지는 창설자이다. 돈을 위하여 병수에게 어망을 던진 것이다. 그러나 병수는 돈이 없다. 검사도 고루하다고 차 버린 인애가 그런 병수에게 저렇게 확신을 가지다니. 아무리 생각해도 이상하다.

백팩을 메고 가는 병수와 팔짱을 끼고 가는 인애는 하얀 토끼처럼 폴짝폴짝 뛰어 가고 있었다. 공대 에이스였던 인애가 돈 때문에 저렇게 순식간에 바뀌다니. 여자의 변신은 자유이지만 천박하다는 생각만 든다. 질투감이 이상하게 변질된 걸까? 한때 신희를 지우개로 빡빡 지운 것처럼 나는 내 계정에서 인애의 코드를 완전히 삭제했다. 이와 동시에 그 이상한 의문도 사라졌다.

나를 태운 택시는 은행 앞을 지나고 있다. 무보증 신용대출 플랜카드가 보인다. 병수 요청 때문에 선 보증으로 인한 변동성도 미리 대비해야 한다는 생각이 번쩍 들었다. 아군을 만들어 두는 것이 좋겠다. 며칠 후 나는 장종우 사장과 김덕만 사장을 만나서 이제는 같은 배를 탄 동지라고 하면서 진하게 한잔을 했다.

김덕만 사장은 다혈질이지만 기브앤드테이크가 분명하다. 술에 취한 그는 신희 투자 건도 깔끔하게 해결해 준 나에게 다시 고맙다며 공치사한 후 살벌한 이야기도 곁들였다.

"정 사장님, 아주 나쁜 놈을 쥐도 새도 모르게 이 세상에서 사라지게 하고 싶으시면 말씀하세요. 그 놈을 콘크리트에 묶어서 서해에 넌져 버릴 테니. 권총도 필요하면 말하세요. 구해 드릴 테니."

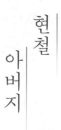

15。

현철
아버지

　　현철의 집을 찾은 것은 거의 이십 년 만이다. 고풍스
러운 집은 세월의 무게가 더해져 중후한 정취가 가득하다. 현철의 아버지
는 우리 집안의 안부를 묻고 나서 만광리 최 회장 집안, 명중리 우리 집안,
광동원 그의 집안에 내려오는 옛 전설을 이야기하기 시작했다.

　삼각산의 끝자락에서 남서쪽으로 한강에 도달하기 전에 광원이라는 꽤
큰 마을이 있다. 광원에서 한강을 바라볼 때 오른쪽에 있는 산이 명산이고
왼쪽에 있는 산이 만산이다. 명산 아래 있는 마을은 명리로, 만산 밑에 있
는 마을은 만골이라고 불렀다.

　어젯밤 카라는 광자가 닭똥 같은 눈물을 흘리며 애원하는 간절한 청을
받아들여서 지금까지 아무에게도 허락한 적이 없던 몸을 기꺼이 열어 주었
다. 꿀처럼 달콤하다는 말과는 달리 매우 아프기만 했다. 머리 위에서 넘실
대는 해바라기는 카라의 아픔을 달래 주었다. 일어서는 순간 붉은 피가 주
르르 흘렀다. 카라는 해바라기 꽃을 한 주먹 뜯어서 그곳을 닦았다. 선명
하고 강렬한 해바라기의 꽃잎에 붉은 핏물은 지워졌다.

광원에 심부름 갔던 광자는 마침 병사를 모집 중이던 삼별초 대장의 고려를 지켜야 한다는 설득에 의협심이 불타올라, 삼별초에 지원하기로 하고 카라에게 승낙을 구했다. 광자는 밤새 정성 들여 만든 해바라기 꽃 왕관을 카라에게 씌어 주었다. 왕관을 쓰는 순간 카라의 눈물이 멈췄다. 광자는 석양을 등지고 카라를 떠났다.

첫 몽고 침공 때 만산으로 깊숙이 둘러싸인 만골은 몽고군들에게 발각되지 않았다. 그 후 삼 년이 지났지만 광자의 소식은 없었다. 다시 몽고족이 침공했다는 소문이 들려왔다. 한 달쯤 지나자 몽고군에 밀려 남하 중인 관군이 광원으로 내려왔다.

카라가 밤새 정성스럽게 장만한 음식을 먹던 관군들에게 광자 소식을 물었으나 아무도 알지 못했다. 이번에도 틀렸구나 하며 일어서려는 순간 이상한 말소리가 들렸다.

"그 친구가 불 붙은 화약을 지고 돌진하여 건초 더미에 불을 질러 잠자고 있던 말들을 불태워 죽이지 못했다면 우리 모두는 기마병에게 몰살당했고 여기도 피바다가 되었을 것이야. 그 친구가 화약 심지에 불을 붙여 돌진하면서 나보고 '가라'인지, '카라'인지 소리를 쳤는데, 아직도 그게 무슨 말인지 모르겠어."

휘청거리며 다가와서 그가 어떻게 생겼는지 묻는 카라에게, 그 군졸은 왜 묻느냐 하는 표정을 지으며 말했다.

"눈이 유난히 컸고 얼굴은 불그스름했어. 삼별초엔 삼 년 전에 들어왔다고 했어."

앞뒤 정황으로 보니 광자가 틀림없다.

"마지막에 외친 말이 '카라' 아니었나요?"

"그러고 보니 그 소리가 카라였던 게 분명해. 임자가 그걸 어떻게 아나?"

"제 이름이 카라입니다." 카라는 넋이 나간 채 눈물만 흘렸다.

"광자다운 최후였구나. 최후에도 나를 생각했구나." 잠시 위안이 되었지만 깊은 슬픔은 카라의 전부를 삼켜 버렸다.

"자네 애인이 몸을 던진 화약 폭발로 몽고군 대장이 부상을 입고 결국 죽었어. 몽고군은 고려 남자는 보이는 대로 목을 베고, 고려 여자는 겁간하고 나중에는 찔러 죽인대. 우리와 같이 피난을 가든지 깊은 산속에 가서 나오지 말게." 그 군졸은 신신당부를 한다.

고려인을 사정없이 죽인다는 말에 대부분 마을 사람들은 관군을 따라 남쪽으로 갔다. 힘겨워 하는 아버지를 부축하며 산속으로 터벅터벅 걸어가는 카라는 이렇게라도 살아야 하는 목숨이 너무 구차스러웠다. 돌부리에 걸려 넘어진 아버지를 일으켜서 대신 부축해 가는 비려의 듬직한 어깨와 굵은 팔뚝은 카라에게는 작은 위로가 되었다.

만산성으로 들어가는 입구의 양쪽 큰 바위들은 오늘도 늠름하다. 이 입구가 아니면 옆으로 돌아서 가파른 절벽을 타고 들어올 수밖에 없는 만산성은 훌륭한 요새였다. 산성에 피난 온 마흔아홉 명은 만장일치로 의협심 강한 비려를 대장으로 추대했다. 비려는 만산성 뒤쪽 광소에서 나오는 물과 가지고 온 식량으로 초여름인 지금부터 겨울 전까지 버티는 전략을 제의하였고 모두 찬성했다. 성리학적 질서가 도래하기 전 자유분방한 시대였지만 혼란을 막으려면 남녀 관계에도 규칙이 필요했다. 남녀 둘이 동의할 경우에는 광소에서만 관계하되 한번 선정된 파트너는 바꿀 수 없다는 규칙에 대하여도 합의를 이끌어 냈다.

비려와 견우는 광자의 친구이다. 쇠를 두드리는 일을 해 온 비려는 마음이 견실하고 광자처럼 의협심은 강하고 아주 외골수였다. 상인이었던 아버지를 따라 비정한 세상을 경험한 견우는 승부욕이 강하며 목표를 위해서는 수단 방법을 가리지 않았다.

카라는 견우의 관계 간청을 냉랭히 거절하였다. 견우는 곧바로 다른 여자와 관계를 즐겼다. 비려는 평소 짝사랑하고 있는 카라에게 관계를 요구하지 않았다. 친구 광자와의 의리는 그에게 절대적인 진리였다.

두 달이 지나도 몽고군은 교통 요충지인 광원에서 철수하지 않았다. 초가을에 접어들면서 날씨가 쌀쌀해졌다. 겨울은 여기서 보낼 수 없다. 몽고군이 철군하지 않으면 모두 얼어 죽을 것이다.

지루하고 초조해진 견우는 그 불안감을 달래려고 새로운 여자를 유혹하여 즐겼다. 이를 지켜본 다른 젊은 남녀들도 파트너를 바꾸는 대열에 동참했다. 새로운 파트너의 신선함을 맛본 그들은 파트너를 바꾸는 것을 당연한 것으로 받아들였다. 규칙은 깨졌지만 모두가 즐겼으므로 비려는 제지할 수 없었다.

한 달이 지나자 만산은 단풍으로 붉게 물들었다. 견우의 욕정은 더 붉어졌다. 그로 인하여 더 자극적인 혼욕이 퍼지기 시작했다. 카라와 비려를 제외한 모두는 그 혼욕에 동참했다.

달빛을 머금은 검붉은 단풍과 엉켜 있는 뜨거운 나신들에 카라의 마음도 흔들렸다. 광자와의 황홀했던 순간이 떠오르면서 묘한 흥분감이 온몸을 서서히 타고 올랐다. 비려의 듬직한 어깨와 굵은 팔뚝도 눈앞에 아른거렸다. 부스럭 소리가 나서 뒤를 보았다. 거기에는 혼욕을 저지하려 온 비려가 우뚝 서 있었다. 붉은 달빛을 등진 비려는 광자처럼 보였다.

카라는 용소 뒤의 은밀한 장소로 비려를 데리고 갔다. 카라는 비려의 귓속에 광자라고 속삭이며 망치처럼 서 있는 그것을 옷 위로 부드럽게 쓰다듬었다. 비려는 지상 최고의 짜릿함을 느꼈다. 그 순간 한 줄기 바람이 비려의 얼굴을 스쳤다. 비려는 "안 돼!"라며 카라를 밀쳐 냈다.

"친구 애인을 욕심내다니." 비려는 가슴을 탁탁 치고 그 자리를 떠났다.

이 상황을 목격한 견우는 몽고군이 철수하지 않으면 모두 죽을 텐데 멋진 카라의 몸을 그냥 둘 것이냐, 라며 다른 사람들을 선동했다. 카라의 몸매에 환장한 그들은 견우의 교묘한 언변을 핑계로 삼아 자신들의 영혼을 육체에 팔았다.

그날 저녁 누군가 몽둥이로 비려 머리를 때렸다. 몇 사람은 쿵 하며 쓰러지는 비려를 결박했고 나머지 사람은 카라의 입을 막은 채 묶고 사정없이 옷을 벗겼다.

달빛에 비친 카라의 몸은 백옥같이 희었고 검푸른 숲은 신비스러웠다. 어제 제비 뽑은 순서에 따라 견우는 봉긋 솟은 카라의 작은 가슴을 미친 듯이 애무하기 시작했다.

그 순간 누군가 몽둥이로 견우의 머리를 가격하자 견우가 쓰러졌다. 몽둥이를 든 사람은 견우 아버지였다. 남아 있던 사람들은 황급히 도망갔다. 견우 아버지는 말했다.

"기개와 자존심으로 살라고 했는데 이렇게 야비하게 남을 탐하는가?"

"며칠 전 아버지도 카라를 몰래 보면서 자위를 했잖아요."

"수양이 부족한 내 자신이 부끄럽지만, 나는 강제로 범하지는 않아."

카라는 놀랐다. 항상 점잖게 웃던 그가 자기 몸을 그리워해서 자위를 했다니.

도망간 사람들이 돌아와서 잘못했다고 빌면서 상황이 수습되었다. 다음 날 아침, 견우와 달사개가 보이지 않는다. 달사개가 견우를 풀어 주고 같이 도망간 것이다. 달사개는 카라 옆집에 사는 남자로서 카라를 품는 것을 평생의 목표로 살아왔다.

견우 아버지는 견우의 꽁한 성격상 무슨 일을 저지를 것 같아서 비려에게 견우의 동태를 살펴보라고 했다. 비려는 견우가 일곱 명의 몽고군을 이끌고 이 산성으로 조심스레 접근 오고 있는 것을 발견했다.

몽고군은 7명, 여기 젊은 남자도 11명. 수적으로는 우세하고 이 산의 지형 지세를 잘 알고 있다. 우리가 몽고군을 이기지 못하면 우리는 물론 여자들도 모두 죽는다. 그냥 앉아서 죽음을 기다리는 것보다 용감히 싸워야 한다.

비려의 말에 모두는 비장한 각오를 다지며 만산성 입구 바위 위에 납작 엎드려서 기다렸다. 몽고군이 산성 입구로 들어오는 순간, 그들은 괴성을 지르며 몽고군을 급습했다. 생각지 못한 공격이었으며 몽고군의 장기인 칼을 휘두르지 못하고 육박전이 벌어지자 지상 최강이라는 몽고군도 허겁지겁 물러났다.

고려 측에선 4명이 죽고 2명이 크게 부상했다. 몽고군도 2명이 죽고 한 명이 크게 부상을 당했다. 산성 입구에서 조금 떨어진 평지에 막사를 친 몽고군은 좀처럼 공격하지 않는다. 대치 상태로 한 달이 흘러가면서 단풍은 모두 떨어졌다.

어느 날 광원의 몽고군졸은 본국으로 철수해야 한다는 명을 몽고장수에게 전했다. 이 말을 엿들은 견우는 몽고 장수에게 비려와 협상안을 제의했고 몽고장수는 순순히 응했다.

카라를 넘겨주면 잠시 굶주린 욕구를 푼 후에 카라를 돌려주고 철군하겠으나, 그렇지 않으면 다른 몽고군을 데려와서 산성을 함락시켜 남자들은 목을 베고 여자들은 겁간한 후 죽이겠다는 장수의 명을 견우는 비려에게 전했다.

비려는 끝까지 싸우자고 했지만 모두는 카라를 간절하게 쳐다보기만 했다. 카라는 자기 몸을 바쳐서라도 아버지와 다른 사람을 살릴 수 있다면 그렇게 하겠다고 했다.

먼저 들어온 몽고 장수의 힘은 그 누구와도 비견되지 못할 정도로 강력했다. 카라는 매우 아팠다. 이민족이 뿜어내는 이상한 냄새는 토할 정도로 메스꺼웠지만 아버지를 생각하여 참았다. 다음 사람은 절뚝거리며 들어왔다. 그의 사투에는 생명의 불꽃을 피우려는 절실함이 담겨 있었다. 세 번째 남자는 동네 남동생처럼 귀엽고 얼굴에는 아직 어린 티가 가득하다. 수줍어하는 그의 얼굴을 찬찬히 살펴보는 순간 엄청난 충격에 카라는 까무러쳤다.

견우는 나무토막 같은 카라의 몸을 신비롭고 소중하게 탐닉했다. 일은 마친 그는 허탈한 듯 이름 모를 소리를 내질렀다. 마지막 차례인 달사개는 정성스럽게 카라를 씻긴 후 한참 동안 같이 누워 있었다. 용기를 내서 카라의 위로 올라갔으나 그는 곧 부르르 몸을 비꼬았다. 평생의 소원을 푼 것이다.

달사개가 막사를 나오자 몽고군졸은 기다렸다는 듯이 칼로 찔렀다. 몽고장수도 뒤에서 견우의 등에 칼을 꽂았다. 몽고 장수는 녹초가 된 카라의 몸을 물끄러미 바라보다가 무심하게 카라의 배를 찔렀다. 망가진 몸에서도 선홍색 피는 철철 흘러 나왔다.

몽고군을 추격하려는 비려에게 카라는 말했다.

"네가 죽으면 우리 아버지는 누가 돌봐 줘, 날 해바라기 숲에 묻어 줘."

카라를 해바라기 숲에 묻은 비려는 깊이 후회했다. 생전에 그녀를 품어 볼 것을, 부질없는 의리를 지킨다고 이렇게 그냥 보내는구나.

그는 날마다 술에 취해 해바라기 숲에 가서 자신을 한탄하곤 했다. 그 다음 해에 카라의 아버지가 죽었다. 그 다음날 사람들은 해바라기 숲에서 죽어 있는 비려를 발견했다. 그의 눈에는 여전히 아쉬움이 가득 차 있었다.

그 후 외로운 사람들이 해바라기 동산을 찾아가면, 카라가 그들에게 뜨거운 열정을 심어 주었다고 한다. 광자의 거룩한 최후와 카라의 빛나는 희생을 기려 후대 사람들은 만골은 만광리로, 만산은 만광산으로 불렀다.

아름다운 수강 공주는 바보에게 세 가지 문제를 풀면 그의 사랑을 받아 주겠다고 약속했다. 두 번째 문제까지 푼 바보는 적장의 목을 베어 오라는 마지막 문제를 풀기 위하여 적진에서 좌충우돌하며 천신만고 끝에 적장의 목을 베었으나 자기도 부상으로 죽게 되었다. 바보는 죽으면서 수강 공주에게 말했다.

"나의 모든 것을 바쳐 그대의 원을 풀어 주었으니 나는 더 이상 한이 없소."

공주는 광산 어딘가에 바보를 묻었고 광산의 정상에 누각을 만들고 광대라고 지었다.

그 후 언제부턴가 광대에 가면 그 바보가 나타나서 용기를 준다는 전설이 생겼다. 역성혁명이 성공하여 고려가 망하고 새로운 나라가 생길 즈음에 광대에는 큰 비석이 생겼다. 병자호란이 지난 근자에도 작은 비석이 하나 생겼다. 청에 반기를 들어 효수된 충신의 목을 광산 어딘가에 묻었고 그를 기리기 위하여 자손이 몰래 세운 비석이라는 이야기가 나돌았다.

뽀얀 피부와 가지런한 치아, 붉은 입술 그리고 약간 콧소리 섞인 단아한 말투의 경진은 상도의 머릿속에 깊숙이 자리 잡고 있었다. 그 목마름을 해소하기 위해서 상도는 경진의 모든 것을 하나도 남김없이 차지하고 싶었다.

상도는 경진과 함께 만광리 해바라기 숲으로 향했다. 오솔길에 누워 있는 해바라기 줄기에 걸릴 때마다 출렁이는 경진의 작지 않은 가슴은 상도의 마음을 벌렁거리게 했다. 강이 보이는 은밀한 곳에 도착했다. 어디선가 애절한 교성이 들렸다.

간절한 눈빛을 보내며 상도는 경진과 입을 맞추었다. 달콤한 입맞춤은 오랫동안 계속되었다. 경진의 신음소리에 용기를 낸 상도의 손은 경진의 옷을 헤치고 불룩한 가슴을 더듬기 시작한다. 드디어 상도의 손이 아래쪽으로 내려가는 순간, 경진은 "안 돼요."라며 상도를 밀어낸다.

"아직은 때가 아닌 것 같아요."

"오랑캐가 다시 쳐들어오면 언제 죽을지 모르는데, 우리는 언제 완전한 사랑을 해 보나요?" 평소에 벼르고 벼르던 말이 상도의 입에서 절규처럼 쏟아졌다. 경진은 오늘 상도에게 모든 것을 허락하고 싶었으나 명리와의 태중 혼약이 맘에 걸렸다.

"오늘, 내 몸을 만지면서 무엇이라도 해도 좋지만 합궁만은 다음을 기약해 주세요." 잠시 혼란에 빠졌지만 경진은 군림자로서의 위치를 이내 회복하면서 근엄하게 말했다.

무엇이라도 좋다는 말은 상도의 귀에 쏙 들어왔다. 상도는 다시 경진의 몸을 보배 다루듯이 쓰다듬기 시작한다. 얼마쯤 시간이 지나자 경진도 기분이 야릇해지면서 뜨거운 숨을 거칠게 토해 내기 시작했다. 상도는 한 손으로는 경진의 가슴을 만지면서 다른 한 손으로는 자기 물건을 꺼내 흔들기 시작했다.

경진에게는 똑바로 솟아 있는 거대한 기둥과, 그걸 흔들면서 희열에 떠는 상도의 모습이 너무도 충격적이었다. 몸 한가운데 있는 그곳을 문지르면 야릇해진다는 계집종 말이 떠올랐다. 경진도 한 손으로 그곳을 살짝 문질렀다. 순간 형언할 수 없는 짜릿함이 몸을 뒤흔들었다. 그녀는 신들린 것처럼 손을 멈추지 않았다.

상도와 경진, 명리는 같은 고을 친구이다.

상도 집안은 상인이고 경진 집안은 유교 학자 집안이다. 병자호란으로 상도의 집안은 날로 흥해 가는 반면 유학자인 경진 집안은 몰락해 가고 있었다. 상도 아버지는 상도에게 경진 집안이 부탁을 하면 반드시 도와주라는 유언을 남겼다.

명리 할아버지는 한때 조선 제일의 상인이었다. 그는 명나라와 교역하여 어마어마한 돈을 벌었지만 청나라의 습격으로 많은 재산을 빼앗겼다. 이 사건으로 큰 손해를 본 그는 화병을 얻어 죽고 말았다. 장사를 승계받은 명리 아버지도 호방하여 청나라 욕만 하였을 뿐 시대 흐름의 변화에 적절히 대처하지 못했다.

경진의 아버지와 명리 아버지는 생전에 아주 친하였다. 그들은 의기투합하여 명리와 경진을 태중 혼약시켰으나 그 다음해에 약속이나 한 듯이 동시에 죽었다. 명리의 아버지가 세상을 뜨자 가세는 급속도로 기울었고 그는 남은 재산으로 근근이 살았다. 명리도 변동하는 세상에 제때 대응하지 못하는 아버지의 기질을 그대로 닮았다.

경진은 아주 예쁘게 자랐고 고을 최고 미인으로 소문이 자자해졌다. 처음 명리는 경진과 태중 혼약했다는 사실이 매우 기뻤다. 그러나 시간이 지날수록 도도해진 경진이 상도와 양다리를 걸치면서 자기 말은 건성건성 들어주자, 안타까운 명리의 속은 애만 탔다.

도성에서 기생집을 운영 중인 예진은 자기의 우상인 상도와 결혼을 하지 않고 그저 휘하에 두려는 경진의 오만함이 눈에 거슬렸다. 이런 경진을 파멸시켜 상도에게 간접적으로 앙갚음을 한다는 심정으로 예진은 명리에게 공짜 술도 주고 용돈도 챙겨 주다가 급기야 몸도 주었다.

노련한 예진의 치마폭에 빠진 명리는 도도한 경진이 서서히 못마땅해졌다. 경진과 결혼하더라도 살림은 나아질 기미가 안 보일 것이라고 생각되면서 명리는 경진과의 태중 혼약도 별로 달갑지 않게 생각되었다. 예진은 더 자극적으로 명리를 유혹했고 명리는 가진 것을 아낌없이 퍼 주었다.

"양란으로 인하여 성에 대한 국기가 문란하여 예법이 무너지고 나라가 분란으로 가득하니 짐은 통탄해 마지않노라. 이에 짐은 이러한 기강을 바로 세워 자손만대 무궁한 터전을 마련하기 위하여 여자의 정조를 중시하는 제도를 시행하며, 이에 반하는 행위를 하는 자들을 엄중히 처벌하고자 하니 짐의 뜻을 소홀히 여기지 말라."

이 방이 붙고 난 한 달 후 우유부단한 경진과 다른 대안이 없었던 명리는 식을 올렸다. 첫날밤 명진은 분풀이하듯이 경진의 고지를 통렬하게 정복했다. 그 후 명리는 경진을 쌀쌀맞게 냉대하고 업신여기기 시작했다. 자기가 원할 때는 때와 장소를 가리지 않고 경진을 덮쳤다. 계집종 앞에서 그녀의 옷고름을 풀기도 했다. 이럴 것이라면 왜 결혼했을까, 치욕에도 몸이 반응하다니, 허망해 하는 경진에게 온갖 생각이 물밀듯 몰려왔다. 상도에게서 받을 생각만 하고 과감하게 주지 못한 자신이 못내 한심스러웠다.

어느 날 경진은 그녀 방에서 살금살금 나오는 명리가 등 뒤에 감춘 그녀의 집문서를 보았다. 이럴 수 있느냐는 경진의 호통에 명리는 집문서를 가지고 도망쳤다. 명리는 외상술값 대금으로 집문서를 예진에게 넘겼다. 경진은 예진에게 집문서를 돌려달라고 해 보았지만 돌아오는 것은 싸늘한 비웃음뿐이었다.

경진은 이혼을 결심했으나 일부종사라는 새로운 예법에서는 불가하다고 사또는 말했다. 광대의 바보에게 물었으나 아무 답이 없었다. 결혼 후 명리는 아무 일도 하지 않았다. 곧 그들의 재산은 바닥났다. 명리는 뻔뻔스럽게 경진에게 상도로부터 돈을 빌려오라고 말했다. 이 또한 예진이 시킨 일이다.

경진이 결혼한 후, 상도는 기생 능라를 만나 술독에 빠졌다. 능라는 매일 밤 잠꼬대로 경진을 찾는 상도를 애인처럼 극진히 모셨고 상도는 경진을 잠시나마 잊었다.

가난한 집안 출신인 비우는 상도의 도움으로 과거에 급제하였다. 그는 방황하는 상도에게 정라를 소개했다. 아버지가 반청 인사로 사망하였지만 정라는 명문 집안의 딸이다. 그러나 경진에게 실연당한 상도에게는 기품 있는 정라가 눈에 들어오지 않는다.

능라의 몸도 시들해지면서, 경진에 대한 그리움이 다시 솟아오른다. 이 때쯤 상도는 돈을 빌리러 온 경진을 만났다. 이런 기회가 올 줄이야. 상도는 속으로 쾌재를 불렀다.

"아버지가 자네 집안을 도와주라고 했지만 그것은 아버지 뜻일 뿐. 나는 돈을 빌려주는 조건으로 예전과 같은 관계를 가지고 싶어."

"그것은 예법에 벗어나는 일인 줄 압니다."

"갚지도 못할 돈을 빌리는 것은 예법에 맞는가?"

경진은 얼굴이 홍당무처럼 빨개져서 뛰쳐나갔다. 명리는 왜 돈을 못 빌려오느냐며 경진을 나그쳤다. 부적절한 남녀 관계를 대가로 요구하는데 그걸 받아들여야 하느냐고 되받아쳤다. 돈이 없다는 이유로 예진에게 문전 박대를 당한 명리는 경진에게 무조건 빌려 오라고 고함쳤다.

상도는 야릇한 남녀 관계를 용인한다는 조건이 들어간 계약서를 건네며 경진은 물론 명리도 인장 찍을 것을 요구했다. 처음에는 거부하던 명리도 결국 그 문서에 수결을 했다.

기다리고 기다렸던 경진의 몸을 보자 상도의 물건은 장대처럼 솟아올랐다. 경진은 치욕스럽기도 했지만 이렇게 해서라도 자기를 소유해 보려는 상도가 애처로웠고, 예진과 바람피우는 명리를 생각할 때 통쾌한 생각도 들었다. 그리던 경진의 가슴을 보자마자 곧 상도는 순백색의 속마음을 폭포수처럼 분출했다. 야릇한 관계 장면을 몰래 지켜보면서 예진도 상도를 상상하며 혼자만의 짜릿함을 느꼈다.

"양란 중 적국에 협조하여 돈을 번 사람들을 벌주어 국가의 기강을 세우고자 하니, 주위에 그런 불충한 자를 관가에 투고하여 조정의 백년대계를 공공이 해 달라. 짐은 사직을 보호하기 위하여 그런 자들을 고하는 충직한 민초들에게 그 노고를 아끼지 않겠노라."

상도의 도움으로 겨우 체면치레하며 살던 명리도 이 방을 보았다. 무엇에 덮어쓰인 듯 그는 상도에게 달려가 억지로 우겼다.

"자네 집안이 경진 집안을 통하여 청국과 야합하여 돈을 벌었고 그것 때문에 경지의 집안이 망했으니 자네 재산 반을 주면 자넬 고발하지 않고 입을 다물 것이야."

상도 아버지가 죽을 때 경진 집안을 도와주라는 유언이 있다는 걸 들은 적이 있던 명리가 넘겨짚고 억지 고집을 부려 본 것에 불과했다.

"그런 말을 아버지로부터 들은 적이 없네. 살아가게 도와주었는데 그 은혜를 원수로 갚는 배은망덕한 사람일세." 도와주었던 자기에게 칼을 꽂는 명리를 보고 상도는 격분했다.

집요한 명리의 질문에 경진 어머니는 자기는 원래 상도 아버지의 애인이었으나 상인 집안이라는 이유로 집에서 반대하여, 관아의 관리였던 경진 아버지와 결혼했으며 자기의 생활이 어려운 걸 알게 된 상도 아버지가 그런 유언을 남긴 것 같다고 말했다.

그 말이 진짜인가요? 명리가 계속 따지자 경진 어머니는 옛날 연애편지를 보여주었다. 혹시 하는 심정에 편지를 예진에게 보여 주었다. 다음날 그는 사또에게 가서 고했다.

"상도 아버지가 관아의 서리였던 경진 아버지에게 청국과 밀교역하는 것을 눈감아 달라고 부탁했습니다. 거부하는 경진 아버지에게 자기 애인도 빼앗아 갔는데 이것도 못 들어 주느냐고 협박했습니다. 경진 아버지는 결국 그 청을 들어 주었으며 상도 아버지는 청국과 장사를 하여 거부가 되었습니다. 이 불법공모를 못내 괴로워한 경진 아버지는 병을 얻어 죽었습니다."

좌천된 지 얼마 안 된 사또는 치적이 필요했다. 그러나 명리가 세운 노비들의 증언으로는 부족하니 물증을 내라고 했다. 명리는 둘 간의 연애편지를 증거로 제출했다. 얼마쯤 수긍한 사또는 당사자인 경진과 그 어머니가 고한 사실을 진술하면 생각해 보겠다고 말했다.

명리는 상도 집안이 청국과 밀교역한 사실을 경진에게 진술해 달라고 간청하였으나, 경진은 말이 안 된다며 펄쩍 뛰었다. 명리는 지금까지 경진과 상도와의 부적절한 관계도 까발리겠다고 고함을 질렀다. 경진은 당신도 수결을 했으니 당신도 처벌될 것이라고 지지 않고 맞받아 쳤다.

갑자기 경진은 심한 딸꾹질을 했다. 명리는 황 의원을 불렀다. 예상대로 임신이었다. 명리는 다시 예진과 상의했다.

고발한 마당에 그냥 두면 중앙 포도청이 조사에 나설 수도 있고 요즘과 같이 실적에 급급한 상황에서 상도가 어떤 불이익을 당할지 모른다. 만약 네가 진술하고, 상도가 청국에서 번 이익인 지금 재산의 2할을 자진 납부한다면, 죄질이 경미한 이번 사건을 그 선에서 마무리하는 것으로 사또와 합의를 보았다고 경진에게 말했다.

명리의 말을 확인하기 위하여 경진은 상도를 찾아 갔다. 마침 상도는 능라와 몸을 섞고 있는 중이었다. 알 수 없는 질투심에 싸인 경진은 상도의 집을 뛰쳐나왔다.

다음날 명리는 포상금으로 곧 태어날 애도 키울 수 있으니 모두가 좋은 것이라고 경진을 재차 설득했다. 머뭇거리는 경진을 보고 명리는 밖을 향해 들어오라고 말했다.

들어온 여자는 능라였다. 그녀는 서신을 경진에게 건넸다. 명리가 말한 대로 다 합의하였고 자기가 직접 말하기 어려워 이렇게 글을 보낸다고 적혀 있으며 마지막에는 눈에 익숙한 상도의 수결이 있었다.

경진은 자술서를 작성하여 자기와 어머니의 수결을 찍었고 명리는 그것을 사또에게 바쳤다. 사또는 연애편지와 자술서에 근거하여 역적인 상도를 처벌하여야 한다고 관찰사에게 고하였다. 관찰사는 상도를 투옥시키고 그의 재산을 몰수하라고 영을 내렸다.

투옥 사실을 안 경진은 약속과 다르지 않느냐고 명리에게 따졌다. 사또는 약속대로 관찰사에게 보고하였으나 워낙 원칙에 철두철미한 관찰사여서 통하지 않았다고 훌쩍거리면서 그의 결백을 주장했다.

경진에게 명리의 눈물은 거짓으로 보였다. 경진은 상도를 찾아가서 확인하려고 하자, 능라가 술 취해 자는 상도의 손을 움직여서 몰래 찍은 거라고 자백했다. 만약 지금 고하면 관찰사를 속인 죄로 경진도 하옥될 것이며 그럴 경우 우리 애를 누가 키울 것이냐고 눈물로 경진에게 호소했다. 경진은 자기가 감옥에 들어갈 수도 있다는 사실도 막연히 두려웠다.

청국과 교역을 통하여 지역경제를 부흥시킨 공로를 인정해달라는 지인들의 간곡한 청으로 상도는 옥에서 겨우 풀려났다. 그러나 조상 산소가 소재하는 광산의 임야만을 남기고 그의 재산은 모두 몰수되었다. 친구 비우는 조선 제일의 행수인 자네가 재기하는 것은 시간문제라며 함께 도성으로 들어가자고 종용했으나 상도는 말했다.

"모든 게 어리석고 나약한 자신 때문일세. 나 자신을 학대하며 살고 싶네."

상도는 그 임야에 움막을 짓고 주위를 개간했다. 덩굴이 무성한 임야를 개간하는 것은 여간 어려운 게 아니었지만 나약한 정신을 채찍질하며 개간에 몰두했다.

상도의 움막 앞에는 광산에서 한강으로 흘러 들어가는 작은 시내가 있었다. 오늘도 더운 몸을 씻고 잠시 누워 조는 사이에 누군가 곁에 있다는 느낌이 들어 번쩍 몸을 일으켰다.

예진이었다. 그녀는 가지고 온 작은 술상을 폈다. 술은 죄가 없지, 그는 말없이 연거푸 세 잔이나 들이켰다.

"나한테 병을 준 임자가 이번에는 왜 술을 주는가?" 취기가 오른 그는 물었다.

"행수님 가까이 가려고 행수님을 모함했고 술도 권하는 것입니다." 예진의 답은 여전히 해괴하다.

"왜 내 가까이 오려는 게지?"

"다양하고 열정적으로 사는 행수님 곁에 있으면 더 재미있을 것 같아서요."

요염하다고만 생각되었던 그녀 얼굴에 신비롭고 집요한 신념이 보였다. 질투나 재산 때문에 자기를 모함한 것이 아니라는 점에서 예진에 대한 증오는 다소 누그러졌다.

"임자처럼 제 멋에 따라 사는 사람을 무조건 나쁘다고 하기도 힘들어." 상도는 몸을 물에 풍덩 던졌다. 예진의 눈에는 앙상하고 마른 상도의 몸은 한계를 극복하려는 강인한 의지로 보였다. 저녁 석양이 붉게 물든 그의 몸은 돌처럼 단단했다. 흥분한 그녀가 다가와서 부드럽게 몸을 씻겨 주자 굶주렸던 물건은 사정없이 일어났다. 그러나 상도의 마음은 전혀 일어나지 않았다.

경진은 딸을 출산했다. 상금으로 받은 돈으로 경진과 명리, 그리고 딸은 어렵지 않게 살 수 있었다. 딸이 크는 걸 바라보는 재미에 상도에 대한 미안함은 경진에게 사라지고 없었다. 명리는 앳된 능라의 몸에서 헤어나지 못했다. 돈독이 오른 능라는 명리에게 아주 헌신적이었다.

상도는 농사를 지었으나 수확량은 겨우 입에 풀칠하는 수준이었다. 비우는 부족한 식량과 의복을 가져다주었다. 그럭저럭 다시 일 년이 지나갔다. 시내에 앉아서 신세타령을 하는데 다시 예진이 찾아왔다.

싸늘한 상도의 시선에도 아랑곳없이 그녀는 여러 가지 세상 이야기를 조잘댔다. 다음 달 청나라에서 오는 환향녀에 대하여 그녀가 하는 말이 상도의 귀에 들어왔다.

"환향녀들을 어떻게 깨끗하게 만들어 집으로 보내야 할지 관찰사는 골머리 아프겠네."

상도는 수염을 깎고 남루하지만 의관을 정제하여 도성으로 향했다. 무슨 일이냐며 따라오는 예진에게 상도는 아무 말도 하지 않았다. 상도는 친구 비우에게 자기의 광산 계곡에서 환향녀들을 청결화하는 사업계획을 말했고 괜찮은지를 물었다.

비우는 말했다.

"광산이 청에서 들어오는 길목이어서 거기서 목욕재계를 시켜 집으로 보낸다는 생각은 아주 좋다, 목욕재계를 통한 청결화 방법을 주상에게 고하면 그대로 받아들여질 가능성이 아주 높아. 그러나 자네의 움막터가 청결화 장소가 될지는 알 수 없어."

며칠 후 비우는 인편으로 편지를 보내왔다. 자네가 한 방법대로 어가가 났고 세부적인 것은 관찰사가 결정하기로 했다. 그 관찰사는 자기와는 안면이 없으며, 여간 강직하지 않아서 원칙론적으로 접근해야 한다.

광산을 샅샅이 돌아다녔으나 그럴 만한 명분이 떠오르지 않는다. 정상의 비석에 절을 하면서 바보에게 기도했으나. 아무런 계시도 없었다. 일어서서 내려가려는 찰나 좋은 생각이 상도의 머리를 때렸다.

며칠 후 상도는 청결화 제안을 설명하기 위하여 자기 차례를 기다리고 있었다. 귀티 나는 여염집 부인이 관아로 들어가면서 자기를 흘끗 본다. 옆의 사람은 관찰사 부인이라며 수군거린다. 눈이 마주친 부인은 낯설지가 않다. 오늘 제안을 어떻게 잘 납득시키도록 설명할까 하는 생각이 다시 머리를 덮었다.

　"자네 시냇가가 더 좋은 이유만을 간단히 설명하게." 이미 다섯 번이나 들은 관찰사는 지루한 듯 조금 짜증 섞인 투로 이야기했다.

　상도가 준비한 세 가지 이유를 말하자, "그게 전부인가?" 관찰사는 아예 짜증스럽게 물었다.

　"광원 어딘가에 반청 충신의 묘소가 있고 그분을 기리는 비석이 저희 시내가 바로 보이는 정상에 있습니다. 청결해야 할 아낙네들에게 그분의 정신이 깃들 수 있습니다." 갑자기 좌중이 조용해진다. 관찰사가 조심스럽게 상도에게 묻는다.

　"그 충신 분의 함자는 어떻게 되시는고?"

　"항간에 전해 오는 이야기여서 그분의 성함을 알지 못합니다." 상도는 말했다.

　"저도 그런 이야기를 들었습니다. 그 인물의 묘지가 훼손될 수도 있어 묘소 위치와 인물의 이름은 안 밝히는 것으로 알고 있습니다." 예진은 옆에서 거들었다.

　"취지는 아주 훌륭하지만 정확한 인물이 밝혀지지 않으면 곤란하다. 상도, 특히 그대는 이미 청국과 관련하여 불미스러운 일을 자행한 자가 아니더냐?"

　상도는 망치를 맞은 듯 머리가 띵했다. 그때 갑자기 흐느끼는 소리가 들린다. 그 주인공은 조금 전에 본 관찰사의 부인이다. 주위를 의식한 부인은 안채로 들어갔고 관찰사도 따라 들어갔다. 곧 안채에서 나온 관찰사는 내일 최종 장소를 발표하겠다고 했다.

착잡한 상도는 횃불을 들고 광대로 올라갔다. 아무리 비석을 보아도 '김공'이라는 두 글자밖에 없다. 이제는 글렀구나! 다음날 상도는 발표장에 가지 않았다. 시냇물에 발을 담그고 멍하니 있는데 예진이 달려왔다. 이곳이 청결화 장소로 선정되었는데 여기서 뭘 하느냐고 소리친다.

발표장에서 자기 이름을 확인한 상도는 기뻤으나 다시 시름에 잠긴다. 자금이 문제였다.

누군가 자기를 안고 있는 느낌에 잠을 깼다. 예진이 자기를 살그머니 안고 같이 누워 있었다.

상도가 밀쳐내자 예진은 봉투 하나를 밀어놓고 조용히 방을 나갔다. 봉투에는 일만 냥의 전표가 들어 있었다. 상도는 개울을 건너는 예진을 안아서 작은 모래에 살포시 눕혔다.

상도는 총총한 별을 이불 삼아서 예진의 위에 가지런히 몸을 포갰다. 예진의 몸은 상도의 모든 것을 태울 정도로 뜨겁고 율동적이었다. 이렇게 매력적인 여인이 있었는데도 어리석게도 경진의 몸에만 집착했구나. 환희에 떨고 있는 예진의 눈에는 눈물이 가득 고여 있었다.

시냇가에 목욕장과 여관 그리고 음식 집이 세워졌다. 가족들은 미리 기거하면서 귀국하는 환향녀들을 기다렸다. 환향녀들이 도착하여 청결화가 끝나면 바로 집으로 데리고 가는 경우도 있지만 대부분은 며칠 동안 묵으면서 그간의 객고를 달래 주는 경우가 많았다.

구경 오는 사람이 늘면서 유명한 관광 명소가 되었다. 놀러 오는 사람들이 뿌리고 가는 숙박비와 식대 수입은 엄청났다. 투자 원금과 이자를 듬뿍 회수한 예진은 어느 날 말했다.

"인생을 반전시키는 것은 최고의 쾌감이지요. 상도 행수의 근저에는 태양처럼 활활 타는 힘이 느껴지지요."

"나는 소음인 체질인데 그런 태양인의 기질을 가질 수가 있는가?"

예진은 대화의 흐름을 돌린다.

"이 장소가 낙점된 가장 큰 이유는 혹시 관찰사 부인 때문이라는 걸 아시는지?"

"금시초문인데."

"그 비석의 주인공은 관찰사 부인의 아버지랍니다. 부인도 행수를 안다고 합니다."

그 순간 부인의 얼굴이 다시 떠오르면서 누군가와 닮았다는 생각이 났다. 비우가 소개시켜 주었던 김정라였다. 아버지가 반청 인사로 죽었다는 말도 떠오른다. 사람의 인연이란 이렇게 연결되기도 하는구나, 혹 바보의 보이지 않는 힘일까?

"쟤를 생각해서 제발 논을 아껴 쓰세요." 예쁘고 귀여운 딸이 명리 옆에서 아장아장 걷고 있다. 그러나 능라를 품지 않으면 명리의 마음은 안정되지 않았다.

"화끈한 여자와 술이 없으면 인생은 무엇이란 말인가?" 술에 취한 명리는 능라에게 말했다.

"언제 죽을지 모르는 인생! 화끈하게 살지 못하면 죽을 때 후회하지요. 여자나 술보다 더 화끈한 것도 있죠." 고 맞장구를 쳤다. 무엇이냐는 그의 말에 능라는 도박이라고 말했다.

명리는 도박에도 손을 댔다. 이렇게 10년이 지나자 명리의 재산은 거의 바닥이 났다.

"딸 시집이라도 보내려면 제발 정신 차리세요." 술 취한 명리는 찬물을 뒤집어 쓴 것처럼 정신이 번쩍 들었다. 딸이 벌써 시집을 가야 되다니.

며칠 동안 고민하던 명리는 마지막 남은 땅문서를 몰래 가지고 도박판을 향했다. 그러나 다음날 아침 그 땅문서 임자는 바뀌었다.

"그 땅이 딸의 혼수 자금인 걸 몰랐나요?"

그제서야 그는 자신이 욕망의 우물 주위만을 맴돌며 살아왔다는 걸 깨달았다. 다시 시작하기에는 타락해 버린 몸과 마음이 듣지 않는다. 떠오른 생각이라고는 상도에게 돈을 빌리는 것뿐. 그 말에 경진은 노발대발했다. 여전히 몽롱한 그에게 갑자기 좋은 생각이 떠올랐다. 그는 딸 경려를 몰래 불러서 말했다.

"아빠가 돈이 없으니 아빠 친구에게 돈을 빌려 와야겠다."

"그분이 빌려 줄까요?"

"너는 여자이니까 잘 할 수 있을 게다." 명리는 경려에게 애매모호하게 말했다.

경려는 처음에는 영문을 몰랐지만 혹시 이런 말인가라는 생각이 떠오르자 어쩔 줄 몰랐다. 며칠 내내 낌새가 이상한 딸을 추궁하여 그 내막을 들은 경진은 황당하였다. 명리는 그가 파 놓은 타락의 우물 속에서 절대로 빠져나오지 못한다는 것을 다시 한 번 깨닫게 되었다.

며칠 후 청명절, 경진은 명리에게 한강 둑에 산책 가자고 했다. 경진이 아무런 말없이 걷기만 하자 명리는 가슴이 조마조마했다. 겨울 내내 움츠렸던 생명이 다시 기지개를 펴면서 사방은 신록으로 뒤덮여 있었다.

"세상은 저렇게 시시때때로 변하는데 왜 당신은 변하지 않나요?"

"세상과 나를 제대로 받아들이려고 노력은 하지. 그러나 다시 원점으로 가 버려."

"나와 경려를 생각하여 당신을 똑바로 바꿀 수는 없나요?"

"만들어진 대로 사는 게 편해. 그걸 고친다고 해서 되는 것도 아니잖아?" 전혀 변하지 않을 남편을 보니 경진은 기가 막혔다. 그저 답답하기만 하다. 어느덧 광대의 비석 옆에 서 있는 둘을 발견했다. 갑자기 먹구름이 끼면서 소나기가 퍼붓기 시작한다. 비를 피하기 위하여 둘은 작은 움막에 들어갔다. 그때 벼락이 비석을 때리고 비석은 산산조각나는 것이 보였다.

그걸 본 명리는 덜덜 떨었다. 움막으로 안 들어왔으면 둘은 바로 죽었을 것이다. 일련의 광경에 홀린 듯 경진은 자기 쪽으로 날아온 큰 비석 파편을 천천히 머리 위로 들어올려 앞만 보고 있던 명리의 머리를 쳤다. 검붉은 피는 경진의 흰옷에 붉게 물들었다. 피범벅이 된 명리는 뒤돌아 경진을 보면서 뜻밖의 말을 던졌다.

"내가 왜 그렇게 희열에만 미친 듯이 집착했던가? 지금은 이렇게 모든 것이 밝게 보이는데." 말을 끝낸 명리는 통나무처럼 쓰러졌다.

쿵 소리에 정신을 차린 경진은 자기가 무언가에 홀려서 남편을 돌로 쳤고, 그 돌이 남편을 정신 차리게 한 것을 알았지만 일은 이미 벌어진 후이다. 그녀는 넋을 잃은 채 터벅터벅 집으로 향했다.

힘든 세상, 자기의 초라한 모습, 죽기 전 진지한 남편의 모습, 모든 게 덧없었다. 집에 들어온 그녀는 황급히 무언가를 종이에 쓰기 시작했다. 글을 다 쓴 경진은 딸을 불러서 이걸 내일 상도에게 직접 가져다주라고 했다.

피를 가득 덮어쓴 채 밤늦게 혼자 돌아와서 갑자기 쓴 편지를 상도에게 전하라는 엄마의 행동이 수상하지만, 돈을 빌리려는 편지려니 생각했다. 다음날 그녀는 글을 들고 상도를 찾아 문을 나섰다. 자기를 물끄러미 보는 엄마의 눈에 고인 눈물이 내내 맘에 걸렸다.

경진은 곧바로 한강으로 가서 몸을 던졌다. 경진의 편지에는 자기가 명리를 죽인 사실을 고하고, 염치없지만 기생을 시켜도 좋으니 경려를 부탁한다고 쓰여 있었다.

그로부터 오 년이 지났다. 스스로 기생을 택한 경려는 오늘밤 상도와의 첫 잠자리를 기다리고 있다. 수청은 경려 스스로 결정한 것이다. 예진도 그렇게 하는 것이 상도의 숙원을 푸는 것이어서 나쁘지는 않다고 생각했다.

누워서 눈을 감고 자기를 기다리는 경려의 모습은 영락없이 해바라기 숲을 따라오던 경진과 똑같다. 군림하는 여왕이 은혜를 베푸는 모습이라기보다는 세상 이치를 깨닫고 받아들이는 해탈의 모습이다. 이불에 묻은 경려의 깨끗한 처녀성을 본 상도는 그제야 주위가 훤히 보였다.

자기가 경진이라는 사람을 얼마나 헌신적으로 사랑했었는지, 세상은 언제나 변동한다는 것, 그리고 기다리면 그 변동 속에서 기회가 생긴다는 것, 인생에서 이러한 최고의 소원은 반드시 성취해 보아야 한다는 것 등등이 환하게 보였다.

그 후 상도는 장사에 온 몸을 던졌다. 10년이 지나자 그는 조선 제일의 상인이 되었고 그의 이름은 청국에도 널리 알려졌다. 예진은 조선 제일의 술집 주인이 되었다. 그녀는 역동적으로 사는 사람이라면 나이를 불문하고 가까이 했다. 술장사에 실패한 능라도 자기 밑에 불러 들였다.

상도가 먼저 죽자 예진은 광산에 큰 누각을 짓고 상도를 그리워했다. 그후 사람들은 그들의 파란만장하고 역동적인 삶을 추모하여 광대를 광동대로, 광산을 광동산으로, 광원을 광동원으로 바꾸어 부르기 시작했다. 그로부터 세월은 속절없이 100여년의 세월이 흘렀다.

광동원 서쪽 명리에도 내려오는 전설이 있었다. 오랜 옛날 사랑에 빠진 페르만 왕자는 부왕의 반대에도 적국의 공주를 데리고 왔다. 그 공주와 살고자 하면 모든 것을 버려야 한다는 부왕의 말을 받아들인 왕자는 그 나라를 떠나 수년을 동쪽으로 오던 중 안개가 자욱이 핀 이 명산에 매료되어 정착하기로 했다.

명산에 살면서 평생 동안 그는 마음을 다스리는 법을 연구했다고 한다. 자기처럼 주저 없이 족쇄를 벗어던지고 자신의 길을 명쾌히 가야 한다는 것을 가르치고 싶어서일까? 방황하고 번민하는 사람이 안개가 낀 날 명산에 가면 안개 속에 숨은 왕자가 신비의 안개를 불어넣어 혼란해진 마음을 가라앉히고 앞을 환히 보게 해 준다고 한다.

왕자가 외국인이어서 이 전설은 항간에 퍼지지 않았다. 근자에 들어와서 인근 광동원에 환향녀의 청결화 장소가 생겨, 사람들이 몰려들면서, 왕자의 전설도 사람들에게 급속도로 알려지기 시작했다.

명산 아래 제법 큰 절이 있었다. 왕자의 전설이 알려지면서 번민을 해결하려는 사람들이 가끔씩 찾아오곤 했다.

명중 대사는 불도에 귀의하기 전에 속세에서 평생을 여한 없이 살아본 사람이었다. 물려받은 재산과 번뜩이는 순발력을 바탕으로 장사에서 큰돈을 벌었고, 그 돈으로 사냥과 술, 음주와 가무, 그리고 도성 제일 기생인 해월에 빠져 시간이 가는 줄 모르고 인생을 즐겼다.

어느 날 즐거운 일들로 가득 찼던 마음에 무언가 막연한 불안과 공허가 찾아왔다. 한번 찾아온 불안은 좀처럼 가시지를 않는다. 그 불안과 공허에 대한 대답을 구하고자 이 절을 찾았다. 그의 말을 들은 큰스님은 미소를 지으며 말했다.

"선과 악, 옳음과 그름, 범죄와 자비, 죽음과 영생 등이 별개로 존재하는 것이 아니라 한 물체 안에 다 존재하네. 이 세상의 모든 것은 서로 연결되고 통일되어 있으며, 이 통일되어 있음을 진실로 깨달으면 불안감은 없어질 걸세."

밤새 경을 외우면서 통일된 존재를 깨닫고자 했다. 잠시 마음이 밝아지고 불안이 없어지는 듯했으나 그 깨달음은 금방 캄캄한 먹구름으로 바뀌었다. 그가 본 세상은 각자가 추악한 욕망을 충족하기 위한 전투장인데 통일되어 있다는 큰스님의 말은 도무지 마음에 자리를 잡을 수가 없었다. 통일이란 믿음에 빠진 자기 도취에 불과하다. 나름의 세속 끝을 본 그는 통일체로서의 인식을 통한 불안 극복 방식은 믿음을 가진 인간에만 통하는 도취 방법이라고 단정 지었다.

큰스님은 다시 미소를 지으며 말했다.

"나도 그럴 수 있다고 생각하네. 자네의 방식으로 그 해법을 찾아보시게."

절에는 여러 부류의 사람들이 왔다. 덩치가 큰 우람한 남자 하나는 달마다 찾아와서 대웅전에 조용히 앉아 있다가 돌아가곤 했다. 행색을 보니 천민이 분명하다. 그가 부처님 앞에서 명상을 시작할 때 그의 얼굴은 악귀 같았고 알아듣지 못할 소리도 중얼거렸다. 명상이 끝나면 신기하게도 그의 얼굴은 평안해져 있다. 그는 어떤 방법으로 평안을 얻는 것일까?

어느 날 기생 해월이 명중 스님을 찾아왔다. 큰스님은 저자에 가서 해월과 만나고 오라고 했다. 주막에서 만난 해월은 원하는 걸 찾았는지 물었다. 명중 스님은 불안감이 사라지지 않았다고 말했다. 해월은 싱그레 웃으며 말했다.

"불안감에는 곡차가 최고죠."

이제 나는 불자인데. 명중은 고개를 저었다. 순간 절에 자주 오는 우람한 그 중년 남자가 옆에서 혼자 곡차를 마시는 것이 보인다. 그도 명중 스님을 알아보고 다가왔다.

"절에 오셔서 마음이 평안해지셨나요?" 그는 이미 술에 취해 있었다.

"불법은 저한테 피안을 못 주나 봅니다. 아무 성과가 없어서 그런지 오늘따라 곡차까지 당깁니다." 처음 하는 대화이지만 명중의 입에서는 하고 싶었던 말이 술술 나온다. 덩치에게 물었다.

"명상할 때 이상한 소리를 내시던데 무슨 연유라도 있으신지요."

"저는 원래 백정인데요. 사형수 목도 베게 되었지요. 처음 사람을 죽인 후 불안감을 못 이겨 절을 찾았습니다. 처음 명상을 하니 불안감이 지워졌지만 다시 불안해졌습니다. 계속해도 마찬가지였습니다." 나와 비슷한 고민에 빠져 있었구나. 그런데 어떻게 극복했을까, 명중 대사는 궁금증이 생기기 시작했다.

"다시는 절에 안 오겠다고 생각하고 절 문을 나서는 순간이었습니다. 눈을 부릅뜬 사천왕 상이 보였습니다. 문득 나도 불안감에 대하여 눈을 부릅떠 보자는 생각이 들었습니다. 죽기 전의 날뛰는 소와 발악하는 사형수의 절규를 떠올리고 여러 번 되새겨 보았습니다. 그랬더니 불안감이 일시적으로나마 사라졌습니다." 그걸로 가능할까라는 회의가 들려는 순간 망나니의 큰 음성이 귀청을 때렸다.

"죽음에 임박한 그들에게 다가올 고통, 목이 떨어지고 난 후 뭐가 보일지 모를 불안감, 목을 베어야만 하는 나. 목을 벤 죄로 나중에 당할 지옥의 고통을 계속적으로 주입시키면서 이 처절한 모습 자체가 나인데 하고 주문을 걸자 희한하게 안정되어 가는 내 모습을 발견했습니다."

큰 음성이 뿜어내는 진솔함 때문인지 불안 그 자체를 되씹는다는 말은 어쩐지 공감이 갔다. 처절한 상황을 명확히 직시하고 그대로 인정해 보려는 시도가 불안감을 다스리는 방법이 될지도 모른다. 그는 거리낌 없이 곡차를 받아들였다. 황량한 바다 위에 홀로 떠 있는 보름달처럼 해월은 고독하고 은은하게 웃었다.

인간들이 자기의 욕망을 추구하는 과정에서 불안은 언젠가 오는 필수 조건이라고 생각하며, 그 불안을 맞닥뜨리며 과감하게 받아들이는 순간 희한하게도 불안감이 잠재워졌다. 또다시 불안감이 떠오르면 그렇게 불안을 밝게 직시하는 것을 명중 스님은 반복했다.

깨달음을 얻은 명중 스님은 큰스님에게 하직을 고하고서 그 길로 속세로 내려왔다. 큰스님은 또 빙그레 웃기만 했다. 마중 나온 해월도 태양처럼 환하게 웃었다.

속세에 다시 내려온 명중은 자기 마음이 원하는 대로 거리낌 없이 살고, 불안감이 생기면, 욕망을 채우기 위하여 엉켜 가는 불확실한 세상과 모순 덩어리인 자기를 명확히 직시하라고 설법했다.

야비하며 추악하고 나약한 인간은 혼돈스럽고 불안할 수밖에 없으며 이런 불완전한 존재로서 그들이 행복해지려면 불안정한 자기와 현실을 인정하고 본연의 마음으로 서로가 서로를 더 배려하는 세상이 와야 한다고 주장했다.

양란 이후에 서로를 믿지 못하는 혼탁한 시대적 상황 하에서 그의 사고는 하나의 구원으로 받아들여지면서 여러 사람들에게 퍼져 갔다. 그러나 서로 간의 배려를 통한 사회질서 회복은 반대파에 의하여 반 왕조적인 사상으로 고발당했다.

체제 위협을 느낀 조정은 그의 목을 베고 저자에 효시했다. 그는 처형장에서도 불완전한 자기는 끊임없이 다양한 것을 마음에 채우고 현실의 한계를 몸으로 직시하면서 존재의 본질을 누려 보아 여한이 없고 자기의 죽음으로 존재를 직시하는 명중의 사상이 후대에 퍼진다면 한없이 기쁠 것이라고 했다.

명중 스님을 처형한 망나니는 바로 그 덩치였다. 명중 스님의 목을 치는 그의 칼끝은 한 터럭의 불안감도 없었다. 효수된 지 삼일 째, 천둥과 벼락이 치면서 비가 억수로 쏟아졌다. 그날 자정, 두건을 덮어쓴 두 사람이 살금살금 효수장에 접근해 갔다.

몸매가 가냘픈 한 사람은 목을, 신체가 우람한 한 사람은 시체를, 대기해 놓은 수레에 싣고서 쏜살같이 효수장을 빠져나갔다. 천둥과 벼락 그리고 비의 도움으로 이들의 은밀한 행동을 아무도 알아채지 못하였다.

한 사람은 목 없는 시체를 업고, 한 사람은 목을 껴안고 벼락과 비 속에서도 명산 정상으로 올라갔다. 누군가 한 사람이 구덩이를 이미 파 놓고 기다리고 있었다. 세 사람은 목과 시체를 그 구덩이에 안치한 후 봉분 없이 평평하게 다졌다. 번개가 번쩍하는 순간 땀에 범벅이 된 큰스님, 해월, 그리고 망나니의 얼굴이 드러났다.

큰스님은 알아듣지 못하는 염불을 했다. 망나니와 해월에게 겨우 한 구절만이 들렸다.

"…자신의 불법을 깨닫고 실천한…"

염불을 끝낸 큰스님은 전처럼 또 빙그레 미소를 지었다. 천둥과 번개 그리고 비도 멈췄다.

언제인지 명산 꼭대기에 전망대가 세워졌다. 시간이 흐르고 누군가 그것을 명중대라고 불렀다. 그 후 사람들은 명리를 명중리, 명산을 명중산, 그 절을 명중사라고 부르기 시작했다.

기나긴 이야기를 끝낸 현철의 아버지는 엄숙하게 다시 말을 시작했다.

"세 집안의 모든 것을 받고 새로운 각성을 하는 자가 새로운 흐름을 만들 거라는 예언이 있네." 그의 말을 듣는 순간 나의 가슴은 찡해졌다. 너무 거창한 말이어서 그런가? 잠시 침묵하던 현철 아버지는 말을 계속했다.

"자네는 만광리 출신의 어머니 피를 통하여 만광리 기질을 이어받았고, 우리 현철과 사귀면서 우리 집안의 역의 정신을 충분히 전달받았어. 그래서 지금 1,000억대 부자가 된 것이야. 자네를 통하여 오랜 전설이 실현될 수 있을지도 모른다고 생각되어서 이렇게 이야기하는 걸세."

그의 말은 어느 정도 일리는 있어 보였다. 그러나 요즘과 같은 과학의 시대에 전설이 통할까? 변동성의 방향을 예측하는 것은 불가능하다. 예언이란 허무맹랑한 것이지 않을까?

"자네가 최 회장에게 그렇게 당하고도 복수를 안 하지만 최 회장은 지금 무너지고 있다고 아들에게 들었어. 자네 집안의 명중이 만광을 이기는 거지. 우리 집안에도 중용의 도라는 것이 있지만 그 또한 과거 전란시대에나 통하던 고루한 원리일 뿐이야."

명중이 만광을 이긴다. 아직은 누가 이겼다고 볼 수는 없지 않는가. 그러나 저 말대로라면 내가 최 회장과 결국 승부를 가려야 한다는 것인데. 나의 생각이 모두 정리가 되기도 전에 현철 아버지는 열변을 토하기 시작했다.

"자기 이익을 광적으로 극대화하는 현 사회에서 그러한 만광을 제어하는 장치로는 자네 집안의 명중이 적절해. 명은 태양(일)과 달(월)로 구성되잖아. 음의 기운인 달의 힘이 양의 기운인 광, 즉 태양의 힘을 다스리는 것이 만광의 초기에는 알맞거든. 태양의 힘이 더 강력해지는 팽창기에 들어서면 명은 더 냉랭한 청으로 바뀌어야 하겠지만."

그가 말한 이번 이야기는 아주 놀라운 추론이었다. 그는 내가 어렴풋하게 머릿속으로 느꼈던 것을 구체화하여 언어로 표현했기 때문이다. 두렵다.

이어지는 현철 아버지의 말은 충격적이었다.

"허무맹랑하지만 반드시 명심하게. 자네에 대한 점을 쳐봤는데 자네는 곧 큰 위기에 빠진다고 나왔네. 내 점괘에서는 위기를 벗어나기 위한 돌파구는 아들이라고 나와."

"저는 아들이 없습니다."라고 대답하려 했으나 현철 아버지는 신비스러운 이야기를 계속했다.

"큰 위기 후에 대운도 보이네. 이것도 명심하게."

방을 나온 현철은 나에게 말했다.

"아버지가 네 점을 보느라고 기진맥진했어. 요즘 같이 과학이 지배하는 세상에 점괘가 맞겠어? 그냥 참고만 해. 없는 아들을 생각하라는 점괘도 나오잖아."

예언은 마음을 싱숭생숭하게 한다. 일광 도장에 가서 명광법을 수련해야겠다. 그러나 나를 부정하고 다시 나를 인정하는 명광법에 대한 실마리는 떠오르지 않는다. 나를 어떻게 부정해야 할까? 나름 사회적인 성공을 이룬 나를 부정해야 하다니? 혼란만 생기고 부정과 긍정 중 어느 하나에도 쉽게 도달되지 않는다.

16。

자
아
절
단

　　새로운 투자자문 면허를 받은 후, 일반인의 자금을
모을 수 있는 수익증권을 설계하느라고 여념이 없다. 병수와 인애는 금융
상품을 개발하는 중에 서로 티격태격 한다는 소문도 들린다.

　내 코가 석자, 그 소문은 내 귀를 그냥 스쳐갈 뿐이다. 어제도 수익증권
의 설계 건으로 늦게까지 일했고 피로가 누적되어 오늘도 늦잠을 잤다. 김
이사의 전화를 받고 그제야 일어났다.

　김 이사는 황급히 말했다. 미국에서 금융 사고가 발생하였고 이로 인하
여 국내외 주가가 급락하여 해외 옵션이 포함된 펀드는 이미 40%가 하락
중이다. 다행히 국내 옵션만 포함된 우리 수익증권 가격은 15% 정도 하락
한 상태이나 지금이라도 손절매 여부를 검토해야 한다.

　금융의 메카인 미국에서의 금융 사고! 어떤 변동성을 줄지 모르는 초대
형 사건이다. 현철 아버지가 말한 위기가 이것이 아닐까? 필요하다면 지금
이라도 손절매하여 손실을 줄여야 할 것이다. 김 이사에게 당장 손절매가
가능한지 알아보라고 했다.

　주식의 급락으로 놀란 김덕만 사장과 장종우 사장도 병수와 함께 만나

대책을 상의하기로 하였으니 빨리 나오라고 한다. 내가 도착하였을 때, 그들은 병수와 진지하게 이야기를 나누고 있었다.

"미국의 금융시장 혼란을 미국 정부와 연방준비은행이 그대로 좌시하지 않을 것이므로 곧 진정될 것입니다." 병수는 방송에서 나오는 이야기를 앵무새처럼 반복하고 있었다.

그의 눈동자는 풀려 있다. 허둥지둥하는 행동! 처음 보는 그의 태도이다. 여러 거래처가 너무 닦달해서 그런가! 자기도 아니고 고객이 손해를 보는 일에 저렇게 정신 줄을 놓다니!

내가 온 것을 인지한 다혈질인 김덕만 사장은 어떻게 해야 할지 알려 달라고 사정한다.

"처음 보는 국제금융시장의 변동성입니다. 엄청난 변동성을 초래할 수 있어요. 안전하게 대처하는 게 필요하다고 봅니다." 병수의 이상한 모습에 나는 손절매를 확신했다.

"일단 정리하는 게 좋지 않을까요."라고 하자

"정 사장, 펀드를 당장 배도하고 싶어도 받아줄 주체가 없네." 장종우 사장은 탄식했다.

"그렇다면 기다리는 것이 좋지 않을까요? 주식시장은 사이클이 기본 속성이므로 곧 이만큼 떨어졌으면 다시 상승할 가능성이 높지 않을까요?" 정신을 차린 병수는 기다렸다는 듯이 말했다.

지금 손절매하면 그들은 40%의 손실을 감수해야 한다. 그들에게 더 이상 강력한 권고는 곤란하다. 혹시 내가 틀릴지도 모르기 때문이다.

바로 그때 김정진 과장으로부터 직접 전화가 왔다. 자기가 투자하자고 회장에게 강력 주장한 것인데 지금 해약하면 자기 입지에 문제가 생기므로 조금만 기다려 보는 게 좋지 않겠느냐고 했다.

새로운 흐름이 미치는 변동성은 예측 이상으로 거대할 수도 있다. 그러나 김 과장이 손절매를 반대하니 보증 제공자인 내가 할 일이라고는 없다. 이게 나에게 다가온 운명인가? 곧 지나가 버릴 작은 변동성을 내가 너무 크게 생각하는 것 아닌가?

지금이라도 손절매 대안이 있는 두 사람이 부러웠다. 그러나 그들은 기다리기로 결정했다.

일광도로 마음도 가라앉히고 사건도 정리해 보았다. 일단 기다리면서 사태를 지켜보고 필요하면 신속하게 대응해야 한다는 메시지만 나올 뿐이다.

외환 분야가 전문이었던 권성우 전무의 의견도 비슷했다. 엄청난 파장은 올 것이지만 세계금융을 주도하는 미국의 정부가 어떤 방식으로든 신속하게 수습할 것이므로 단기간에 끝날 것이다. 그러나 그 동남풍이 불어오기 전까지 어떻게든 버티는 것이 중요하다고 했다.

며칠 후 미국 정부가 일부 부실 금융기관을 폐쇄한다는 뉴스가 나왔다. 사상 초유의 금융기관 폐쇄! 이 사건이 가져온 변동성은 너무 컸다. 그날 종합주가지수는 급락하여 장중 서킷브레이크가 발생했다. 옵션이 포함된 수익증권 가격도 비례하여 급락했다.

조선그룹 조민상 전무는 조선 업종은 수주 물량이 풍부하여 밤낮으로 가동하고 있으니 형님은 걱정 말라고 위로한다. 반도체도 물량이 없어 못 팔 정도로 호황이라고 김 이사는 보고한다. 금융시장만 문제인 것이다. 실물 업종은 문제가 없으므로 주가는 곧 정상화될 것이나 그 기간 동안에 살아남을 수 있느냐가 관건이다.

실물 위기가 아닌 금융 위기로서 미국 정부가 관여할 것이다. 길어도 6개월 이내에는 위기가 가라앉을 가능성이 높다. 남 회장도 그때까지 버티면 될 것 같다며 미안해했다.

단기간에 해소될 것이라는 여러 의견과 내 생각이 별로 다르지 않다. 그러나 단기적일지라도 거대한 변동성은 어떤 사람에게는 붉은 피를 요구하고 또 다른 사람에게는 누런 황금알을 던져 준다. 이것이 주식시장의 생리이자, 변동성이다.

이대로 주가가 하락하면 내가 보증을 선 수익증권은 반대매매가 될 수도 있다. 그럴 경우 나는 내 재산을 전부 날린다. 내가 처절하게 피를 흘리고 나면 이 변동성은 멈출지 모른다. 그 피를 내가 흘려서는 안 된다.

반대매매가 나올 상황을 대비하여 자금을 과감히 확보하자. 보증 조건 상으로도 주가가 50% 이하로 하락하면 회사 자금을 인출하여 나의 상황을 막는 것도 불가능하지 않은가?

내가 보유한 모든 예금을 해약했지만 겨우 1억 원에 불과하다. 돈을 마련하기 위하여 집도 팔아야 한다. 집을 팔 것이니 딸을 데리고 장모 집에 가 있으라고 이야기하자 미란은 부들부들 떨면서도 순순히 수긍한다.

시가 10억의 집은 급매물로 6억에 처분됐다. 아버지에게 돈이 필요하다고 말씀드렸다. 뉴스를 이미 본 아버지는 아무 말 없이 모든 재산의 등기권리증을 내놓았다. 선산과 아버지 집을 제외한 모든 부동산 시세가 고작 2억으로 팔아 보아야 1억이다. 다시 돌려 드렸다.

6억으로는 어림없다. 어떻게 하지. 어머니는 마지막 남아 있던 600평짜리 고추밭의 등기권리증을 내준다. 나는 곧 다시 되찾아올 테니까 걱정하지 말라고 말씀드렸다.

엄마는 "보증 서지 말라고 했어야 하는 건데…"라는 말만 되풀이했다.

시세가 30억이지만 급매물로 처분하고 세금을 내고 나니 남은 금액은 겨우 14억이다.

20억의 현금 정도로는 어림이 없다. 최소 100억 정도가 필요하다. 기관의 담보 비율이 110%이므로 수익증권의 시가는 매수가의 33% 이상 가격이어야 반대매매를 당하지 않는다. 즉 수익증권의 가격이 최초 매수가의 33%인 330억 원 이하가 되면 300억 원을 대출해 준 은행이 반대매매를 할 수 있다. 병수가 막아 줄 수도 있지만 그걸 믿고 있으면 안 된다. 다른 담보를 충분히 확보해야 한다.

장모를 만나서 그때 약속한 대로 100억 부동산담보를 부탁하자 그런 적이 없다며 발뺌을 한다. 미란을 밖으로 데리고 가서 미영을 생각해서 장모님을 설득시켜 달라고 했지만 미란은 내가 왜? 하면서 돌아섰다.

손녀를 봐서라도 대출 담보를 서 달라고 다시 부탁했으나 들은 체도 않는다. 나는 분통이 터졌다. 필요하면 담보를 주겠다고 해 놓고 어찌 이럴 수 있느냐고 했다. 증거가 있느냐며 어디서 이런 행패냐고 미란과 합세하여 나를 밀쳐 냈다.

장모는 그렇다고 해도 미란의 태도는 도저히 이해할 수 없었다. 내가 무너지면 딸은 어떻게 키울 것인가? 아무튼 자식을 낳은 사이인데 어찌 저리 매정할 수 있을까? 허탈하기 그지없었다.

그 후 주가는 하염없이 떨어지고 이에 비례하여 옵션이 포함된 펀드 가격도 지속적으로 하락했다. 금융기관 폐쇄 후 이 주일 만에 나의 펀드 가격은 매수가의 60%나 떨어졌다.

아직은 시가는 매수가의 40%이므로 반대매매대상은 아니다. 김 사장과 정 사장이 투자한 펀드 가격은 매수가의 20%에 불과하여 반대매매대상이었다.

김정진 과장이 보증 조건대로 오늘부터 우리 회사 재산에 대한 관리권은 자기가 가진다고 통보했다. 주식으로 채워진 우리 회사의 자산가치도 급락한 상태여서 반대매매에 들어갈 경우 그 보증액을 모두 감당하지 못하는 걸 알고 걱정하는 눈치이다. 나는 약속대로 김 과장 승인 없이 회사 재산은 전혀 건드리지 않겠다고 말했다. 그도 정 사장님만 믿으므로 법적인 다른 조치는 안 하겠다고 한다. 같은 배를 탄 우리이므로 공동 노선을 취하자는 것을 분명히 해 놓아야 한다. 혼란에 빠져 있는 그와 술을 마시러 갔다.

세 달만 지나면 세계 금융시장은 진정될 거라는 내 얘기에 어디서 나온 말이냐고 묻는다. 미국 월가 친구가 이야기한 것이라고 말하자, 그는 조금 안심하는 눈치다. 술이 더해지자 그의 목소리가 안정되었다. 앞으로 어떻게 할 것이냐고 조용하게 묻는다. 반대매매를 막으면서 몇 달을 버티면 위기는 지나갈 것이라고 말했다.

혹시 반대매매의 조건이 충족될 때 피하는 방법이 있는지 나에게 물었다. 회장님이 돈을 더 집어넣어야 한다는 나의 말에 그는 그것 말고는 다른 방법이 없느냐고 했다. 반대매매를 전산시스템에 수동으로 입력하지 않으면 피할 수 있을 거라고 슬쩍 던져 보았다.

그는 자기도 예전에 투자한 10억 주식이 반대매매될 상황에서, 병수가 수동으로 입력하지 않아서 반대매매는 넘어갔고 그 후 주가가 회복되어 문제없이 지나간 적이 있다고 했다. 며칠 전에 같이 술을 마시며 병수도 이번 건도 그렇게 하겠다며 걱정하지 말라고 했다고 한다.

그러면서 그는 딸들의 사진을 보여주었다. 이번에 실패하면 회사에서 잘릴 것이다. 세 딸을 어떻게 키울지 걱정이 태산이라며 그의 표정은 암담해졌다. 갑자기 앙증스러운 미영의 얼굴이 떠오른다.

"최악이 상황이 오더라도 제가 김 과장님의 자리를 반드시 구해 드릴게요. 그 정도는 제가 해 드릴 수 있습니다." 나는 진심을 다하여 말했다.

그의 얼굴은 밝아졌고 고맙다며 나의 손을 꽉 잡았다. 그에게 최고의 광은 자식광이었다.

곧바로 나를 기다리고 있는 김덕만 사장과 장종우 사장에게 달려갔다. 그들에게도 세 달 정도 버틴다면 반전의 기회가 있으니 걱정하지 말라고 했다. 그들은 은행으로부터 30억 원을 빌려서 투자했으므로 지금 그대로 두면 다음 주 월요일에 반대매매가 나온다고 한다.

만약 반대매매가 되어 원금을 모두 날리면 30억 원의 은행 차입금도 자기가 갚아야 할 처지라고 한다. "돈을 더 넣으시죠."라는 말에 가진 것은 부동산밖에 없는데 이것도 안 팔리고 대출도 안 된다고 한다. 반대매매는 수동 처리 대상으로 전산에 입력하지 않으면 되는 편법이 있다고 넌지시 던졌다.

김덕만 사장은 병수가 반대매매를 막는 것은 불가능하다며 펄쩍 뛰었다고 했다. 내가 아는 바로는 반대매매는 자동처리가 원칙이나 관리 책임자인 병수에 의하여 수동 처리가 가능하다고 말했다. 마침 병수가 들어왔다. 자기는 노력했지만 은행 측에서 자동으로 반대매매를 할 것이라고 나와 두 사장에게 반대매매를 대비하라고 이야기했다.

"네가 전산시스템에 입력하지 않으면 되잖아. 석 달만 그렇게 해 줘. 내게 편입된 종목들은 곧 주가가 회복될 것이 틀림없어."

"그런 조치는 윗선에서만 할 수 있어. 난 그런 권한이 없어."

"며칠 전 김 과장에게는 된다고 했잖아."

"무슨 소리야, 내가 거짓말을 하고 있다는 거야?"

"그만해, 이 새끼야."

소리를 지른 김덕만 사장이 다리 쪽으로 손을 넣더니 칼을 빼 들었다. 말로만 듣던 사시미 칼이다. 날이 시퍼렇다. 그 칼로 자기 배를 슬쩍 긋자

붉은 피가 주르르 떨어진다.

"이보게, 그 정도는 해 주면 안 되는가? 김 사장은 자넬 진짜 죽일지 몰라." 병수의 먼 친척인 장종철 사장이 달래듯이 말했다.

"이 새끼, 죽고 싶으면 반대매매를 처리해 봐." 김 사장이 병수 목에 칼을 대고 말했다. 병수의 목에서 작은 핏방울이 떨어지면서 얼굴이 사색이 된다. 그것을 본 두 사장은 흡족해 하며 나갔다.

일요일이지만 하루 종일 뒤숭숭하다. 병수 와이프가 급히 만나자고 하는데 목소리는 좀 떨려 있었다. 그녀의 말은 미란과 병수가 갈 데까지 갔다는 것이다. 최근 낌새가 이상한 남편을 미행했더니 미란과 함께 호텔로 들어가더라고 했다. 차마 쳐들어갈 용기도 없어 남편 옷에 도청기를 설치해서 기다렸는데 며칠 후 불륜의 확증을 잡았다고 한다.

가만히 있는 내게 병수 와이프는 이미 짐작한 사실인지 묻는다. 와이프는 전력이 있어 외도하더라도 이상하게 생각이 안 되지만 병수가 그 상대라고는 꿈에도 생각 못했다고 대답했다.

녹음된 내용을 분석해 보니 애를 낳기 전부터 둘은 관계를 시작했다. 그 중에 이해가 안 되는 말들이 들린다.

"당신, 디제이는 이번 사태로 괜찮아요?"라는 미란의 질문에 병수는 디제이는 물론 복합금융상품에 보증을 한 모기업도 위험하다고 말했다. 당신의 디제이라니, 병수가 오너라도 된다는 듯한 말투다. 병수는 은행 직원일 뿐이지 않은가? 거기에 모기업 이야기가 왜 나오는가?

둘째, 당신 아버지는 대비책을 가지고 있느냐고 미란이 병수에게 묻는다. "나도 모르겠어. 다만 회장이 무너지면 난 끝장이야." 병수는 아버지가 없지 않은가?

"그럼 저는 어쩌죠?"라는 미란의 떨리는 목소리도 들린다.

셋째, "영기 씨를 왜 당신의 복합금융상품에 끌어넣었나요? 그렇게 할 필요가 있었나요?" "내 의지가 아니었잖아. 나도 질투가 났지만, 그 정도로 친구를 위험에 빠뜨릴 생각은 없었어. 그걸 해야 후계자 자릴 준다고 아버지가 그러니까 한 거잖아."라고 하는 대목이다. 아버지의 요청 때문에 나에게 옵션 상품을 팔았다는 것이다.

위의 전화 내용을 종합하면 병수 아버지인 회장이 디제이투자자문을 만들어 주었고 그 모기업이 제공한 보증을 바탕으로 복합 수익증권을 개발하여 판매하였으며 그 와중에 나도 끌어들였으나, 이번 금융 위기로 모기업도 날아간다는 것인데, 도대체 분서도 이해도 안 되는 이야기였다.

병수를 만나 따져야 한다는 생각이 들었으나 지금의 위기 하에서 반대매매를 저지해 줄 수 있는 병수를 건드린다는 것은 자폭하는 거와 다름없다.

나를 보증에 끌어들인 미란에 대한 배신감이 생긴다. 딸을 낳기 전 외도는 수긍이 된다. 그렇지만 엄연히 어머니가 된 이상은 이제 정신을 차려야 하지 않는가? 그럼 나를 끌어 들인 장모도 한패였을 것이다. 장모는 그렇게 할 수 있지만 남 회장을 어떻게 끌어들인 걸까?

한 곳에 신경을 써서 몰입하면 증폭되는 내 성향 때문에 머리가 엄청난 속도로 회전한다. 어릴 때 자주 졸도한 것은 이와 무관치 않았다. 머리 회전속도가 평소 10배 이상 되는 것 같았다. 이로 인하여 나는 새벽 3시까지 혼란에 휩싸여 있었다.

그때 초인종이 울린다. 신희라며 문을 열어 달라고 한다. 문을 열자 신희 곁에는 인애가 겁먹은 토끼처럼 서 있다. 월세로 들어온 좁은 방 안에서 인애가 쏟아내는 말은 충격 그 자체였다.

"최 회장은 대정에너지가 부도 지경에 이르자, 동우 대신 숨겨 둔 병수를 찾은 겁니다. 병수는 최 회장의 세컨드의 아들이죠. 병수에게 외환 선물 사업을 맡겨 보았는데 상당한 이익을 내자, 회장은 병수에게 후계자 자리 이야기를 꺼냈죠."

병수가 최 회장의 숨은 서자였다니. 세상 인연이라는 것은 오묘하구나.

"후계자를 삼을 정도로 돈을 많이 벌어 주었다는 병수의 말에 저는 병수가 금융투자 분야 실력자인 줄 알았죠. 알고 보니 대부분은 영기 씨가 소개시켜 준 이 박사의 아이디어였죠. 이 박사는 영기 씨 때문에 주식에 새로운 눈을 떴다면서 영기 씨에 대하여 칭찬을 아끼지 않는 사람입니다."

쓸데없는 칭찬 하지 말고 계속하라는 눈길을 주자 인애는 용기를 얻은 듯이 다시 말을 계속한다.

"최 회장은 태양광 사업에서 1조 이상 손실을 보았습니다. 이 손실을 금융 분야에서 만회할 계획을 세웠죠. 그 계획은 이 박사가 대부분 수립하고, 병수가 손질만 했죠. 금융 사업의 진출을 최종 결정하기 위하여 늘 그러하듯이 최 회장은 멘토 스님을 만나 상의했죠. 멘토 스님은 영기 씨에 의하여 대정그룹 운명이 좌우되니 금융에 진출하더라도 영기 씨의 사업 운을 제압하여야 한다고 했죠."

그놈의 멘토 스님을 그렇게 믿다니.

"최 회장은 병수를 불러서 영기 씨의 사업을 절단 내거나 치명타를 주는 조건으로 금융 사업을 승인하겠다고 했죠. 며칠 후 병수는 해외 옵션이 포함된 수익증권에 영기 씨를 끌어 들여 망할 때 같이 망하면 되지 않겠느냐고 제안해서 회장의 허락을 받아 냈죠. 그러나 영기 씨의 강한 반발로 국내지수만 연계된 수익증권에게 보증하도록 되었죠. 국내주식 연계 수익증권은 회장한테 자세한 내막은 보고 안 하고 병수 독단적으로 급조하여 만든 겁니다."

병수와 통화 중에 취한 영신이 누구냐고 큰소리를 질렀던 상황이 떠오른다. 이제야 전체적인 윤곽이 이해가 되었지만. 나를 이 위기에 끌어들이는 데 핵심적인 역할을 한 남 회장이 이해가 안 된다.

"남 회장은 나를 왜 이 파국으로 내몬 거야? 자기에게 무슨 이익이 있다고?"

"남 회장은 영기 씨의 어머니를 버리고 간 명철이라는 사람이죠."

남 회장이 남명철이라니. 정말로 나와 남 회장도 기묘한 인연이네. 그렇지만 그것과 보증과 무슨 관계란 말인가?

"정 사장님 장모님이 남 회장 전처입니다. 남 회장은 자유분방한 장모에 질려서 집을 나가 버린 거지요."

계속 충격적이다. 남 회장이 예전에 자유 관계를 그렇게 칭찬한 이유가 이것 때문이었군. 이것으로도 남 회장의 참여는 설명이 충분치 않다.

"남 회장이 가출할 때 장모는 임신 상태였어요. 남 회장은 이 사실을 몰랐죠. 장모는 그 애를 낳기로 결심했죠. 그 애가 미란입니다. 장모는 남 회장에게 이 사실을 알리고 병수를 좋아하는 미란을 앞세워 남 회장을 설득한 것입니다."

미란이 남 회장 딸이라니. 기상천외한 인연이다. 남 회장한테서 미란 같은 딸이 나오다니. 아니, 장모 때문일 거야. 이거라면 남 회장이 나를 설득한 이유가 된다.

그러나 자유분방한 장모가 딸의 요청이라고 해서 이렇게 악독하게 나를 궁지에 몰아넣고 약속한 담보제공 건을 나 몰라라 할 필요가 있을까? 우리 어머니와도 잘 지내던 사이였잖아? 인애는 다시 느릿느릿하게 말을 계속했다.

"어느 날 아침 만난 병수의 몸에서 여자의 짙은 화장 냄새를 맡았죠. 돈 때문에 만난 병수여서 다른 애인은 별 거 아니라고 생각했어요. 내가 그의 여자가 된 걸 확신한 어느 날 병수는 장모를 나에게 소개시켜 주었죠. 장모에게서 풍긴 화장품 냄새로 병수와 장모와의 내연관계를 짐작했죠."

잠시 인애는 아무 말이 없다. 신희는 대수롭지 않게 묵묵히 듣고만 있다. 나는 생각했다. 설마 병수와 장모의 관계가 가능할까?

"술이 아주 취하면, 병수는 장 검사처럼 나에게 울분을 토로했죠. 같은 동기이지만 경제적으로 성공한 정 사장님에 대한 트라우마는 심했어요. 정 사장님의 주식 작전에 두 번이나 크게 당했다고 하더군요. 만취한 어느 날도, 정 사장님에 대하여 극도로 울분을 토해 냈죠. 급기야는 거래 은행 건으로 장모와 관계를 가지게 되었다고 자랑스럽게 말했습니다. 짐작은 했지만 막상 듣고 나니 경악을 금치 못하겠더군요."

짙은 장모의 화장, 동서의 이상한 멘트, 평상시 미란에 대한 장모의 관대한 태도가 떠오른다. 가능할 법한 이야기다. 목표를 위하여 무슨 짓이라도 할 병수도 장모가 유혹한다면 충분히 그럴 수 있다. 그렇지만 정말 충격적이다. 개새끼라는 말이 나오려는 찰나 인애의 흥분된 목소리가 들렸다.

"다시 그는 말했죠. '영기 새끼, 최고인 줄 알겠지만 사실은 쭉정이야. 미란이도 내 밑에서 깔려서 어쩔 줄 몰라 하잖아.' 미란 씨와 다정히 있는 모습을 보았지만 병수가 미란 씨도 공략했을 거라고는 꿈에도 상상도 못했어요."

이미 들은 이야기라서 씁쓸하기만 하다. 나에 대한 병수의 콤플렉스가 그렇게 심했다니. 신희의 말처럼 부존적인 감성이야 말로 진짜 삶의 원천인가? 그렇지만 자기의 욕망을 위하여 장모와 관계를 맺은 상태에서 미란과도 관계를 가지다니… 신희를 쳐다보았다.

나의 눈과 마주친 그녀는 마지못해 말을 꺼냈다.

"네가 주장하듯이, 인간의 광은 갈 데까지 극도로 갈 수 있는 거야. 내가 한때 그랬던 것처럼. 지금 인애 이야기를 너무 심각하게 생각하지 마. 그 중에서 상당한 것은 너도 이미 짐작한 것이잖아." 그녀는 별 것 아니라는 듯이 선각자처럼 말했다.

신희의 말에 분노는 조금 누그러진다. 침묵이 흐른다. 약간 상기된 인애의 얼굴과 꽉 다문 입술이 이제서야 내 눈에 들어온다.

"그러면 인애 씨는 왜 병수에게 붙었다가 왜 여기에 온 것이죠?"

"이런 최악의 부적절한 관계도 저한테 중요하지 않았어요. 저는 인공지능으로 금융 시장에 진출하여 크게 돈도 벌고 시장을 좌지우지하고 싶었어요. 병수가 그걸 실현해 줄 수 있는 천재성을 지녔고 그와 같이 있다면 그 꿈이 이루어질 거라고 믿었기 때문이죠. 그걸 위하여 자기 뒤치다꺼리만을 강요하면서 저를 배신한 장 검사와도 헤어졌으니까요."

인애의 저런 과감성과 집중성이 너무 놀랍다. 부모의 죽음, 영신과 장 검사와의 배신이라는 시련이 잉태한 독기일까?

"그러나 금융 사업을 진행하던 과정에서 병수의 능력은 보잘것없다는 것을 알았죠. 영기 씨를 끌어들이는 옵션 상품 아이디어도 사실 제가 준 거죠. 그의 판단 능력은 별 게 없었고 대부분 남의 것을 베끼는데 그조차 전혀 일관성이 없었어요. 해외 옵션에 대하여 그렇게 위험을 경고했으나 막무가내였죠."

분노로 정신이 몽롱한 나에게도 그녀의 분노와 한탄이 여실히 보인다.

"금융 위기가 터지자 저는 일부를 손절매하여 손실을 줄이자고 했는데 그는 혼란에 빠져 어쩔 줄 모르더라고요. 더구나 제 앞에서 장모와 섹스를 하려고 했어요. 그의 위기 극복 방법은 섹스의 탐닉밖에 없어요."

낯 뜨거운 내용을 말하는 인애의 얼굴이 붉게 상기되었다.

"그날로 병수는 끝났다고 생각하고 병수와는 만나지 않았죠. 저에게 도움을 준 사장님한테는 내막을 알려야 되겠다고 생각했으나 차일피일 미루었죠. 일전에 병수광이 꺼지면 새로운 광을 찾을 거냐고 물었던 신희 언니의 말이 떠올라 오늘에서야 이렇게 온 거예요."

그녀는 또렷하게 말했다. 알고 있는 모든 정보를 전달해 준 것으로 자기의 할 일을 다했다고 생각하는지 이제 별로 미안한 기색도 없다.

인애의 말이 끝나자 오랫동안 검붉은 침묵이 지속되었다. 그는 나를 사정없이 짓누른다. 창밖에서 네온사인들도 어느 때보다 적나라한 알몸을 탐욕스럽게 번쩍거리고 있었다. 나의 울분은 다시 서서히 치솟아 오른다. 명중도 일광도 전혀 먹혀들지 않는다.

분위기를 전환하기 위하여 신희는 티비를 틀었다. 미국의 금융시스템이 무너질 것인가라는 주제의 뉴스가 흘러나오고 있었다. 뉴스의 말미에 미국의 상징, 자유의 여신이 서 있는 한 위기는 수습될 거라며 자유의 여신을 파노라마처럼 비추었다.

순간 나의 눈에는 자유의 여신상 앞에 알몸인 미란, 인애, 장모, 병수가 서로 뒤엉켜 있는 환상이 보였다. 그 뒤에는 최 회장, 남 회장, 어머니가 숙덕숙덕 무언가 모의하고 있다. 부존적 감성이 나를 지배한 걸까? 여러 사람에 의하여 은밀하게 진행된 음모에 걸렸다는 울분이 폭포수처럼 치솟아 올랐다. 이런 함정도 모르고 바보 멍청이처럼 지냈다니…

그때 전화가 울린다. 떨리는 아버지 음성이다. 어머니가 돌아가셨다고 했다. 자신의 한풀이를 위해 아들을 호랑이 굴에 던졌다고 자책하다가 어제 집을 나가 들어오지 않아서 걱정이었는데 지금 막 광동원 동쪽 해바라기 묘지에서 죽은 채로 누워 있는 것을 동네 사람들이 발견했다는 것이다.

약을 먹은 흔적도 없고 타살의 흔적도 없이 그냥 평안히 누워 있었고 의사
는 심장마비라고 했다.

어머니가 죽었다는 말은 울분을 막던 마지막 선을 무너뜨렸고, 거대한
분노가 폭풍처럼 밀려왔다. 온몸의 피가 거꾸로 솟고 머릿속이 온통 울분
으로 가득 채워지면서 나의 눈은 서서히 뒤집히기 시작했다. 나의 심상치
않은 표정을 본 신희는 부르짖었다.

"영기야, 어머니 일은 안되었지만 다 너를 위한 거야. 지금 슬프지만 다
스쳐 지나갈 거야… 천하의 정영기가 이 정도를 받아들이지 못해?"

신희의 따가운 말은 나의 귓전을 헛돌고, 대신 일전에 그녀가 했던 물총
이야기가 떠오른다. 뭔가를 터뜨려야만 한다는 절박감이 머릿속을 가득
채운다. 처마 끝에서 날지 못하는 새, 그리고 인간 세상에서는 더 이상 살
수 없다는 스님의 텅 빈 표정도 내 눈에 생생하게 떠올랐다. 그 순간 세상
으로부터 나를 절단하자는 생각이 정신을 집어삼켰다. 나는 세상에 대한
미련을 내던지고 빈 수숫단처럼 쓰러졌다.

17。

정말
미안해

　　　현철과 경옥 신희 그리고 인애가 모여서 걱정스럽게
영기를 바라보고 있었다. 실신한 지 12시간이 지나도 깨어나지 않기 때문
이다. 두뇌 초음파를 찍고 그 자료를 분석하는 신경정신과 의사는 계속 고
개를 갸웃거린다. 영신도 신경정신과 담당의사와 계속 뭔가를 이야기하였
다. 다른 나이 많은 의사가 들어왔다. 그는 영신과 담당의사의 지도 교수
였다. 그가 다시 영기를 진찰하고 두뇌 초음파 자료를 분석했다. 세 사람
은 집무실 안에서 이야기를 나누었다.

　상당한 시간이 흐른 후 담당의사는 환자가 깨어나고 싶지 않아 한다는
것이며 이런 증상은 자아절단증이라고 말했다. 자기 스스로 자아를 막아
버린 증상으로서, 자아에게 강력한 충격을 주지 않으면 절대 돌아오지 않
으며, 만약 3일 이내에 깨어나지 않으면 식물인간이 될 가능성이 크다는 진
단을 내렸다.

　현철이 크게 외쳤다.

　"영기가 당장 깨어나서 어떻게든 하지 않으면, 은행은 규정대로 대출금
300억 원을 회수하기 위하여 펀드를 반대매매할 거야. 현 시세대로라면 펀

드 매매대금은 320억에 불과하고 은행이 대출금 300억을 회수하면 겨우 20억 원이 남아. 그러면 김정진 과장은 날린 원금 700억 원을 보전받기 위하여 영기 재산을 처분할 거고. 그러나 1,000억 원대였던 주식은 현재 60% 손실을 본 상태라서 전부 팔아 보아야 고작 400억밖에 안 돼. 420억 원으로는 보증액 700억에 280억이나 모자라. 반대매매가 실행되면 1,000억대 부자였던 영기는 280억 원의 빚만 진 알거지가 돼. 그렇게 되면 영기는 서울역으로 가야 해."

이 말을 들은 신희의 얼굴은 흙빛으로 변했고, 잠시 공황상태에 빠진 것 같았다. 그녀는 심하게 기침을 하기 시작하였으나 쉽사리 멈추지 않는다. 옆의 경옥이 신희의 등을 두드리자 그녀는 조금씩 기침을 멈추었다. 신희는 스마트폰을 꺼내서 이어폰을 끼고 무언가를 듣기 시작했고 조금 후 그녀의 안색은 서서히 되돌아왔다.

현철은 영기를 깨울 수 있는 방안이 무언인지 담당의사에게 물었다. 담당의사는 자아에게 가장 충격적인 것을 던져 주어야 한다고 했다.

그게 무엇이냐는 현철의 질문에 그는 영신을 쳐다보고 나갔다. 영신의 선배인 그는 이 분야의 전문가이고 환자를 잘 아는 영신이 알아서 처방하는 게 맞다고 보아 영신에게 위임한 것이다.

영신은 현재까지 알려진 정신분석학의 대가인 프로이드에 따르면 성적 충격이야말로 가장 원초적이고 강력하므로 자아절단증 치료에 흔히 사용하는 방법이라고 떨떠름하게 말했다.

신희를 위시한 여자들은 서로의 얼굴을 쳐다보았다. 입술을 잘근잘근 씹고 있던 신희는 말했다.

"3일 이내에 깨어나지 않으면 정 사장은 식물인간이 될지도 몰라요. 오늘부터 여자들끼리 3일간 치료를 해 봅시다. 여기 있는 모두가 정 사장에게 도움을 받았지만 거기에 구속될 필요 없이 참여 여부는 자기 스스로 결정하세요. 참여 안 해도 상관없어요." 인애와 경옥은 동참하겠다는 의사표시로 고개를 끄덕였다.

영신은 성적인 충격에만 국한하지 말고 영기가 이 세상으로 돌아오게 할 수 있는 것이라면 모두 동원하라고 말하고 현철과 함께 자리를 떴다.

경옥이 먼저 말을 꺼냈다.

"오빠와 육체적 관계가 전혀 없는 내가 시도해 볼게요. 한때 세상에 염증을 느낀 우리 남편도 실신한 적이 있었죠. 그때처럼 해 볼게요, 나가 주세요."

담 너머 자기를 몰래 보던 영기 오빠, 오빠와 선을 본 후 약간 내적 갈등이 생겼던 심란했던 순간, 주식투자 때 자기를 헌신적으로 도와주던 오빠의 모습이 떠오른다. 만약 해바라기 앞에서 내가 적극적으로 오빠에게 뽀뽀를 했다면, 우린 어떻게 되었을까? 경옥은 피식 웃었다.

경옥은 남편인 것처럼 영기의 윗옷을 서서히 벗겼다. 하얀 가슴살이 드러났다. 경옥은 영기의 가슴을 부드럽게 어루만졌다. 한참 후 그녀는 바지와 팬티를 내렸다. 실신한 남편의 것처럼 영기의 상징은 엿가래처럼 축 쳐져 있었다. 한 달 전까지 기세등등했던 소꿉애인, 오빠가 저렇게 무기력한 통나무가 되다니, 경옥은 운명은 너무나 얄궂다고 생각되었다.

경옥은 남편을 목욕시키듯이 영기를 목욕시켰다. 그녀는 오빠의 옆에 누워서 마음을 가다듬은 후 치료를 시작했다. 그녀는 오빠의 것을 흔들기도, 오빠와 몸을 서로 비비기도, 오빠의 귀에 속삭이기도 했다. 성스러운 치료는 밤새 내내 진행되었다. 그녀의 이마에는 수많은 땀방울이 대롱대롱 맺혔다.

다음날 방문한 두 사람에게 손만 약간 움직이고 다른 차도는 없다고 했다. 인애는 경옥에게 무엇을 했느냐고 물었다. 경옥은 서로 전라 상태에서 오빠의 몸을 쓰다듬고 속삭이며 손으로 자위를 시켜 주었다고 담담히 말했다.

소개팅 때 저돌적으로 대시하던 대학원생, 인공지능 투자 모델 개발 건으로 다시 만나 어쩔 줄 몰라 흥분하던 모습, 주식투자 때 자기를 정말로 도와주려던 지극한 정성, 자기를 조금이라도 스쳐 보고 싶어서 착 달라붙던 영기의 입술이 인애의 기억에서 슬며시 튀어나온다.

내가 친구인 병수에게 착 달라붙어도 나를 덤덤히 지켜보았다. 영기는 나를 정말 좋아하기는 했을까? 좋아했다면 이혼한 나를 붙잡았어야 하지 않는가? 이혼하자마자 병수에게 달라붙었기에 기회가 없었을 수도 있겠어. 나에게 이 사람은 어떤 존재일까. 나는 이 사람을 조금이라도 좋아하는가?

영신으로부터 버림받은 후 이를 악물고 다짐하던 생존, 장 검사의 배신 후에 사랑을 던지고 대신 목표로 삼았던 돈, 병수를 통하여 돈을 벌어 보려던 몸부림이 선명하게 떠오른다. 어느 순간부터 사랑을 잊어버리고 처절하게 목표를 향해 돌진하던 악바리 자신. 인애는 씁쓰레 웃었다.

아무튼 이 사내는 대가 없이 나를 도왔다. 다른 아무도 이 사람처럼 해 주지 않았다. 지금으로서는 그 빚을 내가 갚아야 한다. 만약 깨어난다면 내가 이 사람과의 관계를 어떻게 설정할지는 차후의 문제이다.

그녀는 조심스럽게 영기의 옷을 모두 벗겼다. 무기력한 영기의 몸이 드러났다. 징그러운 육체에 인애는 도저히 용기가 나지 않았다.

"불철주야 노래를 배워서 자신감이 생긴 후, 그녀를 찾아봤는데 시집갔다고 하더군요." 영기의 목소리가 생생하게 떠오른다. 그가 말한 그녀가 나였을까?

"혹시 그 종목이 손실이 나더라도 제가 전부 책임져 줄게요." 듬직하게 정성을 다하여 말하던 영기의 얼굴이 생생하게 떠오른다.

인애의 얼굴은 환해지기 시작했다. 그녀는 무엇에 홀린 듯이 영기의 몸을 서서히 어루만지면서 서서히 아래로 내려갔다. 인애는 그것을 애인처럼 소중하게 쓰다듬으며 중얼거렸다.

"나에게 정말 이성의 광을 깊숙이 가지고 있었다면 이것으로 깨어나 봐요."

인애는 입으로 영기를 치료하기 시작했다. 채무의 이행이 아니라 성스러운 종교의 의식처럼 보인다. 그러나 차도는 없다.

"깨어나서 나를 사랑해 줘 봐요."라고 귀에다가 크게 말했다. 영기는 갑자기 신음을 지른다. 그러나 그 후에는 아무런 말도 움직임도 없다. 인애는 조금 쉬었다가 다시 성스러운 의식을 계속한다. 먼동이 트자 그녀는 힘이 하나도 남지 않았음을 깨닫는다. 그녀는 영기의 귀에 또렷하게 속삭였다.

"이것으로 빚은 모두 갚은 거예요. 만약 깨어나면, 저에게 강력하게 대시해 주세요."

다음날 찾아온 신희에게 말했다. "영기 씨가 신음을 질렀어요, 잠깐 동안. 그러나 그 후 더 이상 차도는 없어요. 저는 이만 갈게요." 삼일 째 되는 수요일이다. 신희는 영기를 바라보며 중얼거린다.

"아주 강한 사람인 줄 알았는데 그 정도에 자아를 닫아 버리다니. 너와 할 건 다 해 본 내가 무엇을 해야 너에게 커다란 충격을 줄 수 있을까? 내 특기인 줄기세포를 투입하자면 그건 몇 달 이상 걸릴 거고 성과도 확신할 수 없고. 네가 깨어나지 않으면 난 어떡해. 다른 사람들이 할 것은 다 했겠지만 나도 뭐라도 해야겠지."

전라가 된 신희는 영기의 것을 일으켜 세워 본다. 지극한 정성으로 치료 행위를 시작한다. 한 시간이 지났을까, 분출과 동시에 약간의 신음만 따랐을 뿐이다. 다시 시도하였으나 잘 서 있지도 않는다.

옆방 환자의 큰 잠꼬대 소리에 신희는 번쩍 눈을 떴다. 잠들었던 모양이다. 자극적이고 질투를 유발하는 소리도 같이 더하면 정신에 주는 충격 효과가 더 크지 않을까? 몰래 저장했던 정기와의 섹스 동영상이 휴대폰에 있잖아. 이어폰을 영기 귀에 꽂고 볼륨을 가장 최대한 크게 올렸다. 그리고 사력을 다하여 몸의 치료를 병행했지만, 차도가 없다.

천정을 하염없이 쳐다보는 신희에게 절망감이 서서히 몰려왔다. 절망감을 극복하기 위하여 늘 그랬던 것처럼, 신희는 티비를 틀었다. 티비를 보는 순간, 좋은 아이디어가 신희의 머리를 때렸다. 또 다른 동영상을 재생하고 이어폰을 영기의 귀에 다시 꽂았다. 그녀는 푸석푸석한 영기의 육신을 세차게 흔들며 온 힘을 다하여 소리쳤다.

"세상으로 돌아와. 이 세상은 니가 필요해."

한 시간 동안 주문은 계속되었다. 이제는 전혀 반응도 없다. 여기서 포기하자. 이게 네 명줄일지 몰라. 혼이 빠진 사람처럼 신희는 영기의 몸에서 부스스 내려왔다. 이어폰을 빼내려는 순간 "누구야!" 소리치면서 영기가 벌떡 일어났다. 귀에 꽂혀 있던 이어폰이 침대 밑으로 떨어졌다.

신희가 옷을 입고 내 곁에 왔을 때. 나의 자아는 완전히 제자리에 착상했다. 지금까지 어떤 상황이 진행되었는지 선명히 정리가 되었다. 의사는 나를 진료하고는 자아가 완전히 돌아왔다며 신희를 향해 두 엄지손가락을 쳐들고 기뻐했다.

눈물을 글썽이고 있는 신희에게 고맙다고 하자 그녀는 "몸조리 잘 해."

하며 회사로 갔다. 이어폰을 귀에 끼고 가는 신희의 등은 한없이 넓다. 자기만 생각하는 줄 알았는데 남을 위하여 헌신적일 때도 있구나. 신희의 또 다른 모습이었다.

시계를 보니 목요일 아침 6시다. 내 펀드 가격은 하락하여 월요일은 최초 매입가의 32%, 화요일은 28%, 수요일 종가는 25% 이하로 떨어져 있었다. 옵션이 포함된 펀드이지만 병수가 나만을 위하여 급하게 만들다 보니, 편입된 업종들의 단순포트폴리오와 유사하여 그들 시가의 가중치로 산출된 가격은 펀드의 고시 가격과 큰 차이가 없었다.

월요일 종가가 32%이므로 화요일부터는 반대매매 대상이었다. 당장 계좌를 조회해 보니 수익증권은 그대로 계좌에 있다. 김덕만 사장의 칼이 생각났다. 전화를 받은 김덕만 사장은 월요일부터 칼을 들고 병수의 사무실에 출근하여 계속 저지하고 있으니 반대매매는 걱정하지 말라고 한다. 김덕만 사장의 칼 때문에 어제까지 반대매매를 피한 것이다.

20억을 집어넣어 일부 상환한다고 해도 원금 대비 30.8% 이상이 되지 못하므로, 내일도 여전히 반대매매 대상이다. 물론 김덕만 사장이 해결하겠지만 저 칼의 위력이 언제까지 지속될지 알 수 없다.

갑자기 누군가 병실에 들어와서 신희가 여기 있는지 묻는다. 정기다. 영어에 능통한 정기는 신희 회사의 해외 업무를 맡고 있었다. 신희가 어제 회사에 안 들어와서 걱정이 되었고, 오늘 중요한 해외 거래처와 미팅 건이 있어서 직접 찾으러 온 것이라고 한다.

오늘 내가 깨어나서 신희가 금방 회사로 갔다는 말에 희색이 만연하다. 내가 왜 혼수상태였는지 묻기에 간략하게 답하는 도중 남 회장으로부터 전화가 왔다. 정 사장을 곤경에 빠뜨려 정말 미안하다며 자기가 도울 수 있는 것은 모두 돕겠다고 했다.

전화가 끝나자 정기는 조금 전 전화를 건 사람이 누구냐고 묻는다. 남 회장이라 하자 그는 그 사람을 어떻게 아느냐고 물었다. 남 회장과의 인연에 대하여 대강 설명했다. 혹시 아느냐고 물었으나 그는 모르는 사람이라고 하며 나간다. 모르면서 왜 남 회장에 대하여 물어볼까?

목요일 아침도 반대매매는 처리되지 않았다. 목요일 주가는 떨어져 종가는 23%이었다. 조마조마한 마음으로 금요일 아침 잔고를 확인해 보니 펀드에서 반대매매가 없었다. 김덕만 사장의 칼이 또 저지한 것이다.

금요일 2시가 다가오도록 아무런 주가 변동이 없었다. 물론 종가를 보고서 반대매매를 저지할 수 있는 가격대라면 20억 원을 투입할 할 것이다. 2시 45분에 갑자기 연방 은행장의 회견뉴스가 나오면서 주가가 오르기 시작했다. 동시호가 때 조선 업종의 지수는 거의 최고가로 끝났다. 반도체 업황이 문제가 제기되면서 오히려 반도체 업종 지수는 5% 정도 내렸다. 장 종료 후 10분이 지나 공시된 펀드 가격을 보니 최초 대비 30%이다. 그러나 여전히 반대매매 대상 구간이다. 김 사장이 알아서 해 주겠지 하는 당연한 기대를 하고 있는데 김덕만 사장은 병수가 배를 째라고 한다며 다음 주 월요일은 어려울 것이니 조심하라고 한다.

퇴원을 하고 집에 들어왔는데 병수가 찾아왔다. 비록 기관의 반대매매는 원칙상 수동처리라도 규정상으로 화, 수, 목, 금 4일은 분명 수동으로 반대매매를 입력했어야 한다. 규정을 위반하여 자기도 목을 걸고 있는데, 그 대가를 받아야겠다고 한다. 어제 저녁 대정그룹도 법정관리를 신청하여 자기는 이제 더 이상 잃을 게 없다며.

"나는 조선 시대 유학자처럼 기회를 놓치고 싶지 않아. 앞으로 내가 얼마

살지도 모르잖아?"

　20억을 알고 그러는 건지 조바심이 생겼다. 그는 전혀 엉뚱한 걸 요구했다. 다음 주 월요일 전산시스템에 반대매매 대상을 입력하지 않는 대신에 신희와 하게 해 달라고 했다. 장모와 그랬던 것처럼 위기에 부닥치면 나타나는 섹스광인가.

　내가 신희를 어떻게 할 수 없다고 하자 그는 단호하고 비장하게 말했다.

　"나의 최고의 광은 회장이 되는 거였어. 지금의 최고 광은 신희랑 하는 거야. 네가 해 주지 않으면 월요일에 반대매매를 입력할 거야."

　신희를 만나 주저주저하면서 병수의 조건을 설명했다. 신희는 내가 원하는 기한은 언제까지인지 물었다. 한 달이면 장세가 바뀔 것은 확실하지만 열흘 정도의 기회는 반드시 보고 싶다고 비굴하게 말했다. 내가 자신의 투자를 두 번이나 도왔으니 자기도 두 번 도와야 빚이 소멸되는 것이 아니냐며 신희는 아무렇지 않게 이야기했다.

　"힘들지 않겠어?" 안쓰러워하는 나의 말에

　"괜찮아, 네 빚도 갚고 산 사람 소원도 들어주고 나도 즐기는 건데 뭐가 문제야. 몸으로 때우는 거라면 해결될 때까지 해 줄게."라며 한술 더 뜬다.

　선뜻 받아 주는 대범한 신희가 고맙고 위대하다. 이런 제의를 하는 내가 상대적으로 너무 초라하고 비열하게 느껴진다. 일요일, 밤새 나는 잠이 오지 않았다. 과연 이렇게 해서라도 내가 살아야 하느냐고… 몽롱한 상태에서 월요일 새벽 광동대에 올랐다. 흰 구름 뒤로 은은한 태양의 빛이 보였다. 수강공주에게 신희를 보살펴 달라고 기도했다. 수강공주는 아무런 대답이 없었다. 계속 빌었다. 갑자기 이상한 떨림이 느껴졌다. 수강공주의 대답이 아니라 신희의 문자였다.

"밤새 새로운 변동성으로 즐거웠다."

오늘이라도 반대매매구간 이상으로 주가가 올라오기를 수강공주에게 애원했다. 그러나 월요일 종가는 최초가 대비 29%로 떨어졌다. 월요일 늦은 오후 신희는 문자로 담담하게 물었다.

"주가변동성이 발생되었는지?"

나는 미안한 마음을 금치 못했다. 미안한 마음을 어떻게 표시해야 하나. 나의 생각의 결과는 고작 이런 문자였다.

"너무 미안해."

다음날 새벽 광동대에 또 올라갔다. 먼동이 트고 있었다. 예진에게 신희를 보살펴 달라고 애원했다. 그러나 예진은 아무 말도 하지 않았다. 그때 작은 불덩어리가 솟아오르며 큰 태양이 되었다. 태양 속의 예진은 역동성을 당당히 받아들이라고 하는 것 같았다. 신희의 당당한 문자가 왔다.

"어젯밤도 새로운 변동성으로 즐거웠다."

상도에게도 빌었다. 오늘 주가가 상승하여 신희를 악의 구렁텅이에서 빼주기를. 태양 속의 상도는 시련은 그냥 받아들여야 한다는 것 같았다. 화요일 종가도 최초가 대비 27%로 떨어졌다. 오후 늦게 신희는 문자로 간단하게 물었다.

"주가변동성은?"

미안한 마음을 표현하는 것이 이렇게 어렵다니. 나는 문자를 보냈다.

"정말 미안해."

수요일은 내내 집에 그냥 처박혀 있었다. 종가는 26%이다.

신희의 문자에 '미안해'라고 답했다.

목요일 종가는 28%다. 갑자기 병수로부터 전화가 왔다. 미란이 그가 신희와 잔 사실을 알았고 그녀도 자기의 요구를 들어주지 않으면 은행 감사실에 고발하겠다고 날뛰고 있다며 나보고 그녀를 만나서 달래 달라고 했다.

그녀의 큰 눈은 거의 뒤집혀 있었다. 그녀는 더듬거리면서 조건을 말했다. 신희가 자기를 엿 먹였으니, 그런 신희가 병수에게 유린당하는 것을 나와 함께 보고 싶다고.

병수와 신희에 대한 그녀 나름의 기상천외한 복수인 것이다. 병수의 몰락은 자기의 몰락이므로 미란도 이미 정신 줄을 놓고 있었다. 극단적인 상황에서 위안을 받는 그녀의 방식도 야한 섹스였다. 그런 면에서 보면 병수와 미란은 천생연분이다.

내 말을 들은 신희는 더 재미있는 제안이라면서 개의치 않는다고 했다. 내가 자신이 없다고 하자 그녀는 내 뺨을 사정없이 갈겼다.

"인생도 변동성이라며, 이 정도의 변동성도 못 참아?"

그날 밤. 신희와 병수가 섹스하는 장면을 미란과 같이 보는 마음은 말할 수 없이 참혹했다. 신희는 별로 개의치 않고 정말로 즐기고 있었다. 변동성을 즐기는 진정한 자유인의 경지였다.

정신 나간 미란은 그 모습을 보며 야한 신음소리를 냈다. 조금 후 나의 사타구니에 손을 넣으려 했다. 나는 그녀의 손을 거세게 뿌리쳤다. 그녀는 앙칼지게 나를 쳐다보았다. 나는 이것은 약속 위반이라고 했다. 그녀는 분을 이기지 못하고 덜덜 떨었다.

금요일. 종가는 최초가 대비 29%로 올라왔다. 미란은 두 사람의 섹스를 보면서 내 몸을 마음대로 터치할 수 있는 조건을 걸었다. 신희는 그거 뭐 어때 하는 기색이다. 섹스를 지켜보던 미란은 다시 신음 소리를 냈다. 그리고 마음대로 나의 것을 주물렀다. 나의 물건은 좀처럼 서지 않았다. 혼자서 자위를 하는 미란의 얼굴에 그 순간만큼은 희열과 평화가 느껴진다. 남녀 간의 섹스는 불안정에서 벗어나는 강력한 돌파구이다. 이래서 섹스를 바탕으로 한 이성 관계인 사랑을 사람들은 절대적인 최고의 가치로 인정하는 걸까?

월요일 종가는 여전히 29%이다. 미란은 병수와 신희가 섹스하는 옆에서 나와 섹스하겠다는 조건을 말했다. 그녀의 입에서 하얀 거품이 보였다.

월요일 밤, 병수는 미란이 보란듯이 신희의 엉덩이를 철썩철썩 계속 때렸다. 신희의 엉덩이에 벌건 손자국이 찍혔다. 그 광경을 보자, 독기 어린 미란의 입 안에 있던 나는 줏대 없이 일어서기 시작했다. 이렇게 의지력이 없이 나를 세우다니 한심스러운 생각이 든다. 나란 존재는 원래 보잘것없는 동물일 뿐이다. 그래. 오늘의 이런 나를 인정하자. 이런 나를 전제로 하여 현실을 보자. 흐트러진 마음이 정리되고 정신이 맑아진다.

미란의 몸도 이미 팽팽하게 부풀어 오르며 촉촉이 젖어 있었다. 서로의 파트너가 섹스하는 것에 자극받은 두 마리 들개처럼 우리는 자기를 버리고 미친 듯이 또 다른 자기를 탐닉했다. 새로운 야릇함이 주는 즐거움에 둘이 약속이나 한 듯이 동시에 절정에 올랐다. 미란은 "병수 씨!" 하고 고함을 치며 온몸을 부르르 떤다.

마지막 에너지가 분출되자 나에게도 고요가 찾아왔다. 무한의 자유가 느껴진다. 이런 상황에서도 악착같이 나의 즐거움을 분출하는 내가 진짜 내가 아닐까? 이런 자유를 최근 느낀 것 같은데 언제였는지 도무지 기억나지 않는다.

안정되어 가는 나와는 반대로 미란은 끝없는 공허감을 느낀 듯하다. 갈수록 파국이 예정되어 있기 때문일까? 자유로워 가는 나의 얼굴을 본 그녀는 무한의 질투를 느낀 듯 마녀처럼 나에게 섬뜩한 저주를 퍼부었다.

"너도 같이 망해야 해." 그녀에게 인간적인 마음이라고는 전혀 없고 같이 죽자는 원초적 본능만 남아 있었다.

신희를 보내고 집에 들어오니 미란이 미영을 데리고 처갓집에 가고 없었다. 아무래도 너도 같이 망해야 된다는 미란의 저주가 걸린다. 공황상태에 있는 미란이 일을 저지를 것 같았다. 전화를 했으나 받지 않는다.

내가 무너지면 미영은 어떡할 것이냐는 문자를 넣었다.

"내가 알아서 할 거야."라고 답장이 왔다.

조금 후 다시 그녀의 문자가 왔다.

"내일 너를 파멸시킬 거야."

한참 후 병수로부터 전화가 왔다. "미란이 내일 오후 우리 회사를 방문하여 너를 반드시 응징할 거라고 악을 쓰다가 지쳐서 지금 막 잠들었어. 나도 피해를 본다며 달랬지만 막무가내야. 미란의 성격상 반드시 무슨 일이든 저지를 거야."

내일의 주가에 의하여 나의 운명이 결정된다. 나의 마음은 쾅쾅 뛰기 시작한다. 자는 둥 마는 둥 뒤척이다 시계를 보니 새벽 3시다. 집을 나온 나는 택시를 타고 아버지에게 전화를 했다. 어머니의 묘소는 카라의 해바라기동산 근처 공동묘지라고 했다. 얼마나 지났을까, 카라의 동산이 보인다.

카라의 묘소에 절을 했다. 평생을 한에 절어 힘들게 사신 어머니를 그녀의 뜨거운 품에 안고 위로해 달라고 정성스럽게 빌었다.

어머니 무덤에는 아직 잔디도 자라지 않았다. 불효자식이 이렇게 왔다며 나는 북받치는 슬픔을 억누르지 못하고 엉엉 울었다. 미란을 소개시켜 준 것에 대하여 미안하실 필요가 없어요, 내가 못나서 미란을 품에 못 안은 것이지 왜 그게 어머니 탓이냐고, 먼 하늘을 향해 나는 소리쳤다.

"영기야, 정말 미안해." 말을 마친 어머니는 600평짜리 고추밭 속에서 은은하게 웃었다. 어머니 옆에 정기가 서서 어머니의 손과 신희의 손을 동시에 잡고 있었다.

"이 자식아, 그 손 놓지 못해!"라고 외쳤다. 눈을 뜨니 꿈이다. 절을 하던 도중에 어머니 무덤 앞에서 잠이 든 것이다. 정기까지 꿈에 나오다니, 일시 황망하였지만 웃는 어머니 모습에 잠시 마음이 놓였다.

불처럼 주가가 활활 올라서 제발 반대매매를 피할 수 있게 해 주소서. 아침 동시호가 때 뚫어져라 모니터를 응시하며 기도했다. 반도체 지수는 아침 (+)3%에서 출발하지만 조선 업종 지수는 (-)3%이다. 실망감이 엄습한다. 오전 내내 기다려도 조선 업종은 오히려 떨어지기만 한다.

점심때쯤 반도체 지수는 (+)2%대로 내려가고, 조선 업종은 (-)5%까지 내려간다. 초조한 마음에 최근에 먹다 반쯤 남은 소주를 단숨에 들이켰다. 속이 뜨끈해지자, 작아진 마음이 살아난다.

조민상 전무는 미안하다는 듯이 말했다. "형님도 알다시피 모든 자금 통제권은 아버지가 가지고 있어요. 이름만 후계자일 뿐 저는 사실 쭉정이잖아요. 형님은 마지막으로 부탁하셨겠지만 10억 원도 정말 어려워요. 도움을 주지 못해 미안해요." 이제 정말 끝이라고 생각한 나는 자존심을 버리고 조민상 전무에게 손을 내밀었던 것이다.

죽기 전 동우 선배와 비슷한 대답이다. 재물광으로 돈을 번 회장만이 그 재물에 대한 독점적인 집행 통제권을 가지는 것이 지배와 소유를 주된 파동으로 구성되는 재물광의 속성이자 지금 세상의 이치이다. 마지막 희망이 사라지자 머릿속이 텅 비며 주인 없는 몸은 털썩 주저앉는다. 횅한 머릿속에 소주가 자랑스럽게 다시 나타났다. 그를 병째로 서서히 들이켰으나 반 병쯤 남았다.

모니터를 쳐다보니 조선 업종은 (−)7%대로 내려간다. 남은 반 병을 그냥 들이켰다. 다시 시간은 흘렀다. 조선 업종은 (−)10%대로 내려가고 반도체 업종도 보합으로 내려갔다.

다른 소주를 따서 입에 대었다. 이제는 한 병이 순식간에 들어간다. 내가 이렇게 술이 셌던가? 내 안의 절망이 이 술을 먹는 것이겠지. 피식 쓴 웃음 이 나온다. 모니터를 본 나는 다시 소주를 땄다. 이제 술은 끝없이 술술 넘 어간다.

전화 소리에 눈을 떴다. 취하여 잠이 든 것이다. 조민상 전무였다.

"형님, 당장 마련할 수 있는 게 1억 원밖에 안 돼요. 도움이 된다면 보태 쓰세요." 정말 고맙다, 라고만 했다.

모니터를 보니 오후 2시 30분이었다. 반도체 지수는 10%대로 급등하여 있었고, 조선 지수는 (−)5%대로 회복 중이었다. 세계적인 헤지펀드의 국내 반도체 기업 M&A 가능성에 대한 뉴스가 나왔던 것이다. 혹시 하는 터럭 같은 희망이 생긴다.

기꺼이 도와주겠다던 남 회장의 말도 이제야 떠오른다. 그러나 남 회장 은 전화를 받지 않는다.

2시 45분이 되자 반도체 지수는 8%대로 상승폭이 둔화되고 조선 업종 지수는 (−)3%로 회복된다. 초조한 내 심정을 알아주기라도 하는 듯이 동 시호가를 앞두고 조선 업종 지수는 보합까지 회복되었다.

동시호가에서 8%인 반도체 지수가 그대로 유지된다면, 조선 업종 지수 가 (+)4% 이상 상승해 줘야 한다. 재료가 없는 상황에서 한때 (−)10%까지 내려갔던 조선 지수가 종가에 (+)4%로 오르기는 힘들다.

이제는 끝이다. 머리가 텅 비었다. 나와 신희, 여러 여자들이 온몸을 다하여 사수한 방어선이 마지막에 한 여자의 질투 때문에 무너지다니. 파란 하늘을 쳐다보니 동우 선배의 힘없는 얼굴이 빨리 오라고 부른다. 그러나 미영의 얼굴이 떠오르면서 동우 선배의 영상이 지워진다. 그래, 나에게는 아직 미영이 남아 있지 않은가.

갑자기 동시호가 끝나기 30초 전부터 핵심 조선우량주인 H중공업에 대한 매수세가 집중된다. 조선 업종 지수는 (+)4.1%로 끝냈다. 장 종료 후 공시된 펀드 가격을 보니 최초 대비 30.9%이다. 후장동시호가 종료 직전에 투입된 300여 억이 조선 업종의 지수를 올린 것이다.

종가가 나오자마자 미란의 싸늘한 전화가 왔다.

"내일은 드디어 파국을 보겠네."

그러나 그녀는 내게 다른 카드가 있을 거라고는 전혀 알지 못했다. 마련해 놓은 20억으로 상환하면 차입금은 280억이 되고 주식 값은 309억이 되면서 주식 값이 기준가 308억 원을 초과하므로, 수요일 아침에 반대매매가 되지 않는다. 나는 직접 은행에 가서 20억 원으로 차입금을 갚았다.

수요일 종합주가지수는 5% 이상 올랐다. 미국 정부가 양적완화라는 조치를 통하여 금융 위기를 해결하겠다는 정책을 발표하였기 때문이다. 양적완화로 인하여 달러의 공급량이 양적완화 이전보다 200% 이상 증가할 것이라는 기사가 나왔다. 본원통화를 200% 이상 확대 공급하는 양적완화 정책은 세계 금융사에서 유례가 없는 사상 초유의 규모라는 논평이 여기저기에 실렸다.

랩 어카운트라는 한국의 작은 수급 제도가 한국 증시에 가져온 변동성을 몸소 체험한 나는 사상 초유의 세계적인 양적완화로 나의 위기도 극복될 수 있을 거라는 생각이 들었다. 악마의 구렁텅이에 빠졌던 나에게 천국으로 올라가는 가느다란 동아줄이 뚝 떨어진 것이 아닐까?

숨을 돌린 나는 조마조마한 가슴으로 잠자는 미영이를 보며, 양적완화에 대한 나의 가설이 맞기를 밤새 내내 기도하였다. 목요일 새벽에는 명중대에 올랐다. 이제까지 스쳐 지나갔던 이름 모를 풀들과, 붉은 황토길, 작은 바위들, 그들이 힘을 다하여 만들어 낸 작고·아담한 오솔길이 눈에 들어왔다. 존재하기 위하여 사력을 다하고 있는 그들의 진한 삶의 냄새가 코를 찔렀다. 무심하게만 보이던 한강은 서로를 밀치기도 하고 끌어당기고 포근히 안아주면서 천천히 흐르고 있었다.

목요일 주가도 크게 올랐다. 양적완화라는 거대한 물결은 세계 자본시장을 안정화시키기 시작했다. 국내 주가도 점진적으로 상승했다. 3개월 후 어느 날, 펀드 가격은 투자 시점 대비 소폭 상승했고 우리는 펀드를 환매하여 투자와 보증 관계를 청산하였다.

18.

태초의
희열

　　더 이상 같이 사는 게 힘들다고 생각한 미란은 결국
분가했다. 딸은 자기가 키우겠다고 하여 미영은 미란과 산다. 오늘은 미영
이를 만나러 가는 날이다. 미란은 미영을 내게 맡기고 다른 방으로 들어가
버렸다. 만 3살에 가까워진 미영이 "아빠," 하고 부르며 내게 다가온다. 나
의 분신이라고 생각하니 가슴이 뿌듯하다.

　미영과 즐겁게 노는데 거실에서 무언가 걸리적거린다. 옛날 미란이 방에
숨겨두었던 조각들이 거실에 나와 있었다. 자유의 여신상, 서 있는 대학생,
사색하는 중년, 젖을 먹이는 어머니, 절규하는 여인이 줄지어 서 있다. 절
규하는 여인의 눈에는 허둥대는 혼란과 끝없는 절망이 담겨 있었다.

　최 회장이라는 악마가 병수를 조종하여 올가미를 쳐 놓았고, 금융 위기
라는 태풍은 그 올가미에 나를 밀어 넣었다. 그 올가미에 덜컥 걸린 나는,
날지 못하는 새처럼 나를 부정하고 세상으로부터 나를 절단시켰다. 그러
나 신희의 헌신으로 정신을 차렸고, 다시 불어온 양적완화라는 동남풍으
로 그 위기에서 겨우 빠져나왔다. 절규하는 여인의 끝없는 절망, 금융위기
하의 파란만장했던 변동성이 나의 머릿속에 다시 떠올랐다.

절규하는 여인의 허둥대는 혼란, 적나라했던 장모의 이야기가 생생하게 다시 나의 머릿속을 지나간다.

금융위기에서 벗어난 후 어느 날 나는 깊은 생각에 잠겼다.

최 회장과 병수 그리고 미란과 어떻게 관계를 설정해야 하나? 최 회장이 교사하였다고 하나 내가 그때 복합금융상품에 보증을 선 것은 남 회장의 부탁이 가장 컸다. 대정산업이 부도가 나서 최 회장 사업의 생명은 이미 끝나지 않았던가? 지금으로서는 그에 대한 응징은 아무런 의미도 없다. 병수도 인애처럼 그의 욕망에 따라 행동한 것에 지나지 않을 것이다.

모든 사람은 자기의 광을 추구하면서, 변동성이라는 큰 흐름에 따라 이기적으로 살 뿐이다. 정도의 차이가 있을지 모르지만 나도 그들처럼 나의 광을 추구하며 흐르는 대로 살았다. 그런 관점에서 남들의 인생도 인정해야 하지 않을까? 금융위기로 인한 거대한 변동성이 지나간 후, 나는 전보다 관대해진 것 같다. 시련이라는 변동성이 나의 마음을 넓혀 준 것일까?

미란이 자기 욕망의 충족을 위하여 나나 신희에게 거침없는 요구를 한 것도 이해가 된다. 날지 못하는 새처럼, 세상을 포기한 나보다는 미란은 더 집요하게 세상을 사는 것일지 모른다. 그러나 자기 욕망 충족을 위하여 미영을 경제적으로 부양하는 아버지인 나를 고발하지 않았던가? 그런 그녀는 자기의 욕망을 위해서라면 언제라도 내 딸 미영도 희생시킬지 모른다.

미란에게 보복할 생각은 전혀 없다. 그러나 미영을 위해서, 필요하다면 소송을 해서라도 미란에게서 딸을 찾아와야 한다. 동서에게 그 분야의 전문 변호사를 소개시켜 달라고 했다.

다음날 저녁, 일식집 깊숙한 방에서 나를 기다리고 있는 장모는 이미 취해 있었다.

"미영이를 어떻게 하려고?"

"제가 키우겠습니다."

"내 이야기를 들어보고 최종 결정하게."

만광동 지점으로 발령받은 첫날, 병수는 늘씬하고 요염한 중년 여자가 지점으로 들어오는 것을 보았다. 눈이 마주친 그녀는 생긋 웃었다. 농염하고 성숙한 이성적 두근거림이 병수의 마음을 흔들었다.

며칠 후 지점장이 베푼 환영식에서 병수는 거나하게 취했다. 지점장은 다른 직원은 보내고 병수를 데리고 택시를 탔다. 내린 곳은 붉은 불빛이 환한 술집 앞이었다. 병수는 이 곳이 속칭 매미집임을 알았다. 대학 다닐 때 선배들의 말만 들었지 자신이 직접 와 보기는 처음이다. 실내 룸도 전부 붉어 기분이 야릇하다. 사람들은 팔기 위하여 걸려 있는 고기처럼 보였다. 젊은 여자가 맥주 1박스를, 중년의 여자는 안주를 들고 룸에 들어왔다.

"지점장님, 너무 오랜만에 오시네요." 고혹적인 중년 여자는 중후한 톤으로 말했다.

"정 마담, 영계를 데려왔어. 교육 잘 시켜 줘." 지점장은 정 마담을 병수 옆에 보내고 자기 옆에는 젊은 여자를 앉혔다. 호랑이 띠라는 병수의 말에 정 마담은 묘한 미소를 지었다. 서로 껴안고서 등 뒤의 술을 원샷 할 때 뭉클대는 정 마담의 가슴을 병수는 어떻게 받아들여야 할지 당황스러웠다. 고모 또래 여자의 몸이 아니던가?

시간이 지나자 잔주름이 진 정 마담도 여자로 느껴졌다. 그녀의 분 냄새에 서서히 아랫도리가 일어나기 시작했다.

갑자기 정 마담이 젓가락을 두드리기 시작했다. 젊은 여자가 「홍도야 울지 마라」를 부른다. "오빠가 있다"라는 구절에서, 그녀는 오빠 같은 누군가를 기다리고 있는 듯했다.

정 마담의 노래는 「카스바의 여인」이었다.

"그날 그 자리에서 처음 만나 사랑을 하고" 허스키한 목소리로 그윽하고 애절하게 부른다. 그녀의 모습은 사랑을 관조하는 카스바의 여인으로 보였다.

노래 요청에 일어선 병수를 보고서 정 마담은 놀라서 말했다. "이런 멋진 몸을 어떻게 가꾸셨을까?" 병수는 「홍시」를 불렀다. "생각만 해도 가슴이 찡하는, 울 엄마가 그리워진다"라는 구절에서 병수의 감정은 최고조로 치달았다. 정 마담은 박수를 아끼지 않는다.

"자장가 대신 젖가슴을 내주던 울 엄마가 생각이 난다, 지금 상황에 딱 들어맞는 가사인데." 지점장은 정 마담의 가슴을 쳐다보면서 짓궂게 빈정거렸다.

어느새 맥주 한 박스가 동이 났다. 지점장과 그 파트너는 어디로 갔는지 보이지 않는다. 취한 병수는 정 마담이 이끄는 미로를 따라서 붉은 방에 들어갔다. 그녀는 병수를 침대에 누인 채 병수의 옷을 모두 벗기며 "멋진 몸이야. 우리 조카보다 더 좋은데."라고 중얼거렸다.

그녀는 아랫도리만 벗었다. 손으로 병수의 것을 만지기 시작했다. 부드러운 촉감에 정신을 차린 병수는 자기의 것을 마사지하는 작은 고모를 보았다. 병수는 정 마담을 번쩍 안아서 침대에 거칠게 눕혔다. 은밀한 수풀이 눈에 들어왔다. 불빛에 비친 그녀는 어딘가 신희를 닮은 데가 있었다. 미친 듯이 그녀를 정복했다. 몇 번인지 모른다. 정 마담이 타주는 꿀물을 먹자 술이 서서히 깨기 시작했다. 시계를 보니 3시다.

"윗옷은 왜 안 벗죠?"

"사랑하는 사람에게만 벗어. 이게 우리 룰이야." 그녀는 작은 고모처럼 말했다.

"아까 나이는 왜 물어 보았어요?"

"우리 큰조카와 나이가 똑같아서 웃었어. 그 애도 운동선수야. 우연히 목욕하고 있는 그 애 몸을 본 적이 있어. 그게 생각난 거야. 그렇다고 조카하고 일이 있었던 것은 아니야." 그녀의 얼굴은 홍당무처럼 붉어졌다. 자고 가라는 정 마담의 말에도 병수는 허겁지겁 나왔다.

병수는 중얼거렸다. "고모도 여자구나."

한 달 후 지점장은 병수를 불렀다. 주요 고객이 100억 원의 예금을 다른 은행으로 이동시키려는데 그걸 붙잡아 달라고 했다. 병수는 난감했다. 그러나 승진을 위하여 반드시 해결해야 한다.

전화를 받은 예금주의 목소리는 감미로웠다. 그녀는 기다렸다는 듯이 일식집으로 나오겠다고 했다. 들어온 그녀는 부임 첫날 본 요염한 그 여자였다. 그녀의 전반적인 분위기는 누군가를 닮은 듯했으나 생각이 나지 않았다.

"송희려고 해요, 왜 저를 보시고자 하는지요?" 그녀는 그윽하게 물었다.

"사모님, 혹시 100억 예금을 다른 용도로 쓰시려는 계획이 있으신지요?"

"이율이 좋은 다른 은행으로 옮기려는 것뿐이지요."

"제가 그 이율은 반드시 보장할 테니, 그대로 두시면 안 될까요?" 병수는 간절하게 말했다.

"혹시 손해가 나면 개인이 변상해야 할지 모르는데 돈이 많으신가요?" 이번도 고즈넉하게 묻는다.

"돈이 없으면 이 몸으로 막노동 아르바이트라도 해서 메꿀게요."

"몸으로 때운다는 거죠. 좋아요." 그녀는 흔쾌히 승낙했다.

세 달 후 병수는 송희려의 전화를 받았다.

"과장님이 배려해 주신 덕택에 이자 수입이 늘어서 톡톡히 재미를 보았어요. 이번에는 제가 쏘려고 하는데 혹시 조각 전람회 좋아하시는지요?"

"아주 좋아합니다."

며칠 후 은행 앞에서 기다리는 병수 앞에 검은 벤츠가 섰다. 창문이 내려가면서 안에서 "과장님, 타시죠."라는 소리가 들렸다. 검은 블라우스와 검은 바지를 입고 있는 송희려는 그전과는 달리 절제미가 넘쳐 보였다.

그녀의 차는 교외로 달리기 시작했다. 슬쩍 슬쩍 돌아보면서 차분하게 말하는 송희려의 얼굴에서 은은한 서광이 보였다. 차가 도착한 곳은 넓은 들판을 등진 작은 건물 앞이었다. 녹색동산이라는 간판이 걸려 있고, 그 건물 뒤에는 작은 야산들이 보였다.

"저 들판과 야산을 합쳐서 거의 삼십만 평이 돼요. 일정 수준의 작가만 되면 여기에 조각품 전시가 가능하죠." 그녀는 자랑스럽게 말했다.

"혹시 송 여사님이 만드신 건가요."

"조각가들을 위해서 제가 만들었죠." 여전히 신비스럽다.

그녀 말에 따르면 녹색동산은 외원, 내원, 중원, 비원, 궁원으로 구분되어 있었다.

외원은 아마추어 작가, 내원은 일반 프로작가, 중원은 일류작가, 비원은 여기를 지키는 조각가의 전시장이며, 궁원은 자기만의 장소라고 했다.

각 구역별로 작가들의 조각품들이 다양하게 전시되어 있었다. 비원의 구석에 있는 작품에 시선이 멎었다. 남자에게 뒤로 겁간당하는 어린 여학생의 얼굴이 너무 인상적이었다. 제목을 살펴보니 〈태초의 희열〉이다.

궁원은 야산의 뒤쪽 가운데 위치하고 있었다. 둘레에 철책이 쳐져 있고 궁원이라는 간판이 걸려 있다. 철책 뒤에는 편백나무 숲이 있어서 안이 보이지 않는다. 열쇠로 문을 열고 편백나무 숲을 지나자 자유의 여신상이 양쪽에 서 있고 넓은 정원과 작은 건물이 보였다.

넓은 정원에 검푸른 식물들만 가득 차 있었다. 검푸른 우주의 별에 온 것 같다. 집안의 벽은 고갱의 타히티의 여인들과 검푸른 야자수가 빽빽이 그려져 있었다. 원초적이고 신비스러운 여인들은 짙은 녹색의 신비의 동산에서 자유를 만끽하고 있었다.

"너무 신비스럽네요. 생명의 꿈틀거림이 느껴집니다." 병수는 조심스럽게 말했다.

"생명의 원천을 얻기 위하여 이렇게 나름 설계해 보았죠."

그녀는 커피를 끓이기 시작했다. 조금 후 초인종 소리가 들렸다. 그녀가 문을 열어 주자 수염이 덥수룩한 남자가 들어왔다.

"회장님, 제가 낮잠 자느라고 들어오시는 걸 못 봤습니다." 남자는 말했다.

"신경 쓰실 필요 없어요." 그녀는 싸늘하게 말했다.

병수는 일어서서 그에게 인사했다. 남자는 자기가 필요하면 연락해 달라면서 나갔다.

송 회장은 그가 이 녹색동산을 지키는 수위이자 한때 유명했던 조각가 성 아무개라고 하면서 그윽한 눈빛으로 커피잔을 응시한다. 그녀는 마치 유럽 어느 시골의 영주처럼 근엄해 보였다.

샌드위치로 점심을 때운 그녀는 병수에게 위스키를 권했다. 감미로운 위스키가 위벽을 적시자 병수의 마음은 서서히 달구어지기 시작했다.

"과장님, 멋진 몸을 가지셨는데 혹시 조각 모델로 나선 적이 없으신가요?"

"모델 아르바이트 하러 갔다가, 옷을 다 벗어야 한다고 해서 그냥 왔죠."

"왜 그러신 거죠?"

"부끄러워서요. 그 때 조각하는 여학생들이 아주 예뻤는데… 지금 아주 후회되네요."

이런 저런 이야기를 나누면서 병수는 꽤 마셨다. 검붉은 타히티의 여인들이 농염하고 원초적인 여인으로 보이기 시작했다.

송희려는 바람을 쐬자며 병수를 뒷문으로 데리고 나갔다. 뒤뜰에는 거대한 조각 네 개가 서로를 마주 보며 서 있다. 선 채로 여인을 안고 섹스하는 남자들의 조각이었다. 조각의 남자 각자 표정이나 포즈는 다르나 거대한 남성의 상징은 모두 여인의 몸에 깊숙이 박혀 있었다.

조각들 중앙에 가만히 서 있던 그녀는 병수에게 청이 하나 있는데 들어줄 수 있는지 물었다. 이미 신비의 포로가 된 병수는 기꺼이 들어 주겠다고 말했다.

"이 조각들과 병수 씨의 나신이 어우러진 예술작품을 보고 싶어요." 그녀는 병수를 조각들 가운데 홀로 두고 뒤로 빠지면서 말했다.

병수는 잠깐 멈칫하다가 홀린 듯이 옷을 모두 벗었다. 위스키의 열기가 벗은 몸을 감쌌다. 수영으로 다져진 180센티의 늘씬한 병수의 몸이 그대로 드러났다. 병수의 그곳은 곧 직립하기 시작했다.

그녀는 "아주 좋아요, 정말 비슷하네요."라는 말을 연발했다. 한동안 예술작품에 취한 듯 아무 말이 없었다. 다시 그녀는 냉랭한 표정으로 병수의 그곳을 뚫어지게 바라보았다. 1분 정도 지났을까, 그녀는 검은 장갑을 끼고 서서히 병수 쪽으로 걸어오기 시작했다.

세련된 귀부인이 접근하자 병수도 야릇한 느낌에 휩싸였다. 그녀는 병수에게 "그냥 있어요."라고 속삭이면서 병수의 물건을 부드럽게 만지기 시작했다. 검은 천사의 손놀림에 얼마 지나지 않아 병수의 외마디 환성과 함께 검은 장갑은 하얗게 젖었다.

그녀는 병수를 데리고 집으로 들어왔다. 그녀는 다시 위스키를 한잔 권했다. 위스키를 마신 병수는 몸이 따듯해지면서 열이 올라오기 시작했다.

"조금 전 조각의 체위는 옛 애인과 섹스하던 체위죠. 저는 저 체위가 되어야 만족해요."

그녀는 서서히 하의를 벗어 내렸다. 50대 후반이지만 타히티의 여인들이 그녀를 감싸자 그녀는 검은 숲속의 하얀 천사처럼 보였다.

"병수 씨, 조금 전 조각들처럼 서서 안은 채로 해 주실 수 없나요?"

아직도 꿈을 꾸는 듯한 분위기에 사로잡힌 병수는 조각처럼 선 채로 그녀를 번쩍 들어서 안았다. 그녀의 가느다란 다리는 병수의 몸을 살짝 휘감았고, 병수의 물건은 타히티의 원시림과 바로 마주쳤다. 거대한 병수가 타히티 바다 속으로 진입하자 그녀는 바르르 떨었다. 병수의 몸이 운동을 시작하자 그녀의 가느다란 몸매는 아주 익숙한 듯 율동하기 시작했고 흐느끼기 시작했다.

절정의 순간, 그녀는 부르짖었다. "명철 씨, 명철 씨!" 순간 병수도 절정으로 치달으며 "신희야."라고 작은 소리를 내뱉었다.

저녁 늦게, 돌아오는 차 속에서 병수는 물었다.

"왜 조각들 사이에서 손으로 사정시킨 건가요?"

"선 채로 안고 하는 체위에서는 너무 빨리 끝나죠."

그 후 두 달에 한 번 정도 둘은 정기적으로 만났다. 가끔씩 그녀는 용돈도 주었다. 병수는 그녀와의 환상적 섹스가 너무 즐거워서 기꺼이 만났다. 사실 결혼 후 시간이 지날수록 병수의 와이프에게서는 신희의 우아하고 고귀한 면이 보이지 않았다. 이에 비하여 송희려에게서는 신희에게서 볼 수 있었던 오만한 여신의 모습이 보인 것도 관계를 지속한 이유 중의 하나였다.

그러나 갈수록 성 작가의 눈빛이 따갑다. 병수는 송 여사와 그의 관계가 궁금하였으나 물어볼 수는 없었다.

장모는 한숨을 쉬면서 나에게 말했다. "처음 은행에서 보았을 때, 병수는 젊었을 때 옛 애인 남 회장과 흡사했어. 녹색동산에 갈 때까지만 해도 꼭 섹스할 생각은 없었어. 그러나 갈수록 그에게서 남 회장이 보였어. 아마 둘 다 키가 크고 피부가 뽀얘서 그런가? 인간이란 절실했던 과거의 추억에서 쉽게 빠져나오지 못하는 나약한 존재야."

어느 날 병수는 약속시간보다 조금 늦게 녹색동산에 도착하였다. 성 작가는 문을 열고서 궁원까지 안내하면서 송 회장이 좀 늦을 것이니 기다리라고 했다.

누군가 몸을 두드리는 느낌에 병수는 잠을 깼다. 타히티의 여인에게 휩싸여서 잠시 잠을 들었던 모양이다. 오늘 갑작스런 일 때문에 송 회장이 못 온다고 말하는 성 작가는 술 냄새를 풍겼다. 떠나려는 순간, 그는 잠깐 이야기를 하자며 병수를 〈태초의 희열〉 밑으로 데리고 갔다.

"나는 송 회장 딸 미란의 조각 선생이었지. 송 회장은 길들여진 옛 애인의 정력을 그리워했어. 남편인 김 회장은 옛 애인 같은 정력이 없었어. 내 육체가 우람한 걸 보고서 나를 유혹했어. 자기를 안고 서서 하자더구만. 안고 선 채로 그녀에게 들어가자 그녀는 정말 자지러졌어."

병수는 깜짝 놀랐다. 그는 성 작가의 몸을 쳐다보았다. 60이 다 된 그였지만 보기보다 큰 키에 체격은 아주 튼튼해 보였다. 무슨 말을 해야 할지 몰라서 황당해하는 병수를 응시하면서 성 작가는 계속 말했다.

"그 후 난 그녀의 애인이 되었어. 그녀가 주는 생활비를 받아 가면서 풍족하게 살았지. 어느 날 내가 옛 애인과 섹스를 하고 온 걸 그녀가 알게 된 거야. 그녀는 질투에 사로잡혀서 말했지. 섹스머신답게 처신해. 기계에서 벗어나 인간이 되고 싶으면 지금 여기서 나가, 그렇지 않으면 날 제외한 모든 여자 관계는 끊어야 해. 그 말에 나는 그녀를 박차고 떠났지. 3개월 힘들게 지내 보니, 풍족하게 살았던 생활이 생각나고 그녀와의 섹스도 그리워져서 결국 돌아왔지.”

이 말은 병수에게 드라마에서 나오는 흔한 레퍼토리로 들렸다. 그러나 병수는 아주 궁금했다.

“그렇게 자존심을 버리면서 다시 돌아오는 게 어렵지 않나요?”

“예술가란 직업은 돈이 없으면 사는 게 아주 힘들어. 나처럼 단물을 먹어 본 사람은 흙탕물 속에서 살기 힘들어. 무엇보다도 끈적거리며 적나라한 송 회장의 섹스 맛에 한번 길들여지면 거기서 쉽게 못 빠져나오잖아. 자네도 그렇지 않나?”

병수도 장모와의 섹스에 정신을 잃고 있는 것은 마찬가지였다. 그러나 병수는 성 작가의 물음에 예라고 대답을 하지 못했다.

“나는 송 회장과 몇 달간 섹스를 못한 적이 있었어. 어느 날 그녀의 몸에서 다른 남자 냄새가 코를 찔렀지. 감당할 수 없는 분노가 치밀더구만. 송 회장에게 복수할 생각으로 그녀 딸, 미란을 덮쳤어. 굶주린 성욕을 미란에게 정신없이 사납게 퍼부었지. 미란은 김 회장 딸이 아니고 전 남편의 딸이지. 전 남편도 아주 부자라고 들었어.”

병수의 귀에는 미란이라는 말이 번쩍 들렸다. 병수는 흥분해 큰소리로 물었다.

“혹시 미란 남편이 투자자문사 사장이 아닌가요?”

“유명한 주식쟁이라더구만.” 성 작가는 말했다.

병수는 그제서야 송희려가 영기의 결혼식 때 본 미란의 어머니임이 희미하게 떠올랐다.

“처음 덮칠 때 어린 미란의 표정은 정말 인상적이었지. 아주 아픈 그 통증 속에서도 뭔가를 갈구하는 애처로운 표정이 내 눈에 포착되었어. 생명체가 태어날 때 신이 주입한 가냘픈 희망이 아닐까 생각했지."

〈태초의 희열〉을 가리키며 성 작가는 말했다. 병수의 머릿속에는 성 작가의 말은 조금도 들리지 않았다. 엄마와 딸이 어떻게 동일인과 관계가 가능하단 말인가? 그런 변태적인 관계가 정말 가능할까 하는 의혹이 병수의 온 머릿속을 휘젓고 있었다.

"사고 친 나를 고발하지 못하고 송 회장은 이 공원을 만들어 관리하게 하고 주기적으로 와서 나와 즐겼지. 나이가 든 내가 더 이상 선 채로 그녀를 안아들고 섹스를 하지 못하자 대신 힘 있는 자네가 새로운 섹스머신으로 발탁된 거지. 자네도 나하고 같은 처지이니까 그냥 이야기해 주고 싶었어." 병수의 머릿속에는 아직도 그런 관계가 가능할까라는 물음표만 가득차 있었다.

"그런데 여자들은 안고 선 채로 섹스할 때 그렇게 환희를 느끼는가? 자네는 나보다 선수인 것 같아서 물어보는 거야." 성 작가는 궁금하다는 듯이 병수에게 물었다. 그제서야 정신을 차린 병수가 답했다. "글쎄요. 통상 못 해보는 색다른 체위가 가지는 효과가 아닐까요."

"중국의 여제들은 그 체위를 통하여 욕정을 불사르고 젊음을 유지했다는 야사를 들은 적은 있어. 그 체위에서 송 회장이 그 정도로 황홀해질까?" 성 작가는 중얼거렸다.

장모는 한숨을 쉬고 나서, 나에게 말했다.

"병수는 자네에 대한 질투가 심했어. 잘못된 정보를 줘서 자네가 망하는 걸 보고 싶었다고 실토한 적도 있어. 어떻게 보면 그런 병수가 일반적인 대중의 모습이고 자네는 평균을 벗어난 인간이 아닐까?"

이미 알고 있는 사실이므로 나는 고개만을 끄덕였다.

"그런 질투심이 부글부글한 상황에서 자넬 파멸시키면, 최 회장이 그룹 후계자 자리를 준다는데 뭐든 못하겠는가? 자네 주위를 공략하려고 호시 탐탐 기회를 노리는 그에게 나와 미란을 경험해 보았다는 성 작가의 말은 딸까지 범할 수 있다는 확신을 주었을 것 같아."

아무리 그래도 그건 너무 심하다. 회장 자리를 위하여 그런 파렴치한 짓을 자행하다니.

"혹시 부자인 미란 생부가 자기의 앞날에 도움이 필요할지도 모른다고 생각했을 수도 있고. 아무튼 고양이 앞에 생선을 맡긴 것이지. 자유의 여신상 발주를 내서 미란이 환심을 얻었어. 어느 날 〈태초의 희열〉이라는 작품 앞에 미란을 데리고 갔지. 그 조각 앞에서 미란을 뒤에서 안자 미란은 희열에 차서 부르르 떨었대. 그런 점에서 미란은 어쩜 나하고 얼마나 똑같은지. 그 다음이야 안 봐도 뻔하지 않은가?"

"겁간당하는 어린 미란의 고통에 찬 표정을 '태초의 희열'이라고 부르다니, 성 작가도 완전 변태가 아닌가요?" 나는 조각가가 정말 한심하다는 듯이 말했다.

"자기가 칼자루를 쥐면, 갈 수 있는 극단까지 간다는 것이, 말하기 불편한 요즘의 진실이 아닌가. 태초의 희열도 그가 가고 싶었던 극단이 아닐까." 장모는 당연하다는 듯이 답했다.

"미란은 장모님과의 관계를 알고서도 어떻게 병수를 받아들일 수 있죠?"

"미란인 나와 병수의 관계를 아직도 몰라. 부디 비밀로 해 주게."

소극적인 답변에 나는 이번에는 과감하게 장모에 대하여 물었다.

"장모님은 병수와 그런 변태적인 삼각관계를 계속 하는 이유가 뭔가요? 미란을 위해서라면 지금이라도 중단해야 하는 거 아닌가요?"

"나는 어쩌다 색욕에 빠져버린 정신 나간 사람일세. 병수에게 길들여진 내 몸을 쉽게 뺄 수가 없어. 깊숙이 파고드는 그 느낌, 다른 남자는 절대 못 주는 야릇함이지. 게다가 병수가 아주 미남이잖아. 그러나 앞으로 노력해 볼게."

장모는 당장 중단하겠다는 말을 하지 않는다. 아직도 제정신을 못 차리는 듯하다. 오히려 한술 더 뜨는 말까지 한다.

"병수가 한때는 인애를 데리고 와서 셋이서 하자고 하더구만. 인애는 동참하지 않았지만 인애 앞에서 나를 안는데 그 짜릿함을 밀칠 수가 없었어."

더 이상 이야기해 보았자 저렇게 섹스광에 빠진 장모를 당장 바꾸는 것은 어려울 것이다. 미영에게 나쁜 영향을 주지 않았으면 좋겠는데. 나의 마음을 알아차린 것인지 장모는 알 듯 말 듯 묘한 미소를 지었다.

그리고 그녀는 정중하게 나에게 애원했다.

"내가 이런 말을 하는 이유는 전적으로 내가 잘못 처신해서 이런 일이 벌어진 것이야. 그러나 미란은 영혼이 자유로운 애야. 그 애는 선악이 없어. 오로지 자기가 갈구하는 길을 갈 뿐이야. 제발 미란에게서 미영이를 빼앗아 가지 말게. 미영은 미란에게 남은 유일한 희망일세." 이 말을 하는 장모는 어머니로 돌아와 있었다.

"알고 보면 우리는 다 백지 한 장 차이가 아니던가?" 그 다음 무슨 말을 꺼내려다 중단한다.

미영 건에 대하여는 장모의 말을 받아들인다는 뜻으로 고개를 끄덕했다. 굳었던 장모의 얼굴이 활짝 피었다. 다만 궁원은 왜 궁원인지 궁금했다.

"궁은 자궁이지. 네 개의 석상과 타히티의 여인들의 힘으로 나의 왜곡된 자궁이 원초적으로 회복되는 곳이란 뜻으로 지었어." 답을 한 장모의 얼굴은 잘못을 한 것처럼 다시 경직되었다.

19.

　　나를 애완견으로 생각했고 내 앞에서 연하인 정기와
잠자리까지 한 신희가 위기에 빠진 나를 왜 건져 냈을까? 위기에서 벗어난
지금 와서야 신희의 행동이 궁금해졌다. 정세아처럼 여자는 은혜를 반드시
갚는 경향이 있어서 신희도 은혜를 갚은 걸까. 나르시시스트인 신희에게
그런 면이 있다니.

　　자아절단증에서 나를 다시 찾으면서 벌떡 일어났던 상황도 희미하게 떠
오른다. 분명히 나는 무능했던 자아를 부정하면서 다시는 비열한 인간 세상
으로 돌아가고 싶지 않았던 것인데. 내가 왜 다시 이 세상으로 돌아왔을까?

　　맞아, 아들이 날 부르는 소리가 들렸지. 난 아들이 없고 딸인 미영만 있
는데. 그때 "아빠 힘내세요. 우리가 있잖아요."라고 노래한 아들은 누구였
지? 귀신에 홀린 걸까?

　　위기가 온다는 현철 아버지의 말이 맞은 거잖아. 현철 아버지가 역전의
기회도 있을 거라고 했지. 역전은 또 뭘까? 그 동안 세상이 어떻게 바뀌었
는지 알아보자.

　　내가 자아절단 상태에 있었던 동안의 기사를 검색했다.

금융 위기로 인하여 깡통이 된 계좌들이 많다. 원금 보존에 대한 관심도가 높아지고 있다는 기사가 군데군데 보인다. 대정산업은 법정관리를 모색 중이나 복합금융상품에 선 보증채무의 청구로 발생한 5조 원의 무담보채권자 때문에 진통을 겪고 있다는 기사도 눈에 띤다.

양적완화로 인하여 달러의 공급량이 200% 이상 증가할 것이라는 기사도 전에 봤지만 다시 눈에 들어온다. 양적완화는 금융위기에 대한 원론적인 구조조정방법이 아니며 돈을 찍어서 문제를 해결하는 잠정적인 방법일 뿐이다. 미국도 대중의 희생을 강요하는 철저한 구조조정이 아닌 대중의 희생이 적은, 감성을 건드리지 않는 방식을 택했다.

양적완화는 세계와 역사가 감성에 의하여 흘러가고 있는 좋은 실례일지 모른다. 극단적인 감성이 주식시장을 지배하면 주가는 기형적으로 급등한다. 독일이 프랑스를 침공했을 때 프랑스 주가는 급등한 사례가 있지 않은가? 아이러니컬하게도 대다수가 과존적 감성에 빠져 있는 흥분된 시장에서 그 변동성을 잘 포착하면 최고의 수익을 누릴 수 있다.

풍부해진 유동성을 수익증권으로 유치하여 투자하면 큰돈을 벌 수 있을 때다. 다음날 김 이사를 불러서 금융위기 때문에 중단되었던 수익증권의 발행을 검토하라고 지시했다. 종목 발굴도 중요하다. 오랜만에 이 박사를 만났다.

어려울 때 병문안도 못해서 미안해한다. 그도 양적완화가 증시에 가져올 폭풍은 엄청날 것으로 확신하고 있었다. 그러나 어떤 종목에서 어떻게 올지에 대하여는 명확한 의견을 내놓지 못했다. 나의 집요한 추궁에 그는 웃으며 말했다.

"증시를 파악하고 분석하는 정 사장님의 고유의 방법론을 그냥 적용하면 이 문제를 풀 수 있습니다. 이론은 제가 나을지 몰라도 현실을 분석하고 시장을 예측함에 있어서는 정 사장님에게는 남들이 가지지 못한 신기 같은 촉이 있습니다. 그걸 믿으세요."

또 다른 전문가의 의견도 들어 보자. 국내 굴지 증권사의 연구소장을 지낸 대학원 동기를 찾아갔다. 증권회사에서 퇴직한 그는 조그만 연구소를 차려서 증권 관련 용역을 주로 하고 있었다. 대학원 시절 그저 공부만 했던 그가 이런 투자 분야에서 최고의 전문가가 될 줄은 상상도 못했다.

그의 요지는 중국 관련주였다. 아직도 한국은 중국이라는 세계 공장에 필요한 중간재를 공급하고 중국 관련주의 실적이 계속 좋아질 것이므로 양적완화의 폭풍이 이런 종목을 덮칠 것이라고 했다. 조선과 해운 업종도 중국 관련주이다. 이미 내가 해먹은 업종이 아니던가. 생각할수록 진부해 보였다.

이런 생각에 골몰해 있는데 인애가 만나자고 연락이 왔다. 한때 나를 도운 적이 있지만 기회주의자인 그녀를 별로 보고 싶지 않았다. 바쁘다고 퉁명스럽게 답했다.

어느 날 저녁 무렵 신희가 왔다고 비서가 말한다. 들어온 신희 뒤에는 인애가 조심스레 따라 들어왔다. 신희는 말했다. "인애는 너를 죽이는 데도 일조를 했고 살리는데도 일조를 했으니 그만하면 된 것 아닌가?"

"인애 씨, 겨우 물에서 빠져나온 생쥐인 제가 뭐 볼 게 있다고 찾아 오셨나요."

"사장님이 양적완화라는 큰 기회를 잡기 위하여 뭔가를 준비하신다는 말을 이 박사님한테서 들었습니다. 제가 미력하지만 도와드리고 싶습니다." 또박또박 말하는 인애의 목소리는 당돌하기만 하다. 도대체 저런 자신감이 어디서 나오는 걸까?

"어떤 방식으로 저를 도울 수 있나요?"

"종목 발굴이 절실한 것으로 알고 있습니다. 인공지능 기법으로 종목 발굴을 도울 수 있습니다."

"예전에 저와의 AI 프로젝트는 실패한 것으로 알고 있는데요."

"그때는 사례가 불충분하여 실패하였습니다. 그 후 제가 유사 차트의 패턴을 비교하여 새로운 지식을 도출할 수 있는 차트마이닝 기법을 만들었습니다. 이 방법론의 타당성은 검증되어 해외 학술지에도 실렸습니다."

그녀는 학술지를 나에게 내밀었다. 거기에는 그녀의 이름과 "New Chart Mining Methodology by Analogy Pattern Matching"이라는 제목이 보였다. 그녀의 두 눈은 강력한 자신감으로 반짝이고 있었다. 저게 실제 투자에 통할 정도가 될까? 그래도 신희가 데려왔으니 예의상 제의해 보자.

"종목을 발굴하고 매도 자문해 주는 용역비로 얼마를 생각하시는지요?"

인애가 머뭇거리자 신희는 말했다.

"인애는 너를 살려 주었으니 지금 재산의 1%를 내놔."

1%면 10억이다. 대학 교수에게 주는 용역비치고는 아주 비싸다. 신희가 일단 높게 불러 본 것이리라. 인애는 말이 없다.

믿을 거라곤 그녀가 개발했다는 차트마이닝 기법밖에 없다. 나를 도운 적도 있으니까 통상적 용역 조건으로 제의하여 안 되면 그만두자.

"그럼 제가 말할게요, 1억 원으로 하시죠."

"완전 날강도 아니야, 예정가의 90%를 깎다니." 신희는 투덜거렸다.

"감사합니다. 기회를 주신 것만 해도 기쁩니다." 인애는 재빨리 대답했다.

바쁘다며 같이 나가는 신희는 인애와 눈짓을 교환한다. 인애의 얼굴에도 화색이 돈다. 내가 당한 건가?

자기의 목표를 정열적으로 추구하는 그녀의 창조적 행보는 배울 만하다. 자기 것을 추구하는 과정에서 나에게 피해를 준 적도 없다. 이런 관점에서 나와 금융시장에서 일을 해 보고 싶다는 그녀의 제의를 흔쾌히 받아들인 것이다.

인애가 찾아온 종목은 자금 유입 기대감에 따른 증권대표 종목, 중국 관련 특수로 인한 화학 대표 종목, 중국 물동량 증가에 따른 조선 대표 종목이다. 차트 상으로도 이들 종목은 상당 기간 상승해 오고 있어 실적만 받쳐 준다면 지속적으로 상승할 가능성이 높다. 하지만 물량을 보유한 선도 투자자가 매도하면 일시적으로 주가는 크게 떨어져서 수익증권의 환매가 나올 가능성이 높다.

그러나 증권 업종을 제외하고는 대학원 동기가 말한 종목군과 동일하다. 이들은 이미 해먹은 종목군이라는 점이 여전히 눈에 걸렸다. 종목 발굴 시 차트마이닝 기법이 어떻게 적용했는지 물었다. 수익성이 좋았던 최근 3년간의 사례를 집중적으로 추적하여 찾아냈다고 한다.

양적완화가 만들 장세에는 최근 오른 적이 없던 종목 중 성장성이 큰 종목이 상승률이 크지 않을까? 주식도 때가 덜 탄 신선한 종목이 더 상승하는 경우가 많다. 랩 어카운트도 그런 종목을 집중적으로 매수하지 않았던가? 인애도 고개를 끄덕인다.

그렇다면 최근에 부상 중인 신제품을 가진 회사의 차트와 과거 신제품이 개발되어 크게 상승한 사례가 있었던 종목들을 비교하여 궤적 상 주가 상승 가능성이 높은 종목을 찾아보겠다고 한다.

그녀의 샛별 같은 눈동자에는 가득했던 매서움은 찾아 볼 수 없고 그 태도도 아주 고분고분하다. 돈을 위한 열망이 이렇게 그녀를 바꾸다니.

오랜만에 남 회장으로부터 저녁을 초청받았다. 남 회장은 한정식 집 큰

방을 예약해 놓았다. 노래 반주기도 벌써 갖추어져 있었다. 지옥에서 빠져 나온 기분이 어떤지 물었다. 말없이 「루저」를 불렀다. 자아절단증에서 다시 돌아온 후부터 부쩍 이 노래가 좋아졌다. 남 회장은 호탕하게 웃으며 "역시 정 사장이야."라고 했다.

남 회장은 신곡을 배웠다고 했다. 「잘못된 만남」이다. 숨을 몰아쉬면서 박자를 맞추려고 안간힘을 쓴다. 그러나 남 회장의 호탕한 음색 때문에 듣기에 무리가 없다. 잘못된 만남이란 남 회장과 나일까 아니면 나와 미란일까? 아니면 장모와 남 회장인가?

노래를 끝낸 그가 소개시켜 줄 사람이 있다고 한다. 들어오는 젊은 사람이 눈에 익다. 정기였다. 남 회장은 일전에 말한, 미국에 유학 갔다 돌아온 아들이라고 한다. 세상은 좁고 인연은 묘하다. 신희를 두고 남 회장의 아들과 라이벌 관계라니. 잘못된 만남을 부른 이유가 정기 때문이었던가?

정기에게 노래를 하나 하라고 한다. 정기의 곡목은 「잊지 말기로 해」라는 발라드다.

"이세 우리 서로의 길을 떠나가야만 해. 흔들리는 작은 어깨 두 눈에 흐려져."

애절한 정기의 목소리이다. 누구와 헤어지려는 것일까? 너무 가슴이 아프다. 신희와 자기와의 미래를 준비하는 노래일까?

"정 사장. 얽혔던 우리 관계에 대하여 너무 신경 쓰지 말자. 자네나 내가 속한 주식시장의 변동성처럼 우리의 관계도 흐르는 대로 맡기세."

남 회장이 취해서 먼저 가겠다고 일어서면서 한마디를 던진다.

"정기가 강력 추천한 H중공업에 300억 원을 3개월 전 화요일 후장동시호가 무렵에 투입했는데 그게 3달 만에 100% 이상 수익이 났어. 알고 보니 자네와 관련된 종목이더군. 아무튼 자네 때문에 먹은 거니까 고맙네."

지옥의 화요일, 그때 조선 업종이 마지막 상승한 것은 최 회장의 매수 때문이었다. 잘못된 만남이 그런 변동성을 불러일으키다니… 정기를 쳐다보았다. 노래의 여운 때문인지 그의 얼굴에는 눈물 가득한 애절함밖에 보이지 않았다.

인애가 인공지능으로 다시 찾아온 종목은 신흥국의 소비재인 화장품 종목, 스마트폰 제조 종목, 유가 하락으로 인한 전력주 세 가지였다.

화장품 관련 종목들은 장기 상승 종목들의 초기 그래프와 유사한 면이 많아서 분명히 성장성이 클 것이다. 그러나 관련 종목들의 시가총액이 크지 않아서 물량 모으기가 힘드니 편입 비중은 작게 가져가야 한다. 전력주는 유가 하락으로 바닥을 치고 올라오는 모습이 장기 상승 궤적을 그리는 종목과 유사하나, 정부 정책에 따라 실적이 변동될 수 있으므로 주 편입 종목으로는 곤란하다.

스마트폰 제조 종목은 듣자마자 어쩐지 구미가 확 당겼다. 현재 미국 회사가 먼저 개발하여 팔리고 있지만 피처폰 세계 1위이며 메모리 분야의 최강자인 이 회사도 현재 개발 중이라고 한다.

저녁 식사 중 인애는 스마트폰은 손 안에서 인터넷을 할 수 있게 해 주는 기기이며 멀지 않아서 지구인들이 모두 구매하는 필수품이 될 것이므로 시장은 상상을 초월할 것이라고 자신 있게 말했다. 손 안에서 인터넷을 한다. 획기적인 범인류적 제품이 분명하다.

인애는 스마트폰이 움직이는 사람과 사람을 연결시켜 줄 수 있으므로 미래의 사회는 소수 사람들끼리 만나는 현재의 폐쇄적인 인간관계에서 다원적인 인간관계로 이행할 것이라는 설명까지 곁들였다. 절대적인 사랑에서 일시적이고 다양한 사랑을 찾는데도 아주 도움이 되겠군요. 라는 나의 말에 인애는 빙그레 웃기만 했다.

내가 깨어날 때 먼저 눈에 띈 것이 신희의 핸드폰이었는데, 나중에 알고 보니 미국 회사의 스마트폰이었다. 스마트폰은 나와 인연이 있지 않을까?

이제는 그 회사가 스마트폰을 실제 개발할 수 있는지를 알아보는 것이 남아 있었다. 끈질긴 탐색결과 어느 술자리에서 그 회사의 회장이 스마트 폰의 개발에 가장 걸림돌인 소프트웨어 문제를 해결하기 위하여 원하는 보수를 모두 주면서 인도 출신의 프로그램 천재들을 영입했으며, 그들의 개발 현장을 매일 방문하여 고충을 해결해 주고 있다는 이야기를 듣게 되었다. 인도 천재들이 한국 음식에 적응하지 못하자 인도 요리사를 인도 본국에서 데려와 음식을 만들어 주고 있다는 이야기도 흘러나왔다.

오랜 시간 동안의 피처폰 개발 경험, 핵심 부품인 메모리 제조 능력, 그리고 광적인 최고경영자의 열성이 더해진다면 반드시 개발에 성공할 것이 틀림없다.

나의 추론을 들은 인애는 "정 사장님, 최고."라며 두 엄지손가락을 가슴께로 치켜 올린다. 갑자기 그녀의 티 중앙에 새겨진 숫자 2, 3, 4, 5가 눈에 들어왔다. 분명 어디선가 본 적이 있는 숫자인데. 내 눈이 그녀의 가슴 중앙에 계속 집중되자 그녀는 부끄러운 듯이 애틋한 표정을 지었다. 인애가 클로버 에이스에 가깝다는 대학원 때의 생각이 머리를 스친다.

비로소 대학 기숙사 때 클로버 2, 3, 4, 5 네 장을 가진 상태에서 포커가 메이드 된 세 친구들의 베팅을 따라가서 마지막 장에 클로버 에이스를 떠서 그 판을 싹쓸이했던 대박 사건이 생각났다.

클로버 에이스인 인애가 저 옷을 입고 있는 풍경은 여지없이 클로버 1, 2, 3, 4, 5라는 스트레이트플러쉬인 셈이다. 로얄스트레이트플러쉬보다는 한 끗 낮은 2위의 스트레이트플러쉬.

클로버 에이스를 낀 스트레이트플러쉬, 대박을 가져다 줄 거야!

스마트폰 제조종목을 주 종목으로 하고 나머지는 조금씩 편입하자.

수익증권을 통해 자금을 모아야 한다. 그러나 우리 회사의 인지도가 없다. 우리 회사 명의로 수익증권을 설계하여 팔아 봤자 거의 안 팔릴 것이다.

고객의 눈을 끌 만한 신선한 무언가가 필요하다. 길거리를 걸으면서 생각을 하면 무언가 떠오르곤 했으나 오늘따라 아이디어는커녕 머리만 묵직하다.

핸드폰 대리점 앞을 지나치는데 신문 가판대가 보인다. 걸쳐 있는 신문에 원금 보장형 금융 상품 출시라는 광고가 눈에 띤다. 그때 핸드폰 대리점에서 잘못된 만남이라는 노래가 흘러나왔다. 남 회장 자금을 끌어 들이기 위한 투자조건이 생생하게 떠올랐다. 순간 아이디어가 번쩍 떠오른다.

주식 운영 이익에 대하여 정기예금 수익률에 상당하는 금액은 수익증권 매수자가 먼저 취하고 차감 후 남는 이익이 존재하면 우리가 70%, 수익증권 매수자가 30%를 가지고, 만약 손실이 발생하면 우리가 보증한 500억 원 보증액에서 충당하고 그걸로 충당이 안 되면 그제야 수익증권 매수자가 손해 보는 조건으로 수익증권을 만들어 팔면 어떻겠느냐고 말했다.

요즘 원금 보장이 투자자의 주된 관심이므로, 김 이사는 좋은 아이디어라고 탄성을 질렀다. 우리는 주무관청에 5,000억 원의 수익증권 발행을 신청했다. 어느 정도의 원금 보장이 되므로 펀드 내 종목 투자 한도는 자유롭게 해 달라는 조건도 부가했다.

주무관청은 원금 보장이라는 조건은 아주 좋다고 말하지만 처음 승인을 해 주는 상품이어서 쉽게 인가를 내주려 하지 않고 계속 미적거린다. 다시 한 번 정지민 국회의원을 찾았다. 취지를 들은 그녀는 "그 정도라면 큰 문제는 없네요."라고 말했다.

그녀가 주무관청에 연락하자, 주무관청은 원금보장을 위한 보증액을 1,000억으로, 이익을 50대 50으로 나누는 구조여야 인가가 가능하다고 했다. 이에 대해 나는 1,000억 원 보증과 5:5 배분조건은 모두 수용할 테니 팔 수 있는 한도를 1조 원으로 늘려 주고 펀드기간인 3년 이내에 누적 기준 100% 이상 수익이 실현되면 조기 청산을 할 수 있는 조건을 요청했다.

주무관청 담당자는 나를 보며 웃는다. "1조 원으로 한도를 늘려 보아야 팔지도 못하고 100% 수익률은 어려울 텐데요." 하면서도 우리의 요구를 다 들어주는 것은 그들의 자존심이 허락하지 않는 모양이다. 조기 청산은 그대로 들어주지만 한도는 1조 대신 7,500억 원으로 하자고 했다.

"이번에도 신세 졌네요."라는 말에 "제가 한 거라고는 이 배지를 흔들어 번쩍이는 광을 보여 준 것밖에 없어요." 하며 웃는 정지민의 모습에서 국회의원은 온데간데없고 천진한 여인만 남아 있다.

저런 상큼함을 가진 그녀의 향기는 대체 어떨까? 그녀가 필요할 때만 서로 만나서 저 상큼함을 나누어 볼 순 없을까? 그러나 이런 교환을 부도덕한 것으로 손가락질하는 이 사회에서는 불가능할 것이다. 좋아하는 사람끼리는 언제든지 즐거움을 서로 얻고, 지루하면 또 다른 광을 찾을 수 있도록 사회제도를 개혁하는 것은 영원히 달성하기 어려운 숙제일까?

수익증권 판촉 광고에 누굴 모델로 써야 할지 고민하는 차에 신희가 유명 호텔에서 저녁 식사를 사 달라고 한다. 호텔 레스토랑에 도착하니 아이 둘과 같이 있다. 이 호텔은 언젠가 와 본 적이 있는 듯한데 언제 온 것인지 생각이 나지 않는다.

호텔에서 비싼 걸 사 달라는 애들한테 돈이 없어서 못 사준다고 했더니 엄마는 스폰서도 없느냐는 말에 스폰서는 없고 호구가 하나 있다고 했더니, 호구라도 좋다고 하여 너를 오늘 초빙했다며, 쌍둥이 아들과 딸을 소개한다.

아들은 영준, 딸은 경희라고 하는데 둘 다 고등학교 1학년이다. 잘 키웠네. 우리 미영이는 언제 저렇게 클까, 그냥 농담조로 이야기하는데, 받아들이는 신희의 얼굴은 쓸쓸해 보인다. 내가 무엇을 잘못 건드렸군. 화제를 바꾸기 위하여 말했다.

"아저씨는 호구여서 너희들이 원하는 대로 다 사 줄 거야."

아직도 사춘기인 듯, 둘은 무뚝뚝하게 예라고 한다. 그러나 곧 자기들이 원하는 것을 당장 찾아서 말한다. 메뉴판을 보니 시킨 음식 값이 일인당 거의 이십만 원에 달한다. 호구가 필요했겠군. 곁눈질로 신희를 보니 입가에 미소가 흐른다. 잘못 건드린 뭔가가 돈으로 봉합되었구나.

나는 돈가스를 시켰다.

영준은 무뚝뚝하여 별로 말이 없다. 경희는 여성 종족의 비기인 대인관계력을 유감없이 발휘하여 나에게 묻기 시작한다.

"아저씨, 우리 엄마와는 어떤 관계예요?"

"엎어지면 밟아 주는 사이."

"서로 치고 받는 사이라는 건가요?"

"그냥 아재개그야." 말 안 하던 남자애가 불쑥 끼어든다. 왠지 이 무뚝뚝함이 싫지는 않다.

신희는 오늘따라 말이 없이 애들과 내가 대화하는 걸 듣고만 있다.

오랜만에 먹는 돈가스는 정말 맛있다. 돈가스를 다 먹고 나니 수프만 남아 있었다. 애들과 이야기를 많이 하다 보니 수프 먹는 걸 잊어버린 모양이다. 옛날 생각이 나서 밥을 말아 먹었다. 그때처럼 아주 달콤하다.

경희는 킥킥 웃다가 무안했는지 입을 막는데 계속 웃음을 참지 못한다. 엄마를 닮았다는 생각이 들었다.

"나도 말아먹어 봤는데 맛만 좋던데." 영준은 퉁명스럽게 이야기를 던진다.

입에 미소만 머금은 채 신희는 계속 듣고만 있다. 갑자기 임상 1상 결과가 궁금해졌다.

"임상 1상은 끝났어?"

"1상은 끝나고, 몇 달 전에 임상 2상을 시작했어."

"축하해. 임상 3상까지 성공하면 나보다 많은 투자관리인을 둘 수 있겠는데."

대답 없이 웃기만 하는 걸 보니 임상이 잘 되는 것 같다. 그런데 임상 2상 자금을 어떻게 마련했을까? 최소 500억 이상 들 텐데.

마침내 그녀는 한마디를 상냥하게 던진다.

"임상이 성공해서 투자관리인을 둘 때까지 우리 애들의 호구 역할, 계속 부탁해."

호텔 입구에서 여학생들이 기다리다가 누군가에게 사인을 받으러 우르르 몰려간다. 젊은 가수의 디너쇼 플래카드가 이제야 눈에 들어왔다. 아 여기가, 김동석이라고 말하자 신희도 고개를 끄덕인다.

탤런트 김동석과 걸그룹 멤버 전아라를 수익증권의 광고 모델로 채용했다. 전아라는 지금 인기 있는 걸그룹의 최고 멤버로서 탤런트 정세아가 손수 키운 사람이었다. 그녀가 속한 걸그룹의 최근 히트 노래는 「사랑은 날마다 적자」였다.

우리 광고 중 김동석의 카피는 "수익증권도 제때 변동해야"로 정했다. 과거 히트 친 드라마인 「사랑도 제때 변동해야」를 알고 있는 중년층들에게 우리 수익증권 이노베이션은 대단한 호기심을 불러 일으켰다.

걸그룹 멤버인 전아라의 광고 카피는 "이제는 적자 안 볼래요, 전 아라요. 1,000억 원금 보장형 펀드 이노베이션."이었다. 1,000억 원의 보증액 하에서는 원금이 보장된다는 점이 일반인에게 선명하게 알려졌다.

두 가지 카피가 먹혀 들어가면서 이노베이션은 날개 달린 듯이 팔리기 시작했다. 한 달 만에 7,500억 원 전부가 팔렸다.

이미 결정한 대로, 포트폴리오에 스마트폰 제조주 60%, 에너지주 20%, 화장품주 10%, 중국 관련주 10%를 편입했다. 주식편입 구조상 스마트폰 제조주의 가격 변동에 따라 펀드의 수익률이 좌지우지된다.

스마트폰 제조 회사는 예상대로 세계 두 번째로 스마트폰을 성공적으로 개발하였으며, 투자 후 3개월 만에 주가는 50% 상승하였다. 그 후에는 3개월 이상 횡보 중이다.

이익의 50%를 우리 회사가 가져오는 조건의 수익증권이므로 주가 상승 규모는 우리의 수익에 결정적이다. 또다시 3개월간 횡보를 거듭하자 조금씩 안달나기 시작했다.

이런 눈치를 챈 인애는 글로벌 신제품을 성공적으로 개발했던 글로벌 회사들의 차트를 출력해 가지고 왔다. 신제품이 개발되면 1차 상승을 하였으나, 그 후 상당한 기간의 조정을 거친 후에야 2차 상승하는 패턴이 모든 글로벌 회사의 차트에 그대로 나타나 있었다.

신제품 개발로 이익이 늘어나는지를 확인하는 것이 투자자에게는 필요한 것이다. 양적완화라는 사상 초유의 통화 공급량이 주식시장으로 몰려오는 데도 시간이 걸릴 것이다.

내 조바심이 부끄러웠다. 그렇지만 여전히 안달이 난다.

안절부절 못하는 내게 인애는 다른 것에 집중하라고 조언했다. 타이탄 밴드의 공연, 인애의 백만 송이 장미, 남 회장과의 잘못된 만남이 떠올랐다. 그래 이 기회에 노래에 집중해 보자. 스마트폰으로 수많은 노래를 들었다. 음악에는 성취광 때문에 딱딱하게 굳어져 있는 나의 감성을 부드럽게 해 주는 활력소가 있었다. 자기의 인생 스타일이 고정되면 무언가 벽이 생길 수밖에 없다. 마음의 파동인 특정 광도 자기의 존속을 고집하기 위하여 무언의 벽을 쌓는 경향이 있기 때문이다. 음악은 그 벽을 사정없이 무너뜨렸다. 알 수 없는 리듬의 황홀감에 나는 탁 트인 해방감을 느꼈다.

어느 날 인애의 손에 이끌려서 유명한 녹색아이돌 그룹의 공연에 같이 갔다. 그들이 내거는 캐치프레이즈는 하나였다. 그들의 리듬은 인간의 벽을 무너뜨리는 마법이었다.

"우리는 하나!"라고 외치자 팬들도 따라 하면서 그 소리는 우주 저 멀리까지 날아갔다. 모두가 하나가 되었다. 나의 눈에는 희미하지만 녹색의 커다란 띠가 녹색아이돌 그룹을 둘러싸고 있는 것이 보였다. 저래서 녹색아이돌인가라는 생각이 스쳤다.

그들은 현란하게 춤을 추었다. 7명이 하나가 되면서 붉은 악마의 껍질을 활활 태웠다. 그들의 춤은 마음의 벽을 뒤흔드는 신선한 종교였다.

나도 목청이 터지도록 노래를 따라 부르며 춤도 따라 추었다. 인애는 몹시 놀란 듯했다.

"정 사장님, 몸치인 줄 알았는데요."

태초의 신비, 그 순백색의 덩어리로 돌아가게 하는 것, 그 녹색아이돌의 지향 목표였다. 나의 벽은 무너지면서 고루한 나는 사라지고 태초의 나로 돌아갔다. 나의 눈에는 알 수 없는 눈물이 고였다.

그 순간 공연 무대가 무너졌다. 녹색아이돌과 악수하려고 엄청난 팬들이 한꺼번에 무대에 올라가면서 무대가 그 하중을 견디지 못한 것이다.

순식간에 공연장은 아수라장이 되었다. 여러 대의 구급차가 부상자를 실어갔다. 나는 녹색아이돌이 무사하기를 기도했다. 돌아오는 차에서 놀라운 뉴스가 나왔다.

"오늘 녹색아이돌의 공연장에서 불의의 사고로 여러 팬들이 다쳤습니다. 녹색아이돌은 아무도 다치지 않았습니다. 모두 신기해하며 또 안도하고 있습니다."

갑자기 공연 마지막에 내 눈에 보였던 녹색의 기류가 떠오른다. 아이돌을 둘러싼 녹색의 기류, 그것이 그들을 보호해 준 것이 아닐까?

'오늘은 즐거웠어요.'라고 말하고 집으로 돌아가는 인애의 작은 등이 어느 때보다 아담해 보인다. 기필코 안고 싶었던 인애, 그런 인애가 다시 나의 마음에 들어오려고 했다.

내가 자아착상이 되자 "몸조리 잘 해."라고 말하며 가던 신희의 한없이 넓은 등이 다가오려는 인애의 작은 등을 삽시간에 막아버린다.

"그럼요. 백만 송이나 되는데요."

꺼졌던 인애의 광이 불사조처럼 다시 살아나 작은 불씨로 나에게 살며시 다가왔다.

"인생도 변동성이라며 이 정도의 변동성도 못 참아?" 나의 뺨을 사정없이 때리며 말하던 신희의 매서운 얼굴에 백만 송이의 장미는 산산이 흩어지고 만다. 신희는 나의 저 밑에서부터 머리끝까지 누구도 쉽사리 들어올 수 없는 철옹수비를 하고 있었다.

나에게 신희가 주는 이성광은 환희이자 넘어설 수 없는 벽이었다. 도대체 그 벽은 무엇일까? 그 벽은 나와 신희 사이에 맺어진 숙명일까? 아무리 생각해도 답은 나오지 않는다.

일단 나도 녹색아이돌처럼 노래로 그 벽을 정리하고 무너뜨려 보자. 나는 학원에 가서 작곡 작사하는 법을 배웠다. 나는 신희와의 추억을 떠올리면서 넘사벽을 주제로 작사한 후 곡을 붙였다. 그러나 노래 내용은 딱딱했고 곡은 너무 단조로웠다. 곡과 취지 그리고 두 사람 간의 이제까지의 이야기를 간략히 들은 선생님이 말했다.

"제가 생각하기에는 두 분은 각기 다른 길을 열심히 가고 있는 것 같아요. 벽 대신에 각자의 길을 노래하는 것이 더 좋을 것 같습니다."

선생님은 각자의 길을 가는 운명이란 관점으로 나의 곡을 더 또렷하고 구슬프게 수정해 주었다.

제목도 '나의 벽'에서 '왜 그랬을까'로 바꾸자고 했다. 그 운명을 내 색깔로 표현해 보고자, 나는 목에 피가 날 정도로 맹연습을 했다. 어느 날 선생님은 그 정도면 친구들한테 들려주어도 좋다고 했다. 현철, 영신, 신희, 경옥을 초대한 후 신곡 발표회를 가졌다.

청초하고 백옥 같은 그녀와 첫 만남에 멍해진 나
마법 같고 빛나는 두 샛별은 내 운명을 정복했고
싱그런 미소에 혼비백산 영혼은 빠져나가 버렸지

언제나 떠오르고 빡빡 문질러도 지워지지 않는 여신
눈길도 주지 않는 그녀 난 어장 속에 갇힌 물고기
모든 남자의 연인 자기만의 남자 그녀는 그걸 즐겨

파탄을 체험한 그녀 더 선명하게 여왕 길 걸어가
애완견도 복수도 젊은 애인도 거침없는 그녀
공정하나 외통수 하늘 여왕이라면 자유분방해도 돼

빠져나갔던 영혼이 돌아왔지 이젠 여자로만 눈에 보여
검붉고 싱그러웠던 그녀 미소 평범한 해맑은 웃음일 뿐
이장에서 빠져나온 난 거침없이 당당한 자유인이 됐어

목표에 빠진 나 성취가 주는 은은한 긴 카타르시스
여신보다는 여자가 날 설레고 짜릿하고 번쩍이게 해
그녀를 향한 태초의 욕망은 저 아래에 가라앉는다

새로운 광만 갈구하는 그녀 미친 듯이 각자 가는 우리
가끔은 헌신적인 측은지심 이해할 수 없는 그녀의 변덕
우리 각자는 여왕과 황제가 되었다. 우린 왜 그랬을까?

다소곳이 다가온 검붉은 백합 우아하고 숭고한 비너스
외롭고 빛나는 자유로운 여왕이 되었다 왜 그랬을까
깊숙이 하나가 되기를 목숨 다해 호시탐탐 기도했던 나
결국엔 하나보단 각자의 길을 갔다 왜 그랬을까?

사랑이 될 수 없는 우리, 남은 것은 돈가스 추억뿐
우린 왜 자유를 택했을까?
왜 그래야만 했을까

'모든 남자의 연인 자기만의 남자'라는 구절에 신희는 싱그레 웃는다. '돈
가스 추억'에서 빙그레 웃는다. 정성을 다한 나의 노래가 끝나자 우레 같은
박수가 나왔다. 좌중이 쳐다보는 따가운 눈길에 어쩔 수 없이 그녀는 한마

디를 했다.

"열정적인 리듬으로 그려낸 우리 인생길, 언제나 새롭네요. 정 사장님, 고마워요."

"언니의 각자가 부러워요." 경옥은 말했다.

현철도 응수했다.

"여왕에게 매인 것 자체가 자유죠, 다음에는 여왕의 광신도라는 자유를 불러 줘."

항상 중간의 애매한 위치에 있는 영신은 건너편의 다른 길을 동경하고 있다.

"신희 씨의 그 길은 꽃길인가요?"

"험난한 개척자의 길이죠. 짜릿한 기쁨, 터질 듯한 환희 뒤에는 위험과 쓸쓸함도 뒤따르죠. 그러나 지루함은 없죠." 신희는 기쁘고도 슬픈 듯이 말했다.

인애는 노래 도중 신희의 표정을 내내 샅샅이 훔쳐보고 있었다.

"언니의 자유의 길, 후회하지 않아요?"

"자유의 길 말고 다른 길은 별로 재미가 없어."

"현 교수도 자유의 길을 추구하는 것 아닌가?"

"저도 자유의 길을 가지만 언니의 것과 큰 차이가 있어요. 제가 가진 것을 모두 짜내서 겨우 한 단계 한 단계 목표를 향해 걸어가는 가냘픈 자유의 길이죠. 그런 길에서 제가 계속 가기 위해서는 저라는 나약한 인간에 대한 맹목적인 사랑이 필요하죠. 그러나 언니의 길은 너무나 당연하며 자연스럽고 마음껏 그려가는 절대자의 길 같아요. 그런 길은 언니의 이름처럼 신의 즐거움이죠." 이름에 빗대어 서로의 입장을 표현하는 인애의 표현력은 날카롭기 그지없으나 첫사랑을 무너뜨린 강자 신희에 대한 트라우마가 잠재되어 있다.

그러나 자기를 사랑해야 한다는 인애. 그녀도 나와 비슷한 방식으로 적나라한 자기의 모습을 정면으로 부릅떠 보고 있었다.

"그 길은 언제까지 계속할 생각인가요?" 가슴이 찡해진 나는 이 점이 아주 궁금했다.

"제가 정한 목표가 달성될 때까지는 자유의 길을 악착같이 걸어갈 것입니다. 그 목표를 달성한 후에는 나약한 제 자신에게 다시 어디로 갈 수 있는지를 다시 물어봐서 결정하죠."

영신은 건배를 제의하면서 말했다.

"여기 계신 왕과 여왕의 자유, 그리고 꽃길을 위하여."

다른 사람은 나의 노래를 즐거워했지만 나는 만족하지 못했다. 녹색아이돌처럼 신희의 벽을 완전히 무너뜨리지 못했기 때문이다. 그러나 인애의 마지막 말은 고요한 호수에 던져진 작은 돌처럼 나의 마음에 커다란 파문을 만들기 시작했다.

억척같이 자기의 길을 찾아가는 인애, 자기의 목표인, 돈을 추구하기 위하여 이혼도 마다하지 않는 용감한 인애. 남들은 속물이라고 할지 모르나 악착같이 살아가는 그 모습이야말로 자기를 사랑하는 진정한 모습이다.

가냘픈 외줄 위에서 거친 바람과 야비한 흔들림에도 명중으로 아슬아슬 앞으로만 줄타기 해왔던 나, 한때 여러 갈래의 바람들이 결집되어 만들어진 거대한 태풍에 의하여 지옥의 나락으로 떨어졌으나 신희의 도움으로 겨우 다시 외줄에 올라선 나.

파란만장한 변동성을 타고 다니는 나와 목표를 향한 악바리 속물인 인애는 유사한 면이 많다.

우리 둘에 비하면 자기의 생각이 흐르는 대로 거침없이 살아가는 신희.

우리는 성취지향적인 변동성을 사력을 다하여 아등바등 추구하고 있지만 신희는 자연 그대로의 변동성을 유유히 즐긴다. 우리는 저런 신의 길을 부러워하는 것일까.

내가 느끼는 이 넘사벽. 내가 모든 능력을 동원하더라도 도저히 따라잡을 수 없는 신희의 본질은 도대체 무엇일까? 그녀가 가진 천부적인 능력과 끝을 알 수 없는 나르시시즘의 환상적 조합일까?

"전자의 불확실성을 극복하는 것이 나의 목표이지."

자기의 불안과 지루함을 극복하기 위한 투쟁 자체가 그녀의 삶이며, 그런 투쟁적 삶이 풍기는 진한 향기에 우리가 마취되어 느끼는 열등감이 아닐까?

혹시 완벽한 공존적 감성, 천부적인 탤런트와 기품 있는 나르시시즘이 완벽하게 결합되어 그녀는 인간 최고의 경지에 도달한 것이 아닐까?

아무튼 내가 그녀에게 가까이 가려 하는 것도, 내가 그녀 앞에서는 변변하지 못한 것도 이 때문이다. 인애의 꽉 다문 강인한 입술을 갈구하는 이유는 그 넘사벽 앞에서 초라해지는 내가 비슷한 부류인 인애를 품어 봄으로써 용기와 위안을 얻으려는 비열한 몸부림 때문이 아닐까? 변동성을 추구하는 나 자신을 더 자신 있게 사랑할 수 있도록 변동성의 인애를 안아 보려는 걸까?

넘사벽을 향한 부러움과 몸부림은 언제까지 지속되어야 할까? 나는 왜 신희의 벽에 다가가고 또 넘어 보려 할까? 보잘것없는 내가 그 벽을 넘는 순간 감당할 수 없는 비참한 순간이 올지도 모르는데.

어느 사이 나는 소나무 숲에 앉아 있었다. 사람들과 헤어진 후 나의 명중은 집 대신 혼란을 해결하는 나만의 작은 공간으로 이끈 것이다.

오랜만에 묵혀둔 여러 생각들이 자유 광장으로 속속 뛰쳐나왔다. 누군가는 위로 올라서고 다른 누군가는 아래로 밀린다. 서로 엎치락뒤치락하면서 정당성을 맹렬하게 주장하고 있다. 이 치열한 몸싸움은 나의 정신을 차지하면서 오랫동안 계속되고 있었던 것이다.

시계를 보니 새벽 4시다. 나의 정신은 거의 네 시간이나 그 몸싸움에 자리를 내준 상태였다. 도시도 치열한 네온사인을 서서히 꺼 버리고 새로운 먼동을 맞으려 하고 있었다.

일어서는 순간 무언가 작은 몸부림이 눈에 들어왔다. 나뭇가지 위에서 송충이 한 마리가 육중한 그의 몸을 힘들게 꿈틀거리며 무엇인가를 찾아가고 있었다. 버스가 클랙슨을 울리든, 네온사인이 번뜩이든, 내가 그를 뚫어져라 치켜 보든 말든. 어디를 가려고 저렇게 발버둥 치는 걸까? 그는 마침내 솔잎을 찾았고 그 솔잎을 열심히 갉아먹기 시작했다.

결국 자기가 가진 범위에서 송충이처럼 꿈틀거리면서 자기의 길을 찾는 노력이 생명체의 즐거움이자 운명이지 않겠는가. 나약한 생명체가 자기 자신에 충실하는 것 이상으로 그에게 보람찬 것이 있을까? 보잘것없고 변변하지 못한 인간도 그의 한계 내에서 자기의 것을 찾으려 이리저리 몸부림치는 것이 가장 의미 있는 것이다.

자기의 것이 비록 하찮은 개인의 욕망일지라도 진정 자기가 원하는 것이라면, 어설픈 선악기준과 타인의 눈을 의식하는 노예도덕의 잣대로서 폄하해서는 안 될 것이다.

자기를 추구하기 위한 노력과 투쟁이 가장 아름다운 인간의 모습이지 않을까? 불완전함을 인정하고 하찮은 것이라도 자기의 것을 강력하게 추구하는 인애의 그 모습에도 나는 끌리는 것이 아닐까?

이런 행로가 인간의 최선의 길이라면 우리는 이 길을 꾸준히 가면 되지 않을까? 신희의 벽을 지극히 흠모하거나, 뛰어넘으려고 애쓸 필요도 없이. 이런 인간의 길을 성실히 걷다 보면, 찬란한 신희의 길과 만나서 그 때에 그 벽이 비로소 사라질 수도 있지 않을까?

이날 이후 자기를 열심히 찾아 가는 인애의 작은 어깨와 두 팔이 파닥거리는 새처럼 애처롭고 포근해 보이기 시작했다.

자주 신희 애들의 호구가 되었다. 위기에서 구해 준 신희에 대한 고마움 때문인지 신의 희열에 대한 경외감 때문인지 애들이 내 마음에 들어오고 친숙해진다.

분가한 미란은 히스테리가 심해졌다. 장모와의 부적절한 관계가 주위에 알려지자, 병수는 아예 발길을 끊었다. 찾아오는 사람은 장모와 나밖에 없으며 평상시는 둘뿐이다.

신희나 인애는 자기 조절이 되는 싱글이나 미란은 기분에 흔들리는 싱글이다. 미영이도 삐뚤어진 여왕이 돼 버리는 것은 아닐까 하고 걱정이 된다. 이런 생각 때문에 틈만 나면 미영을 찾았다.

초인종 소리에 장모가 나왔다. 장모는 귓속말로 말했다. 미란이 자기와 병수의 관계를 알고 마음을 가누지 못하여 히스테리가 심하니 조심하라고.

"왜 왔어, 내 비참한 모습이 그렇게 보고 싶었어!" 미란은 나에게 큰소리를 질렀다. 미영이 울먹이기 시작했다. 장모가 울먹이는 미영을 달랬다.

"내가 콱 죽으면 너는 통쾌하겠지." 극도로 분에 찬 광녀처럼 미란이 나의 멱살을 잡으면서 날카로운 괴성을 질렀다. 숨이 콱 막혔다. 그러나 참을 만하여 그대로 서 있었다. 뭔가 생각난 듯 그녀는 부엌에 가서 칼을 가지고 와서 내 목에 대면서 말했다.

"그래, 둘이 같이 죽자. 나만 억울하게 죽을 수 없어." 이미 익숙한 상황이어선지 나는 별로 놀라지 않았다. 이성적 사고력은 전혀 없고 오로지 영혼이 부르는 대로 사는 그녀의 끝은 어디일까? 영혼이 자유로운 그녀가 과연 죽음을 선택할까?

나는 계속 가만히 있었다. 놀란 장모가 그녀를 저지하기 위하여 그녀의 손을 잡았다. 순간 칼끝이 내 목을 조금 파고 들어갔다. 붉은 핏방울이 방바닥에 뚝뚝 떨어졌다. 놀란 미란이 칼을 놓자, 칼은 쨍 하며 방바닥에 떨어졌다. 피 때문에 그녀의 광기는 잠시 멈칫했다. 곧 그녀는 다시 나를 향해 분노를 터뜨렸다.

"병수도 떠나고, 이제 난 아무것도 없어. 다 너 때문이야." 그녀는 나의 뺨을 세게 때렸다. 장모는 다시 미란의 손을 잡고 말렸다. 미란은 장모를 사정없이 밀쳤다. 장모는 떠밀려 미영 위에 쓰러졌다. 이제까지 울먹이기만 하던 미영은 크게 울었다.

순간 눌렀던 나의 분노가 치밀었다. 떨어져 있는 칼을 주워서 그녀의 손에 잡게 한 후 서서히 그녀 목으로 향하게 했다. 칼끝을 느끼자 광녀도 두려운지 몸을 부르르 떨었다.

"이 사람아, 그러면 안 돼."라고 장모는 소리를 질렀다. 나는 그녀에게 큰 소리로 말했다.

"지금 상황을 이길 용기가 없으면 니 말대로 죽어. 너의 엄마나 미영이 앞 말고, 니가 믿는 자유의 여신 앞에서."

나는 거실 모퉁이에 서 있는 자유의 여신상을 들고 와서, 칼을 들고 명하게 서 있는 그녀 앞에 놓았다. 그녀는 칼을 자기 목에 겨눈 채, 계속 자유의 여신상만을 바라보았다. 조금 후 그녀는 칼을 내려놓았다. 미영도 우는 것을 멈추었다. 나도 그 집을 나왔다.

며칠 후 그 집에 갔을 때 문은 열려 있었다. 살며시 안을 보니 미란은 어

떤 여인을 열심히 조각하고 있었다. 미영도 신기한 듯 엄마의 작업을 뚫어

지게 보고 있다. 예술 창작이 불안 대신에 그녀의 마음을 가득 채우고 있

었다.

20。

마
이
광

어느 날 전화기 너머로 술에 취한 인애의 목소리가
날 불러냈다. 내가 도착하자 그녀 앞에는 빈 맥주병 여럿이 널브러져 있었
다. 취한 그녀는 한동안 나를 애절하게 바라보았다. 이윽고 그녀는 또렷하
고 당찬 목소리로 이야기를 하기 시작했다.

"토끼풀꽃 시계를 손목에 채워 주던 영신 오빠는 저에게 백마를 탄 왕자
였죠. 토끼풀꽃 시계처럼 저를 언제나 지켜주겠다는 영신 오빠에게 순결을
기꺼이 바치면서 환희의 눈물을 흘렸어요. 사랑이란 이렇게나 황홀한 것이
구나…" 그녀는 지그시 눈을 감았다. 진한 사랑의 냄새가 밀물처럼 나에게
다가왔다.

"그렇게 잘해주던 영신 오빠가 신희 언니를 만난 후부터 오빠는 신희 언
니를 쫓아다녔죠. 저는 엄청난 배신감에 치를 떨었습니다." 말하는 도중에
그녀는 이를 꽉 물기도 했다.

"영신 오빠의 배신을 경험한 저는 사랑은 없다고 결론을 내렸죠. 사랑이
란 언제나 바뀔 수 있는 황홀한 기분에 불과하다고. 대학 때 동생을 키우
랴 공부하랴 정신이 없었죠. 아버지가 남긴 유산도 점점 떨어지기 시작했

습니다. 사랑보다 생존에 맞는 남자를 찾기로 결정했어요." 그녀는 나를
빤히 쳐다보면서 한동안 말을 하지 않았다.

"그때 저한테 대시한 정 사장님도 그런 상대가 될까 해서 적극적으로 만
났습니다. 그러나 정 사장님은 그냥 떠나갔죠. 물론 당시의 정 사장님이라
면 그때 제가 원하는 타입이 아니었습니다. 결국 선을 보고 장 검사와 결
혼했어요. 영신오빠같이 사랑을 배신하는 사람들을 정의의 이름으로 이
사회에서 단죄하고 싶은 작은 생각도 있었죠. 이런 선택이 잘못된 건가
요?" 그녀는 하소연하듯이 물었다.

"그런 상황이라면 누구나 그럴 수 있습니다." 나는 재빨리 응수했다.

"그러나 장 검사는 남자의 우월성을 내세워 자기 잇속만 챙기고 생활비
는 제가 다 벌었죠. 대부분 여자의 일생이란 이런 것이라고 생각하면서요.
세월은 그냥 속절없이 흘러갔죠."

공대 스페이드 에이스의 일생도 이럴 수 있구나. 나는 숙연한 표정을 지
었다.

"장 검사는 검찰청 내에서도 손꼽히는 인재로 무불소위의 권력을 가진 에
이스 검사였죠. 그의 주위에도 여러 여인이 있을 것으로 막연히 생각했습니
다. 결혼 후 어느 날, 장 검사도 가끔 외도를 한다는 소문을 들었지만 내가
직접 확인하지 못한 외도는 어쩔 수 없다고 그냥 넘겼죠. 그런데 능력 있는
남자들은 다 외도의 길을 택하나요?" 그녀는 입술을 잘근 잘근 씹었다.

"사람 성향의 차이죠. 그렇지 않는 사람이 더 많습니다." 답하는 나의 목
소리는 조금 떨렸다.

"언젠가 만취한 그가 저와 잠자리를 갖는 도중에 누군가를 부른 것 같았
습니다. 잠자리가 끝나자 그는 나에게 팁을 주고 잠들었어요. 어처구니가
없어 다음날 추궁하자 요즘 유흥가 여자정보원에게 팁을 안 주면 범죄 정

보를 얻지 못하므로 그게 무의식으로 나타난 결과라고 하였습니다. 워낙 강한 그의 대답에 그러려니 하고 넘어갔습니다. 나중에 생각해 보니 잠자리 중에 부른 이름도 여자 이름 같았습니다."

역시 검사들의 순발력은 보통이 아니야, 그 상황에서 그런 응기응변을 구사하다니. 그런데 팁은 영신에게 아주 긍정적인 효과를 가져왔지만 장 검사에게는 엄청난 부작용을 가져왔구나.

"또다시 만취한 어느 날 그는 잠자리에서 분명하게 신비라는 이름을 불렀습니다. 몰래 조사를 해보니 그녀는 술집을 경영하는 같은 고향 출신의 마담이었죠. 그녀는 옛날부터 장 검사를 아주 좋아했고 둘은 이미 오래 전부터 깊은 관계라는 걸 힘들게 알아냈죠." 인애는 긴 한숨을 내쉬었다.

"그걸 알아내기는 아주 어려웠을 텐데요." 나는 궁금하여 물었다.

"변장한 채 술집에서 기다렸죠. 한동안 장 검사는 못 보고 폭탄주 제조하는 법만 보았죠. 어느 날 대취한 장 검사가 룸으로 들어갔습니다. 한 시간쯤 후 룸에서 나온 장 검사는 아무리 기다려도 정문으로 나오지 않았습니다. 나중에 알고 보니 둘은 뒷문으로 나갔더군요. 그 다음에는 친한 남자 조교에게 뒷문을 지키게 했습니다. 그날도 룸을 나간 장 검사는 뒷문으로도 정문으로도 안 나왔습니다. 두 시간 후 탐색하러 들어간 조교는 8층 모텔로 직행하는 엘리베이터가 있다고 했습니다."

"그래서요."

"다음에는 남학생들 3명을 동원했죠. 한 사람은 앞문, 한 사람은 뒷문, 한 사람은 여관 근처에 잠복시켰죠. 마침내 뒷문으로 나가는 둘을 발견하고 택시를 타고 쫓아가서 장 검사가 그녀의 엉덩이에 손을 넣은 채 그녀 집 안으로 들어가는 걸 내 두 눈으로 똑똑히 확인했습니다."

"힘드셨군요. 그런데 교수가 남학생을 동원하는 것은 문제가 안 되나요?"

"내가 부탁하자 그들 스스로 자원했죠. 자원봉사인데 문제가 되나요?"
그녀는 의아하다는 듯이 나를 쳐다본다.

"며칠 후 그녀를 만나 장 검사와의 관계를 정리하라고 말했으나 그녀는
오히려 장 검사 단속이나 잘하라고 응수했죠. 분노가 치밀어 오른 제가 법
적으로 가겠다고 하니까, 증거가 있느냐고 했습니다."

'그럴 때 머리채를 잡아 흔들면서, 이년아, 다시 내 서방을 건드리면 죽
여 버릴 거야, 하는 것 아닌가요?'라고 말하고 싶었으나 차마 입에서 나오
지 않았다.

"제가 계속 다그치자 그녀는 이렇게 경우 없이 자기를 핍박하면 지금부
터는 자기가 장 검사의 아이를 가지는 것을 생각해 보겠다고 되받아쳤죠.
힘들게 살다 보니 몸이 허약해져서 그런지 임신이 잘 안 되었습니다. 신비
마담의 말은 너무 충격적이었습니다. 그녀가 장 검사 아이를 가지면, 대를
잇는 것을 중시하는 장 검사는 그녀에게 갈 것이 뻔하기 때문이죠. 그런데
남자에게는 2세가 사랑보다 더 중요한가요?"

자기복제광에 대하여는 장 검사도 나와 별반 다를 바가 없다는 생각을
하고 있었던 나는 당장 무슨 말을 해야 할지 떠오르지 않는다. 그냥 고개
만 끄덕였다. 도톰한 인애의 입술에 서글픈 한줄기 냉소가 지나갔다.

"장 검사에게 신비 이야기를 꺼냈습니다. 그는 별로 놀라는 기색도 없었
죠. 나는 신비를 정리하라고 그리고 나에게 진심으로 사과하라고 했죠. 그
는 '신비는 정리하겠다. 그러나 당신이 애를 못 낳는 이유도 있지 않느냐,
그러니까 사과는 못하겠다.' 하면서 내 손을 잡으며 미안하다는 한마디만
했습니다. 남자는 원래 이렇게 뻔뻔한 존재인가요?"

"그것은 너무 심하네요." 이번에는 인애의 손을 분명하게 들어 주었다.

"이것으로 넘어갈 일이냐고 소리쳤지만, 그는 이 정도로 끝내자고 일방

적으로 말했죠. 황당하고 억울하기 짝이 없었지만 하소연할 사람조차 없던 저는 가정을 위하여 참았습니다."

그녀는 허망하게 창밖을 쳐다보면서 치솟아 오르는 분노를 가라앉히려 애쓰고 있었다.

"그 후 3년 동안 장 검사는 성실했습니다. 어느 날 만취하여 들어온 장 검사는 속옷을 뒤집어 입고 있었습니다. 여러 번 그런 일이 반복되었죠. 다시 신비의 뒷조사를 했습니다. 짐작대로 장 검사는 그 여자를 다시 만나고 있었습니다. 패닉에 이를 만큼 분통이 터졌습니다. 오직 복수만 생각했습니다. 그때 정 사장님의 키스에 응하려고 한 것도 사실 그 복수심이 작용했습니다."

차디찬 인애가 인공지능 투자 모델 개발 때 다소 들떠 있었으며 잠시나마 나의 키스에 응하려 했던 태도가 이제야 이해가 되었다.

"그런 마음을 정리하기 위하여 영신 오빠를 다시 만나보았고, 정 사장님과의 주식 건을 계기로 말로만 듣던 신희 언니를 만나게 되었죠. 신희 언니의 여러 무용담을 듣고서 진짜 경악했습니다. 특히 정 사장님과의 애완견 사건과 정기와의 만남은 충격 그 자체였습니다."

당돌하고 거침없었던 신희의 그때 행동에 대한 여자들의 생각을 알고 싶었다.

"저의 앞에서 어린 정기와 관계한 신희의 행동은 너무 심한 처사이죠?"

"글쎄요, 신희 언니의 삶이라면 그럴 수도 있는 것 같아요." 그녀는 그것도 이해가 안 되느냐는 듯이 나를 바라본다.

"그 후 여러 사람들의 여러 이야기도 듣게 되면서, 점차 사랑이란 한사람으로 만족할 수 없구나 생각을 했습니다. 장 검사의 외도는 장 검사만의 잘못이 아니다. 사회가 만들어 놓은 정조라는 굴레가 더 큰 문제일지 모른다. 나도 하고 싶은 걸 하며 자유롭게 살자고 결정했습니다." 굳게 다문 입술에 그녀의 단호한 의지가 뚜렷이 새겨져 있었다.

"자기 생각대로 살아가는 게 가장 중요하죠." 나는 맞장구를 쳤다.

"먼저 저를 잊지 않고 좋아하던 정 사장님이 떠올랐죠. 그러나 정 사장님 곁에는 신희 언니가 있었습니다. 신희 언니와 부딪혀 이길 자신이 없었습니다. 미란 씨와 자유분방하게 사는 정 사장님도 저에게 적극 대시하지도 않았습니다." 그녀도 한때 나를 생각했다니 가슴이 뭉클해진다.

"일전에 말씀드린 바와 같이 장 검사와 헤어지고 병수에게 갔지만 병수는 쭉정이였고 그와도 헤어질 수밖에 없었죠."

이 부분은 나와 다른 적극적인 면이다. 나는 저렇게 순식간에 변신하지 못하는 유약한 성격이 아니던가.

"이렇게 이 사람 저 사람 사이를 왔다 갔다 하는 제가 속물로 보이죠? 저도 이런 제 자신이 정말 미워요?"

그녀의 짙푸른 눈가에는 알 수 없는 회한이 가득 차 있었다. 이 순간만큼은 똑순이 인애가 아니라 칡덩굴에 뒤엉킨 채 자기 길을 찾고자 몸부림치는 작은 고라니였다.

"인간은 모두 자기 이익을 추구하는 속물이죠. 그걸 인정하고 사는 인애 씨는 누구보다도 진솔하고 자기에 충실한 사람입니다." 그녀는 자기를 잘 알고 있으며 그런 자기를 위한 목표를 설정하고 과감히 그것을 실천한다. 그녀는 결코 속물이 아니다.

반짝거리는 두 눈에는 방울방울 눈물이 맺혀 있었고 애틋하고 간절한 입술은 바르르 떨리고 있었다. 그녀의 검초록빛 우수는 짙푸른 클로버처럼 나의 마음을 애처롭고 신비스럽게 휘저었다.

"자유롭고 역동적인 사장님의 품속에 흠뻑 파묻히고 싶어요." 안겨 들어오는 그녀의 불룩한 가슴은 강력한 생명력으로 콩콩 뛰고 있었다.

이윽고 신비하고 도톰한 입술은 그녀의 향기에 마취된 나에게 살며시 다가왔다. 끈끈한 그녀의 전령은 나의 수문장을 부드럽게 휘감았다. 그 순간 나는 그녀의 정겹고 촉촉한 애련과, 모든 것을 빨아들이려는 강력한 소유욕, 그리고 주체할 수 없이 발광하는 색정에 단계적으로 휩싸이면서, 헤어날 수 없는 황홀경에 깊숙이 빠져 들었다.

얼마나 시간이 흘렀는지 모른다. 어느 호텔 방에서 그녀를 벗기는 나를 발견한다. 둘은 실오라기 하나도 걸치지 않았다. 농염하며 아담하고 군살 없는 그녀의 몸, 그토록 들어가고 싶었던 원시림이 나를 기다리고 있다.

모든 정성을 다해 그녀의 모든 곳을 만지고 쓰다듬어 일구기 시작했다. 곧 그녀는 내 것이 될 것이다. 마지막 목표를 달성하기 위하여 그녀에게 들어갈 찰나, 닫혀진 창을 통하여 "아빠, 힘내세요."라는 가느다란 생음악 소리가 분명하게 들려왔다. 호텔에서 가족 모임이 있었던 모양이다.

나는 벌떡 일어나서 옷을 입기 시작했다. 놀란 인애가 멍하니 나를 쳐다본다. 저 노래가 우리 미영이 소리도 아닌데 왜 이러는지 나도 이유를 알 수 없다.

인애가 뒤에 와서 부드럽게 나를 안는다.

"제가 싫으세요?"

"그런 것은 아닌데 뭔가 모르는 힘이 나를 거부하게 만들어요."

"정 사장님은 미란 씨와 헤어졌잖아요. 신희 언니와도 아무런 관계가 아니잖아요."

그 말은 분명한 사실이다. 내가 그들을 의식할 필요가 없다. 그러나 무엇 때문인지 마음이 내키지 않는다.

인애는 다시 나의 옷을 벗긴다. 부드럽게 나를 침대에 밀치고 나의 전신을 애무한다. 그녀의 기술은 상상을 초월했다. 혀가 부리는 마법에 나는 금방 분출할 뻔했다. 그러면서도 여기서 나가야 한다는 생각이 지워지지 않는다.

인애가 나를 뒤로 엎드리게 하고 등을 애무하기 시작했다. 그녀의 혀는 면도날 그 자체였다. 그 흉기가 살짝 스칠 때마다 몸은 파르르 떨었다. 무언의 명령어는 아직도 나를 괴롭힌다. 엉덩이를 애무하던 그녀의 혀는 계곡 중앙에 위치한 신비의 블랙홀을 애무하기 시작했다.

이제까지 그 블랙홀을 애무받아 본 적이 없었다. 날카로운 강렬함이 그곳을 건드리자 감당할 수 없는 짜릿함이 온몸을 감쌌다. 그 전율은 내내 괴롭히던 명령어를 깨끗이 지우고 심연에 숨어 있는 나의 지상명제를 일깨운다.

매끈한 피부의 촉감을 살포시 느끼며, 가냘프고 탄탄한 체구를 마음껏 품어보고, 진한 살내음을 듬뿍 들이마시며, 과단성 있고 강인한 그녀의 생명력을 송두리째 빨아들이고, 신비의 통로 안에서 끈적하게 부딪히며, 찐득하게 서로를 흠뻑 나누고, 나의 모든 것을 발산시켜 깊숙이 주입시킴으로써, 나약한 나의 영혼이 위로받으며 자유로워질 수 있다는 나의 절대명제.

나는 이 명제를 완벽히 달성하기 위하여 심연 속의 원초적 나에게 나를 맡겼다.

"저, 너무, 너무 좋아요, 사장님."

태초의 어두운 힘에 압도당하여 착 달라붙어 흐느끼며 나의 가슴을 동동 두드리는 그녀는 목표를 관리하는 거만한 여왕이 아니라 클로버처럼 순하고 애틋한 공주였다.

"저 어떡하면 좋아요, 사장님…"

그에 비하여 나는 그녀의 강인한 모든 것을 빨아들이고 나의 전부를 그녀에게 심기 위하여 그녀를 둘둘 감고 있는 거대한 이무기였다.

세 번의 광풍이 지나가고 그 여운을 즐기고 있는 나에게 인애는 눈을 흘기며 말했다.

"침대에서도 거대한 역동성이 보이네요, 사장님."

다음날 집에 찾아온 인애의 몸은 어제보다 더 신비롭다.

"인애는 목표를 찾아 이리저리 다니는 킬리만자로의 흑표범 같아."

내 위에서 은근하게 웃는 모습이 고혹적이다. 강인해 보이기만 하던 인애의 도톰한 입술은 오늘따라 신비롭기 그지없다. 그녀는 흑표범처럼 신비롭고 그윽하게 나를 요리했다.

인애의 진한 향기에 휩싸이면서 횡보하는 주식은 까마득하게 잊었다. 새로운 것으로 인한 끊임없는 신선한 충격만이 인간이 추구하는 구원의 길일까?

"뭘 생각하세요?"

골똘히 생각하는 내게 인애는 나직하게 물었다.

"새로운 것은 언제나 신비스럽고 황홀해."

"그래서 인간은 끊임없이 새로운 것을 찾으려고 하나 봐요."

"일반 사람들은 새로운 것을 찾는 게 힘들지 않을까?"

"다양한 사람이 다양한 사람과 자유롭게 만날 수 있는 관계, 전산학에서는 다대다 관계(N:M)라고 하죠, 그 관계를 언제나 가능하게 하는 시스템과 사회제도가 만들어지면, 일반 사람들도 새로운 것을 찾는 게 쉬워질 것 같아요. 일전에 말씀드린 바와 같이 스마트폰이 그걸 할 수 있는 기초 인프라가 되죠."

새로운 욕구를 충족하기 위하여 항상 다양한 사람을 만날 수 있다. 살짝 살짝 스치면서 여러 사람의 향취를 느낀다는 것, 정말 좋은 관계 인프라이다. 그러나 인간관계만으로는 뭔가 부족하다. 물질적인 것도 더해져야 한다.

"낚시, 스포츠, 게임 같은 물질적인 것도 그 관계들에 포함되어야 할 것 같은데. 그래야 인간만 주는 신선함 외에도 새로운 걸 맛볼 수 있지 않을까?"

"돈 같은 물질이 관계의 중간에 들어가야 된다는 말이지요. 그러면 관계가 N:M:L이 되겠네요."

"N:M:L 보다는 N:M:⋯:A가 맞지 않을까?"

"정 사장님은 뭐든지 많은 것을 좋아하시는군요. 그런데 다양한 관계를 찾는 게 쉬워지면, 결혼은 안 하고 혼자 사는 사람이 많아지지 않을까요."

"그럴 것 같아. 헌데 전산학에서는 왜 N부터 시작해서 내려갈까? Z부터 시작해서 내려오지 않고."

"너무 많으면, 오히려 지칠 것 같아서 그런 거 아닐까요?"

한 달이 지나자 그전에 들렸던 이상한 명령어가 또다시 들린다. 인애의 피부에 작은 점들과 주름살도 눈에 들어온다.

어느 날 신희가 호구가 될 수 있는지 연락을 했다. 그녀의 목소리는 떨리고 있었다. 인애와의 관계를 알아차린 것이다. 나는 바빠서 이번에는 어렵다고 했다. 신희가 '알았어.'라고 힘없이 말했다.

"안 돼!" 고함치며 깨니 잠꼬대이다. 옆에 있던 인애가 눈을 깜빡이며 무슨 꿈이냐고 묻는다.

"또 '아빠 힘내세요.'라는 노래 소리를 듣고 있었는데, 누군가 그걸 껐어.

'그건 안 돼!'라고 고함치면서 깬 거야." 나는 비몽사몽인 상태에서 꿈 이야기를 했다.

"저에 대하여 뭔가 꺼리는 게 있는 것 같아요."

"그런 거 전혀 없어."

여러 번 그런 꿈이 반복된다. 인애가 와서 자고 갈 때만 그 꿈을 꾼다.

영신은 내 말을 듣고서 아리송하게 진단했다.

"너의 무의식 속에는 인애를 끌어당기는 것과, 또한 인애를 배척하는 뭔가가 동시에 존재해. 전자는 변동성을 좋아하는 능동적 자아 때문이고, 후자는 그 변동성을 배척하는 수동적 자아 때문인 것 같아."

한턱내겠다는 인애의 차는 동쪽으로 달렸다. 시시각각 변하는 야외경치는 나의 마음을 후련하게 한다. 뭐든지 신선한 것이 최대의 즐거움이다.

차가 도착한 곳은 노란 빛이 가득한 광활한 언덕 앞이다. 자세히 보니 노란 것은 전부 해바라기 꽃이었다. 몇 백만 평으로 되는 대지가 전부 해바라기로 덮여 있었다.

노란 셔츠와 줄무늬 바지에 노란 백팩을 맨 인애는 나비처럼 날아간다. 탱탱하고 실룩거리는 엉덩이는 퍼드덕 거리는 호랑나비의 날개 같다. 이윽고 산중턱 호젓한 해바라기 숲에 도착한 우리는 자리를 깔았다. 인애는 백팩에서 캔맥주 여러 개를 꺼낸 후 나에게 하나를 건넸다. 짱, 서로 부딪친 캔을 원샷에 들이마셨다. 그녀는 엄숙한 표정으로 말하기 시작했다.

"일전의 인공지능 투자 모델의 개발 실패 후에 엄청나게 실망했죠. 너무 나이브한 모델이어서 나 자신이 부끄러웠죠. 3년에 걸쳐 뼈를 깎는 노력 결과 개발한 차트 마이닝 이론이 세계 최고의 저널에 실리자 너무나 기뻤어요. 이게 인생의 목표를 달성한 것이 아니겠느냐고 생각했죠."

"차트 중심으로 접근하실 생각을 어떻게 하셨나요?"

그녀의 논문 이야기를 처음 들었을 때, 차트 비교 방식으로 투자 모델을 만든 아이디어는 참신하다고 생각되었다. 그녀의 연구의 계기가 어떤 것인지를 알고 싶었다.

"정 사장님은 주식 투자 모델을 개발하면 부자가 될 것이라고 일전에 저에게 말했습니다. 좀더 나은 투자 모델을 만들기 위하여 저도 주식 투자에 입문했죠. 대부분 투자자는 차트로 투자의사결정을 하고 있었습니다. 그래서 저도 차트 중심의 투자 모델 기법을 만들기로 결정했습니다."

목표를 향한 열정은 대단해, 내가 고개를 끄덕거리자 그녀는 말을 계속했다.

"한 달 동안은 하루 종일 실실 웃었죠. 온 세상이 전부 제 것 같았죠. 이게 진정한 행복이자 인생이 주는 향연이구나. 그러나 그 즐거움도 얼마 가지 못했어요. 결혼 전에는 동생을 키우느라고, 결혼 후에는 혼자 생활비를 마련하느라 언제나 쪼들렸고, 최고의 논문을 발표했지만 쪼들리는 것은 예전과 다를 바가 없었죠. 다시 불만이 생겼습니다. 장 검사와 헤어지면 공허해지고 생활이 더 불안정해질 거라고 생각되자, 마음은 더 착잡해졌습니다"

그녀의 얼굴은 처연스럽다. 그녀의 말은 그녀뿐만 아니라 모든 사람에게 공통적으로 해당되는 일이다. 나도 주식에서 부자가 되지 못했다면 저런 쓰라린 아픔을 지금 겪고 있을 것이다.

"쪼들린다는 불만을 잠재우는 수단, 공허한 마음을 채우는 수단, 불안정한 생활을 대비하는 수단이 돈이라는 걸 알았습니다. 돈을 버는 것이 진정으로 하고 싶은, 아니 해야 하는 일이라는 걸 깨달았죠. 그 후 돈 버는 것이 나의 최고 꽝이 되었죠."

그녀는 한동안 말이 없다. 용기가 생긴 듯 나에게 물었다.

"돈 때문에 정 사장님에게 이렇게 접근하는 제가 너무 얍삽하고 속보이지 않나요?"

속을 보인 그녀는 어색하다고 느꼈는지 계속 술만 마시기 시작했다.

"최고의 광을 추구하는 것 이상으로 삶에서 가치 있는 것은 없다고 생각합니다."

나도 내가 하고 싶은 걸 했을 때 가장 즐거웠다. 그녀도 마찬가지일 것이다. 자기가 하고 싶은 것을 위하여 최선의 노력도 못해보고 죽는다면 인생은 얼마나 쓸쓸할까?

"정 사장님의 무의식이 돈을 벌고자 얍삽하게 접근하는 저의 잇속을 배척하는 것 같아서 정말 걱정되었습니다. 최근 며칠 동안은 잠도 안 왔어요. 정 사장님의 명확한 말씀을 들으니 이제는 조금이나마 안심이 돼요." 그녀가 장황하고 심각하게 연설한 숨은 이유를 이제야 이해하게 되었다. 이렇게라도 해서라도 자기 나름으로 나의 무의식의 방해공작을 가라앉히고 나에게 다가오려는, 저런 의욕적 몸부림에 나의 가슴은 뭉클해졌다.

안도감이 생긴 인애와 감동으로 찡해진 나는 누가 먼저인지 모르게 서로를 베개로 달콤한 꿈속으로 빠져 들었다.

거대한 해바라기의 태양독점욕 때문에 빛은 거의 들어오지 못해 시원하기 그지없다. 내 눈앞에 인애의 노란 엉덩이가 버티고 있었다. 서로 마주보고 잤지만 어느새 위치가 바뀐 것이다.

신비의 블랙홀을 애무당할 때 느꼈던 생애 첫 황홀감이 다시 떠올랐다. 서서히 인애의 노란 팬티를 내렸으나 여전히 자고 있다. 두 개의 작은 산이 드러나고 가운데 신비의 블랙홀이 보였다. 그녀처럼 날카롭게 세운 혀로 그 주위를 그어 보았다. 진득한 뭉클함이 느껴졌다.

기분이 몽롱해진다. 나는 백치처럼 계속 날카롭게 신비의 블랙홀을 탐닉했다. 인애의 작은 흐느낌이 들렸다. 나의 강도가 더 높아진다. 그녀의 몸도 전율하기 시작했다. 몇 분이 지났을까 인애가 뱀처럼 내 위로 스르르 올라갔다. 서로의 뜨거운 애무가 불타올랐다.

마술 같은 입술에 도저히 견디지 못한 내가 막 시작하려 할 때 그녀는 나를 길이 난 진입로가 아닌 신비의 블랙홀에 가져갔다. 애잔한 눈빛으로 그녀는 볼그레한 홍조를 띠며 수줍게 말했다.

"이 첫 경험은 회장님께 드리고 싶어요."

나는 그녀의 의도를 곧 알아차렸다. 그녀는 무언가를 나의 그곳에 바르고 살포시 뒤로 돌았다. 그녀가 준 물질로 나도 신비한 블랙홀 주위를 부드럽게 매만졌다.

서서히 그녀의 속으로 진군하기 시작했다. 강력한 저항과 둔탁한 탄력이 온몸에 퍼졌다. 노란 아픔도 들렸다. 미지의 세계에 대한 환성이었다. 최초라는 신비감에 더욱더 그녀를 헤치고 들어갔다. 하얀 환성도 들린다. 이윽고 노란 그녀는 완전히 내 것이 되었다. 그녀의 눈에는 노란 눈물이 보였다.

"너무 고마워, 이런 최고의 영광을 주어서. 아프지 않았어?" 나는 말했다.

"아프다뇨. 마이(my)광이었습니다."

꽉 다문 도톰한 입술에서 나오는 마이광이라는 단어는 너무나 신선하다. 나의 놀란 표정을 눈치 챈 그녀는 말을 잇는다.

"가장 짜릿하고 즐거웠던 광이었습니다. 저의 최고의 광인 마이광이었습니다."

자기의 신념을 관철시키려는 구도자처럼 그녀는 숙연하게 말했다. 조금 후 그녀의 눈에서 알 수 없는 눈물이 송이송이 흘러내렸다. 나는 인애의 눈물을 꼭 안았다.

마이광, 갑자기 내 가슴은 세차게 뛰기 시작했다.

"예전의 나의 최고의 광은 회장이 되는 거였어. 지금의 최고 광은 신희랑 하는 거야."라는 병수의 말이 불현듯 떠오른다. "자네는 명중의 도움을 받아 자네만의 만광을 찾아가고 있어."라던 현철의 아버지 말도 생각난다.

태양의 빛을 정제시키는 폴리실리콘이라는 감성은 각자가 다르다. 무조건 최대량의 광, 만광을 지향할 것이 아니라 자기에게 알맞은 최고의 광, 마이광을 추구하는 것이 최선일 것이다.

나를 위하여 그 고통을 자기의 최고 광으로 받아들였다니. 그것은 희생이 아니던가. 첫 만남 때는 나를 거들떠보지도 않았던 앙칼진 공대 최고 에이스, 인애에게 그런 희생이 어떻게 가능할까? 조금 전 섹스가 인애에게는 진짜 최고 광이었을까? 돈을 위한 집념일까? 그러나 냉정하고 매서운 인애가 자기를 던지는 희생을 보여주다니.

갈수록 나의 마음은 인애라는 마이광으로 흥분해지기 시작했다. 현재 내 마이광은 뭐라 해도 인애이다. 대신 운전하는 내 옆에서 곤히 잠들어 있는 인애가 더없이 귀엽고 갸륵해 보였다.

갑자기 "아빠, 안 돼!"라는 말이 귀청을 때린다. 내가 중앙선을 넘어가면서 큰 트럭과 부딪칠 뻔한 찰나였다. 나는 급히 핸들을 돌렸고 차는 우리 쪽 가로수에 쿵 부딪쳤다. 그 트럭은 그냥 질주를 했다. 다행히 인애의 차만 망가지고 나와 인애는 무사했다.

경찰은 믿을 수 없다는 듯이 말했다.

"진짜 운이 좋았어요. 어떻게 바로 핸들을 꺾을 생각을 했습니까?"

사실을 말해도 아무도 믿지 않을 것이다. 도대체 그때 그런 소리가 왜 들렸을까? 생각에 빠져 있는 내게 인애는 조용히 물었다.

"이번에도 소리가 들렸어요?" 나는 고개를 끄덕였다. 둘 다 말을 잇지 않았다.

며칠 동안 인애로부터 아무 연락은 없었다. 백치 같은 시간은 횅하게 흘러갔다. 인애는 명중대에 가 보고 싶다고 전화를 하였다. 그녀의 목소리는 처연했다. 둘은 모르는 사람처럼 명중대에 올랐다. 인애의 입술은 굳세게 닫혀 있었다. 오늘따라 한강은 선명하기 그지없다. 인애가 말했다.

"회장님 곁에 있다는 마이광을 계속 느낄 수 있는 거죠?"

나는 아무 말도 하지 못했다. 인애의 두 눈에 눈물이 고여 있었다. 인애는 말했다.

"저의 마이광이 필요하시면 언제나 불러 주세요."

그녀는 나직하고 차분히 말했으나 표정은 비장했다. 떠나는 뒷모습은 무기력하였으며 작은 글래머인 몸매는 축 늘어져 있었다. 나의 마음도 쿵 내려앉았다. 그러나 나는 그런 인애를 잡지 않았다.

그래, 며칠 동안 내 마음을 확인해 보자. 그날부터 인애의 애틋한 향기와 강인한 입술은 신기하게도 떠오르지 않았다. 괴상한 꿈도, 이상한 노래도 나를 찾아오지 않았다. 인애에 대한 마이광이 이렇게 순식간에 식을 수 있는 걸까? 고작 이상한 소리 하나 때문에.

나는 나 자신을 의심했다. 내가 인애를 싫증이 나 차버리고 다른 이유로 돌리는 것으로. 나는 다시 나에게 호통치며 물었다. 인애가 싫으냐고. 내 마음은 대답했다. 굳게 다문 입술과 검푸른 체취는 아주 매력적이라고. 그러나 막상 인애에게 전화할 생각은 들지 않았다.

그 후 일주일 내내 술을 마시며 나는 비열한 놈이라고 자책했다. 나를 위하여 나름 최선을 보인 여자를 그렇게 야비하게 차느냐고. 마음에 품고 있으면서 울고 있는 그녀를 당장 데리고 오지 못하느냐고. 삼고초려라는 말도 있듯이 세 번이나 배신감을 느낀 여자를 그렇게 둘 수 있느냐고. 너도 미란과 다름없이 영혼이 부르는 대로 맘대로 사는 악마야.

초인종이 오랜만에 울린다. 아버지였다. 며칠 동안 청소를 안 하여 널브러진 술병들을 보고 놀라는 기색이다. 나와 할아버지에게 같이 가고 싶어 오셨다고 한다.

할아버지 묘소는 산 중턱에 있었다. 어릴 때 올라가는 데 시간이 꽤 걸린 기억이 났다. 할아버지 유언에 따라 이 높은 곳에 모셨다고 한다. 묘소에서는 세상이 한눈에 들어왔다. 절을 끝내고도 아직도 멍하게 서 있는 나에게 아버지는 말했다.

"네가 어떤 어려움에 처해 있는지 알지는 못한다. 그것이 무엇이든 네가 할아버지로부터 배운 명중으로 마음을 다스리면 문제의 실마리는 풀릴 거다."

할아버지에게 일 원짜리 세뱃돈을 던졌던 기억이 생생하게 떠오른다. 할아버지가 뜬금없이 하시던 말씀도 생각났다. "영기야, 네가 많이 참아야 해."

한때 참지 못하고 자아를 절단시켰지. 최근 미란이 난동을 부릴 때도 참지 못하였군. 내가 일하는 세상은 서로 이해관계가 첨예하여 참는 게 아주 중요한 곳인데 할아버지는 이걸 어떻게 아셨을까? 인애와 헤어진 지금 상황도 일단 참아야 하는 걸까?

참는다는 것은 비열한 나를 인정하라는 것이 아닐까? 그래, 인애를 거부하는 얄팍한 나를 인정해 보자. 나는 나약하고 약삭빠르며 모순덩어리이자 비열한 놈이잖아. 계속적으로 비열한 나 자신을 인정하자, 희한하게도 마음은 조금씩 안정되기 시작했다.

인애와 관계가 정리되고 난 후부터 신기하게도 스마트폰 제조사 주가는 가파르게 오르기 시작했다. 대대적인 실적 호전이 예상된다는 기사가 신문들을 도배했다. 그로부터 한 달 만의 주가상승폭은 자그마치 매수가의 70%나 되었다.

주식도 인간의 심리 게임이다. 특정 분야의 인간의 보편적인 생각은 다른 사건에도 그대로 투영되는 것이다. 인애의 차트 마이닝 기법은 유사 신제품에서의 투자심리 변동이 스마트폰 제조 종목에도 그대로 적용된다는 점을 정확히 찍어낸 것이다.

주가가 상승하는 동안 가끔 인애가 생각났다. 다시 관계를 재개하려고 마음을 먹으면 또 그 꿈이 나타났다. 내 무의식을 샅샅이 뒤져 보았으나, 거부하는 그 무엇도 발견되지 않았다. 또다시 나를 질책했다. 이번에는 마음이 쉽게 사그라들지 않는다.

술의 힘을 빌렸다. 과존적 감성이 나를 지배하면서 불안한 나를 밀쳐 버렸다. 그 와중에도 주가는 올랐다. 내 방의 빈 소주병 수도 그만큼 늘어갔다.

어느 날 아침 일찍 인애는 성공적으로 글로벌 신제품을 개발한 회사들의 여러 꼭지 차트를 가지고 회사로 왔다. 이번에도 자기가 개발한 차트마이닝 기법으로 찾은 것이라고 했다. 그 꼭지 차트와 현재의 스마트폰의 차트는 아주 유사했다. 설명하는 인애에겐 눈물은 보이지 않았다.

이렇게 큰돈을 벌고 있었다니. 인애의 신비로운 향기에 묻혀서 이제까지 거액의 돈을 벌고 있다는 사실도 잊은 것이다. 그래서 더 크게 번 것이기도 하다. 인애의 향기는 커다란 운을 불러온 것이다.

번쩍 정신이 들었다. 수익률의 조기 정산 요건이 이미 충족된 상태였다.

김 이사는 여러 번 정산하자고 했지만 무언가에 휩싸인 내가 전혀 듣지 않았다고 했다. 나는 망설임 없이 모든 종목의 매도를 결정했다. 종목을 매수한 지 11개월이 지난 어느 날이었다.

인간의 불안전한 심리가 가장 잘 나타나는 경우가 주식 투자 중이다. 그 과정에서 사람의 마음은 천 번이나 바뀌며 불안해하고 안절부절못하기도 하며 교만에 빠져 실기하기도 한다.

이런 불확실성 하에서 매도 시기는 과거에는 목표주가에서 매도하거나, 특정 기준선을 깨지지 않으면 끝까지 홀딩하는 전략이었다. 이번에는 인애의 차트마이닝 기법을 적용했다. 스마트폰 제조회사의 주가가 올라간 상승폭의 대부분을 먹은 것이다. 아마 과거 방법이라면 중도에 매도하거나 매도 시기를 놓쳤을 가능성이 컸다. 운명의 신은 나를 향해 웃음 짓고 있었다. 추가되는 빈 소주병의 수도 급격히 줄기 시작했다.

화장품은 250%, 주력인 스마트폰은 120%, 중국 관련주도 120%의 수익률이 나왔다. 그러나 안전한 전력주의 수익률은 40%대로 저조했다.

펀드 청산 결과 우리 회사에 배당된 금액은 약 4,200억 원이었다. 금융위기에서 벗어나면서 체득한 유동성에 대한 경험과 인애의 차트 마이닝 기법, 인애의 다양한 향취에 취해서 만들어진 기다림의 결실이었다. 목표달성을 집요하게 추구해 온 내가 48세 후반에 일군 거대한 결실이자, 엄청난 행운이었다. 이번 성공을 기점으로 사람들은 나를 정 회장으로 부르기 시작했다.

하루 종일 붕 떠 있는 기분이었다. 세상이 온통 나를 위해 존재하고 숭배하는 듯 했다. 길거리에서 노숙자들에게 5만 원짜리를 넣어 주었고 정지민 의원에게 정치 기부금을 듬뿍 보내고 직원들에게도 보너스를 두둑이 주었다.

명중대에서 본 한강도 노란 희망으로 가득 차 있었다. 노란 색동 치마를 입은 어머니도 해바라기 숲 속에서 노란 웃음을 지으며 나를 보고 있었다.

은은한 성취광은 돈 액수에 비례한 만큼 오래 가지 못했다. 바늘 도둑이 소도둑이 되듯이, 커질 대로 커진 나의 간이 그 희열을 금방 삼켜 버리기 때문이다. 돈을 버는 성취감에도 지루함이라는 태초의 원리는 여지없이 작동했다.

아버지는 여느 때처럼 고추 밭에 가 있었다. 밭을 판 돈으로 살아났던 내가 다시 사서 돌려 드린 밭이다. 공장담벼락에서 얼마 떨어져 있지 않는 고추밭은 세찬 공업화의 바람에 대항하기 위한 그의 강력한 의지를 붉게 불태우고 있었다. 내가 왔는지도 모르고 아버지는 붉은 고추를 열심히 따고 있었다. 어머님의 향기를 어루만지듯이 조심스럽게 고추 꼭지를 딴다. 아버지의 곁에는 이제 고추 밭만 남았다. 아버지는 많이 여위었지만 그래도 정신은 또렷하였다. 미영은 잘 크고 있느냐고 묻는다.

"예, 한 번 같이 올게요." 내 차에 고추 한 자루를 실어 주셨다. 헤어지는 섭섭함이 아버지의 얼굴에 역력하다. 고추 밭으로 눈길이 향하자, 아버지의 얼굴에 붉은 고추 빛이 서리면서 다시 광이 발생한다. 아버지에게서 저 광이 없어지면 마지막 안식을 보게 될 것이다.

용역비를 지급하기 전날, 인애에게 인감과 기존의 계약서를 다시 가져와 달라고 부탁했다. 들어온 인애의 눈에서는 초롱초롱한 샛별은 사라졌으며, 강인한 입술도 부르터서 애처롭기 그지없었다. 인애에게 기존 용역 계약서가 부당하니 새로운 계약서에 도장을 다시 찍어 달라면서 기존의 계약서를 찢었다.

황당한 표정으로 인애는 새 계약서를 보았다. 갑자기 그녀가 말했다.

"이거 오타 아닌가요. 용역금액에 '0'을 두 개나 더 쳤어요."

나는 아무 말을 하지 않았다. 잠시 후에 그녀는 내 말을 알아들었다. 그녀의 눈은 다시 샛별이 되었고 입술에도 생기가 돌기 시작했다.

"고마워요, 역시 역동적이시네요."

활기차게 나가는 그녀의 모습에 나의 마음은 너무 기뻤다. 그녀는 그 돈을 받을 자격이 충분히 있다. 그녀의 차트마이닝 기법으로 종목 발굴했을 뿐만 아니라 그녀의 향취까지 동원하여 지루한 투자 기간을 참도록 해 주었고 마지막으로는 차트마이닝 기법으로 매도 시기를 잘 잡아 주었기 때문이다.

이번 건으로 재물광이 충족되고 나면 그녀에게도 변화가 오겠지.

광은 인간에게 무궁한 희열을 가져오지만 너무 집착하면 부작용이 생길 가능성이 크다. 하나를 얻으면 하나를 반드시 잃게 될 수밖에 없게 되어 있으니까. 광도 야누스 신을 벗어나지는 못한다.

어느 날 아침, 화장도 안한 맨얼굴로 신희가 나의 방에서 기다리고 있었다. '임상 2상에 정신이 없을 텐데, 이 아침에 여길 왔지?' 생각하며 신희를 쳐다보았다. 부스스한 그녀의 얼굴에 분노와 질투가 가득 차 있었다.

"인애가 무엇을 했다고 100억이나 준 거야?"

"차트마이닝 기법으로 4,200억 원을 버는 데 결정적 역할을 했잖아."

"차트마이닝으로 찾는 종목이나 니가 직접 찾은 종목이나 그리 차이가 없잖아, 인애 몸 값이라고 왜 말 못해." 신희의 분노에 답을 해 보았자 불에다 기름을 붓는 꼴이다.

"자아절단에서 널 구해준 나는 얼마 줄 거야?" 그녀의 지금의 光은 질투狂이다.

"지금 내가 가진 모든 걸로도 도저히 안 돼. 우선 있는 거 다 가져가. 벌면 더 줄게." 내가 왜 이런 말을 했을까? '그대 앞에만 서면 나는 왜 작아지는가'라는 노래 가사가 떠오른다. 그러나 이 말은 결정적인 변동성을 불러왔다.

야생마처럼 길길이 날뛰던 그녀는 순한 암말이 되었다. 한동안 그녀는 아무 말도 없었다.

"애완견이 이런 멋진 말을 날리는 인간으로 변신하다니. 넌 나름대로 멋이 있어. 너희 집안의 명중 때문에 그런 멋이 생긴 걸까?"

"주위 강적들에게 워낙 많이 시달리면 그런 맛을 내게 돼." 나의 말에 신희는 빙긋 웃는다.

"인애는 신선감을 줄 수 있는 모든 것을 너에게 바쳤으니까." 아직도 그녀의 눈에는 질투가 남아 있다.

"자기의 최선을 다한 노력의 대가로 그 정도는 받아야겠지. 그걸 평가해서 주는 너도 대단하군." 금세 그녀는 관점을 바꾼다.

"그렇게 평가하는 니네 집안의 명중이 도대체 뭐지?" 분노는 다시 호기심으로 바뀐다.

"명중이란 실상을 파악하고 그것을 제대로 평가하는 것이지."

"명중으로 본 인애의 평가 결과가 뭔데."

"자기가 가진 최선을 다하여 최고의 자기광을 보여 주었어. 인애는 그것을 마이광이라고 했어. 마이광으로 성과를 낸 사람에게 최고의 보상을 해 주어야 한다고 생각돼."

"마이광이라, 머리에 쏙 들어오는, 멋진 개념인데…"

신희는 한참 생각에 잠긴다. 갑자기 눈에 눈물이 글썽인다. 무슨 일이 생긴 걸까?

마침 영신이 들어왔다. 최 회장의 정신을 같이 분석해 보기 위하여 내가 부른 것이다.

"최 회장의 광은 멈출 줄 몰라. 만광 상태인 그는 폭발 일보 직전이지. 지금까지 버틴 이유는 뭘까?" 나는 영신에게 물었다. 궁금증이 생긴 신희도 나가지 않고 그대로 듣고 있다.

"내가 생각하기에는 둘 중 하나 같아. 첫째, 최 회장의 그릇이 너무 커서 만광을 채우고도 공간이 아직 남아 있든지, 둘째, 최 회장은 뭔가 만광을 제어하는 방법을 가진 것이 아닐까?"

"최 회장이 만광을 제어한다면 어떤 방법이 있을까?" 나는 다시 물었다.

"멘토 스님이 최 회장을 제어한다고 봐. 그러나 멘토 스님이 알지 못하는 영역에 이르면 멘토 기능이 실패하고 광의 문제점이 여지없이 드러날 것 같아."

사실 옵션이나 태양광 사업은 멘토 스님의 영역이 아니다. 그래서 대정 그룹이 파멸의 길을 걸은 것일까.

"너는 명중으로 극단적인 광을 제어하는 것 같아. 도대체 명중이란 뭐야? 그리고 최근에 접했다던 명광은 어떤 것이고 둘 간의 차이는 뭔지 말해 줄 수 있어?" 영신은 물었다.

"명중은 현실의 두려움과 고통을 똑바로 직시하여 마음을 항상 평정시키는 거야. 현실적인 참선이라고 보면 돼."

"그 백지 한 장 차이로 최 회장보다 나아진 거군." 영신은 말했다.

"최근에 알게 된 명광법은 명중과 약간 달라. 명광법은 전반부와 후반부로 구성돼. 여러 극단적인 상황에 대한 직시는 명중이나 명광의 전반부는 유사한 것 같아. 그러나 명광은 아주 힘든 상황을 직시한 후 생성되는 자기의식을 냉정하게 다시 헤아려 본다는 점에서 명중과 좀 차이가 있어. 즉 명광은 생성된 자기의식에 대하여 평가 내지 점검을 반드시 하지." 나는 머리를 정리하기 위하여 잠시 쉬었다.

"그 평가 내지 점검 기준이 어떤 거야?"

"무언가 작동한 것 같은데 자세히 모르겠어." 아직도 명쾌히 정리가 안 되었다.

"만약 명확한 기준이 없다면 사람의 생각이나 감성에 따라 결정되므로 평가 결과는 결국 주관화가 되지 않을까." 역시 그는 의대 수재답게 나의 이론 약점을 사정없이 찌른다.

"공존적 감성이 배양되어 있다면 그 평가의 객관성은 높아지겠지." 나는 힘없이 말했다.

"평가 기준은 무의식적으로 분명히 있어. 그게 없었다면 지금 니가 없었을 거야." 영신은 확신에 가득찬 채 말했다.

명중 대사가 죽기 전에 한 말과 동우 선배 그리고 병수와의 대화 내용도 연이어 떠오른다. 그들의 말과 내 의식들을 종합 정리하여 나름의 기준을 무심히 뱉어 냈다.

"첫째, 마이광 본연의 관점에서 판단할 것.

둘째, 남한테 직접적 피해를 주는지 여부로 판단할 것.

셋째, 죽을 때 후회를 하시 않도록 판단할 것."

"두리뭉실한 문과성 평가 기준이군. 하긴, 답이 없는 모호한 인생 문제에 대하여 인간이 택하는 기준이란 두리뭉실한 환상뿐이니까." 영신은 호탕하게 웃었다.

"혹시 너의 자기의식에 대한 평가 후에, 그 자기의식이 다른 것들로 전환되기도 하나?" 영신은 나름 뭔가를 체크하고 있다.

"그 과정이 아주 희미해서 잘 모르겠지만, 후반부에서는 의식의 확장과 증폭단계, 다른 것으로 전환과정, 그리고 보호 메커니즘도 있는 듯해."

"의식의 확장과 증폭, 전환이라는 것은 결국 에너지를 만들고 이용하는 과정처럼 보이는데." 물리학도인 신희는 자연스럽게 에너지의 생성과 이용을 언급했다.

"듣고 보니 후반부는 의식을 증폭, 변환시켜 강력한 힘을 창출하는 것 같아."

힘들게 의식들을 짜내고 분석해서 그런지 갑자기 피로가 급속도로 쌓였다. 동시에 자신감도 떨어진다.

"아직도 명광에 대하여 완전히 정리를 못 하겠어 이제까지는 막연한 느낌을 말로 표현한 것뿐이야. 너무 믿지는 마." 내 말을 들은 영신은 골똘히 생각하고 있다. 침묵이 계속 흐른다.

"그러면 일광은 도대체 뭐야?" 신희가 그 정적을 깼다.

"일광은 정신을 집중하여 힘을 창출하는 무술수련 같은 거라고 보면 돼." 나는 간결하게 답했다.

"명중은 세속적 일반 사건에 대한 참선이고, 일광은 힘을 집결하기 위한 참선이고, 명광은 최고조에 달한 흥분상태를 진정시키는 본연의 단계와 그 힘을 이용하는 응용의 단계로 구성된 복합참선으로 보면 되나?" 신희도 간단하게 정리했다.

"총론적으로는 너의 말이 맞아." 나는 그녀의 신속한 정리능력에 놀랐다.

"응용단계란 흥분된 광을 다른 것으로 바꾼다는 것인데, 일광과 유사한데. 그렇다면 너의 명광법은 명중과 일광을 결합시킨 거네." 영신도 예리하게 한마디를 거들었다. 다시 그는 깊은 생각에 잠겼다.

"조금 전 내가 인애의 100억에 돌았던 건 명광이 아니겠네." 신희는 각론적으로 물었다.

"너의 고귀한 광에 배치된 결정이었으니 절대 명광이 아닌 거지." 신희는 희미하게 웃는다.

"대정에 복수한 것은 남한테 피해를 주었으니 명광이 아니겠네." 신희는 다시 말했다.

"죽을 때 후회하지 않을 복수라면 명광이 되는 것이지." 나의 말에 신희의 얼굴은 펴진다.

"니가 지금 신희에게 아양을 떠는 것은 분명 명광이 아니야." 영신은 빈정거린다.

"미필적 고의를 통하여 남에게 피해를 준다면 그것도 명광일까?" 나는 중얼거렸다.

"죽을 때 후회하지 않을 미필적 고의라면 명광이 되는 것이지." 이번엔 신희가 나를 위로한다.

"결국 완전한 마이광이 되기 위해서는 명광이 추가로 필요한 것이군." 신희도 중얼거린 후 골똘히 생각한다. 자기의 현재 광을 보완할 필요성을 느낀 것 같다. 신의 길을 자연스럽게 걷고 있는 신희에게 왜 명광이 필요할까?

"이제까지 말을 종합해 보니, 명광법은 극단적인 마이광 상태에 대하여 마음의 안정을 이끌어 내는 참선법과 마이광 상태의 흥분을 이용하는 수련법으로 구성되는 듯해. 전자는 흥분된 상태를 안정화시키는 명상의 일종이나 후자는 생체에너지까지도 끌어내는 무술 같기도 해." 한참 동안 생각 중이었던 영신이 우리를 보며 말했다.

오후에 만광암을 찾았다. 노스님은 국화꽃을 따고 계셨다. 혹시 떠나간 돌팔이 자기 제자를 찾는지를 물었다. 아닙니다, 하는 나의 말에 그는 인연이 있으신 분 같다며 조금 전 딴 국화꽃 차를 권했다. 노란 국화꽃 향기처럼 노스님의 말투도 아주 강렬하였다.

"시주의 눈을 보니 욱일승천하는 기세입니다."

"그 기세는 좋은 건가요?"

"인과는 하나의 통일된 개체 안에 있으므로 좋고 그름이 없습니다."

"좋고 그름이 없으면 속세인은 어떤 생각으로 판단하며 살아야 하나요."

"사람들 속에 부처님을 모시면 됩니다. 그러지 못해서 이제껏 문제가 생긴 거지요." 스님은 내가 찾아온 이유를 알고 있다는 듯이 말했다. 속인은 부처가 될 수 없다. 그러면 인간의 기준으로 판단할 수밖에 없을 것이다.

신희에게 이젠 시간이 나므로 애들에게 호구가 되겠다고 말했다. 신희의 목소리는 예전으로 돌아갔다. 오랜만에 내 얼굴을 보는 경희는 물었다.

"해외출장을 왜 그리 오래 가셨어요. 또, 얼굴은 왜 그리 수척한가요?"

"우리 경희를 보고 싶어서, 애가 타서 그렇지. 해외출장도 내팽개치고 냅다 왔는걸."

"또 아재개그야." 영준은 말했다.

애들은 기다렸다는 듯이 아주 비싼 걸 시켰고 신희는 흐뭇해했다.

최 회장은 병수를 앞세워 법정관리에 성공하려고 안간힘을 쓰고 있었다. 보증채무의 이행청구로 발생한 5조 원의 무담보 채권이 문제였다. 북극해에서부터 불어온 찬바람이 대지를 서서히 덮기 시작하려던 어느 날, 혜진과 병수가 같이 나의 사무실을 찾아왔다. 미안해서인지 장황하고 두서없게 말했지만, 병수가 말하는 요지는 다음과 같았다.

무담보 채권에 대한 인가조건이 터무니없다며 무담보채권자가 반대하자, 법정관리인가는 나오지 못하고 있다. 그렇지만 계속 기업 가치가 청산 가치보다 큰 회사를 파산 처리하지 못하고 시간만 지루하게 끌고 있다. 5조 원의 보증 이행청구로 인하여 금년도말 자기자본은 완전자본잠식 상태가 될 것이며 이를 해소하지 못하면 상장폐지 사유가 발생한다. 만약 상장폐지가 되면 대정산업주식의 유동성이 없어져서 앞으로 법정관리인가는 물 건너갈 가능성이 아주 높다. 네가 무담보 채권을 사서 출자 전환을 해 상 장폐지를 막아 달라.

이렇게 뻔뻔히 찾아오다니. 병수를 쳐다보자 병수는 고개만 푹 숙이고 있다. 혜진이 계속했다.

"대정산업의 자기자본은 원래 2.05조 원의 우량 회사야. 다만 5조 원의 파생 상품으로 인한 보증 손실로 인하여 현재 자기자본은 (-)2.95조이나, 네가 보증채무로 인한 무담보 채권 3조 원을 매수하여 출자전환하면 자기 자본은 약 5백억 원으로 바뀌지."라며 계산 근거인 표를 나에게 건넸다.

과목	금액
당초 자기자본	2.05조 원
보증채무손실	(-)5조 원
현재 자기자본	(-)2.95조 원
출자전환	3조 원
출자전환 후 자기자본	5백억 원

"대정산업의 파산 가능성이 높아서 무담보 채권 가치가 크게 하락하여 액면가 대비 15% 정도인 4,500억 원에 3조 원의 무담보채권을 매수할 수 있어. 만약 매수한 채권을 시가인 4,500억 원으로 출자전환해 주면 너의 지 분이 42%나 돼." 다시 그 계산 근거를 보여준다.

구분	금액(억)	지분율
현재시총	6,000	57.14%
출자전환	4,500	42.86%
계	10,500	100.00%

그들의 말은 한눈에 정리가 되었다.

식품 사업이 주력인 대정산업의 영업이익은 500억 이상이 된다. 보증채무만 없다면 식품 수요가 지속적으로 존재하므로 시가총액은 최소 5,000억 이상 회사이다. 혹시라도 신규 사업에 진출하여 성공하면 시총은 급증할 수 있다. 42%의 지분을 확보하면 경영권을 가져오므로, 4,500억 원의 투자는 모험이 아닐 수도 있다. 벤처펀드라면 이 조건에도 투자할 여지도 있다.

그러나 금융 사업만 해온 내가 경험이 일천한 제조 회사에 뛰어들어가서, 천생 악연이라는 최 회장과 진검 승부를 해야 한다. 나머지 2조 원의 무담보 채권을 해결하기 위해서는 유상증자나 출자전환을 성공해야 하는데 불확실 덩어리이고 곳곳에 최 회장의 암수가 숨어 있을 것이다. 기병이 말에서 내려 보병과 전투하는 것과 다를 바가 없다. 투자할 필요가 없다. 거절하자.

"4,500억 원을 넣고 자기자본 500억 원 회사의 지분 43%인 215억을 받아온다, 계산상 약 4,300억 원이 손해가 아닌가. 나중에 남은 2조 원을 해결 못하면 215억 원도 날라 가는 거 아닌가?" 거절의 의사를 간접적으로 표시했다.

"벌써 전체 그림을 파악해서 알겠지만 네가 대정산업의 경영권을 가질 수 있는 기회를 주는 건데 그렇게 쉽게 포기하는 것은 예의에 어긋나지 않을까? 이런 조건이면 들어올 투자회사가 많아." 가만히 있던 병수가 큰 소리로 말했다. 대정그룹을 욕심내는 그에게는 여전히 매력적인 제의일 것이다.

"그쪽에 가서 이야기해. 난 관심 없어." 냉랭하게 나는 답했다.

"나도 너한테 오고 싶지 않았어. 최 회장이 너를 지목하니까 온 것뿐이야."

이 말을 한 병수는 먼저 가겠다고 한다. 병수를 따라온 건장한 남자가 이제야 눈에 들어온다. 그가 나를 보고 목례를 한다. 어디서 보았을까? 둘이 시야에서 사라진 후에야 그가 일전에 나를 친 조폭, 불곰임이 기억났다. 김덕만 사장한테 당하고 나서 보디가드를 들인 거군.

"네가 이노베이션 펀드로 대박을 치니까, 국민적 관심이 너한테 몰렸어. 너희 회사가 대주주가 된다고 해도 반대할 사람이 없어. 그리고 알다시피 아버지는 모든 것이 너의 집안과의 승부라고 보고 너만 이기면 회사를 찾을 수 있다고 생각해서 너를 끌어 들이는 거야."

"잘 생각해 봐. 이게 너한테 유리한지 불리한지." 혜진은 그 말을 한 후 떠났다.

그들이 나가자 나도 서둘러 회사를 나왔다. 오늘은 신희네 집의 호구가 돼 주는 날이다. 늘 가는 호텔 대신에 명중대 밑에서 만나자고 했다.

나를 본 경희는 방긋이 웃는다. 명중대를 올라가는데 영준이가 숨을 헐떡댄다. 신희보다 심한 듯하다. 유전적인 병인가? 명중대에 올라가서야 영준의 얼굴색이 다시 살아난다. 오늘도 명중대는 안개 속에서 우리 네 사람을 반겼다.

명중대 위에서 신희는 영준이 폐질환으로 고생하고 있으며 치료를 위하여 줄기세포 분야에 뛰어들었다고 했다. 학교도 1년 늦어졌다. 내가 제때 도와주어서 임상 2상 중이지만 요즘은 만만치 않다는 말만 연발했다.

영준이의 병 때문에 바이오벤처를 만들었다니. 신희의 카멜레온의 마지막 속이 아들을 위한 아가페였다니. 진한 감정이 나의 가슴을 적시고 지나갔다.

그러나 그녀의 얼굴도 몹시 창백하고 기침도 자주 한다. 자세한 말을 안 해서 그렇지, 아들을 위한 아가페로 혼신을 다하여 임상 2상을 전력투구 중일 것이다. 그 때문에 그녀의 에너지는 고갈되고 있음이 분명하다. 혹시 정기와의 만남도 약해진 정력을 보충하기 위한 것은 아닐까?

근처에 있는 소고기 단골집으로 가자고 했다. 숙성의 비법 때문인지 구운 소고기는 아주 담백하고 정말로 구수했다. 경희는 이제 스스럼없이 나를 대한다.

"아저씨는 정기 아저씨보다 훨씬 푸근한 것 같아요." 경희가 뜬금없는 말을 던졌다.

"비싼 것을 많이 사주는 호구라서 그런 거 아닐까?" 생긋 웃는 경희는 신희와 똑같다.

신희는 시무룩하게 진행 중인 임상 2상에서 문제가 있다며 답답해한다. 그녀의 고민은 너무 심해 보인다. 아는 척 하지 않는 게 좋겠다. 티비 프로 쪽으로 시선을 돌리니 전에 본 적 있는「바이러스」란 영화가 방영되고 있었다.

"아무리 폐질환 치료 줄기세포를 변형해도 힘이 안 생겨. 혹시 생각나는 거 있어?"

문외한인 나한테 조금이라고 힌트를 얻으려는 걸 보니 진짜 한계에 부딪힌 모양이다. 마침 영화에서 기계들이 인간을 보고 너희가 바이러스다, 라는 말을 하고 있었다. 나도 농담 삼아 말을 던졌다.

"바이러스를 집어넣으면 치료용 줄기세포의 힘이 세지지 않을까?"

"무슨 바이러스?" 신희는 즉각 대답했다.

바이러스 이름은 하나도 생각은 안 난다. 앞에 있는 소고기만 눈에 들어온다. 갑자기 천연두를 퇴치한 제너가 뇌리에 떠오른다. 진지하게 묻는데 이거라도 하자.

"천연두 바이러스 있잖아?"

내 말이 끝나자 그녀는 밥도 먹지 않고 일어서면서 자기 대신 집에 애들을 데려다 달라고 한다. 바이러스를 가지고 농담한 것이 그렇게 기분이 나쁘다니…

21。

갑자기 검찰에서 출두하라는 명령서가 왔다. 내가 내부 거래를 통하여 이익을 얻고 주식시장을 교란하였으므로 조사를 하겠다고 했다. 내부 거래 조사는 금융 당국이 먼저 하는 것이 아니냐는 말에 확실한 증거가 있으면 검찰청에서도 직접 조사할 수 있다고 했다.

증거가 무엇이냐는 말에 확실한 고발자와 그 입금 통장이 있으므로 나와서 조사를 받으라는 말만 한다. 출두하여 조사를 받아 본 후 변호사를 선임하기로 하고 검찰청에 출두했다.

검사는 나에게 말했다.

"정세아 씨 아시죠, 정세아 씨가 정 회장님이 내부 거래를 통하여 이득을 얻은 후 그 돈을 자기한테 주었다고 해요."

말도 안 되는 소리이다.

"저는 전환사채를 양도했고 그 후 정세아 씨가 그걸 행사하여 생긴 주식을 팔아서 스스로 돈을 번 것으로 압니다. 정세아 씨한테 돈을 준 적은 전혀 없습니다."

"주식을 넘긴 것은 가공 거래로서 실제적으로 정 회장님인 소유 상태에서 주식을 매매하여 번 후에 그 돈을 정세아가 받았다고 진술했습니다."

"저는 전환사채를 정세아에게 넘겨준 시점에 돈을 다 받았고 그걸로 전환사채는 정세아 씨에게 넘어간 것으로 알고 있어요. 정세아가 직접 와서 그렇게 진술했습니까?"

"진술서에 도장은 찍혀 있네요." 검사가 말했다.

"혹시 투자할 때 내부정보를 주신 적이 있나요?"

"없는 걸로 기억이 됩니다. 제가 대정그룹의 직원도 아닌데 어떻게 내부정보를 알 수가 있죠?"

"내부정보를 알고 작전하는 사람들의 정보를 넘길 경우도 불공정 거래가 될 수 있어요."

그 당시 유일한 정보는 큰 세력이 들어와 있다는 것이었다. 그걸 정세아가 불었을 수도 있겠어. 이것이 밝혀질 경우 내부정보가 될까라는 법리적인 판단이 중요하다.

동서가 생각났다. 퇴근하는 도중에 그의 집 근처에서 만난 동서는 아파트를 가리키며 말했다.

"이사한 곳이 저 아파트야. 자네 덕택에 잘 살고 있어. 그래 무슨 일인가?"

검찰 조사 받는 내용을 모두 말했다. 강력한 세력이 있다는 이야기만 들었는데 그것이 내부정보에 해당되는지 물었다.

"작년 초까지는 당사자로부터 들은 게 아니라 건너서 들었으면 내부정보에 해당이 안 됐어. 그러나 작년도 초부터 내부 규정이 개정되었어. 그래 언제 발생되었는지가 중요해. 그리고 누구한테 들었는가?"

"삼 년 전 발생한 일이고, 그때 지인에게 간접적으로 들었습니다."

"그러면 문제 없어, 걱정하지 말게. 아무 이득도 얻은 게 없잖아. 참, 작전하겠다는 정보도 아니고 센 세력이 있다는 정보만 들은 것뿐이지. 그것은 내부정보라고 볼 수 없는데."

만약 공소제기가 되거나 소문이 나쁘게 나면 우리 회사 수익증권 판매에 지대한 영향을 준다고 하자 동서는 어느 지청인지 묻고, 진행되는 상황은 알아봐 줄 수 있다고 했다.

다음날 연락한 그가 말했다.

"자네의 고발 건은 아무 문제가 안 되는 사안이었지만 고발자가 고위층에 힘을 써서 종료하지 못하는 것이라고 해. 이런 일은 변호사보다는 언론이나 정치인의 힘이 필요해."

정치인이라, 이런 증권 사건에는 정지민 의원이 가장 적임자이다. 한 달 전 그녀에게 정치자금을 헌금한 적이 있지 않은가.

약속 장소에서 정지민 의원은 젊은 여자와 이야기하고 있었다. 내가 온 것을 알아차린 그녀는 자기가 돌봐주는 하키 선수라며 젊은 여자를 소개했다.

"김지영입니다. 말씀 많이 들었습니다." 시원스럽게 말하고 나서 그녀는 자리를 떴다. 걸어가는 그녀의 모습이 약간 어색하다. 눈치를 알아차린 정 의원은 김 선수의 왼쪽 다리가 불편하다고 했다. 다리가 불편한 사람이 하키 국가대표 선수라니.

"전환사채는 이미 넘겨주었고 정 회장님은 세력이 있다는 이야기를 해 준 것밖에 없으며, 정 회장님이 아무것도 얻은 게 없는 상태에서 내부 거래로 몰아붙인다 이거죠. 어떻든 정 회장님을 얽어매려 하네요. 제가 어떻게 해 드리면 될까요?" 묻는 그녀는 앙증스럽기 그지없다.

"그냥 가서 참관만 해 주시면 됩니다. 혹시 묻는 경우 증권 관련 전문위

원으로서의 견해만 표명해 주시면 됩니다."

지청에 간 우리는 참고인으로 정세아가 왔다는 사실을 알게 되었다. 병수, 김동석도 같이 배석했다. 국회의원이 참고인으로 온다고 하니까 지청장도 배석했다.

"정영기 사장으로부터 전환사채를 매수했나요?"

"예." 정세아는 상냥하게 대답했다.

"이 진술서에는 정 사장이 큰 세력이 있다는 정보를 준 걸로 진술하셨는데 그런가요?"

정세아에게 시선이 집중되었다. 그녀는 여전히 아름답다. 대정산업의 부도도 그녀의 미모에 아무런 영향을 주지 못했다.

"그런 적이 전혀 없는데요."

"이 진술서는 뭐죠?"

"사인을 하라고 해서 무조건 했는데 이런 내용인지 몰랐어요. 대정산업이 부도나면서 요즘 제가 정신이 없거든요."

"그런데 이것은 누가 작성한 것인가요?" 검사는 병수에게 물었다.

"김동석 씨가 그렇다고 해서 작성한 것입니다. 그때 정세아 씨는 사인했고요." 병수가 답변했다.

"김동석 씨, 그런 말을 들은 적이 있나요."

"그런 말을 한 적은 전혀 없습니다. 뭔가 착오인 것 같습니다." 김동석은 병수를 보며 냉랭히 말했다. 병수는 더 이상 말하지 못했다.

"진술서도 사실무근으로 밝혀졌으니 빨리 종결시켜 주십시오, 의뢰인은 지금 이것 때문에 생업에 중대한 차질을 빚고 있습니다." 변호사는 강력하게 호소했다.

"작전한다는 정보도 아니고 세력이 있다는 정보가 어떻게 내부정보가 되나요? 저는 경제 증권 분야 전문 국회의원이지만 그런 규정이 있다는 것은 들어 본 적이 없습니다. 이번 사건은 의도된 관권 개입 사례로밖에 볼 수 없네요. 뒤에 무언가 있다고 생각됩니다. 이건 청문회 감입니다." 정 의원은 또박또박 말했다.

정세아와 김동석은 이렇게 나오게 해서 미안하다며 인사를 하고 떠났다. 재물광의 본연에 깊숙이 빠진 사람은 그들을 도운 사람에게 해를 주지 않는다. 그들의 재물광을 도운 나를 해하는 것은 그들의 재물광 본연에 반하기 때문이다. 병수의 주문이 그들에게 먹힐 리가 없었다.

정지민 의원의 눈은 여전히 의욕적이고 초롱초롱하게 새로운 먹잇감을 찾고 있는 것 같다. 오래간만에 그녀를 마주 보며 하는 저녁식사, 나의 가슴이 새록새록했다.

정 의원과 저녁 식사 중에 동서로부터 전화가 왔다. 지청 근처에 와서 생각나서 전화했다면서 고소 사건은 어떻게 되었느냐고 묻는다. 잘 해결되었다고 답변했다. 지청 근처라면 바로 옆인데. 나는 정 의원에게 근처에 있는 동서와 식사를 같이 할 수 있는지 물었다. 그녀는 전혀 문제가 없다고 동의한다.

"의원님의 마지막 발언은 너무 속이 후련했습니다." 나는 다시 고마운 의사표시를 했다.

마침 그때 동서가 들어오면서 나의 손을 꼭 잡는다. 나는 정 의원에게 인사를 시켰다.

순간 동서는 "지민아, 네가 웬일이야?"라고 한다.

"오빠는 웬일이야?" 정 의원도 놀란다.

정지민 의원은 아버지를 여읜 후 서로 연락이 뜸해진 동서의 여동생이었다. 서먹한 분위기를 알아차린 나는 말을 꺼냈다.

"저는 외동이라 사람이 그리웠죠. 도망가려는 판사님의 처제인 와이프를 계속 제 옆에 잡아 놓으려다가 엄청난 대가를 치렀지요. 형제자매들이 있는 집안을 보면 부러워요."

"무슨 말이죠, 오빠?"

"응, 처제가 바람을 피워도 동서는 자유 관계로 같이 살았지만, 결국엔 처제는 동서에게 큰 폭탄을 안겨 주었지."

"무슨 폭탄요?"

"처제는 동서의 친구와 통정한 후 동서를 알거지로 만들려고 했지."

"그래서 어떻게 되었나요?"

"구사일생으로 빠져나와서 지금은 저렇게 멀쩡해."

"그 친구가 밉지 않아요?"

"조금 전 대정산업의 병수가 그 친굽니다. 그러나 자기 이익을 위하여 최선을 다하는 사람은 그렇게 밉지 않아요."

"그런 상황을 쉽게 받아들이는 회장님이 대단합니다. 저는 그런 걸 인정하는데 십년이 걸렸죠." 그녀는 오빠를 바라보며 나직이 말했다.

"개념 없는 사람이 너그러울 때가 많죠." 나는 웃으며 말했다. 둘도 따라 웃었다.

가까운 사람과 와이프가 통정했다는 사실에 몹시 신기한 모양이다. 내가 병수에게 별로 악감정이 없다는 것은 더 이상스럽게 생각한다. 일단 말문을 열자 삼자간의 대화는 지속되었다. 병수를 계기로 둘은 서먹서먹했던 마음을 털어 낸 듯하다. 서로 간의 뭔가를 해소하고 회포를 풀려고 같이 가는 둘은 부족한 동반감을 서로에게서 얻게 될 것이리라.

정세아와 김동석 모두는 은혜를 배신하지는 않았다. 그것 때문에 인간에 대한 신뢰가 유지된다. 병수가 나선 걸 봐서 배후자는 최 회장이다. 왜 최 회장은 인간답지 않은 짓을 계속 할까. 며칠 후에 지청으로부터 사건이 종료되었다는 통지가 날아왔다.

오랜만에 달콤한 휴식기가 왔다. 노래도 부르고 영화도 보고 미영이도 만난다. 거부(巨富)가 되었다는 사실이 다시 상기되었다. 이불 속에서도 웃음이 실실 나왔다. 신희나 인애에 대한 생각도 나지 않는다. 이성의 달콤함이 없어도 별로 부족함이 없다. 빈둥빈둥 그냥 지내도 시간은 달콤하게 흘러간다.

오늘은 정지민 의원이 나를 만나고 싶다고 하여 그 장소로 가는 중이다. 내비게이션이 가리키는 곳은 4층 관광호텔이다. 1층 커피숍은 정세아와 만났던 레스토랑처럼 도시외곽에 있어 아주 한적했다.

여전히 천연덕스럽게 웃는 정지민 의원의 얼굴은 자신감에 가득차 있으며 희망에 넘쳐 있다. 그러나 그녀는 말을 꺼내기가 어색한지 상당히 주저하더니 입술을 깨물며 말을 시작했다.

"이제 사십대 중반이지만, 이번 시장 선거에 출마하고 싶어요." 머쓱한지 그녀는 더 이상 말을 잇지 못했다.

"소속되신 B당의 당내경선을 먼저 통과해야 하는 걸 알고 있습니다."

"예, 저의 가젤경제론이 먹혀들어간다면, 당내 경선도 약간 승산이 있다고 봅니다."

가젤경제가 뭘까 생각하는 나를 보며 그녀가 말했다.

"사회의 약자인 가젤을 돕는 경제를 말합니다. 가젤을 위한 고용촉진정책과 사회인프라 설치, 그리고 공정거래를 위한 대기업과 중소기업간의 공정한 납품구조, 동반성장을 위한 방법론 등이 포함되지요."

"그리고 보니 의원님이 대담에 참석하여 가젤경제를 토의하는 걸 본 적이 있습니다. 충분한 바람을 일으킨다면 가젤경제는 훌륭한 승부처가 될 수 있을 것 같습니다."

"제가 알고 싶은 것은 이 시점에 출마하는 전략과 다음을 기약하는 전략 중 어느 것이 적절한지에 대한 회장님의 고견을 듣고 싶습니다."

나는 잠시 생각 후 말했다.

"저의 직감상으로는 의원님의 가젤경제론은 아직은 변동성을 일으키기에는 충분하지 않을 수 있다는 생각이 듭니다. 구체적인 성과를 낸 다음에 출마하시는 것이 어떠신지요."

직설적인 나의 말에 그녀의 얼굴은 붉어졌다. 뭔가의 사정이 분명히 있는 것처럼 느껴진다. 나는 다시 말을 꺼냈다.

"다만 출마가 의원님의 다른 근원적 갈망을 충족하기 위한 것이라면 그에 충실하라고 자문하고 싶습니다."

"자기 갈망을 누르는 것은 아주 힘들죠." 얼굴빛이 다시 본래대로 돌아오면서 살짝 푸념했다.

뜨거운 논쟁을 잠시 미뤄두고 우리는 식사를 시작했다. 스테이크를 자르면서도 계속 생각하는 그녀의 모습은 여전히 가젤의 목을 물고 놓지 않는 치타처럼 집요하다.

"지금 출마하는 것은 여러 면에서 불리하지만 이번 기회를 놓치면 나중에 후회할 것 같아요."

서빙하는 아줌마가 갑자기 컵을 떨어뜨렸다. "쨍" 소리와 함께 컵은 산산조각이 났다.

죄송하다는 아줌마의 말에 나와 정 의원은 그녀의 손이 괜찮은지 물었다. 몸둘 바를 모르고 미안해 하는 서빙 아줌마의 얼굴과 태도에는 어딘가 모르게 품격이 배어 있었다.

생긋 웃으면서 돌아가는 정 의원의 얼굴에는 비장한 각오가 느껴진다. 신정폴리실리콘의 매도중개 때 신희가 보인 그 모습과 흡사하다. 정 의원에게도 복수 내지 한이 걸려 있는 걸까?

어느새 차디찬 시베리아기단이 몸을 엄습한다. 구사일생으로 살아난 후 대박을 터뜨려 황홀해 있는 내게 정신 차리라는 것일까?

혜진은 틈만 나면 나를 찾아와서 설득했다. 고발 사건 직후에는 미안하다며 그것은 아버지의 작품으로서 네가 우리 회사에 자금을 투입하지 않으면 아버지는 계속 괴롭힐 거라고도 했다. 그녀의 열기 때문인지 매서운 한파임에도 회사 앞 양지바른 곳에서 새파란 싹들이 고개를 쳐든다. 살고자 하는 새싹이 받아들이는 은은한 태양광은 그들에게 생존이자 즐거움일 것이다. 인간의 동반광도 저 새싹이 태양광을 동반하면서 살아가는 방식에서 출발한 것이 아닐까?

정지민 의원이 가젤경제의 기치를 내걸고 당내 경선에 나섰다는 기사가 여러 신문에 게재되었다. 금융위기로 인하여 서민들의 살림이 아주 어려운 시대적 상황에서 가젤경제라는 단어는 일단 시민의 관심을 끌었다. 그녀의 싱그러운 미소와 애틋한 호소력도 남성 정치인에게만 익숙한 시민에게 신선감을 주었다. 그러나 당내 경선자인 관록의 김정우 의원에 비하여 인지도가 낮아서, 둘간의 지지율은 15%p 이상의 현격한 차이가 있었다.

지금은 동계올림픽 때문에 전국이 떠들썩하다. 김지영 선수의 눈부신 활약 때문에 한국 여자 아이스하키 팀은 결승전까지 올라갔다. 출중한 실력 외에도 다리를 약간 저는 육체적 한계를 극복하였다는 점이 시민의 마음을 더욱 사로잡았다. 결승전에서도 그녀의 몸을 던지는 극적인 슈팅에 힘입어 한국이 우승하였다. 상을 받으며 우는 김지영을 보고서야 그녀가 지청의 조사를 받을 때 정 의원으로부터 소개받았던 사람이라는 것이 기억났다.

다음날 정 의원이 가젤인 김지영 선수를 뒷바라지를 했다는 사실이 신문에 대서특필이 되면서 가젤경제론은 시민들에게 급속도로 알려지기 시작했다. 그녀와 김정우 의원과의 지지율 차이는 8%p대로 좁혀졌다.

주총일이 얼마 남지 않은 3월 중순 어느 날, 여전히 내가 부정적임에 지친 혜진이 우리 사무실의 창밖을 멍하니 본다. 세파라는 바이러스의 공격을 받아 낡은 공책처럼 힘이 빠진 무기력한 노파처럼 보인다. 그 왈가닥 아가씨가 이렇게 변하다니. 재벌의 딸로서 수많은 힘든 난관과 마주치며 나름대로 억척같이 살아온 힘든 과정을 무시하고 오로지 현재의 결과만 보면 가련한 여인일 뿐이다. 사람들은 그녀가 누린 혜택만 생각하고 그녀가 온몸을 다해 던졌던 노력과 견디어 냈던 고통은 전혀 보려 하지 아니한다.

기업을 운영한다는 것은 보통 어려운 일이 아니다. 물건을 팔아야 하며 종업원과 화목해야 하고 금융기관 및 정부와도 유대 관계가 좋아야 하며 적절한 시점에 새로운 전략을 짜야 한다. 이런 과정에서 수많은 고통과 번민을 겪는 사람들이 경영자이면서 오너이다. 힘든 면은 보지 않고 자기가 좋아하는 면만 보아서 그녀를 폄하하는 것은 우리의 심연에 숨겨진 과존적 감성과 부존적 감성이 우리를 교묘히 지배한 결과일지 모른다.

회사를 살리려고, 자기도 살기 위하여, 창피도 무릅쓰고 계속 나를 설득하고 있다. 목표의 추구와 그에 따른 고통을 감수하는 그녀야말로 나의 본 모습과 비슷하다. 저런 목표를 향한 우직성이 현재 그녀에게 남아 있는 가장 큰 자산일 것이다.

정 의원의 얼굴이 떠오른다. 그녀도 혜진처럼 자기의 목적을 위하여 온몸을 던지고 있지 않는가? 혜진의 의지를 좌절시키는 것이 과연 옳은 일일까? 대정산업을 살리는 과정에서 광을 얻는다면, 혹시 최 회장의 간계에 속아 실패하더라도 그것으로 충분하지 않을까? 꽁꽁 얼었던 내 마음이 조금씩 풀리기 시작했다.

혜진에게 생각해 보겠다고 했으나 그녀는 여유가 열흘밖에 없으니 잘 생각하라고 했다. 돌아서 가는 그녀의 어깨는 똑바로 펴져 있었고 발걸음도 가벼워 보인다.

다음날 신희가 회사 앞에서 기다리고 있으니 나오라고 한다. 나를 태운 그녀의 차는 서울을 벗어나기 시작했다. 어디로 가느냐고 물었으나 아무 대답이 없다.

도착한 곳은 영안이라는 가족추모공원이었다. 신희가 건넨 작은 가방을 지고 나는 말없이 따라갔다. 조금 후 자그마한 묘원 앞에 멈추었다. 신희는 가방을 열어서 음식을 차렸다. 신희는 말없이 절을 했다. 어쩔 줄 모르고 멍하게 서 있는 나에게 절을 하라는 눈치를 준다. 그냥 따라 절을 했다.

"아버지와 어머니 묘소야." 신희는 말을 꺼냈다.

"어제 나온 임상 데이터의 분석 결과 유의적인 치료제로 판명되었어. 임상 2상은 통과된 거나 다름없어. 내 생애 최고의 기쁨이야."

"이 소식을 아버지, 어머니와 나누고 싶었어." 그녀의 얼굴은 장엄하다. 신약 개발의 2상 성공은 하늘의 별 따기보다 어렵다. 아무 것도 가진 게 없던 맨손에서, 자기 몸을 던져 가면서까지 자기 아들을 살려야 한다는 모성애가 이루어낸 결실인 것이다.

나를 위한 목표 달성을 통하여 내가 지금껏 성취를 이룬 것에 비하면, 아들을 위한 그녀의 성취는 숭고한 것이다. 이성의 광의 추구에서도 거침없던 그녀지만 성취의 광에서도 혼신의 힘으로 최고의 금자탑을 이룬 것이다. 사력을 다하여 마이광을 추구하는 사람들은 결국 최고의 보상을 받게 되는 걸까?

내가 농담 삼아 말한 우두 바이러스를 치료용 줄기세포에 투입해 보니 폐질환을 공격하는 힘이 수백 배 증강되어 2차 임상이 성공한 것이라고 했다. 임상 3상에서는 영준을 임상 대상 환자로 신청할 거라면서 미소 짓는 그 모습, 저게 진짜 아가페라는 생각이 들었다.

화색도 잠시, 신희는 무슨 말을 꺼내기 위하여 상당한 침묵을 만들었다. 심각한 말을 할 때 하는 신희의 버릇이다.

"대정산업에 투자해 줘." 혜진에게 설득을 당한 모양이군.

"어차피 인생은 변동성이잖아, 한번 해 봐." 신희는 강력하다.

"최 회장은 자기를 이기면 대정산업을 갖고, 지면 옛날 너의 외가처럼 자기에게 희생하라는 것 같은데 그 정도면 해 볼 만하지 않아?" 벤처의 CEO라서 최 회장 제의의 본질을 정확하게 꿰뚫고 있다.

"나를 구한 네가 이런 말을 할 자격은 분명 있어. 대정산업에 출자전환을 왜 이렇게 강하게 권하는지 그 이유가 너무 궁금해."

"나도 이러는 이유를 전부는 몰라. 다만 조그마한 이유는 있어. 그건 나중에 말할게." 그녀는 강한 어조로 나직이 말하고 자동차 쪽으로 내려갔다.

더 이상 물어 보았자 그녀는 말하지 않는다. 모성애가 강한 여자에 속하는 그녀는 내가 최 회장과 싸워 이겨서 우리 엄마의 한을 풀어 주기를 원하는 것이다. 최 회장과의 승부도 주식처럼 재미있는 한판이 될 수도 있지 않을까?

나를 살려준 신희의 청을 들어주고, 엄마의 한을 풀어 주면서 내게 승부라는 희열도 주는 기회라면 피할 것이 아니라 해볼 만하다. 이 희열이야말로 내가 좋아했던 변동성을 탈 때 느끼는 광이지 않은가?

양적완화라는 큰 돌풍이 주식시장에서 한풀 꺾이고 있었다. 그 에너지가 비축되려면 상당한 시간이 필요하다. 차트마이닝 기법의 달인, 인애도 대형주 장세는 조정이 필요하다고 말했다. 오랜만에 만난 그녀의 목소리는 차분하나 나를 향한 눈동자는 여전히 촉촉하다.

늘 그랬듯이 조만간 종목 장세가 펼쳐질 것이다. 당분간 수익증권의 판매는 지지부진할 것이며 마땅히 할 일도 없을 것이다.

신희에게 '대정에 투자할게'라는 문자를 보냈다. '너의 투자는 수프에 밥 말아 먹는 것처럼 또 다른 달콤한 결실을 가져올 거야.'라는 답장이 왔다.

혜진에게도 '대정에 투자할게'라는 문자를 보냈다. '너의 투자는 내가 준 화장지처럼 너의 앞날에 아주 유용할 거야.'라는 답장이 왔다.

다음날 무담보 채권 3조 원을 4,500억 원에 매수하였고 이를 자본으로 전입하겠다는 출자전환 확약서를 이사회에 제출했다. 출자전환으로 상장폐지에서 벗어나자 법원은 법정관리를 인가했다.

다시 정지민 의원에게서 나를 보고 싶다고 연락이 왔다. 지지율이 답보 상태인 그녀는 나에게 지지율을 반전시킬 만한 아이디어가 있는지를 물었다.

"시민의 불안한 마음을 다독거려 주는 1순위는 당연히 경제이죠. 그러나 정신을 직접 편안하게 해 주는 정책도 필요합니다. 가젤생태학이라고 할까요?"

"가젤생태학이라, 구체적으로 어떤 것인가요."

"가령 문화환경이나 사회환경의 개선을 통하여 시민의 마음을 풍요롭게 해 주는 거죠."

식사 중에도 그녀는 가젤생태학의 구체적인 사례를 찾는 데 온갖 정신을 집중하고 있었다. 열정적인 에너지가 나에게도 전달된다. 이런 여인과 동반한다는 것은 정말 즐거운 일이다.

며칠 후 정 의원이 H대입구 좁은 거리에서 청소년과 같이 아이돌 춤을

춘 후 청소년 길거리 공연장을 주위 철도 부지에 세우겠다고 공약하는 뉴스가 방영되었다. 가냘픈 가젤의 애처로운 춤은 시민에게 먹혀 들어갈까? 오히려 안티들이 전시주의 선거운동이라며 역이용하지 않을까? 그러나 주춤했던 지지율이 오르기 시작했다. 지지율은 올라갔으나 차이는 5%p대로 여전히 좁혀지지 않는다.

다음날 대정산업의 주주총회에 참석했다. 대표이사가 나를 강단에 불러내어 이번에 출자전환하여 상장폐지를 막아 준 신임 최대 주주라고 소개하자 모인 주주들은 모두 박수를 쳤다. 그가 내게 "한 말씀 하시죠."라고 한다. "여기 계신 이사진을 도와서 회사를 회생시키고 회사 가치를 3년 내에 3조 원 이상으로 올리도록 노력하겠습니다."라고 간결하게 말했다. 여기 있는 주주들은 향후의 임시주총의 칼자루를 쥐고 있어 그들의 심금을 잡아야 한다. 그들이 원하는 광은 회사 가치를 높여서 주가를 올려 주는 것이다.

법정관리 인가 후 법원은 2조 원의 무담보채권도 해결하여 아예 법정관리에서 벗어나라고 은근히 종용했다. 무담보 채권의 가격은 채권원금의 30%대로 치솟아 2조 원을 매수하려면 6천억 원의 자금이 필요했다. 나의 예상대로 2조 원의 해결 문제가 이제 부상한 것이다.

최 회장이 뒤에서 조종하는 언론 기사는 무담보 채권을 해결하기 위해서는 주주 증자로는 어렵고 제3자 배정 유상증자로 분위기로 몰고 간다. 법원도 대부분 주주가 싫어하므로 감자 후 제3자 배정증자를 생각하는 눈치였다.

며칠 후 6,000억 원의 제3자 배정증자를 통하여 무담보 채권을 해결해야 하며 이를 위하여는 5:1의 감자가 필수적이라는 기사가 신문을 도배했다.

최 회장이 신문에 흘린 기사이다. 루머상으로는 최 회장이 1,500억 원, 재무적 투자자가 4,500억 원을 투자할 것이라고 했다.

감자라는 말에 주가는 하방으로 요동을 쳤다. 제3자 배정증자는 시가대로 이루어질 수밖에 없다. 5:1 감자가 증시에서 받아들일 경우, 통상 시가총액이 반으로 떨어진다. 그 상태에서 제3자 배정증자가 이루어진다면 최 회장이 나를 제치고 다시 대주주가 된다.

이 구도가 나를 끌어들인 최 회장의 숨은 이유였다. 나도 이런 점은 이미 짐작했다. 인수합병의 변동성은 어느 경우보다 높아서 최 회장이 대주주로 부상할지, 내가 대주주를 수성하면서 이 문제를 해결할지에 대하여 누구도 예단할 수 없다.

최 회장이 자금을 마련할 수 있는 곳은 예전처럼 부동산일 것이다. 공장 용지 등기부 등본을 보고 만광산업을 찾아냈다. 3년 전에 만광리 공장 용지를 인수하여 설립한 부동산 임대 회사였다. 만광산업이 보유한 공장 용지는 육만 평으로서 평당 5백만 원의 시세를 곱하면 총시가는 3,000억 원에 달했다.

이미 설정된 천이백 억의 근저당액을 제외할 경우 담보 가능한 금액은 천팔백억 원이다. 근저당은 통상 대출액의 120%를 설정한다. 천팔백억 원을 1.2로 나누면 대출 예상액은 1,500억 원이다. 이는 최 회장이 투자한다는 증자규모와 일치했다.

근저당 천이백 억이라면 차입금은 천 억이다. 이는 당시 공장 용지의 매매 대금일 가능성이 높다. 불현듯 천 억 원이 매매당시 공시지가와 같을지도 모른다는 생각이 들었다. 내가 공장과 인접한 어머니의 땅, 육백 평을 급매로 팔아 본 적이 있어 공시지가와 시세에 대한 감이 있기 때문이다. 공시지가를 찾아서 확인해 보니 매매가격 천 억 원은 공시지가와 정확히 일치했다.

2,000억 원이나 낮게 팔았다니. 3년 전이라면 금융 신규 사업을 인가하는 시점으로 그 동안 금융위기 등으로 부동산 가격의 변동은 없었다. 금융 사업이 위험하므로 이렇게 미리 알짜를 싼 값에 빼돌린 것이 분명하다. 이것은 분명히 횡령이다.

이것을 공격해야 한다. 만광산업의 경리 담당 책임자를 접촉해 보라고 김 이사에게 시켰다. 김 이사는 우릴 만나 줄까요, 하고 투덜대면서 나갔다. 다음날 김 이사는 접촉한 경리 담당 책임자가 나를 직접 보고 싶어 한다고 보고했다.

경리 책임자는 정말 예뻤다. 정세아의 사건이 떠오르면서 최 회장의 여성 편력은 심하겠구나 라고 다시 한번 생각이 들었다. 아무튼 그는 인생을 열광적으로 즐기는 자유인이 틀림없다. 그녀는 말을 하지 않고 나를 빤히 쳐다보기만 했다. 왜 말은 안 하고 저러지? 그녀가 입을 열었다.

"절 모르세요?"

내가 이런 예쁜 여자를 알고 있었던가?

"역동적인 남자를 좋아하고 피가 뚝뚝 흐르는 스테이크도 먹으러 소나타를 몰고 다니죠."

그제야 떠올랐다. 선홍색의 작은 천사, 인경이었다.

"오신 이유를 잘 알고 있어요. 모든 걸 협조할 테니, 대정산업을 인수하시면 대정산업 재경팀장 자리를 주세요."라고 한다.

"참고로 최 회장도 경리 이사 자리를 주기로 했어요." 생긋이 웃는 모습이 누군가와 닮았다는 생각이 떠오르나 도무지 누군지 기억이 안 났다.

인경에게서 받은 매매계약서와 회계 전표, 만광산업의 주주명부를 증거로 최 회장이 대정산업의 자산을 2,000억 원이나 부당하게 횡령하여 대정산업의 대주주인 내가 피해를 보았으므로 이를 엄중히 처벌해 달라고 개인 자격으로 검찰청에 고발했다. 신희는 이 고발 건으로 언론 플레이를 하라고 한다. 나는 아직은 그럴 때가 아니라고 답했다.

2,000억 원이나 되는 대형 경제 사건이므로 즉시 중앙 검찰청에 배당되었다. 최 회장의 로비 때문인지 젊은 담당 검사가 여간 깐깐하지 않다. 저가 매매인지 여부는 조사해 보아야 알 것이지만 내가 인경을 사주하여 불법으로 매매 자료를 수집한 것이 오히려 더 문제이며 그것도 수사를 하겠다고 엄포를 놓았다.

이제는 최 회장과 처절한 싸움뿐이다. 나는 전의가 불타 올랐다. 그게 문제가 된다면 조사를 받겠다고 맞받아 쳤다. 약간 상기된 그는 밖으로 나갔다. 다시 들어온 그는 부장 검사가 별도 사건으로 조사해야 하는지를 판단하기 위하여 신문할 거라고 했다.

10시간 이상 조사를 받은 터라 정신이 몽롱하다. 들어온 검사는 어디선지 낯이 익으나 생각이 나지 않는다. 상대는 나를 알아보고 말했다.

"정 회장님 아니십니까. 장의한 검사입니다." 인애의 전 남편이었다.

그는 젊은 검사를 휙 훑어보고 난 후에 나를 신문하기 시작했다. 두 시간이 지나자 그는 젊은 검사에게 말했다.

"범죄혐의를 입증하는 과정에서 상대방이 스스로 제시한 매매 관련 자료를 받은 행위는 범죄에 해당 안 돼. 최 회장 횡령 건은 혐의가 농후해 보이니, 그거나 잘 조사해."라고 하고 나갔다.

며칠 후 젊은 검사는 국가가 인정한 공시지가로 거래한 것으로는 반드시 횡령으로 볼 수 없다고 하며 자료를 더 찾아오라고 한다. 증거가 없으면 그냥 덮으려는 심보가 분명하다.

다른 내부 자료가 없으면 힘들다니, 나는 한숨만 나왔다.

최 회장이 저 땅을 담보로 돈을 빌려 대정산업에 투입하면 회사는 살 것이니 그것으로 만족하자. 내가 2대주주로 밀려나겠지만 그것만으로도 충분한 권리가 있잖아. 빌린 돈으로 최 회장은 대정산업의 최대 주주가 될 것이지만, 2,500억 원의 이자를 어떻게 감당할 것인가? 오래 버티지는 못할 것이야. 그때 기회가 올 거야. 조급하게 생각지 말자. 현 시점에서는 횡령 고소 건은 포기하자.

결정을 내리고 나니 마음은 아주 편하다. 이제는 작은 악마가 여자로서 눈에 들어왔다. 세월과 직장 생활은 인경을 톡 쏘는 매서운 소녀에서 원숙하고 지적인 중년으로 만들었다.

대화 도중에도 흔들거리는 젖가슴은 볼록 솟아 있으며, 허리는 그때처럼 날씬하고, 딱 달라붙는 청바지에 튀어나온 히프는 손대면 터질 것 같다. 아직도 싱글이라는 그녀는 삶에 대한 활력이 넘쳐 있었다.

"인경 씨, 고소 건은 여기서 취하하는 게 좋을 것 같아요. 만광산업에 계속 다니는 것이 어렵다면 우리 회사로 와요." 간곡하게 부탁했다.

"정 회장님 하라시는 대로 따를게요." 기대와 달리 인경은 즉석에서 승낙했다. 그렇게 톡톡 튀던 그녀가 눈을 살짝 내리면서 나의 말을 처연히 받아들이는 모습에서 세파의 아픔이 보였다.

"무일푼에서 출발한 정 회장님이 우리그룹 총수인 최 회장님을 이렇게 코너에 몰아붙여 그로기 상태로 만드시다니. 정 회장님은 정말 역동적이신 분이시네요."

예전처럼 당차고 거침없이 말하는 저 모습, 세월이 변화시킨 그녀는 어떻게 달라졌을지 샅샅이 그녀를 헤쳐 보고 싶다는 생각이 든다. 그 생각은 나의 욕망을 부풀리고 일으켜 세우기 시작했다. 그녀도 역동적이었던 나를 삼켜 보고 싶은 걸까. 옛날 추억들을 마시고 싶어서일까. 그녀는 거침없이 나와 대작한다. 어느덧 우리는 선홍색 열정이 가득한 그때로 돌아가 있었다. 이제는 그녀에게 작업을 시작해야 한다. 무엇부터 할까?

그때 전화 진동이 요란하게 울렸다. 정세아가 고즈넉한 목소리로 나를 당장 만나고 싶다고 했다. 여전히 요염하다. 다시 만나서 반갑다고 장미꽃처럼 활짝 웃으며 나에게 서류 봉투를 내놓았다.

"최 회장과 관련된 서류예요. 정 회장님에게도 도움이 되고 싶고 파렴치한 최 회장을 응징하고 싶어서요." 먼저 나가던 정세아는 다시 돌아와 나에게 다가와 귓속말을 속삭였다.

"멋진 정 회장, 저녁 식사 파트너가 필요하시다면 언제든지 연락 주세요." 그녀는 나만 볼 수 있도록 치마를 살짝 들추었다. 그녀는 오늘도 녹색 팬티를 입고 있었다. 자유롭게 사는 정세아가 부럽다. 정세아는 삶이라는 수레를 즐겁게 타고 다닌다. 그 수레를 힘들게 끌고 다니는 우리와는 본질적으로 다르다.

토지 매매 관련 기안서에는 시가 3,000억 원, 거래가 1,000억(공시지가)라고 기재되어 있고 혜진, 병수, 최 회장이 전부 서명한 것이 보였다. 혜진의 사인이 맘에 걸린다. 젊은 검사에게 이 기안서를 제출했다.

다음날 아침 일찍 최 회장은 혜진을 데리고 나를 만나러 사무실로 왔다. 그의 얼굴은 대추빛처럼 검붉었고 눈동자는 이글이글거린다. 육십 대 후반이지만 피부는 아직도 매끄러워 보였고 굵은 얼굴 주름은 중후한 관록과 강인한 의지를 드러내고 있었다. 그러나 군데군데 기다란 흰 수염이 삐죽삐죽 외롭게 서 있으며 분노 때문인지 가끔씩 이 수염은 부르르 떨렸다.

"그동안 내가 잘못했네. 고소를 취하해 주게. 서로 화합하여 대정산업을 살리기로 하세."

"공장 용지를 다시 대정산업에 환원하고 앞으로 페어플레이를 약속하면 그렇게 하겠습니다."

"부동산 환원 문제는 혜진이에게 일임함세. 앞으로는 페어플레이를 약속
하네."

그는 한동안 나를 바라보았다. 그의 눈에는 분노가 가득하였다. 그는
나에게 악수를 청한 후 자리를 떴다. 혜진은 말했다

"고소 취하, 정말 고마워. 혹시 들어서 알고 있는지 모르겠지만, 6달 내
로 2조 원의 무담보 채무를 자체적으로 해결하지 않으면 법원 직권으로 새
로운 대주주를 찾아서 3자배정을 추진하겠다는 이야기가 있어."

법원이 새로운 주인 찾기를 주도할 경우 공정하게 진행된다. 반드시 최
회장이 유리하지도 않다. 아무튼 최 회장 임의의 불공정한 3자배정은 추진
되지 못할 것이다.

마음이 조금 느긋해지자 정 의원이 생각났다. 며칠 전 당내 경선자 김정
우 의원의 비서관 뇌물 수수 사건이 폭로되면서 지지율 차이는 3%p대로 줄
어들었으나 여전히 판세를 바꾸지 못한 상황이었다. 늦은 오후 무렵 정 의
원 관련하여 뉴스 급보가 떴다.

"시의 달동네 강제철거가 이루어졌던 날입니다. 강제철거가 시작되자 주
민 한 사람이 몸에 휘발유를 끼얹고 불을 붙였습니다. 좁은 골목에서 이루
어진 일이라 소방차가 접근하기 어려워 아무도 불을 끄려고 시도하지 못했
습니다."

뉴스화면은 불이 붙어서 절규하는 주민이 모습을 보여 주었다. 말로만
들었으나, 실제로 보니 인간이 불붙은 모습은 너무 처참하다. 그는 데굴데
굴 구르고 있었다.

"갑자기 누군가 주위의 천막을 찢어 불붙은 몸을 덮어서 불을 껐습니다.
병원으로 옮겨진 주민은 극적으로 살아났습니다. 불은 끈 사람은 소방관

이 아닌 B당의 시장 후보인 정지민 의원이었습니다. 이 광경은 당시 옆에 있었던 기자에 의하여 직접 촬영된 것입니다."

천막을 찢은 정 의원이 날렵하게 날려가 불붙은 주민의 몸을 덮는 모습을 그대로 보여주고 있었다. 작은 체구로 달려가서 불을 끄는 모습을 본 나의 가슴은 찡해졌다. 다른 사람의 마음도 나와 같을 것이다.

"그녀의 체중은 50킬로대에 불과합니다. 지금 실험해 본 바와 같이 천막은 남자 5명이 힘을 합하여야 겨우 찢을 수 있습니다. 가냘픈 가젤이라는 정 의원이 도대체 어떻게 이 천막을 찢었을까요? 사람을 살려야 한다는 그녀의 일념이 그것을 가능케 한 것입니다."

"저는 일광도라는 무술도장을 10년 다녔습니다. 그 동안의 수련이 천막을 찢는 데 도움을 준 것이 아닌가 생각됩니다." 정 의원은 또렷하게 답변하고 있었다.

"정 의원은 애틋한 가젤로만 인식되었으나 이번 사건으로 헌신적이며 남자와 다를 바가 없이 강인하다는 점이 여실히 드러났습니다."

남자가 해 온 투박하고 거친 시정에서 정 의원에 의한 섬세하고 강인한 시정으로 한번 바꾸어 보자는 기류가 시민들 사이에 급격히 형성되기 시작했다. 정 의원의 지지율이 1위로 올라섰고 지지율 차이도 8%p 이상 벌어졌다. 다른 당의 모든 후보들을 망라한 전체 순위에서도 1위로 우뚝 올라섰다.

이변이 없다면 10일 후면 정지민 의원은 B당 시장 후보가 될 것이다. 지금 여론조사대로라면 최종적으로 시장이 될 수도 있을 것이다. 항상 생긋 웃지만 집요하게 노력하는 그녀가 시장이 된다면 어떤 미소를 지을까?

신희가 저녁을 사겠다며 만나자고 했다. 어디가 좋을까라는 그녀의 말에 그 쇠고기 집으로 가자고 했다.

"6달 내로 2조 원을 해결해야 하는데 방안이 있어?" 마침 티비에 나오는 삼국지의 공성전을 보느라고 내가 대답을 하지 않자, 그녀는 중얼거렸다.

"뭔가 방안이 있는가 보네."

오늘따라 신희는 술을 많이 먹는다. 취한 신희는 명중대로 가자고 고집한다. 무슨 목적을 가진 듯이 말이다. 오늘도 신희는 가쁜 숨을 헐떡인다. 거의 1시가 되어서 도착한 명중대에는 아무도 없었다. 초여름이어서 얇은 그녀의 옷에 땀이 범벅이다. 그녀의 가슴은 옷에 착 달라붙어서 그 자태를 선명히 드러냈다. 달빛도 질세라 하얀 그녀 얼굴과 전신을 비추자 나의 아래는 서서히 솟아나기 시작했다.

그녀는 나를 요염하게 쳐다보면서 나의 것을 부드럽게 문지른다. 그녀는 말없이 그걸 꺼내어 애무한다. 최근에 그것을 거의 사용해 본 적이 없었다. 바이오벤처 사장의 정교한 기술력 때문에 얼마 되지 아니하여 피날레가 터졌다. 그녀 입에는 나의 환희가 묻어 있으나 오히려 성스럽게 보였다.

애완견 사건 이후 그녀와는 처음 하는 관계이다. 우린 왜 이렇게 힘들게 돌아오지. 그런 생각에 나는 무심히 그녀를 쳐다보았다.

"니 앞에서 정기와 잔 것 때문에 화났어?"

"어차피 나는 애완견이잖아." 미영의 얼굴이 떠오르면서 퉁명스럽게 대꾸했다.

그녀는 싱긋이 웃었다. 그 모습은 뇌쇄적인 관세음보살 같다. 관세음보살의 관능미가 나를 강타하자 미영이 얼굴은 온데간데없이 사라졌다. 관세음보살을 내 것으로 만들겠다는 생각만 온통 머릿속에 가득했다. 난간 보호대를 움켜잡은 그녀의 뒤에서 그녀를 마음껏 유린했다. 분출이 끝나고 마주보게 된 그녀는 나를 흘겨 보며 말했다.

"나를 한강에 빠뜨려 죽이고 싶을 정도로 미웠어? 덕분에 한강을 실컷

보았어."

나의 거칠고 저돌적인 공격에 그녀의 머리는 난간 보호대 밖으로 빠져나갔고, 그 상태에서 끝날 때까지 그녀는 한강만 보았던 것이다.

"아직도 애완견이라니까, 내 부탁 하나 들어 줘." 애처롭게 그녀는 말했다. 무엇인데 이렇게 거창하게 부탁하지 하는 생각이 끝나기도 전에 그녀의 간곡한 목소리가 들렸다.

"혜진을 유혹해서 같이 자." 예상치 못한 요청에 나는 깜짝 놀랐다. 곧바로 이유를 물었다.

"왜 그래야만 하지?"

"혜진의 마음속에 네가 있고, 또 이번 일을 성공적으로 끝내야 하잖아." 이사회는 금융기관 측 2명 최 회장 측 2명으로 구성되며, 최 회장 측의 이사는 혜진과 병수이다. 특정 안건을 이사회를 통과시키려면 혜진의 협조가 절대적으로 필요하다는 것을 신희는 파악하고 있다.

"그렇게까지 해서 네가 얻는 것은 뭐지?"

"나도 이러는 이유를 전부는 몰라. 다만 조그마한 이유는 있어. 그건 나중에 말할게." 신희의 답변은 예전과 동일하다.

다음날 혜진은 고소를 취하해 주어서 고맙다며 저녁을 사겠다고 했다. 걸어오고 있는 그녀의 발걸음이 가볍다. 오래간만에 동등한 입장에서 그리고 평화로운 상태에서의 만남이었다.

"최 회장이 어떻게 토지를 순순히 돌려줄 생각을 했지?"

"정세아, 그년, 아버지는 입에 피를 토하듯이 욕했지. 그러나 네가 공격이 들어오면 아버지는 마지막이라고 생각했어. 다음 패를 하나라도 보기 위해서는 어쩔 수 없었던 거지."

"정세아를 어떻게 구워삶은 거니, 회를 쳐 초밥으로 만든 거니?"

"덕이 쌓였으니 그런 거 아니겠어."

"덕이 아니라 돈이겠지. 참, 6개월 내 무담보 채권을 정리할 방안이 생겼어?"

"골치 아픈 사업 이야기 말고 다른 재미있는 거 이야기하자."

"정세아하고 잤어?" 기다리고 있었다는 듯이 혜진은 또 돌직구를 던졌다.

"기회를 주었는데도 못했어, 아직도 후회하고 있어." 사실을 이야기해야 한다.

"아깝고 안타깝겠네, 그게 어떤 기회인데 놓쳐." 말투로는 농담으로 들리지 않는다.

"그런 여자와의 깊숙하고 짧은 사귐은 인생을 짜릿하게 하지. 자유인인 그들의 자유분방한 영혼의 울림을 들을 수 있어, 우린 너무 메말라 있어." 오늘따라 혜진은 의외의 말을 한다.

"험난한 경영의 분야에서 온갖 풍상을 겪은 너는 더 깊고 심오한 향취가 나잖아."

술은 두 사람의 목을 술술 넘어가면서, 동우 선배를 불러냈다.

"천국에 있는 동생은 미친 아버지를 아직도 미워하겠지."

"동우 선배 일을 볼 때, 최 회장은 제정신이 아닌 것 같았지만, 나와 싸울 때는 너무 머리가 잘 돌아가."

"아버지는 촉이 엄청나게 예리해. 거기에 자기중심의 본능이 아주 강하지. 문제는 두 요소가 결합하여 주위 사람한테 엄청난 피해를 주는 경우가 많다는 것이지."

"계속 그런 아버지의 뜻을 따를 거야?"

"지금까지는 그랬어. 동우를 생각해서라도 언젠가는 결정해야겠지." 그녀는 입술을 꼭 다문다.

혜진의 몸은 글래머 형이다. 주량도 글래머 수준이다. 둘은 몽롱하게 취했다. 알코올이 이성을 마비시키자 저 밑에 숨은 붉은 악마가 나를 지배한다. 이제 그만 가자면서 일어서는 혜진의 출렁거리는 가슴이 내 가슴에 들어왔다.

비틀거리는 혜진을 부축하기 위하여 오른손으로 혜진의 허리를 감쌌다. 좁지 않은 허리이지만 감긴 손의 촉감은 야릇야릇하다. 가끔 기대어 오는 히프는 탱탱하다. 그런 상태로 얼마나 걸었을까? 내가 즐겨 찾는 소나무 오솔길의 작은 의자가 보였다.

"그 촌놈이 이제는 어엿한 회장님이 되어 우릴 이렇게 흔들다니." 취한 혜진은 나의 볼을 잡아 살살 흔들었다. 내가 바라보기만 하자 그녀는 다시 말했다.

"나와 아버지를 쫓아내서 거지로 만들 거야?" 취한 그녀는 큰소리로 나의 본심을 물었다.

나는 검지손가락으로 노노 하면서 그녀 입술에 갖다 대었다. 잠시 동안 침묵이 흘렀다. 나는 자연스럽게 나의 입술을 그 위로 가져갔다. 그녀의 우람한 몸 전체가 파르르 떨었다. 들끓는 나의 색정이 그녀 속으로 들어가려는 순간 그녀의 강력한 입술이 먼저 나를 휘감았다.

새소리에 눈을 뜨니 혜진은 나를 빤히 보고 있었다. 키스 후부터는 자세한 기억이 나지 않는다. 다만 샤워하고 나오는 환상적인 근육질 여체를 보고 미친 듯이 달려들었던 것만 어렴풋이 기억났다.

"정 회장님, 진짜 세시네. 진작 덮칠 걸."

일어나서 물을 마시는 혜진의 엉덩이는 호박 두 개를 나란히 놓은 것처럼 평평하고 잘 익어 있었다. 평소 운동으로 다듬어진 몸은 아마존의 여전사를 연상케 한다. 왈가닥 여전사를 향한 나의 정복욕은 하늘 높이 섰다.

"아침은 내가 담당할게." 그녀는 내 위로 올라가면서 말했다.

어제는 술이 취해서 잘 느끼지 못했지만 터프한 혜진의 힘은 나의 그것을 쪽쪽 압박하여 전신을 짜릿짜릿하게 한다. 우람한 글래머의 교태도 너무나 요염하고 환상적이며 관능적이다. 처음 접하는 것만큼 신비롭고 아름다운 것은 없다.

다음날 이사회에 참석하여 다음과 같은 조건으로 무담보 채권 인수 계약을 체결하자고 제안했다.

1) 무담보채권인수 계약금 600억 원은 나의 회사에서 부담한다.

2) 주주 배정유상증자로 실시하며 실권이 발생하는 분은 나의 회사가 수익증권을 발행하여 조달된 자금으로 인수한다.

3) 이렇게 조달된 증자대금으로 무담보 채권의 잔금을 지급한다.

4) 만약 유상증자가 실패하여 계약금이 몰수되면 내가 전적으로 손해를 부담한다.

회사에게는 불리한 조건이 없었고, 주주배정증자이므로 주주들도 같은 기회를 가질 것이므로 불만은 없을 것이다. 이 증자가 성공하면 2조 원의 무담보 부채가 해결된다. 병수를 포함한 모든 이사는 나의 제안을 찬성했다. 병수가 나간 후 혜진은 걱정스럽게 말했다. 병수가 최 회장에게 보고하면 최 회장이 분명 방해할 텐데.

나는 자금 담당인 김정진 과장을 불렀다. 그는 과거 철강 회사 회장의 펀드를 관리했던 인물이다. 그 회사로부터 권고사직을 당한 그를 약속대로 여기에 데려온 것이다. 그에게 귓속말로 업무를 지시했다.

다음날 대정산업의 이사회는 주주배정 유상증자와 무담보 채권 인수 계약을 공시했다.

김 이사는 수익증권 발행 신고서를 주무관청에 제출했다. 다음날 여러 신문에 사적인 용도로 수익증권을 발행하는 것을 승인해서는 안 된다는 논설이 사방에서 나왔다. 최 회장의 언론 플레이다. 유상증자가 불투명해질 수도 있다는 분석기사가 나오면서 주가는 계속 하락세를 보였다.

일단 승부수를 던져 놓은 상태이므로, 마음의 여유가 생긴다. 종목장세이므로 호재가 나오면 주가는 언제든지 반전될 것이다. 오랜만에 몸이 나른하여 달콤한 잠에 빠졌다. 정지민 의원의 긴급 뉴스를 보라는 비서의 말에 잠에서 깨어났다.

"정지민 의원이 옛 애인과 부적절한 관계를 하는 것을 목격했습니다." 어떤 아줌마가 증언하는 뉴스가 방송되고 있었다. 자세히 보니 그 아줌마는 그때 컵을 떨어뜨린 여자였다.

"김정우 의원의 사위인 박성진 교수는 정지민 의원 오빠의 친한 친구로서, 결혼 전 정지민 의원과 연인 사이였던 것으로 알려지고 있습니다. 정지민 의원은 자기 애인을 빼앗아 간 김정우 의원 측에 복수하기 위하여 당내 경선에 나왔다는 소문도 들려오고 있습니다."

사실 여부는 알 수 없으나 항상 웃는 정지민 의원이 이 뉴스로 인하여 받을 충격을 생각하면 나의 가슴은 너무 아팠다. 같이 동반하며 살던 사람의 아픔은 상대방에게도 이렇게 진하게 전달되는 것일까?

그날 정지민 의원은 박 교수와는 한때 사랑했던 사이지만 그와의 부적절한 관계는 사실무근이라고 직접 해명하였다. 그녀의 목소리에는 한 터럭의 거짓도 없어 보였다. 다음날 김지영 선수는 정 의원 및 서빙 아줌마와의 면담을 통하여 조사한 결과를 직접 발표했다.

"몇 년 전 박 교수가 모처럼 연락해 와서 정 의원이 그를 만났고 주위의 눈을 의식하여 모텔방 안으로 들어갔습니다. 박 교수는 육체관계를 원했으나 이러면 안 된다고 생각하여 정 의원은 박 교수의 요구를 뿌리치고 나온 것뿐입니다. 그러다 보니 얼굴이 약간 상기된 것이고요."

김지영 선수의 얼굴에는 진지함이 가득했다. 정지민 의원의 지지율은 하락하였지만 여전히 김정우 의원보다 근소하게 우위인 것으로 발표되었다.

어느 날 경제신문사에서 최 회장과 나와의 악연이 기사로 게재되었다. 두 사람 간의 적대적 M&A 가능성이라는 재료가 부각되면서 주가는 다시 올라갔다.

또다시 유상증자 실패 시 감자 후 제삼자배정가능성이라는 기사가 신문을 도배했다. 상승했던 주가는 유상증자가격에서 5%가 빠진 가격으로 하락하였으며 그 후 계속 횡보하였다. 그러나 나는 대정산업의 주가보다는 정지민 의원이 어떻게 될 것인지에 모든 신경이 쏠려 있었다.

김정우 의원 측은 지지율의 반전을 기하기 위하여 정 의원의 애인이었던 박성진 교수와의 인터뷰를 뉴스에 실었다.

"정지민 의원과 부적절한 관계를 가진 적이 있나요?" 기자는 박성진 교수에게 물었다.

박 교수는 아무런 답을 하지 않았다.

"전혀 말씀을 하시지 않는데, 이는 관계가 있었다는 것으로 해석해도 됩니까?" 기자는 다시 물었다.

박 교수는 여전히 답을 하지 않았다. 이 방송 후 둘간의 지지율은 다시 대등하게 되었다.

김정우 의원 측은 다시 정 의원 측과 공동으로 서빙 아줌마를 인터뷰하자고 제의했고 정 의원 측도 이를 수용하였다.

　"정 의원과 박 교수의 어떤 행위를 보았습니까?" 뉴스 진행자가 물었다.

　"같이 방에 들어가고 두 시간 후에 정 의원이 얼굴이 붉어진 채로 주위를 의식하며 나오는 것을 보았습니다."

　"정 의원의 주장대로 둘이 말만 나누다가 나올 수도 있지 않을까요?"

　"말만 할 거라면 왜 방에 들어갔을까요?"

　"이번 말고 정 의원이 혹시 박 교수와 여관방에 들어가는 것을 본 적이 있는지요?"

　"없습니다."

　"선생님은 한번 본 것에 불과하며, 방 안도 확인해 보지 못했는데 어떻게 부적절한 관계가 있었다고 확신하시나요?" 김지영 선수가 나서서 아줌마에게 물었다.

　"증거는 없지만 그 정도라면 통상적으로 부적절한 관계라고 자신있게 말할 수 있어서 부적절한 관계를 목격했다고 말한 것뿐입니다. 말씀을 듣고 보니 제가 성급하게 말한 것 같습니다. 이 점은 정 의원님께 사과드립니다. 시민여러분도 그런 정황이어서 부적절한 관계라고 말한 저의 의견은 단순 참고만 해 주세요."

　"마지막으로 묻겠습니다. 그 상황이라면 부적절한 관계라는 확신에는 변함이 없습니까?" 뉴스진행자는 마지막으로 물었다.

　"확신에는 절대 변함이 없어요." 서빙 아줌마는 전혀 망설이지 않고 말했다. 나의 눈에는 득의만만한 그녀의 한풀이 감정이 보였다. 곁에 있던 김지영 선수도 어이없다는 듯이 그녀를 쳐다보았다.

　"시민 여러분, 정 의원이 부적절한 관계를 했다는 증거는 없습니다. 이분의 증언은 단순 참고만 해 주십시오." 뉴스 진행자의 중립성 멘트에도 불구하고 서빙 아줌마의 뚜렷한 소신 때문에 왠지 이번 인터뷰는 정 의원에게 불리하게 작용할 것 같은 예감이 들었다.

주무관청도 뚜렷한 소신도 없이 우리 회사의 수익증권의 허가를 차일피일 미루었다. 시간은 어김없이 지나갔고 다음 주 수요일은 유상증자 청약일이다. 10%나 하락한 현 주가라면 유상증자는 실패이다. 그래도 나의 관심은 정지민 의원에게 온통 쏠려 있었다.

며칠 후 당내 경선에서 정지민 의원이 근소한 차이로 패했다는 기사가 나왔다. 기사 끝에는 서빙 아줌마의 소신 발언이 결정적 변수가 되었을 거라고 쓰여 있었다. 정지민 의원에게 전화하였으나 받지 않는다. 왠지 씁쓸하다. 시장에 당선된, 당찬 그녀를 보고 싶었는데.

혜진은 질주하는 조깅을 좋아했다. 날 잡아 보란 듯이 달려가는 그녀를 따라잡기 위하여 나도 질주했다. 조깅에 서툰 나의 가슴이 찢어질 듯 아프다. 앞에서 달려가는 아마존 여전사의 탄력적인 몸매는 나의 찢어지는 가슴 통증을 가라앉혔다.

그날 밤 여전사의 은밀한 힘은 정말 감칠맛 났다. 그에 비례하여 나의 공격력도 최고조로 증폭되었다. 심리적으로 초조한 상태 때문일까? 그 육중한 글래머는 나의 몸 아래서 바르르 떨면서 환성을 지르고 생명의 분비물을 그윽이 내뿜었다. 섹스란 인간이 불안 초조할 때 그것을 잊을 수 있도록 만들어진 신의 선물이 아닐까?

월요일 아침에도 그녀는 먼저 깨서 나를 응시하고 있었다. 나에게 혜진은 어떻게 할 거냐고 묻는다. 화요일 이사회를 개최하도록 해 줘, 그녀는 안건이 무엇인지 묻는다.

"일전에 최 회장이 약속한 부동산 거래의 환원에 대한 승인과 유상증자 관련 의결 사항이야. 참, 반드시 병수를 참석시켜야 해." 나는 정중히 부탁했다.

"부동산 거래 환원 건이라면 병수는 반드시 올 거야."라고 확신했다.

출근한 그녀는 내일 이사회를 열기로 했고 병수도 참여한다고 문자를 보내 왔다. 월요일 주가는 유상증자단가 기준 15% 하락한 상태이다. 특단의 대책이 없으면 유상증자는 실패할 것이다.

갑자기 장모가 전화를 했다. 미란의 작품이 올해의 최고작품으로 선정되었으니 시간이 되면 시상식에 나와 달라고 했다. 시상식장에는 많은 사람이 참석해 있었다. 사회자는 말했다.

"올해의 작품상은 자유의 여인입니다. 여느 때와 달리 경합 없이 만장일치로 결정되었습니다. 자유를 찾기 위한 현대인의 절실한 노력과 처절한 심정을 가장 적나라하게 표현한 보기 드문 역작입니다." 미란이 상패를 받자 모두가 우레 같은 박수를 쳤다. 장모의 품에 안긴 미영도 작은 손으로 신나게 박수를 쳤다.

자유의 여인은 두 눈을 부릅뜨고 무엇인가를 응시하면서 당당히 맞서고 있었다. 명중 대사가 불안을 직시하는 모습과 유사했다. 아주 자유로운 영혼이 혼돈과 불안을 이기려는 모습이었다. 혼돈스러우며 불안정한 그녀는 진정한 자유를 얻으려면 명중이 필요하다고 느낀 것은 아닐까?

거침없이 자유분방하게 살아온 그녀지만 결국에는 그녀 나름의 예술세계를 이룬 것이다. 그러나 자신의 예술을 찾아가는 과정이 보편적인 길과는 너무 다르다는 것이 문제일 것이다. 영혼이 자유로운 여자들이 자기 예술을 찾는 과정은 이렇게 힘들고 복잡스러운 것일까?

상패를 들고 걸어오는 미란의 얼굴은 감출 수 없는 환희로 눈부시게 빛나고 있다. 지금 미란은 자신의 사랑도 예술도 완성되었다고 느낄지 모른다. 그러나 아직도 미란은 자유의 여인처럼 나를 직시하지 못했다.

화요일 이사회 2시간 전에 혜진의 사무실로 갔다.

유상증자 관련 의결 사항이란 바이오 회사 투자 건이다. 600억 원을 우리 회사가 빌려주고 이 돈으로 바이오 회사에 투자하되 만약 투자 손실이 발생하면 이 또한 우리 회사가 책임진다.

"유상증자 성공을 위해 바이오 회사 투자 건을 반드시 통과시켜 줘."

혜진은 그 바이오 회사가 어디냐고 묻는다. 신희가 운영하는 바이오 회사이며 이미 폐질환 치료제 임상 2상을 통과했다고 말했다.

그녀는 한참 동안 깊은 생각에 잠겼다. 아마존의 전사는 헤라 여신으로 바뀌었다. 헤라의 안색은 수시로 바뀌었고 얼굴도 붉어졌다. 이윽고 그녀는 아프로디테가 되었다. 아프로디테는 상냥하게 말했다.

"만약 아버지가 바이오 회사의 투자금지 가처분 소송을 걸면 어떡할 거야?"

"바이오 투자에서 손실이 나면, 내가 보전한다고 했잖아. 그런데도 그걸 문제 삼아서 이번 증자를 방해하면, 페어플레이 정신을 어기는 것이니까 공장 부지 매매의 부당성을 다시 문제 삼아야 되지 않을까?"

"그 기안서로 아버지를 감옥에 잡아넣겠군. 아버지의 다른 비리도 줄줄이 조사할 것이고…"

나는 아무 말도 하지 않았다.

"정세아가 결정타를 날린 것이군." 그녀는 의미심장한 듯이 말했다. 정세아 얼굴보다는 녹색팬티가 먼저 떠오른다.

"이번에 방해를 안 하면 대정산업에 대한 우리 지분은 그대로 유지되는 거지?"

"내가 스스로 최 회장의 책임을 추궁하는 일은 없을 거야. 너의 이사직도 영구 보장할게."

혜진은 내 앞에 꿇어앉아서 나의 손등에 엄숙히 키스를 하였다. 전투 전 아마존 여전사들의 의식같이 그녀의 키스는 숭고했다. 갑작스런 의식에 어쩔 줄 몰라서 나는 그녀의 모습을 바라보기만 했다.

병수의 반대가 있었지만 두 개의 안건은 이사회에서 모두 통과했다. 폐질환 치료제 시장에 진출이라는 기사가 수요일 대부분 경제 신문의 증권면을 장식했다. 임상 2상을 통과한 신희가 임상 3상에서 폐질환이 있는 아들을 치료할 것이라는 인터뷰도 나와 있다. 부동산 거래의 환원으로 2,000억의 이익이 생겼다는 기사도 나왔다.

종목 장세가 진행되고 있던 시황에서 이 기사들은 대정산업의 주가에 강력한 불을 지폈다. 수요일 주가는 상한가로 시작하였고 상한가로 끝났다. 주가는 금요일까지 연일 상한가 행진을 했다. 구주주 청약율은 98%를 넘었다. 다음 주 증자납입금으로 무담보 채권의 잔금을 지급하였다. 나는 이번 유상증자에 600억 원만 참여하였으나 지분률은 여전히 31%의 최대 주주였다.

"그런 양면 전략을 어떻게 생각한 거야?" 신희는 말했다.

"쇠고기 집 TV에서 삼국지 공성전의 성동격서 전략을 보고 힌트를 얻었지."

오늘 만남에는 신희는 정기를 데리고 나왔다. 내가 혜진과 자는 것에 대한 반발인가?

"형님, 대정산업의 총수가 된 것을 축하합니다."

"제수씨가 도와주어서 그렇지." 심통이 난 나는 즉각 대꾸했다.

조금 후 인애도 왔다. 나와의 관계는 일단 정리되었지만 금융과 나에 대한 인애의 관심은 여전하다. 축하주를 사 달라고 하기에 오늘 같이 하자고 한 것이다. 신희의 낯빛이 약간 흔들린다.

"정 회장님, 어떻게 그렇게 술술 풀리시나요?"

"주위의 좋은 인적 인프라 때문이지. 자네 사이버 인프라보단 못하지만." 못 알아듣는 눈치이다.

"차트 마이닝 기법."이라고 하자 나에게 눈길을 흘기며 살포시 웃는다.

그때 전화가 울린다. 인경이라고 하면서 "이제 우리 만나야죠."라고 말한다. 이 자리에서 오라고 하는 것도 좋겠는데. 모인 사람도 사실을 아는 것이 필요하다. 여자 목소리를 들은 신희는 누구인지 또 앙칼지게 묻는다. 도착하기 전에 미리 이야기를 했다.

"그렇게 앙큼한 것이 있어요? 대정산업의 경리 책임자 자리를 달라니." 내 말을 들은 인애가 가장 흥분한다.

"모든 걸 걸고 목표를 쟁취하는 승부욕, 그런 사람이라면 그 자리를 차지할 자격이 충분해요." 신희는 자랑스럽게 말했다. 껄끄러울 수도 있는 문제인데 아주 쉽게 해결된다. 인애에 대한 질투가 이런 변동성을 일으키다니.

"그런 면에서는 그 아가씨는 현 교수와 비슷하지 않나요?" 신희는 한방 더 먹인다. 이제까지 볼 수 없었던 강력한 공격이다.

한참 후 인경이 들어왔다. 인사를 하자 신희는 아주 반가워한다. 정기도 악수를 하는데 왠지 멍해진 것 같다. 조금 후 그는 어려워하면서 말도 더 듬는다. 나도 신희도 이상하게 생각하는 순간 화장실에 갔다 온 인애가 인경을 보고 말한다.

"너 여기에 웬일이야?"

"언니야말로 웬일이야."

어안이 벙벙한 우리에게 인애는 인경이 자기의 친동생이라고 소개했다.

"이런 승부사들이 쉽게 나오는 것은 아니지."

신희는 빈정거리듯이 말한다.

처음 만난 사이이지만 그들 사이를 휘젓고 다니는 인경을 보니 그녀가 얼마나 사교적인지 여실히 드러났다.

"언니, 신문에서 봤어요. 5조 원의 폐질환 치료제를 개발하셨다고. 그렇게 유명하신 분을 실제 뵈어서 영광이에요."

인경은 신희, 정기와 금세 친해졌다. 언니인 인애가 가지지 못한 매력이다. 둘이 자매라는 충격에 얼이 빠진 나는 그저 상황을 지켜볼 뿐이다.

인경을 보는 정기의 눈빛은 심상치 않다. 그런 정기의 태도를 지켜보는 신희의 눈에는 질투가 이글거린다. 과존적 감성의 아류인 질투는 약방의 감초처럼 인간 누구나 단단히 박혀 있다. 질투는 잠자고 있을 뿐, 기회만 되면 반드시 남자의 상징처럼 벌떡 일어나기 마련이다.

그러나 정기는 별로 아랑곳하지 않는다. 무언가에 홀려 있기 때문에 신희가 아예 안 보이는 것이다. 내가 처음 신희를 본 때처럼 말이다.

'넌 나와 인연이 각별하군.' 나는 속으로 생각했다.

'새로운 변동성이 생기겠군.'

22.
사랑은 없다

　　다음날 아침 혜진이 울면서 전화를 했다. 어젯밤 아버지가 집을 나가 안 돌아와서 걱정하던 중, 해바라기 묘지에서 숨져 있는 아버지를 동네 사람들이 발견하고 신고했다는 것이었다. 아버지는 평온히 잠들어 있었고 의사는 심장마비라고 했다. 이상하게도 아버지는 낡아 바랜 아주 작은 여자 한복을 꼭 껴안고 있었으며 그 한복에는 해어져서 겨우 알아볼 만하게 춘향이란 이름이 박혀져 있었다고 덧붙였다.

　　최 회장의 유서에는 모든 재산은 혜진에게 주고, 내게 사죄하며 대정산업과 혜진을 잘 보살펴 달라고 적혀 있다고 했다. 유언장 공증 증서가 금요일 작성된 걸로 봐서는 유상증자가 성공한 금요일에 이미 죽음을 결정한 것으로 보였다.

　　자기만의 삶을 미친 듯이 추구하던 최 회장, 죽음에 임박해서는 그 흥분의 상태에서 벗어나 본인의 원초적 고향인 해바라기 묘에서, 나의 어머님에게 사죄라도 하며 최후를 맞이한 것이 아닐까?

　　그는 죽음에 이르러 자기의 만광을 자기만의 명광으로 다스린 것은 아닐까? 여러 가지 생각으로 혼란스러웠다.

장례식을 지키고 있는 혜진은 아주 차분해 보인다. 아버지가 명예롭게 죽었다는 사실에 오히려 안도하는 것일까? 분향을 하고 나오자 내 손을 잡으며 그녀는 병수가 회장으로부터 아무것도 못 받아서 빈소에도 안 올 뿐만 아니라, 어제 회사 돈을 가지고 도망갔는데 혹시 무슨 짓을 할지 모르니 조심하라고 당부한다.

악연이었던 최 회장의 평온한 죽음 때문인지 나의 마음은 홀가분하기 그지없다. 오랜만에 일광 도장을 찾았다. 인애와 헤어지고 난 후 무언가 진일보한 느낌이다. 과거에는 무조건 단순히 마음을 가라앉히는 명상으로 평안을 추구하려 하였으나 나의 한계와 본질을 인식한 후 나를 직시하여 평온을 찾는 습관이 자연스럽게 생긴 것이다.

명경 같은 고요, 충만한 평온감, 이것이 명광의 본연의 단계이구나. 자신감이 생긴다. 이제 응용의 단계를 시도해 보자. 나는 정제된 광을 통합시키려고 정신을 집중했다. 결합된 광은 녹색의 파장으로 바뀌면서 배꼽 아래 거대한 열기가 생성되는 것이 느껴진다.

내친김에 이 힘을 한번 사용해 볼까! 녹색 파장은 서서히 위로 올라온다. 녹색의 파장이 지나간 부위는 청량하며 시원하기 그지없다. 그러나 녹색의 파장은 이내 줄어들고 노란 파장이 새로 생긴다. 노란 파장을 당겨 오려 했지만 배꼽 밑에서 무언가가 노란 파장을 막는다. 아무리 노력해도 노란 파장은 올라오지 못한다. 정신을 집중할수록 아랫배가 답답하고 막히는 느낌이다. 그 어색함으로 얼굴이 자동적으로 찡그려졌다.

눈을 뜨자 걱정스레 나를 보고 있는 관장을 발견했다.

그는 명상 초입에 자신의 한계와 상황을 냉정하게 인식하는 습관이 생기지 않았느냐고 물었다. 그렇다는 대답에 그것이 명광법의 반이라고 한다. 고개를 끄덕이는 그는 조심스럽게 물었다.

"평온함 후 생긴 힘은 어떠한지요. 그리고 그 힘을 사용할 수 있는지요?"

"일광보다는 강력하고 신비한 힘이 느껴집니다. 막상 그 힘을 조금만 사용하고 나면 아랫배가 막힙니다."

나의 말에 그의 얼굴색이 검게 굳어지며 조심스럽게 말했다.

"명광법의 나머지 후반은 초입부에 도달한 것으로 보입니다. 완전한 경지에 도달하시려면 많은 수양이 필요할 듯합니다. 그때까지는 그 힘을 절대 사용하지 마시기 바랍니다."

내가 떠난 한참 후, 그는 혼자서 중얼거렸다.

"명광법이 실전되지 않았다면 좋았을 텐데."

최 회장이 죽은 지 한 달 후, 나는 신희, 현철, 경옥, 영신, 인애, 혜진, 장의한 검사를 초청하여 조촐한 파티를 열었다. 장 검사는 자기가 집행하는 정의와 나의 명중 간의 관계에 대하여 관심이 지대하다며 우리 모임에 꼭 들어오고 싶어 했다.

서로 대화가 삽시간에 와르르 진행된다. 신희도 나처럼 여러 사람의 대화를 멍하게 바라보고 있다. "3차 임상도 잘 되어서 영준도 완쾌되었는데 뭐가 그렇게 시무룩하신가요, 사장님." 멍에서 깨어난 그녀는 "그냥 그래."라며 표정은 시무룩하다.

분위기가 무르익자 현철이 말했다. "여기 오신 분들은 모두 사랑으로 상처를 입은 경험이 있는 사람들이지요. 사랑을 주제로 진실 게임을 한번 해보려고 합니다. 특정인에 대하여 한 번씩 질문할 권리가 있고 반드시 답을 해 주어야 합니다. 그러나 사적 경험에 대한 것은 안 되고 오로지 사랑의 이론적인 이슈에 국한됩니다. 물론 질문할 권리는 언제라도 포기가 가능합니다."

대상 범위가 정해지자 누군가 '휴,' 하고 안도의 한숨을 내쉬었다. 모두 웃었다.

8인은 모닥불 옆에 둘러앉았다. 사다리로 순서를 정했는데 일 번으로 신희가 당첨되었다.

주최자인 현철은 물었다. "신희 씨에게 사랑이란 무엇이지요?"

"이성에 대한 욕망을 충족하는 과정에서 남자에 대하여 느끼는 특별한 감정이 아닐까요?" 신희는 거침없이 말했다.

"그 사랑은 절대적인 건가요? 수시로 바뀔 수 있나요?" 영신은 물었다.

"이성에 대한 욕망 형태가 시간이 지남에 따라 변동되므로 그 사랑도 바뀌는 게 아니겠어요?"

"그렇게 확실한 신념을 가지는 다른 이유가 있나요?" 경옥이 물었다.

"양자역학에서 에너지의 핵심 주체인 전자의 위치는 알 수 없어요. 다르게 말하면 불확실하다는 것이지요. 만물의 최하위 구조가 불확정적이어서 인간도 불안정적으로 항상 변동될 수밖에 없죠. 한마디로 말하면 인간의 마음은 한곳에 머무를 수 없다는 것이지요. 이성에 대한 욕망도 한 사람에게 국한될 수 없죠."

"그럼 순결을 원하는 지금의 사회구조가 잘못된 건가요?" 장 검사는 물었다.

"개선될 필요가 있습니다. 잘못되었다고 하면, 장 검사님이 현행법 위반으로 절 잡아가겠죠." 모두 웃었다.

"한때 사랑했던 사람이 다른 남자와 있으면 질투가 나나요?" 혜진은 물었다.

"그럼요." 좌중은 또 웃는다. 신희도 흰 이를 드러내고 당연하다는 듯이 웃는다.

"양자역학으로 무장하신 분이 왜 질투도 하시나요?" 내가 마지막으로 물었다.

"저의 수많은 하부구조가 질투하는 방향으로 제 마음대로 움직이는데, 저도 어쩔 도리가 없어요." 신희는 대답했다. 예전에 자기의 길과 신희의 길과의 차이를 강변한 적이 있었던 인애는 이번 질문을 포기했다.

첫 번째여서 신희는 쉽게 넘어갔다. 다음은 경옥 차례이다.

"신희 씨의 의견과는 다르게 절대적 사랑이 있는 걸 굳건히 믿으시는 걸로 알고 있습니다. 왜 절대적 사랑이 있다고 생각하세요." 현철은 묻는다.

"인간에 대한 무조건적인 믿음과 희생이 사랑이라고 생각합니다. 그런 사랑이 존재하지 않는다면 이기적인 인간은 현재까지 살아남을 수 없었을 것 같아요. 인간 세상이 지금까지 존재하는 걸 보면 그런 사랑이 존재하는 것은 분명합니다."

"가장으로서 경제에 대한 책임을 보이지 않는 남편을 정말로 사랑하고 있습니까?" 인애는 자신과 전혀 다른 관점을 가진 경옥에 대한 의문을 토로한다.

현철은 신상에 대한 질문에 해당되니 안 된다고 했다. 괜찮아요. 라고 경옥이 말하자 현철은 그럼 허용하는 사람에 한하여는 신상에 대한 질문도 가능한 것으로 하겠습니다. 라고 교통정리를 했다.

"남편을 사랑하고 있는지를 생각해본 적은 없습니다. 사랑하고 있다고 믿고 있기 때문입니다."

"남편이 상당히 애를 먹인다는 이야기를 들었습니다. 한번 가정을 해 보겠습니다. 이것은 가정에 불과합니다. 그런 남편이 헤어지자고 하면 경옥 씨는 헤어질 생각이 있으신지요? 만약 헤어지게 되면 마음은 어떨 것 같습니까?" 장 검사가 물었다.

"남편과 헤어진다는 생각을 해 본 적이 없습니다. 그렇게 하지도 않을 것이고요. 혹시라도 헤어지게 되면 마음이 매우 허전해서 견딜 수 없을 것입니다." 경옥은 당황스러운 듯이 답했다.

"그렇다면 그 허전함을 막아 주는 것은 현재 남편만이 가능합니까? 다른 남자도 가능한지요?" 혜진은 묻는다.

"현재의 남편만 가능할 것 같아요." 경옥은 즉각적으로 답했다.

"이성의 두근거림으로 현 와이프와 결혼했는데 이제는 두근거림이란 전혀 없고 서로간의 아웅거림만 있어요. 결혼식에서 서약한 약속이라는 의무를 지킨다는 면에서 그냥 사는 것뿐이지요. 경옥 씨는 현 남편에 대하여 아직도 두근거리나요. 그렇지 않으면 어떤 생각으로 사시나요?" 사정이 유사한 영신의 날카로운 질문이었다.

"남편에 대한 이성적 두근거림, 그 자체가 절대적이고 영원히 지속될 거라고 믿고 있어요." 경옥의 사랑은 무조건적이다.

"두 애에게 의지하며 사는 게 저에게 인생의 업이자 커다란 낙이죠. 자식에게 매여서 같이 살다 보면 인생은 물처럼 그냥 흘러가죠. 저처럼 두 자식과 동반하면서 사는 경옥 씨에게 두 자식과의 끈끈한 동반관계 때문에, 남편에 대한 두근거림도 영원하다고 생각하는 것 아닐까요?" 두 애를 키우는 신희는 정말로 진지하게 경옥에게 물었다.

"애들에게 함몰된 저의 아가페가 사라지면 저의 존재의 이유도 없어질지 모릅니다. 그러나 그런 존재의 이유를 위하여, 남편을 절대적으로 사랑하고 있다고 생각해 본 적은 전혀 없습니다. 사랑이란 무목적의 신뢰이자 믿음이죠." 답하는 경옥의 표정은 잠시 동안 안절부절했다. 곧 굳건한 평정심을 회복했다.

"궁합 결과에 대한 재차 확인이 없었다면 절대적인 사랑을 버리고, 그때 저와 결혼했을까요?" 경옥에게 언젠가 한번 물어 보고 싶었던 질문이다. 웅성웅성하는 모두를 향해 그때의 상황을 간략하게 설명했다. 그들의 눈은 경옥의 입을 주시했다. 고요한 적막이 흐르고 경옥은 답이 없다. 다음으로 넘어 갑시다, 하고 나는 질문을 취소하려 했다.

"선배와 했겠지요. 저의 하부구조는 아버님 말씀에 순종하는 구조거든요." 모두가 웃었다. 특히 신희가 크게 웃었다.

다음은 인애 차례이다.

"인애 씨가 추구하는 최고의 가치와 사랑은 어떤 관계인가요?" 경옥과의 선에 대한 웅성거림을 가라앉히려 내가 선두로 물었다.

"정 회장님이 일전에 마음의 희열을 광으로 이야기하셨는데, 저도 사랑이란 이성의 두근거림에서 오는 광이라고 생각합니다. 또한 저는 마음에 가장 큰 희열을 주는 것을 추구하는 것을 최고의 가치로 여기고 있습니다. 그러나 최고 가치인 광도 언제나 변하는 것 같아요. 한때 사랑은 최고 가치였지만, 여러 배신을 경험해보니 그 또한 지나가는 하나의 광에 불과했습니다." 나와 장 검사, 영신의 얼굴은 흙빛이 되었다. 나는 상황을 모면하기 위하여 숙인 고개를 끄덕였다.

"지금 최고의 가치는 무엇인가요?" 인애를 잘 알지 못하는 경옥은 궁금하다는 듯이 물었다.

"지금의 최고 가치는 성취에서 오는 재물광입니다." 인애는 당당하게 말했다.

"그런 광에 집착하시는 특별한 이유가 있나요?" 유교 집안 출신인 현철이 물었다.

"광에 대한 성향도 자기가 살아온 인생에 따라 달라지지 않을까요? 어릴 때 제가 하도 어렵게 살아서 지금 재물광에 심하게 집착하는 것인가 봅니다."

"생각을 하면서 광에 대한 선호도를 바꾸면서 사나요?" 정신분석 의사가 얼굴이 약간 상기된 채 물었다.

"그냥 마음이 가는 대로 갈 뿐 도덕이나 남을 의식하지는 않습니다. 지금은 돈 버는 광이 좋지만 더 나이가 들면 종족 번식의 광이나 동반광의 우선순위가 높아지지 않을까요?"

"서로 협의해서 그 광의 선호도를 조정하면서 부부가 살아가는 것은 불가능한 일인가요?" 상기된 장 검사가 조심스레 묻는다.

"자기의 광에 깊게 빠지면 이성보다는 감정적인 경향에 지배되는 것 같아요. 검사님같이 자기광에 도취된 사람은 자기 주장만을 고집하므로, 그를 설득하는 것은 거의 불가능하죠. 이때 해결 방안은 일방의 인내밖에 없어요." 그녀는 흥분을 가라앉히기 위하여 깊은 숨을 내쉬었다.

"이성의 두근거림조차 없는 상태에서 인내라는 희생을 검사님은 조정이란 단어로 지칭하시는 것 같습니다. 일방의 희생보다는 차라리 둘이 자유롭게 자기 광을 추구하는 방식으로 전환하면 오히려 두 사람은 전보다 더 많은 광을 누릴 수 있지 않을까요? 장 검사님, 지금이 전보다 좋지 않나요?" 장 검사는 말이 없다.

"광에 빠지면 감정적이어서 문제가 될 수도 있다고 하시는 것 같은데, 그걸 어떻게 극복하시나요?" 혜진이 마지막으로 물었다.

"저도 그게 걱정이에요. 제가 소심해서 큰 사고는 못 친다는 것만 믿죠. 혹시 좋은 통제 방법이 있으면 가르쳐 주세요." 신희도 인애를 의식해서인지 인애에 대한 질문을 포기했다.

다음은 영신의 차례이다.

"정신분석학 입장에서 인간은 심리상으로 언제나 안정적인 동물인가요? 제가 잘 안 바뀌거든요." 경옥은 부끄러운 듯이 물었다.

"기본적으로 인간의 심정은 무언가 채워지지 않으면 불안한 구조로 설계되어 있지요. 그러나 교육이나 훈련 등으로 안정적으로 바뀔 수는 있어요. 경옥 씨가 지금처럼 굳센 의지를 계속 유지할 수 있는 것은 엄격한 교육훈련의 덕택이 아닌가 생각됩니다."

"사람은 통상적으로 어떤 기준을 가지고 자기 마음을 채우나요?" 인애는 현재 자기의 채움방식이 문제가 없는지 항상 확인하고 싶어한다.

"사람은 최소한의 한도까지는 무조건 채우려고 합니다. 일단 한도가 채워지면, 마음이 안정되었으므로 그때부터는 판단력이라는 이성이 우선순위를 정하는 것으로 알고 있습니다. 최소 한도를 채운 것으로 보이는 인애 씨의 경우에는 인애 씨의 판단력이라는 이성이 작동되어 소유에 대한 광을 제일 순위로 책정하지 않았나 생각됩니다."

"정신분석학 입장에서 인간은 남을 위한 희생이 가능한가요?" 장 검사가 물었다.

"인간의 행위는 자기를 위한 것으로 보는 게 다수설입니다. 다수설에 따르면 남을 위한 희생도 자기가 좋기 때문에 한다는 것이지요. 저도 다수설을 신봉합니다."

"권태 내지 지루함은 진화에 의하여 생긴 것을 알고 있습니다. 권태감은 왜 진화의 과정에서 생긴 걸까요?" 혜진이 물었다.

"시간이 지나면 그냥 무조건 싫증나도록 만드는 감성이 권태입니다. 일정한 조건이 충족하면 무조건 작동하는 시스템소프트웨어처럼 말이죠. 생물이 진화하기 위해서는 변화가 필수적이지요. 싫증이 존재해야 변화가 생기거든요."

"권태감을 이성으로 이길 순 없나요? 안 이겨도 다른 문제는 없나요?" 신희의 질문이다.

"결국은 이길 수 없어요. 잠시 이길 수는 있지요. 시스템 소프트웨어는 응용 프로그램을 가지고 바꿀 순 없잖아요. 그러나 훌륭한 일부 프로그래머는 그걸 영원히 바꾸었다고 주장하지요. 저는 그걸 믿지 않습니다." 신희는 일부 프로그래머가 누구인지 궁금해 하는 눈치이다. 영신은 재빨리 말을 계속했다.

"일부 프로그래머란 예수나 석가모니입니다. 정신분석학에서 개인의 성격은 절대 안 바뀌며 겨우 관점만 변동됩니다. 따라서 권태감도 이길 필요가 없는 것 같아요."

"부인과 헤어졌다가 다시 같이 사시는 이유가 뭔지 궁금합니다." 현철은 그 점이 아주 궁금했던 모양이다.

"나도 그냥 헤어지고 싶었습니다. 그러나 들어오는 사람을 내쫓을 용기가 없었습니다. 더구나 다른 새로운 여자가 있어야 들어오지 말라고 할 수 있는데 새로운 동반자를 구하기가 너무 어려워요." 모두 웃는다. 대부분의 사람들의 실상인지 모른다.

"현 사회에서 여자들과 만나고 필요하면 헤어지는 절차가 너무 어렵습니다. 쉽게 만나고 쉽게 헤어지는 것은 무언가 잘못된 것이라는 개념이 심어져서 그런 것 같아요. 이런 개념에 뭔가 변화가 필요하다고 생각합니다."

"부인이 다시 들어온 이유는 무엇이라고 생각하십니까?" 내가 조심스럽게 물었다.

"사랑 이전에 가장 중요한 것은 생존입니다. 생존은 안정적인 삶과 자기 영역의 확보라는 두 축으로 구성되어 있죠. 집사람은 그녀의 생존 욕구를 충족시켜 주는 대안으로서 우리 집만 한 곳을 못 찾았겠죠. 그녀가 생존 욕구를 충족할 수 있는 다른 칼자루를 가지게 되었다면 다시 우리 집에 안 왔겠죠." 영신은 조금 흥분된 상태이다.

"안전한 생존과 자기 영역을 확보하는 데는 가정이 가장 좋은 대안이라는 사실이 역사적으로 검증되었습니다. 절대적인 사랑은 가정을 신성시하고 유지시키는 데 핵심적인 역할을 했습니다. 생존 욕구를 충족시켜야만 하는 사회 구성원인 인간은 이런 관점에서도 절대적 사랑을 기꺼이 받아들였습니다." 그는 나의 질문에 답하는 차원을 넘어서 그의 억울한 심정을 토로하는 것 같았다. 아무도 그를 제지하지 못하였다.

"이제는 남자 여자 모두가 노력만 하면 누구나 그 칼자루를 잡을 수 있는 시대가 되었습니다. 그러면 과거에 설정된 구도에 변화의 바람이 불지 않을까요?" 영신은 정신분석가답지 않게 사회학에 대하여도 정통하고 있었다. 그러나 말을 끝낸 영신의 얼굴은 붉게 물들었고 고개를 푹 숙이고 손바닥을 계속 비볐다. 그의 마지막 발언은 사회의 새로운 변화에 대한 확신에 찬 소신이라기보다는 부인과의 어려운 상황에 대한 반발 내지 울분으로 보였다.

뜨거워진 열기를 식히기 위하여 우리는 잠시 쉬기로 했다.

"사방에서 차이셨네." 신희는 경옥과의 신기한 관계를 다시 비아냥거린다.

"며칠 전 젊은 애인에게 채인 주제에 사돈 남 말하시네요." 나도 지지 않았다.

"다른 사람에게 채인 연인을 인정하는 게 쉽게 되나요?" 인애는 의미심장하게 끼어들었다.

"연인이라뇨, 우린 영원한 각자일 뿐이죠." 신희는 즉각 응수했다.

갑자기 전화벨소리가 들린다. 정 의원이다. 목소리에는 아직도 그 아픔이 배어 있다. 정 의원에게 우리 모임이 있다는 걸 이미 이야기한 적이 있었다. 여기 멤버들과 어울리면 그 아픔을 극복하는 데 도움이 될 것이라는 생각이 들었다. 지금 우리가 모임을 하고 있는데 혹시 올 수 있는지를 조심스럽게 물었다. 잠깐 정적이 흘렀다. 정 의원은 한 시간 내로 오겠다고 차분하게 말했다. 정지민 의원이 곧 여기 오게 되었다고 하며 다른 사람에게 양해를 구했다. 그녀의 아픔을 아는 모두는 그분이면 무조건 좋다고 했다.

다음은 혜진 차례이다.

"지금은 어떤 유형의 사랑이 필요하세요?" 현철이 물었다.

"지금 이성에게 기대하는 싶은 것은 아름다운 동행입니다. 마음에 드는 이성 하나를 확실히 곁에 확보하고 싶고, 그가 벌어오는 소득도 받아보고 싶고 집안에서 대장으로서 칼을 휘두르는 손맛도 느끼고 싶어요. 이 모든 것이 동행이라는 단어에 포함되죠." 혜진은 당사자들이 서로 독립적으로 살아가는 뉘앙스를 분명히 표현하려면, 수동적으로 얹혀 사는 동반보다는 동행이라는 단어가 적절하다고 주장해 왔다. 그래서 다른 사람들과 달리 동행이라는 단어를 쓰고 있다.

"좋은 동행을 위해서는 동행 중인 사람을 좀더 용이하게 교체하는 제도가 더 바람직하다고 생각하세요?" 장 검사가 의미심장하게 물었다.

"그럴 필요가 있고, 동행중인 상대방이 동의하는 경우에는 지금보다 더 쉽게 교체할 수 있는 제도가 좀더 적절하다고 합니다. 동행자가 동행 의무에 상당히 소홀했을 때에는 상대방의 동의없이 바꿀 수 있어야 합니다." 율사에게 법률적으로 답변한다.

"화장지까지 사 준 정 회장을 동행자로 선택 안 한 이유는 뭔가요?" 경옥은 말하면서 나를 슬쩍 본다. 이전 나의 질문에 대한 폭로성 복수이다.

"그 때는 정 회장이 워낙 불쌍해 보여서 화장지를 사 준 것뿐입니다. 아무 감정은 없었어요. 남자들이 그것을 높게 평가해서 그게 문제지요." 혜진은 망설임 없이 금방 대답하나 왠지 격양되어 있는 듯하다.

"혜진 씨는 자본주의의 최상층에서 살아 왔습니다. 현 자본주의 사회에서 절대적인 사랑은 사회적으로 필요한 개념이라고 생각하세요?" 영신은 물었다.

"저의 사랑인 아름다운 동행을 위하여 동성보다는 두근거리는 남성이 낫겠죠. 그러나 동행하는 남성이 동행에 적합하지 않다면, 그때는 바뀌어야 되겠죠. 동행의 계속성만을 강조하는 절대적 사랑하에서는 새로운 동행을 확보하기 위한 지출은 너무 과다해요. 고비용 저효율 구조로 경제주체의 부채가 증가하여 현 자본주의의 미래가 불투명한 것으로 알고 있습니다."

혜진은 일단 불이 붙으면 아마존의 강력한 여전사가 된다.

"자본주의 영속성을 위하여도 동행을 위한 관련 비용을 줄일 필요가 있습니다. 장기적으로는 사랑에 대한 근본적인 개념 재정립과 이에 따른 점진적인 제도 개혁이 필요하다고 봅니다. 단기적으로는 사랑의 절대성을 믿지 않는 저 같은 사람들에게라도 동행을 저렴하게 얻도록 해 주는 개념과 의식, 그리고 제도의 변화가 필요하다고 봅니다." 그녀의 말투는 갈수록 격양되어 갔다. 그녀는 북받쳐 오르는 감정을 누르기 위하여 잠시 동안 쉬었다. 우리는 모두 그녀의 입을 쳐다보았다.

"절대적 사랑은 안정적인 종족의 산출과 생산력 제고를 위하여 필수적 개념이었습니다. 이제는 과잉생산 시대로서 더 이상 생산력의 확보는 필요 없습니다. 또한 지구는 이미 포화상태로서 종족 번식은 자제해야 할 때입니다. 이런 면에서 볼 때도 절대적인 사랑이란 개념은 반드시 수정되어야

합니다."

　최근 같이 지내서인지 혜진은 나와 생각이 유사한 분야가 많다. 순식간에 비슷해질수 있는 기질을 가진 우리이기에 그렇게 빨리 뜨거워지게 되었던 것일까? 정열적인 그녀의 연설에 대하여 우리 모두 기립하여 박수를 보냈다.

　"동행 관련 원가를 줄이려면 결국 동행자도 시장에 의하여 확보하는 방향으로 수정되어야 하지 않을까요? 즉 자기에게 적합한 동행자를 가장 효과적으로 찾으려면, 지금보다는 좀더 유연하고 투명한 시장이 있어야 하지 않을까요?" 여러 이성광을 겪은 신희는 동행자 확보방법의 발전방향에 대한 혜진의 의견을 알고 싶어 하는 것 같다.

　"동행에 불과한 사랑을 너무 절대적 가치로 포장해 놓아서 그와 관련된 부분이 지나치게 경직되어 있음에 따라, 동행자를 확보하거나 변경하려는 경제주체가 부담하는 비용이 아주 크다는 점만 단순히 말씀드린 것입니다. 그것을 해결하기 위하여 새로운 시장제도를 모색해야 할지, 현 상태를 소금 보완해야 할지, 어느 것이 좋은지 지금 난언할 수 없습니다. 그러나 분명한 것은 현 시점에 사랑에 대하여 문제점이 존재한다면 그와 관련된 부분은 반드시 보완해야 합니다."

　여전히 혜진의 마음은 격앙되어 있다. 그녀는 다시 말하기 시작했다.

　"절대적 사랑을 믿고 결혼한 대부분 사람의 경우, 시간이 지날수록 이성적인 두근거림은 사라지죠. 이제 이성 하나를 곁에 확보했다고 생각하니까 더 이상 긴장감이 없어지고 자기 관리도 포기함에 따라 이성적으로는 아무런 볼품이 없는 뚱뚱한 중년으로 전락하지요. 그러면 우리에게 남은 것은 수동적으로 얹혀 사는 동행, 즉 동반뿐입니다."

　그녀는 주위를 힐끗 보았다. 우리 주위에는 다행히 뚱뚱한 사람은 없었다. 살을 뺀 경옥의 표정에는 안도감이 보였다.

"그 동반광도 상대방의 한풀이 감성을 모두 받아 주어야만 그나마 조금 얻을 뿐이죠. 그들이 원래 얻으려고 했던 절대적 사랑은 온데간데없고 양파 마지막 속 하나만 남은 겁니다. 사실 이 정도를 얻으려고 했다면 애초에 다른 방식을 택했을지 모릅니다. 그렇지만 겨우 얻은 이것을 사회는 사랑이라고 칭송하고 그냥 살도록 은근히 강요하지요. 저는 사랑을 신앙 수준으로 승격시켜 이런 상황을 받아들이도록 하는 환상 메커니즘은 처절한 실패작이라고 생각합니다."

그녀의 결혼생활에서 문제가 있었다. 그것 때문에 경영자 출신인 그녀는 이런 정도까지 말하지는 않는다. 그녀의 마음에 무어가 불균형이 발생하고 있어 그런 것이다. 그 부조화는 나와 관련이 있다.

"현재 사랑 관련 제도에서는 누가 승자인지 모르겠어요. 대부분을 답답하고 울분이 가득찬 피해자로 만들죠. 승자도 없이 비용만 잔뜩 높여 놓는 이 시스템은 바꾸어야 합니다. 이걸 해결할 수 있는 방법이 시장 메커니즘 밖에 없다면 그것으로 가는 것도 하나의 방편이 아닐까요?"

이번에는 아무도 말도 못하고 박수도 치지 않는다. 현시대가 만든 환상 메커니즘에 젖은 우리는 할 말을 잊은 것 아닐까?

"섹스는 다른 사람과 하고, 주거는 동행자와 하는 양다리방식을 받아들일 수 있나요? 물론 동행자가 받아들인다는 전제에서." 나는 빨리 분위기를 바꾸었다.

"그런 동행자 있으면 제발 소개시켜 주세요." 즉각적으로 답하는 그녀는 그제야 모두 웃음을 찾았다. 그러나 왠지 농담 같지 않아 보인다.

"최 회장님은 정 회장과 어떤 관계를 생각하고 정 회장을 끌어들였으며, 혜진 씨는 앞으로 정 회장과 어떤 관계를 설정하실 생각인가요?" 인애가 물었다.

"요즘 와서 보니까 아버지는 여러 가지를 생각한 거 같아요. 병수는 후계자가 아니라고 생각한 것은 분명하며, 저를 후계자로 생각한 점도 일면 있었고, 싸움에서 질 경우 정 회장에게 넘겨주려는 마음도 어느 정도 있었던 것 같아요."

"모든 게 정리된 지금은 정 회장과 주주라는 동반자로서 대정산업에 충실하고 싶어요." 이 말을 하면서 흥분된 그녀의 소리는 원래대로 돌아갔다.

내가 아닌 일반 투자자가 대정산업의 대주주로 들어오면 최 회장의 과거 비리를 조사하여 그의 재산을 몰수할 수도 있을 것이다. 최 회장은 그의 비리를 묵인할 나를 끌어들였다. 혹시 나에게 패하더라도 2대 주주 지위는 보장받을 것이라고 계산한 것이다.

2대 주주 지위라는 가업을 끌고 갈 적임자로서 불안한 병수 대신 뚝심이 있고 냉정한 혜진에게 힘을 실어 주었다. 혜진은 최 회장과 나 사이에서 신축적인 가교 역할을 충분히 수행했다. 가업 유지를 위하여 최 회장은 그의 목숨까지도 과감히 포기했다. 그 결과 그들은 가업의 유지라는 목표를 달성했다.

가업을 유지한, 2대주주인 그녀는 짧았지만 한없이 짜릿했었던 나와의 동행관계를 비즈니스적인 동반관계로 관계로 전환해야 한다고 느낀 것은 아닐까? 그렇다면 그녀에게 남은 것은 나와의 마음 정리였을 것이다. 지금 혜진에게는 가업의 유지가 최고의 광이다. 그러나 나는 그 가업의 광은 즐거움이라기보다는 그녀가 운명적으로 떠안고 가는 업으로 느껴진다.

다음은 현철 차례이다.

"주역 이론을 인공지능으로 프로그램화하면 종목의 주가를 예측할 수 있을까요?” 재물광에 사로 잡힌 인애가 포문을 열었다.

“주역 이론 자체에 정형화된 풀이 법이 없어요. 해석도 가지각색이고요. 주역으로 점친 것들의 결과가 어떻게 되었는지에 대한 통계가 없어서 주역 이론이 맞는 것인지를 검증할 수도 없죠. 결국 주역 이론을 아무리 분석해 보아도, 모호한 이론밖에 없어요. 따라서 주가에 대해서도 원론적인 변동성만 이야기해 줄 수 있을 뿐입니다.” 현철은 답했다.

“주역에서는 점을 쳐 미래를 예측하여 대응하는 것이 핵심이잖아요. 그런 주역에서 인간은 세상을 어느 정도 변경시킬 수 있다고 보나요?” 영신의 질문이다.

“점을 통하여 세상을 알 수 있을 뿐 바꾸지는 못하는 것으로 알고 있어요. 삼국지에서 제갈량이 자기 생명 시한을 바꾸려고 했으나 결국 실패했지요. 대오각성하는 인간들만이 세상의 기의 흐름을 조금이나마 변경시켜 세상에 미미한 영향을 준다는 말이 전해 내려오고 있습니다.”

“주역은 바뀐다는 의미니까 사랑도 그때그때 바뀌라는 것이겠지요?” 신희는 물었다.

“헤겔이라는 철학자는 정반합의 과정으로 역사가 발전하면서 이성이 그 자체의 모습을 실현한다고 보고 있어요. 역에 의하여 세상은 항상 바뀌지만 그 과정에서 궁극적으로 사랑이라는 개념이 실현될 거라고 믿는 것이 저의 주역론 입니다. 문제는 저의 주역 이론을 믿는 사람이 많지 않다는 점이지요.” 경옥은 제외한 모든 사람은 작은 소리로 웃었다.

“이기적인 인간들이 사는 세상에서 사랑이 역사의 발전목표라는 것이 가능할까요?” 경옥은 자기 신앙을 확인하고 싶어 하는 듯하다.

“인간이 사랑으로 사는 것은 천리로서 역사는 천리를 따라간다고 믿습니다.” 경옥만이 고개를 끄덕인다.

"저는 이 친구를 오랫동안 지켜봤습니다. 여러 귀찮은 집안일을 처리해 주는 고마움, 같이 있음으로써 생기는 심리적 안정감, 투정하고 짜증내는 와이프가 다른데 가서 적응 못할지도 모른다는 동정심 등으로 와이프를 사랑하여 왔다고 생각합니다. 최근 햄버거 가게를 하면서부터 부인은 투정이나 짜증 같은 것은 사라졌지만. 혹시 그 후 변화된 부인 이야기를 해도 됩니까?" 나는 다시 현철에게 물었다.

현철이 말했다. "됩니다."

"돈을 조금 벌자, 숨어 있던 부인의 낭비벽이 발동하였습니다. 작년에는 천만 원짜리 외제 밍크 코트를 샀죠. 최근에는 파칭코에도 빠졌습니다. 이 친구는 부인에게 파칭코를 그만하고 분수에 맞게 살자고 조용하게 애원했습니다. 이제까지 해준 것도 없는 니가 무슨 참견을 하느냐면서, 부인은 그렇게 간섭할 것이면 서로 헤어지자는 말도 서슴치 않았습니다. 이 친구의 가계수지는 무너지고 은행 빚은 급속도로 늘고 있습니다. 헤어지는 한이 있더라도 따끔하게 다시 말해야 한다고 조언했지만 부인의 낭비벽과 도벽은 곧 사라질 것으로 생각하면서 꾸준히 기다리고 있습니다. 기다리는 이유를 여러 번 들었지만 아직도 이해가 안 됩니다."

"사랑이란 자기에 대한 약속이자 상대방에 대한 헌신입니다. 자기가 인내하고 기다리면 상대방은 언젠가 돌아옵니다. 비록 상대방이 잠시 혼란에 빠져 있다고 해서 자기도 그걸 따라 부화뇌동 할 필요는 없습니다." 현철은 확신에 찬 말투로 부르짖었다.

"그렇게 부인을 끔찍이 사랑해 주었을 때 현철 씨는 무엇을 얻게 되나요?" 혜진은 이해가 안 된다는 듯이 물었다.

"내가 모든 것을 주는 것에 그 의미가 있으므로, 얻는 것을 전혀 생각할 필요가 없습니다." 현철이 대답했으나 혜진은 이해가 안 되는 것 같았다.

그 점은 나도 마찬가지이다.

"특정 범위 내의 동반 조건은 지키고 그 범위를 벗어나는 것은 서로 노터치하면서 같이 사는 방식을 약속 사랑방식이라고 정의하고, 현철 씨와 같은 헌신적인 방식을 절대 사랑방식으로 정의합시다. 절대 사랑방식과 약속 사랑방식 중 어느 것이 더 큰 사랑을 가져올 것이라고 생각하세요?" 역시 검사다운 추론이며 심문이다.

"사랑에 절대성이 없으면 약속 사랑방식은 사상누각이어서 반드시 무너집니다. 절대 사랑방식이 항상 더 큰 사랑을 가져옵니다." 모두 다 아리송한 표정이다. 현철과 경옥만 확신에 가득 차 있다.

정지민 의원이 문 앞에 도착했다고 도우미가 나에게 귓속말로 전했다. 그녀를 맞이한 나는 이제는 더 노련해진 사자 같아 보인다며 인사했다. 그녀는 가젤처럼 애틋하게 웃으며 응수했다.

"한번 물려 봤으니 앞으로는 잘 사냥할 수 있지 않을까요?"

나는 광동팀에게 정지민 의원을 소개했다. 모두 환영의 박수를 쳤다. 정의원은 초대해 주셔서 감사하며 옵저버로서 가젤처럼 조용히 지켜 보겠다고 말했다.

다음은 장 검사이다.

"결국 인간이 그 본성상으로 약속을 못 지키니까 절대 사랑방식이 적합하다는 조금 전 현철 씨의 의견은 현재 인간 사회에서 부합하는 주장이라고 생각하세요?" 영신이 먼저 포문을 열었다.

"그렇지 않다고 생각됩니다. 현재 상당한 남성은 약속 사랑방식을 충분히 소화할 수 있다고 생각합니다. 그러나 여성에 대하여는 그 점이 가능한지 알 수 없군요." 장 검사는 즉각 대답했다.

"여성들은 충분히 소화 가능해요. 남자는 남성이라는 우월적 지위에 있다는 것을 항상 전제로 깔죠. 그 우월성이 없는 동등한 상태의 약속이라면 오히려 남성들이 받아들일 수 있을지 모르겠네요." 인애가 발끈하여 묻는다.

"똑같이 벌고 똑같이 생활비를 내고 똑같이 가사 일을 분담하면서 전과 동일한 서비스도 받고 다른 기회까지 있는데 마다할 남자가 있나요? 약속 사랑방식 하에서 다른 여자와 외도하는 경우가 어쩌다 발생되더라도 약속 위반이 아닌 것은 분명하죠. 그러나 변덕스러운 여자들이 이 상태를 못 견뎌서 결국 이 구조는 오래가지 못할 것 같아요." 장 검사는 말했다.

"애를 낳고 돌보는 데에는 여자 측의 엄청난 노력이 들어가는 것 아니겠어요. 그 노력에 대한 공정 가격이 없으니까 균등하게 나눌 방법이 없지 않나요?" 애를 키우는 경옥은 물었다.

"사실 애라면 저도 경험이 없어 말할 수 없지만, 그 문제를 해결하기 위한 새로운 사회제도가 생기면 가능하다고 봅니다." 장 검사는 더듬거리면서 겨우 대답을 끝냈다.

"본질적으로 불안정한 인간이 약속을 통한 사랑을 실현하는 게 가능할까요?" 현철은 물었다.

"지금과 같이 자유롭고 물질적으로 풍요로운 시대가 지속된다면 머지않아 인간의 의식구조도 불안정한 상태에서 확정적인 상태로 진화될 것이며 그때에는 약속 사랑방식도 정착화될 수 있을 거라고 봅니다. 이상은 본 검사의 궤변이었습니다."

"간통죄도 없어지듯이 법도 약속 사랑방식으로 가고 있는 것 아닌가요?" 신희가 물었다.

"조금은 반영된 거라고 볼 수 있겠죠. 아직 사회 대세는 사랑의 절대성에 있지요. 미래에 약속 사랑방식으로 갈지는 지금으로서는 확정적으로 말할 수 없습니다. 물론 대다수 사람이 원하면 그쪽으로 가고 절대적 사랑은 점차 화석화되겠죠."

"노래나 예술에서는 절대적 사랑이 실현 가능하고 실제 발생되고 있는 것처럼 울부짖고, 대부분 사람이 이 예술에 세뇌되어 그걸 맹신하죠. 그 예술가가 실제 생활을 하는 걸 보면, 절대적인 사랑을 추구하기 보다는 자기의 이성에 대한 순간적인 기분을 그때그때 즐기는 경우가 많습니다. 이렇게 자신의 즉흥적인 기분을 진실처럼 이야기하여 사람들에게 혼란을 주는 경우가 존재한다면, 그런 예술 행위는 위법성이 있는 것은 아닌가요?" 사랑 노래를 들을 때마다 생겼던 나의 궁금증이었다.

"글쎄요, 자기 의사 표현의 자유가 있어서 지금 우리의 토론도 가능하죠. 의사표현의 자유라는 절대적 명제를 달성하기 위하여 세뇌당할 수 있는 약간의 위험 정도는 감수해야 하지 않을까요." 율사다운 답변이었다.

"조금 전 광상태에서 제어가 안 된다는 현 교수의 말이 있었는데 형법상에서 볼 때, 그런 제어가 안된 상태에서의 잘못도 처벌 대상인가요? 또 처벌 조항을 만들면, 약속 사랑방식도 현 사회에서 뿌리를 내릴 수 있다고 생각하시는지요?" 혜진이 마지막으로 물었다.

"인간의 범죄행위를 보면 범죄 순간은 대부분 판단력을 잃어버리는 것 같아요. 특히 광 상태에서는 판단력이 평소보다 저하되는 경향이 분명이 있어요. 흥분이나 분노, 기타 무언가에 사로잡힌 자기는 어떻게 보면 진정한 자기가 아닐 수도 있어요. 법적으로 이런 것조차 방치하면 사회질서 유지가 안 되므로, 고의성 범주에 포함시켜 처벌하고 있습니다." 장 검사는 잠시 쉬면서 나머지 질문에 대한 답을 정리했다.

"약속 사랑방식의 제도가 잘 입안되고 위반 시 처벌이 제대로 집행된다면, 처음에는 시행착오가 있겠지만, 약속 사랑방식은 정착화될 수 있다고 생각합니다."

마지막으로 내 차례이다. 오늘의 주인공이므로 사다리에서 제외되고 마지막으로 배정되었다.

"정 회장님이 보시는 현 사회의 사랑과 그 문제점을 이야기해 주시지요." 현철이 말했다.

"이미 다른 분이 설명 한바가 있지만 현 사회가 정의한 사랑은 이성에 대한 광, 동반에 대한 광, 자기 복제에 대한 광들의 합에 절대적 가치를 부여한 개념이라고 생각합니다. 각 광에 대한 선호도는 나이에 따라 달라지죠. 젊었을 땐 이성에 대한 두근거림이 사랑의 대부분 차지하지만 나이가 들면 동반광이나 자기 복제에 대한 광이 더 큰 자리를 차지하겠죠. 그렇지만 사랑은 이성의 두근거림으로 인한 광이 가장 핵심이죠."

이야기하면서 나는 신희를 슬쩍 바라보았다. 우아한 그녀는 어딘지 모르게 의욕이 없어 보였다. 반면 인애의 두 눈은 초롱초롱하며 노트북에 계속 무언가를 입력하고 있었다.

"문제는 현재의 민주자본주의 하에서는 세 가지 광에 절대성을 부여할 만한 사회적 필요가 사라지고 있다는 점입니다. 제가 생각하기에는 인간의 본성측면에서도 절대성 부여근거도 희박합니다. 만약 최고의 가치부여라는 절대성의 연결고리가 없어지면 절대적 사랑의 실체성은 사라지고 각각의 광으로 해체되어야 합니다. 그럴 경우 절대적인 사랑은 없어지고, 이성광이나 종족광, 동반광이 따로 따로 존재할 뿐이죠. 우리는 자본주의 시장논리나 여타 논리로 각 광을 획득하여 향유하면 그만일 것입니다."

"그런 절대적 사랑은 예술에서 많이 찬양하죠, 예술에서 찬양하는 사랑이 사랑 자체라기보다는 섬세한 예술가의 스스로 발광이라는 측면이 크다고 말씀하신 적이 있었는데 저는 충격적이었습니다. 아직도 그걸 믿고 계신지요?" 경옥은 말했다.

"사랑 노래는 사랑이 실패하고 난 후의 후유증이 대부분이고, 사랑 중의 환희 자체를 노래한 것은 아주 적어요. 사랑자체에 대한 것이라기보다는 이루지 못했던 것을 미화하고 실패의 한풀이 감정을 즐기는 경향이 많다는 것은 분명합니다." 나는 조심스럽게 답했다.

"사랑하는 사람간의 대체 관계가 성립하나요?" 신희가 묻는다.

"대체 관계는 모르겠습니다. 그러나 보완은 분명 가능하다고 생각합니다. 특히 장 검사님이 정의하신 약속 사랑방식의 경우처럼, 유사한 다른 사람을 선택하여 서로 조건을 약속한 후 그와 사랑하면, 현재 사람에게는 부족한 사랑을 보완할 수 있지 않을까요?"

"어떤 사람을 좋아했던 다른 사람이 약속의 범위 안에서 또 다른 사람에게 갔지만, 어떤 그 사람은 그걸 받아들이지 못할 경우가 종종 있을 것 같아요. 그럴 경우에는 그는 어떻게 마음을 진정시켜야 할까요?"

혜진의 질문은 나와 자기를 두고 하는 것처럼 들린다. 다행히 신희를 제외하고는 혜진과 나와의 관계를 아무도 모른다.

"마음이 안정되지 않는 것은 마음이 텅 비워져 있어서 그런 것 아닐까요? 그렇다면 그 전보다 더 좋은 대안을 찾거나 아니면 이색적인 체험을 통하여 그전보다 마음을 크게 채우면 되지 않을까요?"

원론적인 나의 답변에 혜진은 궁금한 듯이 묻는다.

"이색적인 거라면 대체 어떤 건가요?" 그녀의 목소리는 궁금증 이상으로 높아져 있다. 그녀의 진실게임이 종료되면서 정리되었던 마음이 다시 요동치는 것이다. 저런 요동치는 마음은 어떻게 가라앉힐 수 있을까? 저 마음을 즐겁게 흔들어 보자.

"화장지를 더 많이 돌려 보시든지, 아니면 신희 씨 경우처럼 어린 영계를…" 코믹하고 미적거리는 나의 답에 신희를 포함한 모두가 활짝 웃었다. 특히 인애가 가장 크게 웃었다.

"회장님의 새로운 사랑 개념이 올바른 방향이라면, 인문학자들이 회장님처럼 새로운 사랑의 방향을 이미 제시했어야 하지 않나요?" 영신은 묻는다.

"인문학 체계를 만드는 교수들은 현실에 대한 처절한 경험이 부족하지요. 그들은 사회가 변화된 후에 그것을 정리하여 개념 체계를 만들어 내는 경향이 많습니다. 즉 뒷북치는 스타일이지요. 처절한 현실에 가장 근접한 우리가 오히려 새로운 패러다임을 제때 주창할 수 있지 않을까요?" 나는 다시 말했다.

"지금 셋 중에서 어느 광을 가장 좋아하세요?" 장 검사는 물었다.

"자기 복제의 광이 가장 좋습니다." 나는 대답했다.

"변동하는 사랑을 추구하는 정 회장님은 저와의 자유로운 이성의 광을 거부하였습니다. 그 거부 사유를 알고 싶습니다. 정 회장님에게 미련이 있어서가 아니라, 거부 사유가 이번 토론과 관련하여 정 회장님의 사랑 이론을 이해함에 있어 중요한 초점이기 때문입니다." 인애는 굳게 다문 도톰한 입술에는 진실을 알고 싶어하는 강렬한 의지가 보였고 반짝이는 눈가에는 짙은 우수가 배어 있었다.

"제가 이성적인 매력이 부족해서 그런지? 싫증이 나서 다른 사람으로 가고 싶어서 그런지? 누군가에 대한 절대적 사랑이 이미 존재해서 그런지? 절대적 사랑의 막연한 굴레를 못 벗어나서 그런지? 또 다른 사유가 있는지, 어느 것에 해당하는지 알고 싶습니다." 인애는 당차게 물었다.

모두가 숨을 죽인다. 마지막에 가장 뜨거운 사적인 질문이 터진 것이다. 신상 발언으로서 내가 대답할 필요가 없다면서 막아 주는 사람은 아무도 없다.

"지금으로서는 나도 그 이유를 모르겠습니다. 1번, 2번, 3번은 전혀 아닙니다. 4번처럼 절대적 사랑 개념이라는 사회가 심어 놓은 도덕적 굴레를 못 벗어나서 그런 것 아닌가 싶습니다."

나름 내 심정을 진솔하게 말했지만, 비열하고 우유부단하며 모순덩어리라는 내 본성 때문일지도 모른다는 5번은 토로하지 않았다. 내 말이 끝나자 인애의 표정은 환해졌다. 신희의 표정은 별로 변화가 없이 무덤덤하다.

"훌륭하고 파격적이고 좋은 여러 이야기가 나왔습니다. 처음에는 단순 토론으로 출발했지만 토론의 대미장식을 위하여 사랑이 있는지 없는지 여부에 대하여는 결론을 내리는 게 필요할 것 같습니다. 여러분 생각은 어떠하신지요?" 갑작스런 현철의 제의였으나 모두 고개를 끄덕인다.

"법조계에 계신 분이 사랑이 존재하는지 여부에 대하여 결론을 내주시는 게 좋겠습니다." 사회자인 현철은 장 검사를 보며 말했다. 장 검사는 쑥쓰러운 듯이 바통을 받았다. 그러나 장 검사는 우렁차며 단호한 목소리로 말했다.

"민주주의의 기본원리인 다수결로 정하겠습니다. 저, 신희 씨, 인애 씨, 혜진 씨, 정 회장님은 절대적 사랑, 즉 현 사회가 주장하는 절대적인 사랑은 없다고 보고 있고, 영옥 씨, 현철 씨는 절대적 사랑이 있다고 보고 있습니다. 이의가 있으신가요?" 아무도 이의를 제기하지 않는다.

"남은 사람은 영신 씨인데 회색 같습니다. 영신 씨의 생각이 사랑이 있다 쪽에 넣더라도 사랑은 없다 쪽이 5:3으로 우세합니다. 결론을 내리면 이 사회가 주창하는 절대적 개념의 사랑, 그 사랑은 없습니다. 물론 이성의 두 근거림으로 인한 광이 사랑이라면 그런 사랑은 분명 존재합니다. 그 사랑도 절대적인 것이 아니며 수시로 변동하는 것입니다."

한순간 모두 숙연해진다. 우리가 내린 결론이 너무 엄청나서일까? 이런 방향으로 사회가 변화될 때 예상되는 수많은 험난한 여정 때문일까? 아니면 자기 인생을 되돌아보고 정리하는 중일까?

인애가 벌떡 일어서서 이제까지 말한 내용이 새로운 패러다임으로 생각되어 공학적인 구조 하에서 정리하였다면서 최신 프레젠테이션 툴을 사용하여 허공에 화면을 띄웠다. 논리적으로 도출된 것이 아니며 과거의 광동팀 대화와 오늘의 토론 의견들을 단순 수렴한 것에 불과한 것임을 그녀는 재차 강조한다. 또렷또렷하게 말하는 그녀의 입술은 부드러워져 있었고 매서웠던 목소리에는 유연함이 서려 있다.

선명히 떠 있는 제목은 '우리의 패러다임'이었고, 팩트, 전제, 그리고 주장들로 나누어져 있었다.

우리의 패러다임

팩트 1. *생물체는 태양에너지를 동력으로 지속적으로 진화되었고 완성된 생물체 중의 하나가 인간이다.*

팩트 2. *위치를 파악할 수 없는 불확실한 전자로 하부구조가 구성되어 있는 인간의 마음은 본질적으로 불안하다.*

팩트 3. *인간은 그의 마음에 뭔가 채워져야 불안함에서 벗어난다.*

팩트 4. *인간에게는 지루함이나 싫증이 작동하는 근본적인 본능이 탑재되어 있다.*

전제 1. 노동력이 생산수단으로서 중요했던 과거 사회에서는 노동력을 안정적으로 확보하며 성적인 질서의 안전성을 위하여, 종교의 믿음과 유사한, 이성 관계에 대한 절대적 가치가 필요했다.

전제 2. 안정된 삶과 자기 영역의 확보라는 두 축으로 구성되는 생존 욕구는 인간에게 최우선적으로 해결되어야 한다.

전제 3. 기계나 정보시스템의 발달로 현 시대의 생산량은 초과 공급 상태이며 앞으로도 계속 그러할 것이다.

전제 4. 민주주의 하에서 개인은 법의 테두리 하에서 무제한으로 자기의 즐거움을 추구한다.

주장 1. 성을 중심으로 발생하는 3가지의 광, 이성이 주는 광, 동반에서 오는 광, 자식으로 인한 광들은 상호관련성이 아주 크다. 이 세 가지의 광들이 어느 정도 충족되면 인간 생존 욕구의 대부분이 충족된다.

주장 2. 생산량이 부족했던 과거에 여러 사회적 필요성 때문에 이성이 주는 광, 동반에서 오는 광, 자식으로 인한 광의 합에 절대적인 최고의 가치를 부여한 후 이를 사랑이라고 명한 후 인간의 머리에 심었다.

주장 3. 초과 공급 사회로 이행되고 정보화가 발달됨에 따라, 세 가지 광의 합에 절대성을 부여할 필요성이 점차 희박해지고 있다. 즉 절대적 사랑 개념의 필요성은 사라지고, 각각의 광으로 해체될 가능성이 높아지고 있다. 만약 각 광이 따로 따로 분리된다면, 각 광의 획득 논리에 따라 그것을 충족하면 된다.

주장 4. 자신이 가장 추구하기를 원하는 최고의 광, MY光을 역동적으로 추구하면서 사는 것이 최선의 가치이다.

발동이 걸린 장 검사가 벌떡 일어섰다.

"현 교수가 잘 정리해 주었지만 저희나 일반 사람들은 간단한 것을 좋아합니다. 정 회장님, 현 사회가 만들어 놓은 사랑을 대체할 단어를 말씀해 주시지요."

나는 손으로 주장 4. 를 가리켰다. 인애도 내 생각을 알아차린 듯 '주장 4'를 크게 키웠다. 잠시 동안 정적이 흘렀다. 나는 진중하게 말했다.

"현 교수가 보여주고 있는 마이광이 사랑을 대체할 단어라고 하겠습니다."

"한마디로 말하면 자기가 가장 소중하다고 생각하는 광을 추구하면서 살라는 거지요." 장 검사는 단어를 풀어서 나름의 보조설명을 했다.

"마이광은 절대적 사랑에 얽매인 구세대에게는 변동성을 주고, 벌써 그렇게 사는 신세대에게는 그 행위의 정당성을 부여해 주겠네요." 혜진은 중얼거리듯이 말했다.

"만약 특정인의 마이광이 이성광 자식광, 동반광 중 어느 하나가 아니라면, 그때 마이광은 사랑을 대체하는 개념이 아니라 그 시점에 그의 의식을 지배하는 최고의 가치를 의미하겠네요." 영신은 말했다.

"그렇죠, 애국심이 마이광이라면 그것은 사랑은 아니지만, 그의 인생의 절대적 가치가 되는 거죠." 경옥도 동조한다.

"저도 사랑이 아닌 재물광이 마이광입니다." 인애도 자기 관점에서 끼어들었다.

"그 재물광의 파편에서 촉발된 생존광이 저의 마이광이죠. 저의 생존광은 비참한 현실이자 처절한 몸부림입니다." 장 검사가 크게 말하자 모두가 웃었으나 어딘가 어색하다.

"파편도 여러 번 맞으면 괜찮아집니다. 저의 마이광은 헌신적 희생입니다." 현철이 확신에 찬 어조로 말했다. 이번에는 모두가 환하게 웃었다.

현철은 새로운 사랑 개념을 위하여 건배하자고 했다. 건배사는 "마이광!"이었다. 모두 다 우렁찬 목소리로 온 세상에 퍼져 나가도록 마이광을 외쳤다. 큰 일을 마치고 난 다음에 느끼는 뿌듯함일까?

건배가 끝나자마자, 영신은 아직도 정리가 안 된다는 듯이 나에게 질문을 했다.
"사랑의 절대성을 믿지 않는 경우에 사랑을 대체할 단어로서 마이광을 정의했죠. 그런데 알고 보니 그것은 사랑을 대체할 수도 있고 인생의 지배가치도 될 수 있다는 것이지요. 그러면 마이광은 사랑보다 더 큰 개념이 아닌가요?"
"나라를 사랑하라는 말처럼, 사랑도 이성 관계에 국한되는 것이 아니며 인간 의식을 지배하는 최고 가치입니다. 따라서 마이광이나 사랑은 둘 다 인생의 지배가치입니다." 이제야 생각났다는 듯이 현철이 즉각 반격했다.
"민주자본주의사회 하에서는 개인의 자유가 완전히 보장되고 인터넷에 의한 무제한 정보공유로 인하여 사회가 제공한 가치에 대한 환상이 점차 희석됨에 따라 개인들이 그에 매이지 않고 자기 광을 마음껏 추구합니다. 따라서 최고의 가치는 개인이 스스로 결정하는 것이지요. 따라서 각자의 주관에 따라 결정된 최고의 가치를 표현하기 위한 단어가 반드시 필요합니다. 이것이 마이광입니다. 즉 사랑은 사회에 의한 객관적인 최고 가치지만 마이광은 자기의 주관에 의한 최고 가치이죠." 나는 조곤조곤 말했다.
"과거에는 사회의 가치와 개인 가치가 대부분 동일하였으나 이제는 양자가 달라질 수 있어서, 개인 입장에서의 최고의 가치를 정의하는 개념이 필요하다는 말이네요." 장 검사가 부연한다.

"인터넷을 중심으로 이루어진 고도화된 정보화 사회에서 개인의 주관적 가치가 사회를 사실상 지배하죠." 최고경영자였던 혜진도 수긍한다.

"인터넷을 통하여 자기 의견을 적극적으로 개진하면, 그것이 사회의 주된 흐름이 되는 경우도 종종 있죠." 사회 선생님인 경옥도 한마디를 거들었다.

"마이광이란 자기 스스로 절대적 가치를 부여한 최고의 자기광으로 보면 되나요?" 정신분석의 영신은 재차 질문한다.

"맞습니다. 사랑은 사회가 절대성을 부여했지만, 마이광은 개인 스스로가 절대성 내지 강한 믿음을 부여한 것입니다." 나는 답했다.

"결국 객관과 주관의 차이군요. 객관적으로 정해진 몇 개의 가치보다는 마이광의 최고 가치는 훨씬 더 다양할 수 있겠네요. 그러나 검증되지 않은 주관적 최고 가치 내지 강한 믿음이 문제가 되는 것이라면, 그로 인하여 사회적으로 큰 피해가 발생되지 않을까요?" 영신은 다시 물었다.

"예, 그래서 명중이나 명광법이 필요한 것입니다."

"맞아, 그렇게 되는 거였죠." 영신은 이해된다는 듯이 고개를 꺼덕였다. 그의 예리한 분석력은 언제나 작동하고 있다. 그가 곁에 있으면 인간 정신과 관련된 가설은 언제라도 검증받을 수 있다. 추가적인 토론으로 모두가 마이광을 더 분명히 이해하게 되었다. 인애의 얼굴은 약간 발그스름해진다. 반면 신희는 고개를 끄덕이면서 뭔가를 골똘히 생각하고 있다.

갑자기 정지민 의원이 조심스럽게 자기도 의견을 말할 수 있는지 물었다. 여긴 모인 사람은 모두 발언권이 있다고 현철은 답했다.

"마이광은 아주 유용한 용어이네요. 저의 경우 그 서빙 아줌마는 자기 눈으로 확인한 것도 아닌데, 부적절한 관계를 확신을 했습니다. 그 아줌마가 자기가 옳다고 생각하는 소신이 마이광과 유사한 것 같습니다." 그녀는 잠깐 쉰 후 다시 말을 계속했다.

"김지영 선수의 끈질긴 설득으로 그 아줌마는 우리 앞에서 자기의 발언이 과도했다는 것을 인정했습니다. 다음날 인터뷰에서는 모르겠다고 진술하기로 약속했죠. 그러나 다음날 인터뷰에서는 그녀는 부적절한 관계를 확신한다고 말하더군요.

처음으로 되돌아간 이유에 대하여 물었으나 뚜렷한 이유도 없고 주관적인 생각뿐이었습니다. 그녀는 독실한 종교 신자로서 남편의 불륜 때문에 이혼을 했습니다. 지금 생각해 보니 그녀에게는 정조가 마이광이었죠. 그런 마이광을 가진 그녀는 저와 관련하여 객관적으로 증언할 수 있는 사람이 아니었습니다. 이런 저의 사건에서 볼 때 각자의 마이광은 주위 사람에게 피해를 줄 수 있습니다."

"정 의원님의 사례는 우리 사회에서 가장 자주 발생하는 마이광의 문제점일 거라고 생각됩니다." 영신은 말했다. 모두 고개를 끄덕였다.

"저도 궁금한 점이 하나 있습니다. 질문해도 될까요?" 정 의원은 고개를 끄덕였다. 그녀의 억울함을 확신하는 나는 정 의원의 진실을 다른 방식으로 입증해 주고 싶었다.

"그때 박 교수와 부적절한 관계를 안 했다면 그 이유는 무엇인가요?"

"사실 박 교수가 권력과 돈 때문에 저를 버렸을 때, 저는 분노로 몸을 떨었고 한 달 동안은 제정신이 아니었죠. 오빠에게 친구인 박 교수의 마음을 돌려 달라고 사정했죠. 오빠가 나섰지만 별반 소용이 없었죠. 친구면서 그것도 못하느냐며 오빠를 많이 원망했죠." 말하는 도중 그녀는 가끔씩 부르르 떨었다.

"시간이 지나면서 박 교수를 조금씩 이해하게 되었죠. 박 교수는 자기의 마이광에 충실한 것뿐이지요. 이번 인터뷰에서도 자기의 자식과 나를 위하여 아무 말을 하지 못한 것도 수긍이 되었고요. 여관방에 같이 들어갔을 때 박 교수와의 옛날 생각이 나더군요. 처음에는 나의 마음도 그와 깊은 육체관계를 원했는지도 모릅니다." 그녀의 말투는 조금 누그러졌다.

"그러나 키스 후 다른 단계로 진행되려는 순간 정치광이 그것을 못하게 막았습니다. 어쩌면 박 교수처럼 나도 마이광에 충실한 것뿐입니다." 그녀는 처연스럽게 웃었다.

정치광이라는 주관적 마이광이 이 시대가 절대시하는 객관적 가치인 사랑을 밀어내고 그 자리를 차지했던 사실에 씁쓸해 하는 걸까? 그녀의 웃음 속에는 자조가 보였다. 아무도 따라 웃지 못했다. 그러나 모두는 그녀가 부적절한 관계를 하지 않았다는 확신을 가지게 되었다.

"저는 마이광을 따르면서 그때 그때 다양한 사랑을 추구해 왔습니다. 혹시 아실지 모르겠지만 병수 씨에게도 갔다가 이 모임으로 다시 돌아온 사람이죠. 마이광을 따르며 살았던 저의 과거들에 대하여 한번도 후회한 적은 없습니다." 언젠가부터 인애는 대화의 리더 격으로 자리를 잡아가고 있었다. 인애는 그 리더로서 정지민 의원의 복잡한 심정을 위로하려고 했다.

"병수 씨라면… 정 회장님 부인과 썸씽이 있었다는 그 사람인가요?" 정 의원은 더듬거리며 나에게 물었다.

"맞습니다. 저 또한 저를 다시 기꺼이 도왔던 정 회장 앞에서 아주 젊은 애인과 끈적한 이성광을 보란 듯이 즐겼던 사람입니다. 아직도 그 이성광을 그리워하고 있죠." 신희도 지지 않고 정 의원을 위로한다.

"그런 일이 가능한 일인가요?" 정 의원은 두 눈을 동그랗게 뜨고 외쳤다.

"마이광에 충실하는 것은 전혀 죄악이 아니며 삶의 최고의 권리입니다." 신희는 당당하게 말했다. 인애도 고개를 끄덕였다.

"그렇지만 지금은 신희 씨는 그 젊은 애인에게 비참하게 차인 상태이죠. 저도 그런 해피엔딩을 마이광 차원에서 무척 즐기고 있죠." 이번에는 내가 자랑스럽게 바통을 이었다. 모두가 웃었다. 정지민 의원도 그 작은 입으로 아주 환하고 크게 웃었다. 큰 웃음은 그녀의 불안스러운 안색을 평온하게 바꾸기 시작했다. 잠시 후 그녀는 초롱초롱한 눈을 반짝이며 나에게 신중하게 물었다.

"조금전 마이광 문제를 해결하는 방법으로 명광법을 이야기하셨는데 명광법이 무엇인가요?"

"명광법이란 마이광의 상태를 다스리는 방법입니다. 그러나 아직 초기 단계라서 방법상으로 보완해야 할 여지가 아주 많습니다."

"만약 명광법을 보완하여 사회 현실에 실제적으로 적용하려는 프로젝트를 추진하신다면, 저를 꼭 참여시켜 주세요." 그녀는 집요한 치타로 되돌아왔다.

나는 마이광을 사랑을 대체하는 단순한 개념으로 생각했었다. 그러나 토론을 통하여 마이광도 사랑처럼 인생의 지배가치가 되는 개념임을 확인하였다. 정반합 과정이 내포된 토론방법은 변동성을 통하여 진리를 찾는 훌륭한 방법임이 틀림없다.

사회자인 현철은 오늘의 주인공인 나의 노래를 요청했다. 지금 분위기에 어울리는 곡은 무얼까? 밝은 빛이 머리를 스쳤다 최근 아주 인상적으로 들은 「이 소설의 끝을 다시 써 보려 해」라는 곡이다. 노래가 끝나자 모두 환호한다.

"이제 소설은 그만 써야 해." 현철이 말했다. "양음 양 법칙 관점에서는 이렇게 좋은 양의 뒤에는 음이 나옵니다." 모두가 웃었다.

23.

마
이
明
光

     최 회장이 죽은 후 한동안 병수로부터 어떠한 공격도 없었다. 화장한 최 회장의 무덤이 약간 훼손된 것을 제외하고는 이상한 일도 없었다. 유상증자 성공 후 혜진을 그대로 두고 다른 이사는 권성우 전무로 교체했다. 권성우 전무는 정년으로 마침 회사를 그만둔 상태였다. 의리가 있으며 포용력도 넓고 경험이 풍부한 그라면 혜진을 충분히 지원하고 견제할 수 있다고 생각되었다.

    최 회장 사후 49일 후 병수로부터 연락이 왔다. 어머니 묘소 곁에서 49일 시묘살이를 하면서 아버지의 극락왕생을 빌었으며, 그 동안 자기의 잘못을 뉘우쳤으니, 시간이 되면 시내의 대중음식점에서 만나서 사죄하고 싶다고 했다.

    그 대중음식점은 2층인 건물에 있었다. 혹시나 싶은 마음에 현철, 김 이사와 함께 갔다. 정말 병수의 몸에서 짙은 풀 냄새가 났다. 어머님 묘소에서 아버지의 시묘살이를 했다는 점으로 볼 때 병수가 진짜로 마음을 잡았다는 생각도 들었다. 서너 잔 술잔을 나눈 뒤 그는 진중하게 사과했다. 그의 말투는 차분하고 애절했다.

"최 회장이 나를 후계자로 삼는다고 하니까 그 말에 혹했어. 그렇지만 거절했어야 하는데 나의 소양이 부족했던 거지. 그때 내가 뭔가에 씌었나 봐. 정말 미안해. 나를 용서해 줘."

긴장했던 현철과 김 이사도 그의 진실성을 조금씩 받아들이면서 술을 따라 마신다. 술기가 오른 나도 그에게 말했다.

"회장 자리를 준다는데 그 유혹에 안 넘어갈 사람이 어디 있어. 사람은 다 실수하면서 사는 거야. 앞으로 우리 잘 지내자."

병수는 계속 눈물을 흘렸다. 시간이 지나자 현철도 이제는 병수를 믿는 듯이 말했다.

"영기와 얽힌 악연은 아버님의 죽음으로 다 정리가 되었으니, 앞으로 우리 잘 지내보자."

우리들 간의 뜨거운 우정의 회복, 나의 눈시울도 축축해졌다. 숙연함 속에서 가끔 이글거리는 병수의 눈빛이 맘에 걸린다.

"껌 좀 팔아 주세요." 어린아이가 나에게 껌을 내밀었다. 북받쳐 오른 감정에 나는 지갑에서 잡힌 오만 원짜리를 그대로 건넸다. 아이는 고맙다며 인사를 하고 떠났다. 병수의 뒤쪽에 있는 화장실 쪽에서 누군가 나를 계속 지켜보는 듯했다.

"용서해 줘서 너무 고맙다."

거듭되는 사과에 연거푸 마신 나는 취기가 느껴졌다. 조금 전에 왔던 아이가 오만 원이 너무 많다면서 거슬러 온 사만 원을 한사코 돌려준다. 기특하다는 생각에서 받아서 지갑에 넣으려는 순간, 만 원짜리들 사이에 작은 종이가 끼워져 있고 거기에 이상한 글자가 보였다.

"빨리 화장실로 오세요, 불곰." 내가 읽은 것을 확인한 아이는 눈을 찡긋하고 나갔다.

술에 취한 척 휘청거리면서 화장실로 갔다. 착 달라붙은 녹색 티를 입은 불곰은 병수의 사주를 받은 중국의 청부업자들이 나를 콘크리트에 묶어 서해 바다에 수장시키려고 1층 입구에서 기다리고 있다고 말했다.

사실일까라는 표정을 짓는 나에게 불곰은 지금 병수의 품에는 청계천에서 억대 돈을 주고 구입한 권총도 있다고 하며 멀뚱해 하는 나를 번쩍 안아서 창문 위에 앉히더니 저쪽 나무를 잡고 내려가라고 한다. 망설이는 나에게 병수가 청부업자와 성공부 조건으로 계약했기 때문에 그들은 어떤 식으로든 오늘 나를 잡아가려고 한다며 빨리 도망가라고 사정한다. 그의 얼굴에 진실이 느껴졌다.

갑자기 두 명의 덩치가 들어와서 창문에 걸터앉은 나를 발견했다. 불곰은 달려드는 그들 둘을 붙잡고 말한다.

"형님, 빨리 도망가. 난 얼마 못 버텨."

엉겁결에 뛰어서 나무를 붙잡았으나 부딪친 가슴이 너무 아프다. "으악!" 하는 불곰의 고함소리와 함께 창문이 피로 물들었다. 나는 무작정 아래로 뛰었다. 쿵 하는 소리가 세게 났으나 이제는 통증조차 느껴지지 않는다. 마침 오는 택시의 앞을 막아 세우고 무조건 탔다. 놀란 택시 운전사에게 파출소로 가자고 했다.

갑자기 미영의 얼굴이 떠오른다. 미란에게 전화했으나 전화는 꺼져 있다. 장모의 전화는 계속 통화 중이었다. 마음은 초조하기만 하다. 조금 후 장모는 전화를 받았다. 장모에게 사정은 묻지 말고 미란의 집에 가서 미영을 데리고 도망치라고 했다.

"미영이 여기 놀러 왔는데 방금 전 병수가 사람을 보내서 데리고 갔어."

"씨발, 이 새끼!" 전화를 끊으려는데 무슨 일이냐는 장모의 고함 소리가 들린다.

곧 병수의 전화가 왔다. 딸을 살리고 싶다면 명중대로 혼자만 오라는 것이다. 경찰이나 다른 사람이 오면 나 대신 딸을 죽이고 자기는 잠적하겠다고 했다.

미영의 입은 막히고 양손은 묶인 채 훌쩍대고 있었다. 눈물과 콧물이 얼굴에 범벅이다. 병수는 권총을 들고 난간 보호대에 기대어 서 있고, 옆에는 조폭으로 보이는 큰 덩치가 우뚝 버티고 있다.

"나는 너를 공격한 적도, 피해 준 적도 없어. 미영이를 이리 보내 줘."

"아버지의 유골을 뿌린 어머님 묘에서 시묘살이가 끝나면 자살할 생각이었어. 너는 나의 모든 것을 앗아갔어. 신희도, 아버지도, 대정산업도. 너를 응징하지 않고는 내가 죽을 수 없다는 결론을 냈어. 돌아가신 아버님도 나에게 그렇게 해야 한다고 속삭였어."

"너를 이용한 것은 최 회장이야. 그렇게 부려먹은 너한테 하나도 남겨주지도 않았잖아. 아버지가 아니고 너를 이용하기만 했던 비열한 작자야. 그런 작자의 말을 왜 듣나?"

이제는 실상을 가르쳐 주어 호소해야겠다. 내 말에 병수는 흠칫했다. 그는 다시 말했다.

"그것도 다 너 때문이야. 네가 죽어야 내 마음이 풀려."

극단적인 과존적 감성이 병수를 완전 지배하고 있다. 지금 그는 모든 논리와 감성을 동원하여 그가 하고 싶은 것을 정당화하려는 동물일 뿐이다. 무슨 말을 해도 소용없다.

병수는 조폭에게 나를 붙잡으라고 했다. 조폭은 나를 잡기 위하여 달려들었으나 나는 엉겁결에 피했고 위치는 반대가 되었다.

"이 자식이, 피해?" 그는 양손을 벌리며 몸으로 나를 덮쳤다. 온 힘을 다하여 산 같은 그를 사정없이 밀쳤다. 커다란 몸은 올라오는 계단 쪽으로 밀려 나갔고 우당탕탕 소리와 함께 계단으로 거의 이십 미터 아래까지 굴러갔다. 짙은 어둠 속에서 그는 더 이상 일어나지 못했다. 갑자기 온 힘을 다 쏟아서인지 나의 배꼽 아래가 무엇에 막힌 듯 답답하다. 병수에게 다가가기 위하여 힘을 집중하면 막힌 부분이 그 무엇에 의해 저지되면서 끊어지는 듯한 통증이 생겼다. 그러나 우는 미영을 보며 꾹 참았다.

삽시간에 보여준 나의 괴력에 놀란 병수는 나를 겨냥만 하고 쏘지는 못했다. 갑자기 "미영아!"라는 미란의 소리가 들렸다. 허겁지겁 올라온 미란은 묶여 있는 딸을 보자마자, 무작정 딸을 잡으러 돌진했다.

병수가 미란을 밀쳐 내자 미란은 내 쪽으로 밀려 왔다. 따라온 경찰이 조준사격 자세로 "꼼짝 마!" 하고 소리쳤다. 흥분한 미란은 두 총구는 아랑곳하지 않고 무턱대고 미영을 잡으려 다시 뛰쳐나갔다. 그 틈을 타서 나도 아픔을 잊고 미영을 잡으러 몸을 날렸다.

두 명이 한꺼번에 달려들자 당황한 병수는 엉겁결에 미영을 강에 던졌다. 미란도 미영을 따라서 몸을 던졌다. 머리가 백지장이 된 나도 본능적으로 한강으로 몸을 던졌다.

명중대에서 한강 수면까지의 거리는 100미터 정도이나 영원한 시간의 미로를 통과하는 것처럼 길고 길었다. 뒤늦게 올라온 장모가 절규하는 소리가 들렸다.

"병수야, 미영인 네 딸이야."

그 소리에 위를 쳐다보는 순간 병수도 몸을 날리고 있었다. 맨몸이 한강과 부딪히면서 차가운 가을의 물 기운이 나를 사정없이 때렸다. 그 충격으로 배꼽 아래가 마비되면서 나는 정신을 잃었고 몸은 통나무처럼 굳어졌다.

길고 긴 암흑의 터널이 보인다. 터널에 발을 디디려는 순간 "아빠 힘내세요, 우리가 있잖아요."라는 남녀 합창 소리가 나를 흔들어 깨웠다. 나는 본능적으로 다리를 저었고 몸은 서서히 수면 위로 부상했다.

푸우, 소리와 함께 정신을 차린 나는 주위를 살폈다. 보름달 빛과 조급한 나의 마음 때문에 한강은 훤히 보였다. 나는 미영과 미란을 계속 외쳤으나 그 어디에도 반응은 없었다. 저쪽에서 미란과 미영을 찾는 병수의 처절한 울부짖음이 메아리처럼 들렸다. 두 사람의 절규가 한강을 온통 뒤덮었다.

조금 후 보트가 와서 나를 구했다. 아프다는 나의 말에, 배와 배꼽 부위를 여러 번 진찰한 의사는 말했다.

"지금 배꼽 아래 뭔가 막혀 피가 잘 통하지 않아서 힘을 쓰시면 심한 통증이 발생되고 있습니다. 앞으로는 힘을 쓰시다가 통증이 생기면 당장 멈추세요. 만약 그런 상태에서 힘을 계속 사용하시면 하반신이 마비될 가능성이 아주 큽니다. 제가 일단 응급처치를 하였으나 내일이라도 정밀 진단을 받아 보시기 바랍니다."

의사의 진단은 관장의 말과 유사하다. 여러 부위 사진들을 보여주며 의사는 계속 말했다.

"그러나 다른 부위는 지극히 정상적입니다. 100미터 아래 물에 떨어진 사람에게 이처럼 아무런 외상이 없다는 것은 정말로 행운입니다."

의사가 나가고 영신은 나에게 조심스레 말했다. 병원에서 의식을 회복하자마자 영신에게만 연락했고 영신은 허겁지겁 달려온 것이다.

"일전에 네가 말한 내용들로 미루어 볼 때 너는 명광법 후반부를 완성하지 못했어. 그 상태에서 무의식적으로 그 힘을 쓰다 보니 배꼽 아래 단전에 부작용이 온 것 같아. 100미터 아래로의 추락에도 외상이 없는 것도 미완성된 명광법 후반부의 효능 때문인 것 같고."

예전에 일광도 관장의 말을 듣고 나서 나의 증상을 영신에게 이야기한 적이 있었다. 관장이 사용하지 말라던 미완성의 힘을 조폭을 밀 때 무의식적으로 사용하여 단전이 막히는 부작용이 발생했다니.

"그럼 나는 어떻게 해야 하지?"

"의사 말대로 크게 힘을 쓰지 않으면 문제가 없을 것 같아."

"그래도 고쳐야 하는 거 아닌가?"

영신은 나의 단전을 만지고 나서 내가 느끼는 증상을 물어보기를 여러 차례 반복했다. 그는 한참 동안 생각에 잠겼다. 이윽고 그는 침통하게 말을 꺼냈다.

"이제까지 내가 조사한 것과 오늘 너의 증상을 보니, 너의 명광법은 고대 인도 지역에서 유행했던 극한의 정신수련법과 유사해." 어안이 벙벙해 하는 나를 보고서 그는 잠시 말을 멈추었다. 내가 조금 이해하는 듯하자 그는 말을 계속했다.

"어떤 연유인지 몰라도 너의 가훈인 명중법도 그와 유사한 수련법 같아. 수십 년 동안 닦은 명중과 우리 전통 비법인 일광도가 어우러져 정신수련법에 문외한인 네가 미완성이지만 이 정도의 명광의 경지에 오른 거야."

"그래서?"

"고대 인도의 수련사들은 극한의 고통에서 벗어날 때 인간의 본질이 완성된다고 생각했어. 만약 내 추론이 사실이라면 너의 단전마비도 극한의 고통을 이겨낼 때 치유될 수 있는 것이 아닌가 생각돼."

"의사나 너의 말대로 힘을 쓰지 않으면 앞으로 극한의 고통이 올 일이 없지 않나?"

"혹시 네가 혹시 온 힘을 써야 하는 상황이 발생하면 그때는 엄청난 고통이 올 거야. 그리고…"

얼굴빛이 흑색이 되면서 영신은 말을 머뭇머뭇거린다.

"괜찮아, 영신아, 니가 아는 대로 말해 줘."

"그 과정에서 너는 죽을지도 몰라."

온 힘을 쓰면 죽을 수도 있다니, 나는 더 이상 말이 안 나왔다.

"어떤 경우라도 절대 온 힘을 다하지 마. 이말 꼭 명심해." 영신은 비장하게 당부했다.

"온 힘을 써야만 하는 상황이 온다면 어쩔 수 없이 써야 하는 것 아닌가. 이제 난 애도 없는걸."

애도 없다는 나의 독백이 끝나자, 절규하던 장모의 목소리가 떠올랐다. 미영을 붙잡기 위하여 무작정 달려들던 미란의 모습도, 미영을 외치던 병수의 목소리도, 내가 미영을 쓰다듬고 귀여워서 어쩔 줄 몰라 할 때 어처구니없이 나를 바라보던 미란의 얼굴도, 딸임에도 미란만 닮았다는 어머니의 말, 미영을 임신하게 한 줄 알았던 그 성관계 때 이미 피곤에 치쳐 보였던 미란의 얼굴도 생생하게 스쳐 지나갔다.

"온 힘을 사용해서 극한의 고통이 올 때, 죽음을 각오하고 모든 것을 다 던지면, 극복할지도 몰라." 무언가 생각이 났다는 듯이 영신은 소리쳤다.

아침 한강 모래사장에서 장모는 한없이 울고 있었다. 죽은 미란은 미영을 꼭 껴안고 있었다. 미영을 꼭 껴안고 죽은 미란의 표정은 자유의 여인의 그것과 흡사했다. 미영의 오른 손목에 시계 모양의 위치 추적기가 달려 있었다. 퉁퉁 부은 미영의 얼굴에서 병수의 모습이 보인다.

정신을 차린 장모는 나에게 말했다.

"내가 체형이 특이해서 일반 섹스로는 임신이 잘 안 되었어. 국내 유명의

사가 남자가 서서 나를 안고 섹스하는 체위에서 임신이 잘 될 거라고 해서 남 회장과 그런 체위로 하다가 미란을 가진 거지. 그 후 내 몸은 그런 체위에만 즐겁도록 길들여졌어. 희한하게도 미란도 그런 체질을 그대로 이어받았어." 장모는 흐르는 눈물을 닦기 위하여 잠시 말을 중단했다. 그녀의 눈은 퉁퉁 부어 있었다.

"결혼 후 적당한 시점에 미란에게 특이한 체질을 이야기하려고 했지만, 자네와 싸우고서 집에 온 미란은 지극히 분개해 있었어. 그 후 자네 집에 다시 들어갔지만 미란이 다시 어린 대학생에 빠져 버려서 그 사실을 또 말할 수가 없었지. 미란이 병수에게 빠져들면서 아예 말을 꺼낼 필요가 없었지." 장모는 한숨을 쉬고 미란과 미영을 쳐다본다. 아직도 그들의 죽음을 믿을 수 없다는 표정이었다.

"미영의 얼굴에서 병수의 흔적이 보여서 미란에게 병수와 그런 체위로 섹스한 적이 있는 지를 물었어. 여러 번 했다는 미란의 말에 유전자 검사를 해보니 진짜 병수 딸이더군. 그러나 자기 욕망에만 집착하는 병수보다는 자기 길을 꾸준하게 걸어가는 자네 품에서 딸이 크는 게 좋을 것 같아서 자네와 병수에게 일단 알리지 말자고 했어."

그녀는 긴 한숨을 쉬었다. 그녀는 다시 자신의 가슴과 머리를 세차게 두드렸다.

"자네가 관계를 중단하라고 할 때 그때 진실을 모두에게 말했어야 했는데. 내가 결국 둘을 죽인 거야. 하늘이 나에게 천벌을 내린 거지."

미란은 그녀의 영혼이 부르는 대로 살았다. 그녀는 마이광에 따라 사는 전형적 인간이다. 그러나 그녀의 마이광은 나와 불협화음을 일으켰고 마지막에는 귀한 딸의 목숨까지도 잃게 만들었다.

자유의 여인의 경지까지 도달한 미란이 정신을 차리고 미리 병수에게 진실을 말했다면, 그녀도 살고 미영도 살았을 것이다. 장모만이라도 그전에 그녀의 마이광에서 조금만 벗어났다면, 대상을 받은 조각가, 미란과 꽃다운 그녀의 딸은 죽지 않았을지 모른다.

　미란은 미영을 구하기 위하여 몸을 던졌다. 죽음의 시점에 이르러서야, 그녀도 명중에 의하여 걸러진 마이광에 도달한 것이 아닐까? 사람은 불완전하므로 특정 시점에서만 본다면 과실이 없는 인간은 없다. 자기 마이광에만 빠져 주위와 좌충우돌했지만 죽음에 이르러서 진정한 마이광을 찾은 미란은 현대인의 또다른 모습일 수도 있다.

　특정 시점 기준으로 그녀를 단편적으로 평가하지 말고, 자유라는 그녀의 목표를 찾아 가기 위한 순수하고 자유분방한 노력을 변동성이란 큰 틀에서 총체적으로 본다면 어느 누구도 그녀를 비난할 수 없는 것이다.

　마이광은 시간에 따라 바뀔 뿐 아니라, 다른 사람의 마이광과 상호작용을 통하여 압도당하거나 변질되기도 하며, 다른 사람의 마이광을 변화시키기도 한다. 즉 마이광도 변동성의 큰 틀 안에서 생성, 발전, 소멸되는 것이다.

　마이광이 다른 사람과 상호작용하면서 제자리를 잡아 간다는 변동성의 역학을 인정한다면, 자기의 마이광의 절대성에 집착하지 말고 그때 그때 겸허하게 점검해 보아야 하며, 다른 사람의 마이광에 대하여도 넓은 아량으로 이해하여 주어야 하지 않을까?

　이런 관점에서 볼 때 변동성 관점은 명광에 도달하기 위한 제4번째 평가 기준이다.

　문제는 병수다. 명중으로 다스려지지 못한 그의 마이광은 미란과 미영을 죽게 했다. 그의 마이광은 과존적인 감성에 의하여 계속 증폭되고 있다.

그의 마이光은 극단적인 마이狂으로 변질되었고 그 狂의 끝은 알 수 없다. 병수에게도 그때 그때 마이광의 상태를 스스로 점검하는 장치, 즉 명중이 있었다면 이런 파국으로 오지 않았을 것이다.

병수를 아직도 못 찾았다고 한다. 경찰은 내 주위에 사복형사를 배치했다. 자정을 지나 갑자기 모르는 번호에서 전화가 걸려 왔다.

"저, 저, 저, 영준인데요." 그의 목소리는 사시나무처럼 떨리고 있었다. 곧 병수 목소리가 뒤따랐다.

"신희도 지금 여기 있어. 둘을 살리고 싶으면 명중대로 혼자만 와. 두 시간 이내에 오지 않으면 이 둘은 죽을 거야. 난 이제 잃을 게 없는 사람이야. 전처럼 허튼 짓을 하지 마."

내가 가지 않으면 그들은 죽는다. 신희는 나를 살려준 사람이다. 신희 때문에 지금까지 살아 있는 거 아니더냐? 내 목숨을 주고 그들을 구하자.

"아버지, 저의 재산으로 명중을 가르치는 재단을 설립해 주십시오. 저를 살린 신희를 구하기 위하여 저는 먼저 갑니다. 불효자식을 용서해 주세요. 추신. 고추 농사로 너무 몸을 혹사하지 마세요."

유언장을 작성해 놓고 창문을 넘어 몰래 밖으로 나갔다. 담에서 땅에 내려앉는 순간 영신 말대로 배꼽 아래가 아프기 시작했다. 죽으러 가는 나에게 애들이 없다는 게 그나마 위안이 된다.

명중대에 완전히 오르기 몇 계단 전에 위를 쳐다보니 신희와 영준은 입과 두 손이 테이프로 감긴 채 난간 보호대에 묶여 있고, 병수는 한 손에 권총을, 다른 한 손으로 칼을 잡은 채 서 있다.

"둘을 아래로 내려 보내면 내가 올라갈게."라고 말하자마자 "탕!", "아악!" 총소리와 신희의 비명이 들렸다.

"나는 내 딸도 잃었어. 이제 더 잃을 게 없어. 안 오면 당장 둘을 죽일 거야."

협상의 여지가 없다. 올라가자마자 그는 바로 내 허벅지에 총을 두 발 발사했다. 나는 쓰러지면서 사방에 피를 철철 뿌렸다. 생전 처음 맞아 보는 총알, 살 속에 쇳덩어리가 박힌 아픔은 이루 말할 수 없었다. 그 고통을 참으려고 안간힘을 쓰자 배꼽 아래도 다시 아프기 시작했다.

"너뿐만 아니라 이 둘도 살려 줄 수 없어."

"나만 죽이기로 약속했잖아. 신희는 네가 그토록 좋아하던 여신이잖아." 나는 이를 악물고 외쳤다.

"여신 좋아하네. 지 맘대로 놀던 헤픈 년이지. 이것들이 신문에 나와서 신약을 선전하는 바람에 유상증자가 성공해 아버지는 자살하고 나는 빈털터리가 되었어. 이 둘도 죽어야 해."

여신이라고 칭송하던 신희를 저렇게 부르다니. 병수는 지금 인간이 아니다.

"어느 놈부터 먼저 죽일까? 이 새끼가 첫 번째고 그 다음이 신희 년이야. 둘이 고통을 부르짖으면서 죽으면, 영기 네 놈이 더 고통 받겠지." 신희와 영준의 테이프를 뜯어낸다. 병수는 완전히 미친 상태이다. 그를 완전히 지배한 악마는 갖은 이성을 동원하여 그 쾌락을 즐기고 있다.

병수가 총구를 영준에게 겨누는 순간 신희는 욕설을 퍼붓는다.

"이 미친놈아, 니 애만 죽였으면 됐지. 왜 내 애를 죽이려고 지랄해." 신희에게도 아가페의 신이 들어갔다. 아들을 조금이라도 살려 두려고 병수를 자극하는 것이다.

병수가 "미친 년," 하며 신희의 배에 총을 쐈다. 배에서 붉은 피가 다시 펑펑 뿜어져 나온다. 쓰러진 나는 몸을 옴짝할 수 없고 애원만 나올 뿐이다.

"병수야, 안 돼. 제발 정신 차려." 다시 악을 쓰자 배꼽 아래가 너무 아프다. 무릎에 박힌 총알이 주는 아픔에 비할 바가 아니다. 이제는 도저히 참을 수 없는 지경이다. 이 아픔을 견디기보다는 차라리 죽는 게 낫겠다. 나의 표정을 본 병수는 이상하게 생각한다.

"이 자식, 왜 이래."

"엄마! 죽으면 안 돼!"라고 영준은 부르짖는다. 절규하는 영준의 목소리는 어딘가 들어본 목소리다. 갑자기 안개가 피어나기 시작했다. 순식간에 명중대를 덮었다.

병수는 "씨발, 안개!"라며 짜증을 부린다.

자기의 생명이 다했다는 걸 느낀 신희는 안간힘을 다하여 나에게 말했다.

"영준이랑… 경희… 니 애야."

잠시 동안 나의 뇌는 정지되었다. 그제서야 자아절단증에 빠진 나를 깨우던 그 목소리가 영준과 경희의 소리였다는 것을 깨달았다. 내가 애들과 노는 것을 흐뭇하게 보던 신희의 모습, 그리고 대정산업을 인수하고 나면 말하겠다던 이유도. 혜진과 동침하라고 한 이유도 확연히 알겠다. 흐느끼는 신희의 말은 다행히 인간이 아닌 병수의 귀에 들어가지 않았다.

"쟤를 살려야 해." 자기복제의 일념은 거대한 일광으로 화했다. 강력한 힘이 배꼽 밑의 막힌 부위로 치솟아 오르며 검은 힘과 치열한 전투를 벌인다. 그러나 두터운 방어막을 뚫지 못했다. 극심한 통증이 엄습한다. 나는 몸을 바들바들 떨었고 이를 악물었다.

피를 뿜던 신희는 스르르 눈을 감는다. "병수 새끼, 죽여 버릴 거야." 엄청난 분노의 쓰나미가 다시 몰려왔다. 헤아릴 수 없이 막강한 힘이 재차 배꼽 밑의 막힌 부위를 향해 치솟아 오른다. 그는 검은 힘과 다시 혈투를 벌인다. 검은 힘은 휘청거리다가 부스스 일어섰다. 막강했던 힘이 주저앉는다. 온몸의 통증이 몸을 갈가리 찢어 놓는다.

여태까지 소리를 지르던 영준은 입에 거품을 물고 까무라쳤다. "이 새

끼, 같이 죽자." 이제는 퍼펙트 쓰나미가 세차게 몰려왔다. 완벽한 쓰나미
는 힘차게 배꼽으로 돌진한다. 막힌 구멍이 뚫리려는 찰나 검은 힘들이 다
시 결집하여 핏빛을 뿜어낸다. 퍼펙트 쓰나미도 흩어졌다. 고통은 나를 완
전히 집어삼킨다. 나는 산산히 부서지기 시작했다.

　이렇게 끝나는 건가? 부서지는 고통 속에서 감당할 수 없는 허탈감이 닥
쳤다. 아직도 꾸역꾸역 흘러나오는 검붉은 신희의 피. 아들을 위하여 저렇
게 피를 쏟고 있는데 나는 왜 이리 무기력한가. 나의 배꼽 아래는 이미 사
라지고 없다. 내가 이렇게 소멸되는구나. 머리의 일부분만 남았다. 신희는
몸을 바르르 떨다가, 더 이상 움직이지 않는다. 그녀는 아들을 위하여 모
든 걸 던졌는데.

　"모든 것을 다 던지면, 극복할지도 몰라." 영신의 말이 생생하게 떠오른다.

　"쟤를 살리고 내가 죽자." 그러나 나의 대부분은 이미 사라지고 없다. 남
은 몇 알갱이들이 검은 힘에게 용감하고 당차게 대항했다. 검은 힘은 잠시
주춤한다. 곧 알갱이들은 소멸되고 마지막 알갱이만 꼿꼿하게 버티고 있
다. 그는 조금도 위축됨이 없다. 장판교 앞에서 조조의 백만 대군을 눈앞
에 두고서도, 두 눈을 부릅뜨고 조금도 위축되지 않았던 장비처럼.

　그러나 그 알갱이도 곧 소멸되려고 한다. 이게 내 운명인가. 꿈틀거리는
송충이가 떠올랐다. 그래, 최선을 다한 것이 아니더냐. 나약한 존재로서
이렇게 온 힘을 다한 것 이상 더 바랄 게 있겠는가. 끝까지 나의 모든 것을
던지자.

　마지막 알갱이는 푸른 영으로 바뀌었다. 검은 힘이 아무리 용을 써도 푸
른 영을 소멸시킬 수 없다. 그들은 푸른 영을 검은 통로 속으로 끌고 간다.
처절한 암흑이 푸른 영을 사정없이 무너뜨리려 한다. 그러나 그 영은 꿈쩍
도 하지 않는다. 공허와 허무가 다시 영을 엄습하여 소멸시키려 한다. 영은

절대 항복하지 않는다.

저 멀리 한줄기 서광이 보였다. 검은 통로가 끝나면서 이윽고 밝고 광활한 우주가 나에게 다가온다. 그는 내 영혼을 완전히 감쌌다. 내 영혼은 무한의 우주와 한 몸이 된다. 고통과 분노, 욕망과 열정, 절망과 희망, 기쁨와 슬픔, 이 모두가 나 자신 안에 있다는 걸 발견한다. 고통도 전혀 느껴지지 않는다. 이런 무한의 자유가 있었다니. 아! 나란 존재는 애초부터 없었고 우주 그 자체였구나. 내가 이렇게 무한의 존재였다니.

바로 그 순간 나는 다시 내가 되었다. 나의 어디선가 실낱같이 가느다란 녹색 빛이 생겼다. 녹색 빛은 굵어지면서 배꼽 아래 막힌 부분으로 쏜살같이 질주한다. 막힌 구멍은 여지없이 뻥 뚫린다. 녹색의 빛은 급속도로 증폭되어 몸 전체를 빙 둘러 감쌌다. 이 모든 일은 영겁처럼 느껴졌으나, 수유의 시간만 지나갔다.

상처 난 부위의 피는 멈추었다. 나는 천천히 일어나서 비틀거리며 한 발짝씩 병수 쪽으로 걸었다. 안개 때문에 병수는 내가 접근하는 것을 알지 못했다.

"이번에는 네 새끼 차례야. 잘 봐."라며 내 쪽으로 고개를 돌리는 순간 비틀거리며 오는 나를 발견한다. 잠시 흠칫했지만 그는 망설임 없이 내 심장을 향해 방아쇠를 당긴다.

총알은 녹색의 광에 부딪치자 휘어지면서 나의 몸에 박혔다. 나는 쓰러지지 않았다. 다시 한 발짝을 더 옮긴다. 병수는 다시 한 방을 쏘았다. 여전히 총알은 나의 몸에 박히고 나는 쓰러지지 않는다.

놀란 병수가 다시 총을 쏘았으나 이제 총알이 없다. 병수는 총을 던지고 칼을 뽑아 내 가슴을 찔렀다. 강력한 충격이 강타하자, 휘청거리며 주저앉으려는 순간 녹색 빛은 다시 나를 받쳐 준다.

이제 바로 앞에 병수가 있다. "병수를 없애야 한다."라는 과존적 감성의 덩어리는 또 다른 명광을 불렀다. 온몸을 둘러싼 녹색 광 위에 노란 광이 솟아오르면서 노란 손은 번개같이 병수의 몸을 사정없이 밀었다.

질주하는 대형 덤프트럭에 받힌 것처럼 병수의 몸은 휙 날아가 난간 보호대에 부딪혔다. 그 충돌로 난간의 보호대가 부러지면서 그의 몸은 끊어진 연처럼 한강으로 추락했다. 노란 광은 급격히 사라졌고 몸을 둘러싼 녹색 광도 서서히 줄어들면서 나는 그 자리에 쓰러졌다.

"총알 두 방 모두가 심장 옆으로 비스듬히 휘어져 박혔어. 칼조차도 심장 옆으로 비스듬하게 휘어져 찔렸어. 둘 다 심장을 건드리지 못해서 저 사람이 살아난 거래."

"저 사람이 실려 왔을 때 몸을 감싸고 있던 녹색 빛이 제타 에너지래. 제타 에너지 때문에 회복 속도도 빠르고 그렇게 피를 흘려도 죽지 않았대."

"제타 에너지는 푸른 별에만 있다고 해. 저 사람의 제타 에너지를 조사하려고 조금 전 한국 우주 전문가들이 와서 저 사람의 몸을 모두 촬영했어. 곧 나사의 우주 전문가도 방한한다는 이야기도 있어."

말을 주고받는 여자들 목소리가 들린다. 여기가 어딜까? 소독약 냄새가 코를 찌른다. 병원이구나, 지난 악몽이 기억이 난다.

내가 없어진 것을 안 형사들은 핸드폰으로 나의 위치를 추적하였고, 명중대 위에 쓰러진 나와 영준을 병원에 옮긴 것이다. 신희는 이미 숨져 있었다고 했다. 옆에 누운 영준의 얼굴이 보인다. 자아절단증에 빠져서 나를 포기하려고 하였을 때 나에게 노래를 불러 준 애들의 영상이 이제야 떠오른다. 신희의 스마트폰에 저장된 애들의 동영상이 내 무의식에 침투한 걸까?

수진 사장이 눈시울을 붉히며 상세한 이야기를 해 주었다.

신희는 나와의 첫 관계에서 임신을 하였으나 애를 낳아 혼자 키우며 그 사실을 나에게 알리지 않기로 했다. 나와 섹스한 것은 사랑보다는 자기의 욕망을 위해 한 것이므로 그 짐은 자기만의 것이다.

영준의 폐질환으로 고생도 많이 했으나 내가 제때 도와주어서 다행히 경제적으로는 어렵지 않았다. 정기와의 관계도 해외 자금 유치를 위하여 시작한 것이었으며 정기를 통하여 유엔 산하 세계건강재단으로부터 임상 1상과 임상 2상을 위한 대규모 자금을 유치했다.

우리가 대정산업을 통하여 신희의 회사에 3자 배정이 쉽게 이루어진 것도 2대주주가 영리법인이 아닌 세계건강재단이었기 때문이었다. 여러 번 신희가 임상 자금을 어떻게 유치했을까 궁금했었다. 랩 어카운트 종목에 투자한 후 치렀던 고사가 자금 유치를 위한 것이었다니…

내가 준 힌트가 영준을 살리는 데 결정적 기여를 했지만 정작 자기의 폐질환은 워낙 악성이어서 오래 살지 못한다고 최근 판정을 받았다. 그녀는 사후 애들이 사회에 정착하는데 도움이 되도록 나보고 대정산업을 인수하도록 종용했다. 최근에 나로부터 마이광과 명이라는 말을 들은 후 자기도 완전한 마이광인 마이명광으로 죽음을 준비해야 한다고 입버릇처럼 중얼거렸다. 거침없이 자기 광을 추구해 온 신희답다. 신의 희열이라는 자기 이름답게 자기를 불사르면서 마이명광을 달성한 것이다.

이제는 슬픔이 갈무리되어 은은하게 붉은 수진 사장의 얼굴을 보자 광에 대해 묻고 답하던 그때가 떠오른다.

발광(發光), 다시 생각해 보니 양자역학하의 예측불가한 세상에서 거침없이 투쟁하면서 살아온 신희의 삶은 자연스레 절대적인 가치를 만들어가는 창조적인 발광 그 자체였던 것 같다. 가히 신의 경지다. 그에 비하여 진화과정에서 형성된 욕구를 추구하며 다스리는 나의 명광은 인간과 사회의 한계내에서 도달가능한 현실적인 최고경지이다. 그래서 인간인 내가 신희에 대하여 넘사벽이라고 느꼈을 것이다. 그녀의 발광은 아름답고 신비롭고 거룩하고 절대적이다. 그러나 그것이 나약하고 이기적인 인간이 도달할 이상향이 될 수 있을까? 우리는 신이 아니지 않은가?

이에 비하여 마이광의 극단에 빠진 병수는 그의 죽음은 물론 신희의 죽음이라는 또 다른 희생을 초래했다. 다스려지지 못한 마이광이 초래하는 종말은 너무 비극적인 것이다. 병수는 특별한 존재라기보다는 현대 사회의 우리와 비슷하기 때문에 그의 마지막이 주는 의미는 남다를지도 모른다.

마이광은 인간의 의식을 지배하는 행동원리이자 최고의 즐거움이며 존재들이 가지는 불안을 해소시키는 강력한 위안처이다. 신은 야속하게도 마이광이 오래 지속되기를 원치 않았다. 마이광에 빠진 인간은 신을 두려워하지 않으며 숭배도 하지 않기 때문이다.

시기심이 아주 많은 신은 그런 마이광이 지속되지 못하노록 자폭장치를 인간에게 몰래 심어 두었다. 어떤 마이광은 강할수록, 그리고 지속될수록 교만과 허세, 합리성을 마비시키는 마약이 분비되어 병수의 사례처럼 마이光은 극단적인 마이狂으로 변질된다. 이 경우 극단적인 狂은 그 인간과 주변에 치명적인 파멸을 가져오기도 한다.

이보다 훨씬 더 무서운 신의 장치는 마이광의 간계라는 시스템소프트웨어이다. 유명한 역사학자 헤겔은 이성의 간계를 주장했다. 보이지 않는 손처럼 이성이 역사의 발전 과정을 주도해 가면서 그의 목적을 위하여 감성을 교묘히 이용. 사주한다는 것이다.

이성 대신 마이광이 지배 원리인 현대 사회에서는 마이광의 간계가 이성의 간계를 제치고 그의 자리를 차지하게 되었다. 인간을 지배하는 마이광은 그 자체의 무한한 팽창과 번영을 위하여, 경쟁심, 시기심, 정복욕이라는 본능을 일깨워서 그의 목적에 이용할 뿐만 아니라, 인간이 소유한 모든 이성을 교묘히 동원하여 자기 합리화는 물론 교묘하고 악랄하며 파렴치한 공격까지 서슴지 않는다.

죽기 전 미란과 최 회장은 마이광의 간계에 의하여 끌려 살아온 삶이자 대표적인 희생자로 볼 수도 있다. 그러나 그들은 죽음에 이르러서는 마이광의 간계에서 벗어나 비로소 마이명광을 달성했다. 그러나 병수는 마이광의 자폭장치와 마이광의 간계들의 합작품에 의하여 파멸의 구렁텅이에 빠져서 결국 자기의 비참한 죽음은 물론 신희의 죽음까지 초래했다.

마이광 간계의 일반적 사례가 내로남불이라고 볼 수 있다. 내가 하면 로맨스, 남이 하면 불륜이라는 방식으로 모든 방법을 동원하여 자기의 마이狂을 정당화하려 한다. 마이광의 간계가 작동되어 파국을 맞이할 때 그 피해규모는 자폭장치에 비하여 수십 배 이상이다.

과거 사회에서는 객관적으로 절대적인 그 무엇이 있다고 생각했다. 절대적인 그 무엇이란 정의 내지 선, 절대적 개념의 사랑 등을 말한다.

그러나 현대 사회에서는 마이광이 절대적인 그 무엇을 밀쳐내고 당당히 그 자리를 차지했다. 이제 인간은 절대적인 무엇이 있다는 것을 믿지 않는다. 이제 정의조차도 마이광을 위한 허울 좋은 기치일 수도 있다.

마이광에 따라 움직이는 현 시대는 어느 방향으로 변동할지를 알 수 없으며, 변동성의 폭도 과거보다 훨씬 예측하기 어렵고 아주 클 수도 있다.

우리의 패러다임에 다음과 같은 팩트가 추가되어야 한다.

팩트5. 자아를 인식하는 형태에 따라 인간의 범용적 감성은 공존적 감성, 부존적 감성, 과존적 감성으로 구분된다. 과존적 감성과 부존적 감성은 진화의 과정에서 인간에게 축적된 감성이며 공존적 감성은 수련과 경험을 통하여 축적된다.

우리의 패러다임에 다음과 같은 전제도 추가되어야 한다.

전제5. 마이광 상태가 깊어지면 질수록, 공존적 감성은 마비가 되고, 대신 과존적 감성과 부존적 감성이 인간을 지배할 가능성이 높아진다.

우리의 패러다임에 다음과 같은 주장도 추가되어야 한다.

주장5. 과존적 감성과 부존적 감성에 지배된 마이광은 극단적인 마이狂으로 전환될 가능성이 많다. 극단적인 마이狂은 다스려지지 못하면 부정적 결과를 초래할 여지가 아주 크다. 이를 다스리기 위한 다음의 노력이 필요하다.

- 공존적인 감성을 배양하기 위한 전문 교육 훈련이 필요하다.
- 부존적 감성 중심의 문화 콘텐츠는 지양하고 공존적 감성을 배양하는 문화 콘텐츠를 개발해야 한다.
- 사회적 진리는 정반합의 다차원적인 시행착오 하에서 달성된다는 변동성 관점은 부존적 및 과존적 감성을 극복하는 데 도움을 주므로 변동성에 대한 체험 교육을 강화한다.

영준과 경희, 나는 화장한 신희를 명중산 양지 바른 곳에 뿌렸다. 아들과 딸에게 잘 지내라고 말하는 신희의 눈에는 눈물이 고여 있었다. 나를 향해서는 빙긋이 웃기만 했다. 그녀는 천천히 걷다가 검은 터널 쪽으로 여한 없이 달리기 시작했다. 그녀는 전혀 숨을 헐떡이지 않았다.

안개가 낀 어느 날 나는 혼자서 명중대를 찾았다. 아직도 병수에게 당한 상처 부위는 시큰거린다. 시큰거림으로 인하여 영준이 죽을 위기에 빠지자 명광법으로 영준을 살린 장면이 휙 스쳐 지나간다. 신희가 위기에 빠질 때에는 바로 왜, 명광법을 발휘하지 않았을까 하는 의문이 제기된다. 내가 항상 가져왔던 풀리지 않던 의문이었다.

사랑에 비하여 자기 복제에 대한 본능은 내가 어쩌지 못하는 절대 가치가 아닐까. 사랑이란 인간에 내재된 기초 본능이 아니라 사회가 만든 개념이라는 것이 간접적으로 증명된 것이 아닐까?

갑자기 안개가 뿌옇게 피었다.

영준을 살리기 위하여 죽음을 감수하고 녹색 빛과 노란 빛을 불러내서 무릎에 총알이 박힌 상태에서도 일어나 병수를 밀쳐서 한강으로 던져버렸던 상황이 다시 생생하게 파노라마처럼 지나간다.

마이狂 상태 하에서 마음의 안정을 가능하게 하며, 자기 안의 소우주를 각성시켜 인간의 원초적인 힘까지도 불러일으키는 명광법. 이와 같이 마이광을 다스리는 명광법을 세상에 알리는 것이 필요하다. 그래야만 병수와 같은 사람이 나오는 것을 막을 수 있을 것이며 신희나 미영과 같은 희생자도 나오지 않을 것이다.

"그때 니가 준 마지막 힌트 때문에 이렇게 살아났다. 고마워." 며칠 후 나는 명중대에서 나의 생명을 구해 준 일등공신 영신에게 고마움을 표시했다.

"나는 그때 생각난 대로 말했을 뿐이고, 모호한 내 말을 너 나름대로 해석하고 그걸 제대로 적용해서 살아난 것이지. 전적으로 너의 공로야."

"그런데 너는 그 말을 그때 어떻게 생각해 낼 수 있었지?"

"일전에 말했듯이 나도 정신수련법에 입문했고 실패한 적이 있었어. 명광과 명중의 차이에 대한 대화 후에, 응용의 단계에서 극한의 정신집중 상태로 돌입하기 위해서는 무언가 강력한 계기가 필요할 것이라고 생각했지. 너의 배꼽 부상을 보고서 어설픈 정신집중으로는 그렇게 막혀 버린다는 걸 알았어. 문득 생각이 들었어. 온 힘을 쓰면 뒤따를 극한의 고통을 극복하기 위해, 비장한 것이 너한테 필요할 것이라고. 그때 수련에 실패한 나를 채찍질하던 수련 사부의 외침이 떠올랐던 거야. 그 말은 너가 말했던 자기 부정과도 비슷해 보이고."

"그렇게 심오한 게 있었군. 난 그런 줄도 모르고 억세게 운 좋게 살아난 거네."

"이미 말했지만 그것 말고도 니네 집안의 명중도 상당한 기여를 했어. 명중법은 명광법이 가진 여러 문제를 해결한 수련법인 듯해."

우리 집안의 명중이 그렇게 내력 있는 수련법이었다니. 그러면 페르만 왕자는 인도 지역의 사람이었던 걸까? 명중 대사도 목숨을 걸고서 그의 수련법을 승화시켰던 것일까?

"명광법 후반부에 극한의 정신집중 상태로 이동하기 위하여는 명중법 외에도 정신의 확장과 증폭이 선결적으로 필요한 것 같아. 너는 만광을 접하고 변동성까지도 깨달았어. 우연히 한국 고유의 정신집중법인 일광도도 배웠지. 그래서 네가 모든 다 걸 던지라는 내 말에 따라 정신을 확장, 증폭하여 후반부의 마지막 경지에 오른 것이 아닌가 생각돼. 전적으로 내 생각이지만."

영신의 말은 세 집안의 모든 것을 받고 새로운 각성을 하는 자가 새로운 흐름을 만들 거라는 현철 아버지의 말과 유사하다. 현철 아버지 말이 워낙 황당하다고 생각되어 영신에게 말한 적은 없었다. 영신은 아주 진지하게 물었다.

"극한의 극복 후, 자기 긍정이라는 수련의 끝이 정말 궁금했어. 대체 그게 무엇이었어?"

"내가 무한의 우주 자체라는 생각이 들었어. 그 이상은 없어."

무한의 우주와 같다는 나의 말을 깊숙이 음미하는 영신, 그는 한동안 아무 말이 없다.

"너는 다른 차원의 명광법을 수립한 것 같아. 과거 명광법은 가난하고 언제 죽을지도 몰랐던 공포의 전란 시대에 마음의 안정을 찾기 위한 수련법이었다면, 지금 너의 명광법은 풍요로운 물질과 자유로운 민주자본주의 하에서 자기를 찾는 수련법이야."

나는 신이 준 최대의 선물, 마이광을 다스리는 방법을 사람들에게 가르치기 위하여 명광재단을 설립하고 명중대 옆에 명광 수련장을 세웠다. 재단은 명광법 수련 프로그램을 개설하여 많은 수련생을 배출했다. 수련 프로그램은 명광법의 전반부에만 국한했다. 후반부는 여전히 불완전했고 부작용을 불러일으킬 수도 있을 뿐만 아니라 일반인에게 꼭 필요한 것도 아니었기 때문이다.

마이광이 지배하는 사회에서 명광을 중심으로 한 법적 정의에 대하여 장 검사와 자주 토론을 했다. 토론이 깊어질수록 우리 두 사람만으로는 이론적 정의와 정치적 정의에 대한 지식의 한계를 느꼈다. 이를 타개하기 위하여 그런 프로젝트에 참여시켜 달라고 했던 정지민 의원과 판사인 동서를 영입하자는 나의 제안에 장 검사는 흔쾌히 찬성하였다.

네 사람이 의욕적으로 토론한 결과, 마이광의 시대에서 정의를 효과적으로 달성하기 위해서는, 사후 처벌방식보다는 자유가 침범되지 않는 범위 안에서 제때 제때 자기점검을 하는 사전 예방방식이 필요하다는 쪽으로 의견이 수렴되었다.

사전적인 자기 점검을 위해서는 각자의 마이광 지수의 측정이 선결적이었다. 이 일에는 인공지능 전문가인 현인애 교수가 적임자라고 생각되었다. 나의 의견에 장 검사는 떨떠름한 표정을 지었지만 다른 두 사람이 흔쾌히 찬성하여 현 교수도 이 모임에 들어왔다.

  현 교수와 나는 인공지능 기술로 개인의 마이광 지수를 측정하는 프로그램을 공동으로 개발하기 시작했다. 설계해 온 마이광 측정 논리를 검토한 나는 그녀에게 말했다.

  "이 조건식의 논리구조가 이상한데요." 그녀는 논리구조를 한참 검토해보다가 무릎을 탁 쳤다.

  "이런 실수를, 정 회장님 말씀이 맞습니다. 회장님은 주식도 공학적 감각도 너무 탁월하시네요." 그녀는 엄지손가락을 쳐들며 대단하다는 듯이 나를 칭찬했다. 공치사에도 나의 어깨는 자랑스럽게 우쭐거렸다.

  몇 달 후 개발된 주요 프로그램을 테스트하기 위하여 인애가 내게 애인처럼 말했다.

  "자, 저를 보며 회장님의 마이광을 맘껏 발산해 보세요." 그녀의 눈빛은 아늑하고 다정하다.

  "측정된 결과와 회장님이 생각하시는 정도가 비슷한가요?" 인애는 사탕을 녹이듯이 물었다.

  "아주 좋은데요, 그런데 결과가 조금 옆으로 치우쳤어요." 나도 애인처럼 소중히 답했다.

  함께 식사를 한 후 광동대에 오른 그녀는 굳게 다문 입술에 묘한 미소를 머금은 채 아주 심오한 말도 했다.

  "우리 관계의 변동성은 정말로 역동적이었죠. 여기까지 온 것은 운명이자 필연 같기도 해요."

그녀는 생각났다는 듯이 물었다.

"저같이 욕심덩어리인 속물을 왜 끌어들이신 거죠?"

"알고보면 사람은 다 속물이 아닌가요. 특히 칼자루를 잡으면 속물에서 동물로 바뀌죠."

적나라한 나의 말에 인애의 표정이 매서워졌다.

"그 말에 예외가 되는 인애 씨도 있지만요."

그녀와의 업무상 동반은 계속됐다. 강인한 입술에서 나오는 그녀의 말투는 계속 달콤해져만 갔다. 감칠맛 나는 시간이 꿈같이 흘러갔다. 어느날 측정프로그램을 테스트한 결과가 만족할 만한 수준까지 올라왔다.

이제 인애가 만든 측정프로그램을 제어장치에 로딩하고 이를 여러 주변 장치와 연결하여 마이광 측정 장비를 완성해야 한다. 누가 이 일을 주도적으로 추진하는 게 좋을까? 제조회사를 운영해 본 혜진이 먼저 떠오른다.

인애에게 제작 책임자로 혜진이 어떠냐고 묻자, 환했던 얼굴에 검은 그늘이 드리웠다. 그녀는 입술을 꼭 깨물고서 한참 동안 말이 없다 눈물을 글썽이며 말했다.

"이제까지 전력투구하여 회장님의 일에 최선을 다했어요. 이번에도 제가 최선을 다해 이 일을 끝낼 수 있도록 해 주세요." 그녀의 눈빛은 신비의 첫 경험을 아낌없이 주려던, 간절하고 애잔했던 그때와 똑같았다.

나는 측정 프로그램에 정통한 그녀가 이 일을 끝내는 것이 당연하며 잠시 착각했었다고 말했다. 그녀의 얼굴은 백만 송이 장미처럼 활짝 펴졌다.

그녀는 밤낮을 가리지 않고 마이광 측정 장비의 제작에 몰두했다. 나도 다시 그녀 옆에 착 달라 붙어서 그녀를 도왔다. 그러나 언젠가부터 그녀의 애인은 내가 아닌 마이광 측정 장비로 바뀌기 시작했다. 시작한 지 6개월이 지나자 시제품이 완성되었다. 시연 결과는 아주 만족스러웠다.

완성된 마이광 측정 장비를 통하여 자기점검을 강요하는 것은 위법의 소지가 있다고 보아, 정지민 의원은 인센티브를 주어 개인이 스스로 마이광 지수를 점검하는 자발적 방안을 제안했다. 또 그녀는 건강보험공단과 협의하여 이 프로그램을 통하여 스스로 자기를 점검하는 사람에게 건강보험과 관련된 추가 서비스를 주는 마이광 자체점검 프로그램을 제도화했다. 이후 우리 재단은 수련보다는 마이광 자체점검 프로그램에 더 집중하기로 했다.

오늘은 위험 구간의 마이광 지수별로 필요한 권고 수준에 대하여 토론하는 날이다. 권고 수준에 대한 정지민 의원의 식견이 깊고 남다르다. 마이광의 문제점을 극복하기 위하여 국민들을 설득하는 기술도 개발 중인 그녀는 국가가 국민에게 어느 정도 개입하는 것이 적절한지를 잘 알고 있기 때문이다.

마이광 시대의 위대한 정치가를 꿈꾸는 그녀의 정치광은 큰 가젤의 목을 물면 좀처럼 놓아주지 않는 작은 치타처럼 여전히 집요하다. 다음 기회에 그녀는 반드시 목표를 달성할 것이다. 이젠 그녀의 눈에 나는 전혀 들지 못한다. 오로지 마이광 세상의 지도자라는 광에 도취되어 있다. 여자들에게 대접받기만 했던 엘리트 장 검사도 정기가 인경에 홀딱 빠진 것처럼 정 의원의 눈도장을 받아 내려고 무한히 노력 중인 것이 보인다.

이 모임에 초대되고 마이광 측정 장치를 만들기 전까지 인애는 나긋나긋하고 부드러웠다. 제조의 주도권이 그녀에게 넘어간 후 언제부터인가 다소 곳한 그녀의 모습은 온데간데없다. 내가 단순 참고로 준 자료에 대해서도 그녀는 예전 앙칼지고 매몰차던 공대 에이스 시절의 그녀처럼 찬바람 도는 얼굴로 말한다.

"마이광 지수 구간을 인식하기 위하여 회장님이 주신 임계치는 상식과 너무 달라요. 도대체 그 수치는 어떻게 뽑은 거죠?" 이제는 까칠한 중년의 모습이지만, 목표에 빠져 있는 그녀는 또 다른 매력을 풍긴다. 어느새 나도 장 검사처럼 거친 여왕의 눈빛을 갈구하는 처지가 되어 있다.

장 검사와 정 의원, 그리고 나와 인애 간의 그 미묘한 기류 속에서도 동서는 은은하게 그 나름의 방식으로 충고한다.

"처제와 같이 산 것은 일반 사람은 감당 못하는 인내 수준이야. 자네 기준으로 만든 임계치는 일반인에게 적용하기에는 문제가 될 걸세." 은은한 동반광과 꾸준한 성취광을 가진 그가 최후의 승자가 될지 모른다. 변동성의 흐름 안에서 영원한 절대 승자는 없는 것이다.

신희의 죽음 이후에 인애와는 업무 상으로 만났을 뿐 이성광을 위한 만남은 전혀 없었다. 신희의 마이명광에서 아직 벗어나지 못해서일까? 자식과의 동반광이 아주 충분해서일까? 마이광 측정 장비의 제작광에 몰입된 인애도 당장 나와의 이성광을 필요로 하지 않는 것 같다. 이제는 내가 포로포즈를 하여도 서늘한 이성으로 무장한 중년의 그녀가 받아 줄지도 의문이다.

새로운 이성 간의 변동성이 발생하려면 과거처럼 또 다른 계기나 나의 노력이 필요할 것이다. 어떤 노력이 따라야 할까? 우리 사이에 이성 간의 변동성은 또다시 발생할 수 있을까? 그것이 지금 나에게 필요하기는 할까?

인애의 눈치를 보면서 슬며시 토론장을 나왔다. 대학에 다니는 영준이 방학이라고 놀러 와서 그가 기다리고 있는 명광대로 가고 있다. 저번 주에는 경희가 왔었다. 명광대는 명중대 근처의 양지바른 곳에 내가 만든 전망대이다. 자욱한 안개가 명광대를 덮고 있었다. 내 기억으로는 명광대에 안개가 핀 것은 이번이 처음이다.

명광대 안에 들어가니 인사를 하는 아들 옆에 서글서글한 인상의 아가씨가 서 있었다. 아들이 여기 함께 온 여자로는 4번째다. 처음의 여자는 신희를 닮았고 두 번째 여자는 인애를 닮았고 세 번째 여자는 경옥을 닮았었다. 이번은 미란 스타일이다.

며칠 전 지금 만나는 여자와 결혼하고 싶다던 아들의 말이 생각났다. 갑자기 아들이 걱정이 된다. 아버지로서 뭔가를 점검해 보아야 하지 않을까?

"전공이 어떻게 되나요?"

"유전자공학을 전공하고 있어요." 그녀 말에 조금 안심이 된다.

"유전자공학을 선택한 특별한 이유라도 있나요?"

"자본시장에서 큰돈을 벌 수 있다고 해서요." 당돌한 답변이 조금 당황스럽다.

"그만 하시고 맛있는 거 사 주시죠." 민망한 듯 아들이 개입한다.

"어떤 음식을 좋아해요?" 내가 물었다.

"피처럼 육즙이 줄줄 흐르는 스테이크요!"

레어 스테이크를 먹는 그녀의 붉은 입술이 누군가를 연상시킨다. 이제는 강한 긴장이 온다.

"돈을 벌고 나면 어떤 일을 할 생각인가요?"

"먼저 고급 차를 사고요, 맛있는 거 먹고, 근사한 여행도 하고, 아이돌 공연도 보고, 뜨거운 연애도 해 봐야죠." 그녀의 거침없는 말투를 볼 때 아들은 연애 후보에 못 든 것 같다.

"영준이의 어떤 점이 좋은가요?" 우회적으로 물었다.

"맛있는 걸 사 준다고 해서 그냥 따라온 것뿐이에요. 남자들은 부모님

앞에 한번 와 주는 것에 너무 많은 의미를 부여하더라구요." 그녀는 단호하게 답했다.

"하필 돈가스를 드세요?" 이번에는 그녀가 나에게 물었다.

"옛 생각 때문에 먹죠." 당황한 나는 답했다.

"변동성을 타고 사는 걸 좋아하신다고 들었는데요. 제게 그 말이 아주 인상적이었어요." 그녀는 의아한 듯이 나를 쳐다본다. 예상치도 못한 반격에 나는 할 말을 잃었다.

아들이 걱정되어서 얼굴을 쳐다보았다. 입은 헤벌쭉하며 눈에는 이미 콩깍지가 덮여 있다. 아들은 거침없는 마이광의 소유자로서 변동성까지 좋아하는 이 여자에게 완전히 푹 빠져 있었다. 앞으로 아들에게 닥쳐올 길고 험난한 이성 간의 변동성이 걱정된다.

아들과 그의 여자친구를 보낸 후 재단 옆 작은 소나무 숲 벤치에 앉아 오랜만에 나만의 시간을 가졌다. 명광법을 수련시키고 마이광 측정 장비를 제작하는 데 몸과 정신을 집중하다 보니 4년이란 시간이 꿈같이 흘러갔다. 정신없었던 4년은 신희의 아픔을 희석시켰는지 이제는 한강도 유유히 흐르는 모습으로 다가온다.

젊고 예쁜 여자와 성실해 보이는 남자가 옆의 벤치에 와서 앉았다. 한참을 서로 말이 없다 남자가 입을 열었다.

"몸과 마음을 다 바쳐 널 행복하게 해 줄게. 비록 보잘것없는 몸과 마음이지만."

"당신의 진심은 충분히 알겠어요. 내가 문제예요. 내 마음을 정말 모르겠어요?"

갑자기 여자가 깜짝 놀라며 자리에서 일어서고 둘은 떠난다. 나의 앞 풀

속으로도 뭔가 떨어진다. 작은 송충이가 토끼풀 꽃 위에 떨어진 것이다. 그는 토끼풀 꽃 위에서 이리저리 바둥거리다가 짙은 녹색 클로버 속에 파묻혀 버렸다.

얼마나 시간이 지났을까, 서로를 지팡이 삼아 천천히 숲을 걷던 노부부가 그 자리에 앉는다.

"생일인데 애들이 안 와서 섭섭한가 봐요."

"잠깐 보고만 가라는 건데…"

"이젠 걔들은 없는 셈치고, 남은 인생은 우리 스스로 흘러 가는 거예요."

어디선가 잔잔한 노랫소리도 들려오는 것 같다.

"인생은 그렇게 흘러 황혼에 기우는데…"

황혼의 노부부도 자리를 떠났다. 어느덧 태양은 그 위력을 잃으며 서서히 내려앉으려 했다. 그러나 짙은 녹색 잎들은 무성한 생명력을 유감없이 과시하고 있었다. 갑자기 내 눈에 이상한 클로버가 보인다. 고개를 숙여 살펴보니 네잎클로버가 하나 있었다. 석양의 빛에도 그는 누구보다도 검푸르다. 나는 정성스럽게 그를 따서 손 안에 소중하게 간직했다.

뒤에서 누군가 다가와 손으로 나의 눈을 가린다. 자기가 누군지 맞혀 보라는 다정한 음성이 들린다.

"정 의원님, 아니신가요?" 나는 진짜 모르는 것처럼 대답했다.

"센스가 이러시니, 임계치를 제대로 뽑아내지 못하시죠." 싸늘한 음성이 들린다.

고개를 들어 쳐다보니 목표에 매진하는 잔소리꾼, 거친 인애가 우뚝 서 있다. 여전히 모질고 날카롭게 목표에 충실하는 열정. 지칠 줄 모르는 중년의 열의는 고귀하고 장엄하다. 세월의 인고와 삶의 경륜이 고즈넉이 배어 있는 표정. 그 신비로운 우윳빛 향기에 푹 파묻히고 싶다. 씩씩하고 용감하며 저돌적인 그녀. 이성이라기보다 동지다.

나는 그녀에게 네잎클로버를 공손히 바쳤다. 신비스러운 미소를 지으며 그녀는 첫 소개팅 때 뭉클하게 나를 쳐다보던, 애틋한 공대 클로버 에이스로 돌아갔다. 나는 그녀에게 물었다.

"모든 분야에서 충분히 목표를 달성하였으니, 이제는 쉬엄쉬엄 하는 게 좋지 않을까요?"

"욕심이 많은지, 제가 저 자신을 열렬히 사랑해서인지, 주체가 안 되네요."

"그런가요. 그 욕심이 있더라도 인애 씨는 남에게 피해를 덜 주니까 괜찮아요."

나의 어설픈 위아의 말에 그녀는 다시 싸늘해지면서 그녀의 고유한 논리로 반격했다.

"자기를 공정히 사랑하는 사람은 남도 나와 같다는 걸 아니까 남에게 피해를 절대 안 주죠."

자신을 공정히 사랑한다. 명광에 도달하기 위한 제5의 기준이 아닐까? 나의 마음속에 또아리를 틀고 있는 그녀는 주인 없는 나의 마음을 톡톡 찌르고 이리저리 채우고 있다. 나는 이성적 매력보다 그녀가 보여줄 역동적인 변동성을 즐기기 위하여 나의 곁에 다시 끌어들인 것일지도 모른다. 그때부터 나는 그녀와 동반광이라는 사랑을 깊숙이 나누고 있었다.